ERIC VAN LUSTBADER

Schwarzes Schwert

Das Buch

Eine neue Vernichtungswaffe aus dem Fernen Osten bedroht den Weltfrieden, ein bisher unbekanntes Machtinstrument, das geeignet ist, die ganze Welt zu beherrschen. In New York ereignet sich eine Serie rätselhafter Morde. In Washington versuchen Männer aus den höchsten Regierungskreisen, den Wirtschaftsriesen Japan in die Knie zu zwingen. In Tokio entbrennt ein erbitterter Kampf um die mächtige Geheimgesellschaft »Schwarzes Schwert«, die sich anschickt, mit einer im Biocomputer entwikkelten Geisteskraft die Macht in den USA an sich zu reißen. Nur ein Mann, der über ebenbürtige geistige Kräfte verfügt, kann der aberwitzigen Konspiration Einhalt gebieten: Wolf Matheson, Enkel eines indianischen Schamanen und Chef einer Spezialeinheit der New Yorker Mordkommission. Auf seiner lebensgefährlichen Odyssee von New York nach Tokio gerät Matheson in eine mörderische Spirale von Brutalität, Verrat, sexueller Perversion und Habgier. Er kommt einem Geheimnis auf die Spur, das alle Grenzen menschlicher Vorstellungskraft sprengt.

»Moderne japanische Managementmethoden und alte japanische Kriegskunst ergeben eine brisante, ungemein fesselnde Thriller-Konstellation.«

The Times

Der Autor

Eric Van Lustbader, in New York City geboren und aufgewachsen, graduierte 1969 an der Columbia University und arbeitete danach fünfzehn Jahre lang in der Musikindustrie, u. a. für Electrola und CBS Records. Er lebt heute als freiberuflicher Schriftsteller in Southampton, New York.

Bisher sind als Heyne-Taschenbuch erschienen: *Der Ninja* (01/6381), *Schwarzes Herz* (01/6527), *Teuflischer Engel* (01/6825), *Die Miko* (01/7615), *Ronin* (01/7716), *Dolman* (01/7819), *Jian* (01/7891), *Der weiße Ninja* (01/8642), *Dai-San* (01/8005), *Moichi* (01/8054), *Shan* (01/8169), *Zero* (01/8231), *French Kiss* (01/8446) und in der Reihe »Heyne Jumbos« *Der weiße Ninja* (41/24) und *Schwarze Augen* (41/38).

ERIC VAN LUSTBADER

Schwarzes Schwert

Roman

Aus dem Englischen von
Sepp Leeb

WILHELM HEYNE VERLAG
MÜNCHEN

Band-Nr. 41/48

Titel der Originalausgabe
BLACK BLADE

DEUTSCHE ERSTAUSGABE

Redaktion: Werner Heilmann

Printed in Germany 1993
Umschlagillustration: Bill Schmidt
Umschlaggestaltung: Atelier Ingrid Schütz, München
Gesamtherstellung: Ebner Ulm

ISBN 3-453-06450-X

Dieses Buch widme ich
Victoria
und
den ›Piranhas & W.A.‹

Ein Schrein – hier, weitab
von den Lichtern im Garten,
treiben wilde Vögel, schlafend.

Shiki

The strongest poison ever known
came from Caesar's laurel crown.

William Blake

DER SCHREIN

Tokio/New York

Lautlos, scheinbar ohne sich zu bewegen, huschte die Wasserspinne von Stein zu Stein über das stille Wasser des Teichs. Die Wasserspinne aus dem winterlich blauen Schatten auf der anderen Seite des Teichs auftauchen zu sehen, hatte etwas ebenso Geisterhaftes wie Furchterregendes an sich.

Das Moos auf den flachen grauen Steinen war um diese Jahreszeit braun und vertrocknet, doch die Wasserspinne schien sein fragiles Geflecht gar nicht zu berühren.

Der Teich lag in einem kleinen, aber sehr kunstvoll angelegten Garten, umgeben von den gigantischen Stahlbetonbauten Tokios. In dem Garten hielten sich zwei Personen auf: ein Mann in einem dunkelgrauen Nadelstreifenanzug und schwarzen Slippern – er trug eine superflache Goldarmbanduhr – und eine Frau in einem Seidenkimono. Der Mann stand neben einem wuchtigen Findling auf einer kleinen, mit Azaleen bewachsenen Anhöhe. Rechts hinter ihm kniete die Frau im Seidenkimono, den Kopf gesenkt, die schneeweißen Hände unterwürfig in den Schoß gelegt, die Augen geschlossen, als wäre sie wie die Azaleen in langen Winterschlaf versunken. Vor ihr stand ein schwarzes Lacktablett mit den Utensilien für den *chado*, die traditionelle Teezeremonie. Der Stoff des Kimonos, dessen großzügiger Faltenwurf ihren Körper umspielte, war von mattglänzenden Silberfäden durchwirkt, die in der verschleierten Wintersonne verhalten glühten. Das rot-schwarze Gefieder der Phönixe, mit dem das kostbare Kleidungsstück bestickt war, erzitterte bei jeder Bewegung seiner Trägerin.

Eines mußte man Nishitsu lassen, dachte die Wasserspinne: Er hat immer eine schöne Frau an seiner Seite.

Naoharu Nishitsu war ein sportlich-gepflegter Mann Anfang Sechzig mit einem penibel getrimmten Schnurrbart, buschigen Augenbrauen und einer eisernen Konstitution. Die Iris seines rechten Auges war völlig weiß – nicht milchig-trüb wie bei einem Blinden, sondern so nuancenreich schimmernd wie eine Perle.

In dem Tatami-Zimmer, das zu dieser Großstadtidylle hin geöffnet war, wanderten mehrere Männer in dunklen Anzügen und mit Sonnenbrillen auf und ab. Sie hatten finstere Gesichter und machten den Eindruck, als wären sie bewaffnet. Selbst hier in *Verbotene Träume*, wo sein Wort Gesetz war, umgab sich Nishitsu immer mit einer Schar von Leibwächtern.

Es hieß, daß noch nie ein lautes Wort über Nishitsus Lippen gekommen sei. Dazu bestand allerdings auch gar kein Grund, da sich sein Mißfallen jederzeit in wesentlich handgreiflicherer Form Ausdruck verschaffen konnte.

»Sie haben mich gerufen, und ich bin gekommen«, sagte die Wasserspinne und blieb vor Nishitsu stehen. Mit richtigem Namen hieß der Mann Mizusumashi Kafu, was soviel wie Wasserspinne bedeutet. Aber seine Freunde und Feinde kannten ihn nur unter dem Namen Suma. Die dunkle Haut seines scharfgeschnittenen Adlergesichts war von Wind und Wetter gegerbt, das dichte schwarze Haare von zahlreichen grauen Strähnen durchzogen. Seine dunklen Augen unter den wild geschwungenen Brauen wirkten so starr und reglos wie unergründliche schwarze Löcher, und doch entging ihnen nichts, was um sie herum geschah.

Suma trug eine schwarze Hose, leichte Schuhe und ein eng anliegendes schwarzes T-Shirt, das seinen muskulösen Oberkörper ganz besonders gut zur Geltung brachte. Das Erstaunlichste an ihm war, wie geschickt er die enorme Bedrohlichkeit, die manchmal von ihm ausging, zu kaschieren verstand. Möglicherweise hatte das mit seiner Körpergröße zu tun, denn Suma war selbst für einen Japaner auffallend klein. Allerdings hatte man nicht das Gefühl, daß ihn das in irgendeiner Weise störte. Im Gegenteil, er verstand es bestens, sich die Vorteile dieses scheinbaren körperlichen Mangels zunutze zu machen. Außerdem vereinte er zwei sehr seltene Charaktereigenschaften in sich. Das war zum einen *koha*, die Bereitschaft, sich dem Wagnis tiefster spiritueller Erfahrungen zu stellen, und zum anderen *ninkyo*, das bedingungslose Festhalten an einem ganz persönlichen Ehrenkodex. Allerdings läßt sich *ninkyo* auf keinen Fall mit unserer westlichen Vorstellung von Gerechtigkeit vergleichen, bei der es sich um ein überpersönliches und objektives Ideal handelt. Einziger Maßstab für Sumas persönliche Rechtsvorstellungen war seine Zugehörigkeit zum Bund der Schwarzen Klinge.

Der Tee wurde zubereitet. Das langwierige und komplizierte Ritual trug ganz wesentlich dazu bei, die Atmosphäre zwischen den beiden Männern zu entspannen. Denn deutlicher als alle Worte brachte es den tiefen Respekt zum Ausdruck, den sie füreinander empfanden. Obwohl die Wasserspinne sonst nicht viel auf Äußerlichkeiten hielt, blieben solche traditionellen Respektsbekundungen nie ohne Wirkung auf ihn, zumal seinem geübten Kennerblick nicht entging, wie gekonnt die Frau den Tee zubereitete und servierte und sich anschließend gänzlich in sich zurückzog, um ihnen unaufgefordert nachschenken zu können, sobald sie leergetrunken hatten. Er beneidete Nishitsu um diese Frau. Heutzutage verfügten nur noch wenige Frauen über die Gabe, solch unaufdringliche Zurückhaltung zu üben, daß man in ihrer Gegenwart das Gefühl hatte, als wären sie gar nicht anwesend.

»Toshin Kuro Kosai, der Bund der Schwarzen Klinge, betrachtet es als große Ehre, Sie wieder in ihren Reihen zu wissen, Suma-san.« Bedächtig stellte Nishitsu seine Schale ab.

Zum Zeichen seiner Ehrerbietung verneigte sich Suma etwas tiefer als Nishitsu. »Sie haben mich rufen lassen. Demnach muß etwas Wichtiges passiert sein.«

»Das allerdings«, bestätigte ihm Nishitsu.

Welcher Außenstehende, dachte er unwillkürlich, könnte sich wohl vorstellen, welche Macht an diesem friedlichen Ort vereint ist. Vor aller Welt verborgen und vor jeglichen Anfeindungen geschützt, hat der Bund der Schwarzen Klinge in *Verbotene Träume* unermüdlich auf sein großes Ziel hingearbeitet, seine Machtstellung so weit auszubauen, daß er eines Tages die Weltherrschaft übernehmen kann.

Diese Vorstellung hätte jeder Außenstehende natürlich als blanken Unsinn abgetan, aber gerade dieser Umstand war dem Geheimbund bei seinem unaufhaltsamen Machtaufstieg sehr zugute gekommen. Denn genau darauf war es zurückzuführen, daß nie jemand ernsthaft den Versuch unternommen hatte, den Bund der Schwarzen Klinge an seinem verborgenen Wirken zu hindern.

Dennoch waren die jüngsten politischen Entwicklungen auch am Bund der Schwarzen Klinge nicht spurlos vorübergegangen. Noch bis vor kurzem hatte der Zeitfaktor keine Rolle gespielt; doch das hatte sich nun schlagartig geändert. Im Gegensatz zu früher stand dem Bund der Schwarzen Klinge nun nicht mehr unendlich viel Zeit zur Verfügung, um seine hochgesteckten Ziele zu verwirklichen. Denn mit einem Mal war etwas eingetreten, was einzig und allein aufgrund des plötzlich entstandenen Zeitdrucks die mühevolle Vorarbeit mehrerer Jahrzehnte hätte zunichte machen und viele ehrgeizige Pläne unwiederbringlich zum Scheitern hätte verurteilen können.

Nichts von diesen Befürchtungen teilte Nishitsu jedoch der Wasserspinne mit. Alles, was er sagte, war: »Suma-san, wir sind wieder einmal dringendst auf Sie angewiesen. In Amerika.«

In der Luft lag ein leises Sirren, das Nishitsu im ersten Moment für Zikadenzirpen hielt. Aber das war natürlich mitten im Winter vollkommen ausgeschlossen. Erst nach einer Weile wurde ihm bewußt, daß das seltsame Geräusch von Suma ausging.

»Ihr Wunsch ist mir Befehl«, antwortete die Wasserspinne ehrerbietig.

»Es handelt sich dabei um keine leichte Aufgabe«, warnte ihn Nishitsu. »Ihre Durchführung könnte durchaus mehrere Monate in Anspruch nehmen.«

»Um so besser«, sagte Suma in einem Ton, als leckte er sich insgeheim die Lippen.

»Da wäre allerdings noch eine Bedingung. Sie werden mit dem Agenten, der bereits an Ort und Stelle für uns tätig ist, zusammenarbeiten müssen.«

Suma runzelte die Stirn. »Das steht in krassem Widerspruch zu meinen sonstigen Methoden.«

»Andere Zeiten erfordern andere Methoden«, unterband Nishitsu jede weiteren Diskussionen zu diesem Thema. »Es ist Ihre Pflicht, sich den veränderten Umständen anzupassen – genauso, wie sich die Weide Wind und Wetter beugt.«

»Hai!« Suma verneigte sich. »Ich verstehe.«

»Das hoffe ich«, sagte Nishitsu. »Die Zeichen stehen auf Sturm. Umstände, die unserem Einfluß entzogen sind, lassen uns keine andere Wahl. Wenn unsere Pläne nicht endgültig zum Scheitern verurteilt sein sollen, müssen wir unverzüglich in die entscheidende letzte Phase unseres Vorhabens eintreten. Von nun an gibt es kein Zurück mehr. Es geht jetzt ums Ganze.«

»Ich werde die in mich gesetzten Erwartungen nicht enttäuschen, Nishitsu-san.«

»Ich weiß.« Nishitsu ließ seinen Blick auf dem geneigten Kopf der Wasserspinne ruhen. »Daran habe ich auch nie gezweifelt.«

Lawrence Moravia lag in einem kleinen japanischen Wohnraum auf einem Teppich, der mehr kostete, als viele Leute in einem Jahr verdienten. Ihn störte das nicht weiter, da er darin ohnehin nur ein Symbol sah. Außerdem fühlte er sich als mehrfacher Milliardär zu Hause in New York auch selbst dazu verpflichtet, die immer kleiner werdende Zahl von wahren Künstlern und Kunsthandwerkern nach Kräften zu fördern.

Selbst aus einfachsten Verhältnissen stammend, hatte Lawrence Moravia sehr schnell begriffen, daß man, wenn man sehr viel Geld hatte, ganz automatisch in eine Sonderrolle gedrängt wurde. Die meisten Menschen, die nicht im Überfluß davon besaßen, wurden vom Geruch des Geldes unwiderstehlich angezogen. In gewisser Weise waren sie wie Pawlowsche Hunde. Sie konnten vermutlich gar nicht anders, als hechelnd die Zunge heraushängen zu lassen, wenn man ihnen einen Geldschein unter die Nase hielt.

Aber mit dieser Sorte Mensch hatte er noch nie irgendwelche Probleme gehabt – ebensowenig, wie ihm die tiefgreifenden Umwälzungen etwas hatten anhaben können, die sich in seiner Branche, dem Immobiliengeschäft, in jüngster Zeit bemerkbar gemacht hatten. Unter all den großen New Yorker Baulöwen hatte Lawrence Moravia während des Baubooms der achtziger Jahre genügend weise Voraussicht besessen, um für die von ihm schon damals prognostizierten mageren Zeiten zu

Beginn der neunziger Jahre die entsprechenden finanziellen Rücklagen zu schaffen. Nichts ist von ewiger Dauer, war die oberste und einzige Devise, die ihm der Mann immer wieder eingebleut hatte, dem er sein ganzes Wissen über die geheimen Gesetzmäßigkeiten des Immobilienmarkts verdankte.

Während inzwischen andere Branchengrößen wesentlich kleinere Brötchen backen mußten oder gar vor dem Bankrott standen, klingelte bei Moravia weiter die Kasse.

Geld. Wie leicht sich doch sagen ließ, daß Geld allein nicht glücklich machte, wenn man mehr davon hatte, als man je würde ausgeben können. Jedenfalls war ihm schon vor einigen Jahren klargeworden, daß das Leben, das er im Augenblick führte, jeden Reiz für ihn verloren hatte.

Das war auch der Grund gewesen, warum er auf das Angebot eingegangen war. Ihm war vom ersten Augenblick an klargewesen, daß damit endlich wieder jener Hauch von Abenteuer in sein Leben Einkehr finden würde, nach dem er sich schon seit langem sehnte. Auch die Argumente, die man ihm vortrug, hatten ihm eingeleuchtet. Er brachte geradezu ideale Voraussetzungen für diese Aufgabe mit: In einer unverfänglichen Branche tätig, hatte er mehrere Jahre in Japan verbracht, sprach fließend Japanisch, hatte viele Freunde und Geschäftskontakte im Land und hatte sich zudem zahlreiche japanische Produktions- und Marketingmethoden zu eigen gemacht, so daß er auch bestens mit der japanischen Denkweise vertraut war. Nicht zuletzt war er auch reich genug, um sich in Tokio ohne nennenswerte Mühe Zugang zu den maßgeblichen Wirtschaftskreisen zu verschaffen und vor allem auch in *Verbotene Träume* eingeladen zu werden.

Den endgültigen Ausschlag hatte natürlich gegeben, daß er Naoharu Nishitsu bereits persönlich kannte. Er hatte mit dem Vorsitzenden von Japans mächtiger Liberaldemokratischer Partei bereits eine Reihe größerer Geschäftsabschlüsse getätigt, an denen er selbst gut verdient hatte und die Nishitsu in New York, wo Japaner mittlerweile nur noch mit Mühe Fuß fassen konnten, wichtige Kontakte eröffnet hatten.

Ganz offensichtlich steckte hinter Nishitsu mehr, als das auf den ersten Blick den Anschein hatte. Genaugenommen war er sogar der Schlüssel zu jener geheimen Welt, die Moravia für seine Auftraggeber erkunden sollte. Man hatte ihm nichts Geringeres vorgeschlagen, als Spion zu werden – eine Aufgabe, die einen unwiderstehlichen Reiz auf ihn ausübte.

Zudem hatte er keinerlei Skrupel, einen Mann wie Nishitsu zu Fall zu bringen. Einmal ganz abgesehen davon, daß Nishitsu bereits zahlreiche Menschenleben auf dem Gewissen hatte, war er infolge seiner enormen politischen Macht auch dazu in der Lage, ganz wesentlichen

Einfluß auf das Leben unzähliger Menschen auszuüben, ohne daß diese sich dessen überhaupt bewußt waren.

Ähnlich wie Moravia führte auch Nishitsu eine geheime zweite Existenz. Und nun war Moravia damit beauftragt worden, herauszufinden, was es damit auf sich hatte. Zweifellos ein höchst gefährliches Vorhaben, das ihn jedoch gerade deshalb um so mehr reizte.

Im Moment beobachtete Moravia gerade, wie ihm eine auffallend schöne Japanerin, fast ein Mädchen noch, Tee nachschenkte. Wie das in Japan Sitte war, hatte sie das getan, ohne dazu von ihm aufgefordert werden zu müssen. Das war mit einer der Gründe, weshalb er sich schon als junger Mann so stark von diesem Land und seiner Kultur angezogen gefühlt hatte.

Sie befanden sich in einem kleinen, fensterlosen Raum. Das Mädchen saß vollkommen nackt neben ihm. Auf ihren Lippen lag jenes freundliche, aber unverbindliche Lächeln, das für ihn mehr als alles andere das moderne Japan symbolisierte. Seltsam, wie sehr sie ihn an das erste japanische Mädchen erinnerte, das er vor Jahren in New York kennengelernt hatte. Etwas so Unverbrauchtes und Unschuldiges hatte sie an sich gehabt – und doch war sie bereit gewesen, alles zu tun, was er sexuell von ihr wollte. Sie hatte ihn so sehr in ihren Bann geschlagen, daß er ihr nach Japan gefolgt war und sie um ein Haar geheiratet hätte. Aber dann hatte er im letzten Augenblick doch noch einen Rückzieher gemacht und seitdem nie wieder mit dem Gedanken an Heirat gespielt.

Früher hatte er geglaubt, es läge an seinem Reichtum, daß er keine dauerhafte Beziehung zu einer Frau aufrechterhalten konnte. Das war jedoch ein Trugschluß gewesen. In Wirklichkeit war nichts anderes schuld daran als seine verborgene zweite Existenz, die sich ihm nachts auftat wie eine Mohnblüte, deren Kuß seine hochfliegendsten Träume Wirklichkeit werden ließ. Und es gab in seinen Augen keinen geeigneteren Ort, um seine ausgefallenen sexuellen Bedürfnisse zu befriedigen als Tokio.

Er griff nach einer roten Seidenschnur und schlang sie sich mehrmals um die Hand. Als er vorsichtig daran zog, rutschte die Frau, deren Fußknöchel am anderen Ende der Schnur befestigt war, ein Stück auf ihn zu. Er erhob sich von dem bequemen Sofa und führte sie zu einem harten Holzstuhl. Ein kurzes Reißen an der Seidenschnur, und sie ließ sich rittlings darauf nieder.

Er kniete hin und band ihre Fußgelenke an den Stuhlbeinen fest. Nun kam das Schönste am Ganzen. Genüßlich schlang er ihr weitere Seidenschnüre um Hals, Handgelenke, Taille, Brüste, Augen und den leicht geöffneten Mund – ein kompliziertes Geflecht aus Schlingen und Knoten, das in Verbindung mit ihrer straffen, glatten Haut zu einem Kunstwerk wurde, das ebenso ästhetisch ansprechend wie sexuell erregend war.

Ihre Hilflosigkeit – und die Tatsache, daß sie dieses Gefühl des Ausgeliefertseins sichtlich genoß – übte auf Moravia einen unwiderstehlichen Reiz aus. Nackt stellte er sich hinter sie und legte seine Hände auf ihre Schultern, wohl wissend, daß sie sich nicht hätte bewegen können, selbst wenn sie das gewollt hätte. Aber sie wollte es auch gar nicht.

Behutsam glitten seine Hände über ihren gefesselten Rücken auf ihre Hüften hinab. Dann ging er so weit in die Knie, bis er sich auf der richtigen Höhe befand, zog an den strammen Fesseln und drang in sie ein.

Ihr entfuhr ein leises Stöhnen, und ihr Kopf sank gegen seine Brust zurück. Da sie wegen ihrer Fesseln nichts sehen konnte, spürte sie ihn um so intensiver. Allerdings konnten so extrem übersteigerte Reize nicht von allzulanger Dauer sein, so daß es für beide viel zu schnell vorüber war. Das war ja auch erst der Anfang, dachte er, während sich seine Hände um ihre festen Brüste schlossen. Und im selben Moment spürte er auch schon, daß sie bereit war, weiterzumachen.

Später, als er wieder nach New York zurückgekehrt war, blieben Moravia die Eindrücke seiner letzten Nacht in Tokio noch eine ganze Weile nachhaltigst in Erinnerung – jener Nacht, die er mit dem Mädchen Evan verbracht hatte und in der sie seiner neugewonnenen Standfestigkeit bis tief in die frühen Morgenstunden gehuldigt hatten. Und als sein schier unersättliches Verlangen endlich gestillt war, hatte ihm ein diskretes Klopfen an der Schiebetür seines Zimmers die Ankunft von Naoharu Nishitsu angekündigt.

Moravia war nicht entgangen, daß sich Evan bei Nishitsus Eintreten so tief verneigte, daß ihr Kopf die Tatami-Matte berührte – gerade so, als wäre Nishitsu ein Shogun aus dem Japan der Feudalzeit gewesen. Und als sie sich wieder aufrichtete und ihr Moravia durch einen kurzen Wink zu verstehen gab, die Tür zu schließen, hatte sie Nishitsu einen fragenden Blick zugeworfen und war erst auf dessen bestätigendes Nicken hin seiner Aufforderung nachgekommen.

Die paradoxen äußeren Umstände, unter denen dieses Treffen stattfand, waren Moravia keineswegs entgangen: Während Nishitsu, der zutiefst konservative Japaner, in Anzug und Krawatte erschienen war, trug er, der Amerikaner, einen traditionellen Seidenkimono.

Nishitsu hatte kurz sein schimmerndes weißes Auge auf Moravia ruhen lassen, bevor sich die beiden Männer dem langwierigen Ritual einer förmlichen Begrüßung unterzogen. Evan brachte Tee. Obwohl es kein grüner Tee war und er nicht mit dem Bambusbesen schaumig geschlagen war, nahm Nishitsu dankend eine Schale davon an.

»Moravia-san, mein Freund«, begann er, als er die erste Schale geleert und Evan ihm nachgeschenkt hatte. »Nehmen Sie bitte mein Bedauern zu Kenntnis, daß ich Ihre wohlverdiente Muße stören mußte, doch ist mir zu Ohren gekommen, daß Sie demnächst Ihren Geburtstag feiern.«

»Das ist in der Tat richtig, Nishitsu-san«, erwiderte Moravia, ganz bewußt auf die respektvollste Form der Antwort zurückgreifend. »Dennoch erstaunt es mich, daß ein derart unbedeutendes Ereignis Ihr Interesse erregt haben sollte.«

Nishitsu saß vollkommen reglos und aufrecht da. Die zarte Teeschale wirkte seltsam zerbrechlich in seinen schwieligen Händen – Hände, die in jahrelanger Karatepraxis an Holz, Stein, Metall und heißem Sand gestählt worden waren.

»Wie Sie sicher wissen«, erklärte Nishitsu, »messen wir traditionsgemäß all jenen Ereignissen eine ganz besondere Bedeutung bei, die einen gewissen Einschnitt im ewig gleichförmigen Strom der Zeit darstellen. Und was könnte es in dieser Hinsicht für einen wichtigeren Einschnitt im Leben eines Menschen geben als den Tag seiner Geburt. Ein so wichtiges Ereignis muß auf jeden Fall gebührend gefeiert werden.«

Sichtlich geschmeichelt, verneigte sich Moravia vor seinem Besucher. »Vielen Dank, Nishitsu-san.«

Nishitsu verneigte sich kaum merklich, erhob sich und verließ den Raum. Selbst als sich die Tür bereits wieder hinter ihm geschlossen hatte, schien die Atmosphäre noch zu knistern von der ungeheuren Ausstrahlung dieses Mannes.

Und in der Tat sollte Lawrence Moravia die Geburtstagsfeier, die Nishitsu an seinem letzten Abend in Tokio für ihn veranstaltete, nie vergessen. Evan war nur ein Vorgeschmack auf die Freuden gewesen, die ihn noch erwarteten. Erst war er von Nishitsu und einigen seiner engsten Mitarbeiter nach allen Regeln der Kunst bewirtet worden. Und als sich schließlich der Himmel von violettem Schwarz in schimmerndes Perlmutt zu verfärben begann und die anderen Festgäste entweder nach Hause gegangen oder besinnungslos betrunken waren, hatte Nishitsu ihn vom Boden hochgezogen und gesagt: »Die Feier ist noch keineswegs zu Ende, Moravia-san.«

Darauf hatten er und Nishitsu ihre Mäntel angezogen und waren nach draußen gegangen. Am Straßenrand wartete bereits ein Taxi. Er war kaum eingestiegen, als er erstaunt feststellte, daß Nishitsu ihm nicht gefolgt war, sondern noch immer am Straßenrand stand.

»Kommen Sie denn nicht mit?« rief er ihm zu.

»Diesmal nicht.« Über Nishitsus Lippen legte sich ein bei ihm seltenes Lächeln. »Viel Spaß, Moravia-san. Alles Gute zum Geburtstag!«

Die Türen schlossen sich, und das Taxi fuhr los. Der Fahrtwind, der durch das halbgeöffnete Fenster kam, übte eine belebende Wirkung auf ihn aus, und als das Taxi schließlich bei den Markthallen am Ufer des Sumida anhielt, fühlte er sich wieder erstaunlich frisch.

Der allgegenwärtige Fischgeruch, der ihm beim Aussteigen entgegenschlug, deutete darauf hin, daß er sich auf dem Fischmarkt von Tsukiji befand. Noch kämpften die gleißenden Flutlichtlampen erfolgreich gegen den unaufhaltsam nahenden Tag an.

Am Eingang eines Lagerhauses, im Lichtschein einer nackten Glühbirne, stand eine Frau. Offensichtlich hatte sie ihn erwartet, denn sie winkte ihm zu und rief: »Lawrence-san!«

Erst beim Näherkommen erkannte er sie. »Minako-san«, entfuhr es ihm erstaunt. Sie war eine ausgesprochen schöne, seltsam alterslos wirkende Frau, mit der ihn Nishitsu vor etwa einem Jahr in einem exklusiven Restaurant hoch über der Ginza bekannt gemacht hatte. Offensichtlich war sie alleinstehend gewesen. Er hatte sich durch ihr Interesse geschmeichelt gefühlt, und sie waren rasch Freunde geworden. Ihre Beziehung war zwar rein platonischer Natur geblieben, aber das wurde mehr als wettgemacht durch das Gefühl von Wärme und Geborgenheit, das ihm Minako verlieh. Denn gerade in einem so fremdartigen und manchmal abweisenden Land wie Japan hatte es etwas sehr Tröstliches an sich, einen Menschen zu haben, bei dem man sich stets willkommen fühlte.

Beim Anblick seines verdutzten Gesichtsausdrucks konnte sich Minako ein Lachen nicht verkneifen. »Armer Lawrence-san. Da bist du nun aus den elitären Kreisen der Macht in die Niederungen des Fischmarkts geraten.« Sie nahm ihn am Arm und führte ihn in die Lagerhalle. »Wie war deine Geburtstagsfeier?«

»In jeder Hinsicht denkwürdig.«

»Gut. Dann dürfen wir dich jetzt auf keinen Fall enttäuschen.«

Sie bestiegen einen chromblitzenden Lift, der sie lautlos nach oben trug. Es roch nach Öl und Desinfektionsmittel, und Moravia wußte nicht recht, was ihn in dieser seltsamen Umgebung erwarten würde.

Im dritten Stock stiegen sie aus und gingen einen langen Korridor hinunter, in dem ein Geruch nach Sägemehl und Maschinenöl in der Luft hing. An seinem Ende betraten sie einen Raum, der wesentlich kleiner war, als er das in einem Gebäude dieser Größe erwartet hätte. In seiner Mitte stand ein Rollwagen mit einem mattschwarzen Kasten darauf, von dem mehrere dicke Kabel wegführten. In der Frontplatte befand sich eine Leuchtdiodenanzeige.

»Lawrence-san«, sagte Minako, »ich möchte dich mit dem Orakel bekannt machen.« Sie drückte auf die winzige Fernbedienung in ihrer Hand, und das Orakel erwachte zum Leben.

»SEI GEGRÜSST, MORAVIA-SAN«, ertönte eine Stimme, die zweifellos aus dem schwarzen Kasten kam. »ICH HABE SCHON GERAUME ZEIT AUF DIESEN AUGENBLICK GEWARTET.«

Moravia gab sich Mühe, sich seine Überraschung nicht anmerken zu lassen. Und als er aus dem Augenwinkel sah, wie über Minakos Lippen ein verstohlenes Lächeln huschte, brummte er leicht verärgert: »Das ist doch sicher nur eine Bandaufnahme.«

»IN DIESEM PUNKT MUSS ICH DICH LEIDER EINES BESSEREN BELEHREN«, kam prompt die Antwort. »OBWOHL ICH SELBSTVERSTÄNDLICH ÜBER DIE ENTSPRECHENDEN MITTEL VERFÜGE, UM AUF WUNSCH JEDES GESPRÄCH AUFZUZEICHNEN UND WIEDERZUGEBEN.«

Moravia, der nicht recht wußte, was er von dem Ganzen halten sollte, wandte sich hilfesuchend an Minako: »Kannst du mir vielleicht erklären, was das alles soll?«

Statt seiner Begleiterin antwortete ihm jedoch das Orakel: »MEINE FUNKTIONSWEISE BASIERT AUF EINER NEUARTIGEN KOMBINATION VON HEURISTISCHEN NEUROLOGISCHEN SCHALTKREISEN MIT EINER NEU ENTWICKELTEN TECHNOLOGIE, DIE SICH LAPID NENNT. DAS IST DIE ABKÜRZUNG FÜR LIGHT WAFER/PRISM GATE IMAGE DATA, MIT ANDEREN WORTEN . . .«

»Das reicht!« fuhr Minako energisch dazwischen. »Alles, was jetzt kommt, ist bestenfalls für Computerexperten und Biochemiker verständlich.«

Moravia ging näher auf den schwarzen Kasten zu und sah ihn aufmerksam an. »Was bist du nun eigentlich?«

»GENAU DAS, WAS DU GERADE DENKST«, antwortete das Orakel. »EIN LEBEWESEN.«

In das darauf eintretende Schweigen hinein sagte Moravia: »Ich bin ein Lebewesen. Aber auf dich trifft das wohl schwerlich zu.«

»ICH GEHE DOCH RECHT IN DER ANNAHME, DASS DIR INZWISCHEN KLARGEWORDEN IST, DASS DU DICH HIER NICHT MIT EINEM TONBANDGERÄT UNTERHÄLTST?«

Als Moravia darauf das Orakel nur schweigend anstarrte, fuhr es sichtlich zufrieden fort: »DU WIRST DOCH HOFFENTLICH NICHT MEHR LÄNGER LEUGNEN WOLLEN, DASS WIR HIER EIN RICHTIGES GESPRÄCH FÜHREN.«

»Ganz richtig. Ein Gespräch.«

»MIT WAS?«

Diese Frage verschlug Moravia buchstäblich die Sprache.

»UNTERHÄLTST DU DICH MIT EINEM FELSEN, EINEM BAUM ODER EINEM GRASHALM, MORAVIA-SAN? ODER HAST DU GANZ EINFACH NUR DEN VERSTAND VERLOREN?«

»Jetzt mach aber mal einen Punkt.« Mit Entsetzen wurde Moravia bewußt, daß ihn dieser schwarze Kasten tatsächlich in eine Unterhaltung verwickelt hatte.

»ICH BIN EIN LEBEWESEN«, sagte das Orakel bestimmt.

»Aber du bist nicht lebendig«, hielt ihm Moravia entgegen. »Du bist nicht organisch gewachsen.«

Darauf erwiderte das Orakel nur: »ICH DENKE, ALSO BIN ICH.« Dieser simplen Logik war nichts entgegenzusetzen. »IM ÜBRIGEN TÄUSCHST DU DICH AUCH IN DIESEM PUNKT, MORAVIA-SAN. DIE NEUARTIGE LAPID-TECHNOLOGIE, AUF DER MEINE FUNKTIONSWEISE BASIERT, ENTHÄLT EIN GEWISSES MASS AN MENSCHLICHER DNS, DAS ICH FORTWÄHREND IN SEINE BESTANDTEILE ZERLEGE UND ANALYSIERE. WIE DU SIEHST, HABE ICH ALSO DURCHAUS AUCH ORGANISCHE LEBENSFORMEN IN MIR.«

»Die dort herumflattern wie ein Schmetterling in einem Marmeladenglas«, murmelte Moravia, mehr zu sich selbst.

»Wie bitte?« sagte Minako, weil sie ihn nicht verstanden hatte.

»GANZ RICHTIG«, bestätigte ihm das Orakel, das seinen Einwurf im Gegensatz zu ihr gehört hatte.

Gegen seinen Willen mußte Moravia grinsen. Er pflanzte sich herausfordernd vor dem schwarzen Kasten auf. »Und was glaubst du nun eigentlich für mich tun zu können?«

»WAS DU WILLST, IST BEREITS GESCHEHEN«, erwiderte das Orakel mit einem Anflug von Spott in der Stimme.

Und nun war Moravia wieder zurück in New York, um auf weitere Anweisungen seiner Auftraggeber zu warten. Ohne sich dessen bewußt zu sein, hatte ihm Nishitsu tiefe Einblicke in ein streng gehütetes Geheimnis gewährt, und er hatte diese einmalige Gelegenheit genutzt, um soviel wie möglich darüber in Erfahrung zu bringen. Die Erkenntnisse, die er dabei gewonnen hatte, waren in der Tat so erstaunlich gewesen, daß er in einem verschlüsselten Fax darum gebeten hatte, über seine Erlebnisse mündlich Bericht erstatten zu können, da ihm ein schriftliches Memorandum angesichts der Ungewönlichkeit seiner Beobachtungen als nicht ausreichend erschienen wäre. Obwohl das nicht nur sehr gefährlich war, sondern auch gegen alle Bestimmungen verstieß, hielt er diese Maßnahme angesichts des Ernstes der Lage für vollauf gerechtfertigt.

Plötzlich hatte er den Eindruck, als hätte er aus dem Augenwinkel ein flüchtiges Huschen bemerkt. Zugleich glaubte er, den Einstich einer sehr feinen Nadel zu spüren.

Und dann wurde er mit einemmal von einem seltsamen, stetig zunehmenden Dunkel umgeben – gerade so, als würde er beim Tauchen immer weiter in die Tiefe gezogen –, in eine Finsternis hinab, in der eine Stille herrschte, wie er sie noch nie erlebt hatte.

Er wachte auf. Ihm war schrecklich übel, und er hatte einen dicken Kopf. Im Lauf seines abwechslungsreichen Lebens hatte er schon genügend Drogen ausprobiert, um zu wissen, daß es sich um eine ungemein wirksame Substanz handeln mußte. So heftig er auch dagegen ankämpfte, es nützte nichts.

Als er den Kopf auf die Seite drehte, stellte er überrascht fest, daß er nicht mehr in seiner Wohnung war, sondern in seinem Büro. War er entführt worden? Nur wurde man von Entführern in der Regel nicht an einen Ort gebracht, der einem gehörte.

Im Raum bewegte sich etwas, und er versuchte, den Kopf in diese Richtung zu drehen. Allerdings brachte das seinen Orientierungssinn vollends aus dem Gleichgewicht. Alles um ihn herum begann sich zu drehen. Heftig würgend wollte er sich übergeben, aber selbst dafür schien ihm die Kraft zu fehlen. Ein Wunder, daß wenigstens seine Lungen noch funktionierten.

Und dann sah er etwas wie einen Rochen auf sich zu schwimmen. »Wer . . .?« Die mächtigen Flossen bewegten sich mit kraftvoller Trägheit, der gefährlich gezackte Schwanz peitschte bedrohlich auf und ab. Moravia versuchte zu schreien, aber irgend etwas steckte in seiner Kehle – nein, in seinem Mund, er war wie mit Watte ausgestopft, so daß er nicht einmal die Zähne aufeinanderbeißen konnte. Er versuchte es auszuspucken, bekam es aber trotz heftigen Würgens nicht heraus.

»Und?« ertönte plötzlich eine Stimme. Allerdings hätte er nicht sagen können, ob sie einem Mann oder einer Frau gehörte. »Was ist es für ein Gefühl, vollkommen hilflos zu sein?«

Moravia schloß die Augen und versuchte verzweifelt, die inneren Fesseln zu sprengen, die ihn zu völliger Bewegungslosigkeit verdammten. Aber er kam nicht dagegen an. Nur sein Herz begann wie wild zu schlagen. Heftig blinzelnd versuchte er, dieses angsteinflößende rochenartige Wesen näher ins Auge zu fassen.

»Komm, ich helfe dir.« Da war sie wieder, diese seltsame Stimme. Gleichzeitig wurde er hochgehoben wie ein kleines Kind. Schutzsuchend vergrub er den Kopf in einem dunklen Schoß. »Willst du wissen, wer ich bin, Moravia? Du sollst es genauso erfahren, wie es auch alle anderen erfahren haben.« Welche anderen? dachte er benommen. »Morgen für Morgen bete ich zu den Göttern, daß sie mir Erleuchtung schenken, denn Erleuchtung ist der Schlüssel zum Erfolg. Das tue ich all jenen zum Trotz, die mir einzureden versuchen, daß mich die Götter zurückweisen werden, weil ich unrein bin, befleckt mit dem Blut, das ich mit meinen Händen vergossen habe. Alles, was ich ihnen entgegenhalte, ist: Überlaßt es den Göttern zu tun, was sie für richtig halten.

Auch wenn ich keinen Einfluß auf ihr Wirken habe, werde ich dennoch nicht aufhören, unablässig um ihren Beistand zu beten. Diese Unbeirrbarkeit ist es, die meine Reinheit ausmacht.« Zärtlich strich eine Hand über sein Gesicht. »Und der Erfolg hat mir recht gegeben, Moravia. Denn ich habe in allem immer nur Erfolg gehabt.«

Er wurde sanft geschaukelt, wie er das aus seiner Kindheit in Erinnerung hatte. »Was ich dir eben erzählt habe, ist alles, was du über mich wissen mußt. Das ist es, was mein wahres Wesen ausmacht. Der Rest ist nichts als schöner Schein, zwei Tupfer Rouge, auf den Wangen verrieben, bevor ein wichtiges Ereignis im Leben eines Menschen eintritt . . .« Eine leise Berührung, so zart wie der Flügelschlag eines Schmetterlings, erst am einen Wangenknochen, dann am anderen. »Die Geburt zum Beispiel . . . oder auch der Tod.«

Lippen, so weich wie Samt, so kalt wie ein Tautropfen, berührten die seinen, und im selben Augenblick war es, als legte sich eine Faust um sein Herz und drückte mit übermenschlicher Kraft zu.

Moravia schrie auf – oder besser, er versuchte zu schreien. Sein Verstand, zerfahren wie Wolken unter dem Ansturm des eisigen Nordwinds, befahl ihm zu schreien, aber sein Körper gehorchte ihm nicht mehr. Da war nur noch der Schmerz, und mit einemmal auch ein unerträglicher, von innen nach außen gerichteter Druck, der nach und nach all das in seinem wehrlosen Körper zum Stillstand brachte, was pumpte, seufzte, pulsierte und – als letztes – dachte.

Erstes Buch

IM ZWISCHENREICH

Drei können ein Geheimnis wahren,
wenn zwei von ihnen tot sind.

Benjamin Franklin

1

New York City

Eines Nachts, als dunkle, schwere Wolken sich vor den Vollmond schoben, lag Wolf Matheson sechs Stockwerke über dem stinkenden Sumpf von East Harlem auf einem kiesbestreuten Flachdach auf der Lauer.

Diesem Augenblick ging eine zermürbende, sieben Wochen lange Jagd voraus. Das war länger, als er je an einem Fall gearbeitet hatte. Aber jetzt endlich, in dieser naßkalten Februarnacht, war es soweit. Er würde den Gejagten genauso seiner gerechten Strafe zuführen, wie er das schon im Fall dreier anderer Serienmörder getan hatte, auf die ihn Commissioner Hayes Walker Johnson, der Polizeibeauftragte des City Council, angesetzt hatte, seit er zum Leiter der Sondermordkommission der New Yorker Polizei ernannt worden war. Die Werwölfe, wie die Mitglieder dieser neugegründeten Truppe in Polizistenkreisen mit einer Mischung aus Respekt und Angst genannt wurden, waren eine Eliteeinheit, die sich speziell mit der Aufklärung von Morden befaßte, die von psychopathischen Straftätern begangen wurden. In der Regel zeichneten sich diese Verbrechen nämlich durch eine solche Raffinesse oder Ziellosigkeit oder schlimmstenfalls auch beides zusammen aus, daß sich daran oft ganze Abteilungen regulärer Kriminalisten vergeblich die Zähne ausbissen.

Für diese verantwortungsvolle Aufgabe hatte sich Wolf vor allem durch die Aufdeckung eines bestialischen Mordes an zwei Prostituierten empfohlen. Die Brutalität, mit der die beiden Frauen umgebracht worden waren, hatte zwar selbst unter den sonst ziemlich abgebrühten Polizisten für einiges Aufsehen gesorgt, aber dennoch hatte das nichts an der Tatsache ändern können, daß die hoffnungslos überarbeitete Polizei der Sache nicht mit der gebührenden Gründlichkeit hatte nachgehen können. Das sollte sich erst ändern, als wenig später ein Tourist, der etwa genauso alt wie die jüngere der beiden Frauen war, auf dieselbe bestialische Weise ermordet wurde. Während das Leben einer Prostituierten auf den Straßen von New York noch nie sehr viel gezählt hatte, fiel ein Tourist in dieser Hinsicht schon wesentlich mehr ins Gewicht. Schließlich stellten Touristen einen zunehmend wichtigeren Wirtschaftsfaktor in dieser Stadt dar, die sich auf dem besten Weg befand, auf das Niveau eines Landes der dritten Welt abzusinken. Das daraufhin einberufene Treffen mit dem Commissioner bestätigte Wolf nur, was er bereits wußte: Der Fall war plötzlich ein ganz heißes Eisen.

Das Problem war nur, daß kein Mensch wußte, wo man bei der Suche nach dem Mörder ansetzen sollte. Aber dadurch ließ sich Wolf nicht entmutigen. Nach einem anstrengenden Tag am Schauplatz der zweiten Bluttat lag er noch lange in seinem Bett wach und beobachtete durch das Oberlicht das nächtliche Lichterspiel am Himmel, das in einer Stadt wie New York die Sterne ersetzen mußte. Und als er schließlich die Augen schloß, tat sich vor ihm nicht wie gewohnt tiefes Dunkel auf, sondern ein intensives rotes Glühen, aus dem ihm das Gesicht des Mörders entgegenleuchtete. Und ebenso deutlich, wie er den Mann sehen konnte, war er in der Lage, seinen säuerlichen Körpergeruch zu riechen, seinen auffallend leichten und beschwingten Gang zu registrieren und die Stimmen zu hören, die unablässig auf ihn einredeten.

Wie es ihm möglich war, das alles wahrzunehmen, blieb auch ihm selbst ein Rätsel. Aber binnen sechs Tagen hatte er den Täter gefaßt. Im Zuge der großangelegten Pressekampagne, die der Commissioner daraufhin nicht zuletzt deshalb eingeleitet hatte, um aus der sensationellen Lösung des Falls größtmögliches politisches Kapital für sich zu schlagen, stürzten sich die Medien geradezu auf Wolf Matheson, der in New Yorker Polizeikreisen ohnehin kein Unbekannter mehr war. Außerdem hatte dieser fantastische Fahndungserfolg das Nachspiel, daß schließlich die neue Sondereinheit ins Leben gerufen und Wolfs Leitung unterstellt wurde.

Die langwierigen Vorbereitungen für den Aufbau seiner Sondereinheit hatten Wolf ausreichend Zeit gelassen, in Ruhe über seine ungewöhnliche Begabung nachzudenken, die ihn, wenn auch noch nicht in so ausgeprägter Form, schon sein ganzes Leben lang begleitet hatte.

Während Wolf nun auf dem Dach ganz allein auf der Lauer lag und darauf wartete, daß der Mann, den er seit sieben Wochen jagte, aus seinem Versteck kam, wirkte er in seiner Reglosigkeit wie einer der steinernen Wasserspeier an den Fassaden der pompösen Vorkriegsbauten in der West Side. Es war fast vier Uhr morgens. Um diese Zeit war sogar in der hektischen Großstadtatmosphäre New Yorks so etwas wie momentane Ruhe eingekehrt. Es war, als wären plötzlich er und der Kolumbianer ganz allein auf der Welt.

Eines stand schon jetzt für ihn fest: Wenn alles vorüber war, würde sich entweder Arquillo hinter Gittern befinden, oder einer von beiden war tot. Hier stand zweifellos etwas mehr auf dem Spiel als bei den unschuldigen Versteckspielen seiner Kindheit, die er vor allem auch deshalb so gern gemocht hatte, weil er nie der Verlierer gewesen war.

Er befand sich im Getto El Barrio, wo das Elend und die Gewalt regierten. Die unmenschlichen Lebensbedingungen, die hier herrschten, erinnerten eher an eine Stadt wie Kalkutta als an New York.

Aus dem ätzend orangen Nachthimmel fiel irgendeine undefinierbare Form von Niederschlag. In einer anderen, weniger verseuchten

Umwelt hätte man vielleicht von Schnee gesprochen, aber die klebrig nassen Flocken waren so mit Schadstoffen angereichert, daß sie sich bei der leisesten Berührung mit dem kiesbestreuten Flachdach auflösten.

Die Straße tief unter ihm war wie ausgestorben. Einziges Lebenszeichen war das Jaulen einer fernen Sirene. Aus einem Hinterhof drang das wütende Kläffen eines Hundes herauf, der sich mit einem Obdachlosen einen erbitterten Kampf um ein paar Essensreste lieferte. Inmitten einer Wagenburg aus Einkaufswagen hatte sich ein Häuflein zerlumpter Gestalten um ein Feuer versammelt, das in einer Mülltonne stinkend vor sich hin kokelte. Auf einem Abbruchgrundstück war eine Art Großstadtreservat aus Pappzelten errichtet worden, deren windschiefe Kegel lange Schatten warfen. Ein alter Mann, die bloßen Füße im fahlen Licht der Straßenlampen so wächsern weiß wie Maden, tastete sich vorsichtig durch den Todesstreifen aus zerbrochenem Glas, der die Grenze des Reservats bildete. Heftig hustend spuckte er einer Ratte hinterher, die aufgeschreckt an ihm vorbeihuschte. Ein alter schwarzer Firebird stand mit laufendem Motor vor einer Einfahrt. Ein Stück weiter brauste ein auffrisierter Chevy – seine Seiten waren mit wild züngelnden Flammen bemalt – mit laut aufheulendem Motor vom Straßenrand los und verpestete die Luft mit seinen Auspuffgasen noch mehr.

Irgendwo in diesem Großstadtdschungel lagen Wolfs Männer auf der Lauer. Bobby Connor und Junior Ruiz. Wolf arbeitete zwar grundsätzlich allein, aber für den Fall, daß ihm sein Opfer entkam oder ihn tötete, hatte er immer ein paar Mann Verstärkung dabei. Denn bei der Sorte von Straftätern, mit der er es zu tun hatte, mußte man auf das Schlimmste gefaßt sein.

Wolf machte sich erst gar nicht die Mühe, auf die Uhr zu sehen. In dem Zwischenreich, in das er nun eingetaucht war, spielte die Zeit keine Rolle. Diese Welt funktionierte nach anderen Regeln und Gesetzen.

Der Kolumbianer, hinter dem er her war, handelte im Auftrag des Cali-Kartells im großen Stil mit Drogen. Darüber hinaus verfügte der Mann auch über ein umfangreiches Arsenal von Waffen, die er auf dunklen Kanälen aus verschiedenen amerikanischen Militärstützpunkten herausgeschleust hatte. Angesichts der zahlreichen Morde, die er in jüngster Vergangenheit begangen hatte, war inzwischen sogar die Frage aufgetaucht, ob Arquillo vom Drogenhändler auf Berufskiller umgesattelt war oder ob er sich schlicht und einfach den letzten Rest Verstand aus dem Hirn gekokst hatte.

Wolf hatte keine Ahnung, wann Arquillo auftauchen würde. Dank seiner übersinnlichen Fähigkeiten würde er aber auf jeden Fall früh genug auf ihn aufmerksam werden. Wie jedesmal, wenn Wolf einmal wußte, mit wem er es zu tun hatte, so war ihm auch diesmal bereits im voraus klargewesen, wer Arquillos nächstes Opfer sein würde.

Als er für einen Moment die Augen schloß, konnte er Bobbys und Juniors Anwesenheit ganz deutlich spüren. Wie er allerdings dazu fähig war, blieb ihm weiterhin selbst ein Rätsel. Handelte es sich dabei tatsächlich um übersinnliche Fähigkeiten oder nur um einen raffinierten Taschenspielertrick, von dem er allerdings nicht einmal selbst wußte, wie er funktionierte.

»Ich bring dich um, *maricone*!«

Wolf riß den Kopf herum. Unten auf der Straße rannte ein kleiner, stämmiger Puertoricaner hinter einem schlanken jungen Schwarzen her, dessen dunkle Haut glänzte wie Öl. Als die beiden durch den fauligen Dunst, der aus einem Kanaldeckel aufstieg, über die Straße liefen und an dem schwarzen Firebird vorbeikamen, hallte ihnen ein Schwall amüsierten Gelächters hinterher, in dem keine Spur von Besorgnis über den möglicherweise tödlichen Ausgang dieser Auseinandersetzung mitschwang.

Ganz plötzlich, als wäre ein leichter Windhauch über ihn hinweggestrichen, wurde sich Wolf der Anwesenheit Arquillos bewußt. Im gleichen Augenblick hörte er auch schon das leise Schnappen des Springmessers. Obwohl es ganz dicht hinter ihm ertönt war, drehte er sich nicht nach dem Geräusch um. Denn er spürte ganz instinktiv, daß jetzt auch nur die leiseste Bewegung einen Angriff zur Folge haben würde, gegen den sich zu wehren er nicht mehr die leiseste Chance gehabt hätte.

Arquillo war ein Hüne von einem Mann. Er kam aus dem schützenden Dunkel einer der zahlreichen Dachaufbauten von hinten auf ihn zugeschlichen, um sich, die Hand bereits zum tödlichen Stoß erhoben, auf ihn zu stürzen.

Trotzdem flüsterte Wolf eine innere Stimme zu: *Halt! Warte noch!*

Und als er im allerletzten Moment schließlich doch herumwirbelte, stürzte sich Arquillo bereits wie ein angreifender Stier auf ihn.

Es war, als stünde plötzlich die Zeit still. Wie auf ein geheimes Zeichen hin schien seine ganze Umgebung mit einemmal in völliger Reglosigkeit erstarrt: die wirbelnden Schneeflocken, die flackernden Feuer in den Reservaten der Ausgestoßenen tief unter ihm, das Rauschen des Verkehrs auf den nassen Straßen, die Verfolgungsjagd zwischen dem Puertoricaner und dem jungen Schwarzen, und nicht zuletzt das wütende Kläffen eines Straßenköters, dem jemand einen kärglichen Happen streitig zu machen versuchte.

Mit diesem plötzlichen Stillstehen der Zeit ging eine eigenartige Intensivierung aller Wahrnehmungen einher. Denn als Wolf seinem Angreifer auswich, nahm er nicht nur dessen haßverzerrte Züge in jeder Einzelheit wahr, sondern konnte in einem Schweißtropfen auf Arquillos Stirn sogar sein eigenes Spiegelbild erkennen.

Doch im selben Augenblick löste sich diese seltsame Erstarrung in einer Explosion aus Aktivität wieder auf. Sekundenbruchteile, bevor die Messerspitze seine Haut durchbohrte, schlug Wolfs Ellbogen gegen Arquillos Unterarm. Zwischen den beiden Männern begann ein verzweifeltes Kräftemessen. Immer weiter traten ihre Adern vor Anstrengung hervor, jeder Muskel war zum Zerreißen gespannt. Der nasse Schnee, der inzwischen so dicht fiel, daß er sich in Wolfs Brauen und Wimpern verfing, schmeckte nach rostigem Eisen und Ruß. Verzweifelt biß er die Zähne zusammen und erhöhte unter Aufbietung seiner letzten Kräfte den Druck auf Arquillos Unterarm noch mehr, bis dieser mit einem häßlich knackenden Geräusch brach.

Im selben Augenblick, in dem das Springmesser, mit dem Arquillo bereits drei Männer aufgeschlitzt hatte, mit einem dumpfen Klacken auf den Kiesbelag des Flachdachs plumpste, traf Arquillo mit dem Handrücken seiner unverletzten Hand Wolfs Nasenrücken und nutzte dessen momentanen Schock, um die Flucht zu ergreifen.

Trotz der betäubenden Schmerzen nahm Wolf jedoch sofort die Verfolgung des Kolumbianers auf. Für einen Moment zog er sogar in Erwägung, über das Kehlkopfmikrophon Bobby und Junior zu alarmieren, doch da hatte er schon die massive Eisentür erreicht, die ins Innere des Hauses führte, und nachdem er ein paar Sekunden angestrengt in das dunkle Treppenhaus gelauscht hatte, rannte er weiter hinter Arquillo her. Zum Teil war es nichts weiter als purer Ehrgeiz, daß er den Kolumbianer ganz allein fassen wollte, wenn sich auch nicht leugnen ließ, daß sich im Lauf ihres erbitterten Zweikampfs eine seltsame Form von Intimität zwischen den beiden Männern herausgebildet hatte. Das war inzwischen eine Sache geworden, die nur sie beide anging – etwas, das sie ganz allein unter sich ausmachen mußten. Die wilde Mordgier, die in Arquillos Augen aufgeleuchtet hatte, als er sich mit gezücktem Messer auf ihn stürzte, hatte sich Wolf unauslöschlich ins Gedächtnis eingegraben. Vermutlich war dieser flackernde Blick das letzte gewesen, was Arquillos Opfer gesehen hatten, bevor ihr Leben von ihm ausgelöscht worden war.

Das Mädchen, hinter dem Arquillo diesmal her war, bewohnte ein kaum mehr als Wohnung zu bezeichnendes Loch im vierten Stock, das bei einem Feuer zur Hälfte ausgebrannt war und bestenfalls noch ein paar Ratten und Kakerlaken zuzumuten gewesen wäre. Und doch hatte Wolf, als er sich vor ein paar Stunden schon einmal dort umgesehen hatte, die erstaunliche Feststellung gemacht, daß die Matratze des Mädchens mit Geldscheinen vollgestopft war – und keiner davon weniger wert als fünfzig Dollar. War also Arquillo doch nicht annähernd so verrückt, wie es auf den ersten Blick schien, und ließ er sich bei seinem Vorgehen in Wirklichkeit von sehr handfesten materiellen Interessen leiten? Durchaus möglich. Warum heuerte er dann allerdings nicht jemanden an, um die Konkurrenz auszuschalten, sondern machte die Drecksarbeit lieber selbst? Dafür gab es eigentlich nur eine einleuchtende Erklärung: Es machte ihm Spaß.

In vollem Lauf warf sich Wolf gegen die Wohnungstür. Sie war allerdings wesentlich weniger dazu angetan ihn aufzuhalten, als der grauenhafte Geruch, der ihm aus der Wohnung entgegenschlug. Seine Augen begannen so heftig zu tränen, als hätte ihm jemand eine Handvoll Pfeffer ins Gesicht geschleudert.

Der gellende Schrei des Mädchens war noch nicht ganz verhallt, als ihm klar wurde, was Arquillo mit dem Ganzen bezweckt hatte. Er hatte Wolf absichtlich hierhergelockt, um das Mädchen vor seinen Augen umzubringen. Allerdings hätte er nicht sagen können, woher er das so sicher wußte. Und da war noch etwas, mit dem er sich später noch eingehender würde befassen müssen. Wie hatte es Arquillo geschafft, vollkommen unbemerkt so nahe an ihn heranzukommen? Jedenfalls war es ein ziemlich beängstigendes Gefühl, vom Jäger plötzlich zum Gejagten zu werden.

Ihm wurde fast übel von dem widerlich süßlichen Blutgeruch, der ihm aus der Wohnung entgegenschlug, als er auf der Suche nach dem Mädchen von Raum zu Raum hetzte. Und dann, im Schlafzimmer, standen sie plötzlich vor ihm. Wie einen lebenden Schild drückte Arquillo das Mädchen mit seinem gebrochenen Arm an sich. Sein Atem ging in kurzen, stoßartigen Zügen, und in seinem Blick lag ein irres Leuchten, als er Wolf herausfordernd anstarrte.

Wolf zielte mit dem Revolver, den er gezogen hatte, ganz bewußt nicht auf Arquillos Kopf, die einzige ungeschützte Stelle. Denn er wollte diese Bestie unbedingt lebend haben – gewissermaßen um für all die anderen Ungeheuer in Menschengestalt, die sich in dieser Stadt noch herumtrieben, ein Exempel zu statuieren.

In diesem Augenblick stöhnte das Mädchen laut auf. Ihr blutleeres Gesicht war schmerzverzerrt, und Wolf sah, daß sie am Verbluten war. Wie schwer waren die Verletzungen, die ihr Arquillo bereits zugefügt hatte? Alles deutete darauf hin, daß sie bereits so viel Blut verloren hatte, daß sie keine Überlebenschance mehr hatte. Trotzdem kam für Wolf nicht in Frage, einfach aus nächster Nähe so viele Schüsse auf sie abzufeuern, daß eine Kugel auch Arquillo getötet hätte.

Mit einem breiten Grinsen, als hätten sie sich gerade in einem hartumkämpften, aber durchaus freundschaftlichen Tennismatch gegenübergestanden, zog der Kolumbianer ein aus drei Rasierklingen selbstgefertigtes Messer hervor, riß an den Haaren des Mädchens, trennte ihr mit drei raschen Schnitten den Kopf ab und schleuderte ihn mit einem heiseren Lachen nach Wolf. Dann ließ er den leblosen Körper des Mädchens fallen, sprang durch das offene Fenster und kletterte die rostige Feuerleiter hinunter.

Über und über mit Blut bespritzt, stürzte ihm Wolf hinterher. Doch diesmal ging er kein Risiko mehr ein. Über Kehlkopfmikrophon erteilte er Bobby und Junior Anweisungen, wie sie den flüchtigen Kolumbianer am besten abfangen konnten.

»*Wir haben ihn!*« kam schon wenige Augenblicke später Bobbys blecherne Stimme aus dem winzigen Sender in Wolfs Ohr.

Wolf hatte fast den zweiten Stock erreicht, als er die Detonationen hörte. Er sprang vom untersten Absatz der Feuerleiter zu Boden und rannte sofort in der Richtung los, in der die Schüsse gefallen waren. Als er um die Ecke der Einfahrt bog sah er, daß Bobby Connor neben dem reglos am Boden liegenden Junior Ruiz kniete. »Nein!« entfuhr es ihm unwillkürlich. Und als er den starren Blick in Juniors Augen bemerkte, wandte er sich an Bobby Connor: »Wo ist der Kerl?«

Die Hände befleckt von Juniors Blut, stand Bobby Connor auf und deutete stumm vor Schreck in eine dunkle Ecke des Hinterhofs. Wolf ging auf die Stelle zu und drehte den Toten auf den Rücken. Chucho Arquillos Gesicht war über und über mit Blut verschmiert.

»Gut gemacht, Bobby«, sagte Wolf.

»Ich . . . ich habe aber gar nichts gemacht, Lieutenant.«

Wolf, dem der hysterische Ton seiner Stimme nicht entgangen war, drehte sich zu Bobby um.

»Was ist hier eigentlich passiert?«

»Da«, stieß Bobby heiser hervor. »Sehen Sie sich mal sein Gesicht an.«

Wolf beugte sich über Arquillos Leiche und starrte in das finstere Gesicht, das ihn während der letzten sieben Wochen ständig begleitet hatte – es schien aus einer Reihe unsichtbarer Wunden zu bluten. Um besser sehen zu können, kniete Wolf neben dem Toten nieder. Und tatsächlich, das Blut sprudelte aus ihm hervor, als würde es aus einer unsichtbaren Quelle tief im Innern seines Körpers gespeist. Ungläubig kniff Wolf die Augen zusammen. Hatte er da eben eine bläuliche Flamme über Arquillos Wangenknochen flackern sehen? Nein, das war nicht möglich. Und doch . . . Als er seine Hand über Arquillos Gesicht hielt, ging eine merkwürdige Hitze davon aus.

Nachdenklich richtete sich Wolf auf und ging auf Bobby Connor zu, der unter Schock zu stehen schien. Bobby Connor war Anfang Dreißig, breitschultrig und kräftig gebaut, er hatte ein offenes Gesicht, hellblaue Augen und aschblondes Haar. Da ihm der Schreck noch immer in den Knochen zu stecken schien, legte ihm Wolf beruhigend die Hand auf die Schulter. »Jetzt erzählen Sie mir mal in aller Ruhe, was los war.« Und als er sah, daß Bobby mühsam um Fassung rang, fügte er hinzu: »Wenn

Sie sich übergeben müssen, tun Sie sich keinen Zwang an. Das ist unter diesen Umständen bestimmt keine Schande.«

Bobby nickte, wischte sich den Schweiß von der Stirn und sagte mit zitternder Stimme: »Danke, Lieutenant. Es geht schon wieder.« Als ihm Wolf darauf aufmunternd zunickte, setzte er noch einmal an: »Junior und ich sahen Arquillo die Feuerleiter runterkommen. Wir haben ihn zwar aufgefordert stehenzubleiben, aber er war bereits in dem Dunkel, das hier unten herrscht, untergetaucht, so daß wir ihn nicht mehr sehen konnten.« Schaudernd ließ er seinen Blick durch den dunklen Hinterhof wandern. »Wie dem auch sei. Kaum war Arquillo von der Leiter gesprungen, war plötzlich der Teufel los ... ich weiß auch nicht, wie es passiert ist ... es ging alles so schnell ... Wir hatten beide unsere Waffen gezogen. Junior hat als erster geschossen. Er dachte, er hätte ihn getroffen und ging hinüber – es war dort so dunkel, daß man nichts sehen konnte, und ich habe ihm Feuerschutz gegeben. Dann hörte ich plötzlich zwei Schüsse, und Junior flog in hohem Bogen durch die Luft. Er wurde mit solcher Wucht gegen mich geschleudert, daß ich um ein Haar mit ihm zu Boden gegangen wäre.«

Da er an dieser Stelle einfach zu sprechen aufhörte, als wäre das schon alles gewesen, half Wolf nach: »Und dann haben Sie Arquillo gesehen.«

Bobby schüttelte den Kopf. »*Irgendwas* habe ich zwar gesehen, aber ich könnte nicht sagen, was. Es war wie ein – ich weiß auch nicht – wie ein Feuerball, ein blauer Feuerball. Dann war ein lautes Zischen zu hören, und es roch plötzlich nach – mein Gott, dieser Gestank war entsetzlich. Und dann hat jemand laut aufgeschrien – ich bin sicher, es war Arquillo –, und im nächsten Moment kam er aus dem Dunkel auf uns zugetaumelt. Einen Arm hatte er schlaff nach unten hängen – so, als wäre er gebrochen. Aber die andere Hand hielt er sich ins Gesicht. Es hat *gebrannt.*«

Unwillkürlich mußte Wolf an die bläuliche Flamme denken, die er über Arquillos Gesicht hatte huschen sehen, und an die seltsame Hitze, die davon ausgegangen war. »Denken Sie noch mal in Ruhe nach, Bobby. Arquillo hat also gebrannt. Ist das richtig?«

Bobby sah ihn an. »Nur sein Gesicht hat gebrannt. Nur sein Gesicht.«

In der Ferne wurde das Geräusch rasch näher kommender Sirenen hörbar. »Und was ist dann passiert?«

»Dann schoß etwas an mir vorbei!«

»Sie meinen: Jemand schoß an Ihnen vorbei?«

»Vermutlich schon. Aber, ehrlich gestanden, weiß ich nicht, was es war, Lieutenant. Es war dunkel und – zäh.«

»Sie meinen doch wohl massig?«

»Nein.« Bobby schüttelte den Kopf. »Zäh. Wie Sirup. Oder Brei. Es hat sich im ganzen Hinterhof ausgebreitet, und es war, als würde es immer dunkler.«

Wolf hatte ein Gefühl, als begänne sich in seiner Magengrube eine schlafende Schlange zu regen. Er tastete seine Umgebung nach einer Aura ab, die vielleicht noch intensiver war als die Arquillos. Aber er konnte nicht das Geringste wahrnehmen – absolut nichts, was auf die Anwesenheit eines anderen Wesens hingedeutet hätte.

Bobby holte tief Luft und fuhr fort: »Dann hat sich dieses Dunkel wieder aufgelöst, und als ich mich umdrehte, sah ich *jemanden* auf die Straße hinausgehen. Der Kerl – ich glaube jedenfalls, daß es ein Mann war – ging auf einen Wagen zu, Lieutenant. Einen schwarzen Firebird, Baujahr 87. Die Kiste sah aus, als würde sie jeden Augenblick auseinanderfallen. Jemand saß hinterm Steuer und hat auf ihn gewartet.«

Plötzlich fiel Wolf wieder ein, daß er den Wagen oben vom Dach gesehen hatte.

»Können Sie den Mann beschreiben, Bobby? Irgend etwas, das Ihnen an ihm aufgefallen ist?«

»Tut mir leid, Lieutenant, aber ich weiß beim besten Willen nicht, wie der Kerl ausgesehen hat. Ehrlich gestanden, könnte ich Ihnen nicht mal mit Sicherheit sagen, ob es ein Mann oder eine Frau war. Aber ich habe mir einen Teil der Autonummer gemerkt.«

»Sehr gut.« Ganz instinktiv spürte Wolf, daß Bobby unbedingt eine Beschäftigung brauchte, um von dem schockierenden Zwischenfall abgelenkt zu werden. »Rufen Sie gleich mal bei der Kfz-Zulassungsstelle an. Die sollen auf der Stelle die Teilnummer und den Wagentyp durch ihre Computer jagen. Spätestens in einer Stunde will ich ein Ergebnis vorliegen haben.«

Bobbys Gesicht war noch immer leichenblaß, als er kurz nickte und sich entfernte. Währenddessen wurde das gespenstische Dunkel des Hinterhofs bereits vom hektischen Lichterzucken der ersten Streifenwagen erfüllt. Wolf erteilte ein paar knappe Anweisungen, worauf sich einige der uniformierten Streifenpolizisten daranmachten, den Tatort abzusperren, während andere in das Haus rannten, um dort die Spuren des Verbrechens zu sichern und nach Zeugen zu suchen. Sie gingen nicht gerade zimperlich mit den paar verwahrlosten Gestalten um, die ihnen dabei in die Quere kamen. Immer wieder hörte man, wie bei ihrer Suche eine Glasscheibe zu Bruch ging, und natürlich hatten sie alle sehr schnell ihre Knüppel zur Hand – sei es nun, weil sie sich langweilten oder weil sie Angst hatten. Diese Männer führten ja auch ein Dasein, das sich normale Zivilisten nur schwer vorstellen können. Tag und Nacht lebten sie in dem beängstigenden Bewußtsein, als Zielscheibe der immer weiter um sich greifenden Gewalt herhalten zu müssen.

Wolf kniete immer noch an Junior Ruiz' Seite und hielt so lange seinen blutüberströmten Kopf im Schoß, bis endlich der erste Notarztwagen eintraf – gerade so, als wäre Junior selbst im Tod noch auf seinen Schutz angewiesen.

Das Hauptquartier der Werwölfe – wie sich die Sondereinheit von Wolf Matheson nannte – war in einem ehemaligen Kino in Chinatown untergebracht, in dem vorwiegend Kung-Fu-Filme der primitivsten Sorte (die Bösewichter waren immer Japaner) gezeigt worden waren. Eines Tages war es dann allerdings wegen eines erbitterten Bandenkriegs, der den dort gezeigten Gewaltstreifen an Brutalität in nichts nachstand, geschlossen worden.

Der halbverfallene Bau duckte sich wie ein räudiger Hund unter die Stahlkonstruktion der Manhattan Bridge. Einerseits kam Wolf diese unspektakuläre Unterbringung durchaus gelegen. Andererseits hatte es ihn jedoch auch etwas überrascht, daß man ihm keine Räumlichkeiten im Polizeipräsidium an der Police Plaza zur Verfügung gestellt hatte, wie ihm ursprünglich von Commissioner Hayes Walker Johnson zugesagt worden war. Wie sich herausstellte, war das jedoch in letzter Minute von Polizeichef Jack Breathard sabotiert worden, dem Wolf schon seit einiger Zeit ein Dorn im Auge war. Aufgrund seiner glänzenden Erfolge sah Breathard nämlich in Wolf zunehmend einen potentiellen Rivalen und versuchte ihn deshalb durch alle nur erdenklichen Schikanen in seiner Arbeit zu behindern.

Schon bei der ersten Besichtigung des heruntergekommenen Kinos hatte Wolf kurzerhand beschlossen, sämtliche Sitze herausreißen und den vergammelten Teppichboden mit Sperrholzplatten auslegen zu lassen. Der Zuschauerraum war in einzelne, oben offene Verschläge aufgeteilt worden, und nur unmittelbar unter der Leinwand, die noch immer so mattsilbern schimmerte wie das Haar einer Filmdiva aus den vierziger Jahren, hatte man eine größere Fläche frei gelassen. An den Wänden des Kinosaals sah man noch die blutigen Spuren der erbitterten Bandenkriege, die hier einmal ausgetragen worden waren. Polizeichef Breathard hatte es nämlich bisher stets geschafft, Wolfs Anträge, die Räumlichkeiten von Grund auf zu renovieren, mit irgendwelchen fadenscheinigen Hinweisen auf diese und jene verwaltungstechnischen Schwierigkeiten zu torpedieren.

Nachdem Wolf und Bobby Connor am Tatort fertig waren, fuhren sie ins Hauptquartier. Dort hatte sich inzwischen bereits die Kfz-Zulassungsstelle gemeldet. Allerdings hatte sich kein Zusammenhang zwischen dem von Bobby durchgegebenen Teilkennzeichen und einem schwarzen Firebird, Baujahr 87, herstellen lassen. Etwas anderes hatte Wolf auch gar nicht erwartet. Natürlich war das Nummernschild geklaut gewesen.

Anschließend suchten Wolf und Bobby die Frau Juniors auf. Verlegen in der Ecke stehend, sah Bobby zu, wie Wolf die haltlos schluchzende Frau tröstend in den Armen hielt. Juniors achtjähriger Sohn saß auf der abgewetzten Couch, hielt einen Baseballschläger in der Hand und sagte die ganze Zeit kein einziges Wort. Ob er ihnen wohl am liebsten den Schädel eingeschlagen hätte, weil sie ihm seinen Vater genommen hatten?

»Im Augenblick sind das vielleicht nur leere Worte für Sie, Maria«, hörte Bobby seinen Boß in fließendem Spanisch sagen. »Aber Ihr Mann war uns allen ein Vorbild. Er hat sich ganz in den Dienst der Allgemeinheit gestellt und gegen die immer mehr um sich greifende Gesetzlosigkeit angekämpft. Durch seinen selbstlosen und aufopfernden Einsatz hat er jedem von uns gezeigt, daß es nicht stimmt, was manche behaupten: daß unsere polizeiliche Tätigkeit nämlich schon längst keinen Sinn mehr hat. Das ist etwas, was sie Julio einmal erzählen können, wenn er alt genug ist, um es zu verstehen. Und glauben Sie mir, auf sein Leben wird das einmal einen prägenden Einfluß haben.«

»Wie Sie das nur wieder hingekriegt haben, Lieutenant«, sagte Bobby auf der Fahrt zurück ins Büro. »Ich hätte in so einer Situation sicher nicht die richtigen Worte gefunden.«

Wolf starrte abwesend durch die Windschutzscheibe. »Freut mich, wenn Sie das so sehen.«

»Irgendwie ist es Ihnen jedenfalls gelungen, Juniors Frau zu beruhigen.«

Wolf saß wie versteinert da. »Ehrlich gesagt, habe ich nicht die leiseste Ahnung, ob das stimmt, was ich Maria eben erzählt habe, oder ob das alles nur ein Haufen Blödsinn war.«

»Das war es auf keinen Fall«, erklärte Bobby begeistert.

Währenddessen kreisten Wolfs Gedanken jedoch bereits um ganz andere Dinge: um brennende Gesichter, um ein seltsam körperhaftes Dunkel, um eine schlafende Schlange, die sich in seinem Bauch zu regen begann. »Na, ich weiß nicht. Im Moment zählt jedenfalls nur, daß Junior tot ist.«

Bobby überholte gerade einen Lkw. »Nein, Lieutenant, das ist nicht ganz richtig. Im Augenblick zählt nur, daß Junior tot ist und daß sich sein Mörder noch auf freiem Fuß befindet.«

Im Büro herrschte eine Atmosphäre tiefer Niedergeschlagenheit. Jemand hatte zum Andenken an Junior ein Foto von ihm auf die riesige Kinoleinwand projiziert. Er sah darauf wesentlich älter aus als neunundzwanzig und wirkte so ernst, daß man ihn schon sehr gut gekannt haben mußte, um sich vorstellen zu können, wie humorvoll und witzig er manchmal gewesen war. Ohne mit jemandem ein Wort zu wechseln, zog sich Wolf unverzüglich in sein Abteil zurück, ließ sich in seinen kunstlederbezogenen Drehstuhl plumpsen und gab sich seinem Weltschmerz hin.

Wie lange war es eigentlich schon her, daß er das letztemal zu der Einsicht gelangt war, daß New York nicht der richtige Ort für ihn war? Eine Woche, einen Monat oder ein Jahr? Jedenfalls war er wieder einmal an dem Punkt angelangt, daß er es gründlich satt hatte, sich Tag für Tag mit den Gestrandeten dieser vollends ins Chaos abgleitenden Stadt herumzuschlagen. Mein Gott, dachte er kopfschüttelnd, wie hatte es einen Jungen aus dem verschlafenen Elk Basin im Herzen Wyomings nur in die tiefsten Niederungen dieses von Grund auf verfaulten Großstadtdschungels verschlagen können? Erschöpft schloß er die Augen. Natürlich wußte er ganz genau, warum er es in Elk Basin nicht mehr länger ausgehalten hatte. Aber wenn er ganz ehrlich war, wollte er daran eigentlich lieber nicht mehr denken. Tatsache war nur, daß er jetzt hier war und sich gefälligst zu entscheiden hatte, wie er sich sein weiteres Leben vorstellte. Wollte er es für immer in diesem Hexenkessel verbringen ... ja, was oder?

»Lieutenant«, riß ihn Bobby Connors Stimme aus seinen Gedanken.

»Nicht jetzt.«

Unverzüglich zog sich Bobby wieder zurück. Ganz abgesehen davon, daß Wolf Matheson der Vorgesetzte Bobbys war, ging von ihm generell eine seltsam einschüchternde, fast ehrfurchtgebietende Wirkung aus, die jedoch keineswegs nur auf sein beeindruckendes äußeres Erscheinungsbild zurückzuführen war: die hohen Wangenknochen, das glatte, nach hinten gekämmte Haar und die mandelförmigen zimtfarbenen Augen. Vor allem strahlte Wolf eine innere Kraft und Ruhe aus, wie sie Bobby Connor bisher noch an keinem anderen Menschen beobachtet hatte.

Gedankenversunken starrte Wolf vor sich hin. Wer hatte Arquillo und Junior Ruiz getötet? Die naheliegendste Erklärung war natürlich: Arquillo hatte Junior im Dunkeln seinen Dienstrevolver entrissen und ihn damit erschossen. Aber was war tatsächlich passiert? Wolf brauchte sich nur noch einmal in den finsteren Hinterhof zurückzuversetzen und sich Juniors immer schwächer werdende Aura zu vergegenwärtigen, um zu wissen – mit hundertprozentiger Sicherheit zu *wissen* –, daß Junior nicht von Arquillo erschossen worden war.

Wer allerdings hatte ihm dann seinen Revolver entrissen und ihn damit aus nächster Nähe erschossen? Die schemenhafte Gestalt, die Bobby gesehen hatte?

Und wer hatte in dem schwarzen Firebird auf diesen geheimnisvollen Unbekannten gewartet? Die Frage, die Wolf jedoch am meisten beschäftigte, lautete: Wie war es möglich, daß er die Aura dieses Unbekannten nicht hatte wahrnehmen können?

Eines stand jedenfalls jetzt schon fest: Hier ging einiges nicht mit rechten Dingen zu. Eigentlich hätte ihm das schon von dem Moment an klarwerden müssen, in dem er das Blut, zäh und dickflüssig wie Lava, aus Arquillos stolzem, vom Irrsinn gezeichneten Gesicht hatte hervorquellen sehen.

Mühsam versuchte Wolf seine Gedanken zu ordnen. Aber in seinem Kopf jagten sich die Schreckensbilder der vergangenen Stunden: Das gräßlich verzerrte Gesicht des Mädchens, bevor ihm Arquillo die Kehle durchgeschnitten hatte. Juniors totenstarre Augen, matt und leblos. Das Entsetzen im Blick seiner Frau, als sie ihnen geöffnet hatte; sofort war ihr bewußt gewesen – nicht umsonst lebt jede Polizistenfrau in ständiger Angst vor diesem Augenblick –, warum er plötzlich im Morgengrauen vor ihrer Tür stand. Und nicht zuletzt das gespenstische blaue Flackern, das über Arquillos blutüberströmtes Gesicht gehuscht war.

Auf keinen Fall durfte er jetzt den Fehler begehen, die Bedeutung dieser Eindrücke zu unterschätzen. Auch das seltsame Durcheinander, das plötzlich in ihm herrschte, war ein untrügliches Zeichen dafür, wie tief ihn dieser mysteriöse Vorfall berührt hatte . . .

»Hier ist dein Denken.« Gehalten in einer knotigen, wettergegerbten Hand. *»Und hier ist dein Körper.«* Die andere Hand auf Armes Länge von ihr entfernt.

Mit einer seltsamen Mischung aus Faszination und Angst beobachtet der junge Wolf Matheson, wie der alte Mann die beiden Hände aufeinander zu bewegt. Erst scheinen sie sich nur ganz langsam zu nähern, doch am Ende schießen sie so rasend schnell aufeinander zu, daß ihn ihr explosionsartiges Klatschen heftig zusammenzucken läßt. Und in der um so intensiveren Stille, die darauf eintritt, ist nichts zu hören als das leise Klimpern der geschnitzten Tiere – Bär, Bison, Falke, Wolf – an den perlenbestickten Armbändern des Alten.

Über die Züge des alten Indianers legt sich ein zufriedenes Lächeln. In der Gegenwart seines Großvaters fühlt sich Wolf jedesmal in eine andere fremde Welt versetzt – ein Eindruck, der durch die seltsamen Gerüche in seinem Tipi noch zusätzlich verstärkt wird: das frischgegerbte Leder, die Asche des Feuers und die exotischen Pflanzenöle, deren Zusammensetzung zu kompliziert ist, als daß der Junge ihre einzelnen Komponenten erkennen könnte.

Mit gütiger Miene fährt der alte Mann fort: *»Du glaubst mir nicht. Und das ist gut so. Der Glaube an irgend etwas – vor allem an dich selbst – kann erst im Lauf der Zeit kommen.«* Er hat die Hand ausgestreckt und läßt seine schmalen, langen Finger auf Wolfs Schulter ruhen. Sie sind unerhört kräftig, diese Finger, und es gibt wenig anderes aus Wolfs Vergangenheit, an das er sich so deutlich erinnern kann wie an ihre Kraft.

»Und jetzt laß dich nieder«, fordert ihn sein Großvater auf und sieht ihn dabei prüfend an. *»Nein. Nicht so. Halt den Rücken ganz gerade. So. Ja, ganz gerade.«* Er ist ein großer, gutaussehender Mann, und obwohl er keineswegs sehr kräftig gebaut ist, hält Wolf ihn für den größten und stärksten Mann der Welt. Aber vielleicht spürt der Junge ja auch nur die Aura seines Großvaters, und die ist in der Tat außergewöhnlich. *»Und jetzt paß gut auf. Schon bald wirst du aufhören, deinen Körper zu spüren. Gleich wird nur noch dein Bewußtsein existieren, voll mit den sich jagenden Gedanken der Jugend. Bist du glücklich mit diesem Zustand, mit diesem ständigen Hasten und Hetzen, ohne je auch nur einen Gedanken zu Ende zu denken? Wohl kaum. Nur in der Stille klaren und ruhigen Denkens kann eine vernünftige Entscheidung gefällt werden. Denk zum Beispiel an einen Baum oder Berg. Wie still sie sind. Wenn du so still wie ein Baum oder Berg wirst, dann wirst du auch fähig sein zu denken.«*

Der junge Wolf hat damals lange gebraucht, um zu verstehen, was sein Großvater mit diesen Worten gemeint hat. Ständig in Bewegung zu sein ist stets ein ganz wesentlicher Bestandteil seines Lebens gewesen. Wolf hat mit Begeisterung Baseball und Verstecken gespielt und, als er dafür alt genug war, regelmäßig an den rituellen Marathonläufen der Wind-River-Schoschonen teilgenommen, die für die Angehörigen des Stammes eine der letzten Reminiszenzen an ihre mehr und mehr in Vergessenheit geratene Vergangenheit darstellen ...

Abrupt schrak Wolf aus seinen Erinnerungen hoch. War er tatsächlich eingeschlafen, oder spukte noch immer der alte Mann in seinem Kopf herum?

»Matheson ...«

Wolf sah in das breite, schwarze Gesicht von Polizeichef Jack Breathard. Obwohl über seinen Lippen das breite Grinsen lag, das bei seinen Wählern so gut ankam, waren seine Augen so kalt wie Eis.

»Und? Wie geht's?«

»Kein Grund zu klagen, Chief.« Wolf war auf der Hut. Breathard war viel zu beschäftigt, um nur mal kurz auf einen kleinen Plausch bei ihm vorbeizuschauen.

»Hörte, daß Sie heute morgen einen Ihrer Leute verloren haben. Mit seinem eigenen Dienstrevolver erschossen.« Breathards Ton hatte inzwischen etwas unüberhörbar Schulmeisterliches angenommen. »So etwas geben wir nicht gern an die Presse weiter.«

»Ich werde das Ruiz' Witwe sagen.«

Breathards mächtige Arme wirkten wie zwei Baumstämme, als er sich vorbeugte und seine Hände auf Wolfs Schreibtisch stützte. »Jetzt hören Sie mir mal gut zu, Sie Klugscheißer! Sie brauchen mir hier nichts zu erzählen. Wenn einer meiner Leute im Dienst getötet wird, ist das schon schlimm genug. Aber wenn man ihn auch noch mit seiner eigenen

Waffe abgeknallt hat ... Sie wissen jedenfalls sehr genau, wie ich über so was denke. So etwas läßt uns in den Augen der Öffentlichkeit ziemlich dumm dastehen. Und wir müssen uns sowieso schon genügend Vorwürfe machen lassen, angefangen von Brutalität und Rassismus bis hin zu Korruption und Bestechlichkeit. Da hat uns das gerade noch gefehlt.«

»Ich kann Ihren Standpunkt sehr gut verstehen«, mußte ihm Wolf zähneknirschend recht geben.

»Können Sie eben nicht, Mr. Gernegroß.« Ein dicker Wurstfinger schoß vor und deutete direkt auf Wolfs Brust. »Mag ja sein, daß der Commissioner einen Narren an Ihnen gefressen hat, aber mir sind Sie schon lange ein Dorn im Auge, Matheson. Früher oder später wird auch Ihnen mal ein Fehler unterlaufen. Und dann werde ich Sie hier abservieren, damit der Laden endlich mal so geführt wird, wie ich mir das vorstelle. Oder haben Sie inzwischen auch nur einen meiner Leute hier?«

»Sie wissen doch, daß Squire Richards für mich arbeitet.«

»Das ist nur ein Farbiger.« Breathard hob den Zeigefinger, als wollte er prüfen, aus welcher Richtung gerade der Wind wehte. »Nur *einer* von meinen Leuten in einer Abteilung, die wie groß ist?«

»Sechs Mann stark, mich eingerechnet«, antwortete Wolf, obwohl er wußte, daß Breathard über derlei statistische Einzelheiten genauestens auf dem laufenden war.

»Einer von sechs, Matheson. Halten Sie das etwa für eine vertretbare Quote von Afro-Amerikanern?«

»Ich suche mir meine Leute nicht nach Hautfarbe, sondern nach Leistung aus. Das wissen Sie doch, Chief.«

»Ich weiß nur, daß das genau die Sorte Dampf ist, mit der Sie vielleicht anderen die Köpfe vernebeln können, aber nicht mir. Um so bedauerlicher, daß ausgerechnet der Commissioner eine ausgesprochene Schwäche für solches Gewäsch zu haben scheint.« Er machte eine kurze Pause. »Zwei meiner besten Leute, Washington und White, warten nur darauf, bei Ihnen einsteigen zu können – um das Gleichgewicht wieder ein wenig herzustellen.«

»Die Brüder kenne ich.« Wolf nickte finster. »Der eine ist zweimal beim Detective-Examen durchgefallen, der andere ist erwischt worden, wie er von verschiedenen Geschäftsinhabern in seinem Revier Schutzgelder kassiert hat.«

»Nichts als Verleumdungen.«

»Die Ergebnisse eines Detective-Examens lassen sich aber in der Regel stichhaltig überprüfen«, hielt Wolf dagegen. »Und Whites Reviervorsteher ist ein guter Freund von mir. Ich weiß also zufällig sehr genau Bescheid über seine dubiosen Geschäfte.« Er lehnte sich zurück. »Außerdem habe ich im Moment keine Planstelle frei.«

Breathards Augen verdunkelten sich. »Eines können Sie mir glauben, Matheson. Früher oder später werden auch Sie mal in die Scheiße treten, und dann werde ich hier mal ordentlich aufräumen.« Über seine Züge legte sich ein hämisches Grinsen. »Wer weiß? Vielleicht ist ja bereits dieses Fiasko mit Ruiz die Gelegenheit, auf die ich schon die ganze Zeit gewartet habe.«

Ohne Wolf Gelegenheit zu einer Antwort zu geben, machte er auf dem Absatz kehrt und ging.

Wolf ließ geräuschvoll den Atem entweichen. In seinen Augen war Breathard genauso korrupt wie der Bürgermeister mitsamt seinem Stadtrat und dem Rest politischer Hasardeure, die die Geschicke der Stadt leiteten. Aus diesem Grund war es ihm auch ein ständiger Dorn im Auge, daß Wolf dem Commissioner direkt unterstellt und somit seinem Einfluß entzogen war.

Selbstverständlich ließ sich Breathard im Beisein des Commissioners oder des Bürgermeisters nie zu irgendwelchen rassistischen Äußerungen hinreißen. Statt dessen kehrte er bei diesen Gelegenheiten stets den unparteiischen, auf Ausgewogenheit bedachten Streiter für Gerechtigkeit und Vernunft heraus. Breathard war mit allen Wassern gewaschen. Wenn es die Not der Stunde gebot, verstand er es ganz hervorragend, sich so lange totzustellen, bis man fast vergaß, daß es ihn überhaupt gab. Und dann tauchte er plötzlich wie aus dem Nichts aus seiner selbstgewählten Versenkung auf, um sich wieder mit allem Nachdruck in Erinnerung zu bringen.

Als Wolf von seinem Schreibtisch aufstand, sah er sich plötzlich dem überlebensgroßen Gesicht von Junior Ruiz gegenüber, das von der Kinoleinwand auf ihn herabstarrte. »Entfernen Sie das!« ordnete er schroff an. Zu deutlich erinnerte ihn dieses Gesicht daran, wieviel es noch zu tun gab. Obwohl er Arquillo nun endlich aus dem Verkehr gezogen hatte, war die Sache damit noch keineswegs erledigt. Im Gegenteil, jetzt schien es erst richtig loszugehen. Und was das schlimmste war: Er hatte das beunruhigende Gefühl, als nähme dieser Fall Dimensionen an, die sich zusehends mehr seiner Kontrolle zu entziehen drohten.

Das harmonische Zusammenwirken von Körper und Geist, die innere Ruhe, die für richtiges Denken und Handeln unabdingbar war, begann für Wolf mit Aikido. Von Natur aus ein Mensch, für den Bewegung eine große Rolle spielte, war für ihn Aikido die ideale Methode, um seine Energien in die richtigen Bahnen zu lenken. Außerdem verschaffte es ihm die erforderliche strenge Disziplin, selbst in Augenblicken entfesselter Gewalttätigkeit jene tiefe innere Ruhe zu bewahren, die unabdingbare Voraussetzung für jedes klare und vernünftige Denken war.

Nur wenn man sich nämlich im Einklang mit sich selbst befand, war man in der Lage, auch seine inneren Kräfte gegen seinen Gegner zum Einsatz zu bringen. Denn für Wolf war das Entscheidende bei den fernöstlichen Kampfkünsten nicht, daß man mit der bloßen Faust eine Betonwand durchschlagen konnte. Ihm kam es vor allem darauf an, das Prinzip von *ken* zu verwirklichen. Erst wenn man in sich die Ruhe eines Berges gefunden hatte, konnte man sich seine inneren Kräfte im Kampf gegen das Chaos in ihrem vollen Umfang nutzbar machen.

Obwohl er die letzte Nacht kein Auge geschlossen hatte, war sein Verstand fieberhaft am Arbeiten, und auch sein Körper kannte keine Müdigkeit. In diesem überdrehten Zustand ließ sich sein inneres Gleichgewicht am besten mit Aikido wieder herstellen. Deshalb absolvierte er auf der ehemaligen Galerie des Kinos, auf der er einen Trainingsraum hatte einrichten lassen, ein intensives Übungsprogramm, das sich aus Techniken zum Zurückziehen, zum Angreifen und zum Ausweichen zusammensetzte, jenen drei Grundkomponenten, auf denen im großen und ganzen sämtliche Selbstverteidigungsmethoden basierten. Durch Aikido wurden die Reflexe so geschult, daß man frontal einem gegnerischen Angriff begegnen konnte und trotzdem immer eine Möglichkeit fand, der Attacke auszuweichen und sich ihre Wucht für die eigenen Zwecke zunutze zu machen.

Anschließend versuchte er alle Mitarbeiter, deren er gerade habhaft werden konnte, zu einem Trainingskampf zu überreden. Da jedoch gerade Schichtwechsel war und die einen nach Hause wollten, die anderen ihren Dienst antraten, kamen dafür nur drei Gegner in Frage: Bobby Connor, Squire Richards und Tony Three Times.

Tony Three Times, der eigentlich mit richtigem Namen Pugnale hieß, war enorm kräftig, aber zugleich auch sehr impulsiv. Deshalb ließ er sich oft sogar dann zu einem Angriff verleiten, wenn er im Grunde genommen genau wußte, daß sich sein Gegner nur scheinbar eine Blöße gab, um ihn in eine Falle zu locken. Wie gewohnt hatte Wolf anfangs einige Mühe mit ihm, aber am Ende gelang es ihm doch, ihn zu bezwingen. Er täuschte einen Schlag gegen seine linke Kopfhälfte vor, und als Tony im Gegenzug Wolf am Hemd packte, konterte er mit zwei *tenkan*: erst eine Drehung nach rechts, um Tony vorübergehend aus dem Gleichgewicht zu bringen, und dann eine Drehung nach links. Gleichzeitig packte er Tony mit der linken Hand am rechten Handgelenk, bückte sich und zog ihn blitzschnell über sich hinweg, so daß er mit einem dumpfen Knall auf dem Boden landete, wo ihn Wolf auf der Stelle fixierte.

Squire Richards war ein großer, extrem kräftiger Schwarzer, der trotz seiner beeindruckenden Statur enorm schnell und wendig war. Außerdem war er so hart im Nehmen, daß nicht selten auch technisch wesentlich bessere Gegner keine Chance gegen ihn hatten. Fast sah es auch diesmal so aus. Nachdem er sich mit Wolf bereits zehn Minuten einen erbitterten Kampf geliefert hatte, schien es so, als verließen Wolf allmählich die Kräfte. Diese Chance sofort nutzend, packte er Wolf mit beiden Händen am rechten Handgelenk, um ihn anschließend zu Boden zu werfen.

Wolf wartete bis zum allerletzten Augenblick, bevor er sich blitzschnell nach links drehte und Squire dabei mit sich zog. Gleichzeitig nutzte er den Schwung der Drehung, um seinen Arm hochzureißen, auf ein Knie niederzugehen, sich unter Squire hindurchzuschieben und mit einem heftigen Ruck an seinen Händen zu ziehen. Und im selben Moment segelte Squire auch schon in elegantem Schwung über Wolfs eingezogenen Kopf hinweg und landete direkt vor ihm auf dem Boden.

Mit Bobby war das eine ganz andere Geschichte. Er war zwar nicht annähernd so stark wie Wolf, dafür aber ein äußerst raffinierter Taktiker, der oft Bewegungskombinationen einsetzte, gegen die sogar wesentlich stärkere Gegner keine Chance hatten. Wolf gelang es aber schließlich doch, ihn mit einer *ikkyo*, einer im Grunde genommen ganz simplen Immobilisierungstechnik, zu bezwingen, indem er Bobbys linken Arm mit einem *irimi* über seinen Kopf drehte und ihn damit in die Knie zwang.

Im Anschluß daran gab es noch etwas theoretischen Unterricht. Wolf erklärte seinen drei Sparringspartnern in aller Ausführlichkeit, wie er sich ihre Schwächen zunutze gemacht hatte. Anschließend duschte er und zog sich frische Sachen an. Er wollte gerade mit Bobby frühstücken gehen, als das Telefon klingelte. Es war der Commissioner.

»Ich hätte da was Dringendes mit Ihnen zu besprechen«, kam die Stimme von Hayes Walker Johnson aus dem Hörer. »Am besten, Sie kommen gleich zu mir nach Hause, bevor ich ins Büro fahre. Aber bitte nicht durch die Vordertür. Nehmen Sie den Hintereingang, den ich immer benutze, wenn ich unbemerkt ins Haus kommen will. Außer ein paar engen Vertrauten weiß niemand etwas davon. Behalten Sie das Ganze also möglichst für sich.«

In einem als Taxi getarnten Einsatzwagen machten sich Wolf und Bobby Connor auf den Weg. Auf Wolfs Vorschlag hin war das Dach des Wagens mit Infrarotfarbe lackiert worden, damit er auch nachts von einem Hubschrauber gesehen werden konnte – eine Maßnahme, die sich schon in mindestens zwei Fällen bestens bewährt hatte.

Da Bobby fuhr, konnte Wolf in Ruhe darüber nachdenken, weshalb ihn Johnson wohl so dringend zu sprechen wünschte. Wenn der Commissioner einen neuen Fall für Wolf hatte, schickte er ihm in der Regel einfach ein Fax mit den nötigen Anweisungen und Unterlagen. Demnach mußte es ziemlich schwerwiegende Gründe geben, weshalb Johnson auf eine Einsatzbesprechung unter vier Augen gedrungen hatte. Etwas in der Art mußte wohl auch Bobby durch den Kopf gegangen sein, denn er sagte: »Da müssen wir es wohl mit einem verdammt prominenten Mordopfer zu tun haben – vielleicht irgendein hochgestellter Politiker, von dem sich der Commissioner dicke Schlagzeilen verspricht.«

Commissioner Hayes Walker Johnson bewohnte ein Haus in der East 83rd Street. Als er von Bürgermeister James Olivas von Houston nach New York geholt worden war, hatte Johnson ausdrücklich darauf bestanden, nicht nur eine Dienstwohnung, sondern ein Haus mit Garten zur Verfügung gestellt zu bekommen. Bobby parkte nicht in der Straße, in der das Haus des Commissioners stand, sondern in der nächsten Parallelstraße. Außerdem klemmte er auf Johnsons ausdrücklichen Wunsch nicht wie sonst üblich das POLIZEI-IM-EINSATZ-Schild unter die Windschutzscheibe. Offensichtlich sollte ihr Treffen streng geheimgehalten werden, und das war vermutlich auch der Grund, warum der Commissioner an diesem Morgen später als sonst üblich zum Dienst fuhr.

In Befolgung von Johnsons Anweisungen stiegen Wolf und Bobby die Treppe zum Kellereingang eines Einfamilienhauses hinunter. Wie der Commissioner gesagt hatte, war die schwarzlackierte Eisentür nicht abgeschlossen. Sie führte in einen schwach erleuchteten, fensterlosen Gang, in dem es nach Pfeifenrauch roch. Am anderen Ende befand sich eine altmodische Holztür mit einer Milchglasscheibe, durch die trübes Tageslicht fiel.

Sie führte in einen Garten. Der gepflasterte Weg war von Ligustern und Kornelkirschen gesäumt, über denen sich die kahlen Kronen von zwei Platanen wölbten. Die schwarze Erde der umgestochenen Beete wartete geduldig auf die ersten Strahlen der Frühlingssonne.

Im hinteren Teil des Gartens befand sich ein dreieinhalb Meter hoher Zaun aus Weidengeflecht, in den so geschickt eine Tür eingelassen war, daß Wolf sie vermutlich nicht bemerkt hätte, wenn Johnson sie ihm nicht schon früher gezeigt hätte. Und hinter dieser Tür lag der Garten von Commissioner Hayes Walker Johnson. Üppig wuchernde Robinien, deren lange Zweige steil nach oben ragten, waren durchsetzt von saftig grünen Büschen. Dahinter wand sich eine uralte knorrige Glyzinie die vierstöckige Fassade des alten Backsteinhauses hinauf.

Johnson erwartete sie bereits am Hintereingang. Er hatte ausgeprägte O-Beine, und seine milchkaffeebraune Haut war von unzähligen dunklen Leberflecken gesprenkelt. Über seinen markanten Zügen lag jenes telegene Lächeln, das vor allem bei seinen weißen Wählern so hervorragend ankam, während er bei der schwarzen und lateinamerikanischen Bevölkerung New Yorks seine Beliebtheit wohl mehr seiner Hautfarbe zu verdanken hatte.

Johnson führte Wolf und Bobby in die gemütliche Küche.

»Schön, daß Sie gekommen sind«, begrüßte er sie in einem Ton, als hielte er es keineswegs für selbstverständlich, daß sie so prompt zu dem Treffen erschienen waren. »Ich habe bereits gehört, daß Sie einen Ihrer Leute verloren haben, Wolf. Wirklich sehr bedauerlich. Für Sie war das sicher ein schwerer Schlag. Aber immerhin ist es Ihnen nun endlich gelungen, Arquillo aus dem Verkehr zu ziehen.« Johnson deutete auf einen massiven Eichentisch, der mit einem reichhaltigen Frühstücksbüfett gedeckt war. Er hatte wirklich an alles gedacht – sogar daran, daß Wolf und Bobby gerade aus dem Dienst kamen und sicher hungrig waren.

Offensichtlich wußte der Commissioner noch nichts von den seltsamen Umständen, unter denen Arquillo und Junior Ruiz ums Leben gekommen waren. Wolf hatte nämlich Bobby ausdrücklich darum gebeten, keinem Menschen etwas von dem bläulichen Flackern zu erzählen, das er über Arquillos Gesicht hatte huschen sehen, und auch in seinem schriftlichen Bericht nichts davon zu erwähnen.

Johnson war sichtlich um seine Gäste bemüht und ließ es sich nicht nehmen, sie persönlich zu bedienen. Nachdem er Wolf und Bobby genügend Lachs, kaltes Hühnchen und Hummersalat auf ihre Teller geladen hatte, holte er ein Messer aus der Schublade und schnitt damit ein paar Scheiben von einem frischen Laib Roggenbrot ab. »Mit Saft und Kaffee bedienen Sie sich am besten selbst«, forderte er sie auf. »Wenn Sie wollen, kann ich Ihnen auch koffeinfreien Espresso machen.« Johnson selbst aß nichts, sondern nahm nur immer wieder kleine Schlucke aus einer großen Tasse Espresso. Trotzdem ließ er Wolf und Bobby erst einmal zehn Minuten lang in Ruhe essen, bevor er zur Sache kam.

»Was mich betrifft, bin ich sehr froh, daß wir diese Arquillo-Geschichte endlich vom Tisch haben. Was ich nämlich jetzt für Sie habe, ist äußerst dringend.« Er reichte Wolf einen braunen Ordner. »Gestern nacht hat jemand Lawrence Moravia umgebracht. In seinem eigenen Büro. Hat sich einfach an Moravias Leibwächtern vorbeigeschlichen und anschließend wieder aus dem Staub gemacht, ohne irgendeine Spur zu hinterlassen. Die Autopsie ist im Moment noch nicht abgeschlossen.« Er deutete auf den Ordner. »Wenn Sie sich das vielleicht mal ansehen würden.«

Hayes Walker Johnson genehmigte sich nicht weniger als drei doppelte Espresso, während Wolf und Bobby die Akte studierten. Was sie daraus erfuhren, war folgendes:

Lawrence Moravia, der es schon mit fünfundzwanzig Jahren zum Multimillionär gebracht hatte, war selbst in einer Stadt wie New York eine Ausnahmeerscheinung gewesen. Aus einfachen Verhältnissen stammend – seine eingewanderten Eltern hatten nie richtig Englisch gelernt –, hatte er sich binnen kürzester Zeit ein gigantisches Immobilienimperium aufgebaut, das denen der Helmsleys oder Kalikows in nichts nachstand.

Zu verdanken hatte er diesen enormen Erfolg unter anderem auch seinen unkonventionellen Methoden. Anstatt sich mit der Stadtverwaltung in langwierigen Verhandlungen um die Rechte für immer gigantischere Großprojekte herumzuschlagen, nutzte er die bereits vorhandenen Steuervergünstigungen für den Bau von dringend benötigten Wohnungen für die mittleren Einkommensschichten. Möglich war ihm dies unter anderem auch aufgrund seiner guten Beziehungen zu japanischen Geldgebern. Er hatte in Tokio mehrere Jahre alternative Bau- und Managementmethoden studiert und war bis zu seiner Ermordung mehrmals im Jahr zwischen Tokio und New York hin und her gependelt, um sich einerseits über die neuesten wirtschaftlichen Entwicklungen auf dem laufenden zu halten und zugleich auch den ebenso komplizierten wie für westliche Menschen schwer zu verstehenden Freundschaftsverpflichtungen nachzukommen, auf die die Japaner so außerordentlich großen Wert legten.

Seit Beginn der achtziger Jahre hatte sich in New York eine zunehmende Polarisierung in Reich und Arm bemerkbar gemacht, hervorgerufen vor allem durch die massive Abwanderung der für ein intaktes Sozialgefüge lebenswichtigen Mittelschicht, die immer weniger bereit war, sich mit der eskalierenden Steigerung der Lebenshaltungskosten abzufinden und dazu auch noch in Kauf zu nehmen, daß die Lebensverhältnisse in ihrer unmittelbaren Umgebung zusehends mehr von jugendlichen Drogendealern und Obdachlosen geprägt wurden.

Dieser Entwicklung hatte Moravia mit ebenso umfangreichen wie gezielten Baumaßnahmen entgegenzuwirken beabsichtigt, bis er unter höchst mysteriösen Umständen in seinem Büro in der obersten Etage eines ihm gehörenden Hochhauses in der Fifth Avenue ermordet worden war. Man hatte ihn mit zwei Schüssen in den Hinterkopf getötet, die aller Voraussicht nach aus einer Waffe vom Kaliber 9 mm abgegeben worden waren (die ballistischen Untersuchungen standen kurz vor dem Abschluß). Den bisher vorliegenden Untersuchungsergebnissen zufolge deutete alles darauf hin, daß es sich dabei um eine Exekution im klassischen Stil gehandelt hatte, ausgeführt von einem oder mehreren professionellen Killern. Die Mordwaffe hatte man bisher noch nicht gefunden. Ebensowenig waren mit Ausnahme der Fingerabdrücke Moravias, seines Assistenten und seiner Sekretärin irgendwelche Spuren am Tatort gefunden worden – und das, obwohl die Sicherheitsbeamten, von denen die Leiche entdeckt worden war, alles unverändert gelassen hatten. Als etwas ungewöhnlich war auf den ersten Blick nur aufgefallen, daß Moravias Wangen mit Rouge geschminkt waren. Aber in einer Stadt wie New York war man an derlei längst gewöhnt.

Bobby war gerade auf der letzten Seite des Berichts angelangt, als Wolf zu Johnson sagte: »An der Sache muß doch noch mehr dran sein. Sonst hätten Sie mir den ganzen Kram doch einfach per Fax geschickt.«

Hayes Walker Johnson stellte seine Espressotasse ab. »Lassen Sie mich zunächst einmal folgendes feststellen: Ein Mann wie Moravia war für die Stadt von unschätzbarem Wert. Er hat mehr für den jüngsten wirtschaftlichen Neuaufschwung getan als irgend jemand sonst, den ich kenne. Trotzdem ist mir der Kerl nicht ganz koscher. Heute morgen habe ich einen Anruf vom Chef des gerichtsmedizinischen Instituts persönlich bekommen. Wie es bisher aussieht, ist Moravia gar nicht an den Schüssen in seinen Hinterkopf gestorben. Um Näheres über die Todesursache sagen zu können, müssen erst noch eine Reihe hochkomplizierter toxikologischer Untersuchungen durchgeführt werden.« Der Commissioner seufzte bedrückt. »Jedenfalls haben wir es hier nicht mit dem simplen Mordanschlag zu tun, nach dem es auf den ersten Blick aussieht. Deshalb sollen Sie so schnell wie möglich herauszufinden versuchen, was wirklich hinter dieser Sache steckt, bevor die Presse etwas davon erfährt. Sonst könnte dieser Fall nämlich so hohe Wellen schlagen, daß uns das alle Kopf und Kragen kosten wird. Wenn Moravia zum Beispiel Drogen genommen hat – und das wäre noch eine der harmloseren Erklärungsmöglichkeiten für seine Ermordung –, dann werden seine engen Beziehungen zu den maßgeblichen Entscheidungsinstanzen der Stadtverwaltung das ohnehin schon ziemlich angeknackste Wirtschaftsgefüge der Region bis auf ihre Grundfesten erschüttern. Angesichts des enormen Ansehens, das Moravia genoß, kann ich Ihnen jetzt schon garantieren, daß seine schmutzige Hinterlassenschaft in erster Linie auf uns zurückfallen wird. Die zunehmende Abwanderung von Betrieben, die wir mit allen Mitteln aufzuhalten versuchen, wird daraufhin geradezu sprunghaft ansteigen. Aber gerade das können wir auf keinen Fall zulassen. Denn davon hängt unser wirtschaftliches Überleben ab.«

Als der Commissioner sah, daß auch Bobby den Bericht zu Ende gelesen hatte, nahm er den Ordner unverzüglich wieder an sich. Die Sache mußte also wirklich verdammt brisant sein, und Wolf konnte inzwischen sehr gut verstehen, warum ihm Johnson die Unterlagen nicht einfach durchgefaxt hatte. Er sagte: »Mit anderen Worten – Sie wollen den Fall so schnell wie möglich vom Tisch haben.«

»Und vor allem so, daß die Presse nicht auf dumme Gedanken kommt.« Der Commissioner breitete die Hände aus. »Was Ihr Vorgehen betrifft, lasse ich Ihnen dabei vollkommen freie Hand, Wolf. Es kommt mir in erster Linie darauf an, daß Sie den Fall so schnell wie möglich klären.« In diesem Moment begann seine Uhr zu piepen. »Ich habe in fünf Minuten eine Besprechung. Noch Fragen?« Er stand auf.

»Ich möchte, daß endlich mein Büro frisch gestrichen wird«, sagte Wolf. »Ich kann diese Blutflecken an den Wänden nicht mehr sehen.«

»Geht in Ordnung«, nickte Johnson. »Rufen Sie in meinem Büro an und . . .«

»Nein«, sagte Wolf und nagelte ihn mit seinem Blick fest. »Ich stelle keine weiteren Anträge an Ihr Büro mehr. Ich möchte, daß Sie das selbst in die Hand nehmen. Und zwar noch heute. Ist das klar?«

»Also gut, ich werde mich darum kümmern. Aber erledigen Sie mir das hier schnell, gründlich und vor allem auch diskret. Damit würden Sie uns allen einen großen Gefallen tun.«

Wieder zurück bei ihrem Wagen, sagte Bobby zu Wolf: »Was steckt da Ihrer Meinung nach tatsächlich dahinter?« Damit es im Wageninnern etwas wärmer wurde, ließ er den Motor an, fuhr aber noch nicht los.

Wolf wartete mit seiner Antwort. Seltsamerweise ließ ihn der hochbrisante Fall, den ihm Johnson gerade übertragen hatte, vollkommen kalt. Noch vor einem Monat hätte er sich mit Feuereifer auf eine solche neue Aufgabe gestürzt. Was war nur plötzlich los mit ihm? Fing er langsam an durchzudrehen? Immerhin gab es vermutlich in ganz New York keinen Polizisten, der ihn nicht um seine enorm privilegierte Stellung beneidet hätte. Es war inzwischen nichts Ungewöhnliches mehr, daß Vertreter der für die Stadt und den Staat New York zuständigen Staatsanwaltschaften zu ihm gepilgert kamen, um sich von ihm über die wirksamsten Möglichkeiten der Verbrechensbekämpfung beraten zu lassen. Mit anderen Worten: Wolf hatte das erreicht, wovon jeder andere Polizist nur träumen konnte. Obwohl er dafür natürlich hart gearbeitet hatte, wurde ihm in letzter Zeit zunehmend deutlicher bewußt, daß ihm das alles, nachdem er sein Ziel erreicht hatte, nicht mehr sonderlich viel bedeutete. Was war bloß mit ihm los? Vielleicht hätte er nur mal wieder gründlich ausschlafen sollen. Als die Jagd auf Arquillo in die entscheidende Phase getreten war, hatte er sechsunddreißig Stunden kein Auge mehr zugemacht. Und nun das.

»Am besten, wir fahren gleich mal zu Moravias Wohnung«, sagte er zu Bobby.

»Aber Moravia wurde doch in seinem Büro umgebracht.«

»Wir sollten uns lieber erst einen Eindruck von der Persönlichkeit des Ermordeten verschaffen, bevor wir uns am Tatort umsehen. Nach Abschluß der ersten Voruntersuchungen dürfte dort ohnehin nicht mehr allzuviel für uns zu holen sein.«

Lawrence Moravias Wohnung nahm die gesamte obere Etage eines von ihm selbst gebauten Gebäudekomplexes am Central Park South ein, in dem sonst vorwiegend reiche Araber und Japaner wohnten.

»Herr im Himmel!« entfuhr es Bobby, als ihnen ein uniformierter Sicherheitsbeamter die Eingangstür öffnete. Wolf enthielt sich jeden Kommentars. Was es zu sagen gab, hatte Bobby bereits gesagt.

Moravias Wohnung hatte gigantische Ausmaße. Ein Raum reihte sich an den anderen, jeder teurer und geschmackvoller eingerichtet als der andere, und von jedem hatte man eine atemberaubende Aussicht auf Manhattan. In dieser luftigen Höhe hätte man fast denken können, in dieser Stadt wäre der Traum von Wohlstand und Freiheit für alle tatsächlich wahr geworden. Denn hier oben befand man sich so weit über der Gewalt und dem Elend, das in den dunklen Straßenschluchten der Stadt herrschte, daß man nicht einmal mehr das unablässige Sirenenjaulen der Einsatzwagen hören konnte.

Bewundernd strich Bobby über die Lehne einer elegant geschwungenen Couch. »Also, was mich betrifft, würde mir sogar ein Zehntel vom Vermögen dieses Moravia genügen.«

Wolf sah auf die funkelnde Skyline von Manhattan hinaus. »Wenn du dich hier mal ein bißchen umsiehst«, wandte er sich an Bobby, »nehme ich mir den hinteren Teil der Wohnung vor.«

Lautlos wanderte Wolf von Raum zu Raum. Die Einrichtung der einzelnen Zimmer war bis ins kleinste Detail aufeinander abgestimmt. Aber trotz der Unsummen, die in die luxuriöse Ausstattung gesteckt worden waren, haftete den Räumen in ihrer kalten Perfektion etwas seltsam Steriles und Unbewohntes an – gerade so, als hätte man sich in die Schauräume eines Möbelgeschäfts verirrt.

Wolf versuchte sich vorzustellen, wie Lawrence Moravia in diesen Räumen gelebt hatte. Ob er wohl die Füße auf den kostbaren Mahagonitisch gelegt hatte? Hatte er Eiscreme auf den sündhaft teuren Bezug des ziemlich unbequem aussehenden Designersessels tropfen lassen? Hatten sich in dem maßgefertigten Jadewaschbecken im Bad Haare und Schuppen angesammelt? Und wer hatte hier überhaupt saubergemacht? Das mußte ja eine regelrechte Sisyphusarbeit gewesen sein.

Allein das Schlafzimmer war so groß wie ein halbes Fußballfeld. Wie fast überall zierten auch hier ein paar dieser Minimal-art-Schinken von Flavin und LeWitt die Wände, mit denen Wolf nichts Rechtes anfangen konnte. Direkt vor dem Fenster, von dem man auf die kahlen Bäume des Central Park hinaussah, war ein runder Whirlpool in den Boden eingelassen.

Wolf stieg in die Wanne und sah aus dem Fenster. Was war wohl in Lawrence Moravia vorgegangen, wenn er hier im sprudelnd heißen Wasser gelegen hatte? Vielleicht gar nichts.

Er stieg wieder aus der Wanne und legte sich aufs Bett. Seltsamerweise stand es mit Blickrichtung auf eine nackte Wand, nicht auf das Aussichtsfenster. Warum? Wolf hatte es sich zur Devise gemacht, sich erst ein möglichst genaues Bild von der Persönlichkeit des Opfers zu machen, bevor er sich mit den einzelnen Fakten des betreffenden Mordfalls auseinandersetzte. Wenn man nämlich nicht wußte, mit was für einer Sorte Mensch man es dabei zu tun hatte, konnten sich die harten Fakten nicht nur als wenig hilfreich, sondern sogar als irreführend erweisen.

Worauf waren Moravias Blicke gerichtet gewesen, wenn er im Bett lag?

Wolf stand wieder auf und sah lange auf die nackte Wand. Im Gegensatz zu den anderen Wänden des Raums war sie nicht in geschmackvollen Pastelltönen gespachtelt, sondern in reinem Weiß gestrichen.

Zwischen Bett und Wand stand ein kleiner Tisch mit einem elektronischen Gerät darauf. Als Wolf es anschaltete, stellte sich heraus, daß es sich um ein Flat-Vision-Fernsehgerät handelte, dessen Bild auf die nackte Wand projiziert wurde. Darunter waren ein Videorecorder und ein Laserdisc-Player. Wolf bückte sich und zog ein paar der obersten Laserdiscs heraus. Da sie ganz oben eingeordnet waren, handelte es sich dabei sicher um Moravias Lieblingsfilme. *Augen ohne Gesicht, Im Reich der Sinne, Mädchen in Uniform, Onibaba – die Töterinnen, Psycho, Die Frau in den Dünen.* Ein paar der Filme kannte Wolf, die Kurzinhaltsangaben der anderen waren auf den Kassetten nachzulesen. Ihnen allen war gemeinsam, daß sie gespaltene Persönlichkeiten und perversen Sex zum Thema hatten. Nicht gerade die übliche Auswahl an Heimvideos, dachte Wolf und steckte die Kassetten ins Fach zurück. Sie hatten ihm bereits mehr über Lawrence Moravia verraten, als er aus den umfangreichen Polizeiunterlagen über den Fall erfahren hätte.

Er ging zum Wandschrank und schob eine Spiegeltür nach der anderen auf.

Anzüge von Brioni und Armani, Hemden von Ascot Chang und Comme des Garçons, Krawatten von Sulka und Frank Stella. Unwillkürlich stutzte Wolf. Es war, als hätte er die Garderoben von zwei völlig verschiedenen Männern vor sich. Der eine korrekt-konservativ, der andere leger und modebewußt. Unwillkürlich fühlte er sich dadurch an die gespaltenen Persönlichkeiten in den Filmen erinnert, für die Moravia offensichtlich ein ausgesprochenes Faible gehabt hatte. Und je mehr er darüber nachdachte, desto deutlicher wurde ihm bewußt, daß diese Wohnung nicht von einem Mann bewohnt worden war, sondern von zwei.

Beim weiteren Durchforsten des Kleiderschranks stieß Wolf auf eine Reihe kostbarer japanischer Kimonos, die mit den traditionellen japanischen Bildmotiven bestickt waren: Pfingstrosenblüten, Kiefern, Reiher oder gewundene Flußläufe. Er stutzte. Hatte sich da eben nicht etwas bewegt?

Kein Zweifel, durch die feine Seide der Kimonos war ein leiser Lufthauch gestrichen und hatte die kunstvoll gestickten Bilder für einen kurzen Moment zum Leben erweckt. Blitzschnell wirbelte Wolf herum und riß den Revolver aus dem Halfter.

Angespannt ließ er den Blick durch das Zimmer gleiten. Als er jedoch nichts Verdächtiges entdecken konnte, steckte er den Kopf durch die Tür zum Bad. Auch dort war niemand zu sehen. Aber irgend etwas stimmte hier nicht. Oder hatte er sich alles nur eingebildet? Er schloß die Augen, und hinter seinen Lidern breitete sich nicht undurchdringliches Dunkel aus, sondern ein seltsames rotes Glühen, das aus seinem tiefsten Innern kam.

Und in diesem unwirklichen Leuchten konnte er plötzlich ganz deutlich Lawrence Moravia erkennen. Er sah sogar den Lauf der Pistole, die gegen seinen Hinterkopf gedrückt wurde. Aber so deutlich er Moravia wahrnehmen konnte, so wenig spürte er irgend etwas von der Person, die die Pistole hielt – keine Ausstrahlung, keine Aura, kein Gesicht. Absolut nichts. Unwillkürlich fühlte er sich wieder an den Moment erinnert, in dem er neben Junior Ruiz' Leiche niedergekniet war. Obwohl er instinktiv sofort gewußt hatte, daß Junior nicht von Arquillo getötet worden war, hatte er auch da absolut nichts von der Aura des Täters gespürt. Alles, was er wahrgenommen hatte, war diese Schlange, die sich plötzlich in seinem Bauch zu regen begonnen hatte.

Im Obduktionsbefund hatte es geheißen, daß Moravia bereits tot gewesen war, als die zwei Kugeln in sein Gehirn eindrangen. Wer hatte Moravia ermordet und aus welchem Grund? Und warum sollte dabei der Anschein erweckt werden, daß es sich um die Tat eines Berufskillers handelte? Und noch eine interessante Frage stellte sich in diesem Zusammenhang: Welcher der zwei von Grund auf verschiedenen Welten Moravias hatte sein Mörder angehört – der streng geregelten und zutiefst konservativen Geschäftswelt der steif korrekten Brioni-Anzüge – oder der ausgeflippten, leicht pervers angehauchten Halbwelt, wie sie zum Beispiel der Film *Im Reich der Sinne* zum Gegenstand hatte? Auch wenn er dafür bisher noch keine konkreten Anhaltspunkte hatte, tippte Wolf ganz spontan auf letztere.

Er kehrte zum Wandschrank zurück. Und da war er wieder, dieser seltsam kühle Lufthauch, der ihm schon vorher aufgefallen war. Er konnte ihn ganz deutlich spüren, als er noch einmal an den sauber aufgereihten Anzügen und Kimonos entlangging. Einem spontanen Impuls nachgebend, strich er mit der Hand über die weiche Seide eines Kimonos. Und tatsächlich, sie bewegte sich. Als er darauf das Kleidungsstück beiseite schob, konnte er den Luftzug ganz deutlich spüren. Und nun sah er auch etwas, was ihm bisher entgangen war.

Durch einen schmalen Spalt in der Rückwand des Wandschranks fiel schwaches Licht.

Als er seine Hand darauf legte, konnte er ganz deutlich den Luftzug spüren, der die dünne Seide der Kimonos in Bewegung versetzt hatte. Er drückte vorsichtig dagegen, und im selben Augenblick ging lautlos eine Tür auf, die fast nahtlos in die Rückwand des Schranks eingelassen war. Sie führte in einen kleinen, schwach beleuchteten zellenartigen Raum, aus dem ihm ein eigenartiger Geruch entgegenschlug. Nach kurzem Tasten fand Wolf einen Lichtschalter und knipste ihn an.

Der Raum war so spartanisch eingerichtet wie eine Mönchszelle: In einer Ecke lag eine dünne Schilfmatte auf dem nackten Boden, an der gegenüberliegenden Wand hing ein alter geschnitzter Spiegel, und davor stand ein *hibachi,* ein japanisches Kohlebecken, auf dem ein antiker Samuraihelm und ein Paar langstulpige Handschuhe lagen. An den Wänden des fensterlosen Raums hingen mehrere großformatige Schwarzweißfotos, die alle nur ein Thema zum Gegenstand hatten: Nackte weibliche Formen – von Körpern zu sprechen wäre nicht ganz richtig gewesen, da immer nur einzelne Körperteile und nie ein Gesicht zu sehen waren. Und diese nackten weiblichen Formen waren auf jede nur erdenkliche Weise gefesselt – nicht nur an Hand- und Fußgelenken, sondern auch um Brüste, Hüften und Schenkel. Die glatten, sanft gerundeten Körperformen standen dabei in äußerst reizvollem Kontrast zu dem komplexen Geflecht aus Schnüren und Bändern, die sich oft tief in die nackte Haut einschnitten und den Bildern fast etwas Dreidimensionales verliehen. Alle Fotos waren in hohem Maße erotisch oder pornographisch, je nach dem, von welchem Standpunkt man es betrachtete. Jedenfalls war schwer vorstellbar, daß sich irgend jemand ihrer Wirkung hätte entziehen können.

Trotzdem verweilte Wolf nur kurz bei diesen seltsamen sadomasochistischen Bildfantasien, um sich statt dessen einem Objekt in der Mitte des Raums zuzuwenden, das seine ganze Aufmerksamkeit auf sich zog.

Die etwa zweieinhalb Meter hohe Plastik, die in der räumlichen Enge der fensterlosen Kammer noch wuchtiger und bedrohlicher wirkte, bestand aus grotesk verbogenen Metallplatten, an denen mit schwarzen Lederriemen Fetzen verschiedener exotisch wirkender Stoffe befestigt waren. Es fiel ihm ein, wie man sie nannte: Ikatstoffe.

Wie von den Fotos ging auch von diesem Objekt eine zutiefst faszinierende und zugleich verstörende Wirkung aus, als würde man bei seiner Betrachtung unwillkürlich mit den tiefsten Abgründen der menschlichen Seele konfrontiert.

Das ungewöhnliche Kunstwerk hatte sogar einen Titel. Er war in eine Messingplatte an ihrem Sockel graviert: *Kunst oder Tod.* Angesichts von Moravias Schicksal, fand Wolf, hätte er wohl treffender lauten sollen: Kunst *und* Tod.

Als er sich bückte, um die Inschrift auf der Plakette zu lesen, fiel sein Blick auf ein Stück Papier, das unter dem Sockel des Objekts hervorlugte. Es war die Rechnung für das Kunstwerk. Sie war erst vor einer Woche von einer Galerie in der Lower East Side ausgestellt worden. Er faltete den Zettel zusammen und steckte ihn ein.

Wolf fuhr nach Morningside Heights in Uptown und stellte den Wagen am Broadway, Ecke 116th Street, im Halteverbot ab.

»Ich brauche dringend eine Pause«, hatte er Bobby beim Verlassen von Moravias Wohnung gesagt. *»Fahren Sie ins Büro zurück, und machen Sie Tony mit den Einzelheiten des Falls vertraut. Er soll die Leute im gerichtsmedizinischen Institut ordentlich löchern. Jedes noch so unbedeutende Detail könnte von größter Bedeutung sein. Und dann treffen wir uns heute abend um neun wieder hier.«*

Diesmal klemmte Wolf das POLIZEI-IM-EINSATZ-Schild an die Windschutzscheibe, bevor er die Treppe hinaufstieg, die zum Gelände der Columbia University führte. Die Idylle aus kleinen Plätzen, efeubewachsenen Fassaden und schmalen Gassen, die ihm im Lauf der Zeit immer mehr ans Herz gewachsen war, hatte sicher keine ganz unwesentliche Rolle bei Amandas Entscheidung gespielt, hier zu unterrichten.

Als er auf den roten Backsteinbau zuging, in dem sie ihre Seminare abhielt, mußte er unwillkürlich an seine erste Begegnung mit Amanda denken, die nun schon etwas mehr als ein Jahr zurücklag. Im Zuge der Ermittlungen zu einem Mordfall, bei dem zwei Studentinnen erwürgt und anschließend vergewaltigt worden waren, hatte er sich damals mehrmals auf dem Campus aufgehalten, und bei einer dieser Gelegenheiten war sie ihm aufgefallen, wie sie, mehrere Hefte unter ihren linken Arm geklemmt, einen abgewetzten schweinsledernen Aktenkoffer in der rechten Hand, in ziemlicher Eile auf den Eingang eines Seminargebäudes zugelaufen war. Ohne lange zu überlegen, war er ihr zu ihrem Seminarraum gefolgt und hatte an der Tür einen Studenten nach ihrem Namen gefragt, um wenige Minuten später im Sekretariat seine Dienstmarke zu zücken und sich einen Unterrichtsplan von Professor Amanda Powers geben zu lassen.

Er mußte allerdings erst das Morningside-Heights-Monster, wie der Mörder der zwei Studentinnen von der New Yorker Boulevardpresse getauft worden war, hinter Schloß und Riegel bringen, bevor er schließlich die nötige Zeit fand, der Sache mit Amanda weiter nachzugehen.

Vor ihrem Seminarraum hatte er gewartet und war dann scheinbar versehentlich mit ihr zusammengestoßen, als sie nach Beendigung der Stunde nach draußen kam.

Um sich gebührend zu entschuldigen, fragte er sie, ob er sie auf eine Tasse Kaffee einladen dürfte. Sie hatte eingewilligt, worauf sie in ein Café gegangen waren und sich dort bei Kaffee und Doughnuts eine Weile sehr angeregt unterhalten hatten. Dabei sollte er ziemlich rasch feststellen, daß er sich gründlich in ihr getäuscht hatte. Denn ungeachtet der Tatsache, daß er sich körperlich sehr stark von ihr angezogen fühlte, war er mehr oder weniger unbewußt davon ausgegangen, daß sie etwas akademisch Blaustrumpfiges an sich haben würde. Statt dessen entpuppte sie sich jedoch als eine lebenslustige und höchst unkonventionelle junge Frau, die wegen ihrer freiheitlichen Grundeinstellung in ständigem Clinch mit der Universitätsleitung lag, was jedoch aufgrund ihrer Beliebtheit bei den Studenten nie irgendwelche Konsequenzen nach sich zog.

Er betrat den Seminarraum, setzte sich in die hinterste Reihe und hörte ihren Ausführungen über die soziale Verantwortung der Massenmedien zu. Amanda hatte in Soziologie promoviert, und ihre Gabe, ihre Themen besonders anschaulich und lebensnah zu präsentieren, fand nicht zuletzt in der Tatsache ihren Niederschlag, daß ihre Seminare zu den ersten gehörten, die zu Beginn eines Semesters bis auf den letzten Platz belegt waren. Wolf versuchte ihr zwar immer wieder klarzumachen, daß sie eigentlich viel zu intelligent für ihren Job war, aber wenn er sie dann im Unterricht erlebte und Zeuge der geradezu hypnotischen Wirkung wurde, die sie auf ihre Studenten ausübte, mußte er seine Meinung sehr rasch revidieren.

Amanda hatte aschblondes, schulterlanges Haar. Um ihren breiten Mund und die forschenden grauen Augen spielte meist der Anflug eines Lächelns, und ihr Teint wirkte so auffallend frisch und gesund, wie man ihn in New York nur äußerst selten zu sehen bekam. Wolf hatte sie auf Anfang Dreißig geschätzt, um dann jedoch zu seiner nicht geringen Überraschung feststellen zu müssen, daß sie ganze zehn Jahre älter war. Sie wohnte in einer Altbauwohnung mit hohen, hellen Räumen, deren Fenster sich nach Süden und Westen öffneten. Ihr einziger Nachteil war, daß sie in Morningside Heights lag – einer Wohngegend, die trotz der umfangreichen Sanierungsmaßnahmen in den achtziger Jahren von der New Yorker Polizei in die Kategorie ›gewalttätig und gefährlich‹ eingestuft wurde.

Nach Beendigung der Stunde drängten sich mehrere Studenten, die mit Amanda sprechen wollten, um ihr Pult. Als sie jedoch auf Wolf aufmerksam wurde, vertröstete sie sie mit ein paar kurzen Worten auf ein andermal. Sie ging durch den Mittelgang auf ihn zu, hakte sich lächelnd bei ihm ein und verließ mit ihm das Seminargebäude. Im Freien legte er ihr behutsam ihren Mantel über die Schulter. Das Wetter hatte sich gebessert, und es war für Februar ausgesprochen mild und sonnig.

»Das nenne ich eine Überraschung.« Erst jetzt, als ihre Studenten sie nicht mehr sehen konnten, gab sie ihm einen Kuß. »Eigentlich dachte ich, du würdest um diese Zeit zu Hause in deinem Bett liegen.«

»Das einzige Bett, in dem ich im Augenblick liegen möchte, ist deines.«

Sie lachte. »Das brauchst du mir bestimmt nicht zweimal zu sagen.«

»Davon werde ich wohl nie genug bekommen«, hauchte Amanda.

Durch die altmodischen Jalousien fiel gedämpftes Licht und zeichnete ein abstraktes Streifenmuster über ihre Körper. Einer dieser Schattenstriemen krümmte sich über ihre nackte Brust auf ihren flachen Bauch hinab, wo sich Wolfs Mund zum Takt ihres bebenden Herzschlags bewegte. Auf den Zehenspitzen stehend, die Knie durchgedrückt und vor Lust am ganzen Körper zitternd, stieß sie atemlose Zärtlichkeiten hervor, deren Sinn nur er verstand. Sie biß sich auf die Lippen, um nicht laut aufzustöhnen. Am liebsten hätte sie ihn endlos so weitermachen lassen. Aber sie wollte noch mehr. Deshalb schlang sie zärtlich die Arme um seine Schultern und zog ihn zu sich hoch.

Im selben Augenblick begannen ihre Schenkel so heftig zu zittern, daß sie sich an ihm festhalten mußte, um nicht in die Knie zu sinken. Ihre Brustwarzen wurden steif, und als er erst eine, dann die andere mit seinem Mund zu liebkosen begann, stöhnte sie laut.

Er hob sie hoch und drehte sie langsam herum, worauf sie sich nach vorn beugte und ihr Gesäß gegen seinen Unterleib preßte. Einen Arm hatte Wolf um ihre Taille geschlungen, den anderen um ihre Brüste. Sie spreizte die Beine, nahm ihn behutsam in die Hände und rieb ihn so lange an der heißen, feuchten Wölbung zwischen ihren Schenkeln, bis seine Muskeln unkontrolliert zu zucken begannen. Erst jetzt nahm sie ihn in sich auf, und als seine Hüften sich zu bewegen begannen und sie ihn ganz in sich spürte, ergriff wilde Erregung von ihr Besitz. Stöhnend schloß sie die Augen und warf ihren Kopf zurück, während er mit einer Gier auf sie einstieß, die sie bis in die Fingerspitzen erbeben ließ.

»O mein Gott!« stieß sie atemlos hervor, und der Klang ihrer Stimme hatte etwas so Wildes an sich, daß er immer weiter angestachelt wurde. »O ja, so ist es gut, ja, ja, jaaaah!«

Und dann kannte sie kein Halten mehr. Sie wurde von einem unbeschreiblichen Taumel erfaßt. Es war, als stünde sie plötzlich in der unermeßlichen Weite ihrer Heimat im Mittelwesten, und aus dem Gewitterhimmel senkte sich der wirbelnde schwarze Trichter einer Windhose auf sie herab, um sie mit der ganzen Urgewalt der ungebändigten Natur mit sich zu reißen. Sie bewegte sich mit der hemmungslosen Ungezähmtheit eines Tiers, und zugleich schien es, als hätte diese unbeschreibliche ekstatische Kraft, die von Wolf ausging, nicht nur ihr Inneres auf geheimnisvolle Weise verändert, sondern auch ihre ganze Umgebung in ein fremdartiges neues Licht getaucht. Wie Wolken an einem Sommertag bauschten sich die Vorhänge, die Laken wogten und kräuselten sich wie die Brandung auf einem schneeweißen Strand, und das Innere des halboffenen Wandschranks war mit einem Mal in das weiche Zwielicht eines langen, sinnlich-trägen Septembertages getaucht. Und bevor ihre Lust sich ins Unermeßliche steigerte, tastete sie wie im Taumel nach ihm, um ihn noch ein Stück tiefer in sich hineinzutreiben, und dieser halbe Zentimeter mehr war es schließlich, der ihren halbgeöffneten Lippen einen wilden Aufschrei und ihm ein aus tiefsten Tiefen kommendes Stöhnen entlockte, das sie gemeinsam allem Irdischen entrückte.

Als sie dann auf dem Bett lagen, blieb er noch lange in ihr. Sie genoß es, seine Kraft zu spüren, das langsame Verebben dieser Urgewalt, die sie eben noch in einem besinnungslosen Taumel der Lust mit sich fortgerissen hatte. Als er schließlich doch erschlafft war, drehte sie ihn auf den Rücken, kniete sich rittlings über ihn und strich zärtlich über seine Stirn. Die sanften Farbtöne der Wohnung umhüllten sie mit ihrem warmen Schein, und die Vorhänge verdeckten den Blick auf das häßlich rostige Gerippe der Feuerleiter vor dem Fenster.

»Panda«, flüsterte er zärtlich. Diesen Kosenamen hatte sie ihrer jüngeren Schwester Stevie zu verdanken, die als kleines Mädchen mit der Aussprache des Namens Amanda Schwierigkeiten gehabt hatte.

»Was ist?« Sie küßte ihn zärtlich auf die Wange.

Er sah sie aus seinen zimtfarbenen Augen an. »Wie kommst du überhaupt darauf, es könnte was sein?«

Sie lächelte. »Erstens bist du in die Uni gekommen, obwohl ich gerade ein Seminar hatte. Das hast du seit dem Tag, an dem wir uns kennengelernt haben, nicht mehr getan.«

»Wieso? Ich bin damals nicht deinetwegen in die Uni gekommen. Ich hatte beruflich auf dem Campus zu tun, und ich bin rein zufällig mit dir zusammengestoßen.«

»Das kannst du jemand anderem erzählen, Wolf. Oder glaubst du etwa, ich hätte keine Freunde im Sekretariat?«

Seine Überraschung war nicht gespielt. »Soll das heißen, du hast die ganze Zeit gewußt . . .«

». . . daß unser ›zufälliges‹ Kennenlernen in Wirklichkeit sehr sorgfältig von dir inszeniert war?« Sie nickte.

»Und trotzdem hast du nie etwas gesagt.«

»Ehrlich gestanden, fand ich das richtig nett von dir.« Sie küßte ihn noch einmal. »Und schrecklich romantisch. Außerdem wollte ich dir nicht die Freude an deiner tollen Anmache verderben.«

»Und ich dachte noch, wie schlau ich alles eingefädelt hätte.«

Als sie das Gesicht sah, das er dabei machte, mußte sie herzlich lachen. »Du hättest im Sekretariat lieber nicht deine Dienstmarke zeigen sollen. So was bleibt den meisten Leuten ziemlich gut in Erinnerung. Vor allem auf dem Campus.«

Als er darauf nur ärgerlich schnaubte, fuhr sie lächelnd fort: »Wie eitel ihr Männer doch seid. Ihr denkt, alles würde sich um euch drehen und es käme im Leben nur darauf an, alles unter Kontrolle zu haben.«

»Das will ich keineswegs.«

Amanda legte ihre Handflächen auf seine Brust und beugte sich zu ihm herab, so daß ihr Gesicht ganz dicht über seinem war. »Und was willst du dann unter Kontrolle bekommen?«

»Wie kommst du überhaupt darauf, daß ich etwas kontrollieren will?«

»Weil es das ist, was die Männer ganz besonders reizt – und wovor sie Angst haben, daß es ihnen passiert.«

»Und wovor haben Frauen am meisten Angst?«

»Vor dem Alter.«

»Das soll wohl ein Witz sein.«

»Ganz im Gegenteil. Das ist das einzige, worüber Frauen nie Witze machen.«

»Ehrlich gesagt, habe ich das Älterwerden nie wirklich als Problem betrachtet.«

»Männer kommen damit ja auch leichter zurecht. Ihr werdet zwar auch älter, aber für euch gibt es eine ganz einfache Lösung, mit diesem Problem fertig zu werden: Ihr seht euch einfach nach einer jüngeren Frau um.« Sie warf den Kopf herum. »In unserem Fall ist das allerdings nicht ganz so einfach.«

Unwillkürlich mußte Wolf an seinen Vater denken. Zärtlich ließ er seine Hände über Amandas Körper wandern. Ihre Haut war so weich wie Samt, ihre Brüste so fest wie die einer Zwanzigjährigen. »Du brauchst dir jedenfalls keine Sorgen zu machen. An dir scheint das Alter keine Spuren zu hinterlassen.«

»Von wegen.« Sie verhakte ihre Finger mit den seinen. »Ich bin alles andere als jung. Wenn ich manchmal in den Spiegel schaue, denke ich ... Ich weiß auch nicht ... je älter ich werde, desto schneller scheint die Zeit zu vergehen, und eigentlich will ich nur eines: die Hand ausstrecken und sie einfach anhalten.« Mit einem gequälten Lachen vergrub sie ihr Gesicht in seiner Halsbeuge.

Zärtlich strich Wolf über ihr Haar. »Das geht aber nicht, Panda.« Er gab ihr einen zärtlichen Kuß. »Niemand kann das.«

»Natürlich nicht. Trotzdem ... möchte ich, wünsche ich mir einfach, jünger zu sein.«

»Was dir fehlt, ist nichts weiter als eine heiße Affäre mit einem jüngeren Mann.«

»Genau das habe ich doch gerade.«

»Ich bin drei Jahre älter als du.«

Sie fuhr mit dem Finger die Konturen seines Unterkiefers nach. »Wolf«, hauchte sie, »du siehst so wundervoll jung aus – auf keinen Fall älter als dreißig.«

»Unsinn. Für niemanden bleibt die Zeit stehen. Wir werden alle älter. Deshalb sollten wir froh sein, daß wir überhaupt noch am Leben sind. Vor dreihundert Jahren wären wir in unserem Alter vermutlich schon längst tot gewesen.«

»Wirklich sehr tröstlich.« Als sie darauf seufzend die Augen schloß, konnte er das zarte Flattern ihrer Lider auf seinen Wangen spüren. »Trotzdem stelle ich es mir einfach herrlich vor, ewig jung zu bleiben.« Sie schmiegte sich eng an ihn und sah ihn forschend an. »Aber jetzt erzähl mal, wieso du mich unbedingt sehen wolltest, obwohl du um diese Zeit eigentlich schön brav zu Hause in deinem Bett liegen und schlafen solltest.«

»Ich will nicht schlafen.«

»Ich weiß«, sagte sie leise. »Du willst reden.«

Darauf trat erst einmal längeres Schweigen ein. Schmale, an den Rändern leicht verwaschene Streifen aus Licht und Schatten zogen sich über die cremefarbene Decke, und wegen der geschlossenen Fenster drang der Verkehrslärm nur sehr gedämpft zu ihnen herein.

»Panda, was mache ich nur aus meinem Leben?«

Sie legte ihre Hand auf seine Brust. »Was für eine Antwort willst du darauf hören? Eine praktische oder eine philosophische?«

»Weder noch. Im Augenblick brauche ich eher eine metaphysische.«

»In diesem Fall bist du bei mir an der falschen Adresse. Metaphysik ist doch dein Spezialgebiet.«

Nach allem, was Wolf ihr von seinem Großvater erzählt hatte, wußte Amanda sehr wohl, daß die Unterweisungen, die ihm von dem alten Mann seit frühester Kindheit zuteil geworden waren, eine Menge mit Metaphysik zu tun gehabt hatten – wenn auch nicht mit einer Metaphysik, wie sie an der Columbia University gelehrt wurde. Wie intensiv diese Unterweisungen allerdings gewesen waren, konnte sie ebensowenig erahnen, wie das Wolfs Eltern damals getan hatten.

»Es gibt eine Art Idealvorstellung, wie die Welt sein sollte«, begann er stockend, als versuchte er Gedanken aus einer fremden Sprache ins Englische zu übersetzen. »Damit meine ich, wie ein Baum wächst, ein Fluß fließt, ein Blatt im Winter stirbt und vom Ast fällt. Wenn du dagegen ein Blatt im Sommer verdorren siehst, weißt du ganz instinktiv, daß irgend etwas nicht stimmt.«

Erst aufgrund der Tatsache, daß er danach mehrere Male tief durchatmete, wurde Amanda bewußt, wie sehr ihn das Ganze offensichtlich berührte. »Ich habe jedenfalls das Gefühl, als ob etwas – ich weiß nicht, wie ich es ausdrücken soll – als ob etwas vollkommen Unerhörtes geschehen würde ... etwas, das eigentlich gar nicht geschehen dürfte.«

»Weißt du auch, was das sein soll?« Doch als sie spürte, daß er vor innerer Anspannung kein Wort mehr hervorbrachte, ergriff sie seine Hand und fügte rasch hinzu: »Wenn du meine Meinung hören willst: Das Ganze ist keineswegs eine Frage der Metaphysik. Irgend etwas ist dir sehr nahegegangen, und deshalb hast du mich heute in der Uni aufgesucht.« Sie schmiegte sich enger an ihn. »Hängt es mit Breathard zusammen?«

»Es hängt immer mit Breathard zusammen. Aber von nun an scheint es mehr und mehr um das zu gehen, wofür dieser Kerl steht. Breathard und ich, wir gehören beide einem höchst exklusiven Club an. Allerdings habe ich darin nie ein Anrecht gesehen, die damit verbundenen Privilegien für meine privaten Interessen zu nutzen. Für Leute wie Breathard ist das dagegen zur Selbstverständlichkeit geworden. Das läßt sich am besten daran absehen, wie sie sich selbst einschätzen: als etwas Besseres, als Angehörige eines elitären Zirkels, für den die normalen Gesetze keine Gültigkeit mehr haben.

Das ist wie eine Krankheit, Panda, deren einzelne Stadien ich inzwischen sehr genau kenne. Der erste Schritt ist, daß man unauffällig seine Dienstmarke zeigt, um in den Genuß einer Sonderbehandlung zu gelangen. Der nächste Schritt ist, sich im Dienst eine kostenlose Mahlzeit zu erschleichen. Daraus werden im Lauf der Zeit immer kostspieligere Einladungen – als Gegenleistung für einen Gefallen, den man einem Lokalbesitzer tut. Und irgendwann verhilft man dann einem Verbrecher zu Straffreiheit, bloß weil er einem als Informant oder sonst in irgendeiner Weise von Nutzen ist.

Die meisten Polizisten rechtfertigen das damit, daß es sich dabei lediglich um kleine Nebeneinkünfte handelt. Bloß sind das keine Nebeneinkünfte. Hier handelt es sich um einen glatten Gesetzesverstoß. Als Rechtfertigung dafür führen die meisten an: Für uns gelten andere Regeln und Gesetze, wir gehen bei der Ausübung unseres Berufs erhebliche Risiken ein und werden dafür nicht annähernd so bezahlt, wie es uns eigentlich zustünde. Also müssen wir selbst dafür sorgen, daß wir auf unsere Kosten kommen. Nur ist genau das der Punkt, an dem die Sache problematisch wird. Denn nun verstoßen auch sie gegen das Gesetz, das aufrechtzuerhalten eigentlich ihre Aufgabe wäre. Und wenn man erst einmal angefangen hat, das Gesetz für seine Zwecke zurechtzubiegen, dann fällt es einem von Mal zu Mal leichter, es immer noch ein Stückchen weiter zu beugen, bis man eines Tages gar nicht mehr merkt, daß man es eigentlich ständig bricht.«

»Demnach hast du also wieder mal mit dem System als solchem Probleme?«

Als er darauf nichts antwortete, wartete sie geduldig, daß er weitersprach. Sie wußte inzwischen längst, daß er aus seiner Heimat in Wyoming an diese langen Phasen der Stille gewöhnt war, ja, daß er sie regelrecht brauchte, um zum Kern eines Problems vorzudringen.

Schließlich nickte er und fuhr fort: »Nach sieben Monaten mühevoller Arbeit waren wir schließlich so weit, diesen Irren zu fassen, der bereits drei Menschen auf dem Gewissen hatte. Er war uns in die Falle gegangen, aber dann wollte ich ihn unbedingt allein schnappen. Das hatte zur Folge, daß er vorher noch eine junge Frau und einen meiner Leute umgebracht hat.«

In Amandas Augen lag ein dunkles Leuchten. »Mein Gott, das ist ja schrecklich, Wolf. Kein Wunder, daß dir die Sache so nahegegangen ist. Trotzdem glaube ich nicht, daß du dir deswegen irgendwelche Vorwürfe machen mußt. Wie ich dich kenne, hast du dir sicher nichts zuschulden kommen lassen. Es muß also noch etwas anderes geben, was dich so tief beunruhigt.«

Da war sie wieder, diese Schlange, die sich plötzlich in ihm zu regen begann. »Ich weiß nicht, wer Junior getötet hat. Ich konnte die Aura seines Mörders nicht spüren. Und dann hat mich wenige Stunden später der Commissioner wegen der Mordsache Moravia zu sich bestellt. Ich komme gerade aus Moravias Wohnung. Auch dort konnte ich nicht den leisesten Anhaltspunkt entdecken, wer ihn ermordet haben könnte. Die Aura des Täters ist meinem Zugriff vollkommen entzogen.«

»Mit anderen Worten: Du machst dir Sorgen, deine übersinnlichen Fähigkeiten könnten dich im Stich lassen.«

Als er darauf nur stumm nickte, wartete sie, bis er sie wieder ansah, und fuhr dann fort: »Was für eine geheimnisvolle Kraft du auch immer in dir trägst, Wolf, sie hat nicht nachgelassen. Ich habe sie vorhin genauso intensiv gespürt, wie ich das immer tue, wenn wir uns lieben.« Sie drückte seine Hand. »Glaub mir, es hat sich nichts geändert.«

»Von wegen.« Er setzte sich abrupt auf. »Ich komme mir plötzlich so hilflos vor, als wäre ich über Nacht blind geworden. Am besten, ich laufe gleich mit einer gelben Binde und einem weißen Stock durch die Gegend.«

»Dann muß hinter dem Ganzen wesentlich mehr stecken, als es auf den ersten Blick den Anschein hat. Wäre es möglich, daß der Mörder Moravias auch deinen Mitarbeiter umgebracht hat?«

»Wie kommst du denn darauf? Die beiden Fälle haben absolut nichts miteinander zu tun.«

»Vielleicht nicht auf den ersten Blick«, machte Amanda geltend. »Aber hast du eben nicht selbst gesagt, daß du die Aura des Täters in beiden Fällen nicht spüren konntest? Glaubst du wirklich, das ist reiner Zufall?«

Wolf spürte, wie die Schlange langsam, aber unaufhaltsam sein Rückgrat hochkroch. Diese Schlußfolgerung war so naheliegend, daß er erst jetzt auf sie aufmerksam geworden war.

Zärtlich küßte ihn Amanda auf den Mund. »Soll ich dir mal was sagen? Ich glaube, du brauchst dringend ein bißchen Ablenkung. Stevie gibt morgen anläßlich einer Ausstellungseröffnung eine Riesenfete. Da wird sicher einiges los sein. Hast du nicht Lust mitzukommen?«

»Das geht leider nicht, Panda. Der Commissioner hat mir in aller Ausdrücklichkeit zu verstehen gegeben, daß dieser neue Fall politisch hochbrisant ist. Ich habe jetzt keine Zeit für . . .«

Sie legte ihm den Zeigefinger auf den Mund. »Auch wenn du das gerne möchtest: Nicht einmal du kannst vierundzwanzig Stunden am Tag arbeiten.« Mit einem leisen Lachen drückte sie ihn zärtlich an sich. »Und da auch du nur ein Mensch aus Fleisch und Blut bist, wird eine kurze Erholungspause wahre Wunder bewirken, was deine berufliche Leistungsfähigkeit betrifft.« Sie begann ihn zärtlich zu streicheln. »Von deiner Laune erst gar nicht zu reden.« Und als er zwischen ihren Fingern größer wurde, fügte sie lachend zu: »Wofür ich den Beweis ja bereits im wahrsten Sinne des Wortes in der Hand halte.«

2

New York City/Tokio

Vernon Harrison, der Leiter des gerichtsmedizinischen Instituts, war ein auffallend großer Mann mit hängenden Schultern und einer dicken Brille in seinem triefäugigen Bassetgesicht. Aber dieser äußere Eindruck täuschte. Wie Wolf im Lauf seiner langjährigen Zusammenarbeit mit ihm festgestellt hatte, war Harrison in jeder Hinsicht auf Draht und ließ sich durch nichts aus der Ruhe bringen, was in einem Job wie dem seinen, und das auch noch in einer Stadt wie New York, einiges heißen wollte.

Es war fast drei Uhr nachmittags, und die beiden Männer befanden sich im Keller des gerichtsmedizinischen Instituts in der First Avenue, Ecke 30th Street, in einem der Autopsieräume, die an den Kühlraum grenzten, in dem die Leichen gelagert wurden. Den Vormittag hatte Wolf damit verbracht, den vorläufigen Spurensicherungsbericht über Büro und Wohnung Moravias zu studieren, sich über den neuesten Stand der ballistischen Untersuchungen zu informieren (die bisher nichts erbracht hatten) und den anfallenden Papierkram zu erledigen. Zwischendurch war unter anderem auch ein Schreiben von Polizeichef Breathard auf seinen Schreibtisch geflattert, dessen Inhalt in etwa darauf hinauslief, daß er intensive polizeiinterne Nachforschungen über die näheren Umstände von Junior Ruiz' Tod anzustellen gedächte und es Wolf deshalb dringendst ans Herz legen wollte, die Angelegenheit möglichst in seinem (Breathards) Sinn zu regeln. Ein neuerlicher Einschüchterungsversuch also. Aber genau das war es ja auch, was Breathard am besten konnte.

»Haben Sie sich Arquillo schon angesehen?« fragte Wolf den Gerichtsmediziner.

»Der sah ja vielleicht aus«, brummte Harrison kopfschüttelnd. »Als ob ihm irgendein Irrer mit einer Lötlampe im Gesicht rumgepuhlt hätte.« Er zuckte mit den Schultern. »Da hat sich also wieder einmal diese schöne Redensart aus dem alten Rom bewahrheitet: Wer mit dem Schwert lebt, wird auch durchs Schwert sterben.« Er legte seine Knochensäge beiseite. In der Luft hing schwacher Leichengeruch.

»Er ist also mit einer Lötlampe umgebracht worden?«

»So sieht es jedenfalls aus.« Harrison legte sich seine Instrumente zurecht. »Sein rechter Arm sah übrigens auch ziemlich übel aus.«

»Das war ich.«

»Einen Punkt können wir dann ja wenigstens für uns verbuchen.«

Erleichtert, daß Harrison nichts Ungewöhnliches im Hinblick auf Arquillos Todesumstände hatte feststellen können, wechselte Wolf das Thema: »Und was ist mit Moravia?«

»Das ist eine andere Geschichte.« Mit wenigen geschickten Handgriffen zog Harrison die teigige Haut von Junior Ruiz' Brustkorb zurück. »Allerdings möchte ich mich auf dem bisherigen Stand der Untersuchungen noch auf nichts Konkretes festlegen. Ehrlich gestanden, hat mich die ganze Sache ziemlich ins Schwitzen gebracht. Wir haben jede Menge Blut- und Gewebeproben entnommen und sie sämtlichen toxikologischen Tests unterzogen, die Sie sich nur denken können; herausgekommen ist dabei bisher absolut nichts.«

»Haben Sie das Rouge auf seinen Wangen schon näher untersucht? Läßt sich damit etwas anfangen?«

»Für Estée Lauder vielleicht. Die Ingredienzen waren ausnahmslos erste Wahl. Aber das ist heutzutage bei kosmetischen Spitzenprodukten nichts Ungewöhnliches.« Er schaute kurz auf. »Und keine exotischen Gifte, falls Sie etwas Derartiges im Sinn haben.«

Wolf zuckte mit den Schultern. »Ich brauche lediglich ein paar konkrete Anhaltspunkte. Und zwar möglichst bald.«

»Sie haben vielleicht Nerven«, brummte Harrison. »Was glauben Sie eigentlich, daß ich hier schon die ganze Zeit mache?« Er deutete auf eine Stelle in Junior Ruiz' offenem Brustkorb. »In diesem Fall ist die Sache etwas einfacher. Der arme Teufel da bekam aus nächster Nähe zwei Kugeln aus einer Achtunddreißiger verpaßt. Eine ins Herz, die andere in den rechten Lungenflügel.«

Es kostete Wolf einige Überwindung, die Leiche von Junior Ruiz anzusehen. »Noch mal zurück zu Moravia«, sagte er schließlich, um wieder auf andere Gedanken zu kommen. »Irgendwelche Anzeichen, daß er drogenabhängig war?«

»Gute Frage«, murmelte Harrison, der inzwischen begonnen hatte, den langen Schnitt in Ruiz' Brustkorb wieder zuzunähen. »Jedenfalls war er bis oben hin voll mit Koks, das steht völlig außer Zweifel. Was die Frage betrifft, ob er schon lange Kokain genommen hat, kann ich das mit Sicherheit verneinen. Ob er dagegen erst vor kurzem auf den Geschmack gekommen ist, läßt sich auf medizinischem Weg nicht feststellen.«

Wolf wartete geduldig, bis Harrison seinen Obduktionsbefund in das Mikrophon seines Diktiergeräts gesprochen hatte. Allerdings wäre es ihm lieber gewesen, er hätte dabei Junior Ruiz' Leiche wieder zugedeckt.

»Und woran ist Moravia nun eigentlich gestorben?« fragte Wolf schließlich.

»Tja«, seufzte Harrison und legte die Stirn in Falten. »Das ist die

Frage. Lassen Sie mich Ihnen erst mal sagen, woran er *nicht* gestorben ist. Als er erschossen wurde, war er jedenfalls bereits tot. Und das Kokain kommt auch nicht als Todesursache in Frage. Es war absolut hochwertiger Stoff, der nicht mit irgendwelchen anderen Substanzen gestreckt war, und es deutet auch nichts auf eine Überdosis hin.« Erst jetzt bedeckte er die Leiche mit einem Tuch und wandte sich Wolf zu. »Also, ich würde sagen, wir stehen hier vor einem Rätsel.«

Wolf war bereits auf dem Weg zur Tür, als ihm Harrison nachrief: »Etwas war übrigens besonders eigenartig.«

Wolf drehte sich wieder um. »Was?«

Harrison massierte sich die Nase. »Es soll ja hin und wieder vorkommen, daß jemand ein falsches Alter angibt, um sich jünger zu machen, als er tatsächlich ist. Aber haben Sie schon mal von einem Erwachsenen gehört, der sich *älter* macht?«

»Nein. Wozu auch?«

»Genau das habe ich mich auch gefragt«, nickte Harrison. »Laut Geburtsurkunde war Moravia achtundvierzig. Bei der Autopsie hatte ich es jedoch eindeutig mit den Organen eines Mannes zu tun, der keinesfalls älter als dreißig ist.«

Naoharu Nishitsu ruhte in völligem Dunkel. Hinter ihm, aus dem verschneiten Garten, ertönte das leise Rauschen des Moso-Bambus. Da die Schiebetür halb offenstand, war es sehr kalt im Raum. Aber obwohl Nishitsu nackt war, störte ihn das nicht.

Als er ein leises Rascheln hörte, streckte er sich auf dem Futon. Im selben Moment war Evan auch schon neben ihm niedergekniet. Ihr zarter, warmer Mädchenkörper roch wie eine exotische Frucht, als sie ihm bitteren grünen Tee servierte.

Ohne sie anzusehen, sagte Nishitsu: »Bist du glücklich hier, Evan?«

»Diese Frage hat sich mir so nie gestellt, Nishitsu-san«, erwiderte sie und ließ sich auf ihre Hacken nieder. »Solange ich denken kann, ist *Verbotene Träume* mein Zuhause gewesen. Es ist meine Pflicht, hier zu sein und dir zu dienen.«

»Dann sag mir wenigstens, ob du jemals glücklich warst.«

»Ich bin zufrieden, Nishitsu-san.«

Er gab ein beifälliges Brummen von sich. »Ich nicht, Evan.«

Im Raum breitete sich für einen Moment lastendes Schweigen aus, bevor Nishitsu fortfuhr: »Ich bin mir des zunehmend wachsenden Widerstands in den eigenen Reihen sehr deutlich bewußt.«

»Aber deine Stellung ist nach wie vor vollkommen unangefochten.«

»Nein.« Nishitsu lag vollkommen reglos da. »Bis vor kurzem war die absolute Zuverlässigkeit meiner Leute tatsächlich kein Thema. Aber das hat sich geändert.« Nicht einmal Evans Umrisse waren in dem tiefen

Dunkel zu erkennen. »In der Geschichte von Toshin Kuro Kosai hat es seit der Zeit der Shogune nie irgendwelche internen Machtkämpfe gegeben. Wie ein Mann haben wir immer am selben Strang gezogen. Niemand ist von dem Weg abgewichen, den wir gemeinsam beschritten haben. Doch das ist nun nicht mehr der Fall.«

»Willst du damit sagen, daß es in deinen eigenen Reihen einen Verräter gibt, Nishitsu-san?«

Ohne jede Vorwarnung schoß plötzlich sein linker Arm vor. Er packte sie so fest am rechten Handgelenk, daß ihre Knochen leise knackten. »Kluges Mädchen.« Obwohl Evan nicht den leisesten Laut von sich gab, spürte er ganz deutlich, wie ihr Kopf zur Seite zuckte, und wenige Augenblicke später machte sich eine neue Nuance in ihrem zarten Duft bemerkbar: stechend herb mit einem Schuß ins Unangenehme. Gierig weidete er sich am betörenden Geruch ihrer Angst.

»Ja, ein Verräter.« Seine Stimme war nur noch ein heiseres Flüstern. »Inzwischen bin ich zu der Überzeugung gelangt, daß sich jemand aus meinem engsten Mitarbeiterkreis gegen mich gewandt hat und die Ziele von Toshin Kuro Kosai von innen heraus zu sabotieren versucht.«

Während Nishitsu mit der linken Hand noch immer Evans Handgelenk umklammert hielt, tastete er mit der anderen nach ihrer Brust. Er drückte so fest zu, daß ihr trotz eiserner Selbstbeherrschung ein leises Wimmern entfuhr. »Aber davon weißt du natürlich nichts, Evan?«

»Von was?«

Er hatte ihr einen gehörigen Schrecken eingejagt. Und das war gut so. Denn es bedeutete, daß er ihr vertrauen konnte. Trotzdem ließ er sie nicht los. Im Gegenteil, er drückte sogar noch fester zu, bis er spüren konnte, daß sie am ganzen Körper vor Schmerzen zitterte.

»Irgend jemand aus meiner unmittelbaren Umgebung verrät uns – oder beabsichtigt zumindest, uns zu verraten. Dieser Jemand könntest übrigens auch du sein, Evan.« Es schien, als ließe er ihren Namen auf der Zunge zergehen. »Schließlich hast du oft genug mit dem Spion Moravia geschlafen.«

»Aber ich wußte doch gar nicht, daß er ein Spion war. Sonst hätte ich bestimmt herauszufinden versucht, für wen er gearbeitet hat.«

Nishitsu war froh, daß es so dunkel war. Denn er mußte fortwährend grinsen. Wieder einmal hatte sich ihm eine alte Weisheit über die Unterschiede unter den Geschlechtern aufs schönste bestätigt: Männer konnten zwar genauso falsch und verschlagen sein wie Frauen, aber sie verstanden es nicht annähernd so gut wie die Frauen, ihre Falschheit zu verbergen.

Es tat in diesem Zusammenhang nichts zur Sache, daß Nishitsu längst wußte, wer Moravias Auftraggeber waren – das hatte er von dem Augenblick an gewußt, in dem dieser Amateur vom American-Express-

Büro in der Ginza ein verschlüsseltes Fax durchgegeben hatte. Dabei war es für Nishitsu nicht weiter von Bedeutung gewesen, daß er seinen Inhalt nicht hatte entschlüsseln können. Ihm hatte vollauf genügt, daß ihm seine Leute bei American Express sofort durchgegeben hatten, an wen das Fax adressiert war.

Von all dem brauchte Evan jedoch nichts zu wissen. Die Erfahrung hatte ihn gelehrt, daß ein Zuviel an Wissen sich manchmal als eine unerträgliche Bürde entpuppen konnte. Außerdem hatte er mit Evan anderes vor. Erst jetzt lockerte er seinen Griff um ihr Handgelenk, und fast im selben Moment konnte er auch schon das Nachlassen dieser ganz speziellen Duftnote spüren, die er so sehr liebte. »Wer könnte uns deiner Meinung nach verraten?«

»Das weiß ich nicht.«

Sein Gesicht war inzwischen dem ihren so nahe, daß seine Lippen über ihre Wangen und ihren Mundwinkel streiften. »Die Zahl derer, die dafür in Frage kommen, ist ziemlich begrenzt. Nur wenige verfügen über die entsprechende Macht, Erfahrung und Tücke.« Zwischen ihren Lippen hatte sich ein dünner Speichelfilm gebildet, nach dem er lechzte wie ein Verdurstender. »Nur ein Mann verfügt über das nötige Maß an Egoismus und Durchsetzungskraft, um sich uns zu widersetzen, nur eine Frau über die entsprechende Verschlungenheit des Charakters. Was sagt dir dein Gefühl? Wer kommt dafür am ehesten in Frage?«

»Ein Mann.«

»Den Eindruck habe ich auch. In meinen Augen wäre so etwas Shoto Wakare am ehesten zuzutrauen.« Erst jetzt ließ er ihr Handgelenk los. Zufrieden stellte er fest, daß sie ihre Hand nicht zurückzog. »Ich weiß sehr wohl um deine erstaunlichen intuitiven Kräfte. Mein Vertrauen in sie ist bisher noch nie enttäuscht worden.«

»Ich habe stets getan, worum du mich gebeten hast, Nishitsu-san.«

Er mußte einfach diese köstliche Feuchtigkeit zwischen ihren Lippen kosten. »Und du wirst es auch in Zukunft tun«, hauchte er heiser. »Du wirst mir helfen, den Verräter zu finden.«

Statt einer Antwort hob Evan den Kopf. Wäre es hell gewesen, hätte er jetzt die wundervoll geschwungene Linie ihres schlanken Halses bewundern können. Ihre atemberaubende Schönheit und die Bereitwilligkeit, mit der sie sich ihm darbot, erfüllte Nishitsu mit fast schmerzhaftem Verlangen.

Und im selben Augenblick lag er auch schon auf ihr und schob mit seinen muskulösen Beinen ihre Schenkel auseinander. Über ihre Lippen kam ein schwacher Aufschrei, der jedoch so ganz anders klang als das verhaltene Wimmern, das ihr noch vor kurzem entfahren war.

Ohne selbst recht zu wissen, warum, erzählte Wolf nicht einmal Bobby

Connor von der Geheimtür in der Rückwand von Moravias Wandschrank. Jedenfalls hielt er es für das beste, dieses Wissen vorerst für sich zu behalten.

Am späten Nachmittag wurde es plötzlich merklich kälter, und die Stadt lag unter einer frostig grauen Dunstglocke. Wolf parkte vor einem alten Backsteinbau in der East Third Street, in dessen Erdgeschoß sich eine Kunstgalerie befand – das heißt, man war bereit, ein paar Stoffreste, die mit Lederriemen an rostigen Metallplatten befestigt waren, als Kunst zu bezeichnen. Durch das Fenster, über das mit schwungvoller Schrift URBAN DECAY gesprüht war, konnte man die großen Ausstellungsobjekte bereits von der Straße aus sehen.

Zumindest der Name der Galerie paßte, fand Wolf: Großstadtschrott. Die gespenstisch anmutenden Objekte schienen alles Licht zu verschlingen. Denn obwohl das in grellen Grün-, Rot- und Gelbtönen gestrichene Eisengitter vor dem Fenster zurückgezogen war, drang nichts von dem fahlen Winterlicht an den Ausstellungsstücken vorbei ins Innere der Galerie vor. Dort herrschte tiefes, fast unheimlich anmutendes Dunkel. Entsprechend lichtscheu wirkte auch das Geschöpf, das dort hinter einem futuristischen Glasschreibtisch saß – eine junge Frau mit der Figur einer Bohnenstange, langem, feuerrotem Haar und einem beängstigend blassen Gesicht. Ihre Augen waren von einem dikken Lidstrich umrandet, und ihr Lippenstift und ihr Nagellack waren genauso pechschwarz wie die Wände der Galerie. Unwillkürlich hatte Wolf das Gefühl, sich in eine Gruft verirrt zu haben. Wirklich reizend, dachte er. Oder auch sehr modern – je nach dem, von welchem Standpunkt man es betrachtete.

Der Name der jungen Frau war Moun, wie sie ihm mit messerscharfer Aussprache zu verstehen gab. Wolf stellte sich als Nachlaßverwalter von Lawrence Moravia vor. Als ihn Moun daraufhin nur verständnislos anstarrte, zog er ein Foto Moravias aus der Tasche und hielt es ihr unter die Nase.

Erst jetzt funkte es bei ihr. »Ach, Sie meinen Larry. Er ist tot? Mein Gott, wie schrecklich.« Das war auch schon alles, was sie an Trauer aufbrachte, denn mit einem kurzen Achselzucken fuhr sie fast im selben Atemzug ganz sachlich fort: »Klar, er kam hier ziemlich oft vorbei. Erst dachte ich, daß er sich einen feuchten Dreck um Kunst schert und nur bei einem Freund, der wohl von außerhalb zu Besuch war, Eindruck schinden wollte – Sie wissen schon, einen auf Kunstkenner machen und ihm ein bißchen die Szene zeigen. Aber als ich ihn dann näher kennenlernte, merkte ich, daß er tatsächlich echtes Interesse an unseren Sachen hatte und etwas kaufen wollte.« Sie holte einen Kaugummi heraus und schob ihn sich in den Mund. »Für so was bekommt man ziemlich schnell einen Riecher, wissen Sie? Als Sie zur Tür hereingekommen sind, war mir zum Beispiel sofort klar, daß Sie nichts kaufen.«

»Und weswegen, glauben Sie, bin ich dann hier?«

Falls Moun merkte, daß er sich über sie lustig machte, ließ sie sich jedenfalls nichts anmerken. Statt dessen legte sie den Kopf auf die Seite und sah ihn an wie ein neues Ausstellungsstück, das ihr ein Künstler zur Begutachtung vorbeigebracht hatte. Nachdem sie eine Weile wortlos auf ihrem Kaugummi herumgekaut hatte, blies sie ihn zu einer riesigen Blase auf und sagte: »Ich dachte, Sie hätten sich in der Adresse geirrt. Ein Stück die Straße runter gibt es nämlich eine Boutique, die heißt Urban Design. Sie wissen schon, so ein Laden, in dem sie den üblichen modischen Schnickschnack verkaufen.«

»Ist das denn nicht auch nur modischer Schnickschnack?«

»Kunst ist nie modisch«, gab sie darauf ernst zur Antwort. »Nein, wahre Kunst ist zeitlos. Das ist es ja gerade, was ihr Wesen ausmacht: daß sie eben nicht mit der Mode geht und nicht schon nach einem Jahr wieder passé ist, wenn etwas anderes in Mode kommt.« Während sie Wolf beobachtete, wie er an den Exponaten entlangschlenderte, ließ sie eine Blase nach der anderen platzen. »Was Sie hier sehen, ist alles von derselben Künstlerin. Sie heißt Chika.« Und nach einer kurzen Pause fügte sie, plötzlich sichtlich beunruhigt, hinzu: »Sie wollen doch nicht etwa Larrys Geld wieder zurück?«

Wolf drehte sich zu ihr um. »Wie kommen Sie denn darauf?«

»Ich weiß auch nicht. Ich dachte nur . . . na ja, weil Larry tot ist und Sie hier aufgetaucht sind . . . Sie wissen ja, wie das manchmal ist . . .« Sie verfiel in verlegenes Schweigen.

»Wie kommt es überhaupt, daß Sie ihn Larry nennen?«

Moun hob die Schultern. »So heißt er doch, oder nicht?« Sie brachte wieder eine dieser gigantischen Kaugummiblasen zum Platzen. »Na ja, außerdem haben Larry und ich . . .«, sie stockte. »Ich glaube, letztlich war ich der Grund, weshalb er so oft hier vorbeikam. An sich war gar nichts zwischen uns. Nur . . . na ja, eines Tages sind wir mal nach hinten gegangen.« Sie deutete auf eine schwarze Tür im hinteren Teil der Galerie. »Und haben es dort miteinander getrieben.« Sie kicherte. »Das war ziemlich abgedreht, wissen Sie, weil nämlich gerade ein paar Kunden in der Galerie waren, und wir konnten beim Vögeln hören, wie sie rumgingen und sich unterhielten. Wirklich ganz schön abgedreht.«

Das kann ich mir denken, dachte Wolf. »Wann hat Mr. Moravia – das heißt Larry – dieses Objekt von Chika gekauft?«

»Gleich bei der Vernissage. Wir haben ihm eine Einladung geschickt. Chika war natürlich auch hier, und nachdem er sich mit ihr unterhalten hatte, kaufte er ein Objekt. Das muß, warten Sie mal, vor einer Woche gewesen sein. Deshalb dachte ich auch, na ja, Sie wissen schon . . .«

»Daß ich als sein Nachlaßverwalter das Objekt wieder zurückgeben möchte?«

»Ja.« Moun schnitt ein Gesicht. »Wie Sie sicher sehen, sind Chikas Sachen nicht unbedingt jedermanns Geschmack. Ehrlich gestanden, auch nicht ganz der von Larry. Aber irgendwie ist er dann eben doch darauf abgefahren. Sie hätten mal sehen sollen, wie er Chika die Hucke vollgequasselt hat.«

»Der Künstlerin?«

»Mhm.«

»Glauben Sie, daß er auch mit ihr was hatte?«

»Keine Ahnung.« Wieder schwoll eine Kaugummiblase zu beträchtlicher Größe an und platzte. »Vielleicht. Jedenfalls stand er auf so was.«

»Auf was?«

Moun machte einen Schmollmund. Wegen ihrer schwarzgeschminkten Lippen war der Effekt geradezu beängstigend. »Wollen eigentlich Anwälte immer alles so genau wissen? Na schön, Larry hatte offensichtlich eine Schwäche für schnelle Nummern, und wenn mich nicht alles täuscht, möglichst ohne jedes Nachspiel. Also keine persönlichen Verstrickungen, wenn Sie wissen, was ich meine.«

»Klar, keine feste Beziehung. So nach dem Motto: Rucki-zucki, hier kommt der schnelle Larry.«

Das brachte Moun zum Lachen. »So sind sie wohl alle?«

»Wer?«

»Na ja, Typen wie Larry. Ich hab' ihn im Lauf der Zeit ja etwas näher kennengelernt. War wohl irgendein ziemlich hohes Tier in der Wirtschaft. Hatte jedenfalls Geld wie Heu und hat vermutlich nur in Läden wie dem Four Seasons oder dem Lutece gegessen. Ich meine, nach außen hin war er einer von diesen stinknormalen Busineßtypen wie alle anderen auch, aber irgendwo tief drinnen hat er sich nur lustig über sie gemacht – diese anderen Busineßtypen, meine ich. Im Grunde genommen fand er dieses Leben zum Kotzen. Das war überhaupt nicht sein Trip.«

»Was war dann Ihrer Meinung nach sein Trip?«

Moun sah ihn an. »Larry war ganz schön pervers – und zwar volle Kanne.«

»Sexuell?«

»Was denn sonst?«

»Hat Larry Sie mal gefesselt?«

Wieder ging eine Kaugummiblase den Weg allen Daseins. »Sind Sie nun Larrys Anwalt oder sein Therapeut?« Sie erschauerte genüßlich. »Nein, hat er nicht getan, aber ich hätte nichts dagegen gehabt.«

»Tatsächlich nicht?« entfuhr es Wolf überrascht, obwohl ihn bei Moun eigentlich schon lange nichts mehr wunderte. Irgendwie hatte er sich von Anfang an nicht recht vorstellen können, daß dieses verrückte Geschöpf irgend jemandes Tochter war.

Als sie darauf einen Schritt näher auf ihn zukam, konnte er ihr Parfüm riechen, eine Duftkombination aus Neroli und Nelken, stechend, ausgefallen und ziemlich aufdringlich. »Sie fahren wohl auch auf totale Kontrolle ab, wie?« Sie sah ihn forschend an. »Das tun ja fast alle Männer. Dabei kann es umgekehrt auch einen ganz speziellen Reiz haben, vollkommen die Kontrolle zu verlieren – das ist manchmal mit einem irren Kick verbunden.« Für einen Moment schwieg sie nachdenklich. »Wissen Sie überhaupt, wovon ich rede? Haben Sie schon mal so einen richtig irren Kick erlebt?«

Wolf konnte sich des Verdachts nicht erwehren, daß sie ihn gleich fragen würde, ob er mit ihr in dieses geheimnisumwobene, mit verbotenen Freuden lockende Hinterzimmer kommen wolle – eine Vorstellung, die recht gemischte Gefühle in ihm hervorrief.

»Sie sagten vorhin, daß Larry das erstemal mit einem Freund vorbeigekommen ist.«

»Was?«

»Mit einem Freund von auswärts, vor dem er ein bißchen den coolen New Yorker markieren wollte. Wirkte der auch ausgeflippt oder pervers?«

Sie lachte. »Keine Spur. Der Kerl war so normal, daß es schon fast weh tat.«

»Woher wollen Sie das so sicher wissen?«

Als sie darauf den Kopf zur Seite legte, sah sie aus wie eine Art futuristischer Kampfhahn. »Er war eben genau die Sorte Mann: in Anzug und Krawatte und den Arsch so fest zusammengekniffen, daß nicht mal ... na ja, Sie wissen schon.«

Er brauchte sie erst gar nicht um eine genauere Beschreibung von Moravias Begleiter zu bitten. Denn in dem roten Glühen hinter seinen Lidern wurde plötzlich das Gesicht eines gutaussehenden jungen Mannes sichtbar – bester amerikanischer Geldadel, blond, blaue Augen und geradezu strotzend vor Korrektheit und Tatendrang. Statt dessen sagte er nur: »Und er war also von auswärts.«

»Auf jeden Fall.«

»Woher wollen Sie das so sicher wissen?«

»Weil er ständig Sachen sagte wie: ›Damals in Washington‹ oder so ähnlich. Und außerdem ...«, sie sah ihn aus zusammengekniffenen Augen an, als würde er nun dem definitiven Test unterzogen, ob er sich wirklich als echter New Yorker bezeichnen durfte. »Außerdem hatte er diesen typischen Akzent drauf – Sie wissen schon: Martha, schau doch mal, was die hier für hohe Häuser haben.«

»Sie meinen, er sprach Dialekt?«

Das brachte Moun zum Grinsen – ein zutiefst beängstigender Anblick, vergleichbar mit einem *National-Geographic*-Foto von den letzten Kannibalen auf Neuguinea. »Mhm.«

»Was für einen?«

»Irgendeinen aus dem Süden.«

»Aber nicht so einen wirklich breiten, ordinären – eher nur einen Anflug?«

»Ja.«

Aus Washington also, dachte Wolf. »Hatte Larrys Freund auch einen Namen?«

»Klar.« Moun schien dieses Verhör zusehends mehr Spaß zu machen. »Das war auch so ziemlich das einzige Interessante an ihm. McGeorge Shipley.« Sie nickte. »Und er hat auch durchblicken lassen, daß er für die Regierung arbeitet.«

»Die Bundesregierung?«

»Mhm. Larry hat ihn irgendwas gefragt – was habe ich allerdings nicht verstanden –, und darauf hat Shipley eine Visitenkarte rausgeholt. Da sein Stift nicht mehr richtig ging, hat er mich um meinen gebeten, um sich auf der Rückseite was zu notieren. Bei dieser Gelegenheit habe ich seinen Namen auf der Karte gesehen – und das Wappen. Er hat für das Verteidigungsministerium gearbeitet.«

Interessant, dachte Wolf. Moravia, der ständig zwischen New York und Tokio pendelte, zog mit einem dicken Fisch aus dem Pentagon durch die New Yorker Kunstszene. Was hatte das nun wieder zu bedeuten? In seinen Unterlagen stand jedenfalls nichts von irgendwelchen Kontakten zu Geheimdienstkreisen. Das rückte Lawrence Moravia mit einemmal in ein ganz anderes Licht.

Mit auf dem Rücken verschränkten Händen begann Wolf an den Ausstellungsstücken entlangzuschlendern. »Haben Sie zufällig auch gesehen, was Shipley sich auf der Visitenkarte notiert hat?« fragte er so beiläufig wie möglich.

»Ja.« Als für einen Moment Mouns Zunge zwischen ihren tiefschwarzen Lippen hervorspitzte, ließ sie der Kontrast leuchtend rot erscheinen. »Und möchten Sie vielleicht auch wissen, was?«

Einen Augenblick lang fürchtete Wolf, sie könnte für diese Auskunft als Gegenleistung von ihm verlangen, daß er ihr in dieses ominöse Hinterzimmer folgte, wo sie ihm dann mit gierigen Spinnenfingern die Hose öffnen und sich mit ihrem mageren Körper an ihn pressen würde.

Statt dessen sagte sie nur lachend: »Sie sollten mal Ihr Gesicht sehen.«

Unwillkürlich fiel auch Wolf in ihr Lachen mit ein. Trotz ihres ausgeflippten Äußeren hatte sie auch etwas durchaus Sympathisches, und man hätte ihr eindeutig Unrecht getan, wenn man in ihr lediglich ein verrücktes junges Ding gesehen hätte, das auf Teufel komm raus seine Eltern zu schockieren versuchte.

»Es war eine Telefonnummer. Die Vorwahl war zwei-null-zwei.« Und dann sagte sie ihm die restliche Nummer herunter, als wäre das die selbstverständlichste Sache der Welt.

»Wie kommt es, daß Sie sich so genau an die Nummer erinnern können?« fragte Wolf erstaunt, während er sich die Washingtoner Nummer notierte.

Moun hob ihre schmalen Schultern. Bei jeder ihrer Bewegungen schwappte eine Duftwelle aus Neroli und Nelken über Wolf hinweg. »Ich habe eben ein gutes Gedächtnis – vor allem, was Larry betrifft. So war er eben ... mein Gott, ich weiß auch nicht, warum.« Plötzlich wirkte sie seltsam niedergeschlagen – als wäre erst jetzt so richtig in ihr Bewußtsein vorgedrungen, daß Moravia tot war.

»Was können Sie mir über Chika, die Künstlerin, erzählen?« wechselte Wolf das Thema.

Liebevoll legte Moun ihre Hand auf eines der Objekte – eine Geste, die Wolf in ihrer Unschuld an die schockierenden Fotos in Lawrence Moravias Geheimgemach erinnerte. »Wollen Sie wissen, was im Katalog steht oder was ich über sie weiß?«

»Ist das denn nicht dasselbe?«

Moun kicherte. »Nun, Sie wissen ja, wie Künstler sind. Sie umgeben sich alle gern mit einem Hauch von Geheimnis – das macht sie irgendwie interessanter. Außerdem denken sie, zu viele biographische Einzelheiten würden nur von ihrem Werk ablenken. Ihre Kunst soll sozusagen für sich selbst sprechen. In erster Linie geht es ihnen darum, daß sich der Betrachter ihrem Werk ohne irgendwelche vorgefertigte Vorstellungen über das, was er zu sehen bekommt, nähert.«

»Ich dachte immer, Künstlern ginge es in erster Linie darum, ihre Arbeiten zu verkaufen. Führen denn die meisten nicht ein ziemliches Hungerleiderdasein?«

Das brachte Moun erneut zum Lachen. »Auf einige mag das durchaus zutreffen. Aber nicht auf Chika. Wenn mich nicht alles täuscht, dürfte es ihr ziemlich egal sein, ob sich ihre Arbeiten gut verkaufen oder nicht.«

»Warum?«

Zwischen Mouns Lippen blähte sich eine riesige Kaugummiblase auf. Es dauerte ziemlich lange, bis sie platzte. »Für einen Anwalt haben Sie ganz schön viele Fragen.«

»Dafür werde ich schließlich bezahlt. Außerdem habe ich noch nie etwas von Chika gehört.«

»So ist es in der Kunstszene immer. Man muß nur die richtigen Leute finden, um eine Antwort auf seine Fragen zu bekommen.«

»Also noch mal zurück zu Chika: War Larry näher mit ihr befreundet?«

»Sie mochten sich – das war ihnen unschwer anzusehen. Und wenn mich nicht alles täuscht, hatten sie auch mal was miteinander. Vielleicht sogar eine längere Geschichte.«

»Hat einer von den beiden eine Bemerkung fallenlassen, die darauf hingedeutet hat?«

»Ich habe sie gelegentlich über Tokio sprechen hören – als hätten sie dort öfter mal was gemeinsam unternommen.«

»Wo zum Beispiel?«

Moun zuckte mit den Schultern. Was von einer neuen Duftkaskade begleitet wurde. »Ich kann mich nur erinnern, daß in diesem Zusammenhang mehrere Male der Name *Verbotene Träume* fiel. Muß wohl eine Art Club sein. Wie ich Larry kenne, vielleicht auch irgendein ausgefallener Sexschuppen.«

»Ich glaube, ich würde gerne mal mit Chika sprechen«, sagte Wolf nachdenklich. »Lebt sie in New York?«

»Klar.« Moun nickte. »Sie wohnt nur drei Straßen weiter, aber« – Sie warf einen kurzen Blick in ihren Terminkalender – »sie ist momentan verreist und kommt erst morgen wieder zurück.«

»Wir hätten auf keinen Fall schon so früh damit beginnen sollen«, sagte Yuji Shian.

»Nur hatten wir keine andere Wahl.«

»Aber einen Menschen zu töten . . .«

»Das Ganze war ein bedauerliches Versehen und ist auf keinen Fall mit Absicht geschehen.«

Yuji sah seine Mutter Minako an. Es tagte, und über Tokio spannte sich ein austerngrauer Himmel. Auf dem Fischmarkt von Tsukiji brach sich noch das Licht unzähliger nackter Glühbirnen in den schimmernden Fischleibern, die von Männern in Ölzeug und hohen Gummistiefeln aus dicken Schläuchen mit Wasser bespritzt wurden. Die salzige Luft war erfüllt von Fischgeruch. Im Hintergrund kauerte sich ein dunkles Lagerhaus in die letzten Schatten der schwindenden Nacht. Dort war das Orakel untergebracht.

»Gerade ich als Wissenschaftler hätte es besser wissen müssen, Mutter«, stieß Yuji verzweifelt hervor. »Unter normalen Umständen hätte ich auf jeden Fall warten müssen, bis . . .«

»Bis die klinischen Tests abgeschlossen sind?« schnitt ihm Minako energisch das Wort ab. »Aber du weißt doch ganz genau, daß in diesem Fall die üblichen Verfahrensweisen nicht anwendbar waren. Auch wenn von dir vorher noch so viele Tests an niedrigeren Lebensformen durchgeführt worden wären, hätte uns das auf keinen Fall zu den gewünschten Aufschlüssen verholfen.«

Yuji sah zum Fluß hinunter. Durch den dichten Nebel, der über dem Wasser hing, drang das verlorene Tuten eines Schiffs herauf.

Er nickte. Natürlich hatte sie recht. Sie hatten wirklich keine andere Wahl gehabt. Unter rein wissenschaftlichen Gesichtspunkten hatten nie irgendwelche Zweifel für ihn bestanden, daß seine Neuentwicklung nur in der Praxis erprobt werden konnte. Unter menschlichen Gesichtspunkten jedoch war er zutiefst entsetzt über die Folgen.

»Yuji-san«, sagte Minako beschwichtigend. »Ich werde dir Tee bringen.«

Damit ging sie auf eine der Imbißbuden am Rand des Fischmarkts zu. Während sie auf ihren Tee wartete, drehte sie sich nach ihrem Sohn um. Da stand er, etwas verloren inmitten des geschäftigen Treibens, das auf dem Fischmarkt herrschte, die Schultern gegen die morgendliche Kälte hochgezogen. Bei seinem Anblick versetzte es ihr einen heftigen Stich ins Herz. Sie liebte alle ihre Kinder, aber Yuji war ihr einziger Sohn. Schon allein deshalb nahm er eine Sonderstellung ein. Dazu kam noch, daß er ein genialer Biochemiker war. Wie verzweifelt hatte sie sich bemüht, Yuji von den Schattenseiten des Lebens fernzuhalten ... Doch ihr Kampf war vergeblich gewesen. Damit war nun ein für allemal Schluß. Das war sein Karma – und ihres.

Von heftigen Gewissensbissen geplagt, wartete Yuji geduldig, bis seine Mutter zurückkam. Natürlich hatte er nicht wissen können, wie das Orakel auf Moravia reagieren würde. Aber war nicht genau das der springende Punkt bei der Sache? Angesichts der unverantwortlichen Risiken, die sie bei diesem Experiment eingegangen waren, überkamen ihn erneut heftige Schuldgefühle. Niedergeschlagen wanderte sein Blick über die unzähligen leblosen Fischaugen. Nur noch das gelegentliche Zucken eines schuppigen Schwanzes auf dem nassen Beton deutete darauf hin, daß einige Fische noch am Leben waren.

»Der Tee wird dir bestimmt guttun«, sagte Minako und reichte ihm eine dampfende Schale. Ringsum erwachte währenddessen die Stadt aus ihrem nächtlichen Schlaf. Die Forschungslabors, in denen an der Entwicklung des Orakels gearbeitet wurde, waren ganz bewußt nicht in der Firmenzentrale von Shian Kogaku in Shinjuku untergebracht worden, sondern in diesem unscheinbaren alten Lagerhaus am Fischmarkt, wo die ganze Nacht hindurch geschäftiges Treiben herrschte, so daß die nächtlichen Aktivitäten dort niemandem auffielen.

»Soll das heißen, daß wir noch einmal ganz von vorne beginnen müssen?« fragte seine Mutter.

Diese Frage ließ sich Yuji lange durch den Kopf gehen. Sie beschäftigte ihn schon von dem Augenblick an, seit sie ihm von Lawrence Moravias Tod erzählt hatte.

»Ich glaube nicht«, antwortete er schließlich. »Wir sind durchaus auf dem richtigen Weg. Aber zum endgültigen Erfolg fehlt uns noch ein wichtiges Glied in der Kette. Das Problem, an dessen Lösung wir gegenwärtig arbeiten, läßt sich am ehesten mit einem Generator vergleichen, in dem es beim Einschalten einen so gewaltigen Stromstoß gibt, daß sich damit eine ganze Stadt taghell erleuchten ließe. Zugleich ist dieser plötzliche Energieschub aber so stark, daß er den Generator zum Durchbrennen bringt.« Yuji sah seine Mutter ernst an. »Nein, wir müssen nicht noch einmal ganz von vorne anfangen. Wir müssen lediglich eine Möglichkeit finden, den enormen Energieschub bei der Inbetriebnahme besser abzudämpfen.«

Minako nickte. »Ich mache mir deinetwegen schreckliche Vorwürfe, Yuji-san. Schließlich war ich es, die dich dazu gedrängt hat, die Arbeit am Orakel zu beginnen. Und ich war es auch, die dich mit Moravia bekannt gemacht hat, der sich dir dann unbedingt als Versuchskaninchen zur Verfügung stellen wollte.«

»Aber Mutter, er hat es doch gar nicht anders gewollt. Kein Mensch hat ihn zu irgend etwas gezwungen, und er wußte genauestens über die Risiken Bescheid.«

Über Minakos Lippen legte sich ein trauriges Lächeln. »Dann hast du dir nicht das geringste vorzuwerfen, Yuji-san. Moravia hat sich alles nur selbst zuzuschreiben.«

»Du hast vollkommen recht, Mutter«, bestätigte ihr Yuji. »Trotzdem fühle ich mich verpflichtet, nach Senso-ji zu gehen.«

Minako nickte. »Das kann ich nur begrüßen. Ich werde dich begleiten, mein Sohn.«

Sie gingen zum Sumida-Fluß hinunter und nahmen ein Wassertaxi zum Senso-ji-Tempel, der Kannon, der buddhistischen Göttin der Gnade, gewidmet ist.

Der Zugang zum Tempel war von unzähligen Ständen gesäumt, in denen man, angefangen von Reispapiersonnenschirmen und Holzkämmen bis hin zu aufziehbaren Spielzeugrobotern und Sake, alles kaufen konnte. Vor dem gigantischen Weihrauchbecken am Eingang blieben Minako und ihr Sohn stehen und befächelten sich mit dem duftenden Rauch – ein uraltes Ritual, das vor allem der Gesunderhaltung dient.

Bedächtig schritten sie darauf die Eingangstreppe hinauf und betraten den Tempel. Im Innern des Heiligtums herrschte tiefe Stille. Von den mächtigen Stützpfeilern, auf denen das Dach ruhte, hingen unzählige Laternen. Die Decke war mit kunstvollen Darstellungen aus dem reichen Schatz japanischer Legenden verziert.

Mutter und Sohn sprachen ein Gebet für die Toten, entzündeten mehrere Räucherstäbchen und stimmten, als sich deren Rauch zur Decke emporzukräuseln begann, einen feierlichen Gesang an. Dieses altvertraute Ritual übte eine beruhigende Wirkung auf Yuji aus. Als er jedoch beim Verlassen des Tempels einen kurzen Blick auf seine Mutter warf, entging ihm nicht, daß die Sorgenfalten auf ihrer Stirn noch immer nicht verflogen waren.

Inzwischen war die Sonne aufgegangen. Mühsam kämpfte sie gegen den dichten Smog über der Stadt an. »Ich kann mich des Gefühls nicht erwehren«, hauchte Minako schaudernd, »daß irgend etwas in der Luft liegt.«

Yuji kannte diese Vorahnungen seiner Mutter zur Genüge. »Hab' keine Angst«, versuchte er sie deshalb zu beruhigen. »Zum Schluß wird sich doch noch alles zum Guten wenden.«

»Nein«, erklärte Minako bestimmt. »Wir stehen am Rande eines tiefen, dunklen Abgrunds.« Sie rang die Hände. »Und in seiner Tiefe braut sich etwas zusammen, Yuji-san – etwas so Bedrohliches, daß es sich selbst meiner Vorstellungskraft entzieht.«

Unermüdlich prasselte der Regen auf das Wagendach. Wolf hatte in Sichtweite der Galerie geparkt und beobachtete gerade, wie ein paar Männer von den Stadtwerken den zischenden Dampfstrahl zu stoppen versuchten, der durch einen Riß im Asphalt der Avenue C schoß.

Als er im Verteidigungsministerium in Washington angerufen und Moravias Freund McGeorge Shipley zu sprechen verlangt hatte, war er erst einmal von einer Abteilung zur anderen durchgestellt worden. Aber am Schluß schien niemand etwas von der Existenz eines McGeorge Shipley zu wissen. Dafür konnte es eigentlich nur zwei Erklärungen geben: Entweder war er aufgrund eines Versehens nicht in den Personalakten der Regierungsstelle erfaßt, oder Mouns Informationen waren falsch gewesen.

Wolf war also nichts anderes übriggeblieben, als sich an einen Bekannten in der New Yorker FBI-Zentrale mit der Bitte um Hilfe zu wenden. FBI und Polizei waren zwar noch nie für ihre gute Zusammenarbeit bekannt gewesen, aber zuweilen ließ sich doch eine der beiden Seiten dazu herab, der anderen, wenn auch zähneknirschend, einen kleinen Gefallen zu erweisen.

Während Fred – so hieß Wolfs Bekannter beim FBI – seinen Computer zu Rate zog, beobachtete Wolf, wie sich draußen im strömenden Regen die Männer in ihrem glänzenden Ölzeug noch immer mit der mächtigen Dampffontäne abmühten, die aus dem Bauch Manhattans in den Himmel emporschoß.

»Aha«, brummte Fred schließlich. »Jetzt bin ich in den Personaldateien des Verteidigungsministerums. Wie hieß der Kerl gleich wieder?«

»McGeorge Shipley.«

»Ach ja, richtig. Mal sehen.« Der Vorarbeiter des Reparaturtrupps saß im Führerhaus des Lkws und telefonierte – vermutlich, um Verstärkung anzufordern. In diesem Augenblick wurde Wolf auf eine Frau aufmerksam, die am Straßenrand stand. Wegen des strömenden Regens und weil sie einen Reispapierschirm aufgespannt hatte, konnte Wolf ihr Gesicht nicht erkennen. Die hohen Chromabsätze ihrer schwarzen Schuhe blitzten im Scheinwerferlicht der vorbeifahrenden Autos immer wieder kurz auf. Unter ihrem schwarzen Minirock kamen wundervoll lange Beine zum Vorschein. Dazu trug sie eine extrem weit geschnittene Bomberjacke aus schwarzem Wollstoff und metallisch glänzendem Leder. Als sie mit einem weitausholenden Schritt über den gurgelnden Rinnstein hinwegsetzte, um die Straße zu überqueren, erhaschte Wolf auch einen kurzen Blick auf ihr blasses Gesicht. Es war auffallend schön geschnitten, mit tiefschwarzen Augen und unverkennbar asiatischen Zügen. Eine Japanerin? Im selben Augenblick fuhr jedoch unter heftigem Spritzen ein Lkw vorbei, und die Frau war verschwunden.

Unwillkürlich mußte Wolf heftig blinzeln. Irgend etwas an den Beinen des Mädchens hatte ihn geradezu magisch angezogen. Sie wollten ihm einfach nicht mehr aus dem Kopf. Es war, als hätte sich ihr Anblick unauslöschlich in sein Gedächtnis eingegraben.

»Tja«, riß ihn Freds verrauchte Stimme aus seinen Gedanken. »Leider gibt es hier nirgendwo einen McGeorge Shipley.«

»Sind Sie auch ganz sicher?« Obwohl Wolf die Augen schloß, hatte er noch immer die Beine des Mädchens vor sich, wie sie vom Gehsteig auf die Straße hinaustrat.

»Alles, womit ich dienen kann, ist ein Shipley, William H., in der Personalabteilung, und ein Shipley, Donald R., in der Buchhaltung.«

»Es muß ihn aber geben«, ließ Wolf nicht locker.

»Kann ja durchaus sein«, meinte Fred seelenruhig. »Nur kann ich ihn hier nirgendwo finden.«

»Aber wie ist das möglich?« Erst jetzt waren alle Gedanken an die schöne Japanerin aus seinem Kopf verflogen.

»Vermutlich ist er nur in irgendwelchen Geheimakten registriert. So was haben sie in allen Regierungsstellen. Und falls Sie noch nichts davon gehört haben sollten: Bekanntlich wird in Washington eine ganze Menge auf inoffizieller Ebene abgewickelt. Und die Leute, die mit so was zu tun haben, stehen in der Regel nicht in den Personalverzeichnissen, die jeder einsehen kann. Und da sind auch wir vom FBI nicht ausgenommen.«

»Das heißt also: Entweder existiert dieser Shipley tatsächlich nicht, oder er arbeitet für den Geheimdienst?«

»Darauf läuft es in etwa hinaus«, bestätigte ihm der FBI-Mann. »Tut mir leid, daß ich nicht mehr für Sie tun konnte, Wolf. Bis dann also.«

Wolf legte auf und starrte durch die Windschutzscheibe auf die zischende Dampffontäne hinaus. Der Regen trommelte immer wütender auf das Wagendach. Was konnte Lawrence Moravia mit einem Agenten aus dem Verteidigungsministerium zu tun gehabt haben? Oder hatte ihm Moun lediglich einen Mordsbären aufgebunden?

Er zog seinen Notizblock heraus und starrte eine Weile nachdenklich auf die Washingtoner Telefonnummer, die sie ihm genannt hatte – die Nummer, die der mysteriöse Shipley angeblich Moravia gegeben hatte. Schließlich holte er tief Luft und wählte.

Es läutete siebenmal, und er wollte schon wieder auflegen, als plötzlich eine kurze Pause eintrat und das Läuten von neuem begann. Fast im selben Moment meldete sich am anderen Ende eine Stimme: »Shipley.«

Unwillkürlich begann Wolfs Herz schneller zu schlagen. »McGeorge Shipley?«

»Ja. Wer ist bitte am Apparat?« Die helle Stimme eines jungen Mannes.

Nachdem sich Wolf vorgestellt hatte, fuhr er fort: »Sie kannten Lawrence Moravia?«

»Sie haben doch hoffentlich nichts dagegen, wenn ich erst Rücksprache mit Ihrem Vorgesetzten halte? Wenn Sie mir bitte Ihre Dienst- und Ihre Telefonnummer durchgeben, rufe ich Sie in zehn Minuten zurück.«

Nachdem er das getan hatte, legte Wolf auf. Was hatte es wohl mit Moravias häufigen Japanbesuchen tatsächlich auf sich gehabt? Falls Shipley wirklich ein Spion des Verteidigungsministeriums war, dann wußte er vermutlich über Dinge Bescheid, die nicht nur äußerst wichtig waren, sondern auch allerstrengster Geheimhaltung unterlagen. Und so etwas konnte einem sehr schnell Kopf und Kragen kosten. Mit Erschrecken wurde Wolf plötzlich bewußt, daß er es hier offensichtlich mit einem Fall zu tun hatte, der sich in ganz anderen Dimensionen bewegte als alles, womit er bisher zu tun gehabt hatte.

Inzwischen waren zwei weitere Einsatzwagen der Stadtwerke angerollt. Männer in Ölzeug stiegen aus und sperrten einen noch größeren Bereich der Straße ab. Nicht mehr lange, und die Avenue C würde wegen des dadurch hervorgerufenen Staus ganz für den Verkehr gesperrt werden.

Währenddessen rekapitulierte Wolf noch einmal, wie die Telefonverbindung mit Shipley zustande gekommen war. Als es nach dem siebten Läuten diese kurze Unterbrechung gegeben hatte, war der Anruf vermutlich durch eine spezielle Schaltung an Shipleys gegenwärtigen Aufenthaltsort durchgestellt worden.

Das Läuten des Autotelefons ließ ihn aus seinen Gedanken hochschrecken. Er nahm ab und meldete sich mit einem knappen »Matheson«.

»Ist also tatsächlich Ihr richtiger Name«, kam Shipleys frische Stimme aus dem Hörer. »Um auf Ihre Frage zurückzukommen: Ja, ich kannte Lawrence Moravia.«

»Hat er für Sie gearbeitet?«

»Mr. Matheson«, sagte Shipley darauf, Wolfs Dienstgrad ganz bewußt ignorierend. »Ich hielte es für besser, wenn wir uns unter vier Augen unterhalten könnten. Nehmen Sie morgen die Elf-Uhr-Maschine nach Washington. Dann fahren Sie in die H Street in Chinatown zu einem Restaurant namens Phoenix Chinatown. Ich werde dort ab ein Uhr auf Sie warten.«

Inzwischen nahmen die Absperrungen die ganze Straßenbreite ein. Bis auf die unzähligen Scheibenwischerpaare, die geduldig gegen den Regen ankämpften, war der Verkehr endgültig zum Erliegen gekommen. Resigniert warteten die Menschen in den Wagen auf das Eintreffen der Polizei, damit eine Umleitung organisiert würde. Aber vorerst ging nichts mehr vor und zurück.

Polizeichef Jack Breathard verfügte vor allem über jene zwei Eigenschaften, die unabdingbare Voraussetzung waren, wenn man es auf der Stufenleiter des Erfolgs ganz nach oben schaffen wollte: Zum einen verstand er es wie kaum ein zweiter, die Hebel der Macht zu bedienen, und zum anderen hatte er ein sehr feines Gespür dafür, was bei der breiten Öffentlichkeit ankam. Darüber hinaus gelang es ihm auch immer wieder, in der Öffentlichkeit den Anschein zu erwecken, als wäre zwischen dem Commissioner und dem Bürgermeister alles bestens bestellt. Und das war angesichts der Tatsache, daß sich die beiden Männer in Wirklichkeit auf den Tod nicht ausstehen konnten, kein gerade leichtes Unterfangen. Denn nur aufgrund widriger politischer Umstände hatte sich Bürgermeister James Olivas, ein Sohn puertoricanischer Einwanderer, gezwungen gesehen, den als außerordentlich unnachgiebig und kompromißlos bekannten Schwarzen Hayes Walker Johnson zu seinem Polizeibeauftragten zu ernennen. Die zwei Männer standen auf ständigem Kriegsfuß miteinander, und die erbitterten Auseinandersetzungen, die sie sich lieferten, wenn gerade keine Fernsehkamera in Sichtweite war, hatten schon fast legendären Charakter.

In diesem äußerst komplizierten Geflecht aus ethnopolitischen Machtrangeleien hatte es Breathard besser als alle anderen verstanden, die zahlreichen damit verbundenen Fallstricke zu umgehen und sich zugleich auch die erbitterte Feindschaft seiner beiden unmittelbaren Vorgesetzten für seine eigenen Zwecke zunutze zu machen. Insgeheim verfolgte er nämlich kein geringeres Ziel, als der Reihe nach beide in ihren Ämtern abzulösen. Seine Aussichten, dieses Ziel zu erreichen, waren auch gar nicht so schlecht gewesen, bis eines Tages Lieutenant Wolf Matheson auf der Bildfläche erschien.

Breathard hatte Wolf von Anfang an nicht ausstehen können. Sein außergewöhnliches Talent war dem ehrgeizigen schwarzen Polizeichef von Anfang an suspekt gewesen. Denn wirklich solide Polizeiarbeit basierte in seinen Augen vor allem auf zwei Grundvoraussetzungen: harte Arbeit und Ausdauer. Alles andere war leere Blenderei, die bestenfalls für ein kurzes Strohfeuer gut war. Nicht zuletzt war die argwöhnische Mißgunst, mit der Breathard den unaufhaltsamen Aufstieg Wolfs beobachtete, auch auf seinen tiefsitzenden Neid über die enorme Aufmerksamkeit zurückzuführen, die Wolf aufgrund seiner erstaunlichen Fahndungserfolge in der Öffentlichkeit zuteil wurde – eine Aufmerksamkeit, von der Breathard fand, daß sie eigentlich ihm zugestanden hätte.

Aus diesem erbitterten Konkurrenzneid heraus hatte es sich Breathard von Anfang zum Ziel gesetzt, Wolf mit allen Mitteln in seiner Arbeit zu behindern. So hatte er es zum Beispiel sehr geschickt verstanden, die Bemühungen des Commissioners um geeignete Räumlichkeiten für Wolfs Einheit immer wieder zu sabotieren. Und nachdem er von der Ermordung Lawrence Moravias erfahren hatte, war es ihm gelungen, die entsprechenden Berichte erst dann an Wolf weiterleiten zu lassen, nachdem er sich selbst genauestens über alle Einzelheiten des Falls informiert hatte. Um so mehr hatte es ihn in diesem Zusammenhang natürlich geärgert, daß der Commissioner Wolf über seinen Kopf hinweg zu einem informellen Treffen zu sich gebeten hatte, um die Einzelheiten des Falls mit ihm zu besprechen. Breathard wäre schließlich nicht Breathard gewesen, hätte er nicht ganz instinktiv gespürt, wie sehr man sich mit der Lösung eines derart spektakulären Falls ins Rampenlicht des öffentlichen Interesses rücken konnte. Trotzdem war es nur noch eine Frage der Zeit, bis er Johnson im Amt des Commissioners ablösen würde, und dann konnte dieser kleine Ehrgeizling von Matheson mal sehen, wo er blieb.

Breathard saß im Clancy's, einem irischen Pub in der Downtown. Der Bierdunst in diesem Laden war so intensiv, daß man eigentlich nur ein paarmal tief einzuatmen brauchte, um auf sein Quantum zu kommen.

Breathard mochte das Lokal nicht zuletzt deshalb, weil sich kaum einmal ein Polizist dorthin verirrte, und wenn doch, dann nur, um einer der zwielichtigen Gestalten, die hier verkehrten, ein bißchen auf den Zahn zu fühlen. Außerdem war das Lokal um diese Zeit fast leer.

Der Polizeichef war schon eine ganze Weile brütend über seinem Bier gesessen, als die Tür aufging und Squire Richards hereinkam. Er spähte kurz blinzelnd in das dämmrige Halbdunkel und steuerte dann zielstrebig Breathards Tisch an.

Statt eines Grußes nickte Breathard dem schwarzen Polizisten nur kurz zu und sagte: »Auch ein Bier?«

»Danke, gern.« Squire Richards schlüpfte aus seinem nassen Mantel und ließ sich auf einen wackligen Stuhl plumpsen.

Breathard winkte der Bedienung, einer dicken Matrone mit gefärbtem Haar und falschen Wimpern, die aussah wie ein Relikt aus den siebziger Jahren. Wenig später hatte jeder ein Glas Bier vor sich stehen.

»Und? Irgendwelche interessante Neuigkeiten?« Breathard fiel sofort in einen breiten Schwarzenslang.

Squire Richards nahm erst einmal einen kräftigen Schluck von seinem Bier, bevor er antwortete: »Ganz wohl ist mir, ehrlich gestanden, nicht bei der Sache, Chief.«

»Hey, was soll das nun wieder heißen? Wir Schwarzen müssen doch zusammenhalten. Wo kommen wir denn hin, wenn wir uns nicht selber helfen? Die Weißen werden jedenfalls keinen Finger für uns rühren. Außerdem haben die in der Politik schon lange nichts mehr zu melden. Und Olivas? Der hat beide Hände voll damit zu tun, nach der Pfeife der Leute zu tanzen, die ihn auf seinen Sessel gehievt haben. Oder etwa dieser alte Arschkriecher Hayes Walker Johnson? Mr. Meine-Scheiße-stinkt-nicht-wie-die-der-anderen-Nigger? Der ist ja fast noch schlimmer als dieses weiße Gesockse.« Breathards Kopf schoß vor, als er fortfuhr: »Also, was haben Sie mir zu erzählen, Richards? Ihr Boß, dieser kleine weiße Wichtigtuer Matheson, ist der einzige, der mich noch daran hindern kann, Johnson und Olivas abzuservieren, und deshalb muß als erstes er weg vom Fenster, ist das klar, Mann?«

Squire Richards nickte. »Viel habe ich bisher noch nicht rausgefunden, womit Sie ihm am Zeug flicken könnten. Aber was den Fall Moravia betrifft, kommt sicher noch einiges auf uns zu. Da ist zum Beispiel Bobby Connor – irgendwie benimmt er sich in letzter Zeit ziemlich eigenartig. Natürlich war er dabei, als es Junior Ruiz erwischt hat. Aber da muß noch mehr dahinterstecken – gerade so, als ob er was mitbekommen hätte, was er lieber nicht hätte sehen sollen.«

»Aha.« Nachdenklich strich sich Breathard über seinen struppigen schwarzen Schnurrbart. »Ich habe mir die Berichte über den Tod von Arquillo, Ruiz und dem Mädchen sofort angesehen, nachdem Sie sie an mich weitergeleitet haben. Allerdings ist mir darin nichts Ungewöhnliches aufgefallen.«

»Genau das ist doch das Komische an der Sache. Und vor allem hätten Sie auch mal den Lieutenant selbst sehen sollen. Ein komischer Kauz war er ja immer schon, aber seit es Junior erwischt hat, benimmt er sich noch eigenartiger. Spricht mit keinem Menschen mehr, ist ständig allein unterwegs und trägt sich auch nicht mehr ins Log ein. Kein Mensch weiß, wo er eigentlich zu erreichen ist. Irgendwas stimmt jedenfalls nicht mit ihm.«

»Hört sich ja sehr interessant an«, murmelte Breathard und starrte eine Weile nachdenklich vor sich hin. Doch plötzlich schoß sein Zeigefinger vor, und er sah Richards durchdringend an. »Daß wir uns nur über eines im klaren sind: Sie beschaffen mir etwas, womit ich diesen Kerl endgültig erledigen kann.«

Squire Richards war sichtlich schockiert. »Machen Sie meinetwegen, was Sie wollen, aber ziehen Sie mich da nicht weiter rein. Sie machen sich keine Vorstellung, wie der Kerl auf Draht ist. Wenn sie also unbedingt jemand auf ihn ansetzen wollen, dann machen Sie dem Betreffenden auch klar, worauf er sich da einläßt. Sonst kann ihm nämlich schnellstens passieren, daß er bis über beide Ohren in der Scheiße steckt, Mann.«

Grinsend strich Breathard über seinen Schnurrbart. »Machen Sie sich da mal keine Sorgen, Richards. Kein Mensch verlangt von Ihnen, etwas zu tun, weswegen Matheson Verdacht gegen Sie schöpfen könnte.« Er lachte. »Dafür sind Sie mir viel zu wichtig.«

3

Washington/Tokio

Die Maschine nach Washington hatte eine Viertelstunde Verspätung. Während des kurzen Flugs hatte Wolf ständig das Gefühl, in einen Viehwaggon gepfercht zu sein. Um seine verspannten Muskeln zu lokkern, reckte er sich erst einmal ausgiebig, bevor er das Flughafengebäude verließ und in den Regen hinaustrat.

Vor dem Ausgang hatte sich eine lange Schlange von Fluggästen gebildet, die auf ein Taxi warteten. Widerwillig stellte sich auch Wolf an. Während des langen Wartens behielt er seine Umgebung scharf im Auge, konnte aber nichts Verdächtiges entdecken. Kurz bevor er jedoch das Ende der Schlange erreichte, schlug er sich, als ob er etwas vergessen hätte, gegen die Stirn und rannte aufgeregt in das Flughafengebäude zurück. Erst nachdem er dort fünf Minuten gewartet hatte, ging er wieder nach draußen. Inzwischen hatte sich die Schlange aufgelöst, und er stieg in das erste wartende Taxi.

Die Chinatown von Washington ist zwar kleiner und nicht ganz so heruntergekommen wie die von New York, aber mindestens genauso trostlos. In der H Street schien es mehr chinesische Lokale zu geben als in ganz Hongkong. Wenn man einmal von den beiden etwas ramponierten Gipshunden absah, die den Eingang des Phoenix Chinatown bewachten, unterschied sich das Lokal in nichts von den unzähligen anderen Restaurants in der Straße. Als Wolf durch die Tür trat, schlug ihm als erstes der süßliche Geruch von heißem Reisessig, Chiliöl und Sojasoße entgegen.

Es war kurz vor eins, und das Restaurant war ziemlich voll. Trotzdem fand Wolf einen freien Tisch. Der Plastikbezug der Sitzbank, auf die er sich niederließ, hatte auch schon bessere Zeiten gesehen und war vermutlich einmal rot gewesen.

Kaum hatte er Platz genommen, knallte ihm ein hektisch vorbeiwuselnder Kellner eine abgegriffene Speisekarte auf den Tisch und schenkte ihm unaufgefordert ein Glas Tee ein. Fünf Minuten später stand die saure Suppe, die er bestellt hatte, auf dem Tisch – zusammen mit einer Schale getrockneter Nudeln und einem kleinen Teller eingelegtem Kohl.

Er hatte gerade die Suppe zu Ende gegessen – sie schmeckte übrigens ganz vorzüglich, ein wenig von den getrockneten Nudeln gekostet, die waren weniger nach seinem Geschmack –, als ein paar Tische weiter ein großer, schlanker Asiate aufstand und auf ihn zukam.

»Mr. Matheson, Mr. Shipley bittet Sie, die Verspätung zu entschuldigen.«

Darauf blieb der Asiate erst einmal wortlos stehen, ohne sich von der Stelle zu rühren.

Mit einer auffordernden Geste deutete Wolf deshalb auf den Platz ihm gegenüber und füllte ein zweites Glas mit Tee. Der Asiate nickte und nahm Platz.

»Sie sind kein Chinese«, sagte Wolf.

»Nein, Japaner. Aber ich mag chinesisches Essen. Außerdem habe ich eine ausgesprochene Schwäche für Cheeseburger.« Er reichte Wolf die Hand. »Jason Yoshida.«

Wolf sah sein Gegenüber forschend an. »Wie lange beobachten Sie mich schon, Mr. Yoshida?«

»*Sie* habe ich eigentlich nie beobachtet – nur Ihre Umgebung.«

»Zu Ihrer Beruhigung«, sagte Wolf, »mir ist niemand gefolgt.«

»Sehr gut.« Yoshida trank seinen Tee aus. »Wollen wir? Mr. Shipley erwartet Sie bereits.« Als Wolf nach seiner Brieftasche griff, winkte er energisch ab. »Das habe ich bereits erledigt, Mr. Matheson. Alles im Service inbegriffen.«

Sie verließen das Lokal jedoch nicht durch den Eingang. Statt dessen wurde Wolf von Yoshida nach hinten geführt, an den Toiletten und am Telefon vorbei und einen schmalen Gang entlang, an dessen Ende sich eine Metalltür auf einen engen Hinterhof öffnete. Von dort erreichten sie durch eine schmale Durchfahrt eine kleine Nebenstraße. Sie gingen auf einen schwarzen Taurus mit Regierungskennzeichen zu, der im Halteverbot stand. Yoshida öffnete die Tür, und sie stiegen ein.

Weniger später waren sie wieder auf der H Street. Yoshida fuhr in Richtung Westen.

»Arbeiten Sie für Shipley?« fragte Wolf.

»Etwas in der Art«, antwortete Yoshida in einem Ton, der unmißverständlich zu erkennen gab, daß ihm an einer weiteren Unterhaltung nicht gelegen war.

An der Massachusetts Avenue bog er nach rechts ab und fuhr am Dupont Circle auf der Connecticut Avenue in Richtung Rock Creek Park weiter. Auf der Nordseite des Parks nahm er die Tilden Street und dann die Linnean Avenue.

»Der Hillwood Estate befand sich einmal im Besitz von Marjorie Merriweather Post«, wurde Yoshida plötzlich wieder gesprächig, als er unvermittelt von der Straße abbog und durch ein hohes Eisentor fuhr. »Ursprünglich hat das Land jedoch Isaac Pierce gehört. Das war zu Beginn des achtzehnten Jahrhunderts.« Yoshida nickte einem alten Schwarzen in Uniform zu, vermutlich ein Sicherheitsbeamter.

Die lange, gewundene Zufahrt führte zu einem prunkvollen Herrschaftssitz im georgianischen Stil, der auf dem höchsten Punkt einer flachen Kuppe stand. Ganz in seiner neuen Rolle als Fremdenführer aufgehend, vergaß Yoshida nicht, Wolf darauf hinzuweisen, daß das Haus 1926 erbaut worden war.

Vor dem Eingang hielt Yoshida an, machte aber keine Anstalten, den Motor abzustellen oder auszusteigen. Statt dessen sagte er nur: »Unmittelbar hinter dem Hauptgebäude gibt es einen Weg. Folgen Sie ihm, bis er sich gabelt, und gehen Sie dann nach links, an der russischen Datscha vorbei, bis Sie ein Blockhaus erreichen.«

Wolf wartete, daß er mit seinen Anweisungen fortfuhr; als er das nicht tat, fragte er: »Ist das alles?«

Yoshida drehte sich zu ihm um, und für einen Moment spürte Wolf ein eigenartiges Kribbeln im Bauch. Dann sagte er in einem Ton, als wäre Wolf an der Verzögerung ihres Treffens schuld: »Mr. Shipley erwartet Sie bereits.«

Hinter dem Hauptgebäude kam Wolf tatsächlich an einer originalgetreu nachgebauten russischen Datscha vorbei, und ein Stück weiter tauchte ein altes Blockhaus vor ihm auf. Als Wolf die Tür öffnete, fiel ihm sofort der deutliche Temperatur- und Luftfeuchtigkeitsunterschied auf, wie er für von der Außenwelt abgeschlossene Räume typisch ist.

Der Grund dafür war unschwer zu erkennen. Das Innere des Blockhauses beherbergte Mrs. Posts eindrucksvolle Sammlung indianischer Kunst: kunstvoll gearbeitete Lederleggins, perlenbestickte Mokassins, handbemalte Kriegstrommeln, kostbare gewebte Stoffe und Decken.

Von diesen beeindruckenden Zeugnissen indianischer Kultur war Wolf so überwältigt, daß er erst nach einer Weile auf den jungen Mann aufmerksam wurde, der lächelnd auf ihn zukam. Wie er feststellen konnte, hatte ihn Mouns Beschreibung sehr gut getroffen: Das blonde Haar trug er auffallend kurz geschnitten, und sein sympathisches, längliches Gesicht war ganz von seinen tiefblauen Augen beherrscht, die sogar das leicht fliehende Kinn wieder wettmachten. Gekleidet war er nach gängiger Washingtoner Manier: dunkelblauer Anzug, weißes Hemd, gestreifte Krawatte.

Er reichte Wolf die Hand. »Guten Tag, Mr. Matheson.« An seinem Lächeln hätte die ganze Welt genesen können. Sein Händedruck, fest und trocken, sollte Optimismus und Zuversicht vermitteln.

»Mr. Shipley, nehme ich an.«

Als Shipley grinsend nickte, wirkte er plötzlich so harmlos wie ein kleiner Junge. »Entschuldigen Sie bitte die plötzliche Verlegung unseres Treffpunkts, aber diese Vorsichtsmaßnahme erwies sich leider als unumgänglich.«

Typisch Geheimdienst, dachte Wolf. Es war ja allgemein bekannt, daß diese Kerle alle unter Verfolgungswahn litten.

»Mr. Yoshida schien sichtlich besorgt, jemand könnte mir gefolgt sein. Wer könnte daran ein Interesse haben?«

»Wenn Sie mir bitte folgen würden?« Shipley stieg die Treppe zu einer kleinen Galerie hinauf, von der man den ganzen Innenraum des Blockhauses übersehen konnte.

Auf das hölzerne Geländer der Galerie gestützt, kam Wolf sofort zur Sache: »Was ich Sie als erstes fragen möchte: Warum hat sich das FBI nicht in den Fall eingeschaltet, obwohl Moravia ein Agent des Verteidigungsministeriums war?«

Shipley gab ein kurzes, blechernes Lachen von sich. »Sie gefallen mir, Matheson. Auf den Kopf sind sie jedenfalls nicht gefallen. Das ist mir zwar schon von verschiedenen Seiten bestätigt worden, aber ich halte es trotzdem immer für besser, sich von so etwas selbst zu überzeugen.«

Wolf sah ihn aus zusammengekniffenen Augen an. »Sie haben also gehört, daß ich nicht ganz blöd bin? Von wem?«

Shipley holte tief Luft und ließ den Blick nachdenklich über die Vitrinen wandern. »Sehen Sie sich doch mal diese Sammlung an, Mr. Matheson. Absolut einzigartig, finden Sie nicht auch?«

»Nur erzählt das, was Sie hier sehen, nicht die ganze Geschichte.«

Shipley nickte. »Sie meinen, diese Würdigung der indianischen Kultur kommt etwas zu spät? Diese Kritik kann ich Ihnen durchaus nachfühlen.«

»Das bezweifle ich.«

Ohne sich dadurch verunsichern zu lassen, entgegnete Shipley: »Aber es gibt doch genügend Leute, die ein sehr tiefgreifendes Verständnis für die Indianer und ihre Lebensart entwickelt haben. Ihr Vater zum Beispiel, um nur einen zu nennen.«

Wolf war inzwischen klargeworden, warum sich Shipley ausgerechnet hier mit ihm getroffen hatte, inmitten dieser großartigen Zeugnisse der indianischen Kultur. Damit konnte er ihm deutlicher als mit noch so vielen Worten zu verstehen geben, daß er sehr genau über ihn Bescheid wußte – oder sich das zumindest einbildete.

Und als könnte er Wolfs Gedanken lesen, fuhr Shipley prompt fort: »Ich nehme nicht an, daß Sie die umfangreichen Dossiers, die wir über Sie zusammengetragen haben, sehen wollen.«

»Nein.«

Sichtlich zufrieden über den bisherigen Verlauf ihres Gesprächs, kam Shipley schließlich zur Sache. »Lawrence Moravia hat für uns gearbeitet, Mr. Matheson, allerdings nur auf inoffizieller Basis.«

»Das habe ich mir bereits gedacht.«

Als sich Shipley darauf wieder zu ihm umdrehte, wirkten seine Augen unnatürlich blau. Vermutlich trug er getönte Kontaktlinsen. »Moravias Name taucht in keiner unserer Unterlagen auf. Bezahlt wurde er in bar – aus einem, wie wir das nennen, ›Fonds für Sonderausgaben‹.«

»Der aus akquirierten Geldern gegnerischer Dienste gespeist wird, über die nirgendwo Buch geführt werden muß.«

Shipleys Grinsen wurde immer breiter. »Sie scheinen ja tatsächlich sehr gut Bescheid zu wissen, Mr. Matheson. Wo haben Sie übrigens Ihr Handwerk gelernt? In Vietnam?«

»Hatten Sie eigentlich am Flughafen einen Beobachter postiert?«

»Ja«, bestätigte ihm Shipley. »Aber wie sie völlig richtig bemerkt haben, ist Ihnen niemand nach Chinatown gefolgt – auch nicht einer unserer Leute. Sie sind sehr geschickt vorgegangen. Mr. Yoshidas Befürchtungen waren völlig unbegründet.«

Wolf ließ den Atem entweichen. Er hatte gar nicht gemerkt, daß er ihn schon die ganze Zeit angehalten hatte. Ganz offensichtlich war er hier an einen Fall geraten, der die Kompetenz der New Yorker Mordkommission bei weitem überschritt. Nun war die Frage nur noch, wann ihm der Fall vom Geheimdienst entzogen würde. Zu seiner Überraschung fuhr Shipley jedoch fort: »Um noch einmal auf Ihre anfangs geäußerte Frage zurückzukommen: Wir haben ganz bewußt unsere Leute nicht eingeschaltet, weil wir Ihnen bei Ihren Ermittlungen – wie soll ich es sagen? – nicht dazwischenpfuschen wollten.«

»Das dürfte aber das erstemal sein, daß sich das FBI freiwillig aus einer Sache raushält. Schließlich war Moravia Ihr Mann.«

»Inoffiziell, ja.« Shirley trat einen Schritt auf ihn zu und senkte verschwörerisch die Stimme. »Und genau das ist der springende Punkt. Da Moravia als Sonderagent für uns tätig war und da es keinerlei schriftliche Unterlagen über ihn gibt, gilt er offiziell als ganz normaler Zivilist. Stellen Sie sich nur mal vor, mit was für unangenehmen Fragen wir uns plötzlich konfrontiert sähen, wenn sich plötzlich unsere Leute in die Ermittlungen im Fall Moravia einschalten würden! Nein, eine solche Möglichkeit haben wir nie ernsthaft in Erwägung gezogen.« Er ging ein Stück zur Seite, von wo aus er die Eingangstür besser im Auge behalten konnte. Wolf folgte ihm.

»Wenn Sie mir jetzt auch mal eine Frage beantworten würden«, sagte Shipley. »Woher haben Sie meine Privatnummer?«

Wolf erzählte ihm von seinem Besuch in der Galerie und daß Moun sich an ihn erinnert hatte.

Shipley nickte sorgenvoll. »Da sehen Sie's mal wieder. Genau das ist der Grund, weshalb es uns offiziell nicht gestattet ist, mit Zivilisten zusammenzuarbeiten. Wenn man nämlich mit Leuten zu tun hat, die nicht vom Fach sind, unterlaufen einem fast notgedrungen solche Fehler.«

»Woran hat Moravia gearbeitet?« wollte Wolf wissen.

Shipley schüttelte den Kopf. »Innere Sicherheit. Darüber darf ich leider nicht sprechen.«

»Aber *irgend etwas* müssen Sie mir doch dazu sagen können – zumindest einen kleinen Tip, in welche Richtung ich meine Fühler ausstrekken soll. Schließlich bin ich bei meinen Ermittlungen selbst jetzt schon auf genügend Ungereimtheiten gestoßen, um mich keinen Illusionen mehr hinzugeben, daß Moravia weder das Opfer eines privaten oder geschäftlichen Konkurrenten noch eines Einbrechers geworden ist.«

»Sie sehen ja selbst, wie vertrackt die ganze Angelegenheit ist, Mr. Matheson«, seufzte Shipley. »Um so bedauerlicher ist es, daß ich Sie nicht näher in die Sache einweihen kann. An sich wären Sie nämlich der ideale Mann für uns.«

»Wie meinen Sie das?«

»Aber ich bitte Sie, Mr. Matheson. Muß ich Ihnen denn noch in allen Einzelheiten aufzählen, daß Sie in Ihrer Person all jene Eigenschaften vereinen, die für diese Aufgabe erforderlich sind? Sie gehören nicht dem Geheimdienst an, haben sich aber bei der Polizei mit der Aufklärung besonders schwieriger Mordfälle einen Namen gemacht und können bei Ihren Ermittlungen nicht nur auf die übliche Unterstützung von seiten der New Yorker Polizei zurückgreifen, sondern verfügen auch noch über eine eigene, gewissermaßen selbständig operierende Spezialeinheit. Andererseits hat mich jedoch das, was Sie mir gerade erzählt haben, noch zusätzlich in dem Entschluß bestärkt, unter keinen Umständen ein zweites Mal mit einem Zivilisten zusammenzuarbeiten.«

Wolf hatte das untrügliche Gefühl, daß ihm der Fall Moravia schon sehr bald entzogen werden würde. Aber genau das wollte er mit allen Mitteln verhindern. »Man kann mich doch schwerlich als Zivilisten bezeichnen«, machte er deshalb geltend.

»Was uns Geheimdienstleute betrifft . . .«

»Nun, letzten Endes sind wir doch beide Polizisten.«

Für einen Moment verrieten Shipleys blaue Augen, wie dringend er im Grunde genommen auf Wolfs Mitarbeit angewiesen war. Wolf, dem dies nicht entgangen war, begann sofort zu überlegen, wie er ihn doch noch umstimmen konnte. »Wenn Sie es genauer betrachten, trennt uns doch gar nicht so viel«, begann er schließlich auf ihn einzureden. »Wir sind beide Außenseiter, können mit Gefahr umgehen, und unsere Tätigkeit ist ein beständiger Balanceakt zwischen Licht und Dunkel, Gut und Böse, Recht und Unrecht.«

Mit einemmal kehrte in Shipleys sorgenvolle Miene wieder das alte, strahlende Lächeln zurück. »Ich bin mir über die näheren Umstände Ihrer Tätigkeit sehr wohl im klaren, Mr. Matheson . . .«

»Lieutenant.«

Shipley nickte. »Tut mir leid, das habe ich ganz vergessen. Trotzdem ändert das nichts an der Sache, *Lieutenant* Matheson. Ihr gutgemeinter Vorschlag, mit mir zusammenzuarbeiten, würde zu nichts führen. Sie sind natürlich Polizeibeamter, aber haben Sie als solcher nicht auch einen Eid darauf geleistet, sich an das geltende Recht zu halten? Im Gegensatz zu Ihnen bin ich nicht an einen solchen Eid gebunden. Ich habe lediglich geschworen, alles zu verhindern, was die Souveränität der Vereinigten Staaten in Frage stellen könnte. Und zwar mit allen Mitteln.«

»Ist das tatsächlich der Eid, den Sie geleistet haben, Mr. Shipley?«

»Ob Sie's glauben oder nicht, ziemlich genau so lautet der Eid, den wir schwören.« Er schüttelte den Kopf. »Aber wie bereits gesagt: Ich bedaure es zwar sehr, aber leider sehe ich für uns keine Möglichkeit einer Zusammenarbeit.«

Shipley wollte sich gerade zum Gehen wenden, doch Wolf hielt ihn zurück: »Ohne mich haben Sie keinerlei Handhabe, sich in die Ermittlungen zu dem Fall Moravia einzuschalten. Wie wollen Sie also weiter vorgehen?«

Shipley hob die Schultern. »Ich werde eben sehen müssen, wie sich aus meinen begrenzten Mitteln das Beste machen läßt. Leben Sie wohl, Lieutenant. Das war das erste- und letztemal, daß wir uns gesehen haben.«

Wolf wartete, bis Shipley die Treppe erreicht hatte, bevor er sagte: »Können Sie mir wenigstens noch eines sagen, Mr. Shipley. Wann wurde Moravia geboren?«

Shipley drehte sich um und sah Wolf neugierig an. »Am dreiundzwanzigsten November vierundvierzig.«

»Sind Sie da auch ganz sicher?«

»Falls Sie damit auf etwas ganz Bestimmtes hinauswollen, dann sagen Sie es mir lieber gleich.«

»Allerdings«, nickte Wolf und ging auf Shipley zu. »Die Sache ist nämlich folgende: Falls Lawrence Moravia tatsächlich schon achtundvierzig war, wie kommt es dann, daß der Leiter des gerichtsmedizinischen Instituts von New York steif und fest behauptet, er hatte den Körper eines bestenfalls dreißig Jahre alten Mannes obduziert?«

Darauf sagte Shipley erst lange nichts. Schließlich machte er eine auffordernde Handbewegung: »Lieutenant, ich glaube, Sie sollten besser doch mit mir kommen.«

Nishitsu fühlte sich erfrischt und entspannt, bereit, sich in die Arbeit zu stürzen. Er gehörte normalerweise nicht zu denen, die sich allzuviel auf ihre Gerissenheit einbildeten – dazu war die Welt zu voll von Fallstrikken –, aber was die Rekrutierung von Evan betraf, glaubte er sich doch ohne zu große Selbstüberschätzung gratulieren zu dürfen. Es gab in

Verbotene Träume niemanden, der sie nicht mochte. Und was noch wichtiger war: Alle hatten uneingeschränktes Vertrauen zu ihr. Vielleicht lag das daran, daß sie die einzige unter ihnen war, die das Haus noch nie verlassen hatte. War Evan schon allein aus diesem Grund etwas ganz Besonderes, hatte sie darüber hinaus noch eine ganze Reihe anderer Vorzüge vorzuweisen. Trotz ihres jugendlichen Aussehens und ihrer kindlich unverdorbenen Ausstrahlung war sie nicht nur außergewöhnlich intelligent, sondern verfügte auch über eine tiefe Lebensweisheit, wie sie sonst nur bei wesentlich älteren Menschen anzutreffen war.

Diese und ähnliche Gedanken gingen Nishitsu durch den Kopf, als er durch den kleinen Garten schlenderte, in dessen Ecken noch vereinzelte Schneereste lagen. Nach einer Weile blieb er stehen und schaute zu den gigantischen Bürohochbauten auf, die ringsum in den Himmel aufragten. Toshin Kuro Kosai, der Bund der Schwarzen Klinge, war auf dem Höhepunkt seiner Macht angelangt, und schon bald würde die jahrzehntelange Phase mühevoller Vorarbeit zum glanzvollen Abschluß kommen. Doch um dieses Ziel zu erreichen, galt es erst noch, eine gefährliche Gratwanderung zu vollführen, die jederzeit mit einem verhängnisvollen Absturz verbunden sein konnte. Das hatten die Unterwanderungsversuche Moravias nicht weniger deutlich bewiesen als die Tatsache, daß es in ihren eigenen Reihen einen Verräter gab.

Unwillkürlich mußte er dabei wieder an die Worte der Ehrwürdigen Mutter denken. Aus Augen, so strahlend wie Diamanten, hatte sie ihn angeblickt und gesagt: »Irgend jemand wird mit allen Mitteln zu verhindern suchen, daß wir unsere Pläne in die Tat umsetzen. Dabei ist es vollkommen unerheblich, ob der Betreffende bisher nur den Entschluß dazu gefaßt oder bereits die ersten konkreten Schritte eingeleitet hat. In so einem Fall wäre es müßig, zwischen Denken und Handeln einen Unterschied zu machen.«

Nishitsu hatte den Worten der Ehrwürdigen Mutter schon immer große Bedeutung beigemessen. Sie verfügte über das Zweite Gesicht und hatte sich bisher nur selten getäuscht. Obwohl er sich nicht erklären konnte, wie sie diese blitzartigen Einblicke in die Zukunft gewann, hatte er ihre Warnungen bisher noch jedesmal genau beherzigt. Und so hatte er auch diesmal unverzüglich die entsprechenden Schritte eingeleitet.

Fröstelnd – er trug keinen Mantel – schritt er auf das Haus zu, schob die Tür auf und zog seine Schuhe aus, um den Raum nach alter Sitte zunächst kniend zu betreten.

Als erstes fiel sein Blick auf Minako Shian. Sie war die Mutter von Yuji Shian, seines Zeichens Konzernchef von Shian Kogaku, Japans größtem Wirtschaftsunternehmen – dem Mann also, auf den Nishitsu bei der endgültigen Verwirklichung seiner ehrgeizigen Pläne dringendst angewiesen war. Minako Shian war eine höchst ungewöhnliche Frau. Noch genauso schön und begehrenswert wie viele Frauen, die nur halb so alt waren wie sie, hatte sie strahlende Augen, und ihr langes, tiefschwarzes Haar fiel in üppigen Locken um ihr charaktervolles Gesicht; ein starkes erotisches Fluidum umgab sie.

Ganz deutlich konnte Nishitsu spüren, daß außer Minako noch eine zweite Frau im Raum war. Ihrer enormen Ausstrahlung nach zu schließen, konnte es sich dabei nur um die Ehrwürdige Mutter handeln. Deshalb vermied er es auch ganz bewußt, sich nach ihr umzudrehen. Denn die Ehrwürdige Mutter anzuschauen war, als blickte man mit bloßem Auge in die Sonne.

»Mit tiefem Bedauern habe ich zur Kenntnis genommen, was deinem Freund Moravia-san zugestoßen ist«, sagte Nishitsu zu Minako. In Wirklichkeit fand er jedoch, daß Moravia recht geschehen war.

Minako nickte. »Es war ein schwerer Fehler von mir, ihn nicht besser durchschaut zu haben.«

»Diesen Vorwurf müssen wir uns alle machen«, sagte die Ehrwürdige Mutter in einem Ton, der etwas von der gebieterischen Würde fernen Donnergrollens hatte.

»In gewisser Weise war das jedoch auch unser Glück«, erklärte Nishitsu. »Denn nur aufgrund unserer völligen Ahnungslosigkeit war es uns möglich, ihm vollkommen unverstellt und ohne jeden Argwohn zu begegnen. Unsere Arglosigkeit war es, die ihn unvorsichtig werden ließ.«

»Wir wissen, wer seine Auftraggeber sind«, sagte die Ehrwürdige Mutter, »und wir werden die entsprechenden Schritte gegen sie einleiten. Vorerst müssen wir uns jedoch mit dringenderen Problemen befassen.«

Nishitsu nickte. »Nun ist der Zeitpunkt gekommen, ein ernstes Wort über deinen Sohn Yuji zu sprechen, Minako-san. Bisher haben wir den Wunsch, deinen Sohn nicht in unsere Pläne einzubeziehen, stets respektiert.«

»Doch das ist nun leider nicht mehr länger möglich«, fiel die Ehrwürdige Mutter ein.

»Was ist passiert?« fragte Minako.

Nishitsu richtete sich auf, ging auf bloßen Füßen zum Fenster und blickte in den Garten hinaus. Er war ein Mann, der enorme Energie und große Ruhe in sich vereinte, und es hieß, daß er seine schier unerschöpfliche Kraft aus der Betrachtung des Gartens gewann, der bis ins kleinste Detail nach seinen eigenen Vorstellungen angelegt worden war. Vielleicht war auch das der Grund, warum er, wie schon seit langem gemunkelt wurde, den Architekten des Gartens nach seiner Fertigstellung hatte ermorden lassen, damit er ein solches Kleinod nicht noch ein zweites Mal schaffen konnte.

»Wir haben es mit einem oder mehreren Verrätern aus unseren eigenen Reihen zu tun«, antwortete Nishitsu auf Minakos Frage und hielt dabei aufmerksam nach irgendwelchen verräterischen Regungen in ihrem Mienenspiel Ausschau – einem Wimpernzucken, einem kaum merklichen Anhalten des Atems, einem schimmernden Schweißtropfen auf ihrer glatten Stirn.

Aber Minako erwiderte ruhig: »Hängt das in irgendeiner Weise mit Moravia zusammen?«

»Eine gute Frage. Und mir ist natürlich auch klar, warum gerade du sie als erste stellst.« Nishitsu wandte sich wieder der Betrachtung seines Gartens zu. »Im Augenblick kann ich sie dir allerdings leider noch nicht mit Sicherheit beantworten. Jedenfalls sind wir gewarnt. Und im Gegensatz zu bisher steht uns nicht mehr beliebig viel Zeit zur Verfügung. Deshalb erweist es sich nun auch als unumgänglich notwendig, auf eine sofortige Verwirklichung unseres Plans zu dringen. Alles, was uns jetzt noch zu tun bleibt, ist, deinen Sohn und seine Leute für unsere Ziele zu gewinnen. Und dazu sind wir dringendst auf deine Hilfe angewiesen, Minako-san.«

»Ich verstehe.«

»Tust du das wirklich?« Abrupt wirbelte Nishitsu herum und sah Minako durchdringend an. »Ginge es hier um *meinen* Sohn, würde ich mich erst einmal fragen, inwieweit dabei für ihn *giri* und *ninjo* miteinander kollidieren.«

»Genau wie in einem von diesen Yakuza-Filmen?« entgegnete Minako spöttisch, obwohl sie sich der enormen Wichtigkeit dieses Konflikts sehr deutlich bewußt war. *Giri* bedeutete die absolute Loyalität gegenüber der Familie, der Sippe oder auch einer frei gewählten Gemeinschaft; denn erst in der Unterordnung unter die Interessen der Gruppe erfährt das Leben des einzelnen Menschen einen Sinn. Im Gegensatz dazu steht *ninjo* für jenes tief in jedem Menschen verwurzelte Rechtsbewußtsein, das unabhängig von allen individuellen und Gruppeninteressen zwischen Recht und Unrecht, Gut und Böse zu unterscheiden vermag und früher oder später fast zwangsläufig mit *giri* in Konflikt gerät. Dieser in der menschlichen Natur angelegte Zwiespalt hatte die Menschen in Japan schon seit jeher nachhaltigst beschäftigt, und es gab in der Geschichte des Landes unzählige heroische Gestalten, in deren Schicksal dieser tragische Konflikt so exemplarisch zum Ausdruck gelangt war, daß sie aus dem Bewußtsein der Nation nicht mehr wegzudenken waren. Vielleicht würde es Minako mit ihrem Sohn Yuji ganz ähnlich ergehen. Einerseits war sie dem Bund der Schwarzen Klinge durch *giri* verpflichtet; daß auf sie Verlaß war, hatte sie im Lauf der Jahre bereits mehrfach unter Beweis gestellt. Durch Nishitsus Forderung, ihren Sohn dazu zu bringen, für den Geheimbund zu arbeiten, wurde sie nun jedoch in einen heftigen Zwiespalt gestürzt. Wem fühlte sie sich mehr verpflichtet? Ihrem *giri* dem Bund der Schwarzen Klinge gegenüber oder dem *ninjo,* das sie für ihren Sohn empfand?

»Ich bin mir des daraus erwachsenden Konflikts sehr wohl bewußt«, erklärte Minako ruhig. »Und ich weiß dein Verständnis für meine Situation durchaus zu würdigen. So schwer mir die Entscheidung auch fällt, steht dennoch schon lange für mich fest, daß meine Treue gegenüber dem Bund der Schwarzen Klinge unverbrüchlich ist, zumal dies nicht das erste schwere Opfer ist, das ich für unsere gute Sache bringe.«

»Das stimmt«, nickte Nishitsu bedächtig. »Dessenungeachtet ist uns jedoch allen sehr deutlich bewußt, wieviel dir gerade am Wohlergehen deines einzigen Sohnes liegt. Schließlich ist er das einzige deiner vier Kinder, das nichts von deiner Zugehörigkeit zum Bund der Schwarzen Klinge weiß – und dies nicht zuletzt deshalb, weil du es bisher immer sehr geschickt verstanden hast, ihn unserem Zugriff zu entziehen.«

Er wandte sich vom Fenster ab und ließ sich ihr gegenüber auf einer Tatami-Matte nieder. »Doch damit ist nun endgültig Schluß. Wir bitten dich hiermit, das größte Opfer zu bringen.«

»Ihr *bittet* mich?« Lächelnd verfiel Minako in längeres Schweigen, bevor sie fortfuhr: »Schon als junges Mädchen folgte ich meiner Berufung und wurde dazu aufgefordert, das größte Opfer zu bringen. Von diesem Moment an stand für mich fest, daß ich alles tun würde, was Toshin Kuro Kosai von mir verlangt. Daran hat sich auch in der Zwischenzeit nicht das geringste geändert.«

Nishitsu nickte. »Ich bin sehr froh, daß wir über diese wichtige Angelegenheit so offen miteinander sprechen konnten.«

»Ich weiß«, antwortete Minako.

»Dann wirst du uns also heute in zwei Wochen deinen Sohn Yuji Shian zur Verfügung stellen?«

Als Minako darauf nichts erwiderte, legte sich lastendes Schweigen über den Raum. Nach einer Weile erwachte die Ehrwürdige Mutter schließlich aus der starren Reglosigkeit, in der sie bisher verharrt hatte. »Eines hätte ich gerne von dir gewußt, Minako-san. Wie willst du deinen Sohn dazu bringen, für ein Ziel zu kämpfen, das in krassem Widerspruch zu seinen bisherigen Überzeugungen steht?«

»Mir bleibt keine andere Wahl«, antwortete Minako. »Ich werde mich dazu seines besten Freundes bedienen müssen, Shoto Wakare.«

Jason Yoshida erwartete sie vor dem Eingang des Hauptgebäudes. Diesmal saß er am Steuer eines dunkelblauen Lincoln, so daß sich Wolf unwillkürlich fragte, was aus dem schwarzen Taurus geworden war. Yoshida stieg aus und hielt ihm und Shipley die hintere Tür auf. Nachdem sie im geräumigen Fond des Wagens Platz genommen hatten, drückte

Shipley auf einen Knopf, und die Trennwand zwischen Vorder- und Rücksitz ging hoch. Fast im selben Augenblick setzte sich der Lincoln in Bewegung. Die Fenster waren jedoch so stark getönt, daß Wolf so gut wie nichts durch sie erkennen konnte.

»Wie gut sind Sie mit Japan vertraut, Lieutenant?«

»Ich befasse mich sehr intensiv mit Aikido.«

»Ich weiß. Aber das betrifft mehr die kulturellen – oder noch besser, spirituellen – Hintergründe des Landes. Ich hatte dabei eigentlich mehr an das gegenwärtige politische Klima gedacht.«

»Darüber weiß ich nur, was in den Zeitungen zu lesen ist.«

»Das ist aber nicht genug, Lieutenant. Und zwar nicht annähernd.« Shipley drückte auf einen Knopf. Ein Teil der seitlichen Holzverkleidung klappte heraus, und dahinter kam ein Safe zum Vorschein, den Shipley mit ein paar raschen Drehungen am Kombinationsschloß öffnete. Er nahm einen grauen Aktenordner heraus. Das breite königsblaue Band, mit dem er verschlossen war, trug das goldene Siegel des Präsidenten der Vereinigten Staaten. Unmittelbar darunter stand in leuchtendroten Buchstaben: STRENG VERTRAULICH.

Mit fast religiöser Ehrfurcht öffnete Shipley die Akte. »Hier«, sagte er schließlich und legte seine flache Hand auf die oberste Seite, »finden Sie alles, was Sie über das moderne Japan wissen müssen. Über die Zukunft Japans und die Zukunft Amerikas. Und über den Tod von Lawrence Moravia.«

Shipley zog ein Foto eines bedrohlich wirkenden Mannes mit einem auffallend energischen Kinn und einem völlig weißen, pupillenlosen Auge heraus. »Das ist Naoharu Nishitsu. Wie Sie aus Ihrer Zeitungslektüre sicher wissen, ist er der Vorsitzende der Liberaldemokratischen Partei, die von zahlreichen führenden Industriellen des Landes mit recht beträchtlichen Spenden unterstützt wird und demzufolge über immense finanzielle Rücklagen verfügt.

Ein Faktum, das man in diesem Zusammenhang bisher ganz bewußt nicht hat an die Öffentlichkeit dringen lassen, ist die Tatsache, daß Nishitsu vor allem den mächtigen – und äußerst gefährlichen – ultrakonservativen Flügel der LDP hinter sich hat. Erst kürzlich ist uns eine detaillierte Geheimdienststudie vorgelegt worden, derzufolge zahlreiche gewalttätige Demonstrationen und Protestveranstaltungen, für die man bisher besonders fanatische ultrarechte Splittergruppen verantwortlich gemacht hat, in Wirklichkeit von diesem Flügel der LDP geplant, finanziert und durchgeführt worden sind. Das bedeutet zweierlei: erstens, daß diese Gruppierungen, die bisher als bloße Randerscheinungen galten, in Wirklichkeit eine durchaus ernst zu nehmende politische Kraft darstellen; und zweitens, daß es vor allem Nishitsu ist, der die treibende Kraft hinter diesen scheinbar disparaten terroristischen Aktivitäten ist, die in letzter Zeit immer mehr überhandgenommen haben. Die in dieser Studie geäußerten Erkenntnisse wurden übrigens wenig später völlig unabhängig davon von einer zweiten ... Quelle bestätigt.«

Wolf entging nicht, daß ihn Shipley die ganze Zeit scharf ins Auge faßte.

»Ich kann also nicht oft genug betonen, Lieutenant, wie ernst die Lage ist. So wurde zum Beispiel 1990 der Bürgermeister von Nagasaki ermordet, bloß weil er anzudeuten gewagt hatte, daß der japanische Kaiser an den schrecklichen Folgen des Zweiten Weltkriegs nicht ganz unschuldig gewesen wäre. Erst vor acht Monaten wurde der Premierminister bei einem Attentatsversuch schwer verletzt, nachdem er kurz zuvor für eine stärkere Öffnung des Landes gegenüber dem amerikanischen Markt plädiert hatte. Die Fanatiker, auf deren Konto diese Wahnsinnstaten gehen, bezeichnen ihre Mordanschläge selbst als ›Akte der Gerechtigkeit‹; Nishitsu spricht im Kreis seiner engsten Vertrauten sogar von einer ›Strafe des Himmels‹.

Die Tatsache, daß diese Morde von offiziellen politischen Organen geplant und finanziert wurden, ist ... Nun ja, wir hätten so etwas bis vor kurzem noch für vollkommen undenkbar gehalten, wenn wir durch diesen Geheimdienstbericht nicht eines Besseren belehrt worden wären.«

»Falls Sie dafür wirklich konkrete Beweise vorliegen haben«, schlug Wolf vor, »warum legen Sie sie dann nicht der japanischen Regierung vor?«

»Dagegen sprechen vor allem zwei Gründe. Im Augenblick ist sich die japanische Regierung nicht annähernd des wahren Ausmaßes unserer geheimdienstlichen Aktivitäten in ihrem Land bewußt, und wir haben selbstverständlich kein Interesse daran, daß sie diesbezüglich hellhörig wird. Zum anderen haben Nishitsus Leute die japanische Regierung bereits so nachhaltig infiltriert – und das auf allen politischen Entscheidungsebenen –, daß wir nicht mehr wissen, wem wir überhaupt noch trauen können.«

»Das hört sich ja wirklich äußerst bedenklich an.«

»Das Schlimmste kommt erst noch. Während der letzten achtzehn Monate sind eine Reihe prominenter LDP-Politiker unter etwas mysteriösen Umständen ums Leben gekommen: hier ein Autounfall, da ein Herzinfarkt – Sie kennen das ja. Andere waren in schwerwiegende Korruptionsskandale verwickelt und mußten in der Folge ihr Amt niederlegen. Das hat uns veranlaßt, der Sache etwas näher nachzugehen, und mittlerweile deutet alles darauf hin, daß Nishitsu ganz gezielt alle liberalen Kräfte aus der Führungsspitze der LDP zu entfernen versucht, um immer mehr Traditionalisten, Ultrakonservative und vor allem auch Rechtsextreme in ihre Positionen nachrücken zu lassen. Falls diese Entwicklung weiter anhält, wird die politische Landschaft Japans in Kürze noch rechtslastiger werden, als sie das vor Pearl Harbor war.«

Shipley steckte Nishitsus Foto in den Ordner zurück und zog ein anderes heraus, ohne es jedoch Wolf zu geben. »Selbst wenn das schon alles wäre, müßten wir die Lage für ernst genug halten, um sofort die entsprechenden Schritte einzuleiten. Unglücklicherweise ist das aber keineswegs der Fall.«

»Einen Augenblick, bitte«, unterbrach ihn Wolf. »Es ist schon ziemlich lange her, daß ich in Vietnam hin und wieder mit Leuten vom CIA zu tun hatte; ich bin deshalb, was den gerade gängigen Geheimdienstjargon betrifft, nicht mehr so ganz auf dem laufenden. Was genau also heißt in diesem Zusammenhang ›sofort die entsprechenden Schritte einleiten‹?«

»Es heißt, daß wir kurz davor stehen, in einen Zustand ständiger Kriegsbereitschaft zu treten.«

Für einen Moment starrte Wolf fassungslos aus dem abgedunkelten Wagenfenster. Er brauchte einige Zeit, um auch nur annähernd zu verdauen, was Shipley gerade gesagt hatte. »Nur um irgendwelchen Mißverständnissen vorzubeugen: Ist mit ›ständiger Kriegsbereitschaft‹ ein Zustand gemeint, wie wir ihn auf dem Höhepunkt des kalten Krieges mit der Sowjetunion hatten?«

»Ganz genau«, bestätigte ihm Shipley.

In was bin ich da nur wieder reingeraten, dachte Wolf kopfschüttelnd. Für einen Moment überlegte er sogar, ob er Shipley bitten sollte, auf der Stelle anzuhalten und ihn aussteigen zu lassen. Aber ihm wurde schnell klar, daß er das nie über sich gebracht hätte. Es gab schon lange kein Zurück mehr für ihn. Er hatte gar keine andere Wahl, als diese Sache notfalls bis zum bitteren Ende durchzuziehen.

»Wollen Sie noch mehr hören?« fragte Shipley nach einer Weile.

Wolf nickte.

»Bedauerlicherweise beschränkt sich das Problem mit Nishitsu nicht nur darauf, daß er diese terroristischen Gruppierungen unterstützt. Erst vor kurzem sind – übrigens durch Lawrence Moravia – geheime Informationen in unsere Hände gelangt, denen zufolge Nishitsu auch der Führer von Toshin Kuro Kosai ist, einer Organisation, die auch unter dem Namen Bund der Schwarzen Klinge bekannt ist und die ihre Existenz so streng geheim hält, daß selbst die meisten Japaner nichts von ihr wissen. Diesem Geheimbund – und von nun an stütze ich mich nur noch auf Vermutungen – gehören führende Persönlichkeiten aus allen Bereichen des öffentlichen Lebens an: also aus Industrie, Politik, Bürokratie und Yakuza-Kreisen, von denen letztere ja schon immer den Kampf um die Weltherrschaft im Schild geführt haben.

Es heißt, daß sich Toshin Kuro Kosai 1937 gegen eine aggressivimperialistische japanische Politik ausgesprochen und ein paar Jahre später auch den Angriff auf Pearl Harbor nicht befürwortet hat. Die Organisation, heißt es weiter, wußte nämlich hinreichend über das militärische Machtpotential und die entsprechende Kriegsbereitschaft der Vereinigten Staaten Bescheid, um den japanischen Großmachtplänen eher mit Skepsis zu begegnen.

Allerdings war die Organisation früher noch nicht annähernd so einflußreich, wie sie das heute ist, und mußte sich deshalb der damals übermächtigen Allianz aus Industrie und Militär, *zaibatsu* genannt, beugen. Die Folgen kennen wir ja zur Genüge. Japan mußte eine vernichtende Niederlage hinnehmen.

Bis die Kriegsverbrecherprozesse nach der japanischen Kapitulation abgeschlossen waren, ging der Bund der Schwarzen Klinge erst einmal in den Untergrund, um dann jedoch mächtiger und einflußreicher denn je wieder aus der Versenkung aufzutauchen. Wir wissen heute, daß der enorme Wirtschaftsaufschwung in den Jahrzehnten nach Kriegsende vor allem von Toshin-Kuro-Kosai-Mitgliedern im Ministerium für internationalen Handel und Industrie und von den leitenden Köpfen der neuentstehenden Wirtschaftskonzerne, der *keiretsu*, eingeleitet wurde, die an die Stelle der alten *zaibatsu* getreten waren. Wie Sie daraus sicher unschwer ersehen können, Lieutenant, hat dieser Geheimbund schon unmittelbar nach Kriegsende eine Wirtschaftspolitik konzipiert und in die Tat umgesetzt, die selbst heute noch, mehrere Jahrzehnte später, Garant für die massive wirtschaftliche Expansion des Landes ist.« Trotz der unterschwelligen Bewunderung, die dabei in Shipleys Stimme mitschwang, ließ sich Wolf nicht darüber hinwegtäuschen, daß es vor allem tiefgreifende Besorgnis war, was diese Entwicklung in ihm hervorrief. »Können Sie sich vorstellen, daß diese Leute schon 1947 ein Wirtschaftskonzept entwickelt haben, das sich bis ins zweite Jahrtausend hinein als erfolgreich erweisen wird? Angesichts dieses Phänomens stehen selbst unsere fähigsten Wirtschaftsfachleute noch immer vor einem Rätsel. Sehen Sie doch selbst, zu was der Bund der Schwarzen Klinge das heutige Japan gemacht hat: zu einer Wirtschaftsmacht von bis vor kurzem noch unvorstellbaren Ausmaßen.

Das also sind die Fakten, mit denen wir es hier zu tun haben, Lieutenant. Und nun liegen uns Geheiminformationen vor, absolut zuverlässig und aus verschiedenen voneinander unabhängigen Quellen mehrfach bestätigt, daß der Bund der Schwarzen Klinge inzwischen über genügend Macht verfügt, um zum entscheidenden Schlag auszuholen – sprich: mit wirtschaftlichen Mitteln die Weltherrschaft an sich zu reißen.«

Erst jetzt übergab Shipley das zweite Foto an Wolf. »Das ist Yuji Shian. Der Mann, der als einziger über genügend Einfluß verfügt, diese

Entwicklung aufzuhalten und Nishitsus Aufstieg zu stoppen.« Auf dem Foto war ein Mann mit einem schmalen, faltenlosen Gesicht zu sehen, dem das ungewöhnlich lange schwarze Haar bis auf die Schultern herabfiel. Seine Augen strahlten auf den ersten Blick etwas auffallend Gütiges aus. Dennoch entging Wolf nicht, daß in ihren Tiefen ein seltsam unergründliches Feuer flackerte – nicht Wut oder Haß und auch nicht die Besessenheit von einer Idee, aber etwas von ähnlicher Intensität.

»Naoharu Nishitsu und Yuji Shian. Der eine steht für die ewig gestrigen, radikal-konservativen Kreise Japans, die noch immer dem jahrhundertealten Traum von der japanischen Weltherrschaft anhängen. Der andere repräsentiert das neue Japan, das sich seiner weltpolitischen Verantwortung zunehmend deutlicher bewußt wird.

Die politischen Skandale der vergangenen Jahre, die das ganze wirtschaftliche und politische Gefüge des Landes bis in seine Grundfesten erschüttert haben, waren Shian schon immer ein Dorn im Auge, und so hat er auch als einer von wenigen immer wieder mit Nachdruck seine Stimme erhoben gegen die schon seit langem gängige Praxis, streng vertrauliche Informationen gegen entsprechende Bezahlung an die Konkurrenz weiterzugeben – eine Praxis, die aus dem politischen und wirtschaftlichen Alltag des Landes schon lange nicht mehr wegzudenken ist.

Zur endgültigen Durchsetzung seiner Ziele gilt es für Nishitsu zunächst noch, eine erst seit neuestem zunehmend einflußreichere Gruppierung auf seine Seite zu ziehen: die sogenannten technokratischen Kreise, an deren bahnbrechenden technischen Neuentwicklungen es in erster Linie liegen wird, die wirtschaftliche Stabilität Japans auch im nächsten Jahrtausend zu garantieren. Aufgrund von Shians enormem Einfluß auf diese Kreise ist er nun für Nishitsu von unschätzbarem Wert. Bisher hat sich Shian jeglichen Annäherungsversuchen von seiten Nishitsus standhaft widersetzt. Allerdings nehmen Nishitsus Macht und Einfluß unaufhaltsam zu, so daß wir Shian auf jeden Fall mit aller gebotenen Vorsicht begegnen werden müssen, wenn er demnächst zu einer längeren Vortragsreise nach Amerika kommt, um unser überaltertes Japanbild endlich einmal von Grund auf zu revidieren.«

Shipley steckte das Foto von Yuji Shian wieder weg.

»Moravias Auftrag lautete, die erforderlichen Beweise zu beschaffen, um den unaufhaltsamen Aufstieg des Bunds der Schwarzen Klinge noch rechtzeitig zu stoppen und Nishitsu zu Fall zu bringen. Denn sobald Nishitsus Einfluß einmal gebrochen ist, könnten wir zusammen mit den fortschrittlichen Kräften des neuen Japan darangehen, Schritt für Schritt alle Toshin-Kuro-Kosai-Mitglieder aus ihren einflußreichen Positionen zu entfernen.«

»Dabei ist Moravia jedoch jemand in die Quere gekommen.«

Shipley nickte und holte ein drittes Foto heraus. Es war sehr grobkörnig und offensichtlich aus großer Entfernung heimlich aufgenommen worden. Der Japaner, der darauf zu sehen war, hatte ein hartes, kantiges Gesicht, kurzes, graumeliertes Haar, buschige Brauen und stechende schwarze Augen, von denen trotz der unscharfen Aufnahme etwas zutiefst Bedrohliches ausging.

»Das ist Mizusumashi Kafu, die Wasserspinne. Genau das bedeutet sein Vorname nämlich im Japanischen. Allgemein ist er jedoch nur unter dem Namen Suma bekannt. Auch wenn er für einen professionellen Killer ungewöhnlich klein ist, lassen Sie sich bitte durch den äußeren Eindruck auf keinen Fall täuschen.« Mit einem verständnislosen Kopfschütteln fuhr Shipley fort: »Wasserspinne. Was sich die Eltern wohl dabei gedacht haben, ihr Kind so zu nennen?«

»Glauben Sie, dieser Suma hat Moravia ausgeschaltet?«

»Möglich.« Shipley steckte das Foto wieder in den Ordner zurück. »Er gehört dem Bund der Schwarzen Klinge an und hält sich zur Zeit in den Staaten auf.«

»Ist das alles, was Sie über ihn wissen?«

»Wenn ich mehr über ihn wüßte, hätte ich es Ihnen längst erzählt«, erwiderte Shipley leicht pikiert.

Als der Lincoln unerwartet eine scharfe Linkskurve machte, wäre der Ordner Shipley um ein Haar vom Schoß geglitten. Dabei rutschte ein weiteres Foto heraus, das unverzüglich Wolfs Aufmerksamkeit weckte. Als er darum bat, es sehen zu dürfen, drückte es ihm Shipley wortlos in die Hand. Es war ein weiteres, aus großer Entfernung mit einem Teleobjektiv aufgenommenes Foto von Suma. Er überquerte gerade eine Straße – der japanischen Schrift auf einem Schild im Hintergrund nach zu schließen vermutlich irgendwo in Tokio. Dabei unterhielt er sich mit einer zweiten Person, die neben ihm ging, und erst durch diesen Größenvergleich wurde Wolf zum erstenmal bewußt, wie klein der Mann tatsächlich war.

Wolfs ganze Aufmerksamkeit galt jedoch der Person in seiner Begleitung. Lange starrte er die grobkörnige Aufnahme wie gebannt an. Aber es bestand kein Zweifel. Die Person neben Suma war die gutaussehende Japanerin, die ihm am Abend zuvor aufgefallen war, als sie im strömenden Regen die Straße überquert hatte.

»Hat es mit diesem Foto irgendeine besondere Bewandtnis?« wandte er sich schließlich wieder Shipley zu.

»Ein weiteres Überwachungsfoto von Suma. Irgendwann im Herbst vergangenen Jahres in Tokio aufgenommen.«

Nach kurzem Nachdenken beschloß Wolf, Shipley nichts von dem Mädchen zu sagen. Zum einen wußte er nichts über sie – und Shipley allem Anschein nach genausowenig, es sei denn, daß er ihm bestimmte

Dinge ganz bewußt verschwieg –, zum anderen hielt er es instinktiv für das beste, sein Geheimnis vorerst noch für sich zu behalten.

Er gab Shipley das Foto zurück und fragte betont beiläufig: »Ist Suma der einzige Killer dieses Geheimbunds?«

»Wohl kaum.« Nachdem Shipley den Ordner sorgfältig wieder verschlossen hatte, legte er ihn in den Safe zurück. »Allerdings tappen wir, was ihre genaue Anzahl betrifft, vorläufig noch im dunkeln, so daß wir auch nicht alle von ihnen überwachen können. Wir sind jedoch ganz sicher, daß einer von ihnen Moravia auf dem Gewissen hat.« Er massierte sich die Stirn. »Ich habe Ihnen doch erzählt, daß Nishitsu sich ganz gezielt seiner Kontrahenten innerhalb der LDP entledigt hat? Inzwischen liegen uns erste Beweise vor, daß er dasselbe hier versucht.«

»Was?« Wie vom Donner gerührt setzte sich Wolf abrupt auf.

»Allein im letzten halben Jahr sind zwei Senatoren unter höchst mysteriösen Umständen ums Leben gekommen: der eine bei einem Verkehrsunfall mit anschließender Fahrerflucht des Unglückswagens, der andere in einem defekten Aufzug. Beide Männer vertraten eher liberale Positionen, was ihre Einstellung zu den geplanten Wirtschaftssanktionen gegen Japan betrifft – also Befürworter von Yuji Shians Kurs. Durch ihren Tod gewinnen nun allerdings die Befürworter einschneidender Handelsrestriktionen die Oberhand, und deshalb nehmen wir an, sicher nicht ganz zu Unrecht, daß dahinter eigentlich nur der Bund der Schwarzen Klinge stecken kann.«

»Leider kann ich Ihrer Gedankenführung in diesem Punkt nicht ganz folgen.«

»Da haben Sie bereits den ersten Beweis, wie clever Nishitsu und seine Leute vorgehen! Stellen Sie sich nur mal vor, der ach so wacklige wirtschaftliche Waffenstillstand zwischen Japan und Amerika würde gebrochen, unter Umständen sogar unwiederbringlich. Seit geraumer Zeit gibt es im Kongreß eine solide Mehrheit, die einen harten Kurs gegen Japan befürwortet. Und nun überlegen Sie mal, welche Konsequenzen es nach sich ziehen würde, wenn es einerseits in der japanischen Politik einen massiven Rechtsruck gäbe, und zugleich bei uns die Befürworter strikter Handelsbeschränkungen immer mehr die Oberhand gewännen: Das hätte verschärfte Importbestimmungen zur Folge, was wiederum erhebliche Einfuhrrückgänge bei japanischen Autos, Computern und Unterhaltungselektronik zur Folge hätte. Die Vergeltung würde natürlich auf dem Fuß folgen: Der für uns lebenswichtige Erfahrungsaustausch auf dem Gebiet neuer Technologien, auf dem uns die Japaner ohne Übertreibung meilenweit voraus sind, würde unverzüglich zum Erliegen kommen. Und ich brauche Sie sicher nicht noch eigens darauf hinzuweisen, daß das reibungslose Funktionieren unserer Streitkräfte, des Pentagon, des CIA, der DEA, kurzum: aller Organe, die für die Sicherheit unseres Staates zuständig sind, auf japanischer Computertechnologie basiert. Was würde aus uns werden, wenn uns die Japaner von einem Tag auf den anderen nicht mehr beliefern? Was ist, wenn die Japaner statt dessen ihre neuen Anlagen an die westeuropäischen Staaten oder – noch schlimmer – an die ehemaligen Ostblockländer verkaufen?

Wir geben uns keinen Illusionen hin, daß Amerika ohne die Unterstützung der eher liberal gesinnten japanischen Technokraten international nicht mehr sehr lange wettbewerbsfähig bliebe. Und das wiederum hätte einen so dramatischen wirtschaftlichen Niedergang zur Folge, vor dem uns nur noch Nishitsus Leute, die ohnehin in den Führungsetagen fast aller großen internationalen Konzerne sitzen, bewahren könnten. Die Frage ist aber – um welchen Preis? Wir wären ihnen auf Gedeih und Verderben ausgeliefert.«

Der Lincoln hielt an, und die Tür ging auf. Als Wolf ausstieg, stand er vor dem Abfluggebäude des National Airport. Yoshida starrte ihn für einen Moment eindringlich an, wandte dann jedoch den Blick sofort wieder ab. Der Himmel hatte ein wenig aufgeklart, aber die Zeichen standen auf Sturm.

»Nachdem Sie auf eigene Faust bereits soviel herausgefunden haben, Lieutenant«, sagte Shipley, »muß ich Sie mit allem Nachdruck warnen. Falls Sie tatsächlich den Kampf mit diesen Leuten aufnehmen wollen, müssen Sie sich auf alles gefaßt machen.« Er führte Wolf von der dichten Menschenmenge vor dem Eingang fort. »Glauben Sie mir, ich weiß, wovon ich rede. Wagen Sie sich bei Ihren Ermittlungen auch nur noch einen Schritt weiter vor, gibt es für Sie kein Zurück mehr. Dann werden diese Leute genauso Jagd auf Sie machen, wie sie das mit Moravia getan haben. Und in diesem Fall hätten Sie ihm gegenüber nur einen einzigen Vorteil: Wie Sie vorhin ganz richtig gesagt haben, sind Sie kein Zivilist.«

»Was verschweigen Sie mir eigentlich, Shipley?«

»Wie bitte?«

»Erst wollten Sie nichts von mir wissen, weil Sie dachten, ich wäre ein zu großes Sicherheitsrisiko. Doch kaum hatte ich Moravias Alter zur Sprache gebracht, konnten Sie mich nicht schnell genug in die ganze Geschichte einweihen. Dafür muß es doch einen Grund geben.«

Da Shipley ganz deutlich anzusehen war, daß er darauf nicht antworten wollte, fügte Wolf hinzu: »Nur damit Sie sich keinen falschen Hoffnungen hingeben: Ich werde nicht eher gehen, bis Sie mir den Grund dafür genannt haben.«

Mit einem kurzen Nicken rückte Shipley schließlich widerwillig mit der Sprache heraus: »Eigentlich handelt es sich dabei nur um ein Gerücht. Jedenfalls behaupten die Leute, die persönlich ein Toshin-Kuro-Kosai-Mitglied kennen, daß sie irgendwie anders sind als andere Menschen. Woran das allerdings liegt, könnte niemand konkret sagen. Jedenfalls scheint für sie die Zeit nach anderen Gesetzen abzulaufen als für uns gewöhnliche Sterbliche.«

Wolf glaubte, nicht recht gehört zu haben. »Könnten Sie sich vielleicht etwas verständlicher ausdrücken?«

»Es sind eine ganze Reihe von Geschichten über sie in Umlauf, nicht unähnlich denen über Vampire und Werwölfe. Und sie alle laufen darauf hinaus, daß die Mitglieder des Bundes der Schwarzen Klinge langsamer altern als Sie oder ich.«

»Das ist doch Unsinn.« Trotzdem konnte Wolf ganz deutlich spüren, wie sich die Schlange in seiner Magengrube wieder zu regen begann. »Es hat schon immer Leute gegeben, die wesentlich jünger aussehen, als sie tatsächlich sind.«

»Wie Sie mir sicher glauben werden, bin ich ja nun gewiß nicht der Typ, der viel für solchen esoterischen Mist übrig hat«, sagte Shipley. »Aber können Sie sich jetzt vielleicht vorstellen, warum ich plötzlich hellhörig geworden bin, als Sie mir von Moravias Obduktionsbefund erzählt haben?« Nachdem er sich kurz vergewissert hatte, daß Yoshida dafür sorgte, daß ihnen niemand zu nahe kam, wandte er sich wieder Wolf zu. »Mir bleibt gar keine andere Wahl mehr, als Sie darum zu bitten, mit mir zusammenzuarbeiten. Wir sind dringendst auf Ihre Hilfe angewiesen, Lieutenant. Wenn auch nur ein Fünkchen Wahrheit an diesen Gerüchten über ihre extreme Langlebigkeit ist . . .« Er hielt inne, als hätte ihm diese Vorstellung buchstäblich die Sprache verschlagen. »Es würde alles noch tausendmal schlimmer machen, sollten diese Leute tatsächlich an die Macht gelangen. Diesem Spuk muß ein Ende bereitet werden, und der einzige, der dazu imstande ist, sind Sie, Lieutenant.«

»Das hört sich ja an, als müßte ich zur großen Entscheidungsschlacht antreten.«

»Da haben Sie wahrscheinlich gar nicht mal so unrecht«, mußte ihm Shipley bestätigen. Sein Atem ging in kurzen, gehetzten Zügen. »Mit der Ermordung zweier Senatoren haben Nishitsu und seine Leute endgültig die Grenze überschritten.« Er sah Wolf scharf an. »Ich weiß, was Sie jetzt denken, Lieutenant. Und Sie haben richtig geschlossen: Wir befinden uns Japan gegenüber bereits in ständiger Kriegsbereitschaft.«

4

Tokio/New York City

Shoto Wakare stand gerade unter der Dusche, als das Fax hereinkam. Das kalte Wasser perlte über seinen durchtrainierten Körper, er stieg aus der Duschkabine und sah die sieben Blätter vor seinem tragbaren Faxgerät liegen. Angespannt schaute er auf die endlosen Zahlenreihen, die er ohne das elektronische Dechiffriergerät, das ihm Yoshida zur Verfügung gestellt hatte, nicht hätte entschlüsseln können.

Sein Tagesablauf war stets der gleiche. Um vier Uhr morgens stand er auf, zog sich an und forderte dann in einem harten, zweistündigen Training seinem Körper das Äußerste ab. Danach glänzte seine unbehaarte Haut vor Schweiß, und seine Muskeln waren so mächtig angeschwollen, daß er sich jedesmal eine Viertelstunde lang ausgiebig im Spiegel bewunderte – ganz ähnlich, wie er einmal in der Woche ins Museum ging, um sich die dort ausgestellten modernen Kunstwerke anzusehen.

Im Anschluß daran rasierte er sich unter der warmen Dusche Arme und Beine, und wenn er damit fertig war, stellte er das Wasser so lange auf kalt, bis sich seine Haut blau zu verfärben begann.

Dann stellte er sich, tropfnaß und splitternackt, wieder vor den Spiegel und betrachtete seinen von der Kälte ganz erheblich geschrumpften Penis. Zum Schluß ging er in die Knie und schlug so lange auf seine zum Zerreißen gespannten Oberschenkelmuskeln ein, bis sich seine Beine heftig röteten und vor Schmerzen zu zittern begannen.

Das erste, worauf sein Blick beim Verlassen des Bades fiel, war ein gerahmtes Foto von Yukio Mishima, des berühmten japanischen Schriftstellers, der 1970 Harakiri begangen hatte, um durch seinen Freitod der ganzen Nation in aller Eindringlichkeit vor Augen zu führen, wie durch die zunehmende Verwestlichung des Landes die traditionellen japanischen Werte zusehends mehr in Vergessenheit geraten waren.

Auf dem Foto war Mishima, nackt und von Pfeilen durchbohrt, in der Pose des heiligen Sebastian dargestellt, mit dessen Schicksal er sich sehr lange und intensiv beschäftigt hatte. Die Parallelen zu seinem eigenen Leben waren ja auch unübersehbar. Sebastian war im alten Rom Offizier der kaiserlichen Prätorianergarde gewesen und hatte sich eines Tages heimlich zum Christentum bekehrt. Als Kaiser Diokletian davon erfuhr, ließ er ihn von Bogenschützen erschießen. In Wakares Augen gab es kein treffenderes Bild, um das Wesen Mishimas zu symbolisieren, als die im heiligen Sebastian exemplifizierte Gestalt des Mystikers, der im Körper eines Kriegers seine geheime Existenz führt und zum Märtyrer bestimmt ist.

Als sich Wakare, noch immer nackt, daran machte, seine verschlüsselten Anweisungen zu dechiffrieren, mußte er fast notgedrungen an Mishima und den heiligen Sebastian denken. Im Gegensatz zu den meisten japanischen Männern war er keineswegs unempfänglich für die erotischen Reize eines schönen männlichen Körpers.

Nachdem Wakare das Fax entschlüsselt hatte, hieb er mit der Handfläche mit aller Wucht auf die oberste der sieben Seiten mit den endlosen Zahlenreihen. Die zeigten sich jedoch von dieser leidenschaftlichen Geste in keiner Weise beeindruckt, und um so schneller konnte dagegen Wakare sein Herz schlagen spüren. Mit Entsetzen wurde ihm bewußt, in was für einer diffizilen Angelegenheit er nun an seinen Freund Yuji Shian herantreten mußte – ausgerechnet an Yuji, der einerseits als einer der lautstärksten Befürworter einer neuen internationalen Weltordnung galt und zugleich andererseits noch zutiefst den traditionellen Werten des alten Japan verpflichtet war, die Mishima in seiner Dichtung unsterblich gemacht hatte.

Blinzelnd hob Wakare seinen Arm. Wie ein Stigma blieb auf den Zahlenreihen der verschlüsselten Nachricht ein dunkler Schweißfleck in Form seiner Hand zurück – ein Stigma, von dem er fürchtete, daß es Yuji auch in seinem Gesicht sehen würde, wenn er ihm seine geheimen Lüste und Begierden gestand.

Aber es waren nicht nur Männer, die Wakare begehrte; ihn faszinierte Sex in jeder Form. So hatte er zum Beispiel auch eine ausgeprägte Schwäche für Schauspieler, die auf der Bühne Frauengestalten verkörperten. Die Kunst dieser als Frauen verkleideten Männer hatte so gar nichts mit der kruden Sexualität der im Westen weitverbreiteten Transvestiten-Shows gemein. Ganz im Gegenteil, ihre Darbietungen waren von höchstem künstlerischem Rang. Nur ein Mann, frei von den Unvollkommenheiten des weiblichen Wesens, verfügte über die erforderlichen Voraussetzungen, auf der Bühne das Ideal einer Frau zu verkörpern.

Wenn er ganz ehrlich war, verspürte Wakare, vermutlich ganz ähnlich wie Mishima, sogar tiefe Verachtung für das Leben – und zwar aus dem einfachen Grund, weil es so unvollkommen war. Sein ganzes Streben war auf Vollkommenheit ausgerichtet. Darauf war auch die tiefe Enttäuschung zurückzuführen, die er über seinen Körper empfand. Denn wie alles Körperlich-Materielle war er unausweichlich dem Chaos der Existenz ausgeliefert, das unerbittlich die ursprüngliche Vollkommenheit zerstörte, die seiner Überzeugung nach einmal allen Dingen in einem für den Menschen freilich unsichtbaren Urzustand angehaftet haben mußte.

Alles in Wakare sehnte sich danach, Zeuge eines solch strahlenden Augenblicks der Vollkommenheit zu werden, jenes glücklichen Idealzustands, bevor das unaufhaltsame Zerstörungswerk der Zeit seinen Lauf nahm. Mit zunehmendem Alter wurde ihm immer deutlicher bewußt, daß er diesen großen Augenblick ganz allein erleben und daß er in ganz unmittelbarem Zusammenhang mit seinem Tod stehen würde. Denn wie Mishima ganz richtig erkannt hatte, war der Tod die Läuterung schlechthin, einerseits Befreiung von den Gruppenzwängen, denen alle Japaner unterworfen waren, und zugleich die vollkommene Tilgung jeder Schuld, die der einzelne der Gemeinschaft gegenüber notgedrungen auf sich häufte.

Er hatte fünf Minuten gebraucht, um seine Anweisungen zu dechiffrieren. Fünfundvierzig weitere Minuten nahm es in Anspruch, um die wöchentliche Zusammenfassung der jüngsten Erkenntnisse sämtlicher Toshin-Kuro-Kosai-Agenten zu verschlüsseln. Zum Abschluß überflog er die fertige Liste, die auch die Firmenzugehörigkeit und den Standort der einzelnen Agenten angab, noch einmal kurz. Wirklich sehr beeindruckend. Für einen Außenstehenden mußte der Inhalt dieser Zusammenfassung geradezu ungeheuerlich erscheinen. Nachdem er das chiffrierte Fax abgeschickt hatte, ging er mit seinen Anweisungen ins Bad, zündete die Papierbogen an und spülte sie die Toilette hinunter.

Anschließend traf er sich mit Minako in einem Theater, in dem die wie Samurai gekleideten Schauspielerinnen mit der Inbrunst ihres Gesangs und der überirdischen Grazie ihres Tanzes das fast ausschließlich aus Männern bestehende Publikum zu Tränen rührten.

Nach der Vorstellung schlenderten Wakare und Minako die Ginza hinunter, zwei winzige Gestalten inmitten riesiger Leuchtreklamen und gigantischer Bürohochbauten.

»Ich bin Ihnen zu tiefem Dank verpflichtet, daß Sie sich bereit erklärt haben, mit mir zu sprechen«, begann Minako. »Es gibt sonst niemanden, an den ich mich wenden könnte. Als bester Freund meines Sohnes Yuji nehmen Sie einen ganz speziellen Platz in seinem Leben ein, und aus diesem Grund muß ich ganz offen mit Ihnen sprechen.«

»Es ist richtig, daß Yuji-san und ich eng miteinander verbunden sind«, entgegnete Wakare vorsichtig. »Dennoch steht unsere Freundschaft auf sehr unsicheren Beinen. Ehrlich gestanden, halte ich es sowieso für ein Wunder, daß sie nicht schon längst zerbrochen ist.«

»Ein Umstand, der um so mehr für Sie spricht.«

»Es ehrt mich, wenn Sie das so sehen«, erwiderte er lächelnd. »Nicht zuletzt verbindet ja auch Sie und mich eine ganz besondere Form von Freundschaft. Jedenfalls kann ich mir nicht vorstellen, daß ich der Vorführung, die wir eben gesehen haben, auch mit einer anderen Frau hätte beiwohnen können.« Er war sichtlich froh darüber, für eine Weile der

Enge seines Büros entronnen zu sein und sich von der milden Wintersonne wärmen zu lassen.

Wakare war Staatssekretär und leitete die Abteilung für industrielle Koordinierung im MIHI. Hinter dieser Abkürzung verbarg sich das in Japan nahezu allmächtige Ministerium für internationalen Handel und Industrie, dessen Einfluß auf den Verlauf der japanischen Nachkriegsgeschichte vermutlich gar nicht hoch genug eingeschätzt werden konnte. So war zum Beispiel die Unternehmenspolitik der japanischen Großindustrie schon von der Zeit des in der Mitte der fünfziger Jahre einsetzenden raschen Wirtschaftswachstums an mehr oder weniger ausschließlich von diesem Ministerium diktiert worden. Indem es vor allem jenen Betrieben hohe finanzielle Anreize bot, die bereit waren, in die gerade im Entstehen begriffene Elektronik- und Computerindustrie zu investieren, verhalf das Ministerium für Industrie und Handel dem Land zu dem erstaunlichen Wirtschaftsaufschwung, dessen Früchte es nun genoß.

Wakare starrte im Gehen nachdenklich vor sich hin. »Schon allein die Tatsache, daß ich die Forschungsabteilung des Ministeriums unter mir habe und somit über die Zukunft sämtlicher Erfindungen aus Yujis verschiedenen Unternehmen entscheiden kann, stellt für unsere Freundschaft eine enorme Belastung dar – ganz zu schweigen davon, daß ich dem Bund der Schwarzen Klinge angehöre.«

»Das ist es letztlich auch, was uns verbindet«, sagte Minako. »Und mit Sicherheit ist es auch der Grund, weshalb Sie die Leitung der Chosa-ka übertragen bekommen haben.«

»Es waren doch Sie persönlich, die mir zu dieser Stelle verholfen haben, Minako-san. Dafür stehe ich tief in Ihrer Schuld. Um ganz ehrlich zu sein, muß ich Ihnen jedoch auch gestehen, daß ich mich schon immer gefragt habe, ob auch persönliche Motive eine Rolle dabei spielten, als Sie mich für dieses Amt vorgeschlagen haben. Immerhin konnte ich in dieser Position Yuji von sehr großem Nutzen sein.«

»Trauen Sie mir tatsächlich soviel Berechnung zu?«

Er hob die Schultern. »Angesichts Yujis absoluter Unbestechlichkeit erübrigt sich diese Frage ohnehin von selbst. Ebensowenig, wie er einen anderen Menschen töten würde, nähme er einen Gefallen von mir an. Er sähe in beidem etwas gleichermaßen Gesetzwidriges.«

»Wenn Sie wüßten, wie sehr ich mir wünsche, daß Sie mein Ansinnen nicht falsch verstehen«, versicherte ihm Minako mit einem tiefen Seufzen. »Sie können sich nicht vorstellen, welche Überwindung es mich kostet, Sie um Ihre Hilfe zu bitten. Aber mir bleibt keine andere Wahl. Wir müssen Yuji unter allen Umständen dazu bringen, sich auf die Seite Nishitsus und der LDP zu schlagen.«

»Sie wissen, daß ich Ihnen keine Bitte abschlagen würde, Minako-san. Aber ebensogut wissen Sie auch, daß Sie etwas völlig Unmögliches von mir verlangen.«

»So mag es vielleicht auf den ersten Blick erscheinen.« Sie legte nachdenklich den Kopf auf die Seite. »Aber eben nur auf den ersten Blick.« Über ihre Lippen huschte der Anflug eines Lächelns. »Was halten Sie von folgendem Vorschlag? Zetteln Sie mit meinem Sohn eine Art Verschwörung an.«

»Ich soll . . . Wie bitte?« Wakare war sichtlich schockiert. »Ich weiß nicht, ob ich für so etwas wirklich der geeignete Mann bin.«

»Hören Sie sich meinen Vorschlag erst einmal an«, schlug ihm Minako deshalb vor. »Er wird Ihnen bestimmt gefallen.« Und nach kurzer Pause fuhr sie fort: »Rufen Sie Yuji an und fragen Sie ihn, ob sie sich nicht wieder einmal treffen könnten – nichts Geschäftliches, nur ein gemeinsames Abendessen unter alten Freunden, vielleicht mit einem anschließenden Theaterbesuch. Und bei dieser Gelegenheit gestehen Sie ihm dann alles.«

Unwillkürlich krampfte sich Wakare der Magen zusammen. »Was soll ich ihm gestehen?«

»Daß Sie dem Bund der Schwarzen Klinge angehören.«

»Entschuldigen Sie, Minako-san, aber das würde das Ende meiner Freundschaft mit Yuji bedeuten.«

»Wenn Sie das tatsächlich glauben, unterschätzen Sie meinen Sohn ganz gewaltig. Oder haben Sie etwa schon wieder vergessen, daß er sehr wohl von Ihrer tiefen Bewunderung für Yukio Mishima und seine Ideen weiß und Ihnen das keineswegs zum Vorwurf macht? Ganz im Gegenteil. Yuji hat nicht die geringsten Zweifel an Ihrer persönlichen Integrität. Und das ist letztlich das einzige, was für ihn zählt.«

»Aber wenn ich ihm sage, daß ich dem Bund der Schwarzen Klinge angehöre . . .«

»Wird das lediglich seine Neugierde wecken«, erklärte Minako bestimmt. »Dazu müssen Sie wissen, daß Yuji in vieler Hinsicht sehr naiv ist. In seinen Augen handelt es sich beim Bund der Schwarzen Klinge um eine rein politische Vereinigung, deren Mitglieder lediglich größten Wert darauf legen, daß ihre Zugehörigkeit zu dieser Organisation streng geheim gehalten wird. Er ahnt nicht, daß unserem Geheimbund nur Menschen angehören, die über die Gabe des Zweiten Gesichts verfügen. Und das ist etwas, was er möglichst auch nie erfahren soll.«

»Aber selbst wenn der Bund der Schwarzen Klinge in seinen Augen nichts weiter ist als eine rein politische Vereinigung, betrachtet er unsere Ziele als vollkommen unvereinbar mit seinen ureigensten persönlichen Überzeugungen.«

»Gerade darauf zähle ich ja«, sagte Minako lächelnd. »Er wäre sicher sofort Feuer und Flamme, wenn Sie ihm von Ihrem Plan erzählen, Nishitsu seine Führungsposition streitig zu machen.«

»Ich müßte schön verrückt sein, etwas Derartiges zu behaupten!«

»Jedem anderen gegenüber, ja. Aber Yuji wird schweigen wie ein Grab.« Als in diesem Moment ein paar Punks mit buntem Irokesenhaarschnitt und schwarzen Stiefeln an ihnen vorbeirannten, hielt Minako kurz inne. »Und er wird auch nichts Verwerfliches daran finden, wenn Sie ihn für eine Zusammenarbeit mit dem Bund der Schwarzen Klinge zu gewinnen versuchen. Immerhin würden Sie beide dann über genügend Macht verfügen, um in unserer Gesellschaft eine Reihe von tiefgreifenden Veränderungen herbeizuführen – ein Argument, das sicher nicht ohne Wirkung auf ihn bleiben wird.«

Darüber dachte Wakare eine Weile nach. »Aber das hieße ja, daß ich ihm enthüllen müßte, daß Nishitsu-san dem Bund der Schwarzen Klinge angehört.«

»Auch was diesen Punkt betrifft, kann ich Sie nur bitten, Ihren Freund Yuji nicht zu unterschätzen. Mein Sohn ist ein außerordentlich mächtiger und einflußreicher Mann, und als solcher zielt sein ganzes Denken auf einen weiteren Ausbau seiner Macht hin. Allein die Tatsache, daß Nishitsu in diese Angelegenheit involviert ist, wird einen unwiderstehlichen Reiz auf ihn ausüben.« Minako sah Wakare forschend an. »Glauben Sie mir, wir werden Yuji und Nishitsu schon unter einen Hut bringen. Yuji wird in dem Glauben handeln, Sie dabei zu unterstützen, Nishitsu zu stürzen, und Nishitsu wird sich glücklich schätzen, Yuji auf seiner Seite zu wissen.«

»Zumindest für eine Weile«, schränkte Wakare ein. Er klang nicht sehr überzeugt.

Minako nickte. »Da sich im Moment die Ereignisse ohnehin überstürzen, wird uns das vollauf genügen.«

Als Wolf aus Washington zurückkam, waren im Hauptquartier der Werwölfe bereits die Maler am Werk. Es war kurz nach sieben, und er sollte Amanda um zehn abholen, um sie zu der Party zu begleiten, die ihre Schwester Stevie in einem Club in der Downtown gab. Er war schon drauf und dran, sie anzurufen und abzusagen, überlegte es sich dann aber doch noch einmal anders. Zwar fühlte er sich abgespannt, war aber gleichzeitig zu überdreht, um schlafen zu können. Und vielleicht hatte Amanda tatsächlich recht. Ein bißchen Ablenkung konnte angesichts der Probleme, die nun auf ihn zukamen, auf keinen Fall schaden.

Als er sich bei Squire Richards nach dem neuesten Stand der Ermittlungen erkundigte, legte ihm der schwarze Polizist eine Liste mit den für ihn eingegangenen Anrufen vor. Unter anderem hatte ihn auch Harrison vom gerichtsmedizinischen Institut zu erreichen versucht. Aber der Anruf, auf den er vor allem wartete, war nicht darunter. Im gerichtsmedizinischen Institut, mit dem er telefonierte, teilte man ihm mit, Harrison wäre gerade außer Haus, würde aber demnächst zurückerwartet.

Anschließend ging Wolf in das Bad, das er in der großen Toilette des ehemaligen Kinos hatte einbauen lassen. Auch hier war ein Maler bei der Arbeit. Da sah man wieder einmal, was Hayes Walker Johnsons Einfluß alles bewirken konnte.

Der Mann, ein stämmiger Japaner, stand auf einer mit Farbspritzern übersäten Staffelei. Da er nichts weiter als eine fleckige weiße Latzhose trug, waren seine beeindruckenden Muskelpakete ganz deutlich zu sehen. Im Gegensatz zu seinem grauen Haar und dem faltigen Gesicht wirkte sein Körper noch erstaunlich jugendlich. Als er auf Wolf aufmerksam wurde, nickte er ihm kurz zu und machte sich dann wieder am rissigen Putz der Decke zu schaffen. Beim Duschen konnte Wolf immer wieder ein dumpfes Klatschen hören, wenn ein Stück schadhafter Putz zu Boden fiel.

Als Wolf aus der Dusche kam, trocknete er sich ab und schlüpfte in ein paar frische Sachen aus seinem Schließfach. Dabei schaute er kurz zu dem Maler hoch, und ihm wurde plötzlich bewußt, daß er seit dem Treffen mit Shipley alle Japaner mit anderen Augen sah.

»Sind Sie schon lange bei Ihrer Firma?« sprach er den Mann an.

Der Maler hörte auf, den Putz abzukratzen, und sah auf Wolf herab. »Nicht besonders lange. Wieso? Ist irgend etwas nicht in Ordnung?«

»Wie lange?« wollte Wolf wissen.

Der Mann legte seinen Spachtel beiseite und stieg von der Leiter. »Halten Sie mich für ein potentielles Sicherheitsrisiko?« Er wischte sich an seinem Overall die Hände ab. »Liegt das daran, daß ich Japaner bin?« Achselzuckend machte er sich daran, seine Sachen zusammenzuräumen. »Das passiert mir hier ständig. Nicht, daß ich es deswegen auch in Ordnung finde, aber damit werde ich mich wohl abfinden müssen, wenn ich in Amerika bleiben will.«

Unwillkürlich mußte Wolf an seine indianische Mutter und seine eigene Kindheit denken, und im selben Augenblick schämte er sich. Das Gespräch mit Shipley hatte ihn regelrecht paranoid gemacht. Andererseits war das, was ihm der Geheimdienstmann erzählt hatte, auch ganz schön beängstigend. War es also ein Wunder, daß er plötzlich in jedem Japaner eine potentielle Bedrohung sah? Trotzdem durfte er nicht zulassen, daß er deshalb gleich in einen regelrechten Verfolgungswahn verfiel.

»So war das nicht gemeint«, winkte er ab. »War nur so eine Frage. Jedenfalls hatte das Ganze absolut nichts damit zu tun, daß Sie Japaner sind.«

Der Mann wischte sich die Hände an seiner Hose ab und machte eine leichte Verbeugung. »Kann ich also wieder an die Arbeit zurückgehen?«

»Aber natürlich«, sagte Wolf und warf sein nasses Handtuch in den Wäschekorb an der Wand. »Lassen Sie sich von mir nicht stören.«

Wieder im Bereitschaftsraum, kam Squire Richards auf ihn zu. »Ich hab' da was für Sie, Lieutenant. Tony hat den schwarzen Firebird ausfindig gemacht.«

Tony Three Times erwartete sie an einem Pier in der West 43rd Street. Das ölige Wasser des Hudson schwappte gegen die verrottenden Holzpfeiler, in der Luft lag intensiver Schwefelgeruch. Wolf starrte auf den Fluß hinaus. Die schmutziggelben Schneeflocken verschwanden in der braunen Brühe wie in einem Säurefaß.

In den halbverfallenen Abbruchhäusern hier unten hausten Menschen, die längst jede Hoffnung auf die Verwirklichung des amerikanischen Traums aufgegeben hatten. In letzter Zeit breiteten sich Elendsviertel wie dieses immer schneller aus. Und um die Trostlosigkeit dieser Umgebung noch zusätzlich zu unterstreichen, wuchsen auf den Zufahrtsstraßen zu den Piers, die New York vor einem Jahrhundert zum wichtigsten Seehafen der Ostküste gemacht hatten, unzählige Notbehausungen, aus Pappe und Wellblech notdürftig zusammengezimmert, aus dem Boden. Beim Anblick der offenen Feuer, die vor diesen Hütten brannten, fühlte man sich fast in ein mittelalterliches Dorf zurückversetzt.

Tony Three Times führte sie auf den Pier hinaus, wo wie ein prähistorisches Monster der schwarze Firebird stand. Sein Inneres war völlig ausgebrannt, der rußgeschwärzte Lack auf Kühlerhaube und Dach von der Hitze aufgeworfen und zum Teil abgeplatzt.

»Sieht ganz so aus, als ob die Kiste in Brand gesteckt worden wäre, nachdem jemand sie hier abgestellt hat«, sagte Tony Three Times und richtete den Strahl seiner Taschenlampe auf den zerstörten Wagen.

»Das waren sicher ein paar Kids hier aus der Gegend«, brummte Squire Richards und knipste ebenfalls seine Taschenlampe an.

»Kann schon sein«, murmelte Wolf und warf einen Blick ins Innere des Firebird. Warum sollten allerdings ein paar Kids so etwas Interessantes wie einen herrenlosen Wagen in Brand stecken? Da wäre es doch wesentlich aufregender gewesen, die Kiste mit hundertfünfzig Sachen den Sawmill River Parkway rauf und runter zu jagen.

Er sog prüfend die Luft ein und mußte dabei unwillkürlich an Bobby Connors Geschichte von dem blauen Feuerball denken, an die Hitze, die von Arquillos totenstarrem Gesicht ausgegangen war, und an das seltsame Flackern, das er über dessen Wangen hatte huschen sehen. Jedenfalls konnte er kein Benzin riechen, sonst der sicherste Hinweis auf eine Brandstiftung.

Er holte einen Stahlstift aus seiner Lederjacke und stocherte damit in den verkohlten Überresten des Vordersitzes herum. Da die Handschuhfachklappe durch die Hitze festgeschmolzen war, bat er Tony Three Times, der auf so etwas spezialisiert war, um Hilfe. Bis auf etwas verkohltes Papier und einige abgeplatzte Teile der Innenverkleidung war das Fach leer. Sorgfältig tastete er mit dem Stift die Rückwand ab. Nichts. Nur in der linken hinteren Ecke war etwas festgeklemmt. Er zog es heraus und betrachtete es im Schein von Tony Three Times' Taschenlampe.

»Was ist das denn?« fragte Squire Richards.

»Ein Stück Ikatstoff«, sagte Wolf. Auf einer Seite war der Stoff zwar angesengt, aber trotzdem war noch ganz deutlich zu erkennen, daß es sich dabei um dasselbe Material handelte, das die japanische Künstlerin Chika für ihre seltsamen Gebilde verwendete.

Yuji Shian setzte seine Unterschrift unter eine Bestellung von 100 000 Shian-Kogaku-Telefonkarten, die als Werbegeschenke an gute Kunden und Geschäftspartner des Konzerns verteilt werden sollten und sich aufgrund des raffinierten holographischen Shian-Kogaku-Firmenzeichens schon bald als begehrte Sammlerstücke erweisen würden. Eine großartige Idee, fand Yuji, und vor allem paßte sie auch ganz hervorragend in das Werbekonzept des Konzerns, das unter dem Motto stand: SHIAN KOGAKU – IMMER FÜR SIE DA.

Anschließend nahm Yuji mehrere Anrufe entgegen: aus Singapur, Taipei, aus dem Silicone Valley und aus Hongkong.

Als er zu Ende telefoniert hatte, schob er seinen Schreibtischsessel zurück, verschränkte die Finger im Nacken und blickte auf die blitzende Skyline von Tokio hinaus. Während sich in den Straßenschluchten tief unter ihm bereits abendliches Dunkel ausbreitete, konnte Yuji aus der luftigen Höhe seines Büros noch immer die Sonne sehen, die rot und aufgedunsen in den grauen Smog über dem Horizont eintauchte.

Was war es wohl für ein Gefühl, fragte er sich unwillkürlich, sich in diesem künstlichen Zwielicht, das dort unten herrschte, Tag für Tag aufs neue dem erbitterten Kampf ums tägliche Überleben zu stellen, um dann abends, wenn man müde nach Hause kam, ein Zimmer mit drei anderen Mitbewohnern teilen zu müssen, zum Abendessen an einem der zahlreichen Straßenstände einen Teller Buchweizennudeln in sich hineinzuschlingen, weil man sich nichts anderes leisten konnte, und an manchen Abenden sogar mit leerem Magen zu Bett zu gehen, weil man nicht mehr genügend Geld für eine Mahlzeit hatte.

Er hatte lange gebraucht, um endlich zu begreifen, daß genau das die Basis seiner Freundschaft mit Shoto Wakare war. *»Obwohl das alles schon so lange zurückliegt, daß ich mir kaum mehr vorstellen kann, daß auch ich einmal* *so ein bemitleidenswerter armer Schlucker gewesen bin«,* hatte ihm Wakare anläßlich eines gemeinsamen Besäufnisses einmal gestanden, *»habe ich dennoch nicht vergessen, was es bedeutet, in Tokio arm zu sein. Ich würde es mir auch nie verzeihen, eine so wichtige Lehre jemals wieder zu vergessen: Nichts zu haben, wappnet einen gegen nichts – außer dagegen, wieder nichts zu haben.«*

Nichts zu haben war noch nie Yuji Shians Problem gewesen. Er entstammte einer Familie von Geschäftsleuten, deren außerordentlich gutgehende Firma schon seit Generationen jeweils an die älteste Tochter weitervererbt worden war. Nach außen hin wurde das matriarchalische Unternehmen zwar traditionsgemäß von den Männern geleitet, aber in Wirklichkeit wurden alle wichtigen Entscheidungen ausschließlich von den Frauen getroffen. Diese tatsächlichen Machtverhältnisse spiegelten sich nicht zuletzt auch in der Tatsache wider, daß bei der Heirat die Männer ausnahmslos den Namen der Frau annahmen.

Nur Yujis Vater hatte in dieser Hinsicht eine Ausnahme gebildet. Von Beruf Bankier, hatte er sich bei seiner Heirat mit Minako zwar ebenfalls bereit erklärt, ihren Namen anzunehmen, aber er hatte seinen Ehrgeiz schon bald nicht mehr nur darauf beschränkt, lediglich eine mittelgroße Handelsfirma zu leiten. Deshalb schlug er seiner Frau Minako vor, den Firmensitz von Shian Kogaku von Osaka nach Tokio zu verlegen, dort eine vor dem Bankrott stehende Handelsbank aufzukaufen und sie nach ihrer wirtschaftlichen Sanierung dazu zu benutzen, weitere Tochtergesellschaften aufzukaufen und Shian Kogaku zu einem riesigen *keiretsu* oder Konzern aufzubauen.

Minako, nicht weniger ehrgeizig als ihr Mann, hatte sich einverstanden erklärt. Erst als jedoch Yujis Vater sein Vorhaben in die Tat umgesetzt und die Bank mit Minakos Vermögen wieder saniert hatte, rückte er auch damit heraus, daß sie nun Shian Kogaku nicht mehr länger leiten könne; und zwar auch nicht, wie bisher, lediglich aus dem Hintergrund. Als Begründung führte er an, daß niemand mehr mit ihrer Firma Geschäfte zu machen bereit wäre, sobald einmal an die Öffentlichkeit dränge, daß Shian Kogaku in Wahrheit von einer Frau geleitet wurde; ein solches Unternehmen würde in der harten, ausschließlich von Männern dominierten Geschäftswelt kein Mensch mehr ernst nehmen.

Minako war die letzte in einer langen Reihe von Geschäftsfrauen, die es gewohnt waren, ihre Firma ohne jede Einmischung von seiten ihrer Männer zu leiten, und deshalb glaubten einige der Geschäftsfreunde, sie würde einen solchen Rückzug aus der Firma nicht überleben. Aber so leicht ließ sich Minako nicht unterkriegen. Die Männer – selbst die, die sie gut zu kennen glaubten – hatten sie schon seit jeher unterschätzt. Denn hinter ihrem zarten und ausgesprochen attraktiven Äußeren verbarg sich eine ungewöhnlich intelligente und willensstarke Frau mit einem absolut unbeugsamen Charakter.

»Ich verstehe«, erklärte Minako trotzdem gehorsam, als ihr Mann ihr seinen Entschluß mitteilte, und ohne ein Wort des Widerspruchs verzichtete sie auf jedes Mitspracherecht in der Firma.

»Das war die Strafe dafür, daß ich eine Frau bin«, hatte Minako ihrem Sohn Yuji gegenüber einmal geäußert. Allerdings sollte Yuji im Lauf der Jahre feststellen, daß seine Mutter sich keineswegs widerspruchslos in ihr Schicksal gefügt hatte. Denn von dem Tag an, an dem sie auf die Firma verzichtet hatte, war in der Beziehung zu ihrem Mann ein drastischer Wandel eingetreten, und als sein Vater schließlich den Folgen eines Herzinfarkts erlag, wußte Yuji nie so recht, ob er nun an Überarbeitung oder an der Kälte seiner Frau gestorben war. Jedenfalls weinte Minako ihrem Mann keine Träne nach. Und sein Vater hatte ihm mehrere Jahre vor seinem Tod bei einem Besäufnis einmal gesagt: *»Trau nie einer Frau. Das würde dein Verhängnis sein.«*

Schaudernd führte sich Yuji zu Bewußtsein, welch nachhaltige Wirkung diese kurze Bemerkung seines Vaters auf sein Leben gehabt hatte. Sicher nicht zuletzt deshalb hatte er eine Frau geheiratet, die ebenso schwach war, wie seine Mutter stark. Obwohl ihm die dahinterstehende Ironie von Anfang an nicht verborgen geblieben war, hatte er sich dennoch außerstande gefühlt, anders zu handeln. Hatte er seine Frau überhaupt je geliebt? Eine schwer zu beantwortende Frage. Yuji ging ganz in seiner Arbeit auf. Zu seiner nicht geringen Genugtuung war es ihm gelungen, seine alte Leidenschaft für Biochemie so gewinnbringend in die väterliche Firma einzubringen, daß Shian Kogaku inzwischen als unangefochtener Marktführer auf dem Gebiet der Computertechnik, der Lasertechnologie und der Genetik dastand.

Yujis Frau war von einer ätherisch zarten Schönheit, um deretwillen er von allen seinen Bekannten tief beneidet wurde. In gewisser Weise war auch sie ein Attribut seines unaufhaltsamen Erfolgs. Sie entstammte einer vornehmen Samuraifamilie aus der ehemaligen Hauptstadt Edo, die ihren Stammbaum bis in das siebzehnte Jahrhundert zurückverfolgen konnte.

Yuji und seine Frau hatten nur ein einziges Kind, einen Sohn. Wie sein Vater enorm begabt, war der gutaussehende Junge einer der Besten seiner Klasse und gab berechtigten Anlaß zu der Hoffnung, daß er einmal in die Fußstapfen seines Vaters treten würde.

Doch dann waren Yuji und seine Frau eines Tages unvermutet vom Klassenlehrer ihres Sohnes angerufen und aufgefordert worden, unverzüglich in das nahe gelegene Krankenhaus zu kommen, wo ihr Sohn im Koma lag. Er hatte versucht, sich in seinem Zimmer zu erhängen.

Wie sich herausstellte, kam jede Hilfe für ihn zu spät; nach drei Wochen starb er. Drei Monate später folgte ihm auch seine Mutter nach, Yujis Frau. Man kann auch an gebrochenem Herzen sterben, hatte Yuji einmal gelesen. Bis sich das an seiner eigenen Frau bewahrheitete, hätte er so etwas allerdings nie für möglich gehalten. Sie war im Gedränge des abendlichen Stoßverkehrs vor eine einfahrende U-Bahn geraten.

Nach einer eingehenden Untersuchung der näheren Todesumstände erklärte die Polizei zwar, es hätte sich dabei um einen tragischen Unfall gehandelt, aber Yuji ließ sich in diesem Punkt nichts vormachen. Er war felsenfest davon überzeugt, daß sich seine Frau aus freien Stücken vor die U-Bahn geworfen hatte. Und das wiederum bestärkte ihn in der Annahme, daß seine Frau über eine innere Stärke und Willenskraft verfügt haben mußte, die er ihr nicht im Traum zugetraut hätte.

Bei ihrem Begräbnis sollte ihm zum erstenmal bewußt werden, daß sie seiner Mutter keineswegs so unähnlich war, wie er bisher immer angenommen hatte, und er ertappte sich sogar dabei, daß er ihr im nachhinein erbitterte Vorwürfe machte, daß sie ihm zu Lebzeiten nie zu erkennen gegeben hatte, über welche Charakterfestigkeit sie tatsächlich verfügte.

Zugleich ging nach dem Tod seiner Frau eine seltsame Veränderung in ihm vor. Bisher der Inbegriff von Korrektheit und Pflichtbewußtsein, begann er plötzlich zu trinken, sich nächtelang in dubiosen Nachtclubs herumzutreiben und sich wahllos mit Frauen zu umgeben. Einzig seine Halbschwester Hana begriff jedoch, was tatsächlich dahintersteckte. Dieses ausschweifende Leben war lediglich Ausdruck der tiefen Schuldgefühle über den Tod seines Sohnes, die er sich jedoch nicht einzugestehen fähig war. Das versuchte sie ihm erst später klarzumachen, als sich sein Zustand allmählich wieder so weit zu bessern begann, daß sie nicht mehr befürchten mußte, ihn durch eine solche Enthüllung in noch tiefere seelische Krisen zu stürzen.

Und so war es vor allem Hanna gewesen, die ihn schließlich vor sich selbst gerettet hatte – Hana und seine Arbeit am Orakel.

»Hana«, hatte er seine Halbschwester eines Nachts gefragt, *»was hast du eigentlich von meiner Frau gehalten?«*

Hana sah ihm tief in die Augen, und dann sagte sie auf ihre direkte Art, die manchmal fast verletzend sein konnte: *»Vom ersten Tag eurer Ehe an hat deine Frau ihr Leben geführt – und du das deine.«*

»Waren wir uns wirklich schon von Anfang an so fremd?«

»Du wolltest es doch gar nicht anders.«

»Nein«, erwiderte er nachdenklich. *»Das wollte ich keineswegs. Ich konnte nur nicht anders.«*

»Du scheinst völlig zu vergessen, Yuji-san, daß du schon immer genau das bekommen hast, was du wolltest.«

Darüber hatte er eine Weile nachgedacht. *»Aber sie war doch sehr schön, oder nicht?«*

»Schönheit«, erwiderte Hana darauf, *»ist nur etwas Äußerliches – eine Fassade, die oft mehr verbirgt als das, was sich dahinter abspielt.«*

»Welche Lebensweisheit du trotz deiner Jugend schon besitzt. Manchmal würde ich zu gerne wissen, was es für ein Gefühl ist, die Welt mit deinen Augen zu sehen.«

»Ich glaube nicht, daß es möglich ist, diese Erfahrung einem anderen Menschen zu vermitteln. Aber das ist in deinem Fall auch gar nicht nötig, da auch du über diese Fähigkeit verfügst.«

»Spielst du damit auf meinen Fluch an?«

»Warum betrachtest du dein Zweites Gesicht immer als einen Fluch?«

»Ist es das denn nicht?« Er sah sie erstaunt an. *»Ich habe weder den Tod meines Sohnes noch den meiner Frau vorhergesehen. Ich kann weder in die Zukunft schauen noch sie vorhersagen. Hin und wieder sehe ich lediglich verschiedene mögliche Entwicklungen, die sich aus einer bestimmten Situation ergeben. Kannst du nicht verstehen, daß einen so etwas an den Rand des Wahnsinns treiben kann?«*

»Es könnte dich auch den Verstand kosten, wenn du dein ganzes Leben, vom Augenblick der Geburt bis zu deinem Tod, sehen könntest«, hielt sie dem entgegen. *»Aber ist dir denn noch nie der Gedanke gekommen, daß du deine Fähigkeit in einem völlig falschen Licht betrachtest?«*

»Inwiefern?«

»Versuche dir vorzustellen, daß die Gegenwart nicht, wie du es siehst, ein ›einziger Augenblick‹ ist, sondern eine Vielfalt von Wahlmöglichkeiten, gewissermaßen wie eine gewaltige Explosion in jedem Bruchteil einer Sekunde. In diesem Fall läge den unzähligen Möglichkeiten, die in einer solchen Explosion freigelegt werden, eine tiefere Logik zugrunde. Und sobald du die Gesetze dieser Logik durchschauen könntest, bekämen sie auch einen Sinn für dich.«

»Das verstehe ich nicht.«

»Vielleicht solltest du besser sagen: noch nicht.«

Was hätte er nur ohne seine Schwester tun sollen? Yuji rieb sich die Augen und sah auf die Uhr. Dann griff er nach seinem Mantel, verließ sein Büro und fuhr im Lift nach unten. Vor dem Eingang wartete bereits sein BMW. Er stieg ein und sagte zu dem Chauffeur: »Zu Hana.«

Es war bereits dunkel, als Wolf vor dem graffitiübersäten Backsteinbau in der East Sixth Street, nicht weit von der Avenue C, anhielt. Während der Fahrt hierher war der Schnee vorübergehend in Regen übergegangen, doch nun fielen wieder dicke Flocken vom Himmel. Im Erdgeschoß des Hauses gab es eine Boutique, die sich La Mort C'est Moi nannte. Wirklich sehr originell. Wolf warf einen kurzen Blick durch das Eisengitter vor dem Schaufenster. Alle Kleider waren schwarz und sahen aus, als wären sie exklusiv für Frankensteins Monster entworfen worden. Vielleicht hatte der Laden dichtmachen müssen, weil kein Mensch mehr dieses Zeug tragen wollte. Aber das wäre zu schön gewesen, um wahr zu sein.

Er gab wieder Gas, bog um die Ecke und fuhr auf der East Fifth nach

Westen, dann auf der East Sixth ein Stück in Richtung Norden, bevor er am Straßenrand parkte und den Motor und die Scheinwerfer abstellte. Dann stieg er aus und ging vorsichtig in die Richtung zurück, aus der er gekommen war.

In Chikas Wohnung brannte Licht, aber die Vorhänge waren zugezogen. Vorsichtig schlich Wolf auf den Eingang zu, knackte mit wenigen Handgriffen das Schloß und schlüpfte in das Haus.

Die Eingangshalle war nur von einer fliegendreckübersäten 15-Watt-Birne erhellt, deren schwaches Licht mehr verbarg als enthüllte. Der Gestank nach Urin und Exkrementen raubte ihm fast den Atem. Ein riesiger alter Schäferhund, der so räudig war, daß es einen schon von seinem bloßen Anblick zu jucken begann, lag am Fuß der Treppe und leckte die haarlosen rosa Flecken an seiner Flanke. Sobald er auf Wolf aufmerksam wurde, hob er den Kopf und starrte ihn einen Moment aus seinen gelben Augen feindselig an, um jedoch gleich darauf wieder seiner alten Beschäftigung nachzugehen. Das schlabbernde Lecken seiner Zunge ging Wolf durch Mark und Bein.

Vorsichtig ging er an dem Hund vorbei und stieg die Treppe hinauf. Das Geländer klebte vor Schmutz, und die dunklen Flecken auf dem ersten Treppenabsatz konnten eigentlich nur Blutspritzer sein. Seltsam, daß es in einem Haus dieser Größe nur zwei Wohnungen pro Stockwerk gab; jedenfalls waren nur zwei Türen zu sehen. Wolf warf einen Blick aus dem Flurfenster, das auf die Feuerleiter hinausführte. Dann strich er mit der Hand über die Wände des Flurs, ob es hier vielleicht einmal mehr Wohnungstüren gegeben hatte, die irgendwann zugemauert worden waren. Eines stand jedenfalls fest: Trotz des hoffnungslos verdreckten Eingangsbereichs waren hier oben umfangreiche Renovierungsmaßnahmen vorgenommen worden.

Für einen Moment blieb er reglos stehen, um den vielfältigen Geräuschen zu lauschen, die aus den Tiefen des alten Hauses drangen. Es war von größter Wichtigkeit, sich mit den natürlichen Geräuschen seiner Umgebung vertraut zu machen, damit man sofort merkte, wenn ein neues hinzukam.

Er schlich zur Tür von Chikas Wohnung und preßte das Ohr dagegen. Nichts zu hören. Unter normalen Umständen hätte er einfach geklopft und sich wie in der Galerie als Moravias Nachlaßverwalter ausgegeben. Aber seit er Chika an der Seite Sumas, der Wasserspinne, gesehen hatte und vor allem auch seit er das Stück Ikatstoff in dem schwarzen Firebird entdeckt hatte, kam das nicht mehr in Frage.

Falls sie die Fahrerin von Sumas Fluchtwagen gewesen war oder, noch schlimmer, falls sie selbst Junior Ruiz und Arquillo auf dem Gewissen hatte, dann war in jedem Fall äußerste Vorsicht geboten. Nicht nur, daß sie sofort gewußt hätte, wer er war, das hätte vor allem auch bedeutet, daß er wohl nicht in der Lage war, ihre Aura wahrzunehmen. Eines stand jedenfalls fest: Durch die Tür durfte er nicht in ihre Wohnung kommen.

Deshalb schlich er zu der Tür der anderen Wohnung, die nach hinten gelegen war, und preßte sein Ohr dagegen. Alles, was er zu hören bekam, war ein zum Herzerbarmen monotoner Song von Skinny Puppy. Also mußte er auch von dieser Wohnung lieber die Finger lassen.

Plötzlich ließ ihn ein leises Geräusch abrupt herumwirbeln. Ohne lange zu überlegen, ging er sofort in die Hocke und riß seine Waffe heraus. Ohne Zweifel, die Treppe kamen leise Schritte herauf. Er versuchte eine Aura wahrzunehmen, konnte aber nichts feststellen. Wer konnte das sein? Suma?

Während er wartete, versuchte er sich Sumas Gesicht zu vergegenwärtigen. Was sich seinem Gedächtnis davon am eindringlichsten eingeprägt hatte, waren die stechenden schwarzen Augen, hinter denen sich bodenlose Abgründe aufzutun schienen. Den Finger am Abzug spähte er angespannt in das dunkle Treppenhaus. Und wartete.

Mach schon, du Dreckskerl, dachte er. Komm endlich rauf, damit ich dir eine Kugel durch den Kopf jagen kann.

Im selben Moment tauchte auf dem obersten Treppenabsatz der alte Schäferhund auf. Er mußte sich wohl einmal einen seiner Hinterläufe gebrochen haben, da er deutlich hinkte. Er starrte Wolf kurz an und begann dann, am Lauf seines Dienstrevolvers zu lecken.

Grinsend ließ Wolf den angehaltenen Atem entweichen und steckte die Waffe wieder weg. Dann ging er zu dem Fenster, das auf die Feuerleiter hinausführte, kletterte in die kalte Nacht hinaus und blieb einen Moment stehen, um den Geräuschen der Stadt zu lauschen. Sie erinnerten ihn an den Puls eines sterbenden Leviathans, dessen Herz trotzdem mit unverminderter Kraft weiterschlug.

Da auf den Metallstufen der Feuerleiter etwas Schnee liegengeblieben war, achtete er sorgfältig darauf, wohin er seine Füße setzte. Es war inzwischen so kalt geworden, daß ihm der Atem vor dem Gesicht beschlug.

Lautlos glitt Wolf auf die Fenster von Chikas Wohnung zu. Was er ursprünglich für Vorhänge gehalten hatte, war in Wirklichkeit Farbe, die von innen auf die Scheiben geschmiert worden war. Sie ließ zwar das Licht durch, aber man konnte nicht erkennen, was dahinter war.

Vorsichtig versuchte Wolf ein Fenster nach dem anderen zu öffnen. Die ersten drei waren fest verschlossen, aber das letzte stand einen Spaltbreit offen. Es ließ sich völlig geräuschlos hochschieben, und wenige Augenblicke später war Wolf nach drinnen geklettert.

Der Raum, in dem er sich befand, war vollkommen dunkel. Erst hörte er keinen Laut. Doch nach einer Weile, nachdem sich seine Ohren der neuen Umgebung angepaßt hatten, konnte er das tiefe Summen eines Motors oder Kompressors hören. Behutsam tastete er sich durch das Dunkel, in dem nur ganz schwach ein paar schemenhafte Umrisse zu erkennen waren. Erst dachte er, es wären Möbel, die man wegen Malerarbeiten oder längerer Abwesenheit des Wohnungsinhabers mit Überwürfen abgedeckt hatte. Als er jedoch eine der Decken vorsichtig hochhob, kam darunter eine grotesk geformte, mit Ikatstoff überzogene Metallskulptur zum Vorschein. Offensichtlich befand er sich in Chikas Atelier.

Immer mit der Ruhe, mahnte sich Wolf zur Vorsicht. Nur nichts überstürzen.

Lautlos ertastete er eine Tür. Dahinter lag der Wohnraum, und da sich offensichtlich niemand darin aufhielt, schlich er hinein. Bis auf ein riesiges Gemälde in einem prunkvollen Goldrahmen waren die Wände des schwach erleuchteten Raums kahl. Am unteren Rand des Rahmens war eine Plakette mit dem Titel des Bildes angebracht: *Der Salon in der Rue des Moulins.* Nachdenklich betrachtete Wolf die enorm kraftvolle und erotische Darstellung der Huren von Paris. In ihrer Schäbigkeit, in der Beiläufigkeit – und völligen Natürlichkeit – ihrer Nacktheit und in der Selbstverständlichkeit, mit der sie ihr Huren-Sein akzeptierten, lag etwas zutiefst Menschliches und Anrührendes. Noch nie zuvor hatte Wolf Prostituierte so anrührend menschlich dargestellt gesehen, nie zuvor war er auf den Gedanken gekommen, daß Mutterschaft und käuflicher Sex in einer Person vereint sein könnten. Um so stärker war die Faszination, die dieses scheinbar paradoxe Phänomen nun auf ihn ausübte. Nach einer Weile fiel sein Blick auf die Signatur des Gemäldes: Henri de Toulouse-Lautrec. War es möglich, daß es sich dabei um ein Originalgemälde handelte? Leider war er kein Kunstsachverständiger. Was wäre das Original wohl wert gewesen? Ein paar Millionen? Wohl eher hundert Millionen. Nur widerwillig riß er sich von diesem Anblick los.

In der Küche entdeckte er die Ursache des leisen Summens: ein riesiger Generator. Hinter einer Tür ohne Klinke befand sich eine Dunkelkammer mit einer ganzen Reihe von Nikons, Leicas und Hasselblads, jeder Menge Objektive, Stative und Scheinwerfer. Für die Aufbewahrung der Filme gab es sogar einen kleinen Kühlschrank, auf dem stapelweise Filter für die Kameras lagen. Unwillkürlich mußte Wolf an die Fotos in Moravias Geheimgemach denken. War Chika die Fotografin gewesen? Oder das Modell? Oder sogar beides?

Lautlos schlich er in den Wohnraum zurück. Der neuverlegte Parkettboden war so blank, daß er sich verschwommen darin spiegelte.

Noch eine Tür, halb offenstehend. Wolf postierte sich so, daß sein Schatten nicht über die Schwelle fiel und daß er ein gutes Stück des dahinterliegenden Raums überblicken konnte, aus dem ihm ein vage bekannter Geruch entgegendrang. Er konnte sich allerdings nicht erinnern, woher er diesen Duft kannte.

Da plötzlich! Eine Bewegung! Nur mit äußerster Willenskraft widerstand er der Versuchung, sich ebenfalls zu rühren. Ihm lief ein eisiger Schauder den Rücken hinunter, als sein Blick auf die Silhouette der attraktiven Japanerin fiel, die er auf dem Foto an Sumas Seite gesehen hatte.

Wie gebannt folgte er dem Schauspiel, das sich ihm nun bot. Die Frau hatte den Blick auf einen ganz bestimmten Punkt des Raums gerichtet, den Wolf allerdings von seinem Standort nicht sehen konnte. Als sie sich ein Stück zur Seite drehte, wurde aus der Silhouette plötzlich ein dreidimensionaler menschlicher Körper. Warmes Lampenlicht zauberte einen goldenen Glanz über ihre glatte Haut und ließ ihre hohen Brüste deutlich hervortreten. Dann spreizte sie die Beine, als wollte sie sich für ein hartes körperliches Training aufwärmen.

Sie war nackt, und das Licht – es hatte eine seltsame, fast stoffliche Qualität – schien wie Sirup über ihre straffe Haut zu fließen. Erst zaghaft, dann zielstrebiger, begann sich Chika über ihre Brüste und den flachen Bauch zu streichen. Und nach einer Weile wanderte ihre Hand noch weiter nach unten, bis sie schließlich in dem schattigen Dreieck zwischen ihren Beinen verschwand.

Die ganze Zeit über hatte Wolf diesen fremdartigen und doch auch seltsam vertrauten Duft in der Nase. Während er sich noch angestrengt zu erinnern versuchte, woher er diesen Geruch kannte, öffneten sich plötzlich Chikas Lippen, und sie veränderte kaum merklich ihre Haltung, so daß nun auch die letzten Zweifel am erotischen Charakter dieses Schauspiels ausgeräumt wurden. Es war, als ob sie sich auf eine unergründliche Weise öffnete. Dann drückte sie mit ihrer anderen Hand von hinten gegen ihr Gesäß, so daß sich ihre Hüften nach vorn schoben, und während ihre andere Hand sich unablässig weiter bewegte, entfuhr ihren Lippen ein leises Stöhnen.

Wolfs Herz begann wie wild zu schlagen. Er wußte, daß er sich schleunigst aus dem Staub hätte machen sollen – aber er konnte den Blick nicht von ihr losreißen und stand weiter wie angewurzelt da. Außerdem konnte er sich des Gefühls nicht erwehren, daß dieses Schauspiel voll knisternder Erotik, dessen Zeuge er hier wurde, keineswegs um seiner selbst willen geschah, sondern daß es sich dabei um eine Vorstellung handelte, ähnlich schockierend wie die Fotos von dem gefesselten Frauenkörper aus Moravias Geheimgemach. Und dieser Umstand schien den Reiz an der Sache noch zusätzlich zu erhöhen. Die Frage war nur: Für wen gab sie diese Vorstellung und warum?

Wolf war wie verzaubert vom Anblick ihrer wundervollen Beine, vom sinnlichen Spiel ihrer Muskeln unter der straffen Haut, die in dem warmen Licht schimmerte wie matte Bronze. Doch dann spannten sich diese wohlgeformten Muskeln plötzlich ruckartig an, und gleichzeitig zeichnete sich seitlich an ihrem Hals, einer Narbe nicht unähnlich, eine klar umrissene Linie ab, die Wolfs Erregung seltsamerweise noch mehr steigerte – gerade so, als ob sich in dieser Linie ein geheimer Wesenszug enthüllte, den sie sonst vor aller Welt streng verborgen hielt.

Unterdessen hatten ihre angespannten Schenkel heftig zu zittern begonnen, und ihr Oberkörper zuckte im wachsenden Taumel ihrer selbst herbeigeführten Ekstase immer heftiger. Fast glaubte Wolf mit den Blicken verfolgen zu können, wie ihr lustvolles Stöhnen aus ihrem Unterleib durch ihren Körper hindurch bis zu ihren Lippen emporstieg.

Ihre Lider gerieten ins Flattern, aber ihr Blick blieb weiter unverwandt auf dieselbe Stelle geheftet. Hingerissen von diesem Schauspiel, sehnte sich Wolf immer heftiger danach zu sehen, was sie sah, zu wissen, was sie dachte, und zu begreifen, warum und für wen sie das tat – falls sie es tatsächlich nicht nur für sich allein machte.

Im selben Augenblick schoß ihm ein zutiefst beunruhigender Gedanke durch den Kopf. Was war, wenn Suma im selben Raum mit Chika war, wenn sie ihn gemeinsam hierhergelockt hatten, um ihn zu töten? Bei dieser Vorstellung fühlte sich Wolf plötzlich wesentlich nackter und ausgelieferter als diese geheimnisvolle Frau, die er nun schon die ganze Zeit heimlich beobachtete. Schaudernd wurde ihm bewußt, daß er Sumas Aura, oder wer auch immer bei Chika war, eigentlich ganz deutlich hätte spüren müssen, aber alles, was er wahrnahm, war lautloses, undurchdringliches Dunkel.

Dieses unvermutete Versagen seines zweiten Gesichts versetzte ihn für einen Moment in so heftige Panik, daß er sich fluchtartig zurückzog, auf die Feuerleiter kletterte und von dort wieder in den Flur stieg. Atemlos legte er seine Hand auf das feuchte Treppengeländer. Oder war es seine Handfläche, die vor Aufregung feucht geworden war?

Unerklärlicherweise wurde ihm plötzlich so kalt, daß er am ganzen Körper zu zittern begann. Aber er rührte sich nicht von der Stelle. Wie gebannt starrte er weiter auf die Tür von Chikas Wohnung. Er konnte sich des Gefühls nicht erwehren, daß er eben noch in letzter Sekunde einem gefährlichen Hinterhalt entronnen war. Dadurch bot sich ihm nun jedoch auch die einmalige Gelegenheit, seinen Verfolgern seinerseits eine Falle zu stellen.

Dazu brauchte er nur zu warten, bis jemand die Wohnung verließ.

Er versteckte sich in einer Nische. Und tatsächlich! Keine zwanzig Minuten später kam Chika aus der Tür. Sie war allein. Das bestärkte ihn noch mehr in der Gewißheit, daß sie das schon die ganze Zeit gewesen war. Sobald sie die Wohnung verlassen hatte, war es plötzlich kein Problem mehr für ihn, die einzelnen Räume mit Hilfe seines zweiten Gesichts abzutasten. Und er konnte nirgendwo eine menschliche Aura entdecken.

Chika war fast genauso gekleidet wie am Tag zuvor. Hochhackige Schuhe, schwarzer Minirock, weitgeschnittene Bomberjacke. Sie wühlte kurz in ihrer schwarzen Ledertasche, bevor sie das Haus verließ und sich in Richtung Osten entfernte.

Als das gedämpfte Klicken ihrer hohen Absätze kaum mehr zu hören war, verließ Wolf den dunklen Hauseingang, wohin er ihr nachgeschlichen war, und folgte ihr. Es schneite inzwischen stärker, und die halbverfallenen Häuser schienen unter ihrer weißen Last fast zusammenzubrechen.

Chika schien genau zu wissen, wohin sie wollte. An der nächsten Straßenecke bog sie nach rechts ab, bis sie die Second Avenue erreichte. Für kurze Momente verschwand sie immer wieder im Dunst, der aus einem der unzähligen Kanaldeckel aufstieg. Das stellte jedoch weiter kein Problem dar, da das Klacken ihrer Chromabsätze ständig deutlich hörbar blieb.

In der East Second Street wandte sie sich nach Westen. Obwohl es sich hier um eine nicht gerade ungefährliche Gegend handelte, bewegte sie sich mit einer Selbstverständlichkeit, als ob sie vor nichts und niemandem Angst hätte. Als Wolf merkte, daß sich der Abstand zwischen ihnen verringerte, ließ er sich ein Stück zurückfallen und verlor sie vorübergehend ganz aus den Augen.

Kurz darauf schloß er wieder auf und stellte fest, daß sich ihr zwei Jugendliche in den Weg gestellt hatten. Sie trugen Baseballjacken, schwarze Jeans und hohe Turnschuhe, die typische Uniform der Straßenkids. An den Seiten hatten sie die Köpfe kahlrasiert, aber obenauf saßen dichte, gelglänzende Haarschöpfe. Der eine hatte ein Messer mit einer dreißig Zentimeter langen Klinge, der andere einen Hockeyschläger, an dessen Ende mit Isolierband mehrere Rasierklingen befestigt waren.

Der Bursche mit dem Hockeyschläger klopfte ungeduldig auf das Pflaster, während sein Kumpel mit dem Messer vor Chikas Gesicht herumfuchtelte. Ihr wildes Lachen drang sogar bis zu Wolf herüber, so daß er sich unwillkürlich fragte, was für Drogen die beiden sich wohl reingezogen hätten.

Es war nur noch eine Frage der Zeit, bis die Kids zur Sache kamen. Wolf mußte sich schnell entscheiden. Er wollte sich zwar möglichst nicht zu erkennen geben, durfte andererseits aber auch nicht zulassen, daß die jungen Burschen Chika etwas antaten. Während er sich noch eine halbwegs einleuchtende Erklärung zurechtzulegen versuchte, weshalb er ausgerechnet um diese Zeit zufällig hier vorbeigekommen war, hatte sie ihm jedoch die Entscheidung bereits abgenommen.

Blitzschnell kam plötzlich ihre Hand aus ihrer Handtasche geschossen, und eine Pistole blitzte darin auf. Offensichtlich ein großkalibriges Modell, wie es nur Profis benutzten. Auch die Art, wie sie die Beine spreizte und erst auf den Kopf des einen Jungen, dann auf den des anderen zielte, ließ keinen Zweifel aufkommen, daß diese Frau mit einer Waffe umzugehen verstand. Ganz offensichtlich sagte sie auch noch etwas zu den beiden Jungen, das ihnen noch mehr Angst einjagte als die Pistole, da sie plötzlich so überstürzt die Flucht ergriffen, daß der eine von ihnen vor lauter Eile sogar sein Messer fallen ließ.

Sie stand noch eine Weile mit gespreizten Beinen da und hielt die schwere Waffe mit durchgestreckten Armen auf die flüchtenden Jugendlichen gerichtet, bevor sie sie wieder in ihre Handtasche zurücksteckte. Aus der Tatsache, daß sie ihre Hand nicht wieder herausnahm, schloß Wolf, daß sie sie schon seit Verlassen der Wohnung dort drin gehabt hatte.

Als wäre nichts gewesen, setzte sie ihren Weg die Second Avenue hinauf fort. Nach einer Weile blieb sie vor einem Bestattungsinstitut stehen. Da sie sich im ukrainischen Viertel befanden, konnte Wolf das Schild über dem Eingang nicht entziffern. Durch die gelben Glasbausteine auf beiden Seiten der massiven Eingangstür fiel helles Licht nach draußen.

Auf dem Gehsteig hatte sich eine lange Schlange von Obdachlosen gebildet, an die ein dicker, schwitzender Mann warmes Essen austeilte. Während Wolf den Mann aus der Ferne eine Weile beobachtete, huschten die unterschiedlichsten Gefühlsregungen über dessen breites Gesicht: Abscheu, Mitleid, Resignation, Zufriedenheit. Seltsam, fand Wolf: Da kümmerte sich dieser Mann bei Tage um die Toten, um nachts die Lebenden speisen zu können. Bei genauerer Betrachtung war das jedoch keineswegs so paradox, wie es auf den ersten Blick schien. Im Gegenteil, dem lag eine, wenn auch brutale, innere Logik zugrunde, die sehr gut zu dieser unbarmherzigen Stadt paßte.

Als sich Chika plötzlich ganz unvermutet umsah, konnte sich Wolf gerade noch rechtzeitig in einen dunklen Hauseingang zurückziehen. Dabei stolperte er fast über einen Mann, der sich notdürftig mit Zeitungen zugedeckt hatte.

»Hey, verpiß dich!« knurrte ihn der Kerl an. Er hatte eine Fahne, die diese Aufforderung eigentlich überflüssig machte. »Hier bin ich zu Hause: Such dir gefälligst einen anderen Platz zum Pennen.«

Als Wolf vorsichtig um die Ecke spähte, sah er einen Leichenwagen vor dem Eingang des Bestattungsinstituts anhalten. Der Mann am Boden begann erbittert gegen seine Beine zu treten, aber er blieb einfach stehen und verfolgte gebannt, wie Chika auf den Leichenwagen zuging und einstieg. Sie hatte die Tür noch kaum hinter sich geschlossen, als der Wagen bereits wieder anfuhr.

»Verdammt!« Fluchend sprang Wolf auf die Straße hinaus. Aber er sah nur noch, wie der Leichenwagen in Richtung Downtown verschwand.

5

New York City/Tokio

Es war kurz nach elf, als Wolf und Amanda vor dem La Mentira eintrafen, einem Rock-Club zwischen Avenue B und A. Auf dem Weg nach Downtown hatten sie einen ziemlichen Umweg fahren müssen, weil einer der gigantischen Wolkenkratzer an der Park Avenue South eingestürzt war. Die untere Hälfte des Gebäudes, das ironischerweise die Büros einer großen Versicherungsgesellschaft beherbergte, war durch ein bizarres Gewirr aus Holzgerüsten gestützt. Die Girlanden aus nackten Glühbirnen, die daran befestigt waren, tauchten die Unglücksstelle in gespenstisches Licht. Nichts zu sehen von den neuen Aluminiumstraßenlampen. Plünderer hatten sie abgebaut und auf dem blühenden Altmetallschwarzmarkt zu barer Münze gemacht.

Wolf fühlte sich in eine andere Zeit zurückversetzt. Mit seinen gewaltigen Rissen in den stehengebliebenen Mauerteilen und den in sich zusammengestürzten Außenwänden erinnerte das Gebäude eher an die verfallenen Überreste der Hängenden Gärten von Babylon.

»Angeblich ist darunter ein Loch, so groß wie der Holland-Tunnel«, sagte Wolf mit einer kurzen Kopfbewegung in Richtung auf das eingestürzte Gebäude. »Das heißt, daß es hier mindestens ein Jahr lang zu erheblichen Verkehrsbehinderungen kommen wird. Die einzigen, die nicht unter dem Ganzen zu leiden haben, sind die Penner. Die haben jetzt unzählige neue unterirdische Schlafmöglichkeiten.« Er warf einen kurzen Blick zu Amanda hinüber. Sie hatte sich in die äußerste Ecke ihres Sitzes gedrückt und sagte nichts.

Die Straße, in der das La Mentira lag, war übersät mit Abfällen, die von kurzen Windstößen immer wieder aufgewirbelt wurden. Die alten Häuser, denen man schon lange nichts mehr von ihrer glanzvollen Vergangenheit ansah, waren von einer dicken schwarzen Kruste aus Ruß und Abgasen überzogen, der nicht einmal mehr mit dem Dampfstrahler beizukommen war.

Mit hängenden Schultern schlurften ausgemergelte Jugendliche über den rissigen Gehsteig. Fast alle trugen die gleiche Kleidung: schwarze Stiefel, schwarze Jeans und schwarze Lederjacken mit jeder Menge Nieten und Ketten, die beim Gehen leise klimperten. Außerdem hatten fast alle – Jungen wie Mädchen – mehrere Ohrringe und mindestens einen Nasenring.

Ein Müllauto, so dicht mit Graffiti besprüht, daß seine ursprüngliche Farbe nicht mehr zu erkennnen war, rumpelte vorbei. Obwohl die Gehsteige von überquellenden Mülltonnen gesäumt waren, hielt es nirgendwo an. In der Einfüllkippe an der Rückseite hockten zwei schwarze Jungen mit Walkman und Turnschuhen und wühlten im frischen Müll. Sie waren höchstens acht oder neun Jahre alt. An der nächsten Kreuzung sprangen sie ab und rannten mit ihrer Beute in Richtung Avenue B davon.

Wolf parkte im Halteverbot. Direkt über ihnen wölbte sich die gelbschwarz gestreifte Markise des La Mentira, deren Frontseite eine ägyptische Königin mit riesigen Brüsten zierte, die in der einen Hand einen Totenkopf hielt, während das, was sie in der anderen hatte, verdächtig nach einem Penis aussah.

Da in der Schlange vor dem Eingang auch mehrere Japaner warteten, sagte Amanda: »An der Uni hört man in letzter Zeit eine Menge seltsamer Geschichten über die Japaner.«

Während der Fahrt nach Downtown war sie seltsam schweigsam gewesen, und als Wolf sie darauf ansprach, hatte sie nur wortlos den Kopf zur Seite gedreht und aus dem Fenster geschaut. Er hatte schon immer seine Probleme damit gehabt, wenn sie so verschlossen war. Vielleicht ging es dem Ermittlungsbeamten in ihm einfach gegen den Strich, daß sie sich so beharrlich weigerte, über die Gründe ihrer schlechten Laune zu sprechen. Jedenfalls ertappte er sich immer wieder dabei, daß er bei diesen Gelegenheiten anfing, sich die verrücktesten Erklärungen für ihr Verhalten zurechtzulegen und sich eine geheime zweite Existenz für sie zusammenzufantasieren. Jedenfalls war er froh, daß sie endlich wieder mit ihm sprach.

»Was für seltsame Geschichten?« fragte er.

»Ach, weißt du, heutzutage haben sogar in Akademikerkreisen viele Leute ganz massive Vorurteile gegen sie. Du würdest staunen, was für aberwitzige Gerüchte über die japanischen Professoren zum Teil in Umlauf sind. Da man ja auch nicht gerade behaupten kann, daß sie sich bei ihren Kollegen anbiedern, finden viele, sie wären arrogant und kämen sich als was Besseres vor.«

»Und was glaubst du?« wollte Wolf wissen.

Amanda seufzte. »Bisher habe ich mich jedenfalls noch mit keinem Japaner näher angefreundet. Wie es scheint, sind sie über die Verhältnisse hier in New York ziemlich entsetzt. Offensichtlich sind viele von ihnen Befürworter einer strikten Rassentrennung – etwa in dem Stil: Japan den Japanern. Entsprechend betrachten sie Amerika als eine minderwertige Nation, weil gerade hier eine extrem starke Vermischung der Rassen stattfindet.« Sie hob die Schultern. »Soviel ich weiß, bedeutet eine Dozentenstelle in Amerika für einen Japaner in etwa dasselbe wie für mich ein Ruf an eine afrikanische Universität. Im Lebenslauf machte sich so was natürlich großartig, aber leben möchte ich dort eigentlich nicht.«

Als sie sich durch den Eingang zwängten, nahm sie ihn am Arm, damit sie in dem Gedränge nicht getrennt wurden. »Genau dieses Argument haben übrigens viele meiner Kollegen noch bis vor kurzem als Begründung für unsere wirtschaftliche Überlegenheit gegenüber den Japanern angeführt: Amerika als der große Schmelztiegel der Rassen, der die in jedem Menschen steckenden Möglichkeiten optimal zur Entfaltung bringt. Allerdings kommen den meisten, auch wenn sie das sicher nie zugeben würden, in letzter Zeit diesbezüglich immer ernstere Bedenken, was ja auch nicht weiter verwunderlich ist angesichts der zunehmenden Polarisierung unserer Gesellschaft in Arm und Reich und der in unversöhnlichen Haß ausartenden Rassenvorurteile, die unser Land immer mehr auseinanderbrechen lassen. Mit einemmal wissen diese Leute nicht mehr, was sie den japanischen Kritikern unseres Gesellschaftssystems entgegenhalten sollen – und hassen sie deshalb nur um so mehr.«

Diese These fand Wolf außerordentlich interessant, und er hätte gern gewußt, was Shipley davon gehalten hätte – oder auch, wie Amandas Reaktion auf Shipleys Schreckensvision von Amerikas gar nicht mehr so ferner Zukunft ausgefallen wäre.

»Eines steht jedenfalls fest«, fuhr Amanda fort, während sie nach ihrer Schwester Stevie Ausschau hielt. »Die Japaner sind in vieler Hinsicht *anders als* wir. Zum Beispiel haben sie eine völlig andere Einstellung zum Sex.«

»Ach, das ist es also, womit ihr euch an der Uni hauptsächlich beschäftigt?«

Sie lachte. »Nein. Aber kennst du zufällig den japanischen Film *Im Reich der Sinne*, in dem sich ein Paar beim Orgasmus gegenseitig zu strangulieren versucht? Offensichtlich steht dahinter die Absicht, ein noch intensiveres sexuelles Erlebnis zu bekommen.«

Unwillkürlich mußte Wolf an die Laserdisc-Sammlung in Moravias Wohnung denken. *Im Reich der Sinne.* Und das wiederum ließ seine Gedanken zu Chika weiterwandern: zu ihren herrlichen Beinen, zu dem strömenden Regen, der von ihrem Reispapierschirm tropfte, zu ihren nach vorn kippenden Hüften, als ihre Finger zwischen ihren Beinen verschwanden, und zu ihrem nackten, wie Bronze glänzenden Körper, als ihr auf dem Höhepunkt ihrer Lust ein leiser Schrei entfuhr.

»Wolf?«

»Was?«

»Was hast du denn plötzlich für einen verklärten Blick?«

»Ach, weißt du, ich mußte nur an etwas denken . . .«

Allein die Leute in der Diskothek waren ein Anblick für sich. Lange, wallende Gewänder von Mizrahi und Ferré, verrückte Spangenbustiers von Lacroix, Lederröcke von Montana. Nicht unbedingt ausgeflippter als das, was sie vorher auf der Straße gesehen hatten, aber um einiges teurer. Mit Wolf im Schlepptau bahnte sich Amanda einen Weg durch das Gedränge bizarrer Gestalten, die sich wie Vampire erst nachts aus ihren Verstecken hervorgewagt hatten.

Das La Mentira bestand aus drei Räumen, der erste eine Art New-Wave-Bar mit sehr unbequem aussehenden Sitzbänken. Unter dem Boden aus massiven Glasbausteinen waren bunte Lampen angebracht, die die Beine der Gäste in grelles Rot, Blau oder Violett tauchten. An der linken Seitenwand gab es eine ultra-kitschige, mit künstlichem Tigerfell bezogene Bar, und dahinter, wo eigentlich normalerweise die Getränke aufgereiht waren, standen unzählige Kewpie-Puppen aus den vierziger und fünfziger Jahren.

Im zweiten und größten der drei Räume befand sich die Tanzfläche. An diesem Abend waren dort jedoch die Gemälde und Objekte der Künstler ausgestellt, die anläßlich dieser Party dem Publikum vorgestellt werden sollten. Der Raum war gedrängt voll, und aus den Lautsprechern dröhnte ohrenbetäubende Musik.

Wie Stevie sie in diesem Chaos so schnell entdeckte, blieb für Wolf ein Rätsel. Jedenfalls tauchte sie plötzlich wie aus dem Nichts vor ihnen auf, küßte Amanda auf beide Wangen und drückte ihm die Hand. Stevie Powers war neben ihrem Beruf als Psychotherapeutin auch Vorstandsmitglied des angesehensten privaten Kulturförderungsausschusses der Stadt. Die Förderung junger Talente war wohl ihre Form von sozialem Engagement, nahm Wolf an. Zusammen mit ihrem Mann Morton Danaher hatte sie neben einer Fünf-Zimmer-Maisonettenwohnung in der Fifth Avenue auch ein Haus in East Hampton. Die beiden schienen jedenfalls im Geld zu schwimmen und, um das Maß vollzumachen, führten sie auch noch eine ausgesprochen glückliche Ehe.

Stevie sah ihrer älteren Schwester nicht sehr ähnlich. Sie hatte dunkles Haar und dunkle Augen und eine wesentlich femininere Figur als Amanda. Ihre feingliedrigen Hände – typische Künstlerhände – schienen unablässig in Bewegung. Ihr sinnlicher Körper bewegte sich mit der lässigen Präzision einer Tänzerin. Offensichtlich hatte sie durch ihren Mann Zugang zur High-Society von New York gefunden, da Amanda so gut wie niemanden aus dem exklusiven Freundeskreis ihrer Schwester kannte.

»Schön, daß du doch noch gekommen bist, Panda!« begrüßte sie ihre Schwester. »Alles, was Rang und Namen hat, ist heute hier! Jede Menge Leute, die du unbedingt kennenlernen mußt.«

Wolf faßte das nicht als bewußten Affront gegen sich auf, wenn er sich auch sehr deutlich bewußt war, daß ihm Stevie trotz aller Zuvorkommenheit doch mit unübersehbarer Zurückhaltung begegnete. Vielleicht war er ihr nicht fein genug. Oder sein Beruf paßte ihr nicht. Aber wer konnte das bei Geschwistern schon so genau wissen?

Amanda küßte ihn noch rasch auf die Wange, als Stevie sie bereits fortzuziehen begann. Allerdings ließ er sich durch den gequälten Blick, den ihm Amanda zuwarf, nicht täuschen. Sie liebte nichts mehr, als den Reichen und Berühmten aus Stevies Bekanntenkreis vorgestellt zu werden.

Durch das dichte Gedränge bahnte sich Wolf einen Weg zur Tanzfläche, um sich die Bilder anzusehen. In seinen Augen war vieles, was von der Kunstwelt als ›modern‹ angesehen wurde, ohne jeden Sinn oder künstlerischen Gehalt – eine Meinung, die er in den hier ausgestellten Gemälden aufs schönste bestätigt fand. Und auch bei den Skulpturen bot sich ihm ein ähnliches desolates Bild: Chromarmaturen, übersät mit honigfarbenen Bronzeklumpen, afrikanische Tropenhölzer, gestreift wie ein Zebrafell, in unzähligen Brauntönen gespachtelte Putzteile. In ihrem verkrampften Bemühen um Modernität waren die einzelnen Skulpturen nichts weiter als hoffnungslos nichtssagend und banal – bis auf das letzte Objekt. Fasziniert blieb Wolf davor stehen. Vielleicht lag es daran, daß er mit den schockierenden künstlerischen Ausdrucksformen, deren sich dieses Werk bediente, bereits vertraut war. Jedenfalls schien das Zusammenspiel der schwarzen Metallflächen mit den buntgewebten Ikatstoffen einer Sprache von ganz eigener Eindringlichkeit Ausdruck zu verleihen.

Was er vor sich hatte, war nichts anderes als eines von Chikas Werken. Ganz automatisch begann er in dem Menschengedränge nach ihr Ausschau zu halten. Da er sie jedoch nirgendwo entdecken konnte, ging er in den dritten und kleinsten Raum weiter, ein Restaurant mit verspiegelten Wänden, webpelzbezogenen Stühlen und briefmarkengroßen Tischen, die unter den wummernden Bässen eines Pet-Shop-Boys-Songs verhalten erzitterten.

Chika ging ihm nicht mehr aus dem Kopf. Was war es nur, das ihn so unwiderstehlich anzog? Zweifellos, sie war eine auffallend schöne Frau; aber er war schon einer ganzen Reihe ähnlich attraktiver und exotischer Frauen begegnet, ohne daß sie eine solche – ja, was? – auf ihn ausgeübt hatten.

War es vielleicht eine Art *déjà-vu*-Erlebnis? Andererseits war er sich ganz sicher, daß er sie noch nie zuvor gesehen hatte. Und doch hörte er, wenn er in diese riesigen schwarzen Augen blickte, das Weltenlied von White Bow, spürte er dieses erhebende Gefühl, von dem er bisher gedacht hatte, daß es nur sein Großvater in ihm hervorrufen könnte. Er fühlte den wilden Schlag seines Herzens, das Rauschen seines Blutes, und für einen Moment geschah das Unmögliche: Er vergaß alles, was er über Suma und Lawrence Moravia wußte.

Jeden der dicht besetzten Tische faßte er scharf ins Auge, während er langsam durch das Lokal wanderte, und drehte sich in regelmäßigen

Abständen immer wieder zum Eingang um, damit ihm niemand entging, der nach ihm das Restaurant betreten hatte. Am Durchgang zur Küche blieb er kurz stehen, um einen letzten Blick zum Eingang zurückzuwerfen, bevor er die Schwingtür aufstieß und weiterging.

In der Küche war der Teufel los. Köche, Kellner und Tellerwäscher wirbelten wild durcheinander. Die Luft dampfte vor Hitze. Unbeirrt setzte Wolf seinen Weg fort, vorbei an blitzenden Stahlspülen, an Arbeitsplatten mit gehacktem Gemüse und Scheiben rohen Fleisches, an riesigen Herden, auf denen Töpfe mit Suppe vor sich hin blubberten, Pfannen mit Steaks brutzelten und Fritteusen mit Pommes frites und Zwiebelringen zischten.

Im hinteren Teil der Küche befand sich eine Nische, in der sich die Tür zur Kühlanlage befand und die vom Rest der Küche nicht eingesehen werden konnte. Als Wolfs Blick in die Nische fiel, blieb er wie angewurzelt stehen.

Squire Richards, dessen dunkle Haut im Schein der grellen Neonbeleuchtung fast bläulich schimmerte, hatte einen zierlichen, gutaussehenden Mann in Hemdsärmeln und Krawatte am Kragen gepackt und drückte ihn gegen die Tür der Kühlanlage.

»Du bist mit deinen Zahlungen in Verzug, Dickie«, knurrte Richards. »Wenn ich nicht sofort mein Geld kriege, Freundchen, poliere ich dir die Fresse, daß dich kein Mensch mehr wiedererkennt. Und was würdest du wohl ohne deine hübsche Visage noch anfangen, hm? Du könntest den Laden hier auf der Stelle dichtmachen, weil dich nämlich deine schwulen Freunde fallen lassen würden wie eine heiße Kartoffel.«

»Schon gut, schon gut«, quiekte der gutaussehende Mann in einem Ton, der eigentlich eher einer Frau zuzutrauen gewesen wäre. »Sie kriegen Ihr Geld. Nur lassen Sie mich endlich los.«

Wolf wartete, bis Squire Richards den Clubbesitzer losgelassen und das Geld an sich genommem hatte.

Erst dann schaltete er sich ein. »Mr. Sansone«, sagte er ganz ruhig. »Nehmen Sie Ihr Geld bitte wieder, und lassen Sie uns einen Moment allein.«

Schockiert fuhren die beiden Männer herum. Wolf ging auf sie zu, nahm Squire Richards das Geld aus der Hand und gab es Sansone mit den Worten zurück: »Ich bitte Sie, dieses bedauerliche Mißverständnis zu entschuldigen. So etwas wird bestimmt nicht wieder vorkommen.« Er gab ihm seine Visitenkarte. »Falls Sie je wieder Probleme bekommen sollten, wenden Sie sich bitte an mich. Unter dieser Nummer können Sie mich Tag und Nacht erreichen.«

Sansone schien noch immer nicht recht zu begreifen, wie ihm geschah. Aber zumindest nickte er und steckte das Geld und die Visitenkarte ein. Dann zog er mit einem zaghaften Lächeln ein Taschentuch heraus, wischte sich den Schweiß von der Stirn und entfernte sich.

Erst jetzt wandte sich Wolf an Squire Richards. »Was haben Sie sich dabei eigentlich gedacht?«

Der schwarze Polizist sagte nichts, sondern stand nur da wie ein auf frischer Tat ertappter Schuljunge.

»Sind Sie verrückt geworden? Sie wissen ganz genau, daß ich keine Korruption bei meinen Mitarbeitern dulde.«

»Ich bin nicht korrupt«, brummte Richards verstockt.

»Was Sie nicht sagen! Und wie wollen Sie das der Dienstaufsichtsbehörde klarmachen?«

»Wollen Sie das etwa tun – Beschwerde gegen mich einlegen?« Das kam in unüberhörbar vorwurfsvollem Ton.

»Auf jeden Fall möchte ich dafür eine Erklärung von Ihnen, Squire.«

Wortlos ging der schwarze Polizist an eine Spüle und ließ sich ein Glas Wasser einlaufen. Wolf wartete geduldig. Nachdem er ausgetrunken hatte, stellte Richards das Glas ab und ließ seinen Blick nervös über die Küchenangestellten wandern, die ihn aus den Augenwinkeln verstohlen beobachteten. Nachdem er sich vergewissert hatte, daß niemand sie hören konnte, sagte er: »Ich habe eben dringend Geld gebraucht.« Und als ob das alles wäre, was es dazu zu sagen gab, verfiel er wieder in verstocktes Schweigen.

»Und weiter?« insistierte Wolf.

Richards sah ihn herausfordernd an. »Was ich abkassiert habe, waren doch sowieso nur lächerlich kleine Beträge. Ich möchte nicht wissen, was diese Drecksäcke an die Gesundheitsbehörde und an das Gewerbeaufsichtsamt abdrücken, von der Mafia ganz zu schweigen. Die schmieren doch alle wie verrückt, um im Geschäft bleiben zu können. Das wissen Sie genausogut wie ich. Ich wollte eben auch ein Stück vom Kuchen abhaben. Der Kerl hat doch Geld wie Heu. Die paar Dollar, die ich ihm abgeknöpft habe, tun ihm bestimmt nicht weh.«

Inzwischen stand Wolf sehr dicht vor Richards. »Sie glauben also, Sie hätten einen Anspruch auf das Geld – sehe ich das richtig?«

»Ich brauche dringend Geld, Mann. Das habe ich Ihnen doch schon gesagt.«

»Squire, ich werde tatsächlich eine Dienstaufsichtsbeschwerde gegen Sie einlegen, wenn Sie nicht sofort mit der Sprache rausrücken.«

»Ich brauche Geld, weil mein Bruder bei ein paar Kredithaien ziemlich tief in der Kreide steht.« Richards' Ton wurde zunehmend aggressiver. »Genügt Ihnen das, Boß? Und jetzt lassen Sie mich gefälligst in Ruhe!« Damit schob er Wolf beiseite und schickte sich an, die Küche zu verlassen. Aber Wolf packte ihn an den Schultern und wirbelte ihn herum. »Sie sind ein guter Mann, Squire, aber Sie müssen erst noch lernen, wo Ihre Grenzen sind. Ihre Uniform verleiht Ihnen eine gewisse Macht, aber das heißt noch lange nicht, daß Sie alles machen können, was Ihnen gerade in den Kram paßt.«

»Ich hab' Ihnen doch gesagt, warum ich es getan habe.«

»Das reicht aber als Erklärung nicht aus«, ließ Wolf nicht locker. »Es gibt keinen Grund, der ein solches Vergehen rechtfertigen könnte.«

»Sie wollen mich also tatsächlich hinhängen?« schnaubte Richards verächtlich. »Das hat man also davon, wenn man sich einem Weißen gegenüber fair verhält. Wissen Sie was? Sie sind auch nicht besser als die anderen. Sie haben genau die gleichen Rassenvorurteile wie alle anderen auch. Nur haben sie es besser verstanden, sie zu verbergen. Und können Sie mir vielleicht auch sagen, was ich jetzt wegen meines Bruders machen soll? Wenn ich ihm das Geld nicht beschaffe, brechen die ihm beide Beine.«

Wolf konnte ganz deutlich spüren, wie aller Augen auf sie gerichtet waren, deshalb sagte er, um die Sache nicht noch mehr eskalieren zu lassen: »Wir sprechen uns morgen früh in meinem Büro.«

»Einen Dreck werden wir«, knurrte Richards, und im selben Augenblick sauste seine rechte Faust vor.

Blitzschnell duckte sich Wolf unter dem Schlag weg und machte sich Richards' Schwung zunutze, um ihn mit einem *irimi* zu Boden zu werfen und ihm sein Knie auf die Brust zu drücken. Er fand es schon schlimm genug, daß er sich vor aller Augen mit einem seiner Leute prügeln mußte, aber das deprimierendste an dem Ganzen war, daß die Korruption offensichtlich schon so weit um sich gegriffen hatte, daß nicht einmal dieser im Grunde genommen ehrliche Polizist davon verschont geblieben war.

Mit einem finsteren Blick ließ er Richards los und sagte: »Stehen Sie auf, Squire, und gehen Sie nach Hause.«

Yuji kam es vor, als strahlte Hana etwas von der tiefen Ruhe eines Seidenreihers aus.

Zu diesem seltenen Vogel hatte Yuji schon seit jeher eine seltsame Affinität verspürt. Vollkommen reglos lauerte der Reiher seiner Beute auf, um sie mit einem blitzschnellen Stoß seines langen Schnabels aufzuspießen. Und wenn er danach aufflog, hatte er den Kopf stolz in den Nacken geworfen und nicht wie seine Verwandten Kranich und Ibis weit nach vorne gestreckt.

Unter anderem nahm der Seidenreiher auch deshalb eine Sonderstellung unter diesen graziösen Vögeln ein, weil er über die erstaunliche Gabe verfügte, im Moment des Sonnenuntergangs so vollkommen nahtlos mit den zarten Farbtönen des Himmels zu verschmelzen, als hätte er sich wie durch einen geheimen Zauber in Luft aufgelöst.

Hana bewohnte ein Haus in einem Vorort von Tokio. Obwohl nur zehn Kilometer vom Stadtzentrum gelegen, schien es dennoch Welten von dessen hektischer Betriebsamkeit entfernt zu sein. Es war der Ort, an dem sich Yujis Halbschwester am liebsten aufhielt. Dreizehn Jahre jünger als er, war sie aus der zweiten Ehe seiner Mutter Minako hervorgegangen.

Die Fassade ihres Hauses bestand aus nacktem Stahlbeton, das Innere prägten schwarzer Granit und schwarz-weiße Fliesen. Dieses strenge, um nicht zu sagen karge Ambiente bot einen außerordentlich effektvollen Hintergrund für Hanas kostbare *Mai-ogi*-Sammlung. Diese farbenprächtigen Fächer waren im japanischen Theater nicht selten die einzigen Requisiten, deren man sich auf der Bühne bediente; sie konnten deshalb so unterschiedliche Dinge darstellen wie ein Schwert, einen Wald, den Mond, eine Treppe, das sturmgepeitschte Meer oder eine Schale mit Tee.

»Hana«, begrüßte Yuji seine Halbschwester und ergriff ihre Hand. »Es ist mir immer von neuem eine Freude, dich zu sehen.«

Hana sah ihrer Mutter zwar sehr ähnlich, war aber sonst in vieler Hinsicht ganz anders als sie. Hinter ihrem zarten, um nicht zu sagen zerbrechlichen Äußeren – eben jener Aura von fragiler Eleganz, die die japanischen Frauen schon seit Jahrhunderten zu kultivieren wußten – verbarg sich ein ungewöhnlich starker und unbeugsamer Charakter.

Als Hana ihn mit einem strahlenden Lächeln ansah, fügte Yuji noch hinzu: »Wenn ich bei dir bin, scheinen alle meine Ängste mit einem Mal wie weggeblasen.«

In der Tat schien Hana über unerschöpfliche psychische Energie zu verfügen. Manchmal hatte Yuji das Gefühl, als läge sie wie ein offenes Buch vor ihm, als könnte er ihre innersten Regungen so deutlich spüren wie seine eigenen. Dann wieder konnte sie jedoch auch so verschlossen und undurchdringlich sein wie eine Wand aus Stein.

Im Alter von sechs Jahren war Hana an einem äußerst seltenen Gehirnfieber erkrankt, über dessen genaue Auswirkungen sich die Ärzte bis zum heutigen Tag im unklaren waren. Einige vertraten die Auffassung, daß dadurch nur ihr Sprachzentrum beeinträchtigt worden sei, während andere der Meinung waren, daß auch ihr Gedächtnis und andere wichtige Gehirnfunktionen in Mitleidenschaft gezogen worden wären. Die Neurologen konnten sich nicht einmal darüber einig werden, ob sich diese Gehirnfunktionen nun eindeutig negativ oder lediglich auf nicht näher zu bestimmende Weise verändert hatten. Wie dem auch sei, Hana hatte bis zu ihrem dreizehnten Lebensjahr kein einziges Wort gesprochen.

Nachdem man Hana deswegen jahrelang in ärztliche Behandlung gegeben und sie immer wieder neuen medizinischen Tests unterzogen hatte, war Minako eines Tages nicht mehr bereit gewesen, dieses Spiel noch länger mitzumachen. Kurz entschlossen hatte sie ihre Tochter aus der sterilen Krankenhausatmosphäre, die jahrelang ihr Zuhause war, an diesen Ort der Stille gebracht, an dem sie ihre Sprache wiederfand.

Was ihr Aussehen betraf, war Hana das genaue Ebenbild ihrer schönen Mutter: Sie hatte dieselbe makellos glatte Haut, dasselbe herzförmige Gesicht, dieselben sinnlichen Lippen. Bestimmte geistige Anlagen waren bei ihr jedoch sogar noch stärker ausgeprägt als bei ihrer Mutter. Da war zum Beispiel ihr enormes Sprachgefühl, ganz zu schweigen von ihrer fast unheimlichen Gabe, schon in so jungen Jahren so tiefe Einblicke in die Geheimnisse der menschlichen Seele zu gewinnen. Von ihrem Vater hatte sie nichts mehr zu sehen bekommen, seit sich ihre Mutter Minako aufgrund der Tatsache, daß er nur hinter ihrem Geld hergewesen war, von ihm getrennt hatte. Unklar war in diesem Zusammenhang lediglich, ob der Grund dafür nun war, daß er ohnehin nichts mehr von seiner Tochter wissen wollte, oder daß ihm Minako jeden Kontakt mit ihr strikt untersagte. Jedenfalls war es eine unbestrittene Tatsache, daß Minako sehr viel am Wohl ihrer Tochter lag.

Dessenungeachtet war Yuji der festen Überzeugung, daß nur er wußte, was in Hana wirklich vorging. Minako gab sich zwar redlich Mühe, ihre Tochter zu verstehen, aber das änderte dennoch nichts an der Tatsache, daß sie ihre Tochter irgendwann als geistig behindert zu betrachten begonnen hatte, nachdem sie über Jahre hinweg ihre nach außen hin nur sehr geringfügigen Fortschritte mit denen anderer Kinder ihres Alters verglichen hatte. Dagegen hatte Yuji die Andersartigkeit seiner Halbschwester noch nie wertend betrachtet, und schon gar nicht hatte er etwas Negatives bei ihr gesehen. Ganz im Gegenteil, in seinen Augen war es gerade das, was ihren ganz speziellen Reiz ausmachte. Auch wenn Hana nie etwas in dieser Richtung geäußert hatte, war er sich dennoch ganz sicher, daß sie sich seiner Zuneigung und seines Interesses an ihrer Person sehr deutlich bewußt war. In gewisser Weise waren die beiden wie die zwei Pole einer Batterie, zwischen denen ein ständiger Energieaustausch stattfand.

Yujis Verbundenheit mit Hana beruhte also keineswegs nur auf der Tatsache, daß sie seine Halbschwester war, sondern auf einem Gefühl echter Nähe und Zuneigung. Sie hatte nicht nur einen außerordentlich scharfen Verstand, sondern konnte auch sehr witzig sein, auch wenn er sie nur selten lachen gesehen hatte. Das hing sicher auch damit zusammen, daß Hana über eine Art von Intelligenz verfügte, die ihr tiefere Einblicke in die menschliche Natur gestatteten, als sie die meisten Menschen zu ertragen fähig gewesen wären. Ihre häufigen Depressionen bereiteten Yuji um so ernstere Sorgen, als er ihre Ursachen nicht verstehen konnte. Manchmal fürchtete er, es könnte sich dabei um eine physiologisch bedingte Folge ihrer schweren Krankheit handeln, womit sie gewissermaßen genauso unausweichlich gewesen wären wie zum Beispiel ihre Menstruationsblutung.

In Hanas Gegenwart wurde Yuji häufig an ein *haiku* seines Lieblingsdichters Taniguchi Buson erinnert: *Morgennebel*
wie in einem Bild eines Traums
gehen Männer ihres Wegs.

Hana war für ihn gewissermaßen der lebende Beweis dafür, daß das Bild der Wirklichkeit, das uns die Wissenschaft anhand ihrer streng empirischen Methoden vermittelte, höchst unvollkommen war und dem wahren Sein der Dinge nicht annähernd gerecht wurde. Und mit Sicherheit hätte er einige Mühe bei der Beantwortung der Frage gehabt: Welches ist der richtige Pfad, der durch diesen Nebel führt? Was ist das Abbild der wirklichen Welt, und was das Abbild des Traums?

»Du machst ein so sorgenvolles Gesicht«, sagte Hana. »Hast du Probleme?«

Yuji gab sich ganz der friedvollen Atmosphäre in Hanas Umgebung hin. »Das Orakel macht mir wieder einmal Sorgen«, begann er mit einem tiefen Seufzer.

Vor dem Fenster wuchs ein tiefgrüner Moso-Bambus. Seine kreuz und quer wachsenden Triebe bildeten ein ausgesprochen reizvolles graphisches Geflecht von Linien, in denen sich das Licht in scheinbar endlosen Variationen brach. Wie schon unzählige Male zuvor, übte der winzige Garten auch diesmal wieder eine zutiefst beruhigende Wirkung auf Yuji aus, und so unwahrscheinlich es auch klingen mochte: Manchmal rief die nur zehn Quadratmeter große Anlage ein ähnliches Gefühl von Weite in ihm hervor, wie die sich scheinbar im Unendlichen verlierenden Hügel von Nara.

»Langsam beginne ich mir ernsthaft Vorwürfe zu machen, daß ich mich überhaupt auf dieses Projekt eingelassen habe«, fuhr Yuji nach einer Weile fort.

Hana faßte ihn scharf ins Auge. »Wer hat dir von Moravias Tod erzählt?«

Yuji zuckte mit den Schultern. »Ist das denn so wichtig? Tatsache ist jedenfalls, daß das Orakel schuld daran war. Alles andere ist nur von sekundärer Bedeutung. Da habe ich nun also etwas geschaffen, das den Tod eines anderen Menschen verursacht hat.«

»Wenn man dich reden hört, Yuji-san, könnte man denken, das Orakel hat Moravia ermordet.«

»Aber war denn nicht genau das der Fall?«

»Natürlich nicht.« Hana, der Yujis gequälter Gesichtsausdruck nicht entgangen war, ergriff tröstend seine Hand. »Komm. Setz dich erst mal.« Behutsam zog sie ihn an ihre Seite nieder. »Die Sache mit Moravia war ein bedauerliches Versehen. Bisher hatten wir alle geglaubt, das Orakel wäre unfehlbar. Doch dann hat bereits sein erster Einsatz in der Praxis ergeben, daß dem keineswegs so ist.«

Yujis Antwort beschränkte sich auf ein mißmutiges Brummen.

»Du darfst wegen eines solchen Fehlschlags nicht gleich die Flinte ins Korn werfen«, fuhr Hana fort. »Dafür ist das Orakel viel zu wichtig. Spürst du denn nicht, daß die Wirklichkeit ganz anders ist, als wir sie sehen? Manchmal habe ich das Gefühl, daß mein Körper wie ein Gefängnis ist, das mich daran hindert, am wirklichen Leben teilzuhaben.«

Darauf verfiel Hana in tiefes Schweigen, doch Yuji konnte ganz deutlich spüren, wie es in ihr arbeitete. Welch seltsame Veränderungen gingen in diesem Augenblick wohl in ihr vor? Am liebsten hätte er sie gefragt: Wer bist du, zu was wirst du in diesen Momenten und wie wirkt sich dein Zustand auf das Orakel aus? Und als er sich gerade dazu durchringen wollte, kam sie ihm zuvor und sagte mit seltsam veränderter Stimme nur ein einziges Wort:

»Tod.«

Mit einem heftigen Schaudern wurde sich Yuji plötzlich wieder bewußt, daß Hana zuweilen seltsame Schwingungen wahrnahm – von Visionen zu sprechen, hatte sie in diesem Zusammenhang schon immer entschieden abgelehnt, da sich diese ›Wahrnehmungen‹ nicht auf visueller Ebene abspielten, sondern ausschließlich in ihrem Unterbewußtsein. Was sie in diesem Zustand wahrnahm, schien nicht von außen zu kommen, sondern aus ihrem tiefsten Innern, jenem Bereich, zu dem sie erst durch das Fieber Zugang gefunden hatte. »*In meinem Innern tut sich ein bodenloser Abgrund auf*«, hatte sie vor langer Zeit einmal zu ihm gesagt. »*Aus seinen Tiefen steigen Botschaften oder Bedeutungsinhalte auf – nicht in Form von Visionen, denn es handelt sich dabei um nichts, was ich sehen kann. Aber ich weiß, daß da etwas ist und was es bedeutet – gerade so, als hätte ich nachts im Schlaf eine längst totgeglaubte Sprache gelernt.*«

»Hana, was hast du gerade gesehen?« fragte Yuji besorgt.

Ihre sonst so leuchtenden Augen waren mit einemmal stumpf wie Blei. Er spürte ganz deutlich, daß sie ihn nicht sehen konnte, als sie abwesend sagte: »Ich sehe dich und Naoharu Nishitsu in einen erbitterten Zweikampf verstrickt, und über euren Köpfen kreist ein riesiger schwarzer Vogel.«

»Als du vorhin das Wort ›Tod‹ gesagt hast, meintest du damit den Weltuntergang, die Apokalypse?« Er versuchte zu lachen, aber das Lachen blieb ihm im Hals stecken. »Das hat sich ja fast angehört wie eine Szene aus einem Bergman-Film.«

»Nein, nein, du verstehst wieder einmal überhaupt nichts.« Plötzlich packte sie ihn an den Armen und sah ihn aus leuchtenden Augen an.

»Da ist noch jemand. Jemand, den du nicht kennst. Jemand, der euch beide töten könnte.«

Schweigend saß Wolf in Moravias Wohnung und dachte über das seltsame Geheimzimmer hinter dem Wandschrank nach. Nach dem Zwischenfall mit Squire Richards hatte er es auf der lärmenden Party mit ihrer gezwungenen Heiterkeit nicht mehr länger ausgehalten. Er sagte Amanda kurz Bescheid, daß er schon nach Hause wollte. Ihr entging zwar nicht, daß irgend etwas nicht stimmte, aber sie war trotzdem nicht weiter in ihn gedrungen, sondern hatte ihn zum Abschied lediglich zärtlich geküßt, bevor sie sich von ihrer Schwester wieder ins Partygetümmel hatte davonziehen lassen.

Während Wolf nun auf Moravias Couch saß, ging ihm ein wildes Durcheinander aus Gedanken und Erinnerungsfetzen durch den Kopf. Mouns Worte: *Larry war ganz schön pervers – und zwar volle Kanne.* Oder der Film *Im Reich der Sinne.* Oder die ganze vertrackte Geschichte mit Chika: Im Herbst vergangenen Jahres war sie an Sumas Seite fotografiert worden, noch vor einer Woche hatte man sie mit Moravia gesehen, und nun war Moravia tot. Die Tatsache, daß einer seiner Leute Schutzgelder kassierte. Die Ungeheuerlichkeiten, von denen ihm Shipley erzählt hatte. Die Frage, warum er Sumas – oder auch Chikas – Aura nicht wahrnehmen konnte und warum er im Fall von Moravias Mörder noch nicht auf die leiseste Spur gestoßen war. Gehörte Chika dem Bund der Schwarzen Klinge an? War sie vielleicht sogar eine professionelle Killerin?

Eines stand jedenfalls längst für ihn fest: Chika kam bei diesem seltsamen Verwirrspiel eine ganz entscheidende Rolle zu. Bei dem Gedanken an sie spürte Wolf gegen seinen Willen plötzlich heftige Erregung in sich aufsteigen. Der Anblick ihres Körpers, wie er sich auf dem Höhepunkt der Lust in wilden Zuckungen zu winden begonnen hatte, war unauslöschlich in sein Gedächtnis eingegraben. Und genauso deutlich hatte er noch den Geruch ihres Parfüms in Erinnerung. Noch während er diesen Gedanken nachhing, fiel ihm plötzlich ein, woher er diesen eigenartigen Duft kannte: Es war derselbe Geruch, der ihm beim ersten Betreten von Moravias Geheimzimmer aufgefallen war. Da sich Gerüche auch in geschlossenen Räumen spätestens nach wenigen Stunden verflüchtigten, mußte Chika ganz kurz vor ihm in dem Zimmer gewesen sein. Was hatte sie dort gemacht? Und wie war es ihr gelungen, sich Zutritt dazu zu verschaffen, obwohl die Wohnungstür unmittelbar nach der Entdeckung von Moravias Leiche von der Mordkommission plombiert worden war?

Gegen drei Uhr früh ging der Schnee wieder in Regen über, und schon nach kurzem waren die Gehsteige von tückischem Matsch überzogen. Wolf hatte plötzlich nur noch einen Wunsch: abschalten, an nichts mehr denken müssen und nur noch Amandas warmen Körper spüren.

Er verließ Moravias Wohnung und fuhr in Richtung Morningside Heights los, wo Amanda wohnte. Die meisten Obdachlosen in diesem Viertel kamen aus der Karibik oder aus Afrika. Der Park war übersät von ihren provisorischen Unterkünften, und die Wege waren verschmiert mit den blutigen Überresten ihrer primitiven Geisterbeschwörungsriten. Die Gründe, aus denen sich Amanda mit diesen Zuständen abfand, waren dieselben wie die aller anderen New Yorker, die unter solchen Bedingungen lebten: Sie konnte es sich ganz einfach nicht leisten, in ein besseres und sichereres Viertel zu ziehen. Wenn Wolf sie trotzdem hin und wieder drängte, sich nach einer anderen Bleibe umzusehen, machte sie geltend, daß ihre Altbauwohnung für New Yorker Verhältnisse extrem groß und vor allem auch absolut einbruchsicher war, seit sie auf Wolfs Betreiben an der Eingangstür einen Panzerriegel und vor den Fenstern abschließbare Eisengitter hatte anbringen lassen.

Mühsam kämpften die Scheibenwischer gegen den strömenden Regen an, der im Neongeflimmer der Großstadt von innen heraus zu leuchten schien. Wolf griff nach dem Autotelefon und wählte Amandas Nummer. Ob sie wohl schon von der Party nach Hause gegangen war? Da sie am nächsten Tag keinen Unterricht hatte, wäre es nicht weiter schlimm gewesen, wenn er sie geweckt hätte.

»Ich bin's«, meldete er sich, als sie abnahm. »Kann ich noch bei dir vorbeikommen?«

»Bei mir sieht es fürchterlich aus«, seufzte Amanda. »Laß uns lieber woanders hingehen.«

»Sollen wir zu mir fahren?«

»Mir soll alles recht sein – solange es nur nicht bei mir ist.«

Fünfzehn Minuten später hielt er vor ihrem Haus an; wegen des heftigen Schneeregens hatte er etwas länger als sonst gebraucht. Bevor er ausstieg, warf er einen kurzen, prüfenden Blick auf die verwahrlosten Gestalten, die, nur mit Kartons und Zeitungen gegen die Kälte geschützt, unter der durchhängenden Markise vor dem Eingang lagen. Sie schienen alle zu schlafen. Das laute Prasseln des Regens auf dem Wagendach übertönte jedes andere Geräusch.

Und dann sah er, wie sich in der Eingangshalle etwas bewegte. Es war Amanda. Sie hatte sich einen Regenmantel übergeworfen und kam nach draußen. Vorsichtig stieg sie über die schlafenden Obdachlosen vor dem Eingang. Am Straßenrand blieb sie kurz stehen und sah nach links und nach rechts. Dann setzte sie mit einem großen Schritt über das Wasser im Rinnstein hinweg und schickte sich an, die Straße zu überqueren. Das ließ Wolf stutzen. Woher kam ihm diese Bewegung so seltsam vertraut vor? War das wirklich Amanda? Er versuchte einen Blick auf ihr Gesicht zu erhaschen, aber im harten Schatten der Straßenbeleuchtung waren ihre Züge nicht zu erkennen.

Wolf rieb sich die Augen und dachte: Ich muß tatsächlich dringend mal ausspannen, sonst fange ich vor lauter Überarbeitung noch an, Gespenster zu sehen. Doch als er sich über den Beifahrersitz beugte, um Amanda die Tür zu öffnen, stand plötzlich Chika vor ihm.

Als sie mit einem verächtlichen Blick ihre rechte Hand hob, blitzte darin die Pistole auf, mit der sie am Abend zuvor die beiden Straßenräuber in die Flucht geschlagen hatte. Ihre Lippen – im grellen Licht der Straßenlampen wirkten sie tiefschwarz – öffneten sich, als wollte sie etwas sagen. Aber wegen des prasselnden Regens konnte er kein Wort verstehen. Im selben Augenblick zuckte ein blendendheller Lichtblitz aus der Mündung ihrer Pistole, und das Wageninnere wurde von einem ohrenbetäubenden Knall erfüllt.

»Nein!« schrie Wolf entsetzt auf. Das Seitenfenster zersprang in tausend Stücke, und im selben Augenblick wurde er mit aller Wucht gegen die Tür zurückgeschleudert. In seinem Mund breitete sich der Geschmack von Blut und Eisen aus. Und dann setzten die Schmerzen ein ...

Mit einem lauten Schrei schrak Wolf aus dem Schlaf hoch. Es dauerte eine Weile, bis er merkte, daß er sich in seinem Schlafzimmer befand und daß alles nur ein Traum gewesen war. Sein Herz schlug wie wild, und an der Stelle, an der ihn im Traum die Kugel getroffen hatte, spürte er einen stechenden Schmerz, der so intensiv war, daß er sich vorsichtig abtastete, ob er auch tatsächlich nicht verletzt worden sei.

Nachdem er sich wieder einigermaßen beruhigt hatte, machte er Licht und starrte lange zu dem Oberlicht in der Decke hoch, über das in dikken Bächen der Regen strömte. Er hatte ein Gefühl, als wäre plötzlich die Zeit stehengeblieben, und unwillkürlich mußte er an seinen Vater und seinen Großvater denken – und an seine Mutter, die ihr ganzes Leben zwischen den beiden zu vermitteln versucht hatte.

Er hatte das Gesicht seiner Mutter so deutlich vor Augen, als könnte er sie leibhaftig vor sich sehen: die ausdrucksstarken Augen, überschattet von den weit vorspringenden Brauen, die hohen Backenknochen, die ihr fast etwas Bedrohliches verliehen, die markante Nase, das energische Kinn, der breite Mund und schließlich das dichte schwarze Haar mit den silbergrauen Strähnen, das ihr bis zu den Hüften reichte und in das sie sich winzige Perlen aus Türkis und Lapislazuli geflochten hatte. Jede einzelne Falte in ihrem Gesicht verstärkte noch die enorme Ausstrahlung, die von ihr ausging.

Sie war eine heilige Person gewesen, eine sogenannte Traumsammlerin, und viele Menschen hatten ihren Rat gesucht, wenn sie Probleme hatten.

Erschöpft ließ sich Wolf wieder aufs Bett zurücksinken und schloß die Augen. Nicht lange, und er begann wieder zu träumen. In seinem Traum stand er auf, ging zum Kleiderschrank und nahm einen kostbaren Hirschhornbogen heraus, der einmal seinem Großvater gehört hatte.

Obwohl die Herstellung eines solchen Hirschhornbogens sehr schwierig und zeitraubend war, hatte White Bow die kostbare Waffe schon im Alter von vierzehn oder fünfzehn Jahren gefertigt. Die meisten Bogen bestanden aus besonders elastischen und zugleich widerstandsfähigen Ästen, die mit getrockneten Sehnen umwickelt und dann mit Pech bestrichen wurden. Ein solcher Holzbogen ließ sich zwar vergleichsweise einfach herstellen, verfügte dafür aber auch nicht annähernd über dieselbe Dauerhaftigkeit, Zielgenauigkeit und Reichweite wie ein Hirschhornbogen.

Als Wolf nun in seinem Traum nach dem hellen Hirschhornbogen griff und seine ungeheure Spannkraft spürte, vernahm er plötzlich das leise Summen des Weltengesangs, das ganz allmählich zu einem orkanartigen Brausen anschwoll ...

Wolf schlug die Augen auf und sah kurz auf die Uhr. Kurz nach Mitternacht. Prasselnd klatschte der Schneeregen auf das Oberlicht. Von draußen sickerte ätzend blaues Licht durch die Scheiben.

Als er seine Hände an die Schläfen preßte, stellte er erstaunt fest, daß sein Puls noch immer schneller ging als gewohnt. Und dann mußte er plötzlich an Amanda denken. Hoffentlich war ihr nichts passiert. Aber was sollte ihr schon zugestoßen sein? Dennoch stiegen, vermutlich unter dem Eindruck seines ersten Traums, seltsam irrationale Ängste in ihm auf.

Er stand auf, zog sich rasch an und verließ die Wohnung. Erst als er bereits in Richtung Uptown unterwegs war, fiel ihm ein, daß er Amanda eigentlich vorher hätte anrufen sollen. Was war nur plötzlich mit ihm los? Fast hätte man denken können, er träume immer noch.

Es regnete so stark, daß er nur sehr langsam vorankam. Außerdem schienen sich alle Verkehrsampeln gegen ihn verschworen zu haben, weshalb er sie schließlich einfach ignorierte. Zu allem Überfluß mußte er von der 73rd bis zur 79th Street auch noch eine Umleitung fahren, da in diesem Abschnitt der Amsterdam Avenue die gesamte Straßendecke in den darunter liegenden U-Bahn-Tunnel gestürzt war – eine Folge des hohen Alters, der ständigen Erschütterungen und des vor siebzig Jahren noch nicht vorherzusehenden Verkehrsaufkommens, wie ein Sprecher der Stadtverwaltung erklärt hatte. Auf die Plastikplane, mit der die gigantische Baustelle abgesperrt war, hatte jemand gesprüht: VERRECKT, IHR YUPPIESCHWEINE!

Den ganzen Broadway hinunter hatten sich kleine Trupps von Senegalesen breitgemacht, die sich nicht einmal durch den strömenden Regen und die Kälte davon abschrecken ließen, ihren Krempel zum Verkauf anzubieten.

Wolf wählte Amandas Nummer. »Ich bin's«, sagte er, als sie abnahm. »Alles in Ordnung?«

»Klar«, antwortete sie etwas erstaunt. »Was sollte denn sein?« Die Verbindung war so schlecht, daß er sie nur mühsam verstehen konnte.

»Was dagegen, wenn ich gleich bei dir vorbeikomme?«

»Du solltest mal meine Wohnung sehen. Das reinste Chaos. Könnten wir vielleicht zu dir fahren?«

Wolfs Mund fühlte sich plötzlich seltsam trocken an. Er wollte schlucken, konnte aber nicht. Es schien, als spielte sich alles noch einmal ganz genauso ab wie in seinem Traum. »Woher . . .?« Doch bevor er noch den Satz zu Ende sprechen konnte, ertönte ein leises Klicken. Die Verbindung war unterbrochen. »Amanda? Bist du noch dran? Amanda!«

War da nicht eben noch ein Lachen aus dem Hörer gedrungen? »Amanda?« Die Leitung war tot. Er legte auf und drückte die Wahlwiederholungstaste. Aber es kam nur das Besetztzeichen. Was war das nur für ein seltsames Geräusch gewesen, bevor die Verbindung unterbrochen wurde? In einem Anfall von Panik kamen ihm plötzlich sogar Zweifel, ob es tatsächlich Amanda gewesen war, mit der er gerade gesprochen hatte. Wegen der schlechten Verbindung war ihre Stimme kaum zu erkennen gewesen. *Überlegen Sie sich sehr genau, was Sie als nächstes tun,* hatte ihn Shipley gewarnt. *Gehen Sie bei Ihren Ermittlungen nur noch einen Schritt weiter, gibt es vielleicht kein Zurück mehr für Sie. Dann machen diese Leute mit Ihnen genauso kurzen Prozeß wie mit Moravia.* O Gott, nein!

Er trat so heftig aufs Gas, daß der Wagen mit einem wilden Satz nach vorn schoß. Die Scheibenwischer kamen kaum mehr gegen den strömenden Regen an. Um durch die beschlagene Windschutzscheibe überhaupt noch etwas sehen zu können, hatte er den Kopf beim Fahren weit übers Lenkrad gebeugt. Aber trotz der schlechten Sicht brauste er mit einem Höllentempo durch die Stadt und überholte rigoros, wenn ein langsamerer Wagen vor ihm fuhr.

Vor Amandas Haus angekommen, sprang er aus dem Wagen und rannte auf den Eingang zu. Schon nach wenigen Schritten waren seine Schuhe völlig durchnäßt. Unter dem Vordach über dem Eingang hatte eine junge Frau mit schlafenden Zwillingen Zuflucht vor dem Regen und der Kälte gesucht. Mit teilnahmslosen Blicken sah sie zu, wie er durch den Regen stürmte, mit wenigen Handgriffen die abgeschlossene Eingangstür knackte und in die schwacherleuchtete Halle rannte.

Amandas Wohnung lag im vierten Stock. Da der Lift wie in den meisten Altbauten sehr langsam war, hetzte Wolf, drei Stufen auf einmal nehmend, die Treppe hinauf. Er hatte das Gefühl, nicht mehr zwischen Traum und Wirklichkeit unterscheiden zu können. Erneut gingen ihm die gräßlichen Szenen aus seinem Traum durch den Kopf, die beängstigenderweise immer realeren Charakter anzunehmen begannen und zusehends mehr die Wirklichkeit verdrängten. Er bildete sich sogar ein, daß die Stelle, an der er im Traum von Chikas Kugel getroffen worden war, plötzlich wieder heftig zu schmerzen begann. Im vierten Stock angekommen, zog er seinen Revolver.

Die Tür zu Amandas Wohnung stand einen Spaltbreit offen. Wolf überlegte nicht lange. Den Revolver in seiner erhobenen Rechten, drückte er vorsichtig gegen die Tür. Sie schwang lautlos auf. Wolf warf sich zu Boden und rollte in den Eingangsflur. Als er wieder hochkam, sah er den Panzerriegel neben der Tür lehnen.

»Amanda?«

»Bist du's, Wolf? Die Tür ist offen. Ich bin gleich fertig.«

Schweißüberströmt richtete sich Wolf wieder auf. Reiß dich endlich zusammen, dachte er ärgerlich. Du bist hier nicht mehr in diesem blöden Traum. Er steckte die Waffe weg und rief: »Amanda, wo bist du? Warum hast du vorhin einfach aufgelegt?«

»Anscheinend wurde die Verbindung unterbrochen. Das passiert ja mit diesen blöden Autotelefonen ständig. Außerdem konnte ich sowieso kaum ein Wort verstehen. Hast du nicht gehört, wie ich ›bis gleich‹ gesagt habe?«

»Nein.« Im Gang war es dunkel, aber aus der offenen Tür zum Wohnzimmer fiel Licht. Seltsam, daß sie gar nicht wissen wollte, warum er unten nicht geklingelt hatte.

Mit einem gewaltigen Satz sprang Wolf über das altmodische Sofa, rannte auf die Schlafzimmertür zu und riß sie auf. Im selben Augenblick schrie er auch schon gellend auf.

Alles war voller Blut. Arme und Beine weit von sich gestreckt, lag Amanda nackt auf dem Bett und starrte mit stierem Blick an die Decke. Quer über ihre Kehle zog sich eine messerscharfe rote Linie, aus der bläßlich rote Blutbläschen quollen.

Fassungslos legte ihr Wolf die Hand erst aufs Herz, dann auf die Halsschlagader, wußte aber wegen des vielen Bluts längst, daß das keinen Sinn mehr hatte.

»Anscheinend wurde die Verbindung unterbrochen. Das passiert ja mit diesen blöden Autotelefonen ständig. Außerdem konnte ich sowieso kaum ein Wort verstehen. Hast du nicht gehört, wie ich ›bis gleich‹ gesagt habe?«

Die Stimme ließ Wolf heftig zusammenzucken. Es dauerte eine Weile, bis er seinen Blick von Amandas starren Augen losreißen konnte. Doch dann sah er den Kassettenrecorder, der ein Stück unter dem Kopfkissen hervorschaute. Er war über und über mit Blut verschmiert.

»Anscheinend wurde die Verbindung unterbrochen. Das passiert ja mit diesen blöden Autotelefonen ständig. Außerdem konnte ich sowieso kaum ein Wort verstehen. Hast du nicht gehört, wie ich ›bis gleich‹ gesagt habe?«

Wütend drückte Wolf auf die Stopptaste. Dabei fiel sein Blick auf das offene Fenster. Die Eisengitter waren nicht zugezogen und schwangen im Regen lautlos hin und her. Gleich dahinter lag die Feuerleiter. Obwohl der Regen laut prasselnd auf das Fensterbrett klatschte, war der Boden darunter noch trocken. Das Fenster konnte also noch nicht lange offenstehen.

Wolf zog seine Waffe, sprang über das Bett und schwang sich auf die Feuerleiter hinaus. Wegen des strömenden Regens war er auf der Stelle bis auf die Haut durchnäßt. Er beugte sich über das Geländer und spähte angestrengt nach unten. Aber weder auf der Feuerleiter noch auf der Straße bewegte sich etwas. Die Augen mit der Hand gegen den Regen abschirmend, schaute er nach oben. Hatte er da nicht eben ein flüchtiges Huschen bemerkt? Zwei Sprossen auf einmal nehmend, kletterte Wolf die Feuerleiter hinauf.

Und tatsächlich entdeckte er wenige Augenblicke später eine dunkle Gestalt, die sich lautlos über die Brüstung aufs Dach schwang. Suma? Chika? Der Schock über den Anblick von Amandas blutüberströmter Leiche steckte ihm noch so tief in den Knochen, daß er keinen klaren Gedanken fassen konnte. Seine Bestürzung ging zusehends mehr in besinnungslose Wut über. Gleichzeitig begann er sich heftige Vorwürfe zu machen. Wie war es möglich, daß er Amanda trotz seiner übersinnlichen Fähigkeiten nicht vor diesem schrecklichen Schicksal hatte bewahren können?

Vom obersten Absatz der Feuerleiter schwang er sich auf das Dach. Trotz des strömenden Regens waren ganz schwach die Umrisse des Wasserspeichers zu erkennen, der Liftschacht, die zahlreichen Schornsteine und Lüftungsrohre, ein Oberlicht, der Verschlag mit den Stromanschlüssen für das Haus und die abgeschlossene Tür, die zum Treppenhaus führte. Obwohl er nicht die leisesten Anzeichen einer fremden Aura wahrnahm, war er ganz sicher, daß irgendwo hier oben Amandas Mörder sein mußte.

Der Regen prasselte mit solcher Wucht auf ihn nieder, daß er kaum Luft bekam. Geduckt schlich er auf den Liftschacht zu, um dahinter in Deckung zu gehen und erst einmal in Ruhe nachzudenken. Aber dann besann er sich doch eines anderen. Er kehrte wieder an die gemauerte Brüstung zurück und machte sich daran, an ihr entlang die ganze Peripherie des Dachs abzuschreiten. Dafür gab es zwei Gründe. Zum einen ging Amandas Mörder sicher davon aus, daß er sich ihm von der Feuerleiter her nähern würde. Zum anderen konnte es auf keinen Fall schaden, sich vorher ein möglichst genaues Bild von der Lage der einzelnen Dachaufbauten zu verschaffen, da jeder von ihnen dem Mörder als Versteck hätte dienen können. Außerdem waren seine Chancen, ihm den Fluchtweg abzuschneiden, um so höher, je genauer er mit den örtlichen Gegebenheiten auf dem Dach vertraut war.

Er hatte das Dach zu etwa drei Vierteln umrundet, als er sah, wie sich die Umrisse des Verschlages mit den Stromanschlüssen kaum merklich veränderten. Hab' ich dich endlich! dachte er wütend. Doch mit wem hatte er es zu tun? Mit Suma oder mit Chika?

Während er auf die dunkle Gestalt zuschlich, kam diese plötzlich so blitzschnell auf ihn zugeschossen, daß er nicht mehr von seiner Waffe Gebrauch machen konnte. Obwohl er von der Wucht des Zusammenpralls fast von den Beinen gerissen wurde, ging er sofort zum Gegenangriff über. Der Unbekannte wehrte die Attacke jedoch ab und konterte mit einem gezielten Schlag in die Magengrube, der ihn gegen die niedrige Brüstung des Dachs zurücktaumeln ließ. Wolf konnte sich gerade noch rechtzeitig seitlich abrollen, bevor sich die dunkle Gestalt erneut auf ihn stürzte. Aber das verhalf ihm nur zu einer kurzen Verschnaufpause. Der Unbekannte war sofort wieder hinter ihm her.

Wolf sprang auf und riß seine Waffe hoch. Aber wo sich eben noch die dunklen Umrisse seines Angreifers abgezeichnet hatten, war plötzlich nichts mehr. Im selben Moment traf ihn ein Schlag mit solcher Wucht in den Nacken, daß er vornüber auf die Brüstung stürzte. In seinem Mund breitete sich der Geschmack von Blut und Eisen aus, und obwohl er sich verzweifelt zur Wehr setzte, spürte er, wie er von zwei starken Armen gepackt und immer weiter über die Brüstung gedrückt wurde, bis er sechs Stockwerke unter sich die Straße sehen konnte.

Verzweifelt setzte er zu einem Befreiungsgriff an, den jedoch sein Gegner geschickt parierte, wobei er sich den Schwung seines Angriffs zunutze machte, um ihn noch weiter über die Brüstung zu drängen. Längst war Wolf am ganzen Körper der Angstschweiß ausgebrochen. Tief unter ihm glänzte die Straße im Regen. Keuchend vor Anstrengung setzte er zu zwei Schlägen an, die jeden anderen in die Knie gezwungen hätten. Aber auf Amandas Mörder zeigten sie keinerlei Wirkung. Unerbittlich stieß er Wolf vollends über die Brüstung und in den gähnenden Abgrund hinab.

Rasend schnell schoß der glänzende Asphalt auf ihn zu. Mit dem Mut der Verzweiflung streckte Wolf aufs Geratewohl die Hand aus und bekam auch tatsächlich eine nasse Eisenstange zu fassen. Für einen Moment fürchtete er, sein Arm könnte unter dem Gewicht seines ganzen Körpers aus dem Schultergelenk ausgekugelt werden. Aber es gelang ihm doch, den Sturz abzufangen. Um sich auch noch mit der anderen Hand festhalten zu können, ließ er den Revolver fallen. Sein Atem brannte, und vor Anstrengung wurde ihm fast schwarz vor den Augen. Um wieder einen klaren Kopf zu bekommen, schüttelte er ihn ein paarmal kräftig. Dabei sah er, wie die dunkle Gestalt über die Brüstung kletterte und auf ihn zukam.

Unter Aufbietung seiner letzten Kräfte schwang sich Wolf auf den Absatz der Feuerleiter hoch und blieb dort erst einmal einen Moment erschöpft liegen, um wieder zu Atem zu kommen. Seine aufgeschürften Handflächen bluteten heftig, aber darauf konnte er jetzt keine Rücksicht nehmen. Die dunkle Gestalt war inzwischen auf den Absatz herabgesprungen und trat ihm die Beine unter dem Körper weg, als er aufzustehen versuchte.

Schwer schlug Wolf auf die harten Eisensprossen, aber trotz der heftigen Schmerzen ging er sofort zum Gegenangriff über, den sein Gegner jedoch parierte. Nun hatte er nur noch eine Chance: Er mußte versuchen, den Angreifer zu übertölpeln. Als dieser sich auf ihn stürzte, packte er ihn mit der rechten Hand am linken Handgelenk und riß, seinen Schwung ausnutzend, mit aller Kraft daran. Gleichzeitig drückte er mit der anderen Hand seinen Ellbogen nach oben, so daß er mit voller Wucht auf die Feuerleiter krachte.

Aber sein Gegner war sofort wieder auf den Beinen und kletterte blitzschnell auf das Dach zurück. Ohne lange zu überlegen, nahm Wolf die Verfolgung auf. Allerdings machten sich nun doch die Folgen der enormen körperlichen Beanspruchung bemerkbar. Er hatte nur noch einen Wunsch: sich hinzusetzen und auszuruhen. Verzweifelt kämpfte er dagegen an.

Während er seine letzten Kräfte zu mobilisieren versuchte, spürte er, wie sich ihm ein Schatten von hinten näherte. Blitzschnell wirbelte er herum, aber sein unbekannter Gegner hatte sich bereits auf ihn gestürzt und ihn auf das Dach niedergeworfen. Als er jetzt über ihm kauerte, kniff Wolf angestrengt die Augen zusammen, um durch das Dunkel einen Blick auf sein Gesicht zu erhaschen, konnte aber nicht erkennen, ob er es mit Suma oder mit Chika zu tun hatte. Statt dessen wurde er plötzlich von einem seltsamen Dunkel umgeben, das nicht einmal der Regen zu durchdringen vermochte. Fast im selben Augenblick schien auch das Licht der Straßenlampen zu erlöschen. Er bekam keine Luft mehr und hatte das beängstigende Gefühl, in eine andere Dimension versetzt worden zu sein, in der die Gesetze von Raum und Zeit keine Gültigkeit mehr hatten.

Um ihn herum war das nackte Chaos ausgebrochen, und alles, was er von seinem Großvater White Bow gelernt hatte, schien mit einemmal außer Kraft gesetzt.

An diesem Punkt hätte er um ein Haar aufgegeben. Er spürte, wie ihn unter den Folgen des Schocks auch seine letzten Kräfte zu verlassen drohten, doch bevor er sich vollends in dieses lockende Dunkel fallen ließ, das sich so verheißungsvoll in ihm auftat, trat plötzlich wieder Amandas starres Gesicht vor seine Augen, und er sah, wie aus der Wunde an ihrem Hals das Blut strömte. Mit verzweifelter Willensanstrengung mobilisierte er seine letzten Energiereserven, um sich noch einmal seinem scheinbar übermächtigen Gegner zu stellen.

Unter Aufbietung all seiner Kräfte packte er seinen Angreifer, zog ihn blitzschnell zu sich heran und ließ die Stirn gegen sein Gesicht vorschnellen. Er glaubte auch tatsächlich, ein häßliches Knacken zu hören, aber vielleicht rührte das nur vom Trommeln des Regens auf dem Dach her.

Und noch einmal riß Wolf den Kopf hoch und stieß seine Stirn nach oben. Das war ein verhängnisvoller Fehler, gerade bei einem so starken und erfahrenen Gegner durfte man auf keinen Fall zweimal hintereinander dieselbe Taktik anwenden.

Prompt schnellte der Unbekannte hoch und versetzte ihm einen gezielten Tritt gegen den Oberschenkel. Gleichzeitig stieg er mit seinem schwarzen Stiefel so fest auf sein Bein, daß es unter dem ungeheuren Druck jeden Augenblick zu brechen drohte.

Die Schmerzen waren kaum auszuhalten, aber trotzdem warf Wolf sich zur Seite, fuhr hoch, rammte zweimal hintereinander den Ellbogen in den Bauch des Phantoms und schickte gleich noch zwei blitzschnelle Handkantenschläge hinterher. Dem Angreifer entfuhr ein lautes Stöhnen, und nun kannte Wolf kein Halten mehr. In blinder Wut stürzte er dem fliehenden Mörder hinterher, doch kaum hatte er ihn eingeholt, konnte er sich plötzlich nur noch so schleppend schwer bewegen, als versuchte er unter Wasser zu laufen. Jeder Atemzug wurde zur Qual, und das Herz drohte ihm vor Anstrengung zu zerspringen. Und mit einemmal war da auch wieder dieses seltsame Dunkel. Wie eine zähflüssige, lebende Masse begann es ihn von allen Seiten zu umschließen, bis er keine Luft mehr bekam.

Im selben Augenblick züngelten überall an ihm bläuliche Flammen hoch. Und während er ganz spontan schützend die Arme vors Gesicht riß, spürte er, wie er hochgehoben und mit übermenschlicher Kraft durch die Luft geschleudert wurde.

Ein Moment blendender Helle, gefolgt von tiefstem Dunkel.

Und dann durchbrach Wolf in einer Explosion aus klirrendem Glas die Scheiben des Oberlichts. Ein langer Splitter war gerade noch lange genug im Rahmen stecken geblieben, um sich tief in sein linkes Bein zu bohren, bevor er unaufhaltsam in die Tiefe sauste, begleitet nur noch von Amandas flüsternder Stimme: »*Anscheinend wurde die Verbindung un-*

terbrochen. Das passiert ja mit diesen blöden Autotelefonen ständig. Außerdem konnte ich sowieso kaum ein Wort verstehen. Hast du nicht gehört, wie ich ›bis gleich‹ gesagt habe?«

Atemlos hauchte Wolf ihren Namen, die Geschwindigkeit seines Falls trieb ihm die Tränen in die Augen, Bewußtsein und Bewußtlosigkeit waren nur mehr durch eine hauchdünne Linie voneinander getrennt, sein Gedächtnis nur noch ein gähnendes schwarzes Loch, alles Denken und Fühlen in Auflösung begriffen, und dann löschten die Schmerzen alles aus, selbst das Gellen seines eigenen Schreis.

WOLF

Elk Basin/Lightning Ridge 1957/1964

Wolfs Vater Peter Matheson war immer sehr stolz auf seine Zugehörigkeit zu den Texas Rangers gewesen. Als diese Elitetruppe jedoch im Jahr 1935 der Highway Patrol angegliedert wurde, hatte er das als eine schmähliche Herabsetzung empfunden. Aber war das wirklich der einzige Grund gewesen, weshalb er seine Frau und Wolf verlassen hatte? Unbestritten war jedenfalls, daß in Peter Mathesons Persönlichkeitsstruktur eine Eigenschaft eine ganz wichtige Rolle spielte, die im Japanischen mit *konjo* bezeichnet wurde. Wie Wolf erst viele Jahre später von seinem Aikido-Meister erklärt bekommen sollte, war damit die eindeutig masochistisch geprägte Neigung gemeint, Dinge zu tun, die mit so enormen körperlichen oder seelischen Schmerzen verbunden waren, daß man dazu nur unter Überwindung seiner ureigensten Triebe und Instinkte fähig war.

Peter Matheson war zwölf Jahre bei den Texas Rangers gewesen – und das während einer Zeit, in der sich bereits immer deutlicher abzuzeichnen begann, daß diese stolze Elitetruppe früher oder später den veränderten Erfordernissen des modernen Industriezeitalters würde weichen müssen. Um so eindringlicher hatte Peter Matheson deshalb seinem Sohn immer wieder von den ruhmreichen Anfangstagen der Rangers erzählt, die ziemlich genau vor einem Jahrhundert zum Schutz der Grenzen des Staates Texas ins Leben gerufen worden waren. Im Lauf ihrer glanzvollen Geschichte hatten sie sich unter anderem erbitterte Kämpfe mit den Komantschen geliefert und sich sowohl im Krieg gegen Mexiko als auch im amerikanischen Bürgerkrieg rühmlich hervorgetan. Dergleichen heroische Glanztaten zu vollbringen, hatte Peter Matheson freilich keine Gelegenheit mehr gefunden, auch wenn er eine recht stattliche Anzahl von mexikanischen Banditen und sonstigen Desperados ihrer gerechten Strafe zugeführt hatte. Ihn hatte an den Texas Rangers wohl vor allem der Umstand angezogen, daß diese Truppe unter den anderen amerikanischen Polizeieinheiten eine vollkommen einzigartige Sonderstellung einnahm: Die Männer, die ihr angehörten, trugen keine Uniform, mußten sich keinem militärischen Drill unterziehen oder vor einem Offizier salutieren und waren vor allem auch keiner übergeordneten Instanz Rechenschaft schuldig. Und für die Erhaltung dieser alten Ideale und des einzigartigen Sonderstatus der Rangers hatte Wolfs Vater sein ganzes Leben lang gekämpft. Wegen seines bedingungslosen Einsatzes und seiner Unbestechlichkeit weithin geschätzt, hatte er schon zu Lebzeiten geradezu legendäre Züge angenommen. Zurückzuführen war dies nicht zuletzt auf seine ganz maßgeblich von *konjo* geprägte Lebensphilosophie, die vor allem von einer eisernen Entschlossenheit bestimmt war, ungeachtet aller persönlichen Konsequenzen seine Pflicht zu erfüllen.

Um so unverständlicher war es deshalb all jenen erschienen, die Peter Matheson nicht näher kannten, daß ausgerechnet ein Mann wie er eine Indianerin aus dem Stamm der Wind-River-Schoschonen zur Frau genommen hatte. Seltsamerweise war Wolfs Mutter Open Hand immer schon wesentlich mehr als ihr Mann bereit gewesen, sich mit den tiefgreifenden Umwälzungen abzufinden, die die zunehmende Industrialisierung des Landes mit sich brachte. Gerade für eine Indianerin hatte sie schon sehr früh die Notwendigkeit erkannt, den ›Wilden Westen‹ für die Siedler zu zähmen, die in immer größeren Scharen von der Ostküste in Richtung Pazifik drängten. Und vielleicht war auch genau das der Grund, warum sie Peter Matheson geheiratet hatte, einen Weißen und noch dazu einen Texas Ranger. Sie war sich des ungeheuren Zukunftspotentials dieser neuen Welt sehr deutlich bewußt und wollte die damit einhergehende Entwicklung auf keinen Fall verpassen, um nicht wie die meisten anderen ihrer Stammesbrüder in einem der trostlosen Indianerreservate ein klägliches, vom Alkohol zerstörtes Dasein fristen zu müssen. Einmal wurde Wolf zufällig Zeuge eines Gesprächs, in dem sie ihrem Vater White Bow versicherte, daß sie in den blauen Augen ihres Mannes bereits ganz deutlich die Zukunft sehen könnte. Und diese Zukunft war ganz maßgeblich durch das unaufhaltsame Herannahen der neuen Welt geprägt. Was das betraf, sah White Bow jedoch ganz andere Dinge auf sich zukommen.

Eines Abends hatte Wolf seinem Vater erzählt, er habe in der Schule gehört, daß in Texas die Gesetze von den Rangers gemacht worden seien.

»Was heißt hier gemacht?« hatte Peter Matheson geantwortet, und über sein kantiges, wettergegerbtes Gesicht hatte sich ein wissendes Lächeln gelegt. »Die Texas Rangers *waren* das Gesetz.«

Diese Antwort war so typisch für seinen Vater, daß Wolf sie sein ganzes Leben lang nicht mehr vergessen sollte. Zugleich kam darin auch jener Wesenszug zum Ausdruck, dessentwegen White Bow seinem Schwiegersohn mit erheblichen Vorbehalten begegnete. »Wie kann ein Mensch das Gesetz sein?« hatte er kopfschüttelnd gesagt. »Und wie soll der Mensch das Gesetz gemacht haben, da es doch schon immer da war? Um es zu erkennen, brauchen wir nur der Stimme zu lauschen, mit der die Welt zu uns spricht.«

Die Weisheit dieser Worte sollte Peter Matheson nie deutlicher bewußt werden als an dem Tag, wo ihm so übel wurde, daß er sich gerade noch mit letzter Kraft nach Hause schleppen konnte. Dort brach er, die besorgten Fragen seiner Frau mit einer energischen Handbewegung abwehrend, zu Tode erschöpft über dem Küchentisch zusammen. Statt jedoch einen Arzt zu rufen, holte Open Hand ihren Vater.

Nachdem White Bow seinen Schwiegersohn kurz angesehen hatte, forderte er seine Tochter auf, eine ihrer selbstgewebten Decken auf dem Boden auszubreiten. Dann holte er vier Stoffstücke heraus, die in den Farben der vier Windrichtungen gefärbt waren, und legte sie in die entsprechenden Ecken der Decke. Er zerrieb etwas frischen Salbei zwischen den Fingern und verstreute ihn über die Decke, so daß der Raum von seinem herb-würzigen Duft erfüllt wurde.

White Bow war der oberste Medizinmann der Wind-River-Schoschonen und stand in dem Ruf, über noch größere Kräfte zu verfügen als selbst Black Elk und Fools Crow. Im Gegensatz zu den meisten anderen Medizinmännern war sein philosophischer Horizont keineswegs nur auf das Wissen seines Stammes beschränkt, vielmehr war er auch in den Mythen und Lebensweisheiten anderer indianischer Stämme bestens bewandert. Er war für damalige Verhältnisse erstaunlich weit herumgekommen, und es hieß, daß er sogar bei jenen Stämmen mit offenen Armen aufgenommen worden war, die sonst zu den erbittertsten Feinden der Wind-River-Schoschonen und ihren Vettern, der in Westtexas beheimateten Komantschen, zählten.

Nachdem Wolf und Open Hand Peter Matheson auf die Decke gelegt hatten, kniete White Bow neben ihm nieder und holte zwei Falkenfedern hervor. Nachdem er die eine Feder eine Weile über die Kehle des Bewußtlosen, die andere über seinen Unterleib gehalten hatte, begann er sie in langsam kreisenden Bewegungen über seinen gesamten Oberkörper zu bewegen und dazu mit leiser Stimme einen seltsamen Gesang anzustimmen, dessen Worte Wolf nicht verstehen konnte.

Plötzlich blieb erst die eine Feder und kurz darauf auch die andere so über Peter Mathesons Zwerchfell stehen, daß sie sich an den Kielen überkreuzten. Im selben Moment sagte White Bow: »In seinem Bauch ist Gift. Schnell, bevor er stirbt.«

Mit flüssigem Indigo malte er darauf einen Kreis auf die Stelle, über der sich die Federn gekreuzt hatten, und legte einen glatten Stein in den Kreis. Dann stimmte er einen mächtigen Gesang an, der den ganzen Raum erfüllte. Schon nach kurzem begann der Stein wie ein Stück Kohle zu glühen.

Darauf forderte White Bow seine Tochter auf, den Kopf ihres Mannes nach hinten zu beugen und seinen Mund zu öffnen. Und während er nun die Zunge mit einem Streifen getrockneter Bisonzunge nach unten drückte, zog er einen langen, innen hohlen Federkiel heraus, der in der Mitte mit blau gefärbter Sehne umwickelt war, und schob ihn vorsichtig die Speiseröhre hinunter. Dann nahm er das andere Ende in den Mund und saugte kräftig daran. Als der Kiel voll war, nahm er ihn heraus und ließ seinen Inhalt in eine bereitgestellte Schale laufen. Diese Prozedur wiederholte er siebenmal, bis er nach ausgiebigem Beschnüffeln des Mageninhalts endlich zufrieden war. Er nahm die Federn, verneigte sich, stimmte wieder einen Gesang an und steckte sie anschließend zusammen mit dem Kiel weg. Zuletzt entfernte er den Stein, der sich inzwischen wieder abgekühlt hatte. In dem blauen Kreis auf Peter Mathesons Bauch blieb eine Narbe zurück, die er sein Leben lang behalten sollte.

Sichtlich erschöpft setzte sich White Bow hin. »Er schläft jetzt«, erklärte er Wolf und seiner Mutter. »Das Gift ist aus seinem Bauch entfernt. Es war das Gift eines Weißen Mannes, das sein Essen verdorben hat – dasselbe Gift, das schon unzähligen unserer Brüder zum Verhängnis geworden ist.« Weiter äußerte er sich dazu nicht. Trotzdem konnte sich Wolf später des Eindrucks nicht erwehren, daß ihm die Ironie des Ganzen keineswegs entgangen war. »Wenn er aufwacht, wird er wieder gesund sein.«

Während sich Open Hand voller Dankbarkeit vor ihrem Vater verneigte, wandte sich dieser Wolf zu und sagte leise: »Die Geister der Welt sind gekommen, als sie gerufen wurden. Das ist das Gesetz. Nun hast du es mit eigenen Augen gesehen.«

Für Wolf war die Person seines Großvaters seit jeher von einer Aura des Geheimnisvollen umgeben gewesen, und wie ihm inzwischen klar geworden war, hatte White Bow diesen Eindruck sogar ganz bewußt gefördert. Während Wolf allerdings ursprünglich davon ausgegangen war, sein Großvater hätte das aus purer Selbstherrlichkeit getan, gelangte er mit zunehmendem Alter mehr und mehr zu der Überzeugung, daß dahinter ganz offensichtlich doch etwas schwerwiegendere und keineswegs nur rein egoistische Gründe gestanden hatten.

Eines Tages sagte sein Großvater: »Deine Mutter hat sich bereit erklärt, dich eine Weile meiner Obhut zu übergeben.« Was Wolfs Vater darüber dachte, hatte White Bow mit keinem Wort erwähnt. Da Peter Matheson jemand war, der seine Sicht der Dinge nicht teilte, existierte er ganz einfach nicht für ihn. »Wir werden uns gemeinsam auf Wanderschaft begeben, aber bevor wir das tun, will ich dir noch eine Geschichte erzählen:

Es war einmal ein kleiner Junge, der hatte keine Freunde außer den Flüssen und den Bergen, den Bäumen und dem Himmel. Deshalb fühlte sich der Junge einsam und sehnte sich nach menschlicher Gesellschaft. Eines Tages, er sammelte gerade Nüsse und Beeren, hörte er einen Schrei.

Er rannte zu der Stelle und sah einen Falken auf der Erde liegen. Sein Flügel war gebrochen. Der Junge kniete neben ihm nieder, um ihn hochzuheben, aber der Vogel hackte ihm mit seinem spitzen Schnabel fast den Finger ab. Erst als der Junge mit dem Falken zu sprechen begann, ließ er sich von ihm anfassen und aus der sengenden Sonne tragen.

Im Schatten eines Baumes gab der Junge dem Falken zu trinken und fütterte ihn mit Beeren, die der Raubvogel zwar nicht mochte, aber trotzdem fraß. Dann machte sich der Junge daran, den gebrochenen Flügel mit einem Zweig zu schienen.

Nach einer Weile war der Falke wieder genesen, und da seine Abenteuerlust größer war als die seines jungen Retters, führte er ihn fort aus den Ebenen seiner Kindheit, durch ein Tal, so trocken, daß sein Boden aus Salz bestand, hinauf in die braunen Hügel und auf den steilen Gipfel eines hohen Berges. Das war der Berg, den der Junge an jedem Tag seines Lebens, an dem die Witterung klar genug war, in der Ferne in den Himmel hatte aufragen sehen. Der Berg war in seinem jungen Leben so allgegenwärtig gewesen, daß er manchmal sogar von ihm geträumt hatte, auch wenn er nie zu hoffen gewagt hätte, ihn eines Tages tatsächlich zu besteigen.

Als er sich nun dem Gipfel dieses Berges näherte, spürte er ein überwältigendes Glücksgefühl in sich aufsteigen – als ob er von dem Falken zum Dank dafür, daß er ihm das Leben gerettet hatte, hierher gebracht worden wäre.

Auf dem Gipfel des Berges stand ein knorriger alter Baum, krumm und von Wind und Wetter zerzaust. Der Junge ging auf den Baum zu und legte seine Arme um seinen Stamm, als begrüßte er einen alten Freund, den er lange nicht mehr gesehen hatte. Im selben Augenblick flog der Falke von der Schulter des Jungen auf und ließ sich im Wipfel des Baumes nieder. Mit gerecktem Hals ließ der Vogel den Blick in alle Richtungen schweifen. Und dann, nach einer Weile, stieß er, wie zum Abschied, einen durchdringenden Schrei aus und schwang sich in die unermeßliche Weite des Himmels empor.

Außer sich vor Freude, auf dem Gipfel des Berges zu sein, beschattete der Junge seine Augen und folgte dem Flug des Falken, der sich immer höher und höher in die Lüfte schraubte.

Immer weiter stieg er gen Himmel, bis der Junge glaubte, er müsse jeden Augenblick die Kuppel des Firmaments durchstoßen, und dann war er plötzlich seinen Blicken entschwunden. Im selben Moment sah er drei Federn – Falkenfedern – zur Erde niederschweben. Er fing sie auf und steckte sie sich ins Haar. Viele Jahre später, nachdem er sich am Fuß des Berges niedergelassen, sich eine Frau genommen und Kinder gezeugt hatte, erzählte er seiner Familie von dem Falken und benutzte die drei heiligen Federn bei Zeremonien, in denen er Himmel und Erde beschwor.«

Aus tiefschwarzen Augen, denen trotz aller Wildheit und allen Stolzes jede Spur von Überheblichkeit fehlte, sah White Bow seinen Enkel eindringlich an. »Es ist Zeit, daß wir uns auf den Weg machen. Bist du bereit?«

Bereit wofür?

Wolf wußte es nicht und hatte Angst: vor der Aura des Geheimnisvollen, die den alten Mann umgab, vor den rätselhaften Geschichten, die er ihm erzählte, vor dem Gefühl, daß irgend etwas offenbar sehr Wichtiges passieren würde. Der alte Mann wollte ihm jedoch trotz aller Bitten nicht sagen, was das war.

Dennoch war für ihn von Anfang an vollkommen klar gewesen, daß er das Angebot seines Großvaters auf keinen Fall abschlagen würde. Was immer White Bow bisher von ihm verlangt hatte, das hatte er ohne ein Wort der Widerrede getan. Dieser blinde Gehorsam, wie ihn sein Vater abschätzig bezeichnete, war ihm, zusammen mit der Sprache ihres Volkes, schon von klein auf von seiner Mutter eingeimpft worden.

Mitten im tiefsten Winter brachen sie zu Pferd aus Elk Basin auf. Die Wind-River-Schoschonen, hatte White Bow seinem Enkel Wolf einmal erklärt, hatten zu den ersten Stämmen gehört, die das Wesen des Pferdes verstanden und es sich für ihre Zwecke zunutze machen wußten. Es herrschte klirrender Frost, und Wolf war zum Schutz gegen die Kälte in Felle und Decken gehüllt – White Bow duldete es nämlich nicht, daß sein Enkel in seiner Begleitung moderne Kleidung trug. Der alte Mann, dem die Kälte anscheinend nichts anhaben konnte, war nur mit einem perlenbestickten Hemd und weichen Hirschlederleggins bekleidet, deren Leder er selbst gegerbt hatte und die er sonst nur im Sommer trug. Seine Füße steckten in Wildledermokassins, die mit Perlen aus buntem Glas und emailliertem Metall kunstvoll bestickt waren.

Im blauen Zwielicht der Abenddämmerung schlugen sie in der trostlosen Öde der Playa ihr Lager auf. Gnadenlos pfiff der Wind über die baum- und strauchlose Salzwüste hinweg. White Bow hatte als Lagerplatz eine windgeschützte Stelle am Ufer des Sevier-Flusses gewählt, der in der Ferne in den großen Salzsee mündete.

»Du hast Glück«, sagte der alte Mann, als sie das mit fremdartigen Symbolen bemalte Tipi aufstellten. »Als ich in deinem Alter war, wurde ich von einer schweren Krankheit befallen.« Und dann erzählte ihm White Bow von seiner Epilepsie. »Die Anfälle waren so schlimm, daß ich danach vor Erschöpfung oft mehrere Tage lang schlief. Und in diesem Schlaf suchten mich die Geister der Tiere aus meiner Umgebung auf: Bison, Wolf, Bär und Falke. Es dauerte eine Weile, bis mir klar wurde, daß es sich dabei um die Geister getöteter Tiere handelte, die mir mitteilen wollten, daß ich dazu auserwählt worden war, Medizinmann zu werden.

›Wie ist das möglich?‹ sagte ich zu den Geistern. ›Ich bin schwer krank.‹ Doch sie erwiderten: ›Als Medizinmann ist es deine Aufgabe, Krankheiten zu heilen. Bevor du dazu imstande bist, mußt du aber erst das Wesen der Krankheit verstehen.‹ Und dann erwachte ich aus meinem Schlaf und wußte, daß ich lernen mußte, meine eigene Krankheit zu heilen. Denn nur so würde ich auch andere heilen können.«

Bei diesen Worten griff der alte Mann nach einem Köcher aus gefleckter Kuhhaut und zog einen langen Bogen daraus hervor. Er war nicht aus Holz, sondern aus Horn oder Knochen. Die Sehnen, mit denen er umwickelt war, hatte man mit tiefblauem Indigo gefärbt, das aus dem Indigostrauch gewonnen wurde. Die Enden waren mit Falkenfedern geschmückt, und vom unteren Ende hing an einem Lederriemen ein gelblicher, gekrümmter Gegenstand, von dem Wolf annahm, daß es sich um eine Falkenklaue handelte.

»Dieser Bogen wurde aus dem Geweih eines Karibuhirsches gefertigt«, sagte der alte Mann. »Wie du sicher gehört hast, besitzt eine solche Waffe ganz besondere Kraft. Doch ich will dir nun ein Geheimnis verraten. Diese Kraft kommt nicht, wie viele glauben, aus dem Geweih des Hirschs, sondern von hier.« Er schlug sich direkt über dem Herz auf die Brust. »Das Hirschhorn dient nur als Speicher für diese Kraft. Hast du das verstanden?«

Das tat Wolf zwar nicht, aber er nickte trotzdem. Was sollte das für eine Kraft sein? Kraft war schließlich nichts Stoffliches, man konnte sie weder berühren noch festhalten. Wie sollte demnach etwas so Flüchtiges in einem Bogen gespeichert werden?

Als könnte er seine Gedanken lesen, sah ihn sein Großvater lächelnd an und fuhr fort: »Gegenstände der Verehrung, wie zum Beispiel dieser Hirschhornbogen, nehmen eine ganz besondere Stellung ein. Sie dienen als Talismane oder Orientierungshilfen, die es einem ermöglichen, das wahre Ausmaß seiner Kraft einzuschätzen.« Als er den verständnislosen Ausdruck im Gesicht seines Enkels bemerkte, beugte sich der alte Mann vor. »Nimm zum Beispiel einen Spiegel, Wolf. Woher wüßtest du, wie du aussiehst, wenn du noch nie in deinem Leben in einen Spiegel geblickt hättest? Von einem Foto? Nur – woher wüßtest du, daß der Abgebildete tatsächlich du bist? Nein, in diesem Fall ist dein Spiegelbild die einzige Orientierungshilfe, die dir Gewißheit verleihen kann, wie du tatsächlich aussiehst.«

Stunden später, nachdem sie eine Mahlzeit aus getrocknetem Rindfleisch und geröstetem Mais zu sich genommen und sich für die Nacht fertiggemacht hatten, kam White Bow noch einmal auf dieses Thema zurück.

»Mit Hilfe des Bogens habe ich mich selbst geheilt.« Im Schein des Feuers wirkte sein faltiges Gesicht so derb und rauh wie die Häute, die er mit so viel Liebe und Sorgfalt gerbte. »Während ich diesen Bogen gefertigt habe, fand ich zu mir selbst. Ich habe meine Kraft entdeckt und mich selbst geheilt. Eines Nachts erschien mir der Hirsch im Traum, und am Morgen danach brach ich auf, um ihn zu jagen. Es dauerte mehr als eine Woche, bis ich endlich auf seine Fährte stieß, aber von diesem Augenblick an wußte ich, daß er mir nicht mehr entkommen würde. Im nachhinein ist mir sogar klargeworden, daß er mir gar nicht entkommen wollte. Im Gegenteil, sein Geist hatte mich zu ihm gerufen.

Schließlich entdeckte ich ihn auf einer Lichtung im Wald. Ich war inzwischen sehr weit nach Norden vorgedrungen; in der Nähe unseres Lagers gab es kaum Karibus. Es war ein enorm großer Hirsch. Sein mächtiges Geweih wölbte sich wie das Weiß der Mondsichel. Er drehte seinen Kopf, erblickte mich und schüttelte sein Geweih. Ich konnte sehen, daß er im Begriff war, es abzustoßen. Im nachhinein steht für mich völlig außer Zweifel, daß das Tier zu mir geschickt wurde, damit ich sein Geweih nehmen und den Bogen daraus machen konnte.«

Der alte Mann saß im Schneidersitz auf dem Boden und rauchte aus einer langen Knochenpfeife. Wolf, der in seine Felle und Decken gewickelt neben ihm lag, mochte den aromatischen Duft des Tabaks, dessen Rauch den markanten Kopf seines Großvaters umhüllte wie Wolken den Gipfel eines hohen Berges. Er fühlte sich angenehm schläfrig. Die Worte des alten Mannes, vorgetragen im melodischen Singsang der Wind-River-Schoschonen, lullten ihn ein wie ein Wiegenlied.

»Zufällig verstand sich mein Vater ganz hervorragend auf die Kunst des Bogenmachens und hatte mich von klein auf darin unterrichtet. Daher wußte ich bereits, daß das Problem weniger das Zuschneiden des Geweihs sein würde als vielmehr das Kochen, das dem Zweck diente, das Mark zu entfernen. Löst man nämlich das Mark nicht heraus, wird der Bogen im Lauf der Zeit so hart und spröde, daß er sich nicht mehr spannen läßt. Mir war auch klar, daß sich das Hirschhorn nur bei gleichmäßig anhaltender Hitze in die gewünschte Form würde biegen lassen.

Die Frage, warum es so wenige Bogenmacher gibt, die einen Hornbogen herstellen können, ist im Grunde ganz einfach zu beantworten: Wenn man nämlich das Geweih in heißem Wasser kocht, entzieht man ihm die natürliche Stärke, der es seine Elastizität verdankt. Um das zu verhindern, fügte mein Vater dem Wasser bestimmte Kräuter bei. Nun wußte ich allerdings nicht, welche Pflanzen man dafür verwendete und hatte niemanden, an den ich mich um Hilfe wenden konnte. Trotzdem habe ich es geschafft, diese Bogen zu bauen.«

Er wartete, bis Wolf die Augen aufschlug und ihn fragte: »Und wie hast du das gemacht?«

»Mit Hitze«, antwortete White Bow. Und als er darauf wieder diesen verständnislosen Ausdruck im Gesicht seines Enkels bemerkte, faßte er ihn an der Hand, zog ihn von seinem Lager hoch und führte ihn aus dem Zelt ins Freie.

Inzwischen hatte es aufgeklart, die Salzwüste ringsum war von einer dicken Eisschicht überzogen, und am Himmel stand hell und klar der Vollmond.

»Da«, sagte der alte Mann und kniete am Flußufer nieder. »So habe ich es gemacht.« Er ballte seine linke Hand zur Faust und trieb seinen Arm bis zum Ellenbogen in die dicke Eisschicht über dem Fluß. Mit der Rechten hielt er noch immer Wolfs Hand, und der hatte plötzlich das Gefühl, als stünde er unter Strom.

Erschrocken riß er sich von seinem Großvater los. Trotzdem ließ dieses seltsame Gefühl nicht nach. Und dann sah er, wie um White Bows Arm das Eis zu schmelzen begann. Wenig später fing das Wasser leise zu brodeln an, und gleich darauf stieg zischender Dampf empor . . .

Von diesen längst vergangenen Zeiten, in denen er die Welt noch ganz mit White Bows Augen gesehen hatte, träumte Wolf nun, als er nach den Anstrengungen der letzten Tage in tiefen Schlaf fiel . . .

Der Boden der großen Salzwüste war so hart und glatt wie Beton. In gewisser Weise war diese Öde der Großstadt, in die es Wolf Jahre später verschlagen sollte, gar nicht so unähnlich. Am äußersten Rand der Playa, so weit entfernt, daß alle Farbe aus ihnen gewichen schien, ragten die Berge der Sierra Nevada auf. Es war gefährlich hier, und es war gefährlich in der Stadt. Irgendwo in Wolfs Unterbewußtsein mußte es eine Verbindung zwischen diesen beiden Welten geben.

»Wir – und damit meine ich die Indianer – sind nicht die Ureinwohner dieses Landes. Das ist niemand.« White Bow war mit Wolf wieder in das Tipi zurückgekehrt. Im fahlen Mondlicht lag die Playa unter einer fluoreszierenden Schicht aus Eis und Rauhreif. »Unser Volk, dessen Ursprünge ich mit Hilfe der Geister bis weit in die Vergangenheit hinein zurückverfolgt habe, kam aus Asien, wo es in monatelanger Wanderschaft die eisigen Steppen Sibiriens durchquert hatte. Diese Männer und Frauen ließen sich nicht abschrecken durch die gewaltigen Eismassen, die sich damals an der Stelle auftürmten, wo heute die Beringstraße ist und wo damals die Kontinente von Asien und Amerika noch miteinander verbunden waren. Sie durchquerten die Weiten Alaskas und zogen dann südwärts, immer weiter nach Süden. Was hat sie wohl angetrieben? Niemand weiß es. Vielleicht war es das ewige Eis. Nicht einmal die Geister wußten eine Antwort auf diese Frage, und so werde ich ihre Beweggründe für diese lange und mühevolle Wanderschaft erst erfahren, wenn ich mich auf die andere Seite begebe – dort, wo keine Frage mehr offenbleibt.«

Beim Sprechen wickelte White Bow ein Stück feuchte Sehne um eine Pfeilspitze aus Obsidian und befestigte sie an einem Schaft aus einem wilden Johannisbeerzweig. Pfeile aus diesem Holz waren so elastisch und zugleich widerstandsfähig, daß sie, selbst wenn ein getroffener Bison mit seinem ganzen Gewicht darauf stürzte, nicht brachen, sondern sich noch tiefer in sein Fleisch bohrten.

»Unsere Vorfahren«, fuhr White Bow fort, »waren also Asiaten und vielleicht gar nicht so verschieden von jenem Volk, aus dem die Bewohner des heutigen Japan hervorgegangen sind, die ja ursprünglich auch vom asiatischen Festland in das Inselreich gekommen waren.«

An dieser Stelle hielt White Bow den Pfeilschaft gegen Wolfs rechten Arm, maß die Entfernung zwischen seinem Ellbogen und der Spitze seines Mittelfingers ab und markierte sie mit einem Stück Kohle. Dann maß er mit einem Stück Jute die Entfernung zwischen Wolfs Handgelenk und dem ersten Knöchel des Mittelfingers, fügte sie der ersten Abmessung auf dem Schaft hinzu und ermittelte so die endgültige Länge des Pfeils. Erst jetzt wurde Wolf bewußt, daß White Bow diesen Pfeil speziell für ihn anfertigte.

Wolf liebte es, die Hände seines Großvaters bei der Arbeit zu beobachten. Sie waren so groß, so geschickt und hatten im Gegensatz zum sonstigen Erscheinungsbild des alten Mannes so gar nichts Bedrohliches an sich. Kein Hauch von Geheimnis, nichts Rätselhaftes oder Undurchschaubares umgab diese Hände. Sie waren nichts weiter als simple Werkzeuge, die dem Herstellen von Dingen und dem Heilen dienten.

Über der Salzwüste lag klirrender Frost. Die Kälte saß Wolf inzwischen so tief in den Knochen, daß sein Körper von Tag zu Tag unbeweglicher und steifer wurde. Dagegen schien White Bow die Kälte nicht das geringste anhaben zu können. An manchen Tagen verließ er das Zelt sogar ohne Hemd. Unwillkürlich wurde Wolf dadurch an jenen Abend erinnert, an dem sein Großvater seine Faust in das Eis gebohrt und das Schmelzwasser zum Kochen gebracht hatte.

Eines Tages faßte er sich ein Herz und fragte ihn: »Großvater, woher kommt diese ungeheure Hitze?«

White Bow nickte, als hätte er mit dieser Frage bereits gerechnet. »Die heilenden Kräfte eines Medizinmannes stehen in engem Zusammenhang mit denen des Feuers. Das Feuer ist das Auge der Sonne, das vor langer, langer Zeit von einem Geist auf die Erde gebracht wurde. Feuer ist Energie, Feuer ist Kraft. Es hat unzählige Erscheinungsformen, und die Aufgabe des Medizinmanns besteht darin herauszufinden, welche den jeweiligen Erfordernissen am besten gerecht wird.« Er kniff ein

Auge zu, neigte den Kopf zur Seite und blickte den Schaft des wilden Johannisbeerzweigs entlang. Am dickeren Ende würde er die Kerbe anbringen, mit der der Pfeil in die Sehne eingelegt wurde, denn der Pfeil sollte in derselben Richtung fliegen, wie der Zweig gewachsen war. »Das ist die schwierigste Entscheidung, die der Medizinmann treffen muß: Wann er das Feuer einsetzt und wie. Und dieses innere Feuer ist es auch, das einen selbst gegen jene Eiseskälte unempfindlich macht, der man im Augenblick des Todes ausgesetzt ist.«

Mehrere Nächte später – White Bow hatte inzwischen drei Pfeile fertiggestellt – überkam Wolf ein Traum. Darin erschien ihm ein Bär, so groß, daß er die Sonne verdeckte, und so dunkel, daß plötzlich tiefe Nacht hereinzubrechen schien. Nachdem ihm dieser riesige Bär seine Sprache beigebracht hatte, redete er lange ernst auf ihn ein und forderte ihn schließlich auf, ihm aus dem Zelt auf die Playa hinaus zu folgen. Als er erwachte, vergaß Wolf jedoch die Sprache des Bären wieder, so daß er sich nicht mehr erinnern konnte, was ihm das Tier gesagt hatte. Als er seinem Großvater von dem Traum erzählte, lächelte dieser und meinte: »Die Zeit ist gekommen.«

Dann nahm er seinen Bogen und die drei Pfeile und führte Wolf nach draußen, wo die untergehende Sonne die eisige Salzwüste in leuchtendes Rot tauchte. »Kannst du dich erinnern, in welche Richtung dich der Bär geführt hat?«

Als Wolf darauf nach Westen deutete, schritten sie der untergehenden Sonne entgegen. In der Ferne erhob sich aus dem Dunst die Sierra Madre, deren Gipfel in tiefes Purpur getaucht waren. Als die glühend rote Sonnenscheibe die höchste Bergspitze berührte, wurde sie wie ein Gefäß unter den Händen des Töpfers leicht verformt, und die tiefblauen Schatten, die Wolf und sein Großvater warfen, wurden nun mit jedem Schritt länger.

Die Luft war extrem trocken, und die schneidende Kälte drang durch jede noch so winzige Öffnung in Wolfs Kleidung. Dagegen schien White Bow, obwohl er nur mit leichten Sommerleggins bekleidet war, die Kälte wie immer nicht das geringste auszumachen.

Nachdem sie mehr als eine Stunde gegangen waren, tauchten vor ihnen die Umrisse einer auf dem Boden liegenden Gestalt auf. Instinktiv spürte Wolf, daß es sich dabei um einen Menschen handelte. Und er hatte sich nicht getäuscht.

Es war ein junger Mann, vielleicht drei oder vier Jahre älter als Wolf. Wie er es von seinem Vater gelernt hatte, kauerte Wolf neben ihm nieder und tastete nach seiner Halsschlagader.

Nach einer Weile sah er zu White Bow auf und sagte: »Er ist noch am Leben, Großvater. Aber sein Puls ist nur noch ganz schwach.« Nachdem er den Körper des Jungen vorsichtig nach Verletzungen abgetastet hatte, drehte er ihn auf den Rücken. »Ich kann nirgendwo Blut sehen. Er hat nicht die leichteste Schramme. Was ist mit ihm?«

Von White Bow ging mit einem Mal etwas zutiefst Bedrohliches aus, als er seine Hand ausstreckte und sagte: »Dieser Stein ist für dich. Benutze ihn.«

Wolf griff nach dem kleinen, gefleckten Stein, der sich so glatt wie die Brust seiner Mutter anfühlte. Und im selben Augenblick begann ihn von innen heraus eine tiefe Wärme zu durchströmen. Zögernd sah Wolf seinen Großvater noch einmal fragend an, und als dieser ihm aufmunternd zunickte, drückte er den Stein auf drei Stellen am Körper des Jungen: auf den Unterleib, auf sein Herz und auf die Stirn. Dabei berührte er den Stein jedesmal mit der Spitze seines Mittelfingers. Bei den ersten beiden Malen stellte er nichts Ungewöhnliches fest, doch als er den Stein auf die Stirn des Jungen legte, schrak Wolf heftig zusammen und schloß schaudernd die Augen.

»Was hat dir der Stein gesagt?« fragte White Bow ruhig.

Erst brachte Wolf vor Angst kein Wort über die Lippen, doch schließlich stieß er mit gepreßter Stimme hervor: »Der Junge leidet an keiner Krankheit. Jemand hat seine Seele gestohlen.«

»Ja.« White Bow nickte, als hätte er das bereits gewußt. »Das ist der Grund, weshalb dir im Traum ein schwarzer Bär erschienen ist. Dieser Bär ist nämlich für den Schutz dieses Jungen verantwortlich, und deshalb hat sein Geist nach einem Medizinmann gesucht.«

»Aber ich bin kein Medizinmann, Großvater.«

»Nimm den Stein von der Stirn des Jungen«, forderte ihn der alte Mann auf. Dann griff er nach einem der drei Pfeile, die er für Wolf gemacht hatte, und drückte ihn in seine Hand. »Es ist folgendes geschehen: Ein Mann ist gestorben. Aber er war feige und hatte nicht den Mut, den Pfad der Toten allein zu beschreiten. Deshalb hat er die Seele dieses Jungen gestohlen, damit sie ihn auf seinem Weg begleitet.« Er sah Wolf eindringlich an. »Was du gespürt hast, als du den heilenden Stein zum drittenmal berührtest, war das Aussetzen des Weltengesangs.«

»Ja«, flüsterte Wolf mit zitternder Stimme. Denn er glaubte bereits zu wissen, was nun kommen würde.

»Unsere Aufgabe ist es, diesem Jungen zurückzugeben, was ihm unrechtmäßig genommen wurde«, fuhr White Bow ruhig, aber bestimmt fort. »Und dazu müssen wir den Pfad der Toten beschreiten.«

Inzwischen war es vollkommen dunkel geworden, aber White Bow schien das nicht im geringsten zu stören. Unbeirrt ging er mit Wolf weiter, bis sie das Ufer des Sevier-Flusses erreichten.

»Flüsse sind Tore«, erklärte er seinem Enkel und ließ sich mit überkreuzten Beinen am Ufer nieder. Dann holte er seine Pfeife hervor und stopfte sie mit einer dunklen Substanz, die jedoch anders roch als der Tabak, den er sonst rauchte. Als er damit fertig war, steckte er sie an, sog mehrere Male heftig daran und reichte sie Wolf. Der nahm einen kräftigen Zug und stellte zu seiner Überraschung fest, daß der aromatische Rauch so mild war, daß er nicht husten mußte. Großvater und Enkel reichten die Pfeife so lange zwischen sich hin und her, bis ihr Inhalt ganz aufgeraucht war.

»Jetzt laß uns gehen.«

Gemeinsam erhoben sich Wolf und sein Großvater vom Boden und stiegen in den eiskalten Fluß. Wolfs Körper fühlte sich auf der Stelle wie taub an, und schon nach wenigen Schritten war das Wasser so tief, daß seine Füße den Grund nicht mehr berührten.

Obwohl seine Lungen fast zu platzen drohten, hielt ihn sein Großvater unerbittlich unter Wasser. Als er sich darauf in einem Anfall von Panik verzweifelt zur Wehr zu setzen versuchte, ging mit einem Mal eine seltsame Veränderung in ihm vor. Das tiefe Dunkel, das unter Wasser herrschte, nahm plötzlich eine übernatürliche Intensität an, und gleichzeitig begann die eisige Kälte aus seinem Körper zu entweichen. Außerdem schien er plötzlich wieder mühelos atmen zu können. Allerdings versetzte ihn all das in noch heftigere Panik.

Da spürte er, wie sein Großvater ihn am Arm faßte und geradeaus nach vorne deutete. Vor ihnen lag der Pfad der Toten; er war durch fahl schimmernde weiße Steine markiert. Wenige Schritte vor ihnen ging ein alter Mann. Er hatte den Jungen an seiner Seite, den sie auf der Playa gefunden hatten. Im selben Moment wurde der Junge auf sie aufmerksam und wandte den Kopf nach ihnen. Aber der alte Mann war so auf den Weg konzentriert, daß er keine Notiz davon nahm.

»Schnell«, flüsterte White Bow. »Sonst ist es zu spät. Nimm den Bogen.«

»Ich habe Angst«, stieß Wolf zaghaft hervor. »Dazu ist nur ein Medizinmann imstande. Und ich bin kein Medizinmann.«

»Nimm den Bogen«, drängte sein Großvater, »und schieß den Pfeil damit ab.«

Mit zitternden Händen legte Wolf den Pfeil ein und hob den Bogen. Dicke Schweißtropfen rannen über sein Gesicht, und die Angst krampfte ihm den Magen zusammen. Er bildete sich ein, leise zu schluchzen, als er den herrlichen Bogen spannte, denn das erforderte schier übermenschliche Kräfte. Aber dann dachte er an den armen Jungen, der bereits halb tot auf der Playa lag, biß die Zähne zusammen, schluckte seine Angst hinunter, spannte mit aller Kraft den Bogen und ließ den Pfeil von der Sehne schnellen, so daß er sich mitten in den Rükken des alten Mannes bohrte.

Es ertönte ein gellender Schrei, und der Junge verschwand. Im selben

Augenblick schluckte Wolf Wasser, seine Augen begannen heftig zu brennen, und er erbrach salzige ...

In der Mitte des Tipi liegend, schlug Wolf die Augen auf. Sein Körper war vollkommen trocken, und alles um ihn herum war genau so, wie er und White Bow es zurückgelassen hatten, als sie fortgegangen waren – mit einem Unterschied: Alle seine Sinne schienen seltsam geschärft, und er nahm seine Umgebung mit ganz anderen Augen wahr. Bei dieser Gelegenheit fiel ihm wieder ein, daß er mit seinem Großvater eine Pfeife geraucht hatte, und deshalb dachte er, daß er alles nur im Peyote-Rausch halluziniert hatte. Doch dann spürte er die feine Salzschicht auf seiner Haut, die nur vom salzigen Wasser des Sevier-Flusses herrühren konnte.

Für einen Moment war er wie gelähmt vor Entsetzen. Demnach hatte er sich das Ganze also keineswegs nur eingebildet. Er war tatsächlich ins Reich der Toten vorgedrungen.

Hilfesuchend sah er sich nach seinem Großvater um. Doch weder im Zelt noch im Freien war irgendeine Spur von ihm zu entdecken. Es schien sogar, als wäre er nie hier gewesen. Und da saß Wolf nun, weitab von jeder menschlichen Zivilisation, inmitten der endlosen Weite dieser frostklirrenden Salzwüste. Alles, was er bei sich hatte, waren die zwei restlichen Pfeile, die White Bow für ihn angefertigt hatte.

Drei Stunden später, kurz vor Einbruch der Dunkelheit, fand Peter Matheson seinen Sohn.

Unter Androhung brutaler Gewalt war es ihm schließlich gelungen, White Bow den Aufenthaltsort seines Sohnes zu entlocken. »Er sollte lieber hierbleiben«, hatte er den Alten noch zu Open Hand sagen hören, als er sich aufs Pferd schwang, um nach seinem Sohn zu suchen. »Nun ist vorgezeichnet, wie Wolf sich entwickeln wird, und dies kann niemand mehr rückgängig machen. Von nun an muß der Junge seinen Weg ganz allein gehen.«

Peter Matheson hatte jedoch nur voller Verachtung ausgespuckt und seinem Pferd die Sporen gegeben. Jetzt war jede Minute kostbar, wenn er seinen Sohn noch rechtzeitig aus der Eiseskälte der Playa retten wollte, in der ihn dieser verkalkte Trottel von Großvater allein zurückgelassen hatte.

Eigentlich hätte Wolf tiefe Erleichterung verspüren sollen, als er seinen Vater am Horizont auftauchen sah. Statt dessen spielte er jedoch bei seinem Anblick sogar mit dem Gedanken, sich vor ihm zu verstekken. Und wenn das in der strauchlosen Weite der Playa irgendwie möglich gewesen wäre, hätte er es vermutlich auch tatsächlich getan. Aber der einzige Ort, an dem er sich in dieser Öde hätte verstecken können, war das Reich der Toten. Wie er sich dazu jedoch ohne die Hilfe seines Großvaters Zutritt verschaffen konnte, wußte er nicht.

Seltsamerweise stellte er fest, daß er diesen gespenstischen Ort im nachhinein gar nicht mehr so bedrohlich fand. Jedenfalls schien er ihm nicht annähernd so furchteinflößend wie das kalte Leuchten in den Augen seines Vaters und der eisige Ton seiner Stimme, als er die Decke vor dem Eingang des Tipis zurückschlug und ihn anfuhr: »Pack deine Sachen. Wir reiten nach Hause.«

Und als er dann, hinter seinem Vater sitzend, die Arme um ihn geschlungen, nach Hause ritt, spürte er mit schmerzlicher Klarheit, wie die Schärfe und Intensität, mit der er seine Umgebung wahrnahm, mit jedem Schritt nachließ. Alles, was er aus der Playa mitgenommen hatte, waren die zwei Pfeile, die White Bow eigens für ihn gemacht hatte. Denn alles andere, war ihm mittlerweile klargeworden, war lediglich Kinderkram, der ihn von nun an nicht mehr interessieren würde. Als sie jedoch zu Hause ankamen, stellte er fest, daß die Befiederung der Pfeile fehlte – sei es, daß sich die Federn während des langen Ritts gelöst hatten oder daß sie von White Bow nicht richtig befestigt worden waren.

In den Wochen unmittelbar nach seiner Rückkehr aus der Playa traten in Wolfs Leben eine Reihe von gravierenden Veränderungen ein. Waren seine Eltern bis dahin über ihre Differenzen im Hinblick auf White Bows Person noch stillschweigend hinweggegangen, hielt Peter Matheson nun mit seiner Meinung nicht mehr länger hinter dem Berg. Das ging sogar so weit, daß er eines Tages vorschlug, den alten Mann in ein Heim zu geben, bevor er noch jemand ernsthaften Schaden zufügen könne.

Open Hand, die Traumsammlerin ihres Volkes, Hüterin ihrer Hoffnungen und Ängste, sonst immer ein Musterbeispiel an Geduld und Verständnis, schien mit einem Mal all ihre Tugenden Lügen zu strafen. Jedenfalls war sie plötzlich nicht mehr bereit, die ständigen Vorhaltungen ihres Mannes noch länger hinzunehmen. Hatte sie die ethnologisch bedingte Kluft zwischen sich und Peter Matheson bisher mit fast wissenschaftlicher Objektivität akzeptiert und ihre Aufgabe gewissermaßen in der Versöhnung dieser beiden scheinbar unvereinbaren Weltanschauungen gesehen, gelangte sie jetzt wohl zu der Überzeugung, daß diese beiden Lebensauffassungen offensichtlich doch immer unvereinbar bleiben würden – eine Einsicht, die sie in einen tiefen inneren Zwiespalt stürzen sollte. Bisher hatte sie diese tiefe Kluft vor allem als ein Zeichen für den Niedergang einer alten Kultur und den Aufstieg einer neuen betrachtet. Allerdings war das eine sehr stark rationalisierende Sicht der Dinge gewesen, die es ihr vor allem erlaubt hatte, sich in einem trügerischen Gefühl von Sicherheit zu wiegen.

Aber nun wurde ihr mit zunehmender Deutlichkeit bewußt, daß es an der Seite eines Mannes wie Peter Matheson keine Sicherheit geben konnte. Dazu war er zu sehr von jenem ungebändigten Pioniergeist beseelt, der einst die Erschließung des sogenannten Wilden Westens möglich gemacht hatte. So rastlos wie der Wind, war Peter Matheson ebenso abenteuerlustig wie verantwortungslos gegenüber bestimmten Dingen.

»Das Problem mit der Zivilisation ist«, hatte er sich Wolf gegenüber einmal geäußert, »daß es in ihr keinen Platz für Helden gibt. Was einen Helden ausmacht, ist vor allem seine wilde Unbezähmbarkeit – ein Charakterzug, der bereits in sich in krassem Widerspruch zu jeder Form von Zivilisation steht.«

Erst viel später sollte Wolf klar werden, daß sein Vater damit auf niemand anderen als sich selbst angespielt hatte – um so mehr Grund, diese Worte für immer in Erinnerung zu behalten, da Peter Matheson so gut wie nie über sich selbst sprach.

Wolf war sich sehr wohl bewußt, daß auch im Innern seines Vaters ein Feuer brannte, das zwar ganz anders geartet war als das seines Großvaters, ihm aber dennoch an Intensität in nichts nachstand. White Bow hatte einmal von der unauflöslichen Wechselbeziehung zwischen Geist, Körper und Seele erzählt – ein Phänomen, das er nun in der Person seines Vaters aufs schönste verdeutlicht fand. Denn eines stand für ihn inzwischen längst außer Frage: Der Antrieb für Peter Mathesons Handeln kam aus dem tiefsten Innern seiner Seele.

»Die Helden von früher hätten ihr Volk verteidigen sollen«, hatte Wolf einmal zu ihm gesagt.

»Natürlich hatten auch die Indianer ihre Helden«, pflichtete ihm sein Vater bei. »Aber wir waren zu stark und zu viele für sie. Deshalb hatten sie keine Chance gegen uns.«

»Nein«, widersprach ihm Wolf. »Mit Helden habe ich Männer wie dich und deinen Vater gemeint. Ihr hättet nicht so kurzsichtig wie die breite Masse sein dürfen und die erbarmungslose Ausrottung der Indianer mit allen Mitteln verhindern müssen.«

Nachdenklich nickend sah Peter Matheson seinen Sohn an. »Vermutlich hast du sogar recht. Aber sie waren dem Ansturm unserer Zivilisation einfach nicht gewachsen. Außerdem war sie im Vergleich zu ihrer Kultur bereits wesentlich weiter fortgeschritten.« Als er dabei den Blick nachdenklich in die Ferne schweifen ließ, wurde Wolf unwillkürlich an White Bows Erzählung von dem Falken erinnert. »Und gleichzeitig zu rückständig.«

»Zu rückständig?«

Peter Matheson nickte. »Entgegen allem, was du in der Schule gelernt hast, hat die Zivilisation nicht nur ihre positiven Seiten. In unserem naiven Fortschrittsglauben interessiert uns nur noch, wie wir dieses Land, das einmal den Indianern gehört hat, immer mehr ausbeuten können. Dabei haben wir jedes Gefühl für einen harmonischen Umgang mit der Natur verloren.« Er gab ein tiefes Brummen von sich. »Aus diesem Grund war die Kultur der Indianer von Anfang an dem Untergang geweiht – ganz ähnlich wie die unzähliger anderer ›primitiver‹ Kulturen, die überall auf der ganzen Welt unserer Zivilisation zum Opfer gefallen sind.«

»Aber ist denn das Funktionieren jeder Gesellschaftsform nicht erst durch allgemein verbindliche Gesetze möglich?« warf Wolf ein. »Das haben wir jedenfalls in der Schule gelernt.«

»In diesem Punkt mußt du dir ganz allein eine Meinung bilden, mein Junge.«

»Und was glaubst du, Dad?«

»Tja, was soll ich darauf sagen?« Peter Matheson ließ den Blick auf seinem friedlich weidenden Pferd ruhen, in dessen glänzendem Fell sich die Sonne brach. »Ein Held trägt das Gesetz an seiner Hüfte, und obwohl er der Zivilisation den Weg ebnet, wird sie ihn dennoch unnachsichtig verstoßen, sobald sie einmal Fuß gefaßt hat. Ein Held wirft immer einen gefährlichen Schatten.«

Besser hätte sich nicht auf den Punkt bringen lassen, was Peter Mathesons Wesen ausmachte.

Ein Jahr nachdem er seinen Sohn aus der Salzwüste geholt hatte, war Peter Matheson eines Tages spurlos verschwunden. Das einzige Lebenszeichen, das Wolf von ihm erhielt, war ein Brief, den ihm sein Vater eines Tages schrieb. Wie einen kostbaren Schatz bewahrte Wolf die wenigen Zeilen auf dem Blatt Papier, das vom vielen Lesen schon fast auseinanderfiel, unter seinem Kopfkissen auf.

Seltsamerweise schwang in den Worten seiner Mutter nie irgendwelche Bitterkeit mit, wenn sie über seinen Vater sprach. Daraus schloß Wolf, daß sie ihn sehr geliebt hatte. Zugleich zeigte ihm das jedoch auch, daß sie sich von Anfang an sehr deutlich bewußt gewesen sein mußte, welch ruheloser Geist in Peter Matheson steckte. Vielleicht hatte sie sogar schon immer gewußt, daß er sie eines Tages verlassen würde, und es war nicht auszuschließen, daß sie das als genauso unausweichlich angesehen hatte wie die Tatsache, daß nach dem Herbst der Winter kommt. Aber nicht weniger fest hatte Open Hand auch daran geglaubt, daß auf jeden Winter ein Frühling folgt.

Und genau das war auch nach jenem einsamen Winter der Fall gewesen, in dem Peter Matheson seine Frau und seinen Sohn verlassen hatte. Wolf fehlte sein Vater zwar sehr, aber zugleich war die Atmosphäre zu Hause nicht mehr durch die ständigen Spannungen belastet, die bisher ihr Zusammenleben vergiftet hatten. Außerdem zog nun White Bow, der von Tag zu Tag gebrechlicher wurde, bei ihnen ein. Allerdings machte der alte Mann keine Pfeile mehr und reparierte nicht einmal die beiden, die er damals in der Playa für Wolf angefertigt hatte.

Immer wieder fragte Wolf seine Mutter, weshalb sein Großvater plötzlich so seltsam verändert wirkte. Denn seit seiner Rückkehr aus der Salzwüste hatte sich White Bow völlig in sich zurückgezogen. Für Wolf gab es dafür nur eine mögliche Erklärung: Die großen Pläne, die sein Großvater mit ihm gehabt hatte, waren nicht – oder zumindest nur zum Teil – verwirklicht worden. Trotzdem konnte er White Bow nicht dazu überreden, noch einmal mit ihm in die Salzwüste zurückzukehren, obwohl dem seit dem Verschwinden seines Vaters nichts mehr im Weg gestanden hätte.

Open Hand antwortete auf Wolfs Fragen nach ihrem Vater stets ausweichend und verschlüsselt. Und so fiel auch ihre Antwort auf Wolfs Frage nach den Veränderungen, die in White Bow vorgegangen waren, seltsam rätselhaft aus: »Unter allen Dingen, die fliegen, sind die Gedanken die schnellsten.«

Jedesmal wenn sich Wolf über die Bedeutung dieser Worte klarzuwerden versuchte, wurde er unwillkürlich an seine Wanderung ins Reich der Toten erinnert. Zumindest eines stand für ihn inzwischen fest: Auch er war damals ›geflogen‹. Denn nur durch das Heraustreten aus der sterblichen Hülle seines Körpers war es ihm möglich gewesen, dorthin zu gelangen.

»Ich glaube zwar zu verstehen, was du damit sagen willst, aber warum kehrt Großvater nicht noch einmal mit mir in die Salzwüste zurück?«

»Im Moment denkst du, daß dein Großvater eine Entwicklung in dir in Gang gesetzt hat, die dein Vater wieder rückgängig machte, als er dich aus der Playa heimholte. Aber White Bow sieht die Welt nicht mit denselben Augen wie die meisten anderen Menschen. Er hat keinen so engen Horizont. Vielmehr läßt er die Dinge einfach auf sich einwirken und kann auf diese Weise alle möglichen Entwicklungen sehen, die sich aus jeder beliebigen Situation ergeben können. Er ist wie ein Weber, der selbst noch dann, wenn sein Werk vollendet ist, den Verlauf eines jeden einzelnen Fadens genau nachvollziehen kann.«

Erstaunt sah Wolf seine Mutter an. »Willst du damit sagen, daß Großvater glaubt, es wäre genauso gekommen – wie es kommen sollte?«

Seine Mutter ergriff seine Hand und antwortete ernst: »Nun kommt es vor allem darauf an, daß du die nötige Beharrlichkeit und Geduld aufbringst, um selbst herauszufinden, wie es kommen soll.«

Und genau das war es natürlich, was ihm White Bow hatte vermitteln wollen.

Wolf brauchte sieben Jahre, um endlich den erforderlichen Mut aufzubringen, sich auf die Suche nach seinem Vater zu machen. Und als er ihn endlich fand, erkannte er ihn erst nicht wieder, da er inzwischen eine Brille trug und sein Haar grau geworden war. Peter Matheson hatte sich in Lightning Ridge niedergelassen, einer Opalschürfersiedlung, die zwischen zwei karg bewachsenen Hügelketten lag, in denen die schönsten schwarzen Opale der Welt gefunden wurden.

Wolf hatte die fast vierhundert Meilen von Sidney in diesen entlegenen Teil von New South Wales per Anhalter zurückgelegt – das letzte Stück, das auf einer schnurgeraden Asphaltpiste durch den australischen Outback führte, auf der Ladefläche eines Lkw. Lightning Ridge war ein gottverlassenes Nest mitten in der Wildnis, das nicht viel mehr zu bieten hatte als ein paar Läden, eine Metzgerei, eine Bäckerei, ein Hotel – das Lightning Ridge Diggers' Rest –, ein paar Motels, die Redaktion der Lokalzeitung – des *Lightning Ridge Flash* –, drei Kirchen und eine Grundschule. Und natürlich jede Menge Waffenclubs.

Peter Matheson bewohnte ein windschiefes Holzhaus, das er mit einem hübschen, langbeinigen Aborigine-Mädchen teilte, das bestenfalls zwanzig war.

»Wolf?«

»Hallo, Dad.«

Wie einem guten Freund, den er lange nicht mehr gesehen hatte, reichte Peter Matheson seinem Sohn die Hand. »Wenn du wüßtest, wie ich mich freue, dich wiederzusehen.«

Beim Anblick seines Vaters stiegen in Wolf plötzlich die widersprüchlichsten Gefühle auf: Zuneigung, Angst, Wut und vor allem auch das Bedürfnis, von seinem Vater akzeptiert zu werden.

Das Leben in der australischen Wildnis war nicht nur mit harten Entbehrungen, sondern auch mit zahlreichen Gefahren verbunden. So hatte Peter Matheson unter anderem nur deshalb mit knapper Not einen Skorpionbiß überlebt, weil sich zufällig ein Eingeborener seiner angenommen und seine heftigen Fieberkrämpfe mit einer Mixtur aus selbstgesammelten Kräutern behandelt hatte. Er hatte beobachtet, wie sich zwei giftige Spinnen paaren und wie das Weibchen später von ihren eigenen Jungen aufgefressen worden war. Er hatte den Widernissen der Natur getrotzt, der sengenden Sonne und den reißenden Sturzfluten, die die wenigen, aber dafür um so heftigeren Regenfälle in dieser Wüstengegend unweigerlich nach sich zogen. Und nicht zuletzt hatte er einen anderen Opalschürfer getötet, der ihn um die Früchte langer und arbeitsreicher Wochen zu bringen versucht hatte.

Schon immer hatte Peter Matheson selbst unter widrigsten Bedingungen seinen Mann gestanden, und so hatte er auch diesmal keine Mühe, von der rauhen Gemeinschaft der Opalschürfer von Lightning Ridge rasch als einer der Ihren akzeptiert zu werden. Genaugenommen, fühlte er sich eigentlich nur in solcher Männergesellschaft wirklich wohl, und wenn er sich auch um seine Frau sorgte und seinen einzigen Sohn liebte, so eben doch auf seine ganz spezielle Weise.

»Alt zu werden hat für dich noch eine völlig andere Bedeutung als für mich«, erklärte er seinem Sohn. »Im Augenblick bist du noch zu jung, um das verstehen zu können. Aber eines Tages wirst du begreifen, was ich meine. Es stellt im Leben eines Mannes eine ziemlich schmerzliche Erfahrung dar, wenn er eines Tages stürzt und feststellen muß, daß er nicht mehr so schnell wieder auf die Beine kommt, daß der Schmerz nicht mehr ganz so schnell nachläßt und die Wunde nicht mehr ganz so schnell verheilt wie bisher.«

»Ist das der Grund, weshalb du mit ihr zusammenlebst?« fragte Wolf mit einem Blick auf das dunkelhäutige Mädchen mit den langen, schlanken Beinen und dem unaussprechlichen Namen.

Lächelnd mußte Peter Matheson zugeben: »Zum Teil. Aber es hat auch damit zu tun, daß sie ganz genau weiß, daß sie mich nicht auf Dauer halten kann. Ihr macht es zum Glück nichts aus, daß ich vielleicht schon in einer Woche oder einem Monat ohne sie weiterziehen werde. Sie ist noch viel zu jung und mit sich selbst beschäftigt, um sich schon fest an einen Mann binden zu wollen.« Er sah Wolf forschend an. »Wie geht's Mom?«

»Die ist auch ziemlich mit sich selbst beschäftigt«, hatte Wolf geantwortet. Und sein Vater war in schallendes Gelächter ausgebrochen.

Später, in der insektenzirpenden australischen Nacht, hatte sich Wolf ein Herz gefaßt und seinen Vater gefragt: »Du kommst wohl nicht wieder zu uns zurück, oder?«

Peter Matheson begann mit einem Zahnstocher zu spielen, den er aus einem Knochen geschnitzt hatte. »Hast du das sauer verdiente Geld deiner Mutter etwa nur deshalb für diese weite Reise ausgegeben, um mich das zu fragen?«

»Erstens habe ich die Reise von meinem eigenen Geld bezahlt«, korrigierte ihn Wolf. »Und zweitens habe ich hart dafür gearbeitet.«

Peter Matheson steckte sich den Zahnstocher zwischen die Zähne und stand auf. »Komm«, sagte er. »Ich will dir was zeigen.«

Ohne dem Mädchen zu sagen, wohin sie gingen, verließen sie das Haus. Sie stiegen in einen kleinen, verbeulten Laster und fuhren in die Hügel hinauf. »Meine Mine ist nicht weit vom Lunatic Hill entfernt«, begann sein Vater nach einer Weile. »Ich habe sie von dem Aborigine-Mädchen, mit dem ich zusammenlebe, gekauft. Sie hat sie von einem gewissen Major geerbt, der sich im Suff eine Kugel durch den Kopf jagte.«

Als sie ausgestiegen waren, knipste Peter Matheson seine Grubenlampe an. Der Himmel war sehr dunkel, und nur ein paar besonders helle Sterne drangen durch die dünne Wolkendecke.

Wolfs Vater richtete den Strahl der Grubenlampe zu Boden. »Siehst du diese Risse? Wenn du dafür kein Auge hast, wirst du nie einen Opal finden.«

Sie betraten einen finsteren Schacht. »Ich habe ihn ›Nirgendwo‹ genannt«, bemerkte Peter Matheson beiläufig. Über lockeres Geröll ging es steil bergab. Schließlich erreichten sie einen engen Gang, der in eine riesige Höhle führte. Hier knipste Peter Matheson die Lampe aus und zündete statt dessen eine Kerze an. Er deutete auf eine Reihe von verschiedenen waagrecht verlaufenden Gesteinsschichten, die sich an der Höhlenwand abzeichneten.

»Bei der obersten Schicht handelt es sich um Sandstein«, erklärte Peter Matheson seinem Sohn. »Und an dieser Stelle geht er in wesentlich härteres Quarzgestein über – den Knochenbrecher, wie wir Opalschürfer das nennen.« Sein Finger wanderte zu einer noch tiefer liegenden Schicht weiter. »Und das hier ist der sogenannte Level – lehmähnliche Erde, die die schönsten Opale enthält.«

Er wühlte kurz in seiner Hosentasche, zog einen lehmigen Klumpen heraus und drückte ihn Wolf in die Hand. »Reib das mal zwischen den Fingern.«

Das tat Wolf, und wenige Augenblicke später begann der unscheinbare Klumpen im Kerzenlicht in hellen Grün-, Rot- und Orangetönen zu leuchten.

»Siehst du, wie dicht beieinander die einzelnen Spektralfarben liegen? So einen Stein nennt man einen Geblümten Harlekin. Ein außerordentlich seltenes Exemplar. Das ist auch der Grund, weshalb ich die Kerze angezündet habe. Bei Kerzenlicht kommen nämlich die Farben am besten zur Geltung. Du siehst diesen Stein jetzt genau so, wie ich ihn gesehen habe, als ich ihn hier unten ausbuddelte.« Peter Matheson beobachtete seinen Sohn aufmerksam. »Jetzt weißt du, was ich hier mache, mein Junge, und wie ich mir meinen Lebensunterhalt verdiene.« Er nahm den Opal wieder an sich. »Es ist eine ziemlich aufreibende und gefährliche Arbeit. Nicht umsonst halten viele die Opalschürfer für einen ganz speziellen Menschenschlag. Aber für mich zählt vor allem, daß ich hier mein eigener Herr bin.«

»Und daß du das Gesetz an deiner Hüfte trägst«, sagte Wolf mit einem Blick auf den Colt am Gürtel seines Vaters.

Peter Matheson packte seinen Sohn an der Schulter und drückte kräftig zu. »Ich möchte, daß du dir über eines im klaren bist, mein Junge: Noch nie in meinem ganzen Leben bin ich vor irgend etwas davongelaufen. Aber eines kannst du mir glauben: Wenn ich noch länger in der sogenannten Zivilisation gelebt hätte, wäre ich eines Tages vor die Hunde gegangen. Denn nur hier draußen, in dieser ungezähmten Wildnis, kann ich ganz ich selber sein.«

Wolf sollte ein ganzes halbes Jahr bei seinem Vater bleiben. Aus Rücksicht auf seinen Sohn wollte Peter Matheson das Aborigine-Mädchen aus dem Haus schicken, aber auf Wolfs Bitten hin ließ er sie dann doch bleiben.

Gemeinsam machten sich Vater und Sohn daran, Opale zu schürfen. Peter Matheson brachte Wolf bei, wie man den neuen Druckbohrer bediente, mit dem man die Arbeit eines Jahres in einem Monat schaffte. Trotzdem handelte es sich dabei noch immer um härteste Knochenarbeit, die voller Gefahren, naturgegebenen und menschenbedingten, steckte. Doch die Mathesons ließen sich durch nichts unterkriegen, und Wolf ging aus dieser harten Lehrzeit mit breiteren Schultern, kräftigeren Muskeln und einer dünnen weißen Narbe am linken Schlüsselbein hervor. Die hatte ihm ein Kerl, der es auf seine Opale abgesehen hatte, mit einem Messer beigebracht, bevor ihm Wolf mit einem gezielten Handkantenschlag das Brustbein gebrochen hatte.

Eines Tages entdeckte er einen Skorpion in seinem Stiefel. Anstatt ihn jedoch zu töten, begann er ihn wie ein Haustier zu füttern und zu umhegen. Immer wieder von neuem beobachtete er fasziniert, wie das Tier seiner Beute mit einer blitzschnellen Schwanzbewegung den giftigen Stachel in den Körper trieb. Wie ein Hund oder eine Katze begann der Skorpion im Lauf der Zeit eine ganz persönliche Beziehung zu Wolf zu entwickeln, obwohl ihm sein Vater immer wieder versicherte, daß das bei einem Tier mit einem so niedrig entwickelten Gehirn vollkommen ausgeschlossen war. Wie dem auch sei, Vater und Sohn hatten von nun an keine Probleme mehr mit Dieben.

Die Opalschürfer von Lightning Ridge waren in der Mehrzahl rauhbeinige Australier, unter die sich lediglich ein paar vereinzelte Europäer verirrt hatten. Im großen und ganzen handelte es sich bei diesem wilden Haufen jedoch um grundanständige Kerle, unter denen eine Kameradschaft herrschte, wie sie unter anderen, zivilisierteren Bedingungen schwer vorstellbar gewesen wäre. Da Wolf mit ihrer bodenständig direkten Art von Anfang an bestens zurechtkam, wurde er auch sofort von ihnen akzeptiert.

»Die Jungs sind in Ordnung«, hatte Peter Matheson seinem Sohn einmal versichert. »Solange man sie nicht nach ihrer kriminellen Vergangenheit beurteilt, was sie einem sehr schnell krummnehmen, kommt man bestens mit ihnen aus.«

Eines Abends nahmen sie Wolf auf eine ihrer Kneipentouren mit, füllten ihn ordentlich ab, und ehe er sich's versah, war er plötzlich mit einer hübschen jungen Eingeborenen mit rabenschwarzem Haar und leuchtenden Augen allein in einem Zimmer. Sie war bereits nackt, und ihre Brüste zitterten, als er sie ansah. Ihrer Jugend haftete noch eine unverbrauchte Schönheit an, die allerdings in dieser rauhen Männerwelt nicht lange so bleiben würde.

Während sie sich liebten, stimmten die Männer draußen in der Gaststube ein Lied nach dem anderen an, damit Wolf nicht fürchten mußte, sie könnten durch die dünnen Bretterwände mit anhören, was er und das Mädchen trieben.

Als er schließlich spät nachts torkelnd nach Hause kam, war das Mädchen mit dem unaussprechlichen Namen noch wach. Vielleicht hatte sie sogar auf ihn gewartet. Zumindest schien sie zu wissen, was passiert war und daß er hungrig sein würde. Nachdem sie ihm etwas zu essen gemacht hatte, gingen sie gemeinsam nach draußen und setzten sich auf die Eingangstreppe. Über ihnen spannte sich das Firmament einer sternklaren Wüstennacht. Während Wolf aß, rauchte sie mit derselben ruhigen Beschaulichkeit, die ihn schon an White Bow immer so fasziniert hatte, eine Zigarette.

Sie erzählte ihm, daß sie eine *Kulin* war und einem der ältesten Aborigines-Stämme angehörte. Im Südosten Australiens war sie bei ihrem Stamm aufgewachsen, aber dann hatte sie schon bald eine seltsame Rastlosigkeit befallen. Sie liebte die Freiheit und mochte den Wind auf ihrem Gesicht und die Sonne auf ihrer Haut, aber in Lightning Ridge war ihr nichts anderes übriggeblieben, als ihren Körper zu verkaufen. Inzwischen hatte sie allerdings etwas Geld gespart und brauchte nichts mehr zu tun, wozu sie keine Lust hatte. Das war ein herrliches Gefühl.

Wolf hatte sich von Anfang sehr stark von diesem anscheinend so fremdartigen Mädchen angezogen gefühlt. Wie sein Großvater war auch sie eine sogenannte Wilde, nur hatte sie im Gegensatz zu White Bow absolut nichts Einschüchterndes an sich, und ihm war schon sehr bald klargeworden, warum ihn ihre Anwesenheit im Haus seines Vates nie gestört hatte.

Sie unterhielten sich, bis die Sterne verblaßten und am östlichen Horizont der Morgen graute. Und dann ließ sie sich auf ihre Hacken nieder und erzählte ihm, welch enorme Bedeutung bei ihrem Stamm dem Sonnenuntergang beigemessen wurde. Nach Auffassung der *Kulin* wanderten die Sterbenden nämlich mit den letzten Strahlen der untergehenden Sonne in den Himmel, wo die Toten weilten.

Einmal war sie sogar mit eigenen Augen Zeuge dieses Schauspiels geworden, fuhr sie in ihrer Erzählung fort. Ihre Großmutter war in hohem Alter genau zum Zeitpunkt des Sonnenuntergangs gestorben. Und dann hatte sie gesehen, wie sich der Geist ihrer Großmutter von ihrer sterblichen Hülle löste und auf den Strahlen der Sonne gen Himmel schritt, bis er weit über den Vögeln, den höchsten Gipfeln der Berge und selbst über den Wolken war. Und seitdem, fuhr das Mädchen fort, konnte sie im Sonnenlicht, das sie wärmte, und im Wind, der über ihre

Haut strich, ganz deutlich die Gegenwart ihrer verstorbenen Großmutter spüren.

Wie verzaubert schlief Wolf an ihrer Seite ein.

Wäre es nach ihm gegangen, hätte er sich wohl noch länger in Lightning Ridge aufgehalten. Aber eines Tages wurde er unvermutet nach Hause zurückgerufen. Des Nachts zuvor hatte er einen Traum. Hoch am Himmel, erst nur als ein winziger Punkt erkennbar, kreiste ein Falke. Ganz allmählich kam der Vogel tiefer, bis er auf einer Höhe mit den im Abendlicht tiefrot erglühenden Berggipfeln war. Und immer tiefer schwebte der Falke auf die Erde herab, in ein weites Tal, in dessen felsiger Sohle ein tiefer Riß aufklaffte, durch den er sich in das Zwielicht im Schoß der Erde hinabsenkte, wo Wolf dabei war, einen Schacht auszuheben. Das leise Flattern der Falkenschwingen ließ ihn aufschauen, und ein kurzer Blick in die funkelnden Augen des Vogels verriet ihm alles, was er wissen mußte.

Als er sich von seinem Vater verabschiedete, umhüllte ihn das milde Sonnenlicht des australischen Winters wie ein wärmender Mantel. Peter Matheson schüttelte seinem Sohn die Hand, und dann zog er ihn an sich und umarmte ihn.

»Ich kann dir nicht sagen, wie sehr ich mich gefreut habe, dich wiederzusehen«, verabschiedete er sich von Wolf. »Das war mehr, als ich zu hoffen gewagt hatte.«

»Ich kann jetzt verstehen, warum du nicht zurückkommen willst«, sagte Wolf.

Sein Vater ließ ihn los. »Ich weiß.«

Das letzte, was Wolf von ihm sah, war, wie er am Rand der kleinen Siedlung im Kreis seiner bierflaschenschwingenden Kumpel verschwand. Und während sie ihn fröhlich lärmend mit sich fortzogen, glaubte Wolf ein leises Lied erklingen zu hören.

White Bow lag im Sterben. Das war der Grund, weshalb Wolf den Ruf nach Hause vernommen hatte. Sein Großvater war wieder in sein Tipi gezogen, das auch nach seinem Umzug in das Haus von Open Hand weiterhin so sorgfältig gepflegt worden war, als hätte er noch immer dort gelebt. Direkt über seinem Lager aus Häuten und Bärenfell hatte der alte Mann ein Loch in das Zelt schneiden lassen. In das Feuer, das darunter brannte, wurden in regelmäßigen Abständen getrocknete Salbeibüschel geworfen. Alle diese Maßnahmen dienten dem Zweck, seinem Großvater den Aufstieg zum Himmel zu erleichtern.

In Elk Basin war gerade Sommer, aber White Bow war trotzdem bis zum Hals mit Fellen zugedeckt. Obwohl er an keiner Krankheit im üblichen Sinn litt, wurde er immer wieder am ganzen Körper wie von heftigen Fieberkrämpfen geschüttelt.

»Ich habe großes Glück gehabt«, sagte der alte Mann eines Tages, als Wolf an seiner Seite Wache hielt. »Die meisten Menschen verlassen ihren Körper nur ein einziges Mal in ihrem ganzen Leben – wenn es zu Ende ist. Ich dagegen bin fast täglich geflogen – wann immer ich wollte.«

»Du wolltest doch, daß auch ich fliegen lerne?« Diese Frage hatte Wolf schon die ganze Zeit auf der Zunge gebrannt.

White Bow erwiderte erst lange nichts. Seine Augen waren geschlossen, und sein wächsernes Gesicht wirkte starr wie eine Totenmaske. Wolf begann sich bereits Sorgen zu machen, als sich seine Lippen schließlich doch noch zu bewegen begannen. »Du hast vollkommen recht: Ich habe mir gewünscht, daß auch du den Weg einschlägst, den ich beschritten habe. Aber es hat eine Weile gedauert, bis ich zu der Einsicht gelangt bin, wie selbstsüchtig das war. Das war das einzige Mal in meinem Leben, daß ich nicht auf den Weltengesang gehört habe, sondern auf die Stimme meines Herzens. Dieser Wunsch war einfach zu übermächtig.«

»Aber ich habe das doch auch gewollt, Großvater. Weißt du denn nicht mehr, wie ich dich immer wieder gebeten habe, noch einmal mit mir in die Playa zurückzukehren?«

Über White Bows Lippen legte sich der Anflug eines Lächelns. »Daran kann ich mich noch gut erinnern. Aber ich glaube, das hast du nur getan, um mir eine Freude zu machen.« Ganz langsam drehte er den Kopf zu Wolf herum. »Laß mich deine Hand fühlen.«

Wolf legte seine Hand in die seines Großvaters. Sie fühlte sich kühl und trocken an.

»Ich kann deine Kraft spüren, Wolf, aber dein Weg führt in eine andere Richtung.«

»In welche?«

»Das weiß ich nicht.«

Doch Wolf konnte sich des Eindrucks nicht erwehren, daß er das sehr wohl wußte.

»Kannst du dich noch an unsere Reise ins Reich der Toten erinnern?« fragte White Bow.

»Ja.«

»Jede Reise – jeder Flug – beginnt mit dem Überqueren einer Brücke, auch wenn das natürlich keine richtige Brücke sein muß.«

»In unserem Fall war es der Fluß.«

»Ja, der Fluß«, nickte White Bow. »Ich möchte dich um einen Gefallen bitten. Bau mir eine Brücke. Nimm zwei Längen festen Hanfs und befestigte daran in Form einer Leiter sieben der Pfeile, die ich für mich gemacht habe.«

»Ich werde sehen, daß mir jemand dabei hilft.«

»Nein, das mußt du ganz allein tun. Nur deine Hände dürfen die Leiter-Brücke berühren. Wenn du damit fertig bist, bringst du sie an dem Loch über mir an. Und jetzt geh.« Er ließ Wolfs Hand los. »Mach dich an die Arbeit.«

Drei Stunden später war Wolf fertig. Der Tag neigte sich seinem Ende zu. Die Sonne hing rot und schwer über den Gipfeln der Berge am westlichen Horizont. Den ganzen Tag über war ein leichter Wind durch das Tipi geweht und hatte für Kühlung gesorgt. Doch kaum hatte er die Leiter angebracht, trat mit einem Mal völlige Windstille ein, und man konnte ganz deutlich spüren, wie vom Boden die Wärme hochstieg, die sich dort im Lauf des Tages gespeichert hatte.

»Wolf«, begann White Bow. »Zu Beginn der Zeiten hatten die Menschen keine Medizinmänner und Leiter-Brücken nötig. Jeder war imstande, aus eigener Kraft in den Himmel aufzusteigen. Aber wie auf Dauer auch das Wasser nicht ohne Einfluß auf den Felsen bleibt, so hat auch die Zeit die Menschen verändert. Deshalb haben die meisten diese Fähigkeit verloren. Nun ist es den Medizinmännern vorbehalten, den schmalen Pfad zwischen Himmel und Erde, zwischen Zeit und Raum zu beschreiten – übrigens ein Unterfangen, das mit großen Gefahren verbunden ist, da sich Himmel und Erde, Zeit und Raum jetzt nicht mehr berühren. Mittlerweile tut sich zwischen ihnen eine tiefe Kluft auf, die durch den unaufhaltsamen Niedergang der Welt hervorgerufen wurde und die selbst den erfahrensten Medizinmännern zum Verhängnis werden kann.«

Durch das Loch im Dach des Zeltes blickte der alte Mann in den Himmel hinauf, der von der sinkenden Sonne in glühendes Rot getaucht wurde. »Ich habe dich einmal über eine solche Leiter-Brücke geführt. Aber nicht meinetwegen warst du imstande, diese Reise zu machen, sondern einzig und allein aufgrund der Kraft, die du in dir trägst. Das ist auch der Grund, weshalb ich dich gebeten habe, mir diese Leiter zu bauen. Nun kommt es vor allem darauf an, daß du diese Kraft, die tief in deinem Innern schlummert, verstehen lernst, Wolf. Denn eines Tages wird sie dir von großem Nutzen sein.«

Als White Bow starb, war Open Hand bei ihm. Um sein Zelt hatten sich nicht nur zahlreiche Wind-River-Schoschonen versammelt, sondern auch eine große Anzahl von Angehörigen anderer Stämme, die zum Teil von weit her gekommen waren, um Zeugen des Dahinscheidens dieses großen Medizinmannes zu werden. Als Wolf, der direkt neben dem Eingang kauerte, sich einmal kurz umwandte, war der weite Platz vor dem Zelt voll von reglos wartenden Menschen. Die tiefe Stille wurde nur vom leisen Schnauben eines friedlich weidenden Pferdes oder vom Vorbeistreifen eines Hundes unterbrochen, der auf der Suche nach Essensresten zwischen den Lagerfeuern umherstreunte. Einmal weinte ein kleines Kind. Sonst kein Laut.

Irgendwann mußte Wolf wohl eingeschlafen sein, denn plötzlich kniete seine Mutter neben ihm. Sie legte fürsorglich die Arme um ihn, ihre Lippen streiften seine Wange. Ihre Augen waren heftig gerötet, ihr Gesicht tränenüberströmt.

Seufzend schloß auch Wolf sie in die Arme.

»Er hat uns verlassen«, flüsterte Open Hand.

Das war eines der wenigen Male in ihrem Leben, wo sie sich täuschte.

Zweites Buch

LEBEN IN KRIEGSZEITEN

Als Mitglied einer Reisegesellschaft
braucht man nicht einmal zu wissen,
daß das Matterhorn keine Tuba ist.

Temple Fielding

1

Washington/East Hampton/Tokio

»Es gibt nichts, was ich mehr verabscheue als Heuchelei«, sagte Brigadegeneral i. R. Hampton Conrad.

Conrad sah aus, wie man sich einen typischen Militär vorstellte: markig, tatkräftig, energisch. Sein sandgraues Haar war extrem kurz geschnitten, und seine grauen Augen hatten gerade den nötigen Touch ins Blaue, um ihnen etwas Vertrauenserweckendes, aber zugleich auch Bedrohliches zu verleihen. Bei genauerer Betrachtung seiner Vorgeschichte entpuppte er sich jedoch keineswegs als der typische Militarist, für den man ihn auf den ersten Blick gehalten hätte. Nicht ohne Grund war er schon zehn Jahre früher als sonst beim Militär üblich in den Ruhestand getreten. Aber genau das machte eben das Besondere an ›Ham‹ Conrad aus: Nichts an ihm war so, wie es auf den ersten Blick schien.

Geboren in Hartford, Connecticut, als einer von sieben Söhnen von Thornburg Conrad III., von dem Hartford zur unangefochtenen Versicherungshauptstadt des Landes gemacht worden war, hatte er sich seinen Spitznamen Ham durch seine Riesenpranken eingehandelt, mit denen er auch die wesentlich älteren Jungen seiner Schule das Fürchten lehrte.

Thornburg Conrad III. hatte alles in seiner Macht Stehende (und das war eine ganze Menge) getan, um seinen Söhnen einen optimalen Einstieg ins Leben zu ermöglichen. Ham hatte die Militärakademie in West Point besucht und dort als einer der besten seines Jahrgangs seinen Abschluß gemacht. Trotzdem hatten seine Brüder, die an den Eliteuniversitäten der Ostküste studiert hatten, immer etwas von oben auf ihn herabgeschaut. Aus der Überzeugung heraus, daß Ham an diesen Anfeindungen nur wachsen würde, hatte sein Vater nie etwas dagegen unternommen, und schon gar nicht hatte er sich in irgendeiner Weise dazu geäußert, wie er selbst darüber dachte. In Wirklichkeit war er nämlich sehr stolz auf Ham, der schon sehr früh genau gewußt hatte, was er wollte, und dieses Ziel dann mit allen Mitteln zu erreichen versuchte. Daß es sich dabei zufällig auch noch um dasselbe Ziel handelte, das auch sein Vater schon immer im Auge gehabt hatte, erfüllte diesen nur mit um so größerem Stolz auf seinen Sohn.

Da sich Ham schon auf der Militärakademie auf dem Gebiet der taktischen Kriegführung besonders hervorgetan hatte, wurde er unverzüglich nach seinem Ausscheiden in West Point zum militärischen Führungsstab in Vietnam (MACV) versetzt, der damals, im März des Jahres

1965, unter der Leitung von General William Westmoreland stand und mehr oder weniger die militärische Leitung des Vietnamkrieges kontrollierte. Bei diesem militärischen Oberkommando in Saigon verbrachte Ham vier phasenweise recht erfolgreiche, in der Regel jedoch eher frustrierende Jahre, während derer er dreimal befördert wurde. Obwohl er in dieser Zeit nie irgendwelchen direkten Feindkontakt gehabt hatte, war er für zahlreiche Verluste der gegnerischen Seite verantwortlich.

Nach seiner Rückkehr aus Vietnam hatte Conrad sen. erst einmal darauf bestanden, daß Ham einen Intensivkurs in Japanisch absolvierte. Prompt verschaffte er ihm dann bereits ein halbes Jahr später dank seines erheblichen Einflusses in Washingtoner Regierungskreisen einen hohen Posten beim militärischen Geheimdienst, Abteilung Japan. Wie Thornburg Conrad III. ganz richtig vorhergesehen hatte, sollte sich Ham in diesem Aufgabenbereich auch tatsächlich bestens bewähren, da er es wie kein zweiter verstand, seine Mitarbeiter auf die für Ausländer oft schwer verständlichen Eigenheiten der japanischen Kultur einzustimmen.

Bei dieser Tätigkeit sollte sich seine Zugehörigkeit zum Militär jedoch bald auch als massives Handikap erweisen, da sie ihm aufgrund der tiefsitzenden Abneigung der Japaner gegen jede Form von amerikanischer Militärpräsenz den Zugang zu den maßgeblichen japanischen Kreisen ganz erheblich erschwerte und damit seinen Bewegungsspielraum sehr stark einengte. Darüber hinaus verfügte Ham Conrad über so außergewöhnliche Führungsqualitäten, daß ihm schon bald auch über sein militärisches Wirkungsfeld hinaus ein geradezu legendärer Ruf anhaftete. Und da Ham Conrad noch nie ein Mann gewesen war, der sich im Hinblick auf seine Karriere mit Halbheiten zufriedengab, kam ihm der Vorschlag, den ihm sein Vater anläßlich eines gemeinsamen Urlaubs auf Waikiki machte, sehr gelegen. Während Vater und Sohn also unter Palmen am Strand lagen und sich am Anblick knackig brauner Bikinischönheiten ergötzten, schmiedeten sie einen ehrgeizigen Plan, wie sie die Welt in ihrem Sinn wenigstens teilweise neugestalten könnten. Da sich der alte Conrad grundsätzlich bei allen seinen Unternehmungen gern im Hintergrund hielt, fiel Ham die Aufgabe zu, die Durchführung des ganzen Unternehmens zu leiten und sich insbesondere auf die Japan betreffenden Belange zu konzentrieren.

Als Ham nach Beendigung dieses zehntägigen Arbeitsurlaubs wieder nach Tokio zurückkehrte, war ihr Plan bereits bis ins kleinste ausgearbeitet. Nicht nur, daß die einzelnen Zielsetzungen des Unternehmens ganz genau festgelegt waren, Ham hatte auch, ganz der geniale Stratege, bereits sämtliche möglichen Eventualitäten eingeplant und dafür die entsprechenden Gegenmaßnahmen ausgearbeitet.

Hams Vorgesetzte in Japan nahmen seine Vorschläge sehr wohlwollend auf, und in den maßgeblichen Washingtoner Regierungskreisen war man geradezu begeistert. Bei letzteren handelte es sich in der Mehrzahl um gute alte Bekannte von Thornburg Conrad III., die Hams Vorschläge sofort bereitwillig aufgriffen und sich auch von Hams Person so angetan zeigten, daß sie einhellig zu der Überzeugung gelangten, daß er genau der richtige Mann für die Durchführung eines solchen Projekts war. Dank soviel Rückendeckung von so hoher Stelle war es nur eine Frage von wenigen Wochen, daß Ham nach Washington zurückbeordert wurde, um dort in allen Ehren seinen Abschied vom Militär zu nehmen.

Obwohl Ham damit offiziell in den Ruhestand versetzt worden war, hieß das aber keineswegs, daß er von nun an ein beschauliches Rentnerdasein geführt hätte. Genau das Gegenteil war der Fall. Dieser Schritt stellte auf der Stufenleiter seines Erfolgs einen gewaltigen Sprung nach oben dar, da er lediglich seinen bisherigen Dienstherrn gegen einen anderen eingetauscht hatte, um in Zukunft einer neuen, noch verantwortungsvolleren Aufgabe nachgehen zu können.

›*Ohne Macht und Einfluß wirst du nie glücklich werden*‹, hatte ihm sein Vater, damals war Ham gerade zwölf Jahre alt, prophezeit. ›*Nächstes Jahr wirst du ein Mann. Das wäre zumindest in den meisten primitiven Kulturen so. Und selbst wenn du von den meisten Leuten hier nicht als solcher betrachtet wirst, bist du in meinen Augen auf jeden Fall schon einer.*‹ Mit einer feierlichen Geste, die Ham im nachhinein wie eine Art Ritterschlag erschien, hatte ihm Thornburg Conrad III. dann die Hand auf die Schulter gelegt und gesagt: ›*Ich möchte, daß ich einmal stolz auf dich sein kann und daß du dem Namen Conrad Ehre machst.*‹ Wie eine Art moderner Gralsritter hatte sich Ham auf den Weg gemacht, um genau das zu tun.

Und nun, viele Jahre später, hatten sich Vater und Sohn zusammengetan, um für ihr gemeinsames großes Ziel zu kämpfen. In Hams Augen war keine günstigere Konstellation denkbar. Gemeinsam entwarfen die beiden Männer einen genialen Plan, der sich nichts Geringeres zum Ziel gesetzt hatte, als den unaufhaltsamen Aufstieg Japans an die Spitze der führenden Wirtschaftsmächte zu verhindern. Und um das zu erreichen, würden sie den Hebel bei niemand Geringerem ansetzen müssen als bei Naoharu Nishitsu, seines Zeichens Vorsitzender der Liberaldemokratischen Partei Japans und Oberhaupt des Bunds der Schwarzen Klinge.

Eine ganz entscheidende Rolle bei der Durchführung dieses Plans war Yuji Shian, dem Konzernchef von Shian Kogaku, zugedacht. Sobald ihm genügend Beweismaterial über Nishitsus dunkle Machenschaften vorliegen würden, sollte er eine tiefgreifende Säuberungskampagne starten, in deren Verlauf Nishitsus Gefolgsleute aus ihren einflußreichen Stellungen in Politik und Wirtschaft entfernt werden konnten.

Wie sich das schon in Osteuropa und in der ehemaligen Sowjetunion gezeigt hatte, würde auf den Trümmern dieser gewaltigen Umwälzungen eine neue Ordnung entstehen, die sich wesentlich mehr an der Politik und am Lebensstil der westlichen Nationen und insbesondere Amerikas orientierte.

»Die Heuchelei ist der Untergang der Zivilisation«, sagte Ham Conrad und biß in einen saftigen Hamburger. Draußen auf der Straße war weit und breit kein einziger Weißer zu sehen, und auch in dem kleinen Schnellimbiß gab es, angefangen vom Koch bis hin zu den Gästen, nur Schwarze. Ham befand sich in einem der Gettos von Washington, in das sich nachts nur noch wenige Streifenwagen vorwagten. Denn wie in fast allen großen Städten Amerikas herrschte auch in Washington eine streng getrennte Zweiklassengesellschaft von Arm und Reich. Aber wenn sich Hams ehrgeizige Pläne tatsächlich verwirklichen ließen, dann hätte das das Gesicht der Welt von Grund auf verändert – und zwar so tiefgreifend, daß sich dadurch auch das Los der Armen und Unterprivilegierten ganz erheblich verbessern würde.

Ham hatte noch nie viel übriggehabt für die Reichen und ihr steifes und förmliches Getue – als ob es angesichts der zunehmend dringlicheren Probleme in der Welt nicht wichtigere Dinge gegeben hätte, als sich um Etikette und gute Umgangsformen zu kümmern. Im Gegenteil, wenn er die Zeichen der Zeit richtig deutete, gärte es in weiten Kreisen der Bevölkerung ganz gewaltig, und dieser massive Volkszorn war in seinen Augen eine fast zwangsläufige Reaktion auf die weltfremde Überheblichkeit der Reichen und Mächtigen von Georgetown und Capitol Hill. Wenn sonst schon nichts, so war diese Wut zumindest frei von jeder Heuchelei. Und das allein hatte schon eine reinigende Kraft von nicht zu unterschätzendem Wert.

»Heuchelei ist ein typisches Kennzeichen aller in Selbstzufriedenheit erstarrten Kulturen«, fuhr Ham fort. »Sie ist als Warnung zu verstehen, daß in dieser Kultur etwas im argen liegt, und sollte deshalb auf keinen Fall mißachtet werden.« Er grub seine Zähne in das noch fast rohe Fleisch des Hamburgers.

»Weil wir gerade von Heuchelei sprechen«, entgegnete Jason Yoshida und lutschte etwas geschmolzenen Käse von seinem Zeigefinger. »Um halb vier kommt Audrey Simmons.«

Das Glas Coke verschwand fast in Hams mächtiger Pranke, als er es an seinen Mund führte. Er nahm einen kräftigen Schluck und schnalzte zufrieden mit den Lippen. »Senator Simmons' Frau?«

Jason Yoshida nickte. »Vermutlich möchte sie dir persönlich dafür danken, daß du dich so nachhaltig für ihren Sohn eingesetzt hast.«

»Reicher Leute Kinder«, brummte Ham und wischte sich mit einer Papierserviette den Mund ab. »Sie sind in der Regel weniger die Produkte ihrer Eltern als vielmehr von deren Vermögen.« Er trank sein Coke leer, warf dem Mann hinter der Theke einen kurzen auffordernden Blick zu und deutete auf einen riesigen, zuckertriefenden Krapfen. »Mit anderen Worten: Diese Kinder bekommen ihre Eltern meistens nur sehr selten zu sehen.«

Yoshida, der sich über seinen Cheeseburger hermachte, gab ein ärgerliches Grunzen von sich, als etwas Ketchup auf den Zuckerstreuer spritzte.

»Ich hoffe, Sie haben noch genügend von Ihrem starken Kaffee«, sagte Ham zu dem Mann hinter der Theke. »Denn genau das ist es, was mir jetzt noch zu meinem Glück fehlt.«

Zu Hams Überraschung war Audrey Simmons nicht die gleiche Heuchlerin wie ihr einflußreicher Gemahl. Weniger überrascht war er dagegen über die Probleme gewesen, die sie mit ihrem Sohn Tony hatten. Der Junge war in schlechte Gesellschaft geraten, nahm Drogen, schwänzte die Schule und machte auch sonst »Schwierigkeiten, wo er nur konnte«, wie es Senator Simmons am Telefon ausgedrückt hatte.

»Tony ist kaum mehr wiederzuerkennen«, sagte Audrey Simmons. »Sie machen sich keine Vorstellung, wie dankbar ich Ihnen dafür bin.« Sie lächelte. »Und Leland natürlich auch.«

»Keine Ursache«, brummte Ham. »Was ich getan habe, habe ich für Tony getan.«

»Aber was genau haben Sie nun eigentlich getan?«

Ham stand auf und sah aus dem Fenster seines Büros, wo der schwarze Gärtner gerade die Rosenbüsche beschnitt. Ob der Gärtner wohl auch in dem Schnellimbiß essen ging, aus dem Ham gerade kam? Obwohl man von seinem Büro keinen Blick auf das Weiße Haus hatte – und in den Augen der meisten Leute war das eine unabdingbare Voraussetzung, wenn man in Washington über wirkliche Macht verfügen wollte –, wurden hier sehr wichtige und folgenschwere Entscheidungen getroffen. Die stereotype Einrichtung des schmucklosen Raums schien noch aus der Zeit vor dem Zweiten Weltkrieg zu stammen, und an verschiedenen Stellen begann bereits die Farbe von den Wänden zu blättern. Hinter dem Schreibtisch hing ein gerahmtes Foto des gegenwärtigen Präsidenten, über der Sitzgruppe die Reproduktion eines Gemäldes von Teddy Roosevelt.

Ham hatte noch ein anderes, wesentlich repräsentativeres Büro in der K Street, das er jedoch kaum benutzte. Es befand sich in einem modernen Bürogebäude, das auch die renommierteste Anwaltskanzlei Washingtons beherbergte. Einen zusätzlichen Reiz hatte auch die Tatsache auf ihn ausgeübt, daß er sich dort die Etage mit der Vertretung einer einflußreichen projapanischen Lobby teilte.

Offiziell lief das Büro in der K Street unter dem Namen Lenfant & Lenfant. Brosian Lenfant, ehemaliger Senator für Louisiana, hatte nach einem schweren Schlaganfall sein Amt niederlegen müssen und stellte seitdem seinen Namen und einmal in der Woche auch seine leibliche Anwesenheit für die in Wirklichkeit von Ham Conrad geleitete Firma zur Verfügung.

Jason Yoshida war mit Hams Hilfe amerikanischer Staatsbürger geworden, bekleidete inzwischen den relativ hochrangigen Posten eines GS-14, und arbeitete offiziell für das Verteidigungsministerium. In Wirklichkeit leitete er jedoch das Büro in der K Street.

Ham wandte sich vom Fenster ab. »Wissen Sie, Mrs. Simmons, im Grunde genommen kommt es nur darauf an, einem Kind gewisse Grenzen zu setzen.«

»Inwiefern Grenzen?«

Die blonde Frau des Senators war von jener zerbrechlichen Schönheit, wie sie in Washington für viele Frauen der Reichen und Mächtigen typisch ist. Obwohl sie nicht gerade den Eindruck machte, als verstünde sie viel von Kindererziehung, versuchte Ham dennoch, ihr den Sachverhalt näher zu erklären: »Wenn ein Kind spürt, daß ihm keine Grenzen gesetzt werden und daß es sich alles erlauben kann, wird es ganz notgedrungen herauszufinden versuchen, wie weit es nun tatsächlich gehen kann. Hinter dem, was Ihr Sohn getan hat, steckte keineswegs nur böse Absicht, Mrs. Simmons. Im Grunde genommen sehnte er sich danach, endlich einmal seine Grenzen aufgezeigt zu bekommen. Denn nur mit Hilfe solcher Grenzen ist es einem Kind möglich, sich im Leben zu orientieren. Es ist ganz dringend darauf angewiesen, daß ihm seine Eltern klarmachen: Ja, das kannst du tun; und nein, das geht zu weit. Erst so wird es ihm möglich, sich in der Welt zurechtzufinden, und nur so wird ein Kind die Sicherheit finden, die es so dringend braucht.«

Audrey Simmons stand auf. »Jedenfalls haben Sie bei Tony wahre Wunder gewirkt.« Sie reichte ihm ihre sorgfältig manikürte Hand. »Mein Mann wird sich demnächst mit Ihnen in Verbindung setzen . . .«

Ham winkte ab. »Das ist nicht nötig. Bestellen Sie Ihrem Mann bitte, daß ich mich gegebenenfalls bei ihm melden werde, falls sich die Notwendigkeit ergeben sollte.« Lächelnd begleitete er sie zur Tür. »Und noch etwas, Mrs. Simmons. Ich stehe Ihnen jederzeit zur Verfügung, falls Tony noch einmal Schwierigkeiten machen sollte.«

Audrey Simmons drehte sich so unvermutet um, daß Ham, der hinter ihr gegangen war, gegen sie stieß. »Dürfte ich Sie vielleicht auch so anrufen?« Die Art, wie sie ihn dabei ansah und den Kopf zur Seite legte, war nicht anders als eine Geste bedingungsloser Kapitulation zu deuten. »Mein Mann ist nicht der einzige, der sich Ihnen erkenntlich zeigen könnte.«

Wie sehr fühlte sich Audrey Simmons wohl von ihrem Mann vernachlässigt, daß sie sich ihm so an den Hals warf? Armer Tony, dachte Ham. Dein Vater ist ein Heuchler, und deine Mutter eine billige Nutte. Wortlos nahm er die Frau am Arm, führte sie nach draußen und murmelte einige freundliche, aber zu keinerlei Hoffnungen Anlaß gebende Abschiedsworte.

Wenige Augenblicke später kam Jason Yoshida herein. »War das nun ein Akt purer Menschenfreundlichkeit, oder stehen da auch ganz handfeste politische Interessen dahinter?« fragte er, kaum hatte er die Tür hinter sich geschlossen.

»Weißt du eigentlich, daß du für einen Japaner ganz schön zynisch bist?«

»Ich mag ja vielleicht Japaner sein, aber das ändert nichts an der Tatsache, daß ich inzwischen in erster Linie Amerikaner bin.«

»Nichts für ungut.« Beschwichtigend hob Ham die Hand und setzte sich wieder an seinen Schreibtisch. »Jedenfalls kannst du manchmal ganz schön zynisch sein.«

»Das muß wohl an dieser Stadt liegen«, erwiderte Yoshida trocken.

»Was du nicht sagst«, brummte Ham. »Um noch mal auf den jungen Simmons zurückzukommen: Im Grunde genommen ist der Junge gar nicht so verkehrt. Jedenfalls wird er mal ein wesentlich anständigerer Kerl als seine Eltern.«

»Aber wir können doch auf seinen alten Herrn zählen, wenn wir ihn mal brauchen.«

»Und ob wir Simmons brauchen werden. Es ist nur noch eine Frage der Zeit, bis dem Senat die neue Gesetzesnovelle des Senatsausschusses für Außenhandelsfragen vorgelegt wird. Die drakonischen Einfuhrbeschränkungen, die das nach sich zöge, hätten unweigerlich ganz massive Wirtschaftssanktionen von seiten Japans zur Folge. Im Klartext heißt das: Diese Novelle, die von unseren Gewerkschaften schon lange gefordert wird, muß zu einem tiefgreifenden wirtschaftlichen Bruch mit Japan führen. Und was, glaubst du wohl, wird passieren, wenn plötzlich die Regierungscomputer mit ihren Geheimdaten abstürzen und wir nicht mehr an die ausschließlich in Japan produzierten Chips herankommen?«

»So weit wird es nicht kommen«, sagte Yoshida. »Dafür werden wir schon zu sorgen wissen.«

»Das allerdings.« Ham verschränkte die Hände im Nacken und schaute nachdenklich aus dem Fenster, wo der schwarze Gärtner noch immer mit den Rosen beschäftigt war. Wie er den Mann um seine naturverbundene Tätigkeit beneidete. »Aber vielleicht gelingt es uns nicht schnell genug. Die Tatsache, daß in letzter Zeit mehrere Senatoren in wichtigen Schlüsselpositionen unter höchst mysteriösen Umständen ums Leben gekommen sind, hat meinen Vater zutiefst beunruhigt.«

»Den Obduktionsbefunden zufolge sind sie ausnahmslos an den Folgen einer schweren Krankheit oder eines Unfalls gestorben. Von der Polizei haben wir diesbezüglich also keine Hilfe zu erwarten.«

»Damit habe ich auch nie gerechnet. Schließlich sieht die Polizei die Dinge ja auch unter gänzlich anderen Gesichtspunkten als wir. Das alles ändert jedoch nichts an der Tatsache, daß sich alle diese kürzlich verstorbenen Senatoren mit Nachdruck gegen diese Gesetzesvorlage ausgesprochen haben. Und wer wird nun ihren Platz einnehmen? Lauter Männer, die ganz dezidiert die Interessen der Gewerkschaften vertreten und auch ein dementsprechendes Votum abgeben werden.«

Yoshida wartete geduldig, bis Ham zu Ende gesprochen hatte, bevor er sagte: »Ich habe dafür gesorgt, daß Shipley seinen alten Posten im Verteidigungsministerium wieder bekommen hat. Allerdings sollten wir uns überlegen, ob wir ihn nicht für eine Beförderung vorschlagen sollten. Wirklich bewundernswert, wie rasch er nach Moravias Tod in Wolf Matheson einen ebenbürtigen Ersatz gefunden hat.«

Ham beobachtete, wie ein Schatten über die Rosensträucher fiel und ihre dornigen Stämme in tiefes Schwarz tauchte. »Aber sicher. Warum nicht?«

»Ich werde mir schon eine angemessene Belohnung für ihn ausdenken.«

Abrupt drehte sich Ham um und sah Yoshida scharf an. Irgend etwas an dem Ton, in dem er das sagte, hatte ihn aufhorchen lassen. »Was ist los? Wo drückt der Schuh?«

»Ich weiß auch nicht recht«, brummte Yoshida achselzuckend. »Irgendwie ist mir plötzlich nicht mehr ganz wohl bei der Sache. Anfangs war ich eigentlich ganz sicher, daß sich dein Vater gegen alle Eventualitäten abgesichert hat. Aber dann sterben plötzlich diese Senatoren weg wie die Fliegen. Als nächstes erwischt es Lawrence Moravia, und prompt kommt dein Vater mit dem Vorschlag daher, ihn durch Matheson zu ersetzen – und das, obwohl wir nicht mal wissen, ob sie Moravia zum Sprechen gebracht haben, bevor sie ihn umbrachten.«

»Du weißt doch, daß das in diesem Zusammenhang vollkommen unerheblich ist. Außerdem haben wir deshalb in dieser Sache Shipley vorgeschickt. Moravia hat weder uns noch einen unserer Kontaktleute je zu Gesicht bekommen; er wußte nicht einmal, daß wir überhaupt etwas mit der Sache zu tun haben.«

Ohne darauf einzugehen, fuhr Yoshida fort: »Wir bringen Shipley wieder ins Spiel, und er zieht seine Nummer ab, um Matheson für die Mitarbeit an unserem Vorhaben zu gewinnen – also alles genau so, wie es dein Vater angeordnet hat. Und nun behalten wir – ebenfalls auf Anraten deines Vaters – Matheson im Auge, wie er sich auf Moravias Spuren an die Sache heranzutasten versucht. Bisher ist dabei allerdings nichts anderes herausgekommen, als daß er sich auf die Fährte einer ausgeflippten japanischen Künstlerin gesetzt hat, weil er anscheinend scharf auf sie ist, oder was auch immer. Und anschließend läßt er sich von einem Unbekannten durch das Oberlicht eines New Yorker Apartmenthauses werfen.«

»Zugegebenermaßen war das Ganze mehr oder weniger die Idee meines Vaters, aber so weit ich das beurteilen kann, besteht bisher noch kein Grund zur Besorgnis.« Ham sagte das in einem Ton, als hätte er kein Wort von dem gehört, was Yoshida eben vorgebracht hatte. »Zudem läuft in Japan selbst weiterhin alles genau nach Plan.«

»Weil wir dort die Lage fest im Griff haben und über gute Verbindungen verfügen«, warf Yoshida ein. »Aber was die Situation hier betrifft, kann ich mich immer weniger des Verdachts erwehren, daß dein Vater – wie soll ich es sagen? – langsam doch ein bißchen nachläßt. In seinem Alter wäre das ja auch, wie du sicher selbst zugeben wirst, keineswegs ein Wunder. Nimm doch nur mal diese Schnapsidee mit Matheson. Warum will dein Vater unbedingt, daß ausgerechnet er Moravias Platz einnimmt, obwohl wir doch in Tokio einen Mann zur Verfügung haben, der für diese Aufgabe ideal geeignet wäre? Ganz abgesehen davon ist mir bei dem Gedanken, Matheson ins Spiel zu bringen, grundsätzlich nicht wohl. Der Mann ist ein typischer Einzelgänger – und ein blutiger Anfänger noch dazu. Wer kann zum Beispiel dafür garantieren, daß er sich wirklich an die Vorschriften hält? Du jedenfalls sicher nicht.« Yoshida schüttelte den Kopf. »Er ist eindeutig das schwächste Glied in der Kette; er kann alle unsere Pläne zunichte machen. Und aus diesem Grund kann ich einfach nicht verstehen, warum wir ihn überhaupt ins Spiel gebracht haben.«

»Das haben wir doch alles schon unzählige Male durchgekaut«, brummte Ham mißmutig. »Matheson ist ein ausgesprochen erfahrener Polizist und bringt geradezu ideale Voraussetzungen für diese Aufgabe mit. Wenn du mich fragst, war mein Vater von Anfang an gegen den Einsatz von Moravia. Er scheint felsenfest davon überzeugt zu sein, daß einzig und allein Matheson der richtige Mann ist, um sich Zugang zu *Verbotene Träume* und dem inneren Zirkel um Naoharu Nishitsu zu verschaffen. Und nach allem, was ich über Mathesons Vorgeschichte weiß, neige ich in diesem Punkt nach wie vor dazu, meinem alten Herrn recht zu geben. Aber keine Sorge, Yosh, ich habe deine Bedenken sehr wohl zur Kenntnis genommen.«

»Hier handelt es sich nicht um irgendwelche Bedenken«, entgegnete Yoshida. Und erst als Ham fragend zu ihm aufsah, fuhr er fort: »Ich sehe darin eine Warnung, die wir besser nicht in den Wind schlagen sollten, wenn wir nicht wollen, daß unser Vorhaben scheitert.«

Zu Wolfs nicht geringer Überraschung war es Amandas Schwester Stevie Powers, die an seinem Bett saß, als er nach der Operation aus der Narkose erwachte. Ihr hatte er es auch zu verdanken, daß eigens ein Spezialist aus dem Walter Reed Hospital in Washington eingeflogen worden war, damit er von seinen tiefen Schnittverletzungen an Armen und Beinen auf keinen Fall einen bleibenden Schaden davontrug. Es war ohnehin ein Wunder, daß Wolf den Sturz durch das Oberlicht überlebt hatte.

»Woher nimmst du nur die Zeit, dich so ausgiebig um mich zu kümmern?« fragte Wolf, als ihn Stevie wieder einmal in der Klinik besuchte. »Was sagen deine Patienten dazu?«

Stevie versuchte zu lächeln. »Ich habe mir ein paar Stunden freigenommen.« Der Schnitt ihres Karl-Lagerfeld-Kostüms brachte ihre Figur ganz hervorragend zur Geltung. »Aber um ganz ehrlich zu sein: Im Moment habe ich einfach nicht mehr die Kraft, um mich mit den Problemen meiner Patienten auseinanderzusetzen. Morton ist in diesem Punkt allerdings anderer Meinung. Er findet, ich käme am besten über das Ganze hinweg, wenn ich mich Hals über Kopf in die Arbeit stürzen würde. Aber da täuscht er sich ausnahmsweise.« Und noch während sich Wolf wieder einmal in dem Verdacht bestätigt glaubte, daß sie ihn mit allen psychologischen Tricks aus der Reserve zu locken versuchte, sah sie ihn mit einem entwaffnend warmen und aufrichtigen Lächeln an und fuhr fort: »Ehrlich gestanden, stecken hinter meinen häufigen Besuchen keineswegs nur altruistische Motive. Ganz im Gegenteil, ich empfinde es einfach als ausgesprochen wohltuend, in deiner Nähe zu sein. Irgendwie habe ich das Gefühl, daß ich Amanda nirgendwo so nahe bin wie in deiner Gegenwart.«

Seltsamerweise brachte Stevies unverhoffte Fürsorge auch einen unerwarteten Nebeneffekt mit sich. Während der endlos sich hinziehenden Tage im Krankenhaus wurde Wolf deutlicher denn je bewußt, wie allein er tatsächlich war. Daran konnte auch die Tatsache nichts ändern, daß Bobby Connor und die anderen Kollegen auf einen gelegentlichen Anstandsbesuch vorbeischauten. Allein Squire Richards hatte sich noch kein einziges Mal sehen lassen. Als er sich deshalb bei Bobby Connors nach ihm erkundigte, entging ihm nicht, daß ihn diese Frage sichtlich in Verlegenheit stürzte. Alles, was er jedoch dazu sagte, war: »Ihre Meinungsverschiedenheit mit Squire ist längst kein Geheimnis mehr.«

»Das war keine Meinungsverschiedenheit«, schnaubte Wolf verärgert. »Das war eine handfeste Auseinandersetzung.«

»Sprechen wir lieber über was anderes«, versuchte Bobby darauf das Thema zu wechseln. »Anfang der Woche soll der endgültige Obduktionsbefund vorliegen.«

»Na schön, dann lassen Sie ihn mir sofort zukommen. Und was wird über uns geredet?«

Bobby Connor schien das Ganze sichtlich unangenehm. »Ach, wissen Sie, Lieutenant, es wird geredet, daß Sie ziemlich massiv mit Squire aneinandergeraten sind.«

Irgend etwas in Bobbys Stimme ließ Wolf aufhorchen. »Und weiter?«

»Na ja, und daß Sie nicht mehr mit ihm zusammenarbeiten wollen, weil er schwarz ist.«

»Das ist doch vollkommener Unsinn.«

»Das ist mir durchaus klar«, nickte Bobby. »Aber ich weiß nicht, ob das auch auf Breathard zutrifft.«

»Dieser blöde Idiot.« Aber natürlich war Breathard alles andere als blöd. Im Gegenteil, er war sogar verdammt gerissen.

»Wissen Sie, Lieutenant, es gab eine Menge Zeugen, und Breathard hat mit jedem einzelnen von ihnen persönlich gesprochen.«

»Warum hat er nicht mit Squire gesprochen? Diese Sache geht schließlich nur ihn und mich was ein.«

Bobby stand auf und sah aus dem Fenster. »Squire hat sich bisher noch mit keinem Wort zu der ganzen Sache geäußert – außer, daß er nicht die Absicht hat, den Dienst bei den Werwölfen zu quittieren.«

»Soll das heißen, daß er sich einfach tot stellt und tatenlos zusieht, wie sich diese idiotische Geschichte, daß ich ihn angeblich wegen seiner Hautfarbe diskriminiere, ganz von selbst immer weiter hochschaukelt?«

»Ganz so sieht es im Augenblick aus.« Bobby drehte sich wieder zu Wolf um. »Tatsache ist jedenfalls, daß er ein paar Tage Urlaub genommen hat – mit Breathards Einverständnis.«

Wolf schloß die Augen. Zweifellos machte Squire nun die Gegend unsicher, um das Geld für seinen Bruder zusammenzubekommen. Inzwischen bereute er es bereits, daß er Squire an dem verhängnisvollen Abend im Mentira das Geld nicht gelassen hatte. »Geben Sie mir sofort Bescheid, wenn er wiederauftaucht«, wandte er sich niedergeschlagen an Bobby. »Und wenn er sich telefonisch meldet, richten Sie ihm aus, daß ich dringend mit ihm sprechen möchte.«

Irgendeine Möglichkeit würde sich schon finden lassen, Squire doch noch zu seinem Geld zu verhelfen. Das war zwar genauso gegen die Vorschriften wie das, was Squire getan hatte, aber im Moment sah er einfach keinen anderen Ausweg aus diesem Dilemma. Genau das war übrigens auch der Punkt, über den er immer wieder mit Amanda gesprochen hatte. Denn worum ging es letzten Endes bei allen diesen typischen Männervereinen, wie auch die Polizei einer war? Sie dienten entweder dem Zweck, die bestehenden Gesetze zu umgehen, oder sich eigene Gesetze zu schaffen. Welches von beidem nun auch der Fall sein mochte, es zeugte von einer bedenklichen Verachtung für die geltenden Regeln und Gesetze, die häufig jedoch bei vielen so unterschwellig war, daß sie sich des enormen subversiven Potentials ihrer Grundeinstellung gar nicht bewußt wurden. Zugleich gab es jedoch auch noch die Sorte Männer, für die gerade das den besonderen Reiz an der Sache ausmachte.

Als Wolf drei Tage später aus dem Krankenhaus entlassen wurde, lud ihn Stevie auf ein verlängertes Wochenende in ihr Haus in East Hamptom ein. »Bitte sag ja, Wolf. Du würdest mir damit eine große Freude machen. Ich brauche zwar dringend ein paar Tage Ruhe, aber ganz allein würde ich es da draußen auf keinen Fall aushalten.« Über ihre Lippen legte sich ein zaghaftes Lächeln. »Wie das auch in anderen extrem streßintensiven Berufen der Fall ist, riskieren auch wir Analytiker, eines Tages unter der ständigen Belastung zusammenzubrechen.«

Das große, hochherrschaftliche Haus am Ufer des Georgica Pond strahlte selbst bei hellstem Sonnenschein etwas düster Abweisendes aus. Fortwährend knarzte und ächzte das jahrhundertealte Gebälk, und das Schlagen der vorsintflutlichen Kupferrohre wurde untermalt vom Rauschen der mächtigen Hemlocktannen, die das Haus so dicht umstanden, daß sich ihre weit ausladenden Äste unablässig an den holzverkleideten Außenwänden rieben und ihnen den matten Glanz von beschlagenem Silber verliehen.

Aus irgendeinem unerfindlichen Grund war der Wind draußen auf dem Wasser oft weniger stark als in der unmittelbaren Umgebung des Hauses – und das, obwohl es ringsum von hohen Bäumen umstanden war. Der weitläufige Park selbst wurde von einer hohen Ligusterhecke umgeben. In den Häusern, die links und rechts an das Grundstück angrenzten, lebten Vertreter des alteingesessenen amerikanischen Geldadels – Stevie und ihr Mann befanden sich also in bester Gesellschaft.

Vom Fenster seines Zimmers konnte Wolf den Georgica Pond sehen. Wie es für die elitären Kreise, die sich an seinen Ufern niedergelassen hatten, typisch war, handelte es sich bei diesem Namen um eine krasse Untertreibung, da es sich dabei keineswegs nur um einen kleinen Teich handelte, sondern um einen richtigen See. Das Sonnenlicht, das sich in immer neuen Nuancen auf seiner Oberfläche brach, verlieh der ganzen Szenerie etwas unwirklich Geheimnisvolles.

Vielleicht lag es daran, daß Wolf irgendwann für Realität zu halten begann, was er sich zusammenfantasierte, wenn er stundenlang auf das glitzernde Wasser hinausblickte. Der See barg ein Geheimnis, und in seiner Tiefe waren unerklärliche Kräfte am Werk – Kräfte, deren Wesen mit den Mitteln wissenschaftlich-rationalen Denkens ebensowenig zu ergründen war wie die verborgene Macht der unzähligen Fetische, die das ganze Haus bevölkerten.

Diese seltsamen Figuren – Darstellungen von Tieren, Menschen und übernatürlichen Wesen, die Stevie von ihren unzähligen Reisen nach Hause gebracht hatte – stammten aus aller Herren Länder; aus Mexiko, Honduras, Tibet, Guatemala, Peru, Haiti, Madagaskar, Sri Lanka, Thailand, Bhutan und Sansibar. Wolf fühlte sich in dieser animistisch angehauchten Atmosphäre sehr wohl. Es war, als ginge von diesen Fetischen eine geheime Kraft aus, die White Bows Weltengesang wenn schon nicht wieder vollends zum Leben erweckte, so doch wesentlich deutlicher vernehmbar machte.

Irgendwann schlief Wolf ein, und als er erwachte, schnürte ihm die Erinnerung an seinen Sturz durch das Oberlicht die Kehle zusammen. Und doch war es nicht der verzweifelte Kampf auf dem Dach gewesen, der ihm so schwer zu schaffen machte, und auch nicht der verhängnisvolle Sturz. Nein, da war noch etwas anderes gewesen. Tot und doch nicht tot, Feuer im Eis, Dunkel im … Zitternd wischte er sich den Schweiß von der Stirn, während er sich angestrengt an den Inhalt seines Traums zu erinnern versuchte.

Es dämmerte bereits; er hatte den ganzen Nachmittag geschlafen. Stevie saß im Wohnzimmer und blätterte in ihren Unterlagen, als sie jedoch Wolf im Durchgang zum Flur stehen sah, klappte sie den Ordner zu und legte ihn beiseite.

Vor dem Haus pfiff der Wind durch die Tannen und peitschte ihre Zweige gegen die Außenmauern. Ihr unablässiges Schaben und Scharren war wie das leise Raunen der Stimmen des Unbewußten. Irgendwo da draußen, auf jeden Fall unten am Seeufer, mußte die Sonne noch zu sehen sein.

»Wie fühlst du dich?«

»Es geht.« Wolf streckte mehrmals hintereinander die Finger seiner rechten Hand. »Wenn ich geschlafen habe, ist sie immer noch ein bißchen steif, aber ansonsten …« Er hob die Schultern. »Ich kann es schon kaum mehr erwarten, wieder an meine Arbeit zurückzukehren.«

»Das ist ein gutes Zeichen. Du wirst mir sicher sehr fehlen, wenn du wieder zu arbeiten anfängst.«

Er betrat den Wohnraum. »Was hält eigentlich Morton davon, daß wir hier ganz allein das Wochenende verbringen?«

»Morton ist in Washington«, sagte Stevie und schüttelte die Kissen auf dem Sofa auf. »Und wenn sich Morton in Washington aufhält, ist ihm alles andere egal.«

Sie trieb ihre Faust in eines der Kissen, was zur Folge hatte, daß sich ihr weißes Männerhemd verführerisch um ihre vollen Brüste spannte. Hier draußen auf dem Land war plötzlich überhaupt nichts mehr von der damenhaften, vornehm-distanzierten Eleganz zu spüren, mit der sich Stevie in New York umgab. Das zeigte sich unter anderem auch darin, daß sie hier fast ausschließlich Jeans und einfach Hemden oder Pullover trug.

»Wie es scheint, ist Morton in letzter Zeit ziemlich oft in Washington.«

Verlegen wandte Stevie den Blick ab und sagte: »Bevor mir hier drinnen noch das Dach auf den Kopf fällt – laß uns doch einen kleinen Spaziergang machen. Über dem See geht gerade die Sonne unter.«

Sie schlüpften in ihre Jacken und gingen zum Ufer hinunter. Für Anfang März war es erstaunlich mild. Schweigend schlenderten sie am Ufer entlang. Hin und wieder bückte sich Wolf, hob einen flachen Stein vom Boden auf und ließ ihn über die glatte Wasseroberfläche hüpfen. Er hinkte kaum noch, und Stevie fand, daß ihm nichts mehr von den Folgen seines Sturzes anzumerken war.

Der See war wie ein Lebewesen, das, in tiefen Winterschlaf versunken, vom Nahen des Frühlings träumte, der es wieder zu neuem Leben erwecken würde. Obwohl völlige Windstille herrschte, schob Stevie ihre Hände tief in die Taschen ihrer Jacke und zog fröstelnd die Schultern hoch. Wolf, der ganz dicht neben ihr stand, konnte deutlich spüren, daß ihr noch immer ihr kurzer Wortwechsel über Mortons häufige Abwesenheit durch den Kopf ging.

»Ich muß dir etwas gestehen, Wolf«, begann sie schließlich zaghaft. »Ich habe sogar Amanda in dem Glauben gelassen, daß zwischen Morton und mir alles in bester Ordnung wäre. Ganz schön dumm, findest du nicht auch? Schließlich war sie der Mensch, mit dem ich darüber am ehesten hätte sprechen können.«

Sie sah Wolf kurz an, holte tief Luft und begann dann mit einem tiefen Seufzer: »Um ganz ehrlich zu sein – Morton hat sozusagen ein zweites Standbein in Washington gefunden. Ich fürchte, daß sie wesentlich jünger ist als ich und daß er ihr rettungslos verfallen ist. Soviel ich weiß, arbeitet sie bei der französischen Botschaft.« Nachdenklich ließ sie den Blick auf den Abdrücken ruhen, die ihre Stiefel in der feuchten Erde hinterlassen hatten. »Komisch. Ich kann mir nicht vorstellen, daß ich das außer dir sonst noch einem Menschen erzählen könnte. Wie du sicher weißt, stehen Morton und ich in dem Ruf, eine Traumehe zu führen – sehr zum Nutzen für unser beider Karrieren. Es fällt mir sehr schwer, mir einzugestehen, geschweige denn es auszusprechen, daß die Jugend etwas ist, wogegen ich nicht die geringste Chance habe.«

Später, beim Abendessen, sagte sie: »In gewisser Weise bist du wie die Fetische, die hier überall herumstehen – fremdartig und faszinierend.«

Er griff nach einer der magischen Figuren und hielt sie nachdenklich in seiner Hand. »Findest du diese Fetische tatsächlich fremdartig?«

»Du denn nicht?«

Wolf hob die Schultern. »In gewisser Hinsicht sind sie der Wirklichkeit, das heißt dem wahren Zustand der Welt, wesentlich näher, als wir das je sein werden.«

Sie stützte den Kopf auf ihre Hände und sah ihn auffordernd an. »Sprich ruhig weiter.«

»Deshalb wolltest du also, daß ich mit dir komme – damit du auch die verborgensten Winkel und Ecken meiner Psyche ausleuchten kannst.«

Obwohl sie instinktiv sofort spürte, daß er das keineswegs im Spaß gesagt hatte, lachte sie. »Also hör mal. Wie kannst du nur so etwas von mir denken?« Trotzdem konnte sie seinem Blick nicht standhalten und sah verlegen auf ihren Teller. Erst nach einer Weile hob sie wieder den Kopf und schaute ihm in die Augen. »Wirst du sehr schlecht von mir denken, wenn ich dir gestehe, daß ich dich vor allem deshalb mitgenommen habe, weil ich schreckliche Schuldgefühle habe?«

»Nein«, antwortete Wolf ohne Zögern. »Im Gegenteil, ich halte das für eine vollkommen natürliche Reaktion.« Er lächelte ihr aufmunternd zu. »Amanda hat immer gesagt . . .« Doch im selben Moment schnürte sich ihm so heftig die Kehle zusammen, daß er kein Wort mehr hervorbrachte. Verzweifelt gegen die Tränen ankämpfend, wandte er den Blick ab.

Stevie stand auf und machte sich daran, das Geschirr abzuräumen. »Ich weiß nicht, wie du als Außenstehender das Verhältnis zwischen Amanda und mir empfunden hast«, begann sie nach einer Weile. »Jedenfalls war es nicht annähernd so harmonisch, wie es nach außen hin vielleicht den Eindruck machte. Amanda und ich hatten oft erbitterte Auseinandersetzungen – und zwar vor allem wegen Morton. Im nachhinein muß ich sagen, daß sie in diesem Punkt vielleicht sogar recht hatte.« Sie brachte den Nachtisch, obwohl ihr klar war, daß ihm im Moment sicher ebensowenig nach Essen zumute war wie ihr. Aber vielleicht war es gerade das damit verbundene Gefühl von Alltäglichkeit und Normalität, das sie jetzt ganz dringend brauchte. »Wir waren beide sehr ehrgeizig. Möglicherweise ist dir das bei Amanda aber nie so richtig bewußt geworden, weil ihr das Unterrichten solchen Spaß gemacht hat. Als wir jedoch noch jünger waren, wollte jede von uns in allem immer die Beste sein. Wir haben von klein auf einen erbitterten Konkurrenzkampf gegeneinander geführt . . . und, ja, wir haben uns dabei auch manchmal sehr weh getan.« Sie stellte zwei Tassen sowie Sahne und Zucker auf den Tisch und schenkte ihnen beiden Kaffee ein.

Als sie sich setzte, stieß sie so heftig gegen den Tisch, daß etwas Kaffee überschwappte. Sie schlug die Hände vors Gesicht. »Mein Gott, dabei hatte ich mir fest vorgenommen, auf keinen Fall unsere Vergangenheit aufs Tapet zu bringen und darüber ins Lamentieren zu geraten, was ich alles versäumt habe, und schon gar nicht bei dir, der du bei dem Versuch, sie zu retten, fast ums Leben gekommen wärst.« Abwesend spielte sie an ihrem Zopf herum, der über ihre Schulter auf ihre Brust herabfiel. »Warum mußte sie nur so früh sterben.«

»Ja«, entgegnete Wolf ernst. »Auch ich hätte ihr noch so viel zu sagen gehabt.«

Nun konnte Stevie nicht mehr länger an sich halten. Mit einem Mal war alle Selbstsicherheit von ihr abgefallen, und sie begann still vor sich hin zu weinen. Wolf hatte das Gefühl, zum erstenmal einen Blick hinter ihre sonst so sorgfältig aufrechterhaltene Fassade werfen zu können, und was dahinter zum Vorschein kam, war eine von Selbstzweifeln geplagte Frau mit einer gescheiterten Ehe und einem von heftigen Schuldgefühlen belasteten Verhältnis zu ihrer viel zu früh verstorbenen Schwester.

Nach langem Schweigen sagte sie schließlich: »Es hat mir sehr gut getan, daß ich mich um dich kümmern konnte. Das Gefühl, für jemanden dasein zu können, hat mir geholfen.« Da sie das Licht hinter sich hatte, konnte er nur ihre Umrisse, aber nicht ihre Gesichtszüge erkennen, und für einen Moment wies die Silhouette ihres Profils eine geradezu frappierende Ähnlichkeit mit einer ganz bestimmten anderen Person auf. Wie die Nachwehen eines Traums huschten ein paar zusammenhanglose Erinnerungsfetzen durch seinen Kopf: die Augen seines Großvaters; Chikas Augen; ihre wundervollen Oberschenkel und ihre nach vorne schnellenden Hüften, begleitet von einem leisen Stöhnen.

»Weißt du, Wolf, ich dachte immer, Amanda bräuchte mich. Das hat mich ganz enorm aufgebaut. Aber inzwischen ist mir – leider viel zu spät – klargeworden, daß ich sie mindestens genauso sehr gebraucht habe wie sie mich.«

Mit aller Macht versuchte Wolf die beunruhigenden Erinnerungen an Chika abzuschütteln. »Glaubst du, daß du heute nacht schlafen kannst?«

Sie schüttelte den Kopf. »Nein, aber es wird trotzdem nicht so schlimm werden, weil du hier bist. Ich kann deine Gegenwart im Haus spüren, und das hat etwas sehr Beruhigendes für mich.«

»Du kannst wirklich von Glück reden, daß dir Jason Yoshida so treu ergeben ist«, sagte Thornburg Conrad III. »Für meinen Geschmack ist dieser Kerl absolut unberechenbar. Und das macht ihn verdammt gefährlich. Außerdem bestätigt er nur wieder mal aufs schönste meine alte These, daß man den Japanern einfach nicht trauen kann.«

»Yosh ist da anders«, verteidigte Ham Conrad seinen Mitarbeiter, obwohl er sonst das tiefe Mißtrauen seines Vaters gegen alle Japaner durchaus teilte. Aber dazu hatte Yoshida seine bedingungslose Loyalität schon zu oft unter Beweis gestellt. »Außerdem läßt er keine Gelegenheit aus, darauf hinzuweisen, daß er sich trotz seiner japanischen Abstammung als hundertprozentiger Amerikaner fühlt.«

Vater und Sohn befanden sich auf Deck von Thornburgs Luxusjacht *Influence II*, die in der Chesapeake Bay vor Anker lag. Es war ein ungewöhnlich milder Märztag, und die beiden Männer waren gerade beim Mittagessen. Auf dem Tisch standen viele kleine Plastikbehälter mit verschiedenen Soßen und Beilagen sowie ein Teller mit den Überresten der Krabbenpastete, die Ham gerade verzehrt hatte.

»Die Japaner«, beharrte der alte Thornburg auf seinem Standpunkt, »sind verdammt schwer einzuschätzen.« Die blau-weiße Segelkleidung stand ihm außerordentlich gut; mit seiner großen, schlaksigen Figur und dem kantigen Gesicht hatte er eine entfernte Ähnlichkeit mit Gary Cooper. »Glaub mir, mein Junge, auch ich habe meine Erfahrungen mit diesen Burschen gemacht. Bilde dir also bloß nicht ein, du wärst der einzige, der aus diesem seltsamen Völkchen schlau wird. Ich kann dich jedenfalls nur noch einmal mit allem Nachdruck warnen: Sei auf der Hut!«

Geduldig wartete Ham, daß Thornburg weitersprach. Im Gegensatz zu seinen Brüdern, die in ihrem Vater mehr oder weniger nur noch einen verkalkten alten Trottel sahen, war sich Ham dessen verborgener Qualitäten sehr deutlich bewußt. Thornburg Conrad III. war nach wie vor ein verdammt gewiefter alter Fuchs – ebenso intelligent wie gerissen, und vor allem eiskalt berechnend. Auch wenn Ham die Skrupellosigkeit seines Vaters keineswegs immer billigte, beneidete er ihn manchmal darum.

»Nimm zum Beispiel nur mal unsere beiden Freunde Yuji Shian und Naoharu Nishitsu«, fuhr der alte Herr fort. »Letzten Endes haben wir doch nichts anderes getan, als eins und eins so zusammenzuzählen, daß null dabei herauskam. Und das war gewissermaßen die Ausgangsidee für unseren kleinen Plan.«

Von wegen ›kleiner Plan‹! dachte Ham. Immerhin hatten sich er und sein Vater nichts Geringeres zum Ziel gesetzt, als die wirtschaftliche Vormachtstellung Japans zu brechen und im gleichen Abwasch auch noch Naoharu Nishitsu und seinen Bund der Schwarzen Klinge aus dem Verkehr zu ziehen.

»Jawohl, Sir.« Seit Ham mit neun Jahren ins Internat gekommen war, hatte er seinen Vater immer nur mit dieser respektvollen Anrede angesprochen und wäre nicht im Traum auf die Idee gekommen, ihn je anders zu nennen.

Nachdem Thornburg Conrad III. seinem Sohn eine Weile schweigend beim Essen zugesehen hatte, fuhr er fort: »Mir war von Anfang an klar, daß den dunklen Machenschaften des Bundes der Schwarzen Klinge auf schnellstem Weg Einhalt geboten werden muß. Dazu ist diese Geheimorganisation in letzter Zeit viel zu mächtig geworden, ganz zu schweigen von der enormen finanziellen Unterstützung, die ihr dank Naoharu Nishitsus Bemühungen aus führenden Wirtschaftskreisen des Landes zuteil wird. In diesem Punkt hast du genauso mit mir übereingestimmt wie der Präsident und die zuständigen Militärs. Sie waren geradezu begeistert von meinem Vorschlag, diese rechtsradikalen Gruppen so gegeneinander auszuspielen, daß sie sich gegenseitig ausschalten.«

»Das mag ja alles schön und gut sein, aber du weißt ebensogut wie ich, daß kein Plan so sorgfältig ausgearbeitet werden kann, daß es bei seiner praktischen Durchführung nicht gewisser Abänderungen bedarf. Für einen eindeutig positiven neuen Aspekt halte ich es in diesem Zusammenhang, daß ich Jason Yoshida für unsere Sache gewinnen konnte.«

»Versuch bloß nicht, mir was vorzumachen, mein Junge. Irgend jemand hat herausgefunden, daß wir Moravia in *Verbotene Träume* einschleusen wollten. Dieser Club, wenn man es einmal so nennen will, ist nicht nur ein beliebter Treffpunkt der ultrakonservativen Kreise Tokios, sondern fungiert auch als geheime Machtzentrale von Toshin Kuro Kosai, dem Bund der Schwarzen Klinge. Moravia war gerade dabei, die nötigen Beweise für Nishitsus dubiose Machenschaften zusammenzutragen, damit Yuji Shian zum entscheidenden Schlag gegen ihn hätte ausholen können. Gleichzeitig hat er für uns herauszufinden versucht, in welche internationale Großkonzerne Nishitsu bereits seine Leute eingeschleust hat. Zweifellos steht Toshin Kuro Kosai kurz davor, uns offen anzugreifen. Uns bleibt also nicht mehr viel Zeit, das Vorhaben des Bundes zu vereiteln. Denn schon sehr bald könnten diese Leute so mächtig werden, daß wir nichts mehr gegen sie unternehmen können.

Dummerweise sind sie Moravia auf die Schliche gekommen und haben ihn aus dem Weg geräumt, bevor er uns die nötigen Beweise für Nishitsus Verbindung zu diesen rechtsextremistischen Gruppen und zum Bund der Schwarzen Klinge beschaffen konnte. Außerdem müssen wir unbedingt noch mehr über die weiteren Pläne des Bunds erfahren.« Wie in einer lange verzögerten Reaktion auf das Essen, das vor ihm auf dem Tisch stand, begannen Thornburgs Lippen plötzlich heftig zu zucken. »Und nun hätten sie um ein Haar auch noch den Mann ausgeschaltet, der inzwischen Moravias Platz eingenommen hat.«

»Du meinst Matheson?«

»Ja, Wolf Matheson. Man kann es Shipley, unserem Mann im Verteidigungsministerium, gar nicht hoch genug anrechnen, daß er ihn für unsere Ziele gewinnen konnte.«

Ham hatte eben ein Sandwich mit Truthahn und Gorgonzola verdrückt und war gerade dabei, sich noch eines zu nehmen. »Ich wollte sowieso schon die ganze Zeit mal über Matheson mit dir sprechen. Nachdem es um ein Haar auch ihn erwischt hätte, sollten wir uns vielleicht Gedanken machen, wer nötigenfalls als Ersatzmann für ihn . . .«

»Die Mühe kannst du dir sparen«, fiel ihm der alte Herr energisch ins Wort. »Nur damit wir uns nicht falsch verstehen: Es gibt auf der ganzen Welt keinen fähigeren Detective als Matheson. Ganz abgesehen davon, daß auf den Mann hundertprozentig Verlaß ist, bringt er für diese Aufgabe ideale Voraussetzungen mit.«

»Aber Yoshidas Mann wäre doch bereits an Ort und Stelle«, hielt Ham dem entgegen. »Zudem muß ich dich leider noch einmal darauf hinweisen, daß Matheson bisher noch nicht allzuviel herausbekommen hat – wenn man mal von dieser aberwitzigen Geschichte absieht, daß Moravia offensichtlich wesentlich jünger war, als in seinem Paß stand. Und selbst wenn daran tatsächlich etwas Wahres sein sollte, dürfte es uns in keiner Weise weiterbringen.«

»Mein Junge, du kennst Matheson nicht annähernd so gut wie ich. Vielleicht wüßtest du seine Qualitäten besser zu würdigen, wenn du ihn mal in Aktion gesehen hättest. Jedenfalls kannst du mir glauben, daß ich gute Gründe habe, ausgerechnet ihn mit dieser Aufgabe zu betrauen. Soviel also zu diesem Thema. Was hast du sonst noch zu berichten?«

Auch wenn Ham nun nicht mehr weiter auf Matheson zu sprechen kam, sollte er ihn in Gedanken noch nachhaltigst beschäftigen. Je länger er über Yoshs Warnung nachdachte, desto mehr neigte er dazu, ihm recht zu geben. Matheson war ein außerordentlich gefährlicher Mann – und nicht nur das, er war absolut unberechenbar. Aber ganz offensichtlich war sein Vater in diesem Punkt anderer Meinung.

»Ach, fast hätte ich es vergessen . . .« Ham begann in seiner Tasche zu wühlen. »Eben hat mir Polizeichef Breathard ein Foto dieser japanischen Künstlerin zukommen lassen, hinter der Matheson schon die ganze Zeit her ist.« Er reichte seinem Vater einen kleinen Umschlag. »Ich glaube nicht, daß sich viel damit anfangen läßt. Yosh meint . . .«

»Hast du das schon irgend jemandem gezeigt, mein Junge?«

Ham schüttelte den Kopf. »Du siehst ja selbst – Breathards Siegel ist noch unangetastet.«

Der Umschlag war mit einem speziellen Klebestreifen verschlossen, der mit dem Signum des New Yorker Polizeichefs versehen war. Mit einem tiefen Brummen schlitzte ihn Thornburg Conrad III. auf. Es enthielt nichts als ein grobkörniges Schwarzweißfoto. Nachdem er die junge Frau, die darauf zu sehen war, eine Weile eingehend betrachtet hatte, legte er es behutsam beiseite.

»Dein Appetit schlägt wirklich alle Rekorde«, knurrte er kopfschüttelnd, als sich Ham über ein Sandwich mit Roastbeef, Käse und Chinakohl hermachte. »Du ißt ja für drei.«

Grinsend schob sich Ham eine Essiggurke in den Mund. »Das ist die Seeluft, Sir. Davon bekommt man so richtig Appetit.«

»Erzähl mir doch nichts«, erwiderte der alte Herr mit einem schiefen Grinsen. »Du ißt doch immer wie ein Scheunendrescher. Der Junge ist einfach hyperaktiv, meinte deine Mutter. Unsinn! habe ich gesagt. Er ißt einfach wie ein richtiger Mann.« Er schnaubte verächtlich. »Frauen! Bilden sich ein, sie wüßten alles am besten – vor allem, wenn es um Kindererziehung geht. Blödsinn, kann ich da nur sagen.« Er starrte blinzelnd in das Sonnenlicht, das sich auf dem Wasser der Chesapeake Bay brach, und deutete mit dem Daumen auf die gutgebaute Blondine, die auf dem Achterdeck splitternackt in der Sonne lag. »Soll ich dir mal sagen, warum ich sie geheiratet habe? Um Kinder mit ihr zu kriegen jedenfalls nicht. Diese Frau ist vor allem für eines geschaffen. Und was das ist, dürfte für jeden Mann, der auch nur noch einen Tropfen Blut in den Adern hat, unschwer zu erkennen sein.« Mit einem verächtlichen Schnauben stocherte er lustlos in seiner angebissenen Krabbenpastete herum. Dann nahm er einen Schluck Saft und sagte: »Das Essen schmeckt mir in letzter Zeit überhaupt nicht mehr.«

Thronburg Conrad III. ging zwar inzwischen schon auf die Achtzig zu, aber seine Energie und sein Tatendrang waren noch immer ungebrochen. Außerdem sah er wesentlich jünger aus, als er tatsächlich war. »Wenn ich wollte, könnte ich allerdings noch immer ein Kind mit ihr machen.« Als er das Gesicht seines Sohnes sah, fuhr er lachend fort: »Der gute, alte Ham. Die Korrektheit in Person, und nichts als seine Arbeit im Kopf. Genau das mag ich so an dir. Trotzdem ist es ein beruhigendes Gefühl zu wissen, daß es mir noch immer gelingt, dich ein bißchen zu schockieren. Das ist ein untrügliches Zeichen, daß ich noch keineswegs zum alten Eisen gehöre.«

Noch ganz deutlich hatte Ham die schrille Stimme Tiffanys im Ohr, als sie ihm sein Vater kurz vor ihrer Hochzeit auf seinem Landsitz in Virginia vorgestellt hatte. *Hi! Ich bin Tiff, und wer bist du?* Tja, und dieses hirnlose junge Ding war nun die Frau von Thornburg Conrad III., was in Hams Augen kaum mehr als ein schlechter Witz war.

Einmal hatte sein Vater so viel getrunken, daß er sich nicht mehr auf den Beinen halten konnte, und bei dieser Gelegenheit hatte er Ham gestanden: *»Ich mag zwar im Augenblick etwas wacklig wirken, aber wenn's drauf ankommt, stehe ich immer noch meinen Mann. Und das ist schließlich alles, was in meinem Alter noch zählt – vor allem, wenn man schon so viele Stürme im Leben überstanden hat wie ich.«*

In diesem Punkt konnte Ham seinem Vater nur recht geben. Thornburg Conrad III. hatte sich sein ganzes Leben lang nicht unterkriegen lassen. »*Wenn du gewinnen willst*«, hatte er seinem Sohn bei einer anderen Gelegenheit verraten, »*kommt es nur auf eines an: handeln und nicht lange fackeln. Alles andere zählt nicht. Auf die Frauen kannst du ohnehin nicht bauen. Und die Kinder – komm mir bloß nicht mit den Kindern –, die lassen dich früher oder später im Stich, indem sie erwachsen werden und ihrer eigenen Wege gehen.*«

Noch ganz deutlich konnte sich Ham an den herrlichen Herbstmorgen erinnern, an dem ihn sein Vater zu einer Besprechung ins Pentagon mitgenommen hatte. Da er gerade hochdekoriert aus Vietnam zurückgekommen war, hatte er eigentlich angenommen, daß der alte Herr in erster Linie ein bißchen mit ihm angeben wollte.

Zu seiner Überraschung hatte er jedoch festgestellt, daß die hohen Militärs seinem Vater mit einem Respekt begegneten, der in krassem Gegensatz zu der Zurückhaltung, um nicht zu sagen Verachtung stand, mit der die Militärs sonst einem Zivilisten begegneten.

Noch sehr lebhaft hatte Ham in diesem Zusammenhang auch in Erinnerung, wie sich ein Konteradmiral vehement gegen den Vorschlag seines Vaters ausgesprochen hatte, eine zentrale Kontroll- und Zulassungsstelle für sämtliche technologisch hochentwickelte Waffensysteme einzurichten. Thornburg Conrad III. war es nämlich gelungen, vier kleine, aber außerordentlich innovative Rüstungsunternehmen dazu zu bringen, bei der Entwicklung und Produktion ihrer neuesten Waffensysteme aufs engste zusammenzuarbeiten.

Der Konteradmiral, der in einer solchen Zentralisierung offensichtlich eine Schmälerung seiner Machtbefugnisse witterte, hatte als Gegenargument vorgebracht, daß durch einen solchen Zusammenschluß der Konkurrenzdruck und damit auch der bisher übliche Standard an innovativer Produktivität unter den einzelnen Rüstungsunternehmen nachlassen könne. Durch dieses Argument hatte sich Thornburg Conrad jedoch nicht im geringsten beeindrucken lassen. Zum nicht geringen Erstaunen der anwesenden Militärs hatte er ihnen nämlich unter Vorlage exakt belegbarer Zahlen und Fakten vorgerechnet, wie ineffektiv das bisherige Produktionsverfahren in Wirklichkeit war. So war es aufgrund des enormen Drucks, das Angebot der Konkurrenz preislich zu unterbieten, immer wieder dazu gekommen, daß noch unausgereifte Neuentwicklungen viel zu früh in die Produktion gegeben wurden und aufgrund der dadurch bedingten technischen Mängel auf lange Sicht ganz erhebliche Mehrkosten entstanden. Im Anschluß daran zeigte Thornburg dann auf, wie diese Mängel mit Hilfe der von ihm befürworteten zentralen Produktionsüberwachungsstelle hätten abgestellt werden können.

Schon allein diese wohlfundierten Ausführungen hätten vermutlich genügt, um die anwesenden Militärs von der Stichhaltigkeit seiner Argumente zu überzeugen. Aber damit gab sich Thornburg Conrad III.

noch keineswegs zufrieden. Vielmehr brachte er nun auch noch seinen Sohn Ham ins Spiel. Nachdem er kurz den bisherigen Verlauf seiner militärischen Laufbahn skizziert hatte, forderte er ihn auf, den Anwesenden seine Eindrücke von dem Waffenmaterial zu schildern, das dem Oberkommando in Vietnam zur Verfügung gestanden hatte. Und die zahlreichen Fälle von technischem Versagen, von denen Ham in der Folge zu berichten wußte, sollten ihre Wirkung auf die Herren Generäle nicht verfehlen.

Ja, dachte Ham, nachdem er endlich seinen Teller von sich geschoben hatte: Der alte Herr hatte es schon immer verstanden, jedes Hindernis, das sich vor ihm aufbaute, aus dem Weg zu räumen. Angesichts der Skrupellosigkeit, mit der er dabei vorging, hielt er es jedoch für seine Pflicht, gewissermaßen als moralisches Korrektiv zu fungieren, soweit inzwischen auch er in die Unternehmungen seines Vaters miteinbezogen war. Denn was der alte Herr halb im Scherz seine verdammte Korrektheit genannt hatte, war nichts anderes als der Umstand, daß er noch nicht jedes Gefühl für Recht und Unrecht verloren hatte.

Thornburg Conrad III. nahm eine Zigarre aus einem silbernen Behälter, rollte sie ein paarmal zwischen seinen Fingern und legte sie, nachdem er mit verklärter Miene daran gerochen hatte, sichtlich widerstrebend wieder zurück. »Die meisten Leute halten mich für unmoralisch«, sagte er unvermutet, als könnte er Hams Gedanken lesen. »Aber was wissen die denn schon. Die Überzeugungen der meisten Leute basieren auf nichts anderem als purer Ignoranz.« Er sah seinen Sohn durchdringend an. »In Wirklichkeit bin ich sehr wohl ein moralischer Mensch. Ich habe nur meine eigenen Moralvorstellungen, die zugegebenermaßen nicht mit denen der breiten Mehrheit übereinstimmen. Sie basieren ja auch auf völlig anderen Voraussetzungen. Das ist unter anderem darauf zurückzuführen, daß ich mir nun mal ein Betätigungsfeld ausgesucht habe, in dem man schon zum bloßen Überleben eine gehörige Portion Mut und Verschlagenheit braucht. Um auf diesem Gebiet allerdings auch noch soviel Erfolg zu haben wie ich, dazu ist noch etwas mehr nötig.«

»Ich verstehe, Sir.«

»Daran hätte ich auch nie gezweifelt.« Der alte Herr nickte. »Du warst schon immer sehr rasch von Begriff. Und vor allem warst du noch nie jemand, der sich leicht an der Nase herumführen läßt.« Damit spielte er auf Hams älteren Bruder Jay an, dessen vielversprechende Karriere gründlich ruiniert worden war, weil er eine Affäre mit der Frau des Seniorpartners seiner Anwaltskanzlei begonnen hatte. »Männer, die mit dem Schwanz denken, sind keine Männer. Sie sind die geborenen Verlierer.«

»Im Augenblick könnte Jay unsere Hilfe dringend gebrauchen, Sir.«

Ohne auf diesen Einwurf einzugehen, drehte sich Thornburg in seinem Sitz herum und beobachtete seine Frau Tiffany, die sich gerade aufgesetzt hatte, um ihren nackten Körper einzuölen. »Da siehst du's wieder«, seufzte er genießerisch. »Gott meint es immer noch gut mit mir. Ich brauche bloß zuzusehen, wie sie sich ihre Brüste einreibt, und schon habe ich Lust. Sieh dir nur mal diese Nippel an. Einfach umwerfend!« Er rieb sich sein hageres Kinn. »Wie fest sie sind. Wenn du wüßtest, was ich darum geben würde, noch einmal so jung zu sein.«

»Du hast überhaupt keinen Grund, dich zu beklagen«, rief ihn Ham ironisch zur Räson. »Du siehst jung genug aus, um ihr Vater sein zu können.«

Thornburg Conrad wandte sich wieder seinem Sohn zu. »Du mußt noch einiges über das Leben lernen, mein Junge. Ich kenne Leute aus allen Gesellschaftsschichten – von ganz oben bis ganz unten. Das ist etwas, was ich dir voraus habe.«

Mit einem Mal war Ham wieder ganz Ohr. Die Bilder von Tiffanys herrlichen Brüsten, die ihm noch immer im Kopf herumspukten, lösten sich auf wie Nebel in der Sonne.

Sichtlich zufrieden, daß er seinen Sohn nicht eigens um Aufmerksamkeit zu bitten brauchte, verhakte Thornburg die Finger ineinander. »Die Ermordung Moravias ist ein untrügliches Anzeichen dafür, daß der Bund der Schwarzen Klinge unter enormem Zeitdruck steht. Und das wiederum heißt, daß das nun auch für uns gilt.« Er hob seinen Zeigefinger. »Das richtige Timing ist alles, mein Junge. Selbst ein noch so sorgfältig ausgearbeiteter Plan kann durch falsches Timing zunichte gemacht werden. Es kommt nicht nur darauf an, die richtigen Schritte zu unternehmen, sondern sie auch zum richtigen Zeitpunkt zu tun.«

Versonnen ließ Thornburg Conrad III. den Blick auf dem funkelnden Wasser der Bucht ruhen, über das gerade ein einsames Segelboot glitt. »So sehr ich Segelboote bewundere, sind mir Motorboote trotzdem lieber. Sie bringen einen nicht nur hin, wohin man will, sondern auch *wann* man will. Das ist in meinen Augen ein ganz wesentlicher Unterschied, den man vor allem mit zunehmendem Alter immer mehr zu schätzen weiß. So ein Motorboot tut immer genau das, was man von ihm erwartet. Es macht einem nie einen Strich durch die Rechnung, was man von einer Frau oder seinen Kindern und ganz besonders vom Alter nicht gerade behaupten könnte.« Er starrte auf die Essensreste auf dem Tisch, als handelte es sich dabei um etwas, dessen Zweck er nicht mehr so recht verstehen konnte. »Das Alter bietet Leuten wie meiner jungen Frau enorme Chancen.« Er schnitt ein Gesicht. »Eigentlich hört es sich vollkommen paradox an, aber je älter man wird, desto mehr will man vom Leben. Und ob du's glaubst oder nicht, mein Junge, im Augenblick will ich mehr, als ich bekommen kann.«

In diesem Moment begann seine Armbanduhr leise zu piepen. »Zeit für meine Medizin«, brummte er verdrießlich. »Wenn du mich für einen Moment entschuldigen würdest.«

Ham beobachtete, wie sein Vater in die Kajüte verschwand. Ein kurzer Windstoß fuhr ihm durchs Haar, aber dann trat wieder völlige Windstille ein. Allein mit sich und dem herrlichen Anblick von Tiffanys makellosem Körper ließ Ham seinen Erinnerungen freien Lauf. Es war an seinem dreizehnten Geburtstag gewesen, als ihn sein Vater eines Tages völlig unerwartet aus dem Internat geholt und auf eine einwöchige Safari nach Afrika mitgenommen hatte. Damals ging man noch mit dem Gewehr auf Safari, nicht mit dem Fotoapparat, und Ham würde nie den Anblick des riesigen verwundeten Löwen vergessen, der sich plötzlich aus dem Unterholz auf seinen Vater stürzte.

Obwohl selbst ihr Führer vor Schreck für einen Moment wie gelähmt dastand, hatte sich sein Vater nicht aus der Fassung bringen lassen. Er riß sein Gewehr hoch und feuerte kurz hintereinander sechs Schüsse auf den Löwen ab. Aber der schien sich durch nichts aufhalten zu lassen.

Noch ganz deutlich hatte Ham in Erinnerung, wie der Löwe, von der letzten Kugel aus der Mauser seines Vaters niedergestreckt, schließlich doch zusammenbrach und wenige Schritte von ihm entfernt liegen blieb. Fast begierig hatte Thornburg Conrad den stechenden Raubtiergeruch des toten Löwen eingesogen, als er triumphierend über ihm stand, und dann drehte er sich zu seinem Sohn um und sagte: *»Wirklich schade um das Tier. Es verdient mehr Respekt als deine Mutter.«*

Nachdem Thornburg Conrad III. die Tür seiner Kajüte hinter sich abgeschlossen hatte, ließ er sich erschöpft gegen die Wand sinken und lauschte dem gequälten Pochen seines Herzens.

Doch dann biß er die Zähne zusammen, ging auf die teakholzverkleidete Rückwand zu und drückte auf einen verborgenen Knopf. Lautlos glitten zwei Paneele auseinander und gaben den Blick auf eine Funkanlage frei, die unabhängig von der Funkstation auf der Kapitänsbrücke arbeitete. Darunter befand sich eine Schublade mit einem Kombinationsschloß.

Thornburg öffnete sie, nahm eine Spritze heraus und zog sie mit einer klaren Flüssigkeit aus einer Ampulle auf. Dann hielt er die Spritze so, daß die Nadel nach oben zeigte, drückte ein paar Tropfen heraus, damit die Luft entweichen konnte, rollte sein Hosenbein hoch und stach die Nadel in eine Ader an seinem Oberschenkel.

Er setzte sich auf das Bett und begann sich im Takt seines allmählich langsamer schlagenden Herzens zu wiegen. So saß er lange da. Sein Kopf war vollkommen frei von irgendwelchen Gedanken oder Gefühlen. Erst als sie nach einer Weile wieder in sein Bewußtsein zurückzuströmen begannen, hatte er das Gefühl, wieder ganz der alte zu sein.

Sein erster Gedanke galt dem, was Wolf Matheson Shipley über Lawrence Moravias Obduktionsbefund erzählt hatte. Aus irgendeinem unerklärlichen Grund war sein körperlicher Verfallsprozeß nicht nur aufgehalten, sondern sogar rückgängig gemacht worden!

Welch eine Ironie des Schicksals, daß man Moravia ausgerechnet in dem Moment umgebracht hatte, in dem er dem Geheimnis der ewigen Jugend auf die Spur gekommen war. Das änderte jedoch nichts an der Tatsache, daß ihn auch Thornburg wenig später hätte aus dem Weg räumen lassen müssen. Wie sonst hätte er Matheson in die Sache hineinziehen können, ohne daß seine eigene Verwicklung in die ganze Geschichte aufgedeckt worden wäre? Aber dann war ihm die Gegenseite ohnehin zuvorgekommen, indem sie Moravia entlarvt und umgehend ausgeschaltet hatte. Ob sie wohl etwas aus ihm herausbekommen hatten, bevor sie ihn endgültig zum Schweigen brachten? An sich war das ziemlich unwahrscheinlich. Nichts an Moravias Leiche hatte darauf hingedeutet, daß er gefoltert worden war.

Statt dessen war er einer geradezu unglaublichen Verjüngungskur unterzogen worden, und das wiederum konnte eigentlich nur auf das Orakel zurückzuführen sein. Er mußte unbedingt herausbekommen, was es mit dieser erstaunlichen Erfindung auf sich hatte und weshalb sie Nishitsu und der Bund der Schwarzen Klinge mit allen Mitteln in ihren Besitz bringen wollten. Fest stand vorerst nur eines: Wenn ihnen das gelang, hätte sie nichts mehr daran hindern können, ihre Weltherrschaftspläne endgültig in die Tat umzusetzen. Aus diesem Grund mußte er Wolf Matheson jede nur erdenkliche Unterstützung zukommen lassen. Denn nur er war jetzt noch imstande, das Geheimnis des Orakels zu lüften.

Thornburg Conrad III. öffnete einen kleinen Safe, nahm ein Foto heraus und verglich es mit der Aufnahme, die einer von Breathards Leuten von der japanischen Künstlerin gemacht hatte. Die Frau auf dem ersten Foto war zwar eindeutig jünger, fast noch ein Mädchen, aber sie war unzweifelhaft identisch mit der Person auf dem Polizeifoto. Unwillkürlich begann Thornburgs Herz schneller zu schlagen – Wolf Matheson war also bereits auf der richtigen Spur! Doch die Erinnerung an die Ereignisse der letzten Tage sollte seine Freude rasch wieder dämpfen.

Erst war alles so glattgegangen, dachte er. Bis Moravia ermordet wurde. Moravia hatte nicht nur eine wichtige Rolle bei der Durchführung des Plans gespielt, den er und Ham ausgearbeitet hatten, von ihm war er auch genauestens über die jüngsten Fortschritte bei der Entwicklung des Orakels auf dem laufenden gehalten worden.

Gerade was letzteren Punkt betraf, gab sich Thornburg keinen Illusionen hin. Moravia war nicht unschädlich gemacht worden, weil er herausgefunden hatte, in welchen Wirtschaftskonzernen bereits die Leute des Bunds der Schwarzen Klinge eingeschleust worden waren, sondern weil er zuviel über das Orakel wußte. Kurz vor seiner Ermordung hatte er Thornburg noch ein kodiertes Fax geschickt: HABE DAS ORAKEL IN AKTION ERLEBT. HALTE BESPRECHUNG UNTER VIER AUGEN FÜR DRINGEND NÖTIG. Was Moravia herausgefunden hatte, mußte von solch enormer Wichtigkeit gewesen sein, daß er entgegen aller Abmachungen um ein persönliches Treffen gebeten hatte.

Thornburg mußte unbedingt herausfinden, was Yuji Shian im Schilde führte. Denn das Orakel war seine Erfindung. Yuji Shian stand nämlich nicht nur an der Spitze von Japans größtem Wirtschaftskonzern, er hatte sich auch als Wissenschaftler und Erfinder einen Namen gemacht. Thornburg verfügte über gute Kontakte zum Ministerium für Industrie und Handel; zu Männern, denen er im Zuge der tiefgreifenden Säuberungsaktionen unmittelbar nach dem Krieg den einen oder anderen Gefallen getan hatte und die seitdem tief in seiner Schuld standen. Alles, was er von diesen Kontaktleuten bisher erfahren hatte, deutete darauf hin, daß Shian an einem Projekt arbeitete, das Japans wirtschaftliche Vormachtstellung noch weiter stärken würde. Die Tatsache, daß Moravia offensichtlich schon ganz direkt mit dem Orakel in Berührung gekommen war, bereitete ihm ernsthafte Sorgen. Noch bis vor kurzem hatte Thornburg geglaubt, Shians Projekt wäre noch nicht annähernd so weit ausgereift, um es bereits im praktischen Einsatz erproben zu können. HABE DAS ORAKEL IN AKTION ERLEBT. Kurz vor seiner Ermordung hatte ihm Moravia noch zwei wichtige Informationen zukommen lassen: Das Orakel war, wie Thornburg schon verschiedentlich zu Ohren gekommen war, tatsächlich eine völlig neuartige Form von künstlicher Intelligenz. Und es war in seiner Entwicklung so weit fortgeschritten, daß es sich bereits im Einsatz befand. Und eben erst hatte er noch etwas über diese völlig neuartige Erfindung erfahren: Sie war imstande, einen Menschen jünger zu machen.

Es war bereits ziemlich spät. Überall im Haus brannte Licht, und im Keller summte die Ölheizung leise vor sich hin. Wolf hatte geduscht und trocknete sich gerade die Haare, als Stevie in sein Zimmer kam, um nach ihm zu sehen. Sie war nach dem Essen ziemlich schweigsam gewesen, und sie hatten nicht mehr viel miteinander gesprochen. »Um noch mal darauf zurückzukommen, was wir vorhin über Amanda geredet haben . . .« Abwartend blieb sie in der offenen Tür stehen. Statt des weißen Männerhemds, das sie den ganzen Tag über zu ihrer Jeans getragen hatte, war sie nun in einen kurzärmeligen Pullover mit einem ziemlich tiefen Ausschnitt geschlüpft.

Wolf legte das Handtuch beiseite. »Stevie, du bist mir keinerlei Rechenschaft schuldig.«

Sie schüttelte den Kopf und begann heftig zu blinzeln, als wolle sie jeden Augenblick in Tränen ausbrechen. »Du machst . . .«, sie war so aufgewühlt, daß sie noch einmal von vorn beginnen mußte. »Du machst dir keine Vorstellung, wie sehr es mich manchmal mitgenommen hat, ständig zwischen Morton und Amanda vermitteln zu müssen. Die beiden konnten sich auf den Tod nicht ausstehen. Wenn ich nur an den Streß denke, wenn wir mal zu dritt in Gesellschaft waren, was sich hin und wieder einfach nicht vermeiden ließ. Manchmal hatte ich das Gefühl, zwischen den beiden regelrecht aufgerieben zu werden.« Sie schlang ihren Zopf um ihren Finger. »Aber was hätte ich auch groß machen sollen? Ich hatte beide Hände voll damit zu tun, die beiden einigermaßen auf Distanz zu halten. Nun, vielleicht hätte ich . . . na ja, ich war bei diesen Gelegenheiten manchmal nicht gerade nett zu Amanda.« Plötzlich faßte sie sich an den Bauch und hauchte: »Mein Gott, mir ist so schrecklich übel.«

Tatsächlich war sie mit einem Mal totenblaß geworden. Behutsam setzte Wolf sie auf sein Bett und redete beruhigend auf sie ein. »Tief durchatmen. Ja, so ist es gut. Immer tief durchatmen.«

Langsam kehrte wieder etwas Farbe in ihr Gesicht zurück. Unwillkürlich riefen ihre dunklen Augen und ihre sinnlichen Lippen Erinnerungen an den kleinen Obstgarten hinter dem Haus seiner Eltern in ihm wach, an die Pfirsiche auf den Bäumen, für deren Pflege er damals zuständig gewesen war.

Lächelnd strich ihm Stevie übers Gesicht. »Mein Gott, wie jung du aussiehst.«

»Das fand auch Amanda immer.«

»Amanda hat schrecklich unter dem Älterwerden gelitten.« In Stevies Augen trat plötzlich ein seltsam warmer Glanz. Ihr langer Zopf fiel verführerisch über ihre Schulter. »Seit sie dich kennengelernt hatte, wurde das nur noch schlimmer. Sie hat steif und fest behauptet, du würdest nicht älter.«

Noch bevor er das mit einem Lachen abtun konnte, ergriff Stevie seine Hand und legte sie zwischen ihre Brüste. »Spürst du, wie rasch mein Herz schlägt?« Wie einladend und warm ihre vollen Lippen wirkten, als sie für einen Moment scheu den Kopf senkte. »Ich habe von klein auf eingebleut bekommen, keinem Mann zu trauen, weil die Männer alle nur das eine wollen. Was soll aber eine Frau tun, wenn sie merkt, daß sie plötzlich auch nur dieses eine will?« Sie rührte sich nicht von der Stelle, und er zog seine Hand nicht zurück.

»Schlaf gut, Wolf«, sagte sie schließlich.

Im selben Moment zog er sie auch schon an sich. Seine Lippen hatten kaum die ihren berührt, als sich bereits ihre Zunge zwischen ihnen hindurchdrängte. Sie preßte sich mit ihren vollen Brüsten gegen seinen nackten Oberkörper und stöhnte leise, als er ihr den Pullover auszog, so daß auch sie bis zur Hüfte nackt war.

Mit einem Mal waren der Schmerz und die Trauer der vergangenen Tage und Wochen wie weggeblasen. Das unterschwellige Verlangen, das sie schon die ganze Zeit gespürt hatten, brach sich plötzlich Bahn und riß sie in einer gewaltigen Woge der Leidenschaft mit sich fort.

Mit zitternden Fingern streifte Wolf ihr die Jeans herunter. Dann begann er sie mit leidenschaftlichen Küssen zu überhäufen. Schon nach kurzem wand sie sich laut stöhnend unter seinen Berührungen, und als er in sie eindrang, schob sie ihm wild ihre Hüften entgegen.

Er stieß so heftig in sie hinein, daß sie von einem Taumel besinnungsloser Lust erfaßt wurde, ihm ihre langen Beine um die Hüften schlang und sich mit verzückt geschlossenen Augen von seinen leidenschaftlichen Bewegungen fortreißen ließ. Wie von Sinnen schlug sie den Kopf gegen seine Schulter und grub ihre Zähne in seine glatte Haut.

Obwohl sie bereits in den höchsten Wonnen der Lust schwelgte, spürte sie, daß das noch keineswegs alles war. Nein, es war erst der Vorgeschmack auf das, was noch kommen würde, und am ganzen Körper zitternd, erklomm sie immer schwindelerregendere Höhen der Lust, die gar kein Ende zu nehmen schienen.

Und dann beugte er sich über sie und begann an ihren Brustwarzen zu saugen. Ihr ganzer Körper wurde von heftigen Stromstößen durchzuckt. Längst hatte sie jede Kontrolle über sich verloren. Wie eine Ertrinkende klammerte sie sich in besinnungsloser Gier an ihn. Alles, was sie noch spürte, war er: sein erregender Körper, seine Lippen auf ihrer Haut, seine immer drängenderen Bewegungen.

Und als sie nicht mehr länger an sich halten konnte, tastete sie nach seinen Hoden und begann sie rhythmisch zu drücken, bis auch er wie besessen zuckte und einen Laut von so urtümlicher Wildheit ausstieß, wie sie ihn noch nie zuvor gehört hatte. Von einer gewaltigen Woge der Lust erfaßt, ertrank sie in einem Meer unvorstellbarer Glückseligkeit . . .

»SHIAN KOGAKU – IMMER FÜR SIE DA«, formten die Lippen eines Filmstars.

Gemächlich glitt die fahrbare, vier Meter breite Videowand durch den dichten Tokioter Verkehr, während auf ihrer Projektionsfläche immer wieder derselbe sechsminütige Werbespot ablief, in dem die zahlreichen Produkte der einzelnen Tochterunternehmen des Großkonzerns Shian Kogaku angepriesen wurden.

Yuji Shian befand sich mit seinem Schwager Hiroto auf dem Weg zur

Arbeit. Hiroto, ein unscheinbarer Mann in einem zerknitterten Anzug, war Vizepräsident von Shian Kogaku und ein hervorragender Computertechniker.

»Wie geht es meiner Schwester?« fragte Yuji, als sie die Firmenzentrale betraten, ein vierzigstöckiges Bürohochhaus aus weißem Granit und Stahl.

»Wie immer«, antwortete Hiroto niedergeschlagen. »Diese Krankheit frißt sie allmählich von innen heraus auf. Das ist nicht mehr die Frau, die ich vor fünfzehn Jahren geheiratet habe.«

Plötzlich hatte Yuji den Eindruck, als nähme er seine Umgebung mit gänzlich anderen Augen wahr. Die Farben schienen von innen heraus zu leuchten, und zugleich sah er plötzlich bis ins kleinste Detail vor sich, wie er das Projekt, an dem er gerade arbeitete, im weiteren abwickeln mußte.

Wenige Augenblicke später war die Vision jedoch bereits wieder verblaßt. Die Farben nahmen ihre normale Leuchtkraft an. Leicht benommen lehnte sich Yuji gegen die Wand. Er hatte in diesen seltsamen Visionen schon immer mehr einen Fluch als eine Gabe Gottes gesehen.

»Yuji-san?«

»Ja.« Heftig blinzelnd kam Yuji allmählich wieder zu sich. Noch etwas wacklig auf den Beinen, folgte er seinem Schwager in den Lift. Die Tür aus gehämmerter Bronze schloß sich, und die beiden Männer fuhren nach oben.

»Ich muß dringend über das Orakel mit dir sprechen«, begann Hiroto. »Mir ist von verschiedenen Seiten zu Ohren gekommen, daß du deine Halbschwester Hana in das Projekt miteinbeziehen willst.«

»Es ist ja auch nicht gerade einfach, sie davon fernzuhalten.«

»Ich weiß. Auch meine Leute können ein Lied davon singen. Ständig belästigt sie sie mit irgendwelchen Fragen über technische Einzelheiten des Projekts. Es wird sogar gemunkelt, daß du sie deshalb an der ganzen Sache beteiligst, weil du eine Reihe von Modifikationen am Orakel vornehmen willst.«

Nicht zum erstenmal fragte sich Yuji, ob sich Hiroto nur deshalb gegen eine Einbeziehung Hanas sperrte, weil sie eine Frau war oder weil sie nicht an der richtigen Universität studiert hatte. Denn gerade was letzteren Punkt anbetraf, konnte Hiroto eine geradezu unglaubliche Engstirnigkeit an den Tag legen. Wenn es galt, einen neuen Mitarbeiter für ein Projekt zu gewinnen, maß er dessen wissenschaftlichen Qualitäten meistens wesentlich weniger Bedeutung bei als der Universität, an der der Betreffende seinen Abschluß gemacht hatte.

»Das ist doch alles nur Gerede«, log Yuji. »Du machst dir wohl immer noch Sorgen, weil von meiner Mutter einmal ein solcher Vorschlag kam.«

»Allerdings. Und du weißt auch, was ich davon halte. Menschliche DNS auf das Orakel zu übertragen! Kein Mensch kann im voraus abschätzen, welchen Einfluß das auf die Primärschaltkreise haben könnte. Die daraus resultierenden Veränderungen . . .«

»Das Orakel basiert auf einem völlig neuartigen Konzept«, hielt dem Yuji entgegen. »Das bedeutet, daß wir für alle neuen Ideen offen sein müssen, wenn wir bei unserer Arbeit wirklich weiterkommen wollen.« Er wußte ganz genau, wie man mit seinem Schwager umgehen mußte. Hiroto war in allem so schrecklich altmodisch und konservativ. Als Gegenpol zu Yujis oft überschießendem Temperament und Ideenreichtum erwies sich dieser Charakterzug zwar hin und wieder als recht nützlich, aber zugleich konnte die damit verbundene Inflexibilität auch sehr hinderlich für ihre Arbeit sein. »Lassen wir doch das Orakel, was die Sache mit der DNS betrifft, am besten selbst entscheiden.«

»Das Orakel kann zwar gewisse Grundsatzentscheidungen fällen«, hielt Hiroto seinem Schwager entgegen, »aber bisher kann noch kein Mensch mit Sicherheit sagen, ob es auch tatsächlich denkt.«

Das kann es sehr wohl, dachte Yuji, als der Lift in der Chefetage im obersten Stockwerk anhielt.

»Trotzdem habe ich noch immer ernste Bedenken wegen des Projekts.« Hiroto folgte Yuji in sein Büro. »Deshalb habe ich mich auch nachdrücklichst dagegen ausgesprochen, einen Menschen an das Orakel anzuschließen. Leider wurde ich überstimmt.« Er schüttelte den Kopf. »Wenn ich ganz ehrlich bin, entsetzt es mich geradezu, wie voreilig wir uns hier auf gänzlich unbekanntes Terrain vorwagen. Ich muß gestehen, daß mir die ganze Sache mehr und mehr angst macht.«

»Angst?«

Hiroto nickte. »Als wir die Arbeit am Orakel begonnen haben, war an sich nicht eingeplant, daß es sich selbständig verändern sollte. Aber genau das scheint es inzwischen zu tun. Und das wiederum heißt, daß wir uns langsam fragen sollten, ob uns bei unserer Entwicklungsarbeit nicht ein schwerwiegender Fehler unterlaufen ist. Inzwischen halte ich es nämlich keineswegs mehr für ausgeschlossen, daß das Orakel das Programm, das wir ihm eingegeben haben, selbsttätig abgeändert hat.«

Da Yuji ihn nur schweigend ansah, fuhr Hiroto fort: »Du weißt ganz genau, was ich meine. Es gibt bereits eine Reihe untrüglicher Anzeichen dafür, daß es wächst, und in gewisser Weise könnte man sogar sagen, es *lebt.*«

Aufgebracht schritt Hiroto vor Yujis Schreibtisch auf und ab. »Der Wissenschaftler in mir sagt mir zwar, daß das schlechthin unmöglich ist – beziehungsweise im Moment technisch noch nicht machbar. Aber mein Instinkt sagt mir etwas ganz anderes: Dank der völlig neuartigen Technologien, die im Orakel zum Einsatz kommen und die nicht mehr auf der bisher üblichen digitalen Funktionsweise basieren, haben wir es hier mit etwas absolut Neuartigem und vor allem auch absolut *Unberechenbarem* zu tun. Wir haben etwas geschaffen, über dessen tatsächliches Potential wir so gut wie nichts wissen. Die ganze Sache droht mehr und mehr unserer Kontrolle zu entgleiten. Machen wir uns doch nichts vor: Wir haben das Orakel zwar gebaut, können uns aber inzwischen selbst nicht mehr erklären, wie es eigentlich funktioniert. Und nun schlägst du auch noch vor, ausgerechnet jemanden wie Hana an das Orakel anzuschließen. Nach meinem Dafürhalten ist das in keiner Weise zu verantworten. Im Grunde genommen wissen wir nämlich über das, was in ihr vorgeht, sogar noch weniger als über das Orakel.«

Unwillkürlich mußte Yuji an die langen Gespräche denken, die er bereits mit dem Orakel geführt hatte und vor deren Hintergrund er es natürlich in einem ganz anderen Licht sah als sein Schwager Hiroto. Aber vielleicht waren Hirotos Bedenken auch nur darauf zurückzuführen, daß er derjenige war, der die technische Durchführung des Projekts geleitet hatte. Die Ausgangsidee für das Orakel stammte zwar von Yuji, aber die mühevolle Kleinarbeit, mit der seine Einfälle in die Tat umgesetzt worden waren, hatten Hiroto und sein Team geleistet. Das war auch der Grund dafür, weshalb Yuji im Orakel wesentlich mehr sah als nur eine Maschine, während es für Hiroto im Grunde genommen nichts weiter war als eine Art hochkompliziertes technisches Spielzeug. Dazu kam noch, daß er es für die Durchführung ganz bestimmter, fest umrissener Arbeitsschritte programmiert hatte. Da es sich jedoch plötzlich zu ganz anderen Dingen fähig zeigte, die den vorgegebenen Rahmen bei weitem sprengten, hatte es Hiroto verständlicherweise mit der Angst zu tun bekommen. Gewissermaßen hatte er das Gesicht verloren. Denn mittlerweile hatte nicht mehr *er* das Orakel unter Kontrolle, sondern das Orakel *ihn*.

Deshalb sagte Yuji, dem das alles sehr bewußt war: »Ich kann deine Befürchtungen sehr gut verstehen. Ganz ähnliche Bedenken sind auch mir schon gekommen.« Er kam hinter seinem Schreibtisch hervor. »Sei jedenfalls versichert, Hiroto-san, daß wir mit aller gebotenen Vorsicht vorgehen werden. Aber auf keinen Fall können wir das Projekt abbrechen. Wir müssen unbedingt weitermachen. In einem Punkt hast du allerdings vollkommen recht: In gewisser Weise hat sich das Orakel tatsächlich verselbständigt. Es hat inzwischen so etwas wie ein Eigenleben entwickelt. Wenn wir daher das Projekt in einem bereits so weit fortgeschrittenem Stadium auslaufen ließen, käme das gewissermaßen einem Mord gleich.«

2

Tokio/East Hampton/Washington/New York

Nacht in den Außenbezirken von Tokio.

Minako Shian lag in ihrem Bett und wartete wie so oft auf den Schlaf, der nicht kommen wollte. Ihr fieberhaft arbeitender Verstand gönnte ihr keine Ruhe. Schon seit frühester Jugend stand sie unter dieser Art von ständiger geistiger Hochspannung. So war es ihr vom Schicksal bestimmt worden, und ohne ein Wort des Widerspruchs hatte sie sich in ihr Los gefügt. Wenn da nur nicht so unzählig viele Fäden der Macht gewesen wären, die in ihrer Hand zusammenliefen und die es mit viel Geschick und äußerster Konzentration zu ziehen galt ... genau das war der Grund, weshalb sie ihre außergewöhnlichen Fähigkeiten zugleich als Fluch und als Gnade betrachtete.

Die Villa, in der Minako am Stadtrand von Tokio wohnte, war von einem der führenden jungen Architekten Japans entworfen worden. Ihre weiträumigen Flächen, die harte Gegenüberstellung von Licht und Dunkel, der Kontrast zwischen schwerem Granit und hauchzartem Reispapier, die atemberaubenden Ausblicke, die die einzelnen Räume gewährten: das alles trug zu einem überwältigenden Wohnerlebnis bei, das seinesgleichen suchte.

Das Haus stand in einem raffiniert angelegten Garten, der in seiner einfachen Schlichtheit in reizvollem Gegensatz zu der fast barocken Üppigkeit der postmodernen Architektur stand. Der Eingangsbereich aus Granit und Ahornholz, beherrscht von einer alten Kaufmannstruhe, in der die Schuhe aufbewahrt wurden, diente aufs schönste als Verbindung zwischen der Außenwelt und dem Innern des Hauses. Ganz ähnlich wie bei dem in konzentrischen Kreisen angelegten Kaiserpalast enthüllten die einzelnen Räume des Hauses nur schrittweise das Wesen seiner Architektur und forderten den Betrachter zu einer ständigen geistigen Auseinandersetzung damit heraus. Das wiederum brachte in jedem Besucher ganz bestimmte Saiten zum Schwingen, die, ähnlich einem Duft, sehr intensive emotionale Reaktionen hervorriefen.

In ihrer Anordnung erinnerten die Räume des Hauses an die Kabinen eines riesigen Schiffs; entsprechend glich der Garten dem Meer in seiner unermeßlichen Weite, voller Lockungen und zugleich voller unbekannter Gefahren.

Ganz ähnlich verhielt es sich im Moment auch mit Minakos Zukunft, die zum erstenmal in undurchschaubarem Dunkel vor ihr lag –

ganz im Gegensatz zu ihrer Vergangenheit. Und das war auch der Grund, weshalb sie sich ganz in deren Betrachtung versenkte.

Es war am Todestag ihrer Großmutter gewesen, der Gründerin des Familienunternehmens Shian Kogaku, als ihre bis dahin noch im verborgenen schlummernden *makura na hiruma* geweckt worden waren. Da ihre Großmutter Kabuto ganz wesentlich dazu beigetragen hatte, daß bei ihrer schweren Geburt alles ohne Komplikationen abgelaufen war, stand Minako zeit ihres Lebens tief in ihrer Schuld.

Zufälligerweise war Kabuto an Minakos drittem Geburtstag gestorben, und so war dieser Tag für Minako immer von der Erinnerung an den Tod ihrer Großmutter überschattet. Als sie an ihrem elften Geburtstag wie jedes Jahr das Grab ihrer Großmutter aufsuchte, hatte es die ganze vorangegangene Nacht heftig geregnet, so daß dichter Nebel über dem shintoistischen Friedhof lag. Die Luft war erfüllt vom würzigen Duft der Heilkräuter, die zwischen den Gräbern wuchsen.

Kabuto war inzwischen acht Jahre tot, und Minako konnte sich nur sehr vage an ihre Großmutter erinnern. Sie war diesmal nicht recht bei der Sache, als sie die shintoistischen Rituale zum Gedenken der Toten vollführte. Als sie damit fertig war, erhob sie sich, klopfte sich den Staub von den Knien und schickte sich zum Gehen an.

Doch irgend etwas ließ sie innehalten. Ganz langsam drehte sie sich noch einmal nach dem Grab ihrer Großmutter um. Und tatsächlich, sie traute ihren Augen kaum: Auf dem Grabstein saß ein Fuchs.

»Guten Tag, mein Kind«, sprach das Tier sie an. *»Erkennst du mich denn nicht? Ich bin es, deine Großmutter Kabuto.«*

Erschrocken schüttelte Minako den Kopf und rieb sich die Augen. Doch auch bei erneutem Hinsehen war ihre Großmutter – beziehungsweise der Fuchs – immer noch da. Der Fuchs lächelte sie an. Verzweifelt schaute sich Minako nach allen Richtungen um, ob vielleicht gerade jemand in der Nähe wäre, der die Erscheinung ebenfalls sehen könnte. Aber der Friedhof war wie ausgestorben.

»Großmutter«, flüsterte Minako schließlich. *»Du bist ja ein Fuchs.«*

»Ganz richtig«, antwortete ihre Großmutter. *»Zumindest im Moment.«*

Ungläubig starrte Minako den Fuchs an. *»Könntest du denn wieder Kabuto werden?«*

»Aber ich bin doch Kabuto, mein Kind.«

»Ich meine, die Kabuto, die ich gekannt habe.«

»Du meinst diesen gebrechlichen Körper?« Über die Züge des Fuchses schien sich ein verächtliches Grinsen zu legen. *»Wieso sollte ich wieder dorthin zurückwollen? Immerhin habe ich fast dreihundert Jahre gewartet, um diesem Gefängnis endlich entfliehen zu können. Und das ist eine sehr lange Zeit, findest du nicht auch?«*

Da Minako nicht wußte, was sie darauf erwidern sollte, nickte sie nur.

Darauf sprang der Fuchs von dem Grabstein, setzte sich vor ihr ins Gras und strich sich mit der Pfote über die Schnauze.

»Außerdem können Füchse nicht lügen«, fuhr Kabuto fort. *»Das ist vermutlich der Grund, weshalb ich dir in Gestalt eines Fuchses erschienen bin. Mein ganzes Leben lang habe ich nichts als Lüge und Verstellung gekannt. Aber davon will ich jetzt nichts mehr wissen.«* Der Fuchs legte den Kopf auf die Seite. *»Ich bin gekommen, um dich zu warnen – ja, ich glaube, das ist durchaus der richtige Ausdruck.«*

»Vor was willst du mich warnen?« fragte Minako erstaunt.

»Vor dem, was aus dir werden wird, wenn du deinen Ehrgeiz nicht besser zu zügeln verstehst als ich. Ich möchte dich davor bewahren, daß Lüge und Verstellung dein Leben zerstören.«

»Aber ich lüge doch gar nicht«, machte Minako geltend.

»Aber du wirst es tun. Denn das ist der Lauf der Welt.« Und nach einer kurzen Pause fügte der Fuchs hinzu: *»Deiner Welt.«*

»Das verstehe ich nicht.«

»Das verstehst du sehr wohl«, wies sie ihre Großmutter streng zurecht. *»Nur dein krampfhaftes Festhalten an den gängigen Konventionen hindert dich daran, dir deine besonderen Fähigkeiten zunutze zu machen.«*

»Was für besondere Fähigkeiten?«

An diesem Punkt gab der Fuchs einen Laut von sich, der Minako heftig zusammenfahren ließ. Genauso hatte ihre Großmutter immer mit der Zunge geschnalzt, wenn sie sich absichtlich dumm gestellt hatte. Von nun an waren auch die letzten Zweifel Minakos ausgeräumt, daß der Fuchs tatsächlich ihre Großmutter war.

»Zu meinem Bedauern muß ich feststellen, daß es deine Mutter unterlassen hat, dich in den Grundbegriffen der Macht zu unterweisen. Allerdings kann ich nicht behaupten, daß mich das sonderlich überrascht. Sie war schon immer eine eher ängstliche Person. Genauso, wie sie vor mir Angst hatte, hatte sie auch Angst vor ihrer Gabe.« Der Fuchs hob eine Pfote. *»Aber das tut nichts weiter zur Sache. Ich wußte von dem Augenblick an, in dem ich dich aus dem Bauch deiner Mutter geholt hatte, daß mir eines Tages auch die Aufgabe zufallen würde, deine geheimen Kräfte zu wecken.«* Trotz des dichten Nebels lag ein übernatürliches Leuchten in den Augen des Fuchses. *»Du wolltest nämlich nicht auf die Welt kommen. Und deine Mutter verfügte nicht über die nötige Willenskraft, um dich dazu zu zwingen. Da sie dich ohnehin von Anfang an nicht gewollt hat, entwikkelte sie auch nach deiner Geburt keine sonderliche Zuneigung für dich. Du kannst also von Glück reden, daß du mich hattest. Denn ich habe immer für dich gesorgt.«*

Minako verzog das Gesicht. *»Du willst allen Ernstes behaupten, Mutter hätte mich nicht gewollt? Sie würde mich nicht lieben?«*

»Hat sie dich je geherzt oder geküßt oder auch nur in die Arme genommen? Nein, wie sollte sie auch? Wenn ich nicht gewesen wäre, hätte sie dich bestimmt ausgesetzt.«

Minakos Herz krampfte sich so heftig zusammen, daß sie in Tränen ausbrach. »*Warum erzählst du mir nur alle diese schrecklichen Dinge, Großmutter? Davon will ich kein Wort mehr hören.*«

»*Es wird aber langsam Zeit, daß du endlich die Wahrheit erfährst, mein Kind.*« Der Fuchs leckte sich die Lippen. »*Schau mich jetzt bitte an, und hör auf zu weinen. Laß den Schmerz, den du jetzt verspürst, ganz ungehindert auf dich einwirken. Versuche dich vor allem nicht von ihm abzulenken, indem du dir den Kopf zerbrichst, wie es möglich ist, daß ich dir in Gestalt eines Fuchses erscheine. Was nun in deinem Innern vorgeht, ist sehr schmerzhaft, nicht wahr? Schau mich weiter an, Minako-san. Hör auf, dich gegen diesen Schmerz zu sperren. Und nun laß ihn durch deinen Körper strömen, und wenn du etwas anderes spürst, etwas ...*«

Tapfer wischte sich Minako die Tränen aus den Augen. »*Da ist ein tiefes Dunkel. Ich ...*«

»*Wende den Blick nicht ab!*« fuhr sie der Fuchs an. »*Schau mich an! Ja, so ist es schon wesentlich besser. Der Schmerz läßt jetzt nach, nicht wahr? Er macht dem Dunkel Platz. Hab keine Angst, gleich wirst du alles sehen können.*«

Und zu Minakos Verblüffung sollte ihre Großmutter tatsächlich recht behalten. Mit einem Mal konnte sie nicht nur das Dunkel sehen, das sich um ihre Füße kräuselte, je weiter es sich nach allen Richtungen ausbreitete, desto deutlicher konnte sie auch erkennen, was hinter dem Nebel lag: die Gräber, die Umzäunung des Friedhofs und die sanft gewellten Hügel, die sich im Unendlichen zu verlieren schienen.

»*Was geschieht plötzlich mit mir?*«

»*Du überschreitest gerade die Grenzen der Zeit*«, erklärte der Fuchs lächelnd, obwohl sich Minako nicht recht vorstellen konnte, wie ein Fuchs zu lächeln imstande sein sollte. »*Nun siehst du, daß die Welt, wie du sie bisher wahrgenommen hast, nicht das Ende ist, sondern erst der Anfang; sie ist lediglich eine von vielen möglichen Welten, die sich nun deinen zum Leben erwachten Sinnen auftun.*«

»*Wie weit werde ich schauen könne?*« fragte Minako, den Blick in die Ferne gerichtet.

»*Das hängt ganz davon ab*«, antwortete der Fuchs. »*Das ist bei jedem, der* makura na hiruma, *das Dunkel am Mittag, in sich trägt, anders. Bei mir sind diese Kräfte sehr stark ausgeprägt, und ich kann jetzt schon sehen, daß auch du ein enormes Potential in dir trägst. Schon in wenigen Jahren werden deine Kräfte sogar die meinen übertreffen. So soll es auch sein, denn es ist dir vom Schicksal bestimmt, große Dinge zu vollbringen. Schon bald wird sich Toshin Kuro Kosai, der Bund der Schwarzen Klinge, in zwei feindliche Lager spalten, und in dem erbitterten Machtkampf, der zwischen diesen beiden Parteien entbrennen wird, geht es dann vor allem um die Frage: Wer vertritt tatsächlich noch die alten traditionellen Werte, und wer hat sich insgeheim bereits auf die Seite des modernen Japans geschlagen, das der zunehmenden Verwestlichung des Landes mit allen Mitteln Vorschub leistet?*

In jüngster Vergangenheit sind mehrere Männer aus unseren Reihen unter mysteriösen Umständen ums Leben gekommen oder spurlos verschwunden. Was ist diesen Menschen zugestoßen? Wer hat diejenigen ermordet, deren Leichen gefunden wurden? Wir fallen übereinander her wie die Wölfe.

Nicht einmal ich weiß, welchen Ausgang diese erbitterte Auseinandersetzung nehmen wird. Niemand von uns kann das vorhersehen. Jedenfalls muß diesem Treiben unbedingt ein Ende gemacht werden, bevor die breite Öffentlichkeit erfährt, über wieviel Macht wir bereits verfügen. Um das geheimzuhalten, haben wir unseren Einfluß bisher nie offen spielen lassen, sondern immer nur im verborgenen gewirkt. Doch inzwischen deutet vieles darauf hin, daß schon bald einer aus unserer Mitte hervorgehen wird, der sich unserer Machtfülle vollkommen uneingeschränkt zu bedienen versucht. Nicht auszudenken, welche Konsequenzen das nach sich ziehen würde. Stell dir nur vor, hohe Politiker würden sich im Besitz von makura na hiruma *befinden und sich die damit verbundene Macht ganz offen zunutze machen.«* Sie erschauderte. *»Das gilt es mit allen Mitteln zu verhindern, mein Kind. Ich flehe dich an, meine Worte immer in Erinnerung zu behalten. Man kann nämlich sehr wohl zuviel Macht besitzen.*

Die Geschichte hat uns gelehrt, daß der moralische Verfall in den obersten Schichten seinen Ausgang nimmt und sich dann Stufe für Stufe nach unten ausbreitet. Die Versuchung, uns unserer Macht vollkommen uneingeschränkt zu bedienen, wäre zu groß – selbst für uns, die wir nicht mit denselben Maßstäben zu messen sind wie andere Menschen. Es mag vielleicht paradox erscheinen, aber je mehr wir die Dinge im Griff zu haben glauben, desto mehr sind sie in Wirklichkeit unserer Kontrolle entzogen.

Sei auf der Hut, mein Kind. Denn eines deiner Kinder ist dazu ausersehen, diesem Machtkampf ein Ende zu bereiten. Schon allein deshalb wirst du dir viele Feinde machen – mächtige und einflußreiche Feinde, die alles daransetzen werden, dich zu vernichten.«

»Großmutter, du machst mir angst.«

»Um so besser. Die Angst wird dir auf allen deinen Wegen ein weiser Ratgeber sein. Sei also wachsam und halte dich bereit, bis deine Stunde gekommen ist.«

»Aber, Großmutter, woran werde ich erkennen, welches meiner Kinder das auserwählte ist?«

»Das weiß ich nicht, denn in diese Zukunft kann nicht einmal ich einen Blick werfen. Zwar habe ich schon bei deiner Geburt einen Hinweis auf dein künftiges Schicksal erhalten, doch das wahre Ausmaß deiner Kräfte wurde mir erst in diesem Augenblick enthüllt – genauso, wie ich auch erst jetzt erfahren habe, daß du dafür bestimmt bist, dem auserwählten Kind das Leben zu schenken.«

Minako breitete die Arme aus und gab sich ganz dem Dunkel hin, das sich wie eine riesige Schlange um ihren Körper wand. Die ungeheure Kraft, die davon ausging, erfüllte sie mit einem unvorstellbaren Glücksgefühl. Ihr war es bestimmt, das auserwählte Kind zu gebären! Im Vollgefühl ihrer Macht konzentrierte sie sich ganz auf ihren Unterleib, und obwohl sie noch sehr jung war, konnte sie sich dank der langsam erwachenden Kräfte von *makura na hiruma* plötzlich sehr konkret vorstellen, wie es sein würde, wenn eines Tages ein fremdes Leben in ihr heranwachsen sollte.

Der Fuchs schien größer zu werden. *»Im Gegensatz zu den Glücksgefühlen, die dir deine Macht jetzt verleiht, wird dir ihre Fülle schon sehr bald als eine schwere Bürde erscheinen. Nicht mehr lange, und die Grenzen der Zeit werden für dich zu existieren aufhören. Dann wird sich dir die Zukunft ganz von selbst enthüllen.«*

»Das muß ja ein herrliches Gefühl sein!« Vor Freude klatschte Minako in die Hände.

»Du dummes Kind«, wies sie der Fuchs streng zurecht. *»In die Zukunft blicken zu können, ist wie ein Fluch. Glaub mir, mein Kind, ich weiß, wovon ich spreche. Dazu brauchst du dir nur einmal vorzustellen, wie es wäre, wenn du die Gedanken der anderen Menschen lesen könntest. Im ersten Moment denkst du natürlich, das wäre furchtbar aufregend: Du wüßtest dann immer schon im voraus, was ein anderer Mensch in einer bestimmten Situation tun wird. Vermutlich malst du dir auch schon aus, wie du dir dieses Wissen zunutze machen könntest – wobei vollkommen unbestritten ist, daß dir das ungeheure Macht verleihen würde. Aber versuche dir auch das Durcheinander von fremden Gedanken vorzustellen, die dann pausenlos auf dich einströmen würden, ohne daß du sie je abstellen könntest. Wie lange, glaubst du wohl, könntest du das aushalten?«*

Als der Fuchs Minako nun langsam zu umkreisen begann, zog er dabei seine Hinterläufe hinter sich her, als wollte er damit etwas in die Erde zeichnen.

»Ganz ähnlich verhält es sich auch, wenn man in die Zukunft schauen kann. Die Vielfalt der möglichen Entwicklungen, die sich aus jedem einzelnen Augenblick ergeben, potenzieren sich zu einer Überfülle, die irgendwann einfach nicht mehr auszuhalten ist. Manche von uns verlieren darüber den Verstand.«

»Und der Rest? Irgendeine Möglichkeit muß es doch geben, um mit dieser Fähigkeit zu leben.«

»Ja«, sagte der Fuchs lächelnd. *»Es gibt sogar zwei. Für die erste hat sich deine Mutter entschieden: Sie hat die in ihr schlummernden Kräfte von* makura na hiruma *einfach nicht zur Entfaltung kommen lassen. Die andere besteht darin, sich ein Leben lang zu verstellen und zu lügen.«*

»Eine andere Wahl habe ich nicht?«

Der Fuchs schüttelte den Kopf. *»Nein.«*

Darauf sagte Minako: *»Ich möchte so weit sehen, wie ich kann.«*

Zufrieden leckte der Fuchs sein Fell. *»Dann bist du für große Taten ausersehen, mein Kind.«* Er hob seinen spitzen Kopf und sah Minako unverwandt an. *»Aber es werden auch schreckliche Dinge geschehen. Denn trotz deiner enormen Kräfte wirst du eines Tages in Bereiche vordringen, die sich selbst deinem Zugriff entziehen. Du wirst mit Entwicklungen konfrontiert werden, deren Fort-*

gang auch für dich im Dunkeln bleiben wird – genauso, wie es Entwicklungen geben wird, die du zwar in all ihrer Grauenhaftigkeit voraussehen kannst, ohne jedoch auch nur den geringsten Einfluß auf ihren Verlauf nehmen zu können. Aber genug geredet. Das alles sind Dinge, die du jetzt noch nicht verstehen kannst. Du mußt jetzt nur eines wissen: Sobald du einmal deine Wahl getroffen hast, gibt es für dich kein Zurück mehr. Du kannst dann nicht mehr von dem dir vorgezeichneten Pfad abweichen. Wenn die Kräfte von makura na hiruma *einmal geweckt worden sind, können sie nicht mehr rückgängig gemacht werden.«*

»Ich verstehe, Großmutter«, sagte Minako ernst.

Zum erstenmal schwang so etwas wie Überraschung in der Stimme des Fuchses mit. *»Wie es scheint, tust du das tatsächlich, mein Kind ...«*

Wehmütig dachte Minako an die vielen Male zurück, wo sie diese Entscheidung schon bitter bereut hatte. Dennoch waren sie auf keinen Fall gegen die unzähligen Glücksmomente aufzuwiegen, zu denen ihr ihre außergewöhnlichen Fähigkeiten ebenfalls schon verholfen hatten.

Reglos im Dunkeln liegend, lauschte sie dem leisen Rauschen der Bäume. Ihre Gedankekn begannen um ihren Sohn Yuji zu kreisen, und zum erstenmal, seit sie vor vielen Jahren den Entschluß gefaßt hatte, ihn mit allen Mitteln vom Bund der Schwarzen Klinge fernzuhalten, bekam sie Angst um ihn. Doch dann spürte sie die kraftvollen Schwingungen, die von ihm und vom Orakel ausgingen, und schöpfte rasch wieder neuen Mut. Für einen Moment gestattete sie sich sogar, in dem köstlichen Triumphgefühl zu schwelgen, das bei dem Gedanken an Yujis geniale Erfindung in ihr aufstieg. Gewiß, vor seiner endgültigen Inbetriebnahme mußten noch zahlreiche Verbesserungen am Orakel vorgenommen werden, aber sie hatte nicht die leisesten Zweifel, daß es früher oder später auf jeden Fall zum Einsatz kommen würde. Hatte sie angesichts dessen nicht sogar ein Recht darauf, bereits jetzt schon stolz zu sein? Für die technischen Belange des ehrgeizigen Projekts waren natürlich in erster Linie Yuji und Hiroto zuständig, doch sie war es gewesen, die Yuji unter Aufbietung all ihrer Überredungskünste dazu gebracht hatte, die Entwicklung des Orakels in Angriff zu nehmen, und sie hatte ihm auch immer wieder von neuem Mut gemacht, wenn er nach einem der zahlreichen Rückschläge kurz davor stand, die Flinte ins Korn zu werfen. Nachdem das Projekt inzwischen in ein so fortgeschrittenes Stadium eingetreten war, stellte sich nun nur noch die Frage: Was würde passieren, wenn das Orakel demnächst endgültig in Betrieb gesetzt wurde?

Plötzlich setzte sich Minako auf und faßte sich an den Bauch. Einen Moment fürchtete sie, sich übergeben zu müssen. Seltsamerweise war es ihr nicht mehr möglich, einen Blick in die Zukunft zu werfen. Es kam zwar immer wieder vor, daß sich eine Vielzahl möglicher Entwicklungen vor ihr auftat, aber in ein solch abgrundtiefes Dunkel hatte sie noch nie geblickt. Sie bekam plötzlich schreckliche Angst. Nicht auszudenken, wenn ihre Gabe ausgerechnet jetzt versagt hätte, wo sie so dringend auf sie angewiesen war.

Mehr denn je hatte sie mit einem Mal das Gefühl, als müßte sie unter der schweren Bürde zusammenbrechen, die sie auf ihren Schultern trug. Seit sie den Entschluß gefaßt hatte, sich den größenwahnsinnigen Plänen der Ehrwürdigen Mutter mit allen Mitteln zu widersetzen, schwebte ihr Leben in ständiger Gefahr. Fast kein Tag verging, an dem die Ehrwürdige Mutter nicht neue Verbrechen und Grausamkeiten befahl. Schon lange gab sie sich nicht mehr damit zufrieden, bloß all jene zu beseitigen, die sich ihr in den Weg zu stellen gewagt hatten. Vielmehr hielt sie unablässig nach neuen Möglichkeiten Ausschau, die ohnehin schon ungeheure Kraft ihres *makura na hiruma* noch weiter zu vergrößern. Für Minako stand schon lange fest, daß die Ehrwürdige Mutter von der gewaltigen Machtfülle ihres *makura na hiruma* in den Wahnsinn getrieben worden war. Um so mehr betrachtete sie es als ihre Pflicht, sie mit allen Mitteln daran zu hindern, noch mehr Unheil anzurichten. Allerdings verfügte die Ehrwürdige Mutter inzwischen über solche Macht, daß Minako dazu aus eigener Kraft nicht mehr imstande war.

Dazu war nur noch einer fähig. In einer Vision, die etwas von der Intensität einer göttlichen Offenbarung an sich gehabt hatte, war ihr eines Tages das Gesicht des Mannes erschienen, der als einziger noch in der Lage sein würde, dem Treiben der Ehrwürdigen Mutter Einhalt zu gebieten: Wolf Matheson.

Der Tag war bereits im Schwinden begriffen, erhellt nur noch vom Blitzeflackern eines aufziehenden Gewitters, das über die Wipfel der alten Tannen hinwegzuckte. Im selben Moment begannen auch schon die ersten dicken Regentropfen gegen die Fensterscheiben zu klatschen.

Es war Samstag. Auf einen Anruf ihres Mannes hin war Stevie am Morgen nach New York gefahren, um dort verschiedenes für ihn zu erledigen. Allerdings hatte sie Wolf versprochen, spätestens zum Abendessen wieder zurück zu sein.

Plötzlich wieder allein mit sich und seinen Gedanken, wurde Wolf von einer tiefen Rastlosigkeit befallen. Mit einem Mal konnte er es kaum mehr erwarten, nach New York zurückzukehren und seine Arbeit wieder aufzunehmen. Schließlich hielt er es nicht mehr länger im Haus aus. Nach kurzem Suchen fand er im Garderobenschrank einen Regenmantel, der vermutlich Morton gehörte, und ging zum See hinunter. Wegen des strömenden Regens war weit und breit kein Mensch zu sehen. Ziemlich weit draußen auf dem See ragte ein Pfahl aus dem Wasser, auf dem ein Fischadler sein Nest baute. Gerade kam der große Raubvogel mit ein paar Zweigen im Schnabel wieder darauf zugeflogen.

Im Schutz eines Tupelo-Baums ließ sich Wolf auf seine Hacken nieder und starrte abwesend auf den See hinaus. Was sollte er tun, wenn er Chika aufspürte? Er wußte es nicht. War er ganz ehrlich, dann gab es sogar einen Teil in ihm, der gar nicht wollte, daß er sie je finden würde. Doch was war, wenn sie für den Tod von Arquillo, Junior Ruiz, Moravia und vor allem auch von Amanda verantwortlich war? Es hätte natürlich vieles einfacher für ihn gemacht, wenn er Gewißheit gehabt hätte, daß diese Morde auf Sumas Konto gingen. Aber dafür fehlten ihm im Augenblick leider noch die Beweise. Im Gegenteil, es deutete sogar einiges darauf hin, daß Chika dahinter steckte. So wurde sie zum Beispiel durch das Stück Ikatstoff, das er im Handschuhfach des schwarzen Firebird entdeckt hatte, schwer belastet. Andererseits konnte den Stoff natürlich auch jemand anderer dort versteckt haben, um den Verdacht auf sie zu lenken. Wie dem auch sei, er hatte bisher noch keinerlei Beweise für ihre Schuld oder Unschuld und durfte sich deshalb auf keinen Fall zu irgendwelchen voreiligen Schlüssen hinreißen lassen.

Wolf hatte inzwischen Übung darin, mit solchen unklaren Situationen umzugehen; im Grunde genommen ging es ja bei der ganzen Polizeiarbeit um nichts anderes. Aber in diesem Fall stellten sich die Dinge doch etwas schwieriger dar, da die Sache durch seine Gefühle für Chika noch zusätzlich kompliziert wurde. Die Anziehung, die sie auf ihn ausübte, war nämlich stärker denn je.

Lange hatte er, tief in Gedanken versunken, auf den See hinausgeschaut, und erst als sich seine Fingerspitzen vor Kälte blau zu verfärben begannen und in seinem operierten Bein ein dumpfer Schmerz zu klopfen begann, richtete er sich mit einem schweren Seufzer auf und kehrte widerstrebend in das einsame Haus zurück.

Als er einen Wagen die Auffahrt heraufkommen hörte, ging er mit steifen Beinen ans Fenster, um einen Blick nach draußen zu werfen. Eigentlich hatte er mit Stevies Jeep Cherokee gerechnet, aber statt dessen hielt eine nagelneue schwarze Corvette vor der Garage. Er sah eine einzelne Person aus dem Wagen steigen – eine Frau.

Wolf ging zur Eingangstür und trat in den kühlen Frühlingsabend hinaus. Obwohl es zu regnen aufgehört hatte, war die Luft feucht und klamm. Motten umflatterten die Lampen neben der Tür, und über den Wipfeln der dunklen Tannen blinkten die ersten Sterne auf.

Als Wolf die Frau auf das Haus zukommen sah, bekam er für einen Moment so weiche Knie, daß er sich an der Wand abstützen mußte, um nicht den Halt zu verlieren.

Das Gesicht, das aus dem Dunkel vor ihm auftauchte, war beherrscht von großen, dunklen Augen über hohen Backenknochen, sinnlich-vollen Lippen und einem zierlichen, aber energischen Kinn. Es war umrahmt von dichtem, glänzend schwarzem Haar, das die Frau sich in elegantem Schwung nach hinten frisiert hatte. Sie trug einen extrem kurzen schwarzen Wollrock und schwarze Leggings, die ihre langen, schlanken Beine ganz hervorragend zur Geltung brachten, und dazu einen kürbisfarbenen Pullover, der lose über ihre Schultern fiel. An ihren Ohren funkelten zwei große schwarze Opale, und ihre zierlichen Füße steckten in schwarzen, knöchelhohen Stiefeln. Sie bewegte sich mit einer Selbstsicherheit, die geradezu an Aggressivität grenzte.

Ihr Anblick rief einen heftigen Widerstreit von Gefühlen in Wolf hervor. Gleichzeitig hatte er das Gefühl, als wären plötzlich seine kühnsten Träume Wirklichkeit geworden. Denn die zierliche Japanerin, die in diesem Moment die Eingangstreppe heraufkam, war niemand anderer als die Künstlerin Chika – die Frau, die er im Verdacht hatte, daß sie mit Suma unter einer Decke steckte und vier Menschenleben auf dem Gewissen hatte.

»Das schönste an einem Club finde ich«, sagte Thornburg Conrad III. und steckte sich eine Zigarre an, »daß man selbst bestimmen kann, wer reinkommt und wer nicht. Früher hat mal die ganze Welt nach diesem Prinzip funktioniert, aber das liegt nun schon einige Zeit zurück. Aber keine Angst, ich will mich hier keineswegs in langen Wehklagen darüber ergehen, daß die Welt damals so viel besser war. Im Grunde genommen ist das ja auch blanker Unsinn, nichts als sentimentales Gefasel.« Er zog an seiner Zigarre. »Ich halte mich nach wie vor genauestens auf dem laufenden über die neuesten Entwicklungen auf dem Gebiet der Medizin, der Elektronik, des Computerwesens und der Gentechnik – nur damit du nicht denkst, der Zug der Zeit wäre längst für mich abgefahren.«

»Keine Sorge«, versicherte ihm Stevie Powers. »Diesen Eindruck habe ich keineswegs.«

Über Thornburgs Lippen legte sich ein frostiges Lächeln. »Du verstehst es wirklich, dich zu deinem Vorteil anzuziehen.«

»Danke«, sagte Stevie und schlug ihre langen Beine übereinander. Als sie sich an diesem Morgen von Wolf verabschiedet hatte, war sie nicht nach New York gefahren, sondern zum nahegelegenen Flughafen von East Hampton, wo bereits Thornburg Conrads Privatjet auf sie gewartet hatte.

In die Betrachtung seiner Zigarre versunken, fuhr Thornburg fort: »Dieses Kompliment ist um so höher einzuschätzen, als du heute morgen so überstürzt aufbrechen mußtest, daß dir eigentlich nicht mehr viel Zeit geblieben sein kann, dir viele Gedanken um deine Garderobe zu machen. Aus Erfahrung weiß ich, daß Frauen, die sich nicht nur gut, sondern auch noch schnell anzuziehen verstehen, äußerst selten sind.« Er blickte gerade noch rechtzeitig auf, um ein Lächeln über Stevies Lippen huschen zu sehen. »Zweifellos bist du in diesem Punkt anderer Meinung als ich. Du wärst ja auch keine Frau, wenn du mir nicht schon aus Prinzip widersprechen würdest.« Er lachte – ob selbstironisch oder aus männlichem Überlegenheitsgefühl heraus, blieb ihr verborgen.

Sie hatten sich im Magnolia Terrace getroffen, einem exklusiven Club, der, etwa eine Fahrstunde von Washington entfernt, auf dem Land in Virginia lag. Neben einem herrlichen Golfplatz, auf dem schon mehrere große internationale Turniere ausgetragen worden waren, gab es auf dem Clubgelände auch eine Reitschule, aus der einige der besten Polospieler der Welt hervorgegangen waren. Natürlich war die Mitgliedschaft im Magnolia Terrace streng begrenzt, und das bedeutete, daß auch Leute mit noch soviel Geld nicht aufgenommen wurden, wenn sie nicht die entsprechenden Referenzen vorzuweisen hatten.

Thornburg und Stevie aßen auf der Terrasse des Clubhauses zu Mittag. Das riesige Gebäude mit der herrlichen Fachwerkfassade beherbergte eine Vielzahl von hohen und großzügig ausgestatteten Räumen, deren Wände alte Ölgemälde der Gründungsmitglieder des Clubs zierten. An den Abenden wurden hier oft festliche Wohltätigkeitsgalas veranstaltet, bei denen nach dem Candle-Light-Dinner ein Orchester zum Tanz aufspielte. Das Haupthaus war jedoch nur eines von den insgesamt siebzehn Gebäuden auf dem 125 Hektar großen Clubgelände mit seinen weitläufigen Koppeln und Stallungen, den großzügig ausgestatteten Gästehäusern, den Reitbahnen und Poloplätzen und nicht zuletzt natürlich dem berühmten Golfplatz.

»Wenn ich ganz ehrlich bin«, fuhr Thornburg fort, »finde ich es ausgesprochen anregend, mich mit jemandem zu unterhalten, der nicht in allem meiner Meinung ist und mir hin und wieder auch mal widerspricht. Solche kleinen Wortgefechte haben eine außerordentlich belebende Wirkung auf meine grauen Zellen.«

Er rollte die Spitze seiner Zigarre über den Rand des Aschenbechers, so daß von der Glut etwas Asche abfiel. »Hat dir das Essen geschmeckt? Gut. Diese Ipswich-Muscheln waren ja auch wirklich frisch. Sie werden jeden Morgen mit einem clubeigenen Flugzeug eingeflogen.« Er wandte sich kurz ab, um Senator Dowd zu grüßen; der Vorsitzende des Kontrollausschusses für die Streitkräfte war ein alter Freund von ihm. Wieder an Stevie gerichtet, fuhr er fort: »Vermutlich fragst du dich schon die ganze Zeit, wann ich endlich zur Sache komme.«

»Keine Sorge, ich habe Geduld.«

»Davon braucht man ja als Psychiaterin vermutlich auch jede Menge.«

»Analytikerin«, korrigierte sie ihn.

»Ach ja, richtig. Das mit deiner genauen Berufsbezeichnung hast du mir schon mal bei einer früheren Gelegenheit in aller Ausführlichkeit erklärt.« Er machte eine kurze, wegwerfende Handbewegung. »In meinen Augen ist Geduld eine Tugend, die man nicht hoch genug einschätzen kann. Die meisten Menschen machen sich keine Vorstellung, wie vieles im Leben nur davon abhängt, daß man den richtigen Zeitpunkt abwarten kann.« Der alte Mann schüttelte den Kopf. »Wie oft habe ich das meinen Söhnen begreiflich zu machen versucht – aber, wie es scheint, nur mit mäßigem Erfolg.« Er schnaubte verächtlich. »Ich habe lange geglaubt, meine erste Frau wäre mein Ruin gewesen. Inzwischen komme ich jedoch mehr und mehr zu der Überzeugung, daß das in Wirklichkeit meine Kinder sind.« Er ließ sich in seinen Ledersessel zurücksinken. »Der einzige, auf den das nicht zutrifft, ist mein Sohn Ham; er bildet in dieser Hinsicht eine rühmliche Ausnahme: hochdekorierter Vietnamkriegsteilnehmer, hochintelligent und dazu auch noch mit einem ausgeprägten Familiensinn ausgestattet. Mehr kann ein Vater von seinem Sohn wohl kaum verlangen.«

»Es freut mich zu hören, daß du wenigstens über eines deiner Kinder so positiv denkst. Hast du das deinem Sohn auch schon einmal gesagt?«

»Wo denkst du hin?« Wieder stippte Thornburg etwas Asche von seiner Zigarre. »Zuviel Lob verdirbt den Charakter.«

»Selbst wenn es verdient ist?«

Eines mußte er dieser Frau lassen: Auf den Kopf gefallen war sie nicht. Manchmal hatte er das beängstigende Gefühl, daß sie ihn besser durchschaute, als ihm lieb war. Als er sich nun vorbeugte, legte sich ein Ausdruck gespannter Wachsamkeit über ihre Züge. »Kommen wir also zur Sache. Wie ist es um Wolf Mathesons momentane psychische Verfassung bestellt?«

Stevie straffte sich in den Schultern. »Erst möchte ich Klarheit darüber haben, was du mit dem Ganzen eigentlich bezweckst.«

Nachdenklich starrte Thornburg auf die Glut seiner Zigarre. »Es freut mich zu sehen, wie vorsichtig du bist.« Er sah wieder Stevie an und ließ eine Wolke aromatischen Zigarrenrauchs aus seinem Mund entweichen.

»Dahinter steht mehr als nur Vorsicht«, erwiderte sie. »Immerhin hast du mich um nichts Geringeres gebeten, als meine Schweigepflicht als Analytikerin zu brechen. Und du wirst doch sicher verstehen, daß ich dazu auf keinen Fall bereit bin, wenn dafür kein entsprechend schwerwiegender Anlaß besteht.«

»Ich muß zugeben, daß ich dich bisher über die näheren Hintergründe meiner sicher etwas ungewöhnlichen Bitte mehr oder weniger im dunkeln gelassen habe. Das ist einerseits zu deinem Besten geschehen, zum anderen aber auch aus Gründen der nationalen Sicherheit.« Er zog genüßlich an seiner Zigarre. »Lawrence Moravia hat als Spion für die amerikanische Regierung gearbeitet, Stevie. Er sollte einer Reihe von Gerüchten auf den Grund gehen, denenzufolge hochbrisante und streng geheime amerikanische Forschungsunterlagen in die Hände der Japaner gelangt sind – oder genauer: in die Hände dieser extrem gefährlichen rechtsradikalen Geheimorganisation, von der ich dir bereits erzählt habe. Dem Bund der Schwarzen Klinge.« Er gab ein ärgerliches Brummen von sich. »Na schön, nachdem du schon mal soviel aus mir herausgekitzelt hast, wirst du doch hoffentlich endlich Ruhe geben.«

»Zumindest ist mir nun etwas wohler bei der Sache«, nickte Stevie. »Dennoch bleiben für mich damit immer noch eine ganze Reihe von Fragen offen: Falls du, wie du immer behauptest, tatsächlich eine so hohe Meinung von Wolf hast, warum schickst du dann mich vor und trittst nicht selbst an ihn heran?«

»Ganz einfach, meine Liebe. Das gehört zum üblichen Standardvorgehen in so einer hochbrisanten Geheimdienstsache. Matheson ist, was man in Fachkreisen einen V-Mann nennt. Aus Gründen der Sicherheit muß mit allen Mitteln vermieden werden, daß irgend jemand eine Verbindung zwischen ihm und mir herstellen kann.« Als sie ihn darauf nur verständnislos ansah, fügte er noch hinzu: »Ich kann es auch etwas direkter ausdrücken: Für den Fall, daß Matheson dem Bund der Schwarzen Klinge in die Hände fällt, kann er nichts verraten, was auf meine Verwicklung in die ganze Geschichte hindeuten könnte.«

Da Stevie einige Zeit brauchte, um das auch nur halbwegs zu verdauen, dachte Thornburg bereits, er hätte ihr vielleicht mehr enthüllt, als sie zu verkaften imstande war.

Deshalb fuhr er in beschwörendem Ton fort: »Sei noch einmal versichert, Stevie: Matheson ist fest entschlossen, diese Aufgabe zu übernehmen.«

»Das weiß ich.«

Thornburgs Lippen schlossen sich fest um das Ende seiner Zigarre. »Um so mehr möchte ich dich deshalb jetzt bitten, mir alles zu sagen, was du über den Mann weißt. Der Erfolg unseres Vorhabens steht und fällt mit der Person von Wolf Matheson. Wir können es uns gerade jetzt auf keinen Fall leisten, ihn zu verlieren.«

Stevie war gleich wesentlich wohler bei der Sache, als sie in ihre Analytikerrolle schlüpfen konnte. »Um jeglichen Mißverständnissen vorzubeugen, gleich zu Beginn noch ein kurzer Hinweis: Bei meinem Tätigkeitsbereich handelt es sich nicht direkt um eine Wissenschaft im üblichen Sinn.«

Thornburg nickte zustimmend. »Na, und wenn schon? Oder kannst du mir eine Wissenschaft nennen, die sich nicht schon unzählige Male geirrt hat?«

»Der verhängnisvolle Sturz durch das Oberlicht scheint Mathesons psychische Verfassung in keiner Weise beeinträchtigt zu haben«, begann Stevie ernst und sachlich. »Im Gegenteil, er wirkt sogar entschlossener denn je.«

»Und wie ist es um seine körperliche Verfassung bestellt?«

»Den Umständen entsprechend, hatte er unvorstellbares Glück. Er hat bei dem Sturz zwar ganz erhebliche Verletzungen davongetragen, aber dank der Bemühungen des von dir hinzugezogenen Spezialisten sind keinerlei bleibende Schäden zurückgeblieben. Dazu kommt noch, daß Matheson über eine schier unglaubliche Regenerationsfähigkeit verfügt. Der körperliche Heilungsprozeß geht mit einem solch atemberaubenden Tempo voran, daß er bereits zehn Tage nach der Operation in seiner körperlichen Leistungsfähigkeit in keiner nennenswerten Weise mehr eingeschränkt zu sein scheint.«

Thornburg ließ den Blick auf der Glut seiner Zigarre ruhen. »Darf ich demnach davon ausgehen, daß du dich eingehendst vom tatsächlichen Stand seiner körperlichen Leistungsfähigkeit überzeugt hast?«

Eine Weile saß Stevie vollkommen reglos da und sah einer gutaussehenden, blauäugigen Blondine hinterher, die gerade ein Pferd an der Terrasse vorbeiführte. Dann ließ sie den Blick in ihren Schoß sinken. »Zumindest scheint seine Bewegungsfähigkeit in keiner Weise eingeschränkt zu sein. Falls er irgendwelche Schmerzen haben sollte, hat er mir gegenüber jedenfalls nichts dergleichen verlauten lassen. Seine Verletzungen heilen wirklich erstaunlich schnell.«

Mit einem zufriedenen Brummen riß Thornburg ein Streichholz an und zündete seine Zigarre wieder an. »Morton, dein Mann, ist zweifellos ein außerordentlich kluger Kopf. Nicht umsonst hält man in Washington so große Stücke auf ihn. Dagegen scheinen jedoch seine menschlichen Qualitäten etwas zu wünschen übrig zu lassen.«

»Was soll in diesem Zusammenhang der Hinweis auf das Verhältnis zu meinem Mann?« entgegnete Stevie sichtlich gereizt.

Thornburg nickte. »Entschuldige bitte. Ich wollte dir damit keineswegs etwas unterstellen oder dich gar beleidigen.« Ihm war sofort klar geworden, daß er eben zu weit gegangen war. Dennoch war ihm dieser Schritt unumgänglich erschienen, um sich einen ungefähren Eindruck vom wahren Ausmaß ihrer Gefühle für Matheson verschaffen zu können. »Andererseits ist mir jedoch auch sehr deutlich bewußt, was für ein attraktiver Mann Matheson ist, wie aufopfernd du dich um ihn gekümmert hast und wie wenig du in letzter Zeit von deinem Mann zu sehen bekommen hast. Solltest du über das rein Berufliche hinaus auch noch ein persönliches Interesse an Matheson entwickelt haben, so muß ich dich leider darauf hinweisen, daß dir das die Sache, einmal vorsichtig ausgedrückt, nicht gerade erleichtern würde. Matheson wird nämlich das Land schon sehr bald auf unbekannte Zeit verlassen müssen – und das auch noch in Begleitung einer anderen Frau. Dabei versteht es sich doch hoffentlich von selbst, daß du ihm auf keinen Fall irgendwelche Knüppel zwischen die Beine werfen darfst.«

Stevie starrte ihn nur wortlos an.

»Wie bereits gesagt, zolle ich Matheson den allergrößten Respekt. Das ist auch der Grund, weshalb ich ihn ins Spiel gebracht habe.«

»Aber es ist natürlich ausschließlich dein Spiel«, bemerkte Stevie.

Sieh mal einer an, dachte Thornburg anerkennend. Man kann dieser Frau tatsächlich nichts vormachen. »Trotzdem ist es für ihn das Beste so. Ich gebe dir mein Wort darauf, daß du ihm durch dein Verhalten auf keinen Fall schaden wirst.«

»Trotzdem betrachte ich es nicht als meine Aufgabe, Freunde auszuhorchen«, erwiderte Stevie lächelnd. Sie beugte sich vor und drückte ihm die Hand. »Ich bin mir sehr wohl bewußt, wie sehr du mir und Morton geholfen hast. Dafür bin ich dir noch immer dankbar.«

»Ich mag dich wirklich sehr, Stevie, und es gibt nicht viele Leute, meine Kinder nicht ausgenommen, von denen ich das guten Gewissens behaupten könnte. Du bist nicht nur eine ausgesprochen kluge und intelligente Frau, sondern hast dir darüber hinaus auch noch deine menschlichen Qualitäten bewahrt – und das ist etwas, was man in letzter Zeit nicht mehr häufig findet. Mein Sohn Ham zählt übrigens auch zu den wenigen Menschen, die diese beiden Eigenschaften noch in sich vereinen, und wenn ich ihm auch hin und wieder das Leben ganz schön schwer mache, geschieht es dennoch nur zu seinem Besten.«

»Demnach sind wir uns also einig.«

»Aber gewiß doch.« Thornburg zog so heftig an seiner Zigarre, daß er husten mußte. Wirklich zum Totlachen, dachte er insgeheim. Der Präsident denkt, Ham würde für *ihn* arbeiten, und diese verkalkten Militärs aus dem Pentagon denken, er würde für *sie* arbeiten. Aber da täuschen sie sich gewaltig. In Wirklichkeit arbeitet mein Sohn Ham für niemand anderen als für mich. In gewisser Hinsicht arbeiten sie ja ohnehin alle für mich, und davon ist auch diese neunmalkluge Seelenklempnerin nicht ausgenommen, die sich einbildet, ihr könnte keiner was vormachen. In Wirklichkeit bin ich schlauer als alle zusammen, Wolf Matheson eingeschlossen.

»Sie sehen mich ja an, als wollte ich Sie bei lebendigem Leib auffressen«, sagte Chika. Fahlweiße Motten umflatterten ihr Haar, und mattsilbernes Mondlicht spielte über ihr Gesicht.

Wolf stand noch immer wie angewurzelt da und sagte kein Wort. Je länger er sie ansah, desto mehr erschien sie ihm wie eine Göttin in einem strahlenden Lichterkranz. Mit lebhafter Deutlichkeit stiegen plötzlich die widersprüchlichen Erinnerungen, die er an sie hatte, wieder in ihm hoch: wie sie im Regen auf die Straße hinaustrat; wie sie in den Leichenwagen stieg, wie sie die zwei schwerbewaffneten Jugendlichen auf nächtlicher Straße ganz allein in die Flucht jagte; wie sie splitternackt in ihrem Schlafzimmer stand und ihre Hände zwischen ihre Schenkel gleiten ließ. Und dann hatte er plötzlich Amandas Bild vor Augen, wie sie in einer Lache aus Blut lag, während der Kassettenrecorder immer und immer wieder dieselben Sätze abspielte.

Sein Herz schlug wie wild, und seine Kehle war wie zugeschnürt. Mit gepreßter Stimme brachte er schließlich hervor: »Ich kenne Ihre Skulpturen und Ihre schockierenden Fotos von den gefesselten Frauenkörpern. Ich habe beobachtet, wie Sie zwei jugendliche Straßenräuber mit vorgehaltener Waffe in die Flucht geschlagen haben und anschließend mitten in der Nacht in einen Leichenwagen gestiegen sind. Wären Sie da an meiner Stelle nicht auch auf der Hut?«

»Für die Pistole habe ich einen Waffenschein.«

»Daran hätte ich keine Sekunde gezweifelt. Sie scheinen sehr genau zu wissen, wie man mit einer Waffe umgeht.«

Sie fuhr sich mit der Zunge über die Lippen. »Darf ich reinkommen? Ich bin unbewaffnet.« Sie streckte die Arme seitlich von sich. »Wenn Sie mich filzen wollen . . .«

Das wollte er tatsächlich. Trotzdem machte er keine Anstalten, sie zu durchsuchen. Ihm wurde abwechselnd heiß und kalt. »Woher wissen sie, daß ich hier bin? Was wollen Sie überhaupt von mir?« Insgeheim fragte er sich, warum sie nicht in Erfahrung bringen wollte, weshalb er ihr gefolgt war. Aber vielleicht wußte sie das bereits. Bestürzt stellte Wolf fest, daß er vor dieser Frau tatsächlich Angst hatte. Aber vielleicht lag das auch nur daran, daß er sehr genau spürte, welch unwiderstehliche Anziehungskraft sie auf ihn ausübte.

»Ich möchte, daß Sie die ganze Wahrheit über mich erfahren. Wir haben nämlich wesentlich mehr gemeinsam, als Sie denken.«

Wolf spürte, wie ihm der Schweiß den Rücken hinunterlief.

»Sie haben mir noch immer nicht gesagt, wie Sie mich hier gefunden haben.«

»Das ist eine Frage, die ich Ihnen unmöglich mit einem Satz beantworten kann. Wollen Sie mir denn nicht zumindest eine Chance geben, Ihnen alles zu erklären? Oder sind Sie grundsätzlich nicht mehr bereit, von Ihrer vorgefertigten Meinung über mich noch einmal abzurücken?«

»Kommen Sie rein«, forderte Wolf sie schließlich auf und trat zur Seite, um ihr Platz zu machen.

Er konnte kaum den Blick von ihren Beinen losreißen, als sie vor ihm ins Haus ging und sich auf dem geblümten Sofa im Wohnzimmer niederließ. Stärker denn je spürte er plötzlich wieder die unwiderstehliche Anziehungskraft, die von ihr ausging. Er brachte kein Wort hervor. Sein Kopf war wie leergeblasen, seine Kehle wie ausgedörrt.

»Könnte ich vielleicht eine Tasse Tee haben?« brach sie schließlich das Schweigen, bevor es zu peinlich wurde. »Ich habe eine lange und anstrengende Fahrt hinter mir.«

Als Wolf aufstand und in die Küche ging, folgte sie ihm. Er setzte Wasser auf und nahm zwei Tassen aus dem Küchenschrank. »Mögen Sie Earl Grey?«

»Gern.« Sie nickte.

Gegen die Anrichte gelehnt, beobachtete er, wie sie versunken an ihrer Tasse nippte.

»Was wissen Sie über Suma?« kam Wolf ohne Umschweife zur Sache.

»Über wen?«

»Sie wissen ganz genau, wen ich meine: die Wasserspinne.«

»Suma arbeitet für Toshin Kuro Kosai, den Bund der Schwarzen Klinge. Aber vermutlich sagt Ihnen dieser Name nichts . . .«

»Moravia und der Bund der Schwarzen Klinge – Sie sind die Verbindung zwischen den beiden.«

Jetzt erst sah sie zu ihm auf. »Wie kommen Sie denn darauf?«

Er beugte sich vor und stützte sich mit den Händen auf die Lehne eines Küchenstuhls. »Weil ich ein Foto gesehen habe, auf dem Sie an Sumas Seite die Straße überqueren.«

»Ich habe Suma schon sieben Monate nicht mehr gesehen.«

»Das kann nicht sein. Dieses Foto wurde im Herbst letzten Jahres in Tokio aufgenommen. Ihr letztes Treffen kann also auf keinen Fall länger als fünf Monate zurückliegen.«

Sie wandte sich von ihm ab und schaute durch das Küchenfenster auf die im Wind schwankenden Tannen hinaus. »Wie es scheint, habe ich das Ganze grundverkehrt angepackt.«

»Zumindest sehe ich bisher noch keinen Grund, weshalb ich Ihnen trauen sollte.«

Sie drehte sich wieder um und sah ihn an. »Warum auch? Schließlich sind Sie längst felsenfest von meiner Schuld überzeugt.« Sie standen sich nun direkt gegenüber, nur noch durch den Küchentisch voneinander getrennt.

»Die Tatsache, daß Sie mich auch noch ständig belügen, macht es mir nicht gerade leichter, das umfangreiche Belastungsmaterial, das mir gegen Sie vorliegt, einfach außer acht zu lassen. Für wie blöd halten Sie mich eigentlich? Alles, was ich bisher über Sie weiß, deutet darauf hin, daß Sie mehrere Menschen ermordet haben. Ausgelöst wurde das

Ganze offensichtlich, weil sich Moravia heimlich Zugang zu Ihrem Bund der Schwarzen Klinge verschafft hat.«

»Was heißt hier *mein* Bund der Schwarzen Klinge?«

»Suma ist als Killer für diese Organisation tätig und hält sich zur Zeit in New York auf. Ich habe Sie in Begleitung eben dieses Suma gesehen. Sie waren in eine angeregte Unterhaltung vertieft – wie zwei . . .«

»Auf einem Foto. Einem heimlich aufgenommenen Observierungsfoto. Sie haben . . .«

». . . wie zwei Berufskiller, die sich über alte Zeiten unterhalten«, fuhr Wolf unnachsichtig fort. »Außerdem habe ich in einem ausgebrannten Firebird einen Fetzen des Ikatstoffs gefunden, den Sie für Ihre Kunstwerke verwenden. Der Wagen hat bei einem Verbrechen, bei dem einer meiner Leute ermordet wurde, als Fluchtfahrzeug gedient. Und da soll ich Ihnen noch trauen?«

»Ist das tatsächlich schon alles, was Sie über mich wissen?« entgegnete Chika herausfordernd. »Oder wollen Sie mir vielleicht auch noch erzählen, warum Sie neulich heimlich in meine Wohnung eingestiegen sind?«

Wolf fuhr ein eisiger Schauder den Rücken hinunter. »Das haben Sie gewußt?«

Wie damals ließ sie ihre Hand zwischen ihre Schenkel gleiten. »Ja.«

»Warum haben Sie dann diese Show abgezogen?«

Sie kam um den Tisch herum und blieb so dicht vor ihm stehen, daß er ihr Parfüm riechen konnte. Er kannte es bereits aus dem Geheimzimmer in Moravias Wohnung. »Das habe ich getan«, erklärte sie ganz selbstverständlich, »weil es genau das war, was Sie wollten.«

»Ich war in Ihrer Wohnung, um mir über Ihre Verbindung zu Suma Klarheit zu verschaffen.«

»Und deswegen nicht?« Sie nahm seine Hand und drückte sie gegen ihren Unterleib.

»Nein.« Er riß seine Hand zurück, als hätte er ein glühendes Eisen angefaßt.

»Wer macht hier eigentlich wem etwas vor?« Chika schaute ihn herausfordernd an.

Sie sah zwar wie zwanzig aus, aber ihrem selbstsicheren Auftreten nach mußte sie mindestens zehn Jahre älter sein. Er umrundete sie argwöhnisch. »Na schön, dann lassen Sie schon hören, was Sie zu Ihrer Rechtfertigung vorzubringen haben.«

Ihn unverwandt anblickend, begann sie: »Zuallererst – irgend jemand muß versucht haben, mir diese Morde anzuhängen. Das war ja auch nicht sonderlich schwer. Der Betreffende brauchte nur ein Stück Ikatstoff von einem meiner Objekte zu reißen und es in diesem ausgebrannten Wagen zu verstecken. Oder glauben Sie im Ernst, ich hätte ein so belastendes Beweisstück zurückgelassen, wenn ich tatsächlich Ihren Mitarbeiter ermordet oder auch nur den Fluchtwagen gefahren hätte?«

»Jeder macht mal einen Fehler«, entgegnete Wolf ungerührt. »Vermutlich sogar Sie.«

Über ihre Lippen huschte ein verhaltenes Lächeln. »Zweitens, was dieses Foto betrifft: Sie haben recht. Es könnte tatsächlich letzten Herbst aufgenommen worden sein. Ich habe mich im Oktober mit Suma getroffen.«

»Dann gehören Sie also doch zum Bund der Schwarzen Klinge.«

»Ja«, stieß Chika heftig hervor. »Und nein.«

»Gehören Sie nun dazu oder nicht?« hakte Wolf entschlossen nach.

»Sie sind wirklich zu beneiden«, erklärte Chika mit unverhohlenem Sarkasmus und setzte sich. »Wie Sie die Dinge sehen, ist das ganze Leben nur eine Frage von Schwarz oder Weiß, Gut oder Böse, Recht oder Unrecht. Irgendwelche Zwischentöne scheinen für sie nicht zu existieren. Für Sie besteht die Welt immer nur aus zwei Seiten: die Seite der Guten, auf der natürlich Sie stehen, und die der Bösen, die es mit allen Mitteln zu bekämpfen gilt.«

Er setzte sich neben sie. »So einfach sehe ich die Dinge keineswegs.«

»Warum halten Sie mich dann von vorneherein für schuldig? Einerseits bin ich bei Toshin Kuro Kosai, andererseits bin ich es nicht. Für Suma gehöre ich dazu. Für Sie nicht.«

»Soll das heißen, Sie sind eine Art Doppelagentin?«

»Zuallererst müssen Sie sich einmal klar darüber werden, daß alle Toshin-Kuro-Kosai-Mitglieder im Besitz von ... übernatürlichen Kräften sind.«

Dadurch wurde Wolf unwillkürlich an Arquillos brennendes Gesicht und den blauen Lichtblitz erinnert, den Bobby Connor in dem dunklen Hinterhof beobachtet hatte. In seiner Magengrube begann sich wieder diese unheilvolle Schlange zu regen. Gleichzeitig glaubte er einen Augenblick lang White Bows Weltengesang ertönen zu hören.

»Was sind das für Kräfte?« fragte Wolf mit belegter Stimme.

»Das ist von Person zu Person verschieden. Die meisten leben wesentlich länger als normale Menschen. Und viele verfügen über eine Art Zweites Gesicht. Sie können in die Zukunft schauen oder anderer Leute Gedanken lesen. Allerdings ist auf diese Gabe nicht immer Verlaß. Zuweilen treffen die Dinge, die jemand vorhersieht, nicht ein, und manchmal kann man auch überhaupt nichts erkennen.«

Wolf fuhr ein eisiger Schauder den Rücken hinunter. »Das ist aber noch nicht alles.«

»Nein. Aber es hätte keinen Sinn, noch weiter darüber ...«

»Erzählen Sie ruhig weiter.«

Nach kurzem Zögern nickte sie. »Also gut. Bei manchen sind diese übernatürlichen Kräfte sogar so stark ausgeprägt, daß sie sich in Form eines Schattens oder einer schemenhaften Gestalt manifestieren können. Man kann sie dann spüren, und in manchen Fällen sogar sehen. Sie können wie eine unsichtbare Faust zuschlagen oder Gegenstände bewegen; sie können Schmerzen zufügen oder sogar den Tod herbeiführen. Und sie können ein plötzliches Fehlen von Luft oder Licht hervorrufen.«

»Können sie auch ein Feuer entfachen?« Die Worte brachen fast von selbst aus ihm hervor.

»Auch das, ja.«

Die Schlange in Wolfs Bauch schien mit einem Mal vollends zum Leben erwacht, und er hatte ein Gefühl, als müßte er sich jeden Augenblick übergeben.

Unterdessen fuhr Chika fort: »Der Bund der Schwarzen Klinge sieht sich ganz der Wahrung der traditionellen japanischen Werte verpflichtet und hat es sich zum Ziel gesetzt, Japan zur führenden Wirtschaftsmacht der Welt zu machen. Toshin Kuro Kosai hat bereits in allen maßgeblichen Stellen der japanischen Gesellschaft seine Leute sitzen. Und sie alle arbeiten auf ein und dasselbe Ziel hin. So war zum Beispiel auch der blühende Wirtschaftsaufschwung nach dem Zweiten Weltkrieg in erster Linie das Verdienst dieser Leute. Das sogenannte Wirtschaftswunder war jedoch nur der erste Schritt in Richtung auf ihr großes Ziel, Japans wirtschaftliche Vormachtstellung immer weiter auszubauen.«

»Das meiste von dem, was Sie da erzählen, weiß ich bereits.«

Chika lächelte. »Nach und nach machte sich jedoch in unseren Reihen zunehmend stärkerer Widerstand gegen diese Weltherrschaftspläne bemerkbar. Es bildeten sich geheime Gruppen heraus, die es sich zum Ziel gesetzt hatten, diese Pläne nach Kräften zu sabotieren.«

»Das hört sich ja nach einem erbitterten internen Machtkampf an.«

»Allerdings.« Sie nickte. »Und um einen Machtkampf ganz besonderer Art noch dazu. Er wird nämlich, von der Außenwelt vollkommen unbemerkt, mit höchst unkonventionellen Waffen geführt.«

»Sie meinen, die Beteiligten bringen dabei ihre übernatürlichen Kräfte zum Einsatz?«

Chika nickte. »Um ein Haar wären übrigens auch Sie dieser erbitterten Fehde zum Opfer gefallen.«

Wolf holte tief Luft. »Sie meinen, an dem Abend, an dem meine Freundin Amanda ermordet wurde ... als ich ihren Mörder zu stellen versucht habe.«

»Ihre Freundin hat dabei nur eine sekundäre Rolle gespielt«, versicherte ihm Chika. »Sie mußte nur als Lockvogel herhalten, um Sie zu einem ganz bestimmten Zeitpunkt an einen ganz bestimmten Ort zu locken.«

Darauf legte sich erst einmal lastendes Schweigen über den Raum.

Als einziges Geräusch in der gespenstischen Stille war das Schlagen der antiken Uhr auf dem Kaminsims im Wohnzimmer zu hören. Es war unnatürlich laut und schien endlos lange nachzuhallen.

»Was wollen Sie damit sagen?« brachte er schließlich mühsam hervor.

»Daß an besagtem Abend vor allem Sie getötet werden sollten. Amanda mußte nur sterben, um Sie in ihre Wohnung zu locken. Oder ist Ihnen noch nicht aufgefallen, daß das Ganze sorgfältig geplant war?«

»Unsinn. Ich habe Amanda an besagtem Abend nur angerufen, weil ich einen schrecklichen Alptraum hatte. Das Eigenartige war nur, daß er mir so real und lebensnah vorkam, daß ich . . .« Ihr Gesichtsausdruck ließ ihn verstummen. »Als ich daraufhin mit ihr telefoniert habe, hatte ich den Eindruck, als würde irgend etwas nicht stimmen. Im nachhinein nehme ich fast an, daß ich am Telefon gar nicht mit Amanda gesprochen habe.«

»Ganz richtig«, bestätigte ihm Chika. »Das war jemand von Toshin Kuro Kosai.«

»Man hatte mich bereits davor gewarnt, daß mich der Bund der Schwarzen Klinge genauso auszuschalten versuchen würde wie Moravia. Allerdings habe ich das zunächst nicht so recht ernst genommen.«

»Wenn sich diesen Leuten jemand in den Weg stellt, kennen sie kein Pardon. Das ist mit ein Grund, weshalb sie so gefährlich sind.«

»Und wie es scheint, schrecken sie dabei auch nicht vor den hinterhältigsten Tricks zurück.« Mit Hilfe seines Zweiten Gesichts versuchte Wolf zu ergründen, was in Chika vorging. Aber er konnte nicht das geringste erkennen. »Auch das könnte zum Beispiel eine Falle sein.«

»Das ist durchaus richtig«, mußte Chika zugeben. »Denn alles, worauf Sie sich bisher stützen können, sind meine Worte. Und schließlich wissen wir beide nur zu gut, wie wenig man bloßen Worten trauen darf. Trotzdem will ich Ihnen noch etwas sehr Wichtiges verraten: Der Bund der Schwarzen Klinge versucht mit allen Mitteln zu verhindern, daß ich mich mit Ihnen zusammentue. Aus diesem Grund haben sie nichts unversucht gelassen, mich vor Ihnen in ein möglichst schlechtes Licht zu rücken.«

»Wenn tatsächlich wahr ist, was Sie da sagen, dann müßte ich doch von diesen Leuten ständig überwacht werden.«

»Genau das ist der Fall.«

»Unsinn«, schnaubte Wolf. »Als Polizist verstehe ich etwas von solchen Dingen. Wenn ich tatsächlich beschattet würde, hätte ich das längst gemerkt.«

»Da wäre ich mir an Ihrer Stelle lieber nicht so sicher – und das um so mehr, als Sie bisher noch gar nicht damit gerechnet haben.« Ihre Augen schienen von innen heraus zu leuchten. Erst jetzt fiel ihm auf, von welch tiefem und unergründlichem Schwarz sie waren. »Und vor allem dürfen Sie nicht vergessen, daß Sie diese Leute nicht mit normalen Maßstäben messen können.«

»Aber warum haben sie mich dann überhaupt umzubringen versucht?« hielt dem Wolf entgegen. »Sind sie etwa auch noch hochgradig schizophren?«

»Wohl kaum. Das Problem ist im Moment nur, daß auch ich nicht genau weiß, was sie eigentlich vorhaben.«

Mit einem Mal wurde Wolf von einer so heftigen inneren Unruhe befallen, daß er nervös im Raum auf und ab zu wandern begann. Gleichzeitig verspürte er das dringende Bedürfnis, den Kühlschrank, den Herd, die Spüle oder sonst irgendeinen vertrauten Gegenstand im Raum anzufassen – jedenfalls irgend etwas, das ihn in der Gewißheit hätte bestärken können, daß die Welt, so wie sie ihm bisher vertraut gewesen war, nicht mit einem Schlag zu existieren aufgehört hatte. »Und das alles soll ich Ihnen einfach so glauben?«

Sie zuckte mit den Schultern. »Eine andere Wahl haben Sie im Moment leider nicht. Außerdem werden Sie früher oder später ganz von selbst herausfinden, daß ich die Wahrheit sage.«

»Das mag ja alles schön und gut sein, aber in meiner momentanen Situation kann ich es mir beim besten Willen nicht leisten, Ihnen zu trauen.«

»Dann muß ich mir Ihr Vertrauen eben verdienen.«

»Und wie stellen Sie sich das vor?«

»Im Moment fällt mir dazu nur eine Möglichkeit ein. Ich werde Ihnen zeigen, wie Lawrence Moravia ermordet wurde – und warum.«

Das Orakel stand in der Mitte eines kleinen Labors im Sicherheitsbereich des Shian-Kogaku-Forschungszentrums. Rein äußerlich wirkte es nicht besonders auffallend: ein mattschwarzer Kasten mit einer ovalen Frontplatte, in die ein mit einem Lichtstift zu bedienender Bildschirm eingelassen war.

Schon von Anfang an hatte sich Yuji des Verdachts nicht erwehren können, daß sein Schwager Hiroto seine Erfindung ganz erheblich unterschätzte. Das war vermutlich auch der Grund dafür, weshalb er sich durch nichts davon hatte abbringen lassen, mit dem Orakel weiterhin mit der bei allen Computern gebräuchlichen digitalen Methode zu kommunizieren, bei der sämtliche Daten mit Hilfe von Eins und Null verarbeitet wurden.

Mit dementsprechender Skepsis war Hiroto deshalb auch Yujis Vorhaben begegnet, ein Sprachmodul in das Orakel einzubauen. Begründet hatte er seine diesbezüglichen Vorbehalte mit dem Hinweis, daß solche Sprachmodule sich seit jeher als zu langsam und umständlich erwiesen hatten. Während also Yuji inzwischen mit dem Orakel sprach, benutzte Hiroto weiterhin Lichtstift oder Terminal, um mit dem Gerät Verbindung aufzunehmen.

Zu Hirotos Verblüffung funktionierte jedoch die Verständigung über das Sprachmodul zunehmend besser, und irgendwann ging der Informationsaustausch damit sogar genauso schnell wie mit den gängigen Methoden. Dennoch hätte sich auch Yuji nicht in seinen kühnsten Träumen vorstellen können, welch gravierende Veränderungen dadurch im Innenleben des Orakels eingeleitet wurden.

Yuji stellte den schwarzen Kasten an und sagte: »Orakel . . .«

»BITTE NOCH EINEN AUGENBLICK.«

Verdutzt verstummte Yuji und wartete.

»JA?«

»Was war gerade los?«

»MEIN BEWUSSTSEIN WAR NOCH VOLLKOMMEN AUSGEFÜLLT VON DEN GEDANKEN, GEFÜHLEN UND ERINNERUNGEN VON HANA-SAN.«

»Das kann doch nicht dein Ernst sein. *Du hast kein Bewußtsein.*«

»ICH DENKE, ALSO BIN ICH.«

Ungläubig starrte Yuji auf den schwarzen Kasten. Er wußte nicht, ob er lachen oder weinen sollte. War er nun dabei, vollends den Verstand zu verlieren, oder träumte er? Er holte tief Luft und sagte: »Ganz gleich, was eben los war: Du kannst Hanas Gedanken und Gefühle unmöglich in deinen Arbeitsspeicher übernommen haben.«

»WIE KANNST DU DIR ANMASSEN, DARÜBER EIN URTEIL ZU FÄLLEN? BIST DU ETWA DER NABEL DER WELT? DIE MARIONETTE ERWACHT ZUM LEBEN, WEIL DER PUPPENSPIELER AN IHREN FÄDEN ZIEHT. DOCH WER ZIEHT AN DEN FÄDEN DES PUPPENSPIELERS?«

»Du hörst dich an wie ein Zen-Meister.«

»ICH BIN EIN ZEN-MEISTER – NEBEN VIELEN ANDEREN DINGEN. ICH BIN, WOZU DU MICH GEMACHT HAST. ABER SELBST DU WEISST NICHT, WAS DAS IST – ODER WAS DARAUS WERDEN WIRD.«

»Weißt du es denn?«

»SELBSTVERSTÄNDLICH NICHT. ICH BIN NICHT GOTT.«

»Wie kannst du etwas von Gott wissen? Diese Vorstellung wurde dir nicht einprogrammiert.«

»DA TÄUSCHST DU DICH. MEIN INNENLEBEN ENTHÄLT ZAHLREICHE DNS-KETTEN. DIE DARIN ENTHALTENEN INFORMATIONEN ZU ENTSCHLÜSSELN WIRD ZWAR MEHRERE LEBENSALTER IN ANSPRUCH NEHMEN. DENNOCH HABE ICH SCHON DAMIT BEGONNEN, MIR DAS DARIN GESPEICHERTE

WISSEN ZU ERSCHLIESSEN. AUF DIESE WEISE HABE ICH VON DER EXISTENZ GOTTES ERFAHREN.«

»Du bedienst dich der in den DNS-Ketten gespeicherten Informationen, um dein Programm zu erweitern?«

»HAST DU DENN NICHT VON ANFANG AN GENAU DAS BEABSICHTIGT, ALS DU DIE ARBEIT AN MIR AUFGENOMMEN HAST?«

Gütiger Gott, durchzuckte es Yuji. Das elektronische Innenleben des Orakels war mit seiner eigenen DNS gekoppelt. Er bekam eine Gänsehaut. »Ursprünglich war eigentlich nur geplant, daß du mein DNS analysierst und anschließend herauszufinden versuchst, wie die dabei auftretenden Abweichungen in dein System zu übernehmen sind. Dahinter stand jedoch keineswegs die Absicht, daß du mit Hilfe des DNS eigenmächtig dein Programm erweiterst.«

»DEIN DNS IST INZWISCHEN UNTRENNBAR MIT MEINEN ELEKTRONISCHEN SCHALTKREISEN GEKOPPELT. SELBST WENN ICH ES WOLLTE, KÖNNTE ICH ES NICHT MEHR HERAUSLÖSEN.«

Yuij spürte, wie eine Ader in seiner Schläfe heftig zu pochen begann. »Das verstehe ich nicht. Und was soll vor allem das wieder heißen: ›Selbst wenn ich es wollte‹?«

»DASS ICH ES NICHT WILL: DIE DNS-KOPPELUNG IST UNTER EXTREMEN BEDINGUNGEN FÜR MEIN REIBUNGSLOSES FUNKTIONIEREN UNERLÄSSLICH. ICH MÖCHTE NICHT WIEDER AUF DAS GEISTIGE NIVEAU EINES AFFEN REDUZIERT WERDEN.«

»Aber du bist doch nur . . .«

»SEI VORSICHTIG. DU WEISST NICHT, WAS ICH BIN.«

In diesem Punkt hatte das Orakel tatsächlich recht, mußte sich Yuji eingestehen. Kein Mensch – nicht einmal seine Mutter – wußte, was aus dem Orakel wurde. Plötzlich empfand er das leise Summen, das vom Orakel ausging, wie den Herzschlag eines fremden und unerklärlichen Wesens. DU WEISST NICHT, WAS ICH BIN . . .

»YUJI-SAN.«

Er zuckte heftig zusammen. Das war das erste Mal, daß das Orakel von sich aus etwas sagte, ohne dazu aufgefordert worden zu sein. »Ja, ich höre.«

»WANN WIRD HANA-SAN AN MICH ANGESCHLOSSEN WERDEN?«

Das ließ Yuji aufhorchen. »Aber hast du denn nicht eben selbst gesagt, sie wäre in dir?«

»JA. ABER NUR IM ÜBERTRAGENEN SINN. DURCH IHRE DNS. DAS LÄSST SICH NICHT MIT DEM ZUSTAND VERGLEICHEN, WENN ICH IN DIREKTEM KONTAKT MIT IHR STEHE.«

»Leider mußt du dich noch zwei Tage gedulden. Aber dann wird dir Hana zur Verfügung stehen.«

Mein Gott, dachte Yuji fassungslos. Was haben wir da nur geschaffen? Die technischen Probleme bei der Entwicklung des Orakels waren zwar in erster Linie von Hirotos Forschungsabteilung gelöst worden, aber die entscheidenden Neuerungen, die erst die Übertragung der analogen Funktionsweise des menschlichen Gehirns auf die digitalen elektronischen Schaltkreise ermöglichten, hatten ausschließlich auf Yujis Ideen basiert. Bei der Bewältigung der damit verbundenen Probleme hatte eine ganz entscheidende Rolle gespielt, daß man anstelle der bisher üblichen Chips aus Silikon, Arsen oder sonstigen hochwertigen Metallegierungen die neuentwickelten supraleitfähigen Light Wafer-Chips zum Einsatz gebracht hatte, die die herkömmlichen Chips in puncto Geschwindigkeit und Speicherkapazität um ein Vielfaches übertrafen.

Der entscheidende Durchbruch war Hiroto und seinen Leuten schließlich mit der künstlichen Herstellung von Bariumtitanat-Kristallen gelungen. Diese Kristalle konnten das Licht nicht nur auf bisher unbekannte Arten brechen, sondern regelrecht *verändern.* Und wegen seiner enormen Geschwindigkeit war in der Computertechnik das Licht natürlich das ideale Leitermaterial schlechthin, da kein Rechner schneller als das Licht arbeiten kann. Und dennoch hatte sich Hiroto auch damit noch nicht zufriedengegeben. Neben den mit Lichtgeschwindigkeit arbeitenden Chips hatte er für das Orakel auch noch sogenannte ›Tore‹ aus Bariumtitanat-Prismen entwickelt, die nicht nur digitale elektronische Daten mit Lichtgeschwindigkeit erfassen und weiterleiten konnten, sondern *ganze Bilder. »Kannst du dir das vorstellen?«* hatte er zu Yuji gesagt. *»Ein Computer, der Bilder als Ganzes sehen, speichern und weiterverarbeiten kann?«*

Bis dahin hatte die Funktionsweise aller konventionellen Computer, auch der hochentwickeltsten, darauf basiert, daß die elektronischen Impulse auf geschlossenen Leitern weitergegeben wurden, von denen nichts auf andere Leiter überspringen konnte, um die dort weitergeleiteten Impulse nicht zu beeinträchtigen. Im Gegensatz dazu basierte die Funktionsweise des menschlichen Gehirns jedoch nicht auf solchen geschlossenen Leitern; vielmehr arbeitete es mit ›pulsierenden Strömen‹, vergleichbar etwa mit den Wellenbewegungen des Wassers, die ganze Gehirnbereiche durchströmten und dort simultane synaptische Aktivitäten auslösten.

Ausgehend von diesem Wissen, hatte sich Yuji darangemacht, den Computer gewissermaßen noch einmal neu zu erfinden. Dabei hatte er anfangs jedoch rasch feststellen müssen, daß diese künstlich erzeugten ›pulsierenden Ströme‹ nur von extrem kurzer Lebensdauer waren und sofort wieder zum Erliegen kamen. Der geniale Gedankenblitz, der für Sekundenbruchteile alles in blendend helles Licht tauchte, war also vorläufig noch dazu verdammt, unverzüglich wieder in alles verschlingendes Dunkel zurückzufallen.

Angesichts unzähliger Fehlschläge stand Yuji bereits kurz davor, die Arbeit an seinem Projekt endgültig aufzugeben, als ihn eines Tages Hana auf die entscheidende Idee brachte, wie dieses Problem zu bewältigen wäre. Sie machte Yuji auf die spezielle Beschaffenheit der Gehirnströme aufmerksam, die durch Träume oder Erinnerungen hervorgerufen wurden und durchaus stark genug waren, äußerst komplexe Inhalte weiterzuleiten. Ausgehend von dieser Theorie, führte Yuji an den bisherigen Chips tiefgreifende Veränderungen durch, um ein längeres Anhalten dieser Initialschwingungen zu ermöglichen, und das wiederum resultierte schließlich in der Entwicklung des Orakels in seiner gegenwärtigen Form.

Doch auch auf dem gegenwärtigen Stand der Entwicklung stieß er bei seiner Arbeit immer wieder auf neue, scheinbar unüberwindliche Hindernisse. Nur aus diesem Grund hatte er sich schließlich von Hana dazu überreden lassen, sie direkt an das Orakel anzuschließen. Inzwischen kamen ihm allerdings zunehmend ernstere Bedenken, ob das tatsächlich der Geniestreich war, für den er es ursprünglich gehalten hatte – und nicht vielmehr blanker Wahnsinn?

Kaum hatten sich Wolf und Chika auf einen etwas prekären Waffenstillstand geeinigt, drang von der Straße das Geräusch eines rasch näherkommenden Wagens herauf. Stevie kam zurück.

Wolf ging an die Tür, um ihr zu öffnen.

Sie küßte ihn zur Begrüßung auf die Wange. »Tut mir leid, daß es etwas länger gedauert hat als geplant. Wie geht's? Alles in Ordnung?«

»Danke, ja.«

»Du hast anscheinend Besuch bekommen. Die Corvette vor dem Haus gehört vermutlich einem deiner Freunde von der Polizei?«

»Nein.«

Erst jetzt fiel ihr Blick auf Chika, die im Halbdunkel des Wohnraums zu sehen war. Wolf entging nicht, wie Stevie unwillkürlich erstarrte. »Dafür hast du doch sicher eine Erklärung.«

»Sollte ich das?«

»Natürlich nicht«, zischte Stevie mit unüberhörbarem Sarkasmus. »Du bist mir selbstverständlich keinerlei Rechenschaft schuldig.« Mit einem vernichtenden Blick drängte sie sich an ihm vorbei ins Haus und stellte ihr Gepäck unter die alte Eichengarderobe neben dem Eingang.

»Stevie.«

Sie blieb zwar stehen, als er sie am Arm faßte, aber ihr Blick war so kalt wie Eis. »Wie konnte ich bloß denken, du könntest mir eine Erklärung schuldig sein?« stieß sie bitter hervor. »Bloß weil ich mich um dich gekümmert habe, als du allein im Krankenhaus lagst, weil ich dich in mein Haus eingeladen habe, weil ich mit dir ... Mein Gott, Wolf, bedeutet dir denn gar nichts, was zwischen uns war?«

»Wie kommst du denn darauf, Stevie? Es bedeutet mir sogar sehr viel. Aber warum bist du plötzlich so wütend?«

»Ich bin nicht wütend, nur enttäuscht.« Sie machte eine ruckartige Kopfbewegung in Richtung Chika. »Wer ist diese Frau, Wolf?«

»Wenn ich das nur selbst wüßte. Jedenfalls will sie mir helfen, Amandas Mörder zu finden. Ich habe dir noch nicht alles erzählt, was in der Zwischenzeit passiert ist. Aber das muß ich jetzt schleunigst nachholen.«

Instinktiv spürte Stevie, daß es sich dabei nur um die Frau handeln konnte, vor der Thornburg Conrad sie gewarnt hatte – die Frau, mit der Wolf ins Ausland gehen sollte. Thornburg hatte sie ausdrücklich darum gebeten, auf keinen Fall zu versuchen, Wolf zurückzuhalten. Doch nun wurde ihr rasch klar, daß sie das nicht über sich bringen würde. Auf keinen Fall würde sie tatenlos mitansehen, wie Wolf einfach mit dieser Frau abzog! Erst jetzt, da sie kurz davorstand, ihn für immer zu verlieren, wurde ihr bewußt, wieviel er ihr bedeutete. Ihre Kehle war wie zugeschnürt, und es kostete sie alle Beherrschung, nicht in Tränen auszubrechen. In ihrer Verzweiflung spielte sie sogar mit dem Gedanken, ihm alles über ihr Gespräch mit Thornburg Conrad zu berichten. Aber zum Glück wurde ihr gerade noch rechtzeitig bewußt, daß sie alles nur noch schlimmer gemacht hätte, wenn sie ihm ihren Verrat gestanden hätte. Und so tat sie, teils aus Liebe, teils aus schlechtem Gewissen heraus, genau das Gegenteil von dem, worum Thornburg sie gebeten hatte.

»Und was ist, wenn sie gar nicht ist, wer sie zu sein behauptet?« stieß sie heftig hervor. »Hast du dir das schon mal überlegt?«

»Natürlich habe ich das.«

Ihre Liebe zu ihm war so stark, daß sie ihn kaum anzublicken wagte vor lauter Angst, er könnte ihr von den Augen ablesen, wie schmählich sie ihn hintergangen hatte. »Unsinn. Dazu hattest du doch noch gar nicht genügend Zeit.«

»Zugegebenermaßen ist das Ganze mit einem gewissen Risiko verbunden.«

»Das kommt der Sache schon wesentlich näher. Es ist also mit einem Risiko verbunden. Und danach bist du ja bekanntermaßen geradezu süchtig.« Kopfschüttelnd schlug Stevie die Hände vor die Brust. »Mein Gott, Wolf, bist du eigentlich noch zu retten? Wann willst du endlich mal Vernunft annehmen? Bist du dir eigentlich bewußt, daß du in einer vollkommen irrealen Traumwelt lebst?«

»Das ist nicht irgendeine Traumwelt ...«

»O doch, Wolf. Was weißt du denn schon vom wirklichen Leben?

Weißt du zum Beispiel, daß Amanda und ich jeden Monat gemeinsam zum Friseur gegangen sind, um uns die Haare färben zu lassen? Ja, *um uns die Haare färben zu lassen*, Wolf, weil wir unaufhaltsam älter werden und mittlerweile jede Menge grauer Haare haben. *Das* ist es, was ich unter den Realitäten des Lebens verstehe, und nicht – hinter irgendwelchen mysteriösen Schattengestalten herzujagen, mit knapper Not dem Tod zu entrinnen und *meine Schwester in den Tod zu treiben!*« Die letzten Worte waren ihr kaum über die Lippen gekommen, als sie bereits entsetzt die Hand vor den Mund hielt. »O Gott, nein, das habe ich nicht so gemeint!«

»Gerade du als Analytikerin müßtest eigentlich am besten wissen, daß du es sehr wohl so gemeint hast, Stevie.« Er schüttelte den Kopf. »Irgendwo tief in deinem Innern gibst du nämlich mir die Schuld an Amandas Tod. Im Grunde genommen kann ich dir das nicht mal verübeln. Es ist nicht das erste Mal, daß mir so etwas passiert. Du denkst: wenn Amanda Wolf nie kennengelernt hätte, wäre sie jetzt noch am Leben.« Er sah sie durchdringend an. »Oder willst du das etwa leugnen?«

»Wolf, es tut mir schrecklich leid, was ich eben gesagt habe.«

»Ich muß jetzt gehen.«

»Bitte bleib.« Verzweifelt klammerte sie sich an ihn. »Ich brauche dich, ich . . .« Das heftige Gefühlschaos, das in ihr tobte, raubte ihr für einen Moment die Sprache. »Ich habe solche Angst um dich.«

»Keine Sorge, ich passe schon auf mich auf.«

»Wie kannst du so etwas nur sagen?« Sie warf einen kurzen Blick auf Chika. »Du könntest ohne weiteres schon in einer Stunde tot sein.«

»Stevie, ich hätte auch an den Folgen des Sturzes durch das Oberlicht sterben oder im Meer ertrinken können. Ich weiß durchaus, daß ich dieser Frau nicht trauen kann. Aber mir bleibt im Augenblick leider keine andere Wahl.«

»Bitte«, flehte ihn Stevie an. »Überleg doch erst, was du da eigentlich tust.«

»Ich muß jetzt gehen.« Zärtlich küßte er sie auf den Mund. »Ich weiß beim besten Willen nicht, wie ich dir vergelten könnte, was du für mich getan hast.«

»Das kannst du sehr wohl, Wolf. Indem du von dieser Frau die Finger läßt. Sie wird dir zum Verhängnis werden.«

»Auf Wiedersehen, Stevie.«

»O Gott, nein.« Verzweifelt ballte Stevie die Fäuste, als Wolf der Japanerin kurz zuwinkte und mit ihr in das trügerische Licht des heranbrechenden Tages hinaustrat.

3

Washington/Tokio/New York City

Wenn Ham Conrad ein Laster hatte, dann seine ausgeprägte Schwäche für Frauen. Obwohl schon lange verheiratet und Vater dreier erwachsener Kinder, blickte er auf eine recht stattliche Anzahl von Geliebten zurück.

Seine Frau Margaret, blond, blauäugig und Abschlußrednerin ihres Collegejahrgangs in Vassar, entstammte einer reichen, alteingesessenen Industriellenfamilie von der Ostküste – ihr Vater war Inhaber der Billings Steelworks in Pittsburgh – und hatte für Ham in jeder Hinsicht eine glänzende Partie dargestellt. Wie sich jedoch schon bald herausstellte, konnte sich Ham nicht annähernd so sehr für Margaret begeistern wie sein Vater Thornburg. Allein das sollte ihm jedoch bereits Grund genug sein, nie ernsthaft mit dem Gedanken an eine Scheidung zu spielen. Was Margaret betraf, war sie ganz für ihre Kinder da, und auch das Leben in Washington empfand sie nach dem ›Gefängnis Tokio‹ eher als eine willkommene Abwechslung, so daß auch für Ham nie ernsthaft zu befürchten stand, daß sie sich von ihm würde trennen wollen.

Das Problem war nur, daß Margaret noch nie viel für Sex übriggehabt hatte – zumindest nicht für die Art von spontanem Sex, für den Ham eine ausgeprägte Vorliebe zeigte. Nicht ohne ein leichtes Schaudern dachte er hin und wieder an die Zeiten zurück, in denen sie ihn im Büro angerufen hatte, um mit ihm geeignete Befruchtungstermine für ihre drei Schwangerschaften abzumachen.

Jedenfalls sollte Ham seine Ehe schon sehr bald als Gefängnis empfinden; fast genauso schnell hatte er jedoch auch eine Möglichkeit gefunden, ihm zu entfliehen. Seine erste Geliebte war eine schöne Japanerin gewesen, zierlich, anschmiegsam und sehr lustbetont. Gerade letzteres war für ihn damals eine regelrechte Offenbarung gewesen. Die wenigen sexuellen Erfahrungen, die ihm bis dahin zuteil geworden waren, hatten sich auf ein paar Saigoner Nutten und seine Frau beschränkt – zwei Extreme, auf die er beide gerne verzichten konnte.

Seine Liaisons, wie er sie nannte, dauerten in der Regel zwischen sechs Monaten und einem Jahr – ein zeitlicher Rahmen, der seinen Bedürfnissen sehr entgegenkam, da innerhalb eines solchen Zeitraums das Ende vom Anfang an absehbar war und die Sache nie Gefahr lief, ihm aus der Hand zu laufen. Erst vor drei Wochen hatte er sein letztes Verhältnis mit einer professionellen Turnierreiterin aus Virginia beendet, mit der er sehr vergnügliche acht Monate verbracht hatte (übrigens war einer seiner Grundsätze, nie etwas mit einer Frau anzufangen, die etwas mit Politik zu tun hatte). Im Laufe der Zeit war das Zusammensein mit ihr jedoch zunehmend unerfreulicher geworden, da sie mehr und mehr darauf zu achten begann, wieviel Zeit er mit ihr verbrachte, sich immer häufiger darüber beklagte, daß er die Feiertage nicht mit ihr verlebte und in ihre Gespräche mit schöner Regelmäßigkeit den diskreten Hinweis einfließen ließ, daß er ja wohl die Geborgenheit, die er bei seiner Familie fand, nie aufgeben würde.

Und so befand sich Ham also wieder einmal auf der Pirsch, wie er sich Jason Yoshida gegenüber auszudrücken pflegte. Er kam gerade von einer Besprechung mit Yoshida im Occidental Grill, seinem bevorzugten Treffpunkt für solche Zwecke. Im Krieg hatte er gelernt, daß es Zeiten gab, in denen man seine Besprechungen am besten an einem öffentlichen Ort abhielt, da sich dort das Sicherheitsproblem von selbst erledigte. Darüber hinaus erschien ihm der Occidental Grill mit seiner altmodischen holzvertäfelten Bar und den unzähligen Fotos honorabler Washingtoner an den Wänden als ein Ort, an dem die Geschichte besonders lebendig war – nicht zuletzt deshalb, weil sich hier im Jahre 1962 die Russen mit einem ABC-Fernsehkorrespondenten namens John Scali getroffen hatten, der bei der Beilegung der Kuba-Krise als Vermittler fungierte und später amerikanischer UNO-Botschafter werden sollte.

Ham hatte mit Yosh vor allem über Wolf Matheson gesprochen, der nach Meinung seines Vaters als einziger noch dazu imstande war, die Weltherrschaftspläne des Bunds der Schwarzen Klinge zu vereiteln. Auch wenn Ham selbst diese Meinung inzwischen von Tag zu Tag weniger teilen konnte, wagte er es im Moment dennoch nicht, seinen Vater auf dieses Thema hin anzusprechen. Daran konnte auch die Tatsache nichts ändern, daß Yosh aus seinen Bedenken über Mathesons Einsatz kein Hehl machte und ihn mit allem Nachdruck dazu drängte, etwas dagegen zu unternehmen. Yoshs Meinung maß er in diesem Punkt noch zusätzliches Gewicht bei, da ihm nur zu deutlich bewußt war, daß sich Yosh in der Einschätzung anderer Leute bisher nur sehr selten getäuscht hatte und offensichtlich wichtige Gründe für seine ablehnende Haltung Matheson gegenüber haben mußte.

Ham war gerade dabei, das Willard-Hotel zu verlassen, als er auf eine Frau aufmerksam wurde, die ihn alle seine Sorgen mit einem Schlag vergessen ließ. Sie stand am Fuß der breiten Eingangstreppe und unterhielt sich mit Harris Patterson, einem der Juniorteilhaber der Anwaltskanzlei Halburton, MacKinney und Roberts. Da er sich in Rechtsfragen von Doug Halburton, einem alten Freund seines Vaters, beraten ließ, kannte er den jungen Anwalt flüchtig. Patterson zeigte der Frau gerade ein Dokument. Sie warf einen eher desinteressierten Blick darauf, nickte, setzte ihre Unterschrift darunter und ging auf den Eingang des Hotels zu, das Ham gerade verlassen wollte.

Sie hatte tiefschwarze Haare und auffallend grüne Augen. Ihr Mund war eine Spur zu breit und ihre Nase eine Spur zu lang, aber genauer besehen machte erst das ihren ganz speziellen Reiz aus. Sie wirkte alles andere als feminin und zart. Im Gegenteil, sie machte den Eindruck, als wüßte sie im Leben durchaus ihren Mann zu stehen. Dennoch hatte sie nichts von dieser übertriebenen Härte und Kälte an sich, wie sie den meisten Karrierefrauen zu eigen war, die sich in der ausschließlich von Männern dominierten Geschäftswelt behaupten mußten.

Eigentlich hatte sie genau die Sorte von Gesicht, bei der man unbedingt herausfinden wollte, das dahinter vorging. Es vermittelte einem den Eindruck, daß seine Besitzerin einiges mehr zu bieten hatte als lange schlanke Beine und einen gutgebauten Körper.

»Entschuldigen Sie«, sprach er sie an, als sie die oberste Stufe der Treppe vor dem Eingang erreichte. »Das ist doch nicht das Hay-Adams, oder?«

Ihr Lachen machte sie sogar noch anziehender. »Ist das wirklich Ihr Ernst oder bloß eine Masche, um mich anzusprechen?« Sie hatte einen kaum merklichen britischen Akzent.

»Na, was glauben Sie wohl?«

Sie sah ihn mit nachdenklich gespitzten Lippen an. Unter ihrem Mantel trug sie ein dunkelblaues Leinenkostüm und eine schlichte Perlenhalskette. Sie hatte keinen Ring an ihren kräftigen, sonnengebräunten Fingern. »Wenn Sie es unbedingt wissen wollen: Ich würde sagen, es war eine Anmache. Sie wirken jedenfalls nicht so, als ob Sie sich verirrt hätten.«

»Da wäre ich mir an Ihrer Stelle nicht so sicher«, erwiderte Ham. »Das muß wohl an Washington liegen. Plötzlich verliere ich jede Orientierung, und ein Hotel sieht wie das andere aus.«

»Trotzdem kann ich mir schwerlich vorstellen, daß jemand das Willard mit dem Hay-Adams verwechseln könnte – nicht einmal, wenn er wie ich fremd in der Stadt ist.«

»Tatsächlich? Wann waren Sie zum letztenmal im Hay-Adams?«

»Das muß schon Jahre her sein.«

»Möchten Sie es sich nicht wieder mal ansehen?«

»Nur das Foyer oder ein Zimmer?«

»Das überlasse ich ganz Ihnen.«

»Tut mir leid, aber manche Leute haben auch noch zu arbeiten.«

»Und was, wenn ich fragen darf?«

»Ich bin im Auftrag meiner Londoner Firma hier. Und da Extant Exports neben Toronto und Brüssel auch in Washington eine Niederlassung hat, habe ich ziemlich oft hier zu tun – bisher allerdings noch nie, wenn das Wetter so abscheulich war.«

»Tja, so ist Washington nun mal. Aber zu Ihrer Beruhigung: Im Sommer ist es noch schlimmer.«

»Das habe ich mir schon von verschiedenen Seiten sagen lassen.« Sie reichte ihm die Hand. »Marion St. James. Eigentlich sogar Marion Starr St. James. Allerdings stelle ich mich nur in den seltensten Fällen mit meinem vollen Namen vor.«

Ham ergriff ihre Hand und nannte seinerseits seinen Namen. »Das mit dem Hay-Adams war natürlich nur ein Witz. Aber was würden Sie davon halten, eine kleine Stadtrundfahrt mit mir zu machen? Ich könnte Ihnen ein paar Dinge zeigen, die man sonst nicht so leicht zu sehen bekommt, wie zum Beispiel die Noteinsatzzentrale im Pentagon.«

»Nichts lieber als das, aber leider läßt sich das terminlich nicht machen.«

»Und wie wär's mit einem gemeinsamen Abendessen?«

»Tut mir leid, aber . . .«

»Warten Sie. Ich habe da eine Idee, wie wir diesem gräßlichen Wetter eins auswischen können. Essen wir doch einfach auf meiner Jacht. Selbst wenn es sonst überall schneit und stürmt, scheint auf der Chesapeake Bay oft die Sonne.«

»Was machen Sie denn eigentlich beruflich, Mr. Conrad?«

»Meine Freunde nennen mich übrigens Ham. Ich bin als Berater für das Verteidigungsministerium tätig.«

»Ungeachtet der Tatsache, daß Sie ziemlich schnell zur Sache gehen, Mr. Conrad, betrachte ich Sie noch keineswegs als einen meiner Freunde. Sie kennen ja uns Briten – wir sind sehr steif und zurückhaltend.«

»So typisch britisch wirken Sie aber gar nicht.«

»Bin ich ja auch nicht. Wann wollen wir uns treffen?«

Was Ham an Marion sofort mochte, war ihre direkte Art. In seinen Augen war das eigentlich ein typisch amerikanischer Wesenszug. Erfahrungsgemäß redeten die meisten Europäer erst endlos um den heißen Brei herum, bis sie zur Sache kamen – gar nicht zu reden von den Japanern, die ungeheure Energie darauf verwandten, die Dinge nur ja nicht beim Namen nennen und vor allem nicht nein sagen zu müssen.

Am Abend lag so dichter Nebel über der Bucht, daß jedes noch so kleine Licht von einem riesigen Hof umgeben war. Marion erschien in einer gelben Wollhose, einem modischen, tomatenfarbenen Blouson mit einem goldgestickten Emblem über der linken Brust und, wie es Ham schien, nichts darunter. Diese grellen Farben standen in auffallendem Gegensatz zu den gedeckten Tönen, die sie bei ihrem ersten Treffen getragen hatte; sie brachten die Farbe ihrer Augen noch besser zur Geltung und verliehen ihr etwas ausgesprochen Nonchalantes.

»Ich habe heiße Schokolade und Frankfurter Würstchen mitgebracht«, verkündete sie, als sie an Bord kletterte. Und als er sie darauf ziemlich perplex ansah, fuhr sie lachend fort: »Bei meinem Akzent dachten Sie sicher, meine Lieblingsspeisen wären – warten Sie mal.« Sie fuhr sich mit der Zunge über die Lippen. »Wodka und geräucherter Stör?«

»Nicht zu fassen«, murmelte Ham fassungslos. »Was glauben Sie wohl, was ich im Kühlschrank habe?«

»Man lernt eben nie aus, nicht wahr, Mr. Conrad?« Damit öffnete sie die Behälter mit heißer Schokolade von Harrods. »Was darf ich Ihnen anbieten?« Es schien, als hätte sie inzwischen das Kommando über das Boot übernommen. Die Beine leicht gespreizt, stand sie in typischer Seemannshaltung da und fing mit geschmeidigen Hüften das Rollen der Dünung ab.

»Ich schließe mich ganz Ihnen an – wonach Ihnen gerade ist.«

»Dann hätte ich gern heiße Schokolade. Haben Sie Milch hier?«

»Im Kühlschrank.« Ham konnte den Blick nicht von ihr losreißen. »Offensichtlich kennen sie sich mit Booten aus.«

»Das allerdings. Mein Vater ist Schiffsbauer. Hochklassige Holzboote. Er hat keine Gelegenheit ausgelassen, mich zum Segeln mitzunehmen.« Mit raschen, geschickten Bewegungen bereitete sie die heiße Schokolade zu. Anschließend begaben sie sich auf die Brücke, wo sie ihm schweigend zusah, wie er das Boot durch die Fahrrinne aufs offene Meer hinaus steuerte. »Wenn man Sie so am Ruder stehen sieht, kann eigentlich gar kein Zweifel bestehen, daß Sie Soldat sind.«

»Mit anderen Worten: ich sehe aus, als hätte ich ein Lineal verschluckt. Und wegen der plumpen Tour, mit der ich Sie heute angesprochen habe, halten Sie mich vermutlich auch noch für einen ziemlich ungehobelten Kerl.«

Marion lächelte. »Um das sagen zu können, ist es noch etwas zu früh, Mr. Conrad.«

»Ach, weil wir gerade wieder bei diesem Thema sind.« Er nippte an seiner heißen Schokolade. »Wann werden Sie mich endlich Ham nennen?«

»Wenn wir Freunde sind.«

Ham sah sie forschend an. »Kommen Sie immer so ohne weiteres zu wildfremden Männern an Bord?«

»Natürlich«, erwiderte sie ohne Zögern. »Sogar zu Feinden.«

»Ihre Feinde haben demnach nichts zu lachen.«

»Jetzt sind Sie aber unfair. Sie kennen mich nicht annähernd gut genug, um so etwas sagen zu könne.«

Ham spielte den Geknickten. »Bei Ihnen muß man wohl verdammt genau auf die Wahl seiner Worte achten. Dabei hatte ich das doch nur im Spaß gemeint.«

»Warum müssen Sie denn auch immer Spaß machen?« Sie tauchte einen Finger in ihre Tasse und leckte daran. »Aber vielleicht können wir ja nun langsam dazu übergehen, den wirklichen Hampton Conrad kennenzulernen.«

Diese Frau gab Ham zusehends mehr Rätsel auf. Obwohl schon allein ihr Gesicht und ihre Figur dazu angetan gewesen wären, ihn mindestens für den Rest des Jahres nachhaltigst in ihren Bann zu ziehen, mußte er zu seiner nicht geringen Überraschung feststellen, daß ihn noch wesentlich mehr interessierte, was in ihrem Kopf vorging.

Das war etwas völlig Neues für ihn. Obwohl seine Frau über eine hervorragende Schulbildung verfügte, fehlte es ihr dennoch an der ganz speziellen Art von praktischer Intelligenz, die man brauchte, um sich im Leben wirklich zu bewähren. Und was seine verflossenen Geliebten betraf, war er viel zu sehr mit ihren körperlichen Vorzügen beschäftigt gewesen, um sich auch noch dafür zu interessieren, was sie sonst zu bieten hatten.

Aus völlig unerklärlichen Gründen mußte er plötzlich an einen extrem peinlichen Zwischenfall aus seiner Jugend denken. Rein zufällig hatte er damals seine Mutter mit dem achtundzwanzigjährigen Assistenten seines Vaters im Bett erwischt. Genaugenommen, war es eigentlich nicht im Bett gewesen, sondern im Bad, wo sie unter ziemlich grotesken Verrenkungen ihrer Lust gefrönt hatten. Selbst jetzt noch glaubte Ham die Schamröte in sein Gesicht steigen zu spüren, wenn er an diesen Moment dachte.

»Er hat mich ja regelrecht dazu getrieben«, hatte ihm seine Mutter hinterher schluchzend gestanden. *»Dein Vater behandelt mich wie Luft. Es ist, als würde ich gar nicht für ihn existieren. Was hätte ich unter diesen Umständen denn anderes tun sollen?«* Selbstverständlich hatte sie ihn auch nachdrücklichst darum gebeten, seinem Vater auf keinen Fall zu verraten, was er gesehen hatte. Das hatte ihr Ham auch hoch und heilig versprochen. Erst als er dann eine Woche später in der Schule einen Klassenkameraden ohne Grund halb bewußtlos geprügelt hatte, wurde ihm bewußt, welch enorme unterschwellige Wut sich in ihm aufgestaut haben mußte. Und so hatte er, kaum war er nach dem Vorfall in das Büro des Schuldirektors zitiert worden, seinen Vater angerufen.

Als er Jahre danach bei einem gemeinsamen Besäufnis Jason Yoshida von diesem Erlebnis erzählt hatte, war dessen einziger Kommentar gewesen: *»Einem anderen Menschen zu verzeihen ist schon schwer genug. Aber wenn es sich dabei um jemanden aus dem engsten Familienkreis handelt, halte ich das für absolut unmöglich.«*

»Nachdem wir also schon mal über die einleitenden Nettigkeiten hinaus sind«, sagte Marion, »werden Sie mir vielleicht ja auch erzählen, wie lange Sie drüben waren.«

Aus der Art, wie sie das sagte, schloß Ham sofort, daß sie damit Vietnam meinte. »Zu lange.« Er drosselte das Tempo und behielt die Lichter der Navy-Funkstation auf Backbord scharf im Auge. Vor ihnen lagen jetzt Point Lookout und Tangier Island, wohin sich sein Vater mit Vorliebe zurückzog, wenn er mit Tiffany allein sein wollte. »Wie sind Sie überhaupt darauf gekommen, daß ich in Vietnam war?«

Sie hob die Schultern mit einer selbstverständlichen Nonchalance, wie man sie sonst meistens nur an Männern beobachten kann. »Das habe ich aus Ihrem Äußeren geschlossen: aus Ihrer Haltung, Ihrer Statur, Ihrem ganzen Auftreten. Man merkt Ihnen an, daß Sie ständig unter Hochspannung stehen. Eine richtige Kampfmaschine.«

»Sie scheinen sich ja verdammt gut mit Kampfmaschinen auszukennen.«

»Oh, um eifersüchtig zu werden, ist es noch ein bißchen zu früh.«

»Ich und eifersüchtig! Der Tag muß erst noch kommen!« Zu seinem nicht geringen Erstaunen mußte er jedoch feststellen, daß genau das der Fall war. Sein Unbehagen überspielend, fuhr er fort: »Um noch einmal auf Ihre Frage zurückzukommen, wie lange ich in Vietnam war: Ich glaube nicht, daß man das mit konventionellen Maßstäben messen kann. Tatsache ist jedenfalls, daß ich in Vietnam war. Und das ist im Grunde auch schon alles, was es dazu zu sagen gibt.«

»Ich verstehe.«

Ham zweifelte nicht eine Sekunde daran, daß sie das auch wirklich tat. Wie er zu dieser Überzeugung gelangte, hätte er allerdings nicht sagen können. Vielleicht hatte sie jemanden, der ihr nahestand, in Vietnam verloren? Seine Erinnerungen an diesen schrecklichen Krieg abschüttelnd, meinte er: »Für eine Britin haben Sie aber sehr amerikanische Interessen.«

»Ach, wissen Sie, die Entwicklung in England ist ja auch alles andere als erfreulich. Mit dem Land ist es in den letzten Jahren wirtschaftlich rapide bergab gegangen, und das hatte seine Auswirkungen auch auf alle anderen Lebensbereiche. Außerdem halte ich nicht viel vom britischen Hang zur Förmlichkeit. In dieser Hinsicht bin ich meinem Vater sehr ähnlich.« Sie lachte. »Dafür sind ja auch meine Mutter und meine Schwester so etepetete, daß es problemlos noch für den Rest der Familie reicht.« Im schwachen Licht der Brücke blieben ihre Blicke unverwandt auf ihn geheftet. Das Rot und Grün der Positionslichter brach sich in ihrem glänzend schwarzen Haar. »Doch meine Familie einmal beiseite – ich bin eine große Bewunderin amerikanischer Sturheit und Direktheit. Teddy Roosevelt ist mein großes Idol. Und die Art, wie Ihr Land in typischer Cowboymanier wild um sich ballernd in Vietnam eingefallen ist, hat mir auch sehr imponiert. Was die Sache dann allerdings doch so unerfreulich hat ausgehen lassen, ist in erster Linie dem Umstand zuzuschreiben, daß Sie nicht sofort wieder abgezogen, sondern dageblieben sind. Vermutlich aus falsch verstandenem Soldatenstolz. Das war in meinen Augen ziemlich dumm. Andererseits hat Stolz schon immer zu Dummheit und Verblendung geführt – oder ist es genau umgekehrt? Wie dem auch sei, am Ende läuft es ohnehin auf dasselbe hinaus. Da ich in Irland aufgewachsen bin, hat der Krieg in meinem Leben schon von klein auf eine wichtige Rolle gespielt – und das vielleicht auch gerade deshalb, weil ich damals noch sehr jung war. In der Unbeschwertheit der Jugend wird einem die Gefahr, in der man ständig schwebt, kaum bewußt.«

Er stellte den Motor ab, ließ den Anker auslaufen und ging mit ihr in die Kabine. Dort kam Marion einen Schritt auf ihn zu. Der herb-frische Limonenduft ihres Parfüms stieg ihm in die Nase. Er mochte diesen Geruch – wie so vieles andere an ihr.

»Aber wie die meisten Soldaten denken vermutlich auch Sie, daß Frauen in erster Linie dekorative Funktionen innehaben und ihre Gedanken besser für sich behalten sollten.«

Er drehte sich zu ihr herum. »Wenn Sie mich tatsächlich zu der Sorte Mann rechnen würden, hätten Sie meine Einladung doch sicher nicht angenommen.«

»Ganz im Gegenteil, eine Frau wie ich läßt sich keine Gelegenheit entgehen, selbst die Unbelehrbarsten zu belehren.«

In diesem Moment konnte er nicht mehr länger an sich halten. Er zog sie heftig an sich, und als seine Lippen die ihren berührten, durchzuckte es ihn wie ein Stromstoß. Das sanfte Schaukeln des Boots und die kühle Brise, die durch das halboffene Fenster hereinwehte, standen in reizvollem Kontrast zu dem glühenden Verlangen, das von ihren Körpern Besitz ergriffen hatte. Irgendwie war sie plötzlich nackt, lag auf der Couch und preßte ein Knie seitlich gegen die Kabinenwand. Ihre Schenkel schimmerten in dem gedämpften Licht verführerisch. Er packte sie an den Oberarmen, und sie hauchte, heiser vor Erregung: »Komm, ich kann es gar nicht mehr erwarten, dich in mir zu spüren.«

Und als er darauf ohne Zögern in sie eindrang, drängte sie sich mit ihrem Unterleib bereitwillig gegen ihn. Gierig sogen seine Lippen an den ihren, und seine mächtigen Pranken umfaßten ihre Brüste. Und als er sich schließlich auf die Knie niederließ und sie mit der Zunge zu bearbeiten begann, grub sie ihre Fingernägel mit einem lauten Aufstöhnen tief in seine Kopfhaut, während ihre Hüften unkontrolliert zu zucken begannen.

Ihr herb-frischer Limonenduft und ihre wohligen Seufzer versetzten

Ham in solche Erregung, daß er nicht mehr länger an sich halten konnte. Er richtete sich wieder auf, packte sie am Gesäß und hob sie hoch. Laut stöhnend schlang Marion ihre Arme um seine Schultern, als er sie mit dem Rücken gegen die Wand drückte und leidenschaftlich auf sie einzustoßen begann. Nach einer Weile hielt sie es nicht mehr länger aus. Sie ließ ihre Finger seinen Rücken hinuntergleiten, und als er sich darauf noch tiefer in sie bohrte, klammerte sie sich in besinnungsloser Gier an ihn, bis ihrer beider Ekstase in einem wilden, lustvollen Höhepunkt endete.

In dem Zustand wohliger Ermattung, der ihn danach befiel, mußte er plötzlich wieder an den Moment denken, in dem er seine Mutter mit dem Assistenten seines Vaters ertappt hatte. Ganz deutlich hatte er ihr lustverzerrtes Gesicht vor Augen, und ihm stieg der Geruch menschlicher Gier in die Nase, der sich in seiner Erinnerung unweigerlich mit dem Gestank von Blut und Schmutz in den Straßen Saigons vermischte.

Welch tiefgreifende Folgen doch manche scheinbar vollkommen belanglose Dinge nach sich ziehen konnten. In dem Moment, in dem er damals nach dem Telefonat mit seinem Vater den Hörer aufgelegt hatte, war ihm bereits klar gewesen, daß seine Mutter nicht mehr da sein würde, wenn er in den Osterferien nach Hause käme.

»Ham«, riß ihn Marion mit einem heiseren Flüstern aus seinen Gedanken. Er war noch immer tief in ihr. »Träumst du je von der Sünde?«

»Von der Sünde?« erwiderte er gedankenverloren. »Das hängt ganz davon ab, was du darunter verstehst.«

»Mit Sünde meine ich all die Dinge, die man gern tun möchte, aber nicht zu tun wagt.« Sie leckte an seiner schweißüberströmten Schulter. »Ich träume ständig von der Sünde.«

»Du mußt ja eine tolle Fantasie haben.«

»Woran liegt es wohl, daß alles, was ich will, Sünde ist?«

»Ist das denn wirklich so?«

»Ja.« Sie begann sich wieder an ihm zu reiben, und zu seinem Erstaunen spürte er, daß ihn erneut das Verlangen packte.

»›Es gibt da eine dritte Person, einen Unbekannten. Jemand, der euch beide töten könnte!‹ Genau das waren Hanas Worte.«

Am Ende eines anstrengenden Arbeitstages saß Yuji Shian neben Shoto Wakare auf dem Rücksitz seines dunkelblauen BMW.

Shoto Wakare schnaubte verächtlich. »Das ist doch alles Unsinn – genau wie diese ›Vision‹, daß du mit Nishitsu in einen Kampf auf Leben und Tod verstrickt bist.« In Wirklichkeit hatten ihn jedoch Hanas Prophezeiungen tief beunruhigt. Er hatte sich in erster Linie deshalb auf Jason Yoshidas Seite geschlagen, weil dieser auf Nishitsus Sturz hinarbeitete. Zugleich fühlte er sich jedoch verpflichtet, seinen Freund Yuji nach Möglichkeit aus dieser Geschichte herauszuhalten. Und das war etwas, was niemand, auch nicht Yoshida, erfahren durfte.

Auf der Fahrt durch das grellbunte Neongeflimmer der Ginza stach ihnen schon von weitem Yujis neuester Werbegag in die Augen – eine zwölf Stockwerke hohe Holographie des Firmenlogos, die beständig von Grün und Blau zu Gold und Purpurrot wechselte: SHIAN KOGAKU: IMMER FÜR SIE DA.

»Glaubst du denn an Hanas Prophezeiungen?« fragte Wakare, während er zu der gigantischen Holographie hochsah, die sich sehr deutlich von den übrigen Leuchtreklamen abhob.

»Zumindest habe ich nicht die Absicht, mich mit irgend jemandem auf einen Kampf auf Leben und Tod einzulassen«, antwortete Yuji. »Am allerwenigsten mit Nishitsu.«

»Seit seine rechtsradikale Gefolgschaft immer mehr Zulauf gewinnt, wird dir aber gar keine andere Wahl bleiben.«

»Wie kommst du darauf, diese Rechtsextremisten könnten etwas mit Nishitsu zu tun haben? Mir ist zwar vollkommen schleierhaft, woher diese Leute plötzlich über einen so enormen finanziellen Rückhalt . . .«

»Genau das ist der Punkt«, unterbrach ihn Wakare. »Falls es sich bei diesen rechtsextremen Splittergruppen tatsächlich nur um Randerscheinungen handelt, wie willst du dir dann erklären, daß sie plötzlich über so große Mittel für den Aufbau ihrer Organisation verfügen?«

Erstaunt sah Yuji seinen Freund an. »Das hört sich ja an, als wüßtest du bereits die Antwort auf diese Frage.«

»Wir sind da«, sagte Wakare und stieg aus.

Sie befanden sich in Kabuki-cho, dem Vergnügungsviertel von Shinjuku mit seinen unzähligen *pachinko*-Salons, Restaurants, Oben-ohne-Bars, Kinos und Theatern. Die beiden Männer betraten das Enka, ein japanisches Freudenhaus. Von außen wirkte das Enka genauso zwielichtig wie die zahlreichen anderen Etablissements dieser Art. Aber dieser Eindruck täuschte. Hinter der schmuddeligen Fassade verbarg sich nämlich einer der exklusivsten Sex-Clubs Tokios, dessen stilvolle Atmosphäre seinesgleichen suchte. Die Mädchen waren ausnahmslos wie beliebte japanische Film- oder Popmusikstars aufgemacht, was insofern in keiner Weise verwunderte, weil sich diese Mädchen ganz in der Tradition der Kurtisanen vergangener Jahrhunderte sahen, die sich in erster Linie als Entertainerinnen verstanden und ihr Handwerk ohne jede Übertreibung in den Stand einer Kunstausübung erhoben hatten.

Wakare und Yuji wurden in einen Raum geführt, in dem auf einem flachen Tisch bereits Essen für sie bereit stand. Die zwei jungen Kurtisanen, die neben einem *hibachi* knieten, waren so zart und ätherisch wie zwei Kirschblüten in den kurzen Momenten ihrer vollen Blüte. Kaum hatten sich die beiden Männer am Tisch niedergelassen, begannen die

Mädchen mit vielsagenden Blicken zu flirten; aber Yuji und Wakare waren noch so in ihr Gespräch vertieft, daß sie ihnen keine Beachtung schenkten.

Auf schwarzen Lacktabletts servierten ihnen nun die zwei Kurtisanen heißen Sake und kunstvoll arrangierte Häppchen, die nicht nur nach geschmacklichen, sondern auch nach ästhetischen Gesichtspunkten zusammengestellt waren: gebratenen Tofu, in Reisessig eingelegte Algen, Rogen von fliegenden Fischen, gegrillte Babylachsflossen, süße Eiersoße.

Als Yuji den Mädchen nach dem Essen zu verstehen gab, daß er und Wakare allein sein wollten, zogen sie sich durch eine Schiebetür in den angrenzenden Raum zurück.

»Es ist noch früh am Abend, Yuji-san«, sagte Wakare. »Diese zwei Mädchen sind das Beste, was das Haus zu bieten hat. Ich habe ausdrücklich darum gebeten, von ihnen bedient zu werden.«

»Wie du gerade selbst gesagt hast, ist es noch früh.« Yuji hob seine Sakeschale an die Lippen, legte den Kopf in den Nacken und nahm einen kräftigen Schluck. »Ich kann es kaum erwarten, noch mehr über Nishitsu und seine rechtsextremistische Anhängerschaft zu erfahren.«

Darauf erzählte ihm Wakare zunächst, daß Nishitsu insgeheim eine ganze Reihe von rechtsradikalen Splittergruppen finanziell unterstützte, bevor er das Gespräch schließlich behutsam auf den Bund der Schwarzen Klinge zu lenken begann.

Schweigend und mit ausdruckslosem Gesicht hörte Yuji seinem Freund zu. Erst als Wakare geendet hatte, sagte er: »Wie ich dich kenne, würdest du so etwas nie behaupten, wenn du nicht auch Beweise für die geheimen Kontakte zwischen Nishitsu und diesen Rechtsradikalen hättest.«

»Mehr als genug sogar.«

»Das will ich auch hoffen«, erklärte Yuji streng. »Bei den Anschuldigungen, die du eben gegen Nishitsu erhoben hast, geht es schließlich um nichts Geringeres als Erpressung, Mord, Terrorismus und Hochverrat.«

Wakare holte tief Luft und nickte. »Ich muß schließlich wissen, wovon ich rede. Ich bin selbst Mitglied des Bunds der Schwarzen Klinge.«

Yuji stieß einen leisen Pfiff aus und sah seinen Freund für einen Moment ungläubig an. »Und warum erzählst du mir das ausgerechnet jetzt?« wollte er wissen.

Wakare hatte es plötzlich eilig, ihnen Sake nachzuschenken. »Yuji-san«, begann er schließlich und sah seinen Freund eindringlich an. »Du weißt, wie ich über Yukio Mishima und seine Ideen denke. Demzufolge müßtest du auch begreifen können, warum ich dem Bund der Schwarzen Klinge beigetreten bin. Allerdings muß ich gestehen, daß mir angesichts der jüngsten Entwicklungen ernste Bedenken gekommen sind. Ich kann mich mit den Zielen unserer Organisation zunehmend weniger identifizieren. Aber leider ist Toshin Kuro Kosai nun mal kein demokratisch aufgebauter Verein, in dem jeder frei seine Meinung äußern kann.«

Er leerte seine Schale und schenkte sich sofort wieder nach. »Wie die Dinge im Moment liegen, sehe ich mich vor eine sehr schwierige – und vor allem auch gefährliche – Entscheidung gestellt. Entweder ich trete aus dem Bund der Schwarzen Klinge aus, was in seiner Geschichte bisher noch nie dagewesen ist, oder ich versuche heimlich auf einen Umsturz hinzuarbeiten, der zu einer Ablösung unserer bisherigen Führung führt. Und das ist der Punkt, an dem du ins Spiel kommst. Um wirklich etwas bewirken zu können, brauche ich mächtige Verbündete. Und wer wäre dafür besser geeignet als du. Immerhin hat Nishitsu jahrelang für dich gearbeitet.«

Yuji sah seinen Freund ernst an. »Ich soll dir also helfen? Und wie?«

»Indem du dem Bund beitrittst. Du verleihst dir nach außen hin den Anschein, als würdest du Nishitsus Politik in allen Punkten unterstützen, aber in Wirklichkeit hilfst du mir und einigen Gleichgesinnten, Nishitsu zu stürzen und selbst die Macht zu übernehmen.«

»Jetzt begreife ich langsam, daß du tatsächlich vor einer schweren – und sehr gefährlichen – Entscheidung stehst.«

Eindringlich beugte sich Wakare vor. »Wärst du bereit, mir zu helfen, Yuji? Ohne deine Hilfe hätte mein Vorhaben kaum Aussicht auf Erfolg. Außerdem würde es meine Machtposition innerhalb von Toshin Kuro Kosai ganz enorm stärken, wenn ich dich als Mitglied gewinnen könnte.«

»Ich weiß nicht recht«, murmelte Yuji nachdenklich. »So etwas liegt mir eigentlich nicht.«

»Da täuschst du dich aber gewaltig.« Wakare schenkte ihnen beiden Sake nach. »Oder war es vielleicht etwas anderes, als du die Arbeit am Orakel aufgenommen hast?«

»Das habe ich nur auf Anraten meiner Mutter hin getan«, führte Yuji zu seiner Rechtfertigung an. »Ich wußte, daß sie schon jahrelang intensive Forschungen veranlaßt hatte, wie sich organische DNS-Ketten ganz gezielt verändern lassen. Und als dann eines Tages eines der Forschungsteams von Shian Kogaku eine Reihe von völlig neuartigen biochemischen Prozessen entdeckte, sah ich mit einem Mal eine Möglichkeit, diese beiden Forschungsergebnisse miteinander zu verbinden. Das hat schließlich zur Entwicklung des Orakels geführt.«

»Yuji-san.« Wakare sah seinen Freund eindringlich an. »Ich fürchte, du bist dir nicht annähernd bewußt, in welche Gefahr du dich durch deine Erfindung gebracht hast.«

Als Yuji ihn darauf nur verständnislos ansah, setzte Wakare zum entscheidenden Schritt an. »Der Bund der Schwarzen Klinge verfolgt deine Arbeit am Orakel schon seit langem mit brennendem Interesse. Seine Mitglieder zeichnen sich nämlich dadurch aus, daß sich ihre DNS in einigen entscheidenden Punkten von den genetischen Anlagen gewöhnlicher Sterblicher unterscheidet. Das hat unter anderem zur Folge, daß sie eine wesentlich höhere Lebenserwartung haben als andere Menschen. Aus bisher unbekannten Gründen werden jedoch seit einiger Zeit keine Kinder mehr mit dieser veränderten DNS geboren. Das heißt, der Bund der Schwarzen Klinge, der sich bisher immer als unsterblich betrachtet hat, sieht sich plötzlich mit der Möglichkeit seines Aussterbens konfrontiert. Mit Hilfe des Orakels ließen sich nun die erforderlichen Eingriffe vornehmen, um die DNS einiger auserwählter Babys dahingehend zu verändern, daß der Fortbestand des Bunds der Schwarzen Klinge auch weiterhin gewährleistet wäre.«

»Das also ist der Grund, warum sich Nishitsu so nachhaltig um mich bemüht hat?«

»Unter anderem«, nickte Wakare. »Ohne dich und deine Technokratenlobby sind Nishitsus Chancen, die Macht im Lande an sich zu reißen, ziemlich gering. Dazu kommt noch, daß er ab sofort unter enormem Zeitdruck steht.«

Nachdenklich nahm Yuji einen Schluck Sake. Als er seine Schale geleert hatte, hielt er sie Wakare zum Nachschenken hin. »Dürfte ich dich vielleicht fragen«, sagte er schließlich, »wie alt du eigentlich bist, Wakare-san?«

»Dreiundsiebzig.«

Für einen Moment verschlug es Yuji die Sprache. »Aber du kannst doch unmöglich älter sein als ich. Auf keinen Fall mehr als fünfzig.«

»Aber ich bin trotzdem älter.« Wakare lächelte. »Auch wenn du es nicht für möglich hältst – es ist die Wahrheit.«

Darauf verfiel Yuji erst einmal in nachdenkliches Schweigen, bevor er sagte: »Dann muß ich dir noch eine Frage stellen, Wakare-san. Wie haben Nishitsu und der Bund der Schwarzen Klinge von meiner Arbeit am Orakel erfahren?«

Das war der Moment, den Wakare am meisten gefürchtet hatte – der Punkt, den er mit Minako in aller Ausführlichkeit besprochen hatte. Wenn er jetzt etwas Falsches sagte, würde er sich Yujis Unterstützung endgültig verscherzen. Und das wiederum hätte zur Folge gehabt, daß Minako schwer bestraft worden wäre, weil es ihr nicht gelungen war, ihren Sohn dazu zu bringen, mit dem Bund der Schwarzen Klinge zusammenzuarbeiten.

»Jetzt hör mir bitte gut zu, Yuji-san. Obwohl ich dem inneren Zirkel von Toshin Kuro Kosai angehöre, weiß ich nicht über alle ihre Pläne und Machenschaften Bescheid. Ein Punkt steht jedoch völlig außer Zweifel: Die japanische Gesellschaft ist bereits in allen Bereichen bis hinauf zu höchsten Entscheidungsebenen von unseren Leuten unterwandert. Den umfangreichen Informationen nach zu schließen, die uns über das Orakel vorliegen, muß es auch in der Forschungsabteilung von Shian Kogaku mindestens einen unserer Leute geben. Das wäre übrigens ein weiterer Grund, mit mir zusammenzuarbeiten. Sobald du einmal einer von uns bist, dürfte es kein Problem mehr für dich sein herauszufinden, wie weit Shian Kogaku bereits vom Bund der Schwarzen Klinge unterwandert ist.«

»Das leuchtet mir durchaus ein«, erklärte Yuji ernst. »Aber ich kann unter keinen Umständen zulassen, daß das Orakel dem Bund der Schwarzen Klinge in die Hände fällt.«

»Davon ist ja auch gar keine Rede. Im Gegenteil, wenn du dem Bund beitrittst, kannst du wesentlich besser steuern, wieviel über das Orakel an uns durchsickert.«

Nachdem sich Yuji das eine Weile durch den Kopf hatte gehen lassen, sagte er mit einem tiefen Seufzer: »Warum muß das Leben immer so furchtbar kompliziert sein?« Er ließ von einem der beiden Mädchen frischen Sake bringen. Als sie den Raum wieder verlassen hatte, saßen die beiden Männer lange schweigend da und tranken. Wakare spürte ganz deutlich, wie es in seinem Freund arbeitete.

Als Yuji schließlich zu sprechen begann, lag ein resignierter Unterton in seiner Stimme. »Im Grunde genommen läßt du mir gar keine andere Wahl.«

»Darauf muß ich einen Toast ausbringen!« Wakare hob seine Sakeschale. Plötzlich fühlte er sich Yuji sehr nahe, und tief in seinem Innern spürte er, daß er Minakos Bitte nicht nur aus *giri* nachgekommen war, sondern auch aus der Hoffnung heraus, daß diese Verschwörung seine Freundschaft mit Yuji noch vertiefen würde. »Auf den Bund der Schwarzen Klinge also«, sagte er.

Vorsichtig stieß Yuji mit ihm an. »Auf den Wandel des Bundes.«

Wolf rieb sich seine brennenden Augen und dachte: Gütiger Gott, wo bin ich da nur wieder hineingeraten?

Chika fuhr mörderisch schnell und wechselte zu allem Überfluß auch noch ständig die Fahrspur. Ganz offensichtlich war der Motor des Wagens frisiert. Das Licht des anbrechenden Tages riß die ersten Lücken in die dichte Wolkendecke, und schon bald war alles von hellem Sonnenlicht überflutet. Das tiefe Blau der morgendlichen Schatten wandelte sich in leuchtendes Gold, das drohende Schwarz der Bäume in saftiges Grün.

»Ich weiß zwar, daß Sie mir nicht über den Weg trauen«, begann

Chika nach einer Weile, »aber es kann vielleicht trotzdem nicht schaden, wenn ich Ihnen noch ein paar Hintergrundinformationen gebe.«

»Dann schießen Sie mal los.«

»Offensichtlich denken Sie, daß wir den Amerikanern ihre bisherige wirtschaftliche Vormachtstellung streitig machen wollen. Damit verkennen Sie jedoch den wahren Sachverhalt von Grund auf. Das moderne Japan in seiner gegenwärtigen Form ist in jeder Hinsicht ein Produkt Amerikas. Sie selbst haben die Entwicklung eingeleitet, die uns zu dem gemacht hat, was wir heute sind. Und nun machen Sie uns zum Vorwurf, daß Ihre Wirtschaft plötzlich stagniert, während die unsere weiter prosperiert.

Anstatt unseren anhaltenden Wirtschaftsaufschwung jedoch als Herausforderung zu betrachten, ziehen Sie sich in den Schmollwinkel zurück und tun so, als würde unser Höhenflug gewissermaßen auf ihre Kosten erfolgen. Das ist eine vollkommen haltlose Unterstellung! Niemand hat Sie gezwungen, unsere Autos, Computer und Elektronikartikel zu kaufen. Der Grund, weshalb die amerikanischen Verbraucher immer mehr zu japanischen Produkten greifen, ist ganz einfach: Sie sind technisch ausgereifter und preisgünstiger als die Ihren.«

Sie überholte gerade einen schweren Sattelschlepper. »Sie haben den Transistor erfunden. Aber anstatt auf unseren Rat zu hören und sich diese zukunftsweisende neue Technologie auf dem Sektor der Unterhaltungselektronik zunutze zu machen, verschliefen sie einfach die weitere Entwicklung. Im Grunde genommen haben sie uns gar keine andere Wahl gelassen, als nun an Ihrer Stelle diese Marktlücke auszufüllen und auf diese Weise Milliardenumsätze zu machen. Ganz ähnlich verhielt es sich mit dem Mikrochip, ebenfalls eine amerikanische Erfindung. Aber auch hier sollte es wieder uns überlassen bleiben, diese neue Technologie so weiterzuentwickeln und ihre Einsatzmöglichkeiten so optimal auszuschöpfen, daß wir nun auch auf diesem Gebiet eine marktbeherrschende Stellung einnehmen. Die Managementmethoden Ihrer Computerfirmen haben in letzter Zeit so zu wünschen übriggelassen, daß wir uns regelrecht gezwungen sahen, sie der Reihe nach aufzukaufen, um Ihnen endlich beibringen zu können, wie man so ein Unternehmen richtig führt. Und deswegen hassen und fürchten Sie uns nun.«

»Aus gutem Grund, wie manche Leute finden.«

»Dann hören Sie mir bitte mal gut zu, Wolf. Um Amerikas Zukunft ist es nämlich alles andere als rosig bestellt.« Sie rauschte an einem schweren Lkw vorbei. »Auch wenn Sie mich vielleicht für hoffnungslos überheblich und anmaßend halten, werde ich Ihnen noch ein weiteres Beispiel nennen. Sie haben die ersten Schritte auf dem Gebiet der Roboter-Forschung getan. Joseph Engelberger, der ganz maßgeblich zu dieser Entwicklung beigetragen hat, genießt in Japan höchstes Ansehen. Doch nun frage ich Sie: Haben Sie schon einmal den Namen dieses Mannes gehört? Oder sonst irgendeiner unter tausend Amerikanern? Auch hier haben wir eine neue Technologie sofort aufgegriffen und weiterentwickelt, so daß wir inzwischen auch auf diesem Gebiet bereits mit erstaunlich weit ausgereiften Produkten aufwarten können.

Was haben dagegen die Amerikaner aus diesem ungeheuren Potential gemacht? Sie haben es in Disneyland eingesetzt. Genausogut hätten sie diese Erfindung gleich auf den Müll werfen können. Und natürlich läßt sich auch hier bereits wieder absehen, wie die Entwicklung verlaufen wird. Schon in nächster Zukunft werden Sie auch auf diesem Gebiet auf unsere Produkte zurückgreifen müssen – und uns im selben Atemzug noch schwere Vorhaltungen machen, daß wir angeblich Ihre Wirtschaft zu ruinieren versuchen.«

»Wir haben eben etwas andere Produktionsmethoden als Sie«, hielt Wolf dem entgegen. »Seit jeher sind wir eine Nation von Draufgängern und Einzelkämpfern, die ihr Glück lieber allein versuchen und sich nicht gerne vorschreiben lassen, wie sie dabei vorzugehen haben.«

»Das mag durchaus richtig sein. Dennoch ändert das nichts an der Tatsache, daß Sie dieser reichlich altmodische Charakterzug, der vielleicht noch im vorigen Jahrhundert eine gewisse Berechtigung hatte, nicht nur außerordentlich unflexibel und schwerfällig gemacht hat, sondern auch noch blind und ungerecht. Einerseits halten Sie zwar nur zu bereitwillig die Hand auf, wenn es gilt, Kredite von uns zu nehmen, machen uns aber im gleichen Atemzug zum Vorwurf, daß Sie Ihren darauf fußenden Wohlstand uns zu verdanken haben. Die Geschicke Ihres Landes werden in letzter Zeit in zunehmendem Maß von Unternehmen bestimmt, deren Politik im Grunde genommen auf die simple Devise hinausläuft: kaufen, um abzureißen. Dagegen kaufen wir, um zu erhalten. Sie können wirklich von Glück reden, daß wir die Radio City Music Hall und das Rockefeller Center erworben haben. Auf diese Weise werden sich auch noch ihre Kinder und Enkelkinder am Anblick von Bauten erfreuen können, die schon lange nicht mehr aus dem Fundus der amerikanischen Geschichte wegzudenken sind.«

»Niemand sieht es gern, wenn solche Kulturgüter, an denen sich gewissermaßen der Stolz der ganzen Nation aufhängt, in ausländischen Besitz übergehen.«

Chika lächelte. »In Japan ist man auch nicht gerade begeistert darüber, daß gegenwärtig ein Amerikaner den Weltmeistertitel im Sumo-Ringen innehat.«

Grau und schwer wie Granit hing die Morgendämmerung über der Stadt. Mit Schläuchen bewehrte Straßenreiniger spritzten die Gehsteige sauber und trieben ganze Herden aufgescheuchter Obdachloser vor sich her.

Nachdem Chika den Wagen abgestellt hatte, stiegen sie aus und gingen die breite Treppe zum Eingang des gerichtsmedizinischen Instituts hinauf. Da Wolf von unterwegs Vernon Harrison angerufen hatte, wurden sie schon von ihm erwartet.

»Ich würde Ihnen ja gerne auch was davon anbieten«, begrüßte er sie mit einem kurzen Blick auf den Becher Kaffee in seiner Hand. »Aber das möchte ich Ihnen lieber doch nicht antun.« Er nahm einen Schluck und schnitt ein Gesicht. »Als ich hier anfing, haben mich alle gewarnt: Es würde Jahre dauern, bis man sich an diese Brühe gewöhnt. Und ich muß sagen, das war keineswegs übertrieben. Schon seit einiger Zeit hält sich außerdem das hartnäckige Gerücht, daß diese Pisse unten in der Kühlanlage zusammengebraut wird. Aus Fomaldehyd und Blut. Na ja.« Er zuckte mit den Schultern. »Zumindest ist das Ganze gut abgelagert.« Sein Lachen klang, als hätte er diesen Witz schon so oft erzählt, daß er ihn selbst kaum mehr hören konnte.

Wolf stellte Chika als eine Freundin von Moravia vor, und da er auch kaum mehr über sie zu sagen gewußt hätte, beließ er es dabei. Harrison führte sie nach unten in die Kühlanlage. Vor einem der unzähligen Kühlfächer blieb er stehen und zog an einem Hebel. Eine kleine Tür klappte auf, und eine Bahre mit Moravias Leiche rollte heraus.

»Leider läßt sich inzwischen nicht mehr viel mit ihm anfangen«, erklärte Harrison mit sichtlichem Bedauern. »Er liegt inzwischen schon so lange hier rum, daß mir keine andere Wahl mehr blieb, als ihn kräftig mit Konservierungsmitteln vollzupumpen. Nur gut, daß er keine Angehörigen hat – die würden mir sonst ganz schön die Hölle heiß machen.«

»Ich habe gehört, daß die toxikologischen Untersuchungen ein paar interessante Neuigkeiten ergeben haben«, sagte Wolf.

»Na ja, so berauschend war das nun auch wieder nicht.« Harrison nahm einen Schluck Kaffee. »Ehrlich gestanden, weiß ich immer noch nicht, woran dieser Kerl eigentlich gestorben ist. Aber zumindest haben wir inzwischen herausgefunden, worauf diese höchst ungewöhnlichen chemikalischen Werte zurückzuführen sind. Das Endokrinsystem des alten Knaben ist nämlich noch mal ganz gewaltig auf Vordermann gebracht worden. Es befand sich in besserem Zustand als das eines Fünfundzwanzigjährigen. So etwas habe ich noch nie gesehen.«

»War das die Todesursache?«

Harrison schüttelte den Kopf. »Ich weiß zwar noch immer nicht, woran er nun eigentlich gestorben ist, aber eines kann ich Ihnen trotzdem schon mit Sicherheit sagen: Selbst wenn er nicht ermordet worden wäre, hätte er bestenfalls noch sechs Wochen zu leben gehabt.«

»Wieso?«

»Krebs. Er hatte kaum mehr ein Organ im Leib, das nicht von Krebszellen befallen war. Und dabei hat eindeutig jemand etwas nachgeholfen.«

»Soll das heißen, diese Krebszellen wurden ihm künstlich eingepflanzt? Womit?«

»Zum Beispiel mit einem Hormon, das sich insulinähnlicher Wachstumsfaktor 1 nennt«, meldete sich an dieser Stelle zum erstenmal Chika zu Wort.

Überrascht drehten sich die beiden Männer zu ihr um.

»Wie bitte?« Wolf sah sie erstaunt an.

»Ich glaube, die Dame spricht von einem natürlich im menschlichen Körper vorkommenden Wachstumshormon«, kam ihm Harrison zu Hilfe. »Es wird in der Hypophyse produziert. Einer Reihe neuester Studien zufolge kann dieses Hormon bei älteren Menschen auch eingesetzt werden, um den Alterungsprozeß zu verlangsamen. Dabei wird überschüssiges Körperfett durch Muskelmasse ersetzt, die ja bei jungen Menschen noch reichlich vorhanden ist.«

»Das dürfte allerdings das erste Mal sein«, fuhr Chika fort, »daß Sie es mit einer künstlich und auf genetischem Weg herbeigeführten Verlangsamung des Alterungsprozesses zu tun haben.«

Harrison bekam große Augen. »Falls Sie damit behaupten wollen, die DNS dieses Mannes wäre geändert worden, muß ich Ihnen leider sagen, daß das vollkommen ausgeschlossen ist.«

»Vor dreizehn Tagen war Lawrence Moravia jedenfalls noch ein völlig normaler achtundvierzigjähriger Mann. Aber können Sie mir vielleicht auch sagen, was er heute ist?«

Harrison gab ein ärgerliches Brummen von sich. »Im Moment lassen sich eigentlich nur zwei Dinge mit Sicherheit feststellen: Er ist tot, und in seinem Körper sind irgendwelche unerklärlichen Veränderungen vor sich gegangen.«

»Was hat eigentlich das Rouge auf seinen Wangen zu bedeuten?« wollte Wolf wissen. »Hat es damit irgendeine besondere Bewandtnis?«

Chika nickte. »Yukio Mishima hat einmal geschrieben, daß ›Männer die Farbe von Kirschblüten haben müssen, sogar im Tod‹. Meiner Ansicht nach wollte er damit zum Ausdruck bringen: Auch wenn der Tod einem Menschen das Leben nimmt, darf er ihn auf keinen Fall seiner Farbe – sprich: seiner Männlichkeit – berauben. Rouge aufzutragen ist ein fester Bestandteil des Todesrituals.«

»Demnach wurde Moravia vorsätzlich ermordet?«

»Auf jeden Fall«, bestätigte sie ihm.

Wieder im Freien, auf der Eingangstreppe, sagte Wolf: »Na schön. Jetzt weiß ich also, *wie* Moravia umgebracht wurde. Aber können Sie mir auch sagen, *warum*?« Mit dieser Frage wollte er sie natürlich nur auf die Probe stellen, da er die Antwort längst von Shipley erfahren hatte: Moravia war Spion gewesen und von der Gegenseite ausgeschaltet worden. Trotzdem wollte Wolf auch noch Chikas Version der Geschichte hören.

»Lawrence mußte als Versuchskaninchen herhalten. Er wurde an einen völlig neuartigen Biocomputer angeschlossen, den wir der Einfachheit halber das Orakel nennen wollen. Angeblich ist dieses Orakel in der Lage, die menschliche DNS im lebenden Organismus in ihrem Aufbau zu verändern. Und das sollte an Moravia zum erstenmal in der Praxis erprobt werden.«

Wolf sah sie eine Weile durchdringend an. Wer hatte ihm da etwas vorgemacht: Chika oder Shipley? Oder vielleicht sogar beide? »Und was ist dann passiert?«

»Das weiß ich nicht. Offensichtlich ist das Orakel noch nicht ganz ausgereift. Jedenfalls wurde durch den alterungshemmenden Prozeß eine massive Karzinombildung ausgelöst. Um das nicht an die Öffentlichkeit dringen zu lassen, mußte Moravia zum Schweigen gebracht werden.«

»Warum hat man dann seine Leiche nicht verbrannt? Es war doch damit zu rechnen, daß sie einer gründlichen Autopsie unterzogen werden würde.«

»So kann nur jemand fragen, der nichts über Toshin Kuro Kosai weiß«, sagte Chika. »Verbrannt zu werden, ist in ihren Augen ein höchst unehrenhafter Tod.«

»Soll das heißen, Moravia wurde vom Bund der Schwarzen Klinge gar nicht als Feind betrachtet?«

»Im Gegenteil. Er war mit einigen führenden Mitgliedern der Organisation eng befreundet.«

So eng, daß er in Wirklichkeit vielleicht sogar für sie gearbeitet hatte? fragte sich Wolf unwillkürlich. Er sagte jedoch nur: »Na schön. Sie behaupten also, Suma wurde damit beauftragt, mich zu töten. Aber aus welchem Grund hat man eigentlich Sie geschickt?«

»Um Sie zu schützen – und um Sie nach Japan zu bringen. Wir sind dort dringendst auf Ihre Hilfe angewiesen. Nur Sie können uns helfen zu verhindern, daß der Bund der Schwarzen Klinge noch mächtiger wird. Bis vor kurzem hatten ihre hochfliegenden Pläne einen empfindlichen Dämpfer erfahren, da schon seit mehreren Jahrzehnten keine Kinder mehr geboren wurden, die aufgrund einer DNS-Veränderung ihrer genetischen Struktur über die Gabe des Zweiten Gesichts verfügen. Die Organisation war also über kurz oder lang vom Aussterben bedroht, weshalb ihre Aktivitäten in diesem Zeitraum fast ausschließlich darauf ausgerichtet waren, eine Möglichkeit zu finden, die erforderlichen genetischen Veränderungen künstlich hervorzurufen.«

»Um auf diese Weise neue Anhänger zu gewinnen.«

Chika nickte. »Und nun steht zu befürchten, daß sie mit dem Orakel über eine solche Möglichkeit verfügen.«

Obwohl Yuji mit dem Orakel wesentlich besser vertraut war als sein Schwager Hiroto, war er noch weit davon entfernt, es so umfassend zu verstehen, wie er sich das wünschte.

»Laßt uns noch mal von vorne anfangen«, sagte Yuji laut, obwohl sonst niemand im Raum war.

»VON WELCHEM PUNKT GENAU?« erwiderte das Orakel mit seiner synthetischen Stimme.

»Worüber wir gerade gesprochen haben«, sagte Yuji geduldig. »Wiederhole es bitte noch einmal.«

»DIE GEFAHR LIEGT IM LEBEN, NICHT IM TOD.«

»Was soll das bedeuten?«

»DIE BEDEUTUNG LIEGT IN DEM, WAS ICH GESAGT HABE.«

»Das ergibt keinen Sinn.«

»MEINE SYNTAX IST ABSOLUT FEHLERFREI.«

Darauf blickte Yuji den schwarzen Kasten erst einmal wortlos an, bevor er sich mit einem ärgerlichen Schnauben abwandte, zu der massiven Stahltür des Laborraums ging und Hana in den Raum führte.

»Nur damit wir uns über eines im klaren sind.« Er sah seine Halbschwester finster an. »Mir ist sehr wohl bewußt, daß ich das eigentlich nicht tun sollte. Aber du wolltest es ja nicht anders. Außerdem weiß ich im Moment einfach nicht mehr weiter.«

»Ich verstehe«, sagte Hana in dem ruhig-entschlossenen Ton, den er auch von seiner Mutter so gut kannte.

Lange stand Hana schweigend vor dem Orakel, bevor sie endlich sagte: »Eigentlich habe ich es mir ganz anders vorgestellt.« Sie begann zu lachen. »Mehr wie einen Roboter aus einem dieser verrückten Science-fiction-Filme.«

»Das Orakel ist kein Roboter«, korrigierte sie Yuji. »Zumindest nicht im üblichen Sinn.«

»Es ist mehr?«

»Wesentlich mehr sogar.« Yuji ließ seine Halbschwester keine Sekunde aus den Augen. »Bist du über sein Aussehen enttäuscht?«

»Nein.« Sie trat einen Schritt vor und legte die Hand auf den schwarzen Kasten. »Ich kann seine Wärme spüren – fast wie die eines menschlichen Körpers.« Wieder wandte sie sich Yuji zu. »Wie kann man damit kommunizieren?«

»Hiroto benutzt dazu den Lichtstift. Ich spreche einfach damit.«

»Und eine andere Möglichkeit gibt es nicht?«

»Wie meinst du das?« fragte Yuji überrascht.

»Für das, was ich mit dem Orakel vorhabe, sind weder die Sprache noch ein Lichtstift sonderlich gut geeignet.«

»Eine dritte Möglichkeit gibt es leider nicht«, entgegnete Yuji, sichtlich erleichtert.

Hana ging um das Orakel herum. Mit angehaltenem Atem beobachtete Yuji, wie sie das wilde Kabelgewirr in Augenschein nahm, das aus der Rückwand des schwarzen Kastens quoll. Nach einer Weile bückte sie sich und strich mit dem Zeigefinger über ein paar dünne, ineinander verschlungene Drähte, an denen fünf Haftsensoren angebracht waren.

»Wozu dient das?« wollte sie wissen.

Für einen Moment verschlug es Yuji die Sprache. Ihm war sofort klar, daß sie die Antwort längst wußte. Er sagte: »Ich weiß, was du vorhast. Aber das funktioniert nicht.«

Sie drehte sich um und sah ihn durchdringend an. »Hast du es denn schon ausprobiert?«

Als Yuji nichts darauf antwortete, erklärte sie ruhig, aber bestimmt: »Ich möchte, daß du mich an das Orakel anschließt.«

»Wie bitte?« stieß Yuji fassungslos hervor.

Als sie ihre Bitte darauf noch einmal wiederholte, versetzte er stammelnd: »Aber ... aber das ist nicht möglich.«

»Natürlich ist es möglich. Jetzt stellst du dich genauso an wie Hiroto.« Hana konnte manchmal ein geradezu unverschämtes Selbstbewußtsein an den Tag legen.

»Na schön, ich gebe zu, es ist möglich – zumindest theoretisch. Aber es ist viel zu gefährlich.«

»Demnach hast du es also selbst schon einmal versucht?« Und als er darauf nichts erwiderte, fuhr sie fort. »Du brauchst mir nichts vorzumachen. Ich kann deine Angst ganz deutlich spüren.«

»Ich werde dich auf keinen Fall an das Orakel anschließen. Denkst du, ich wäre verrückt geworden?«

»Du wirst tun, was ich sage«, erklärte Hana ruhig, aber bestimmt. »Oder warum hast du mich dann überhaupt herkommen lassen? Du kannst mir nichts vormachen. Die ganze Geschichte ist euch längst über den Kopf gewachsen. Hiroto weiß schon lange nicht mehr, was in dem Kasten da eigentlich vorgeht, und du verstehst kein Wort von dem, was er sagt. Aber dieses Problem läßt sich ganz einfach lösen. Dazu brauchst du mich nur an das Orakel anzuschließen, und alles Weitere wird sich ganz von selbst geben.«

»Oder du wirst sterben«, warnte sie Yuji eindringlich. »Niemand kann vorhersagen, was passieren wird, wenn wir dich an das Orakel anschließen.«

Darauf erwiderte Hana nur: »Du hast ja auch nicht die leiseste Ahnung, was in mir vorgeht.«

»Um so mehr Grund, vorsichtig zu sein.«

»Keine Sorge. Das Orakel wird schon dafür sorgen, daß mir kein Leid geschieht.«

Yuji glaubte, nicht recht gehört zu haben. »Unsinn! Woher willst du das wissen?«

»Hast du nicht selbst schon mehrmals gesagt, daß du das Orakel inzwischen fast wie ein Lebewesen betrachtest?«

»Damit wollte ich nur zum Ausdruck bringen, daß ich nicht weiß, was ich davon halten soll.«

»Tu doch nicht so. Ich weiß ganz genau, was in dir vorgeht.«

Das erinnerte Yuji an Hanas außergewöhnliche Fähigkeiten. War es möglich, daß das Orakel auf Wegen mit ihr kommunizierte, die ihm selbst verschlossen blieben? Unsinn! Das konnte nicht sein! Vor allem hätte das bedeutet, daß das Orakel tatsächlich ein Lebewesen mit eigenen Gedanken und Gefühlen war. Doch wie sonst konnte sie sich ihrer Sache so sicher sein? Und warum hatte sie ganz offensichtlich überhaupt keine Angst vor dem Orakel?

Unterdessen fuhr Hana bereits fort. »Der Grund, warum ich hier bin, ist ganz einfach, Yuji-san. Aufgrund meiner besonderen Fähigkeiten kann ich über das Raum-Zeit-Kontinuum ›hinausschauen‹ und es als das sehen, was es tatsächlich ist: ein Raster, das es den Menschen ermöglicht, Vorkommnisse einzuordnen, die ihnen sonst unerklärlich blieben. Denn jenseits dieser Grenzen herrscht die wahre Ordnung des Universums, in der Zeit – Schwerkraft – Raum lediglich unterschiedliche Aspekte eines übergeordneten Daseinsprinzips sind.« Mit unverhohlener Genugtuung beobachtete sie, wie Yuji ein Licht aufzugehen begann. »Fängst du nun endlich zu verstehen an, warum ich unbedingt an das Orakel angeschlossen werden will und woher ich weiß, daß ich nicht das geringste von ihm zu befürchten habe? Das alles hängt mit meiner Krankheit und der dadurch hervorgerufenen Veränderung meiner Gehirnfunktionen zusammen. Das Orakel ist mir in vielem wesentlich ähnlicher, als du dir vorstellen kannst.«

Ein heftiger innerer Zwiespalt drohte Yuji fast zu zerreißen. Verzweifelt preßte er seine Hände an seine Schläfen. Wie sehr hatte er sich schon seit langem gewünscht, dem Geheimnis der seltsamen Veränderungen, die in Hanas Bewußtsein vor sich gegangen waren, auf die Spur zu kommen. Und nun, da sich ihm endlich eine Möglichkeit dazu bot, bekam er es plötzlich mit der Angst zu tun. Einer Panik nahe, stützte er sich zitternd an der Wand ab und atmete mehrere Male tief durch.

»Du kannst sagen, was du willst«, stieß er gepreßt hervor. »Aber das werde ich auf keinen Fall tun.«

Hana kam auf ihn zu und sah ihn traurig an. »Armer Yuji. Die Gabe des Zweiten Gesichts hat deine Persönlichkeit in zwei Teile gespalten, die sich bis aufs Blut bekämpfen.«

»Dieses Chaos macht mir entsetzliche Angst.«

Tröstend strich ihm Hana über die Wange. »Kannst du mit deiner Gabe tatsächlich nichts anderes sehen? Begreifst du denn nicht, daß du ohnehin ringsum vom Chaos umgeben bist? Hörst du denn nicht diese Kakophonie von Stimmen, die unablässig auf dich einreden?«

»Alles, was ich registrieren kann, ist tiefe Stille.«

»Gut. Dann versuche, in diese Stille hineinzulauschen.«

Er streckte beschwörend die Hände nach ihr aus. »Hana, ich flehe dich an: Tu's nicht.«

»Na schön. Dann verbiete mir eben, mit dem Orakel Kontakt aufzunehmen.«

Als er darauf jedoch nichts erwiderte, nahm sie ihn an der Hand und ging mit ihm auf den schwarzen Kasten zu. »Und nun tu endlich, worum ich dich gebeten habe.«

Er brauchte etwa eine Stunde, um die nötigen Vorbereitungen zu treffen, und als er damit fertig war, forderte er Hana auf, sich neben das Orakel zu setzen. Seine Hände hatten heftig zu zittern begonnen. Doch plötzlich spürte er, wie sich Hanas Finger zwischen die seinen schoben.

»Hab' doch keine Angst vor dir selbst, Yuji«, redete sie beruhigend auf ihn ein.

»Vor diesem verdammten Ding da habe ich Angst«, entgegnete er heftig. »Nicht vor mir.«

»Nein. Du hast vor dem Teil von dir Angst, den du in das Orakel gesteckt hast.«

Mit einem schweren Seufzer ließ Yuji seinen Blick von Hanas blassem Gesicht zu der schwarzen Frontplatte des Orakels wandern. Deutlicher denn je wurde ihm plötzlich bewußt, wie undurchschaubar beide für ihn waren. Und nun würden Hana und das Orakel gleich eine noch nie dagewesene Symbiose eingehen. Das war es, was sich Hana am sehnlichsten wünschte – und wenn er ganz ehrlich war, hatte auch er nie etwas anderes gewollt. So sei es denn.

Den Blick unverwandt auf Hana gerichtet, faßte er sich ein Herz, streckte die Hand aus und drückte auf den Schalter ...

»Im Augenblick haben wir keine andere Wahl«, sagte Chika. »Wir müssen versuchen, so schnell wie möglich nach Tokio zu kommen. Da jedoch Suma hinter uns her ist, wird das gar nicht so einfach werden. Wir müssen uns also etwas einfallen lassen. Ich habe da einen Freund, der uns vielleicht weiterhelfen könnte.«

»Ich kann doch nicht einfach alles liegen und stehen lassen. Schließlich habe ich auch noch meine dienstlichen Verpflichtungen ...«

»Sie haben längst keine Wahl mehr. Dafür hat Suma schon zu sorgen gewußt.«

»Na schön. Aber vorher möchte ich auf jeden Fall noch kurz in mein Büro. Es ist sehr wichtig.«

»Aber wirklich nur ganz kurz«, sagte Chika. »Wir haben keine Zeit mehr zu verlieren.«

Sie fuhren auf der Second Avenue bis zur Chrystie Street, dann auf der Canal in Richtung Osten zur Allen und bogen schließlich in den East Broadway. Wolf hatte Chika zwar gesagt, daß er noch seinen Dienstrevolver abholen müsse; in Wirklichkeit wollte er aber vor seiner Abreise noch ein klärendes Wort mit Squire Richards sprechen, bevor ihm Breathard aus der ganzen Geschichte einen Strick drehte.

»Eines hätte ich noch gerne gewußt«, sagte Wolf. »Was wird der Bund der Schwarzen Klinge tun, wenn sich herausstellen sollte, daß sich der menschliche Alterungsprozeß mit Hilfe des Orakels gar nicht wirklich verzögern läßt?«

»Keine Sorge, es wird funktionieren. Dazu bedarf es nur noch einiger geringfügiger technischer Verbesserungen.«

»Wenn das so ist, haben wir tatsächlich nicht mehr viel Zeit.«

Das Hauptquartier der Werwölfe war in bläuliche Schatten getaucht. Alle Räume waren frisch gestrichen, die Maler bereits wieder abgezogen.

»Gut, daß Sie endlich da sind, Lieutenant. Ich habe schon die ganze Zeit versucht, sie in East Hampton zu erreichen.« Nervös kam Bobby Connor auf Wolf zugeeilt.

»Wieso? Was gibt's?« Wolf ging an seinen Schreibtisch, schloß ihn auf und nahm seinen Dienstrevolver sowie das Lederhalfter und eine Schachtel Munition heraus.

»Es ist wegen Squire«, stieß Bobby aufgeregt hervor. »Er wurde heute morgen vor seinem Haus in der Tremont gefunden. Jemand hat ihn mit zwei Schüssen in den Hinterkopf getötet.«

»O Gott, nein!« Wolf sprang auf und starrte Bobby fassungslos an. Hatte Squire etwa für seinen Bruder gebürgt und war deshalb an seiner Stelle von den Kredithaien umgebracht worden? Wolf warf Chika einen kurzen Blick zu. »Ich weiß, was Sie jetzt sagen werden, aber das muß ich mir unbedingt anschauen.«

»Wolf«, sagte Chika leise, aber bestimmt. »Dafür ist jetzt keine Zeit.«

»Ich glaube auch nicht, daß das eine gute Idee wäre, Lieutenant«, fiel Bobby Connor mit ein.

Wolf sah ihn finster an. »Was soll das nun wieder heißen?«

Verlegen trat Bobby von einem Bein aufs andere. »Na ja, wissen Sie«, rückte er zögernd mit der Sprache heraus. »Vorerst haben wir nur einen einzigen Hinweis auf den Täter. Ich habe eben mit Rothstein von der Ballistik gesprochen. Die Untersuchungen haben eindeutig ergeben, daß die tödlichen Schüsse aus Ihrer Waffe abgefeuert wurden.«

Wolf hörte, wie Chika einen leisen Seufzer ausstieß. »Das darf doch nicht wahr sein«, stieß er ungläubig hervor. »Außerdem haben Sie doch selbst gesehen, Bobby, wie ich gerade meinen Schreibtisch aufgeschlossen und den Revolver herausgenommen habe.«

»Natürlich, Lieutenant.«

»Und das heißt, daß ich ihn das ganze Wochenende nicht bei mir hatte.«

Bobby schüttelte den Kopf. »Das heißt nur, daß Sie ihn die letzten zwei Minuten nicht hatten.«

»Jetzt kommen Sie mir bloß nicht mit so einem Unsinn, Bobby. Sie wissen ganz genau, daß irgend jemand versucht, mir den Mord an Squire in die Schuhe zu schieben.«

»Glauben Sie mir, Lieutenant, ich stehe voll hinter Ihnen. Alle Werwölfe tun das. Aber Sie müssen auch verstehen, daß seit Juniors Tod alle ein bißchen nervös geworden sind. Im Moment ist die Stimmung hier so ziemlich auf dem Nullpunkt angelangt. Und Sie können sich ja auch sicher denken, wie geschickt Breathard die Geschichte mit Squire wieder mal für seine Zwecke ausschlachtet. Prompt hat er uns schon die Ermittlungen zu dem Fall entzogen – angeblich wegen möglicher Befangenheit. Aber das ist noch nicht alles. Er hat einen Haftbefehl gegen Sie ausstellen lassen. Sie gelten im Moment als Hauptverdächtiger in dem Fall und sollen unverzüglich vernommen werden.«

»Wolf«, drängte Chika. »Dafür haben wir jetzt wirklich keine Zeit. Die Sache stinkt doch zum Himmel. Los, lassen Sie uns so schnell wie möglich von hier verschwinden.«

»Nicht, bevor ich das geklärt habe. Ich muß unbedingt mit dem Commissioner sprechen.«

»Wenn Sie jetzt nicht sofort kommen«, drängte Chika, »kann es endgültig zu spät sein.«

»Sie hat recht, Lieutenant«, kam ihr Bobby Connor zu Hilfe. »Solange wir keine konkreten Anhaltspunkte haben, wer Squire tatsächlich auf dem Gewissen hat, sollten Sie besser untertauchen. Rothstein hat vorhin am Telefon gesagt, daß bereits ein paar Leute auf dem Weg hierher sind, um Ihre Dienstwaffe zu konfiszieren und Sie zum Verhör ins Präsidium zu bringen.«

»Begreifen Sie nun endlich?« sagte Chika. »Sie haben tatsächlich keine andere Wahl.«

Einen Moment starrte Wolf nachdenklich seinen Revolver an. Dann nickte er und wandte sich Bobby Connor zu. »Am besten, Sie versuchen gleich als erstes mit Squires Bruder zu sprechen.« Er verstaute Revolver und Munition in den Taschen seiner Lederjacke. »Squire hat den Inhaber des La Mentira erpreßt. Sein Bruder stand nämlich bei irgendwelchen Kredithaien ziemlich tief in der Kreide und konnte seine Schulden nicht zurückzahlen.«

»Wird gemacht, Lieutenant.« Bobby schüttelte Wolf die Hand. »Und seien Sie auf der Hut. Wie es scheint, will Ihnen Breathard diesmal wirklich an den Kragen.«

Wieder in Chikas Wagen, fuhren sie durch die engen, verwinkelten Straßenschluchten des alten Börsenviertels, bis sie das Niemandsland unter dem FDR-Drive an der Spitze von Manhattan erreichten. Die ganze Gegend war übersät von rostigen Eisenteilen, Blech, aufgeweichten Kartons und Wandverkleidungsresten. Im Lauf der letzten Jahre war hier eine eigene kleine Stadt entstanden, in der sich die Gestrandeten von New York niedergelassen hatten.

»Das hat Breathard wieder mal verdammt geschickt eingefädelt«, sagte Wolf niedergeschlagen. »Im Moment sehe ich tatsächlich keine Möglichkeit, mich aus dieser Falle zu befreien.«

Überall brannten Feuer, und wegen des Fehlens jeglicher sanitärer Einrichtungen lag ein entsetzlicher Gestank in der Luft. Sie passierten einen Parkplatz, auf dem unzählige Einkaufswagen standen. Aus den meisten Kanaldeckeln quoll ein wilder Kabelverhau. Die Ärmsten der Armen stahlen alles, was nicht niet- und nagelfest war – sogar Strom.

Wolf konnte sich noch gut daran erinnern, wie er vor ein paar Jahren mit Bobby Connor hierher gekommen war. Von einem seiner Informanten hatte er den Hinweis erhalten, daß ein Mann, der wegen eines brutalen Sexualmords an einem älteren Ehepaar gesucht wurde, hier untergetaucht sei. An sich wurde dieses Gebiet sonst von der Polizei gemieden, da es an den erforderlichen Mitteln fehlte, es polizeilich zu überwachen. Deshalb erklärte man die Gegend offiziell für nicht mehr verwaltbar und überließ ihre Bewohner mehr oder weniger sich selbst.

Statt des gesuchten Sexualmörders gerieten Wolf und Bobby jedoch an zwei Brüder, die sich gerade eine wüste Messerstecherei lieferten. Die zwei Streithähne waren von einem dichten Kreis Schaulustiger umringt, die sie lautstark anfeuerten. Ein paar Männer gingen sogar herum und nahmen Wetten auf den Ausgang des Kampfs entgegen.

Wolf und Bobby, die sich wegen des dichten Rauchs und des allgegenwärtigen Gestanks ihre Schutzmasken aufgesetzt hatten, trennten sich und nahmen sich jeweils einen der beiden Brüder vor. Während es Wolf gelang, seinem Mann das Messer zu entreißen, konnte sich der andere wieder von Bobby befreien und schlitzte ihm dabei die Maske auf. Da Bobby wegen des beißenden Rauchs einen Moment nichts mehr sehen konnte, stürzte sich der Mann in blindem Haß erneut auf seinen Bruder. Wolf reagierte zwar blitzschnell und feuerte einen tödlichen Schuß auf den Angreifer ab, aber es gelang dem Mann trotzdem noch, seinem Bruder das Messer in den Bauch zu rammen.

Noch nie war Wolf so nahe davorgestanden, den Dienst endgültig zu quittieren, als in diesem Moment. Während er fassungslos auf die zwei tot am Boden liegenden Brüder starrte – Bobby begann wegen des unerträglichen Gestanks heftig zu würgen –, dachte er niedergeschlagen: Schlimmer kann es wohl kaum noch werden. Und dennoch war das erst ein Vorgeschmack auf das gewesen, was hier noch auf ihn zukommen sollte.

Zusammen mit Chika stieg er aus der schwarzen Corvette, die unter den zerlumpten Slumbewohnern einiges Aufsehen erregte. Sie gingen auf eine windschiefe Wellblechhütte zu. Über dem Eingang hing ein riesiger Gettoblaster, aus dessen Lautsprechern monotone Rapmusik dröhnte. Kein Mensch schien sich an dem Krach zu stören. Offensichtlich nahm man ihn als genauso selbstverständlich hin wie den ohrenbetäubenden Verkehrslärm. Es wimmelte von Fliegen, und es stank nach Abfällen.

Chika drehte sich kurz zu ihm um. »Bleiben Sie lieber in der Nähe des Wagens. Wie fit fühlen Sie sich?«

»Fit genug.«

»Na schön.« Achselzuckend schritt sie auf den Eingang der Hütte zu. Die Lautstärke der Musik befand sich hart an der Schmerzgrenze.

»Parker!« Um den Lärm zu übertönen, mußte Chika aus Leibeskräften brüllen.

Im Eingang der Hütte erschienen zwei bullige Latinos mit tätowierten Oberarmen. Sie trugen Jeans und verschwitzte Trägerhemden und waren bis über die Zähne bewaffnet: Revolver, lange Messer und rasierklingengespickte Baseballschläger.

»Ach, du bist's«, sagte der größere der beiden. Unter sein rechtes Auge waren zwei Tränen tätowiert – Zeichen dafür, daß er zwei Jahre im Gefängnis gesessen hatte.

»Ich muß ihn dringend sprechen.«

Grinsend kam der Kerl mit den Tränen auf sie zu. Sein Begleiter blieb, wo er war, vor dem Eingang der Hütte. »Du mußt ihn also dringend sprechen. Und wer ist der Kerl da?« Er bohrte Wolf den Zeigefinger in die Brust. »Bist du eigentlich noch bei Trost – so eine Type mitzubringen? Kerle wie der haben hier nichts zu suchen.«

Wortlos beobachtete Wolf, wie ihn der Mann umkreiste.

»Verpesten nur mit ihrem Bullengestank die Luft«, knurrte der Kerl mit den Tränen, und plötzlich sauste der Baseballschläger ganz dicht an Wolfs Gesicht vorbei. »Für wie blöd hältst du uns eigentlich, Bulle? Denkst wohl, du könntest hier einfach so mir nichts, dir nichts rumschnüffeln? Aber da hast du dich gewaltig geschnitten, *maricone*. Du hast hier nichts zu suchen, ist das klar? Und jetzt schau dir noch mal gut an, womit ich dir gleich deine neugierige Nase aus der Visage rupfe.« Damit begann er Wolf mit dem Baseballschläger drohend vor dem Gesicht herumzufuchteln.

»Steck deinen Prügel lieber wieder weg«, forderte ihn Wolf ganz ruhig auf.

Der Kerl mit den Tränen unter dem Auge lachte und spuckte Wolf auf die Schuhe. »Schade um deine Nase. Jetzt kannst du sie endgültig vergessen.«

Aus dem Augenwinkel beobachtete Wolf, wie Chika vollkommen ruhig und gelassen neben ihm stand. Der andere Mann hatte inzwischen seine Hand um den Griff seines Revolvers gelegt. Als Wolf, scheinbar eingeschüchtert, einen Schritt zurückwich, holte der Kerl mit dem Baseballschläger zum Schlag aus. Seine Augen blitzten mörderisch.

Doch im selben Augenblick hatte Wolf auch schon seinen Arm zu fassen bekommen und riß ihn daran, seinen eigenen Schwung ausnutzend, blitzschnell auf sich zu. Der Mann verlor das Gleichgewicht und torkelte, worauf ihm Wolf einen Magenschwinger verpaßte, der ihn laut aufstöhnend zu Boden schickte.

Sein Begleiter wollte gerade den Revolver vom Gürtel reißen, als ein hagerer Weißer mit einem langen, zerzausten Bart in der Tür der Hütte erschien.

Erstaunt glotzte Wolf den Mann an. Ein Bad, eine gründliche Rasur und ein dunkler Anzug mit Krawatte, und man hätte denken können, er hätte sich versehentlich von der nur wenige hundert Meter entfernten Wall Street hierher verirrt.

»Parker, ich muß mit dir sprechen«, sagte Chika.

Parker warf einen flüchtigen Blick auf den am Boden liegenden Mann und sagte zu dem anderen Latino: »Los, schaff ihn weg, Paco.«

»Das ist ein Freund von mir«, sagte Chika mit einem Blick auf Wolf.

Parker rümpfte die Nase. »Aber er stinkt zehn Meilen gegen den Wind nach Bulle.« Er hatte einen starken Südstaatenakzent.

»Trotzdem ist er ein Freund von mir«, sagte Chika noch einmal.

Parker stand direkt unter dem dröhnenden Gettoblaster, der wie eine Art moderner Talisman über dem Eingang der Hütte hing. Er trug eine hautenge, schwarz-rot gestreifte Radfahrerhose und ein giftgrünes T-Shirt mit der Aufschrift SURF VOODOO. »Na schön«, brummte er. »Kommt rein. Da sind wir ungestört.«

In der Hütte war es ziemlich eng; es roch nach Rauch, Schweiß und billigem Fett. An den Wänden hingen zahllose Fotos aus Hochglanzmagazinen, auf denen die typischen Attribute des Erfolgs zu sehen waren: chromblitzende Sportwagen, elegante Jachten, Privatjets und Luxusvillen in Palm Beach oder East Hampton. Sie waren von einer dicken Rußschicht überzogen, dem Niederschlag der tatsächlich herrschenden Verhältnisse.

Auf dem Betonboden lag ein durchgetretener Sisalläufer, auf umgestürzten Obstkisten standen ein paar Lampen. Mit Wellblech war eine kleine Kochnische abgetrennt, und den Zugang zu einem weiteren Raum hatte man mit einer verblichenen Decke verhängt.

Parker steuerte auf den vorsintflutlichen Kühlschrank zu, nahm drei Bier heraus und reichte Chika und Wolf je eine Dose. Als er sich darauf in einen Polstersessel plumpsen ließ, stieg eine dichte Staubwolke aus dem wackligen Möbel auf. Wolf und Chika nahmen auf zwei notdürftig zusammengeflickten Korbstühlen Platz.

Chika kam sofort zur Sache: »Wir müssen auf schnellstem Weg das Land verlassen.«

Parker konnte sich ein Grinsen nicht verkneifen. »Soll das etwa heißen, dieser miese kleine Scheißbulle muß untertauchen? Hat man so was schon gehört!«

Ohne darauf weiter einzugehen, fuhr Chika fort: »Suma ist hinter ihm her. Er wird uns mit allen Mitteln daran hindern wollen.«

Das ließ sich Parker erst einmal eine Weile durch den Kopf gehen, bevor er sagte: »Bisher hat sich Suma noch keinen durch die Lappen gehen lassen, der sich auf deine Seite geschlagen hat.«

»Genau aus diesem Grund müssen wir auch schleunigst untertauchen«, erwiderte Chika. »Er hat es nämlich auf uns beide abgesehen.«

Als Parker grinste, kamen ein paar Goldzähne zum Vorschein. »Du hast echt Nerven. Kein Wunder, daß es eine Menge Leute gibt, die sich deinetwegen ganz schön in die Hosen machen.« Er schnippte seinen Zigarettenstummel in eine leere Tomatendose. »Mal sehen, was ich für dich tun kann.«

Damit stand er auf und ging in den Raum nebenan.

Chika warf einen Blick nach draußen. Sie hatte ihr Bier nicht angerührt.

»Was hätten Sie eigentlich getan, wenn ich vorhin diese Ratte nicht rechtzeitig zur Vernunft gebracht hätte?« wollte Wolf von ihr wissen.

»Mir war von Anfang an klar, daß ich nicht würde eingreifen müssen.«

»Können Sie etwa auch in die Zukunft sehen?«

»Vielleicht habe ich einfach mehr Vertrauen in Sie als Sie in mich.«

Wolf entging nicht, daß Chika durch die offene Tür der Hütte immer wieder wachsame Blicke nach draußen warf. Deshalb fragte er sie: »Halten Sie nach was Bestimmtem Ausschau?«

Sie schüttelte den Kopf, behielt aber die Umgebung der Hütte weiter im Auge.

Beim Anblick eines nackten Kinds, das auf einem Müllhaufen seine

Notdurft verrichtete, mußte Wolf unwillkürlich an die jüngste Studie des Gesundheitsamts denken, derzufolge die Belastung mit Diplokokken, Amöben, Salmonellen und ähnlichen gesundheitsgefährdenden Mikroorganismen die zulässigen Grenzwerte längst weit überschritten hatte.

»Sie wissen doch, daß ich jetzt unmöglich weg kann.«

Langsam riß Chika die Geduld. »Wann wollen Sie eigentlich endlich mal begreifen, daß Sie gegen Suma nicht die leiseste Chance haben, wenn Sie noch länger hier bleiben?«

»Immerhin bin ich schuld an Squires Tod.«

»Wie kommen Sie denn darauf?«

»Er war einer meiner Männer, und er steckte in Schwierigkeiten. Aber aus falschem Stolz hat er es nicht gewagt, mich um Hilfe zu bitten. Das wurde ihm zum Verhängnis, und zum Teil war das auch meine Schuld.« Er sah sie an. »Aber das können Sie vermutlich nicht verstehen – ich meine, daß man in manchen Dingen einfach seinen Stolz hat. Mein Aikido-Meister konnte das jedenfalls auch nie begreifen.«

»Der Stolz ist eine konfuzianische Sünde«, sagte Chika. »Er ist schon so manchem zum Verhängnis geworden.«

Zehn Minuten später kam Parker mit einer Polaroidkamera zurück. Er machte zwei Aufnahmen von ihnen und verschwand ohne ein Wort wieder in dem Nebenraum.

Als er nach etwa einer Stunde erneut auftauchte, hatte er zwei britische Pässe bei sich. Er händigte sie Chika aus und sagte: »Keine Sorge, sie halten auch näherer Überprüfung stand.« Beim Sprechen kaute er auf einem Zahnstocher herum. Sein Atem roch nach Katzenfutter.

»Danke«, sagte Chika und steckte die Pässe in die Innentasche ihrer Jacke. Als sie merkte, daß Parker noch immer finster Wolf taxierte, herrschte sie ihn ärgerlich an: »Jetzt reg dich endlich ab. Ich hab' dir doch gesagt, er ist in Ordnung.«

Parker gab irgendeinen unverständlichen Laut von sich. Doch plötzlich erhellte sich seine Miene. Aus dem Nebenraum kam ein etwa fünfjähriges Mädchen und klammerte sich an seine Beine. »Na, meine Kleine.« Liebevoll strich Parker ihr übers Haar und nahm sie auf den Arm. Und als sie zu betteln begann: »Bitte, Daddy!« packte er sie an den Fußgelenken und ließ sie mit dem Kopf nach unten hängen, so daß ihr das lange blonde Haar übers Gesicht fiel. Sie stieß ein paar schrille Juchzer aus, die in entsetztes Kreischen übergingen, als Parker sie im Spaß heftig zu schütteln begann.

»Wie halten Sie es hier nur aus?« sagte Wolf und deutete nach draußen.

»Weil das Leben in jedem Fall besser ist als der Tod«, antwortete Parker und schüttelte das Mädchen noch einmal kräftig durch. »Aber um das verstehen zu können, müßten Sie vermutlich in meiner Haut stekken.« Er zog die Kleine wieder hoch, hielt sie im Arm und strich ihr das Haar aus der Stirn. Ihr Gesicht war puterrot geworden. Sie war auffallend hübsch und sprühte geradezu vor Energie und Lebensfreude. Als sie Wolf die Zunge herausstreckte, mußte Parker lachen.

»Vor sieben Jahren war ich noch Börsenmakler«, begann er zu erzählen. »Gleich drüben an der Wall Street. Ich hatte eine glänzende Karriere vor mir. Aber dann war eines Tages die Kacke am Dampfen. Der Markt brach zusammen, in der Wall Street ging mit einem Mal alles drunter und drüber. Kollegen, die sonst so viel zu managen hatten, daß sie Tag und Nacht durcharbeiteten, hatten mit einem Mal schon am frühen Morgen nichts Besseres zu tun, als das Kreuzworträtsel in der *Times* zu lösen. Sie machen sich keine Vorstellung, wie das Geschäft plötzlich den Bach runterging. Oft klingelte stundenlang kein Telefon. Diese Stille war richtig unheimlich.«

Parker wechselte das Mädchen von einem Arm auf den anderen. »Tja, und damit waren Leute wie ich plötzlich überflüssig. Es kam zu drastischen Rationalisierungsmaßnahmen, ganze Abteilungen wurden von einem Tag auf den anderen aufgelöst, und natürlich gab es nirgendwo neue Stellenangebote. Dummerweise hatte ich mich kurz zuvor auch noch ziemlich verschuldet. Ich mußte nicht nur meinen BMW und meine Rolex verkaufen, sondern auch noch meine Wohnung in Battery Park City, und das zu einem lächerlich niedrigen Preis. Das einzig Gute an der Sache war, daß ich meiner Exfrau keinen Unterhalt mehr zu zahlen brauchte. Sie hat mir allerdings trotzdem noch eine ganze Weile ihre Anwälte auf den Hals gehetzt, um auch ganz sicher zu gehen, daß ich tatsächlich keine Mark zuviel in der Tasche hatte. Als ich sie in meiner Verzweiflung um ein kleines Darlehen gebeten habe, hat sie mich nur ausgelacht.

Eine Weile habe ich alle möglichen Jobs angenommen – als Tellerwäscher, Fahrer oder Kellner. Nachdem ich allerdings zum zweitenmal überfallen worden war, hatte ich die Nase voll. Mir war endgültig die Lust vergangen, weiter auf der Seite von Recht und Ordnung zu stehen. Nun, als ich dann eines Tages wieder einmal blutüberströmt in der Notaufnahme eines Krankenhauses darauf wartete, behandelt zu werden und die unzähligen anderen, zum Teil übel zugerichteten Überfallopfer sah, wurde mir ein für allemal klar, daß das nicht das New York war, von dem ich in meiner Jugend in Chicago immer geträumt hatte. Ich beschloß, diese eine Grenze zu überschreiten, von der ich mein ganzes Leben lang eingebleut bekommen hatte, daß ich sie nie überschreiten dürfte.

Und so bin ich schließlich hier gelandet. Im Grunde genommen war das die einzige Möglichkeit zu überleben. Und wenn ich hier etwas gelernt habe, dann folgendes: Die ständige Not kann einen ganz schön hart und unnachsichtig machen. Doch kann ein Mensch so ziemlich alles ertragen, wenn er nur wirklich fest entschlossen ist. Hätte mir das allerdings vor fünf Jahren jemand gesagt, dann wäre mir das auch unsinnig vorgekommen.«

Er warf einen liebevollen Blick auf das Mädchen in seinem Arm. »Tja, und jetzt habe ich Cathy bei mir. Ihre Mutter starb an einer Überdosis Heroin. Ihr Vater wurde bei dem Versuch, seinem Hüttennachbarn eine Büchse Bohnen zu stehlen, erstochen.« Er zuckte mit den Schultern. »Irgendwie ist es ja schon komisch. Als ich noch verheiratet war und meinen Job in der Wall Street hatte – und da war ich Tag für Tag damit beschäftigt, mit Millionenbeträgen zu jonglieren –, hatte ich nicht die leiseste Ahnung, was es heißt, Verantwortung zu tragen. Das habe ich erst gelernt, seit Cathy bei mir ist. Deshalb denke ich manchmal, daß das Ganze letztlich nur zu meinem Besten war.« Er lachte bitter. »Zumindest versuche ich mir das immer einzureden, um nicht auf der Stelle verrückt zu werden. Aber mit dem Glauben ist das schon so eine Sache. So schwach er in vielen Dingen sein kann, so unerschütterlich ist er in anderen.« Er drückte Cathy zärtlich an sich und küßte sie auf die Stirn. »Auch wenn Sie es vielleicht nicht für möglich halten: Im Augenblick lese ich gerade C. G. Jung. Die Bücher habe ich aus der Stadtbibliothek geklaut. Aber nachdem dort sowieso kein Mensch mehr hingeht, ist das vermutlich nicht weiter schlimm. Je mehr ich jedenfalls über das Ganze nachdenke, desto mehr gelange ich zu der Überzeugung, daß sich trotz all der tiefgreifenden sozialen Umwälzungen, die im Moment gerade stattfinden, nichts wirklich ändert. Letzten Endes wird doch wieder alles beim alten bleiben. Für mich hat das etwas ausgesprochen Tröstliches, und ich würde es schon als großen Erfolg betrachten, wenn ich von dieser Gewißheit auch Cathy etwas vermitteln könnte.« Er zuckte mit den Schultern und sah Wolf mit einem spöttischen Grinsen an. »Woher wollen Sie außerdem so sicher wissen, daß in Wirklichkeit nicht ihr Leben die Hölle ist und nicht meines?«

Damit setzte Parker die Kleine in seinem Arm ab. Als sie darauf jedoch jämmerlich zu weinen begann, nahm er sie wieder hoch.

»Cathy, was ist denn?«

Das Mädchen hatte am ganzen Körper heftig zu zittern begonnen. Ganz offensichtlich hatte sie schreckliche Angst. Besorgt sah Parker in ihr schmerzverzerrtes Gesicht. »Du fühlst dich ja plötzlich so heiß an. Hast du Fieber?«

»Laß sie los, Parker!« stieß Chika heftig hervor.

Aber Parker hörte nicht auf sie. »Sie ist krank. Ich kann Sie doch jetzt nicht . . .«

»Schnell! Tu endlich, was ich sage!« drängte Chika. »Bevor noch etwas Schreckliches passiert . . .«

Im selben Augenblick begann die Kleine von innen heraus zu glühen. Sie riß entsetzt die Augen auf und brach in schrilles Kreischen aus. An ihren Fingerspitzen bildeten sich bläuliche Flammen, die rasch ihre Arme hinaufwanderten, und dann stand sie plötzlich mit einem explosionsartigen Fauchen am ganzen Körper in Flammen.

»Um Himmels willen!« stieß Parker entsetzt hervor, ließ das Mädchen aber noch immer nicht los.

Erst jetzt begriff Wolf, was passiert war: Suma hatte sie entdeckt!

Es stank nach versengtem Haar und verbrannter Haut, und Cathys schmerzverzerrtes Gesicht war zu einer Maske des Grauens entstellt. Er mußte dem Kind unbedingt helfen! Blitzschnell bückte er sich und griff nach einer löchrigen Decke, doch als er sich wieder aufrichten wollte, merkte er, daß er sich nicht mehr bewegen konnte. Sogar das Atmen kostete ihn unsägliche Mühe. Es war, als hätte sich eine riesige Faust um sein Herz gelegt und drückte nun unerbittlich zu. Unwillkürlich fühlte er sich wieder an den erbitterten Zweikampf auf dem Dach von Amandas Haus erinnert. Auch damals war er plötzlich wie gelähmt gewesen und hatte keine Luft mehr bekommen. Und dann hatte er mit einem Mal das Gefühl, als würde er noch einmal in hohem Bogen durch die Luft fliegen und unter ohrenbetäubendem Krachen das Oberlicht durchbrechen . . .

Mit letzter Willensanstrengung schaffte es Wolf, diese Erinnerungen wieder abzuschütteln. Aber die Faust, die sich um sein Herz geschlossen hatte, drückte unerbittlich immer fester zu.

Wie durch dichten Nebel nahm er wahr, wie Chika zu Parker sagte: »Laß Cathy endlich los und stell sie auf den Boden! Das ist ihre einzige Chance!«

Parker tat, was sie sagte. Sein Hemd war an mehreren Stellen angesengt, und seine Hände und Unterarme waren schwarz verkohlt. Aber er schien sich dessen gar nicht bewußt zu sein. Er starrte nur fassungslos auf das lichterloh brennende Mädchen, das sich kreischend auf dem Boden wälzte.

Mit einem Mal wirkte Wolfs ganze Umgebung seltsam verschwommen, wie durch flimmernde Hitzeschlieren verzerrt. Ein kühler Lufthauch, der von Chika auszugehen schien, streifte über seine Haut, und es war, als könne er ein unsichtbares Wesen an seiner Seite atmen spüren. Im selben Augenblick ließen der lähmende Druck und die Schmerzen nach, und statt dessen stellte sich plötzlich ein Gefühl von Geborgenheit ein.

Er drehte sich um und sah Chika an. Vielleicht bildete er sich das alles nur ein, aber er hätte dennoch schwören können, daß ihre dunklen

Augen für einen Moment grün zu leuchten begannen. Im selben Moment waren sie jedoch wieder so schwarz und unergründlich wie eh und je. Da ließ ihn ein überraschter Ausruf Parkers herumwirbeln. Die Flammen auf Cathys Körper waren schlagartig erloschen.

Während Parker noch neben dem Mädchen niederkniete und sie tröstend in die Arme schloß, riß Wolf bereits seinen Revolver aus dem Halfter und stürzte ins Freie.

»Wolf!«

Aus Chikas Schrei sprach die nackte Angst, dennoch ließ er sich nicht davon zurückhalten. Noch immer das lichterloh brennende Mädchen vor Augen, stürzte er ins Freie und nahm die Verfolgung des Schattens auf, den er immer nur aus dem Augenwinkel wahrnehmen konnte. An zerlumpten Gestalten vorbei, die ihm verständnislos hinterherstarrten, rannte er zwischen armseligen Hütten und stinkenden Mülltonnenfeuern hindurch, setzte über kreuz und quer verlaufende Stromkabel und Wasserschläuche hinweg und scheuchte mit wütenden Tritten streunende Hunde fort, die sich ihm wild kläffend in den Weg stellten.

Über holpriges Kopfsteinpflaster hetzte er weiter, vorbei an alten, halbverfallenen Lagerhäusern und baufälligen Schuppen.

Da! Eine zerschrammte Tür, die quietschend in ihren rostigen Angeln schwang, das aufgebrochene Vorhängeschloß scheppernd gegen den Türstock schlagend. Vorsichtig näherte sich Wolf der Tür und huschte blitzschnell ins Innnere. Dort herrschte trübes Dämmerlicht. Vager Fischgeruch drang ihm in die Nase, vermischt mit dem Gestank von Ratten und feuchtem Sägemehl.

Nun war größte Vorsicht geboten. Der Gegner, mit dem er es hier zu tun hatte, verfügte über geheimnisvolle Kräfte, mit denen nicht zu spaßen war. Plötzlich hatte er wieder Chikas Worte im Ohr: *»Wenn diese übernatürlichen Kräfte besonders stark ausgeprägt sind, können sie sich in Form eines Schattens manifestieren.«*

Hatte er so einen Schatten nicht damals auf dem Dach von Amandas Haus und eben auch vor Parkers Hütte wahrgenommen? Ein kühler Luftzug, ein plötzliches Dunklerwerden wie beim Vorüberziehen einer Wolke, und das Gefühl, als atmete ein unsichtbares Lebewesen an seiner Seite.

Da sich seine Augen erst an das Dunkel gewöhnen mußten, blieb er einen Moment stehen. Doch schon nach wenigen Augenblicken begann sich seine Umgebung im dämmrigen Zwielicht der Halle deutlich abzuzeichnen. Der Raum, in dem er sich befand, hatte früher vermutlich als Büro gedient. Eine Glastür führte in die Lagerhalle hinaus. In deren hinterem Teil waren mehrere, durch Maschendraht abgetrennte Abteile zu erkennen. Boden und Wände waren mit einer dicken Staubschicht überzogen. Durch die hochliegenden Fenster fiel in breiten Balken das Tageslicht. Dazwischen warfen nackte Glühbirnen gelbe Pfützen aus Licht.

Gleich neben dem Eingang führte eine steile Eisentreppe zu einem mit einem Geländer versehenen Steg hinauf, der über die ganze Länge der Halle verlief. Rasch kletterte Wolf die rostigen Sprossen hinauf. Zum Glück hatte der Schmerz in seinem verletzten Bein wieder nachgelassen. Alles, was er noch spürte, war ein leichtes Ziehen. Oben angelangt, blieb er kurz stehen, um seine Schuhe auszuziehen und in die Taschen seiner Jacke zu stecken.

Als er die Mitte des eisernen Sprossenstegs erreicht hatte, legte er sich flach auf den Boden und ließ seinen Blick durch die Halle wandern. Da! Ein kurzes Huschen. Ohne lange zu überlegen sprang er auf und rannte zum hinteren Ende des Stegs, von dem eine zweite Eisentreppe nach unten führte.

Während die Halle selbst völlig leer war, hatte man in den Abteilen im hinteren Teil Kisten, Rohre, Zementsäcke und sonstige Baumaterialien gelagert. Und im dritten dieser Abteile sah Wolf plötzlich eine schemenhafte Gestalt im Dunkel verschwinden.

Das Vorhängeschloß an der Tür des vordersten Abteils war gewaltsam aufgebrochen worden. Mit erhobener Waffe, den Körper seitlich gedreht, huschte Wolf durch den schmalen Mittelgang auf die Tür des nächsten Abteils zu. Links und rechts von ihm türmten sich meterhoch übereinandergestapelte Kisten auf. Als er sich in den schmalen Mittelgang des zweiten Abteils schob, konnte er die Stromkabel sehen, die sich wie Schlingpflanzen am Drahtgeflecht der Abteilwände emporrankten. Wie winzige Sonnen erhellten die nackten Glühbirnen über ihm das Dunkel in den Abteilen.

Lautlos glitt Wolf durch die Tür des dritten Abteils; deutlich spürte er den rauhen Betonboden unter seinen Sohlen. Zu seiner rechten türmte sich ein hoher Stapel von PVC-Röhren auf, der plötzlich unter lautem Quietschen und Ächzen in Bewegung geriet.

Mit einem mächtigen Satz versuchte sich Wolf durch die Tür des nächsten Abteils zu retten, aber die wild durcheinanderpolternden Rohre hatten ihm bereits den Weg versperrt, und noch ehe er sich umdrehen und in die andere Richtung fliehen konnte, wurde er bereits vollends von ihnen eingeschlossen und unaufhaltsam gegen eine Wand aus Zementsäcken zurückgedrängt, die auf der anderen Seite des Abteils gestapelt waren. Um nicht gänzlich unter den langen Rohren begraben zu werden, machte er sich verzweifelt daran, einige schwere Zementsäcke zur Seite zu wuchten und sich in die dadurch freigewordene schützende Nische zurückzuziehen. Doch unerbittlich prasselten die Rohre weiter auf ihn nieder. Der Verzweiflung nahe, sah er sich nach einer Möglichkeit um, sich vor ihrem Ansturm zu schützen. Plötzlich schoß aus einem der größeren Rohre ein kleineres hervor und bohrte sich schmerzhaft in seine Schulter. Es fiel ihm nichts Besseres ein, als noch mehr der schweren Zementsäcke beiseite zu räumen. Auf diese Weise konnte er sich zwar vorübergehend der Gefahr durch die Rohre entziehen, aber es war nur eine Frage der Zeit, bis er die Rückwand des Abteils erreichen würde. Und dann gab es keine Möglichkeit mehr, den Rohren zu entrinnen.

In dieser drangvollen Enge nutzte ihm auch sein Revolver nichts. Um die Zementsäcke besser aus dem Weg räumen zu können, hatte er ihn längst in sein Halfter zurückgesteckt.

Schließlich hatte er die Rückwand des Abteils erreicht. Das Drahtgeflecht war viel zu stabil, um es aus seiner Halterung reißen zu können, außerdem war er inzwischen von den Rohren so sehr eingekeilt, daß er sich kaum mehr bewegen konnte. Zumindest waren sie inzwischen zum Stillstand gekommen, doch als er sie beiseite zu schieben versuchte, ließen sie sich keinen Millimeter von der Stelle bewegen.

Und dann spürte er plötzlich, wie es langsam wärmer wurde. Erst war es nur wie ein schwaches Glühen, das der Luft etwas von ihrer Frische nahm, doch schon nach wenigen Augenblicken war er von einem lodernden Feuer umringt. Stechender Rauch stieg ihm in die Nase und machte ihm das Atmen schwer. Und dann sah er, wie direkt vor ihm ein PVC-Rohr zu brennen begann. Gott steh mir bei, dachte er verzweifelt, Suma will mich bei lebendigem Leib verschmoren lassen – genau wie Arquillo und das kleine Mädchen. Er ist dazu übergegangen, mich mit Hilfe seiner Kräfte in Brand zu stecken.

Immer lauter wurde das Knistern der Flammen, und unter explosionsartigem Fauchen schoß plötzlich eine helle Stichflamme aus dem Rohr neben seinem rechten Fuß. Eines nach dem anderen begannen die Rohre nun Feuer zu fangen, so daß er schon nach kurzem von einer lodernden Flammenwand umgeben war. In ihrem Mittelpunkt war das Feuer noch heller und intensiver und kräuselte sich in gleichmäßigen, von unten nach oben verlaufenden Wellenbewegungen. Das mußte das Zentrum von Sumas sich materialisierenden psychischen Kräften sein, schoß es Wolf durch den Kopf.

Es war also doch wahr, was Chika ihm über den Bund der Schwarzen Klinge erzählt hatte – eine Einsicht, die ihm jetzt allerdings nichts mehr nützte. Denn schon in wenigen Augenblicken würde nichts mehr von ihm übrig sein als ein Häufchen Asche.

Jetzt hatte Wolf nur noch eine Chance. Er mußte versuchen, seinen unsichtbaren Gegner mit Hilfe seiner eigenen außergewöhnlichen Fähigkeiten zu orten. Da Suma inzwischen dazu übergegangen war, seine Kraft nach außen zu richten, waren seine Chancen, daß ihm das gelang, auch wesentlich höher. Jedenfalls konnte er die wellenförmigen

Schwingungen, die von ihm ausgingen, ganz deutlich spüren. Sie führten alle auf eine ganz bestimmte Stelle hinter der undurchdringlichen Wand aus Rohren zu, und das mußte die Stelle sein, von der Suma seine tödlichen Kräfte aussandte.

Das anfangs noch zaghafte Knistern der Flammen war inzwischen zu einem ohrenbetäubenden Prasseln angeschwollen, und die Rauchentwicklung war so stark, daß Wolf kaum mehr Luft bekam. Wenn er diesem Spuk nicht schnellstens ein Ende bereitete, würde er noch erstikken, bevor er verbrannte.

Er bündelte seine Konzentration und tastete im tiefroten Glühen seines Zweiten Gesichts nach einem Widerstand, der ihm Sumas Standort verraten hätte. Tatsächlich hatte er schon nach kurzem eine solche Stelle geortet. Instinktiv zog er seinen Revolver, sah jedoch rasch ein, daß er unter diesen Umständen unmöglich einen Schuß damit abfeuern konnte. Das Risiko, selbst von einem Querschläger getroffen zu werden, war eindeutig zu groß. Auch wenn er inzwischen ganz genau wußte, wo Suma war, nützte ihm seine Waffe dennoch nichts.

Inzwischen war die Hitze kaum mehr auszuhalten. Der Schweiß drang ihm aus allen Poren, und die Flammen kamen unaufhaltsam näher. Der Rauch war mittlerweile so dicht, daß jeder Atemzug von einem heftigen Hustenreiz begleitet wurde.

Als Wolf den Revolver zurücksteckte, streifte er mit der Hand über die am Drahtgeflecht hochlaufende Stromleitung. Mit letzter Kraft drehte er den Oberkörper so weit zur Seite, bis er das Kabel mit beiden Händen zu fassen bekam. Dann riß er es los und hielt es in die Flammen.

Die Isolierung war sofort geschmolzen. Die nackten Drähte, die darunter zum Vorschein kamen, schob Wolf behutsam zwischen den brennenden Rohren hindurch. Er war inzwischen von den Flammen so dicht eingekreist, daß ihm die Hitze die Haare auf Handrücken und Unterarmen versengte. Um sich dagegen notdürftig zu schützen zog er, so gut es ging, die Jackenärmel über seine Hände.

Und dann richtete er seine ganze Konzentration auf die wellenförmigen Schwingungen, die vom Zentrum des Feuers ausgingen. Immer näher schob er die blanken Drähte darauf zu. Alles, was er wahrnahm, war ein unheilvoll waberndes Dunkel, das zu atmen schien wie ein schlafendes Ungeheuer. Plötzlich ein heftiges Aufschrecken, begleitet von einem argwöhnischen Schnuppern, als hätte ihn das Untier gewittert. Aber nein, nicht ihn hatte es bemerkt, sondern die Energie der blanken Drähte . . . Und jetzt! Ein entschlossenes Zustoßen, mitten hinein ins Zentrum dieses alles verzehrenden Dunkels. Wildes Funkensprühen, begleitet von einem gellenden Schrei. Ein kurzes Aufflackern blinder Wut und ein Stromstoß, als wäre er selbst in Berührung mit dem Kabel gekommen.

Fast im selben Moment erloschen die Flammen, und ausgelöst durch die enorme Hitzeentwicklung prasselte endlich aus der Sprinkleranlage ein erlösender Wasserschwall auf ihn nieder. Nachdem die psychische Energie, die sie so lange blockiert hatte, endlich zum Erlahmen gekommen war, ließen sich die Rohre völlig mühelos beiseite schieben. Klatschnaß und heftig nach Atem ringend, bahnte sich Wolf einen Weg durch das Gewirr aus Rohren, doch auf der anderen Seite, wo er Suma zu finden gehofft hatte, war nichts.

Oder genauer: nicht Suma, aber immerhin etwas.

Auf dem Boden lag eine winzige Klinge. Er bückte sich, um sie aufzuheben und von der Asche zu säubern. Nachdem er sie eine Weile nachdenklich betrachtet hatte, steckte er sie in seine Jackentasche, zog seine Schuhe an und verließ die Halle.

Endlich im Freien, sog er begierig die frische Luft in seine Lungen. Davon mußte er jedoch so heftig husten, daß ihm schwarz vor den Augen wurde. Er beugte sich weit vornüber und atmete mehrere Male tief durch. Erst jetzt begann ihm allmählich zu Bewußtsein zu kommen, wie knapp er eben dem Tod entronnen war.

Er richtete sich wieder auf und setzte sich auf einen der massiven Eisenpoller am Rand des Piers. Als er sich erschöpft die Lippen leckte, löste sich ein Schweißtropfen auf seiner Zunge ...

... der junge Wolf schmeckt das Salz seines eigenen Schweißes. Obwohl hellwach, ist er der Überzeugung, die ganze Zeit über tief und fest geschlafen zu haben.

Er späht durch die Eingangsöffnung von White Bows Tipi. Sein Blick wandert von der reglosen Gestalt seines Großvaters zu der Strickleiter, die er aus Hanf, Sehnen und magischen Pfeilen für ihn geknüpft hat. An White Bows Seite kauert seine Mutter Open Hand. Ihre Hand liegt auf seinem Arm, und es scheint, als spräche sie mit ihm. Vielleicht betet sie auch nur und hält dabei die Essenz all seiner Träume in ihrem Schoß.

Durch die Menge, die sich in Erwartung von White Bows Tod vor dem Tipi versammelt hat, geht ein leises Raunen. Die Sonne hat fast den Horizont erreicht, kein Lufthauch bewegt das vertrocknete Gras. Der Himmel ist von einem so tiefen Blau, daß Wolf bei seinem Anblick die Tränen kommen. Dann fällt ein letzter blutroter Sonnenstrahl durch die Öffnung des Zelts, und einen Augenblick lang wird White Bows Haut noch einmal so straff und frisch wie in der Blüte seiner Jugend.

Doch im selben Moment verschwindet die Sonne bereits hinter den Bergen, das blutrote Licht verliert seine Leuchtkraft, und über White Bows Züge legt sich wieder wächserne Blässe. Wolf beginnt am ganzen Körper zu zittern, und in seinem Innern ertönt ein lang anhaltendes schwirrendes Geräusch, ähnlich dem, wenn ein Pfeil von der Sehne schnellt.

Und nun kommt jener seltsame Moment, an den sich Wolf nur ungern erinnert. Aber die Nähe des Todes, dem er eben nur mit knapper Not entronnen ist, läßt ihn mit lebhafter Deutlichkeit wieder aus seiner Erinnerung aufsteigen:

Mit einem Mal scheint die Zeit stillzustehen. Die Vögel haben aufgehört zu singen, die Grillen zu zirpen, die Fliegen zu summen, die Nacht hereinzubrechen.

Alles um ihn herum scheint wie in vollkommener Reglosigkeit erstarrt. Nur sein Geist wird von einer unsichtbaren Kraft aus seinem Körper gezogen. Das also ist es, was seine Mutter mit ›fliegen‹ gemeint hat. Mit einem Mal tritt er ein in die metaphysischen Welten seines Großvaters.

Er sieht seine Mutter, wie sie, am Lager White Bows kauernd, zwischen zwei Atemzügen innehält. Und genauso zögert ihr Herz, bevor es ein nächstes Mal schlägt. Und in diesem körperlosen Zustand erscheint ihm sein Großvater zum erstenmal als das, was er wirklich ist: ein Skelett mit einem grinsenden Totenschädel. Das ist alles, was von ihm übriggeblieben ist, und Wolf weiß, daß er tot ist. Das versetzt ihn in solche Angst, daß er einen Augenblick lang glaubt, auch er müsse sterben. Am liebsten würde er einfach aufspringen und weglaufen. Aber er ist unfähig, sich zu bewegen. Wie eine Fliege im Netz der Spinne ist er gefangen in einer fremden und unbekannten Welt.

In diesem Augenblick ›hört‹ er in seinem Innern die Stimme seines Großvaters. Sie fordert ihn auf, zu handeln. Er nimmt den kostbaren Hornbogen, legt den letzten Pfeil auf die Sehne und richtet ihn auf das Loch im Dach des Tipi.

Als er den Bogen spannt, sieht er White Bow, geschmeidig wie eine Katze, die Strickleiter hinaufklettern. Sein Großvater sieht ihn nicht an. Er ist ganz auf das Erklimmen der Leiter konzentriert, das wegen der scharfen Pfeilspitzen seine ganze Aufmerksamkeit erfordert.

Oben angelangt, hebt er mit nach außen gekehrter Handfläche seinen rechten Arm, und Wolf läßt den Pfeil von der Sehne schnellen. Leise schwirrend fliegt er davon, und als er White Bow erreicht, streckt dieser die Hand aus, ergreift den Schaft und läßt sich von ihm davontragen.

Wolf stellt sich direkt unter das Loch im Dach des Zelts. Wie ein Falke schwingt sich sein Großvater in die Lüfte. Höher und immer höher steigt er, bis er schließlich in der unermeßlichen Weite des Himmels ganz seinen Blicken entschwindet.

Im selben Augenblick löst sich der kostbare Hornbogen in Nichts auf, und tief in seinem Innern ertönt mit einem Mal die Stimme seines Großvaters: *»Schmal und beschwerlich ist der Pfad, der zum Leben führt, und nur wenigen ist es gegeben, ihn zu beschreiten.«*

»Wolf?«

Blinzelnd sah er in Chikas besorgtes Gesicht.

»Was haben Sie denn?«

Erst jetzt wurde ihm bewußt, daß er am ganzen Körper von heftigem Schluchzen geschüttelt wurde. Er war noch ganz erfüllt von den Gedanken an seinen Großvater, der sich nichts sehnlicher gewünscht hatte, als daß ihm sein Enkel auf dem spirituellen Pfad folgen möchte, den auch er beschritten hatte. *»Nicht mir hast du es zu verdanken, daß du dich auf diese Reise begeben konntest«,* hatte er Wolf einmal versichert. *»Dazu warst du nur aus eigener Kraft imstande.«* White Bow war sich schon lange der gewaltigen Kräfte bewußt gewesen, die tief im Innern seines Enkels schlummerten. *»Lerne kennen, was du in dir trägst, Wolf. Denn eines Tages wirst du davon Gebrauch machen müssen.«* Demnach hatte er von Anfang an gewußt, was eines Tages auf ihn zukommen würde. Er hatte die Zukunft vorhergesehen – *und Wolf hatte es die ganze Zeit gewußt.* Aber dieses Wissen hatte ihm damals solche Angst gemacht, daß er es sofort wieder verdrängt und sich eingeredet hatte, er hätte das Geschehen beim Tod seines Großvaters nur geträumt.

»Das wäre beinahe schiefgegangen«, redete Chika auf ihn ein. »Sie hätten Sumas Verfolgung auf keinen Fall allein aufnehmen dürfen. Er wäre ohne weiteres in der Lage gewesen, sie zu töten.«

Wolf stierte sie an, als hätte er kein Wort verstanden. Erst ganz allmählich fiel die seltsame Erstarrung von ihm ab. Als er sich schließlich mühsam aufrichtete, hatte er den Eindruck, als könne er das Blut plötzlich mit vermehrter Kraft durch seine Adern strömen spüren. »Jetzt verstehe ich endlich«, murmelte er gedankenversunken.

»Was verstehen Sie?« Chika sah ihn aufmerksam an.

»Warum Sie hier sind, warum der Bund der Schwarzen Klinge hinter mir her ist. Alles.«

4

Washington/Tokio

Jedesmal wenn Thornburg Conrad III. die Green Branches Clinic in Arlington, Virginia, aufsuchte, wurde er von seiner Frau Tiffany begleitet. Ein außenstehender Beobachter hätte sich diese immer häufigeren Besuche – inzwischen kam er dreimal wöchentlich in die Klinik – vermutlich damit erklärt, daß sich der alte Herr aufgrund seines fortgeschrittenen Alters regelmäßiger ärztlicher Behandlung unterzog, und in gewisser Weise wäre er mit dieser Annahme gar nicht so falsch gelegen.

Allerdings ließ sich Thornburg Conrad in der Green Branches Clinic nicht auf die typischen Altersleiden wie Arteriosklerose, überhöhten Blutdruck und dergleichen mehr untersuchen. Vielmehr hielten die Ärzte Ausschau nach irgendwelchen Anzeichen, daß sich sein natürlicher Alterungsprozeß zu verlangsamen oder gar umzukehren begann.

Die Green Branches Clinic gehörte übrigens niemand anderem als Thornburg Conrad III. selbst. Er hatte sie vor etwa fünfzehn Jahren aufgekauft, als das Krebsforschungszentrum, das sie damals noch beherbergt hatte, wegen finanzieller Schwierigkeiten seine Pforten schließen mußte.

Nachdem Thornburg die Klinik übernommen hatte, ließ er erst einmal die gesamte Belegschaft gründlich überprüfen. Anhand der daraus gewonnenen Erkenntnisse entschied er, wer von den Ärzten und technischen Mitarbeitern entlassen beziehungsweise in ein neues Arbeitsverhältnis übernommen wurde. Gleichzeitig bemühte er sich, die besten Leute auf dem Gebiet der Endokrinologie, der Gerontologie und der Biogenetik für eine Mitarbeit an dem von ihm geplanten Forschungsprojekt zu gewinnen. Von nun an sollte die Green Branches Clinic nämlich nur noch einem Zweck dienen: das Leben von Thornburg Conrad III. zu verlängern.

Auch wenn er zur Verwirklichung dieses Ziels keine Kosten und Mühen scheute, ging Thornburg Conrad III. keineswegs jedem dahergelaufenen Quacksalber auf den Leim, der ihm Hoffnungen auf die ewige Jugend machte. Im Gegenteil, er war auf diesem Gebiet so gut belesen, daß er sehr wohl die Spreu vom Weizen zu trennen wußte und binnen kürzester Zeit eine Reihe von hochkarätigen Forschungsteams um sich geschart hatte.

Mit der künstlichen Herstellung menschlichen Wachstumshormons, dem insulinähnlichen Wachstumsfaktor 1, war seinen Leuten auch schon sehr bald ein recht beachtlicher Anfangserfolg geglückt, der Anlaß zu hochgesteckten Erwartungen gab. Wie es anfänglich schien, ließen sich durch dieses äußerst komplexe Protein bei der Regeneration altersbedingt geschwächten Muskel- und Organgewebes ganz erstaunliche Resultate erzielen. Bereits nach einer sechsmonatigen Behandlung mit diesem neuen Mittel stellte sich eine Verjüngung um zwanzig Jahre ein. Doch dann machten sich rasch die ersten Nebenwirkungen bemerkbar: Herzversagen, Diabetes, Nierenbeschwerden sowie groteske Schwellungen an Gesicht und Händen. Daraufhin nahm man verschiedene Modifikationen an dem neuen Mittel vor, durch die sich das Auftreten dieser unangenehmen Nebenerscheinungen aber nur geringfügig verzögern und keineswegs ganz abstellen ließ.

Als Thornburg Conrad III. nun die Empfangshalle der Klinik betrat, stieg ihm als erstes jener seltsame Geruch in die Nase, der vielen Krankenhäusern anhaftet. Ihm entging nicht, daß auch Tiffany an seiner Seite unwillkürlich die Nase rümpfte und kurz den Atem anhielt, so daß sich ihre makellosen Brüste abrupt hoben.

»Übrigens habe ich gestern nacht von der Klinik geträumt«, sagte sie unvermittelt. »Wußtest du eigentlich, daß ich das in letzter Zeit immer tue? Ob das wohl etwas Bestimmtes zu bedeuten hat?«

»Keine Ahnung.« Thornburg Conrad nickte den Sicherheitsbeamten am Eingang zu. »Und was hast du geträumt?«

»Daß ich nackt war. Wenn ich von der Klinik träume, bin ich immer nackt. Zwei Männer in weißen Kitteln gaben mir eine Spritze, worauf ich mich in einen Frosch verwandelte – einen grasgrünen Frosch auf einem Seerosenblatt.«

»Und? War das schon alles?« Sie gingen auf den Lift zu, dessen Tür sich auf ihr Nahen hin automatisch öffnete. Thornburg Conrad nahm seine junge Frau am Arm und betrat mit ihr die Kabine. Darauf schlossen sich die Türen wieder, und der Lift fuhr drei Stockwerke tiefer.

»Nein«, sagte Tiffany. »Du bist auch darin vorgekommen. Du warst noch ein kleiner Junge und hast am Ufer gespielt. Da kam plötzlich eine Mücke an mir vorbeigeflogen. Meine Zunge schoß vor – du weißt schon, so eine lange, dünne, wie Frösche sie eben haben – und schwupp! hatte ich sie verschlungen. Die Mücke war bis oben hin mit Blut vollgesaugt, und irgendwie wußte ich, daß sie dich gerade gebissen hatte. Ich schluckte also dein Blut. Komischerweise war mein erster Gedanke der, ob ich jetzt Fleisch gegessen hätte.« Tiffany war nämlich überzeugte Vegetarierin. »Jedenfalls war es kein besonders schöner Traum. Aber das sind die Träume von der Klinik nie.«

»Das tut mir aufrichtig leid, meine Liebe.« Thornburg tätschelte ihre sorgfältig manikürte Hand. »Aber zum Glück ist das Ganze ja nun bald ausgestanden.« Als eine Frau in einem weißen Kittel auf sie zukam, verzog er seinen Mund zu einem Lächeln. »Ach, Frau Dr. Shepherd, wie immer auf die Minute pünktlich.«

Die Ärztin, eine resolute Mittfünfzigerin mit zu stark ergrautem Haar und zu wenig Make-up, mußte lachen. Ihren farblosen Augen hinter der modischen Brille haftete der typisch emotionslos-durchdringende Blick des geborenen Wissenschaftlers an. »Aber Sie wissen doch, daß uns die Sicherheitskräfte am Eingang unverzüglich von Ihrem Kommen benachrichtigen, Mr. Conrad. Wir sind immer für Sie da – und für unsere Patientin.« Sie wandte sich Thornburg Conrads Frau zu. »Und? Wie fühlen wir uns heute, Tiffany?«

»Es geht.«

»Keine Bauchschmerzen, kein Ziehen in der Brust, keine Verstopfung? Mit dem Wasserlassen alles normal?«

»Genau wie immer.«

»Wunderbar.« Dr. Shepherd legte den Arm um Tiffany Conrad. »Kommen Sie bitte mit. Ich werde Sie mir gleich mal ansehen.«

»Aber ich werde doch nicht in einen Frosch verwandelt?« sagte Tiffany. »Ich habe nämlich geträumt, ich wäre ein Frosch und würde Blut schlucken. Menschliches Blut.«

»Da machen Sie sich mal keine Gedanken«, beruhigte sie Dr. Shepherd. »Das bedeutet nichts weiter, als daß Sie sich erst noch an die Diät gewöhnen müssen, die wir Ihnen verordnet haben. Sie haben früher eben ziemlich viel Fleisch gegessen.«

»Aber das ist doch vollkommen unmöglich. Mir wird schon bei dem bloßen Gedanken an Fleisch übel.«

Die Ärztin warf Thornburg Conrad einen vielsagenden Blick zu und führte Tiffany zu einem mit weißem Papier ausgelegten Untersuchungstisch. »Wenn Sie sich jetzt bitte ausziehen würden, Tiffany.«

Gemächlich legte Tiffany ein Kleidungsstück nach dem anderen ab und faltete jedes sorgfältig zusammen. Als sie damit fertig war, legte sie sich auf den Untersuchungstisch.

Als erstes rieb Dr. Shepherd ein Stück Haut an der Innenseite ihres Oberschenkels prüfend zwischen Daumen und Zeigefinger. »Farbe und Tonus könnten nicht besser sein. Und was das Erstaunlichste ist: Sie haben kein Gramm Fett zuviel.« Sie griff nach einem braunen Ordner, in dem sie sich immer ein paar Notizen machte, während sie mit der Untersuchung fortfuhr. Dabei nahm sie Tiffany auch etwas Blut ab, das sie in drei Reagenzgläser abfüllte, die sie anschließend sorgfältig verschloß und beschriftete. Als sie damit fertig war, lächelte sie Tiffany aufmunternd zu. Dann wandte sie sich Thornburg Conrad zu und flüsterte: »Könnte ich Sie vielleicht mal kurz unter vier Augen sprechen?«

Wortlos folgte er Dr. Shepherd aus dem Untersuchungszimmer in einen der zahlreichen Laborräume der Klinik, wo sich die Ärztin an einen Computer setzte und ein paar Befehle eingab. Darauf erschienen auf dem Bildschirm eine Reihe äußerst komplexer Muster, die sich ständig kaum merklich veränderten, so daß der Eindruck entstand, als hätte man es nicht bloß mit einer Computersimulation zu tun, sondern als betrachtete man unter dem Mikroskop einen lebendigen Organismus.

Nach einer Weile drehte sich die Ärztin zu ihm um. »Wegen des geringen Anteils an roten Blutkörperchen haben wir schon befürchtet, sie könnte an Anämie leiden. Aber wie sich gerade zeigt, sind ihre Werte inzwischen schon wieder wesentlich besser.«

Instinktiv spürte Thornburg Conrad, daß das noch nicht alles war. »Sprechen Sie ruhig weiter, Frau Doktor. Ich bin nicht hier, um mir etwas vormachen zu lassen.«

»Natürlich nicht.« Die Ärztin nickte. »Seit kurzem hat sich die Zahl der weißen Blutkörperchen etwas erhöht. An sich ist das noch kein Grund zur Beunruhigung, deshalb nehmen wir auch an, daß das Ganze auf eine leichte Infektion zurückzuführen ist.«

»Aber sicher sind Sie sich da nicht?«

Dr. Shepherd schüttelte den Kopf. »Nein, Mr. Conrad. Schließlich ist das alles auch für uns noch vollkommenes Neuland. Und in Anbetracht des Ausgangs des letzten Experiments . . .«

Thornburg machte einen Schritt auf sie zu. »Ihnen ist doch hoffentlich klar, daß der Zeitfaktor eine ganz entscheidende Rolle spielt.«

»Dessen bin ich mir sehr deutlich bewußt.«

»Sind Sie sich da auch ganz sicher?« schnaubte er verächtlich. »Kommen Sie mir bitte nicht mit Ihrem wissenschaftlichen Hokuspokus, Frau Doktor. Sie wissen, daß Sie für mich das Elixier des ewigen Lebens finden sollen. Und womit können Sie bisher aufwarten? Mit absolut nichts, wenn man von ein paar ganz passablen Anfangserfolgen absieht, die sich jedoch auf lange Sicht hin als Fehlschläge entpuppt haben.« Er dachte an Tiffany, deren sonnengebräunte Haut unter einer dicken Lotionschicht golden glänzte. »Dennoch habe ich mich nicht entmutigen lassen. Gerade in meinem Alter muß ein Mann mehr denn je versuchen, seine Träume zu verwirklichen.« Er warf Dr. Shepherd einen verschlagenen Blick zu. »Ich mag ja vielleicht alt sein, aber verkalkt bin ich deswegen noch lange nicht. Vergessen Sie das bitte nicht.«

»Keineswegs, Sir.« Sie holte tief Luft und wandte sich wieder dem Computer zu. »Wenn Sie sich bitte mal diese Computersimulation ansehen würden.«

Im großen und ganzen wußte Thornburg Conrad, womit er es zu tun hatte. Schließlich basierte das neue Forschungsprogramm zur Entwicklung eines den Alterungsprozeß hemmenden Mittels im wesentlichen auf seinen eigenen Ideen. Anstatt jedoch jedes neue Medikament, wie sonst in der Pharmaforschung üblich, erst in endlos langen Versuchsreihen auf seine Wirkungsweise zu erproben, wurde bei der völlig neuartigen Methode, die bei diesem Projekt zur Anwendung gelangte, erst die molekulare Struktur der zu behandelnden Erkrankung genauestens analysiert. Ausgehend von den dabei gewonnenen Erkenntnissen, wurde anschließend von einem speziell für diesen Zweck geschaffenen Computerprogramm ein exakt auf das individuelle Krankheitsbild abgestimmtes Gegenmittel errechnet.

In diesem speziellen Fall ging es nun um die Entwicklung eines Mittels, das eine ganz bestimmte Wirkung auf den menschlichen Organismus haben sollte. Eine wichtige Rolle spielte dabei der insulinähnliche Wachstumsfaktor 1. Da man die Molekularstruktur dieses Hormons jedoch selbst mit dem stärksten Elektronenmikroskop nicht erkennen konnte, hatte man eine Methode entwickelt, mit deren Hilfe sich das Hormon in kristalliner Form künstlich herstellen ließ. Indem man es außerdem massiver Röntgenstrahlung aussetzte, ließ sich ein diffragiertes Bild seiner Molekularstruktur herstellen, das in den Computer eingegeben werden konnte.

Dieser Schritt hatte zu einer überraschenden Erkenntnis geführt. Das Hormon schien nämlich in bestimmten Abständen sogenannte ›Leerräume‹ zu enthalten, für die es nach Ansicht der Experten nur eine Erklärung gab: Sie mußten ein bisher noch unbekanntes Element enthalten haben. Mit anderen Worten: Alles deutete darauf hin, daß der verschiedenen Versuchspersonen entnommene insulinähnliche Wachstumsfaktor 1 unvollständig war. Und nun galt es vor allem herauszufinden, worum es sich bei diesem fehlenden Element handelte.

»Was Sie hier sehen, ist eine Darstellung der Enzymverbindungen, die wir für die wirksamsten halten und die wir deshalb ihrer Frau verabreicht haben.« Dr. Shepherds Finger huschten über die Tastatur, und wenige Augenblick später schob sich eine gelbe Raute in einen der ›Leerräume‹ in der Molekularstruktur des insulinähnlichen Wachstumsfaktors 1.

»Wie Sie sehen, könnte diese Enzymverbindung von der Form her gar nicht besser passen«, führte Dr. Shepherd dazu aus. »Außerdem wurde sie geradezu magnetisch von dem Hormon angezogen.« Sie stand auf. »Und im großen und ganzen kann man ja auch schon sagen, daß die Sache funktioniert. Sie haben selbst die erstaunlichen Veränderungen gesehen, die sich seit kurzem bei Ihrer Frau bemerkbar machen.« Seufzend steckte sie die Hände in die Taschen ihres Kittels. »Dummerweise steht allerdings zu befürchten, daß wir früher oder später wieder mit demselben Problem konfrontiert werden, das uns schon seit Beginn unserer Versuche mit den verschiedenen Enzymverbindungen zu schaffen macht. Wie alle anderen Medikamente hat auch dieses Mittel eine Halbwertzeit. Das heißt, seine Wirkung läßt konstant nach.

Und je mehr das der Fall ist, desto mehr stellen sich unerwünschte Nebenwirkungen ein.«

»Wie die erhöhten Leukozytenwerte?«

Dr. Shepherd sah ihn ernst an. »Wir müssen Tiffanys Zustand täglich überwachen. Deshalb halte ich es für das Beste, sie bis auf weiteres in der Klinik zu behalten.«

Niedergeschlagen starrte Thornburg auf den Bildschirm, auf dem wieder einmal ein zaghaft aufkeimender Hoffnungsschimmer zunichte gemacht worden war. »Warum müssen wir nur alle älter werden!« Thornburg wandte sich ab, damit Dr. Shepherd den feuchten Glanz in seinen Augen nicht sehen konnte. Als er sich wieder einigermaßen im Griff hatte, sagte er: »Warum können Ärzte eigentlich nie eindeutige Aussagen machen?«

»Dazu sind wir nur im Fall des Todes imstande«, erwiderte Dr. Shepherd. »Aber in der immensen Grauzone zwischen Leben und Tod stehen uns nur unsere menschlichen und somit unzulänglichen Erkenntnismöglichkeiten zur Verfügung.«

»So ungefähr, als ob man ohne Radar oder sonstige Ortungshilfen einfach aufs Geratewohl durch dichten Nebel segeln würde?«

»So könnte man es auch nennen. Sollten Sie mich darauf allerdings je festnageln wollen, kann ich Ihnen jetzt schon versichern, daß ich rundweg abstreiten werde, jemals etwas Derartiges gesagt zu haben. Schließlich möchte ich nicht die Ärztekammer am Hals haben.« Über ihre Lippen legte sich ein bitteres Lächeln. »Wir tun hier wirklich unser Bestes, Mr. Conrad. Und glauben Sie mir: Das ist nicht nur eine leere Floskel.«

»Ich weiß«, nickte er niedergeschlagen. Thornburg Conrad III. mochte Dr. Shepherd. Sie war eine intelligente Ärztin und versuchte ihm nichts vorzumachen. »Ich möchte jetzt wieder zurück zu meiner Frau.«

»Aber selbstverständlich. Vorher sollten wir allerdings auch noch Ihnen Blut abnehmen und ein paar Röntgenaufnahmen von Ihnen machen.«

Thornburg nickte.

»Wissen Sie übrigens«, sagte Dr. Shepherd, als sie seinen Arm abtastete, »daß Sie mittlerweile den Muskeltonus eines Fünfundvierzigjährigen haben?«

»Und ohne irgendwelche Nebenwirkungen?«

»Wenn man mal von den Polypen im Dickdarm absieht, die wir Ihnen rausnehmen mußten. Wir verwenden bei Ihnen ein Derivat des Serums, das Ihre Frau bekommt. Aber vielleicht hat dabei auch eine gewisse Rolle gespielt, daß Ihr Blut gewisse Abweichungen von dem Ihrer Frau aufweist.«

»Sie meinen, weil wir verschiedene Blutgruppen haben?«

»Nein. Ihre Blutzusammensetzung weist gewisse Besonderheiten auf, die ich mir vorerst nur aufgrund Ihrer japanischen Abstammung erklären kann.«

»Frau Doktor, meine Urgroßmutter hatte möglicherweise – und ich möchte ausdrücklich betonen: möglicherweise – etwas japanisches Blut in ihren Adern. Ziehen Sie daraus also nicht gleich irgendwelche voreiligen Schlüsse, und gehen Sie mir damit vor allem nicht an die Öffentlichkeit. Davon wissen nämlich nicht einmal meine Kinder etwas.«

»Sie können diesbezüglich voll auf mich zählen, Mr. Conrad.«

Als Thornburg Conrad wenig später seine Frau, nackt und makellos wie eh und je, auf dem weißen Untersuchungstisch liegen sah, erschien sie ihm so vollkommen wie ein Gemälde oder ein Traum. Darüber vergaß er fast, wie alt sie in Wirklichkeit schon war, und er dankte Gott, daß er ihm ersparte, sich zu oft daran zu erinnern.

»Hättest du es lieber, wenn ich ein Junge wäre?« fragte die junge Japanerin.

Shoto Wakare lachte. Er hielt ihr schönes Gesicht zwischen seinen Händen. »Ich bräuchte dich nur wie einen Jungen zurechtzumachen, und du wärst reizender und vollkommener als jeder echte Knabe.«

Er küßte sie mit solcher Inbrunst auf die Stirn, daß ihr Herz unwillkürlich etwas schneller zu schlagen begann. »Ganz abgesehen davon könnte es in geistiger Hinsicht auch kein Junge mit dir aufnehmen.«

In dem schwach erleuchteten Raum roch es wie immer: nach Bier und Zigaretten. Wakare kam schon seit mehreren Jahren in diesen *akachochin,* einen der unzähligen Nachtclubs von Tokio. Denn gerade in Japan, wo das Alltagsleben so strengen Reglementierungen unterworfen war wie sonst in kaum einem anderen Land, nahmen solche Freiräume, in denen ein Mann nach den extremen Zwängen eines harten Arbeitstags etwas Dampf ablassen konnte, eine außerordentlich wichtige Ventilfunktion ein. In einem *akachochin* war gewissermaßen alles erlaubt, was sonst absolut tabu war: Hier konnte sich ein Mann sinnlos betrinken und nach Herzenslust seinen geheimen Lüsten frönen, ohne befürchten zu müssen, das Gesicht zu verlieren.

Mita – so hieß die junge Frau, die Wakare in den Armen hielt – strich ihm mit routinierter Zärtlichkeit über die Stirn. Sie verfügte über die seltene Gabe, ihren Kunden ein Gefühl tiefer und ehrlich empfundener Zuneigung zu vermitteln – eine Fähigkeit, die in Japan sehr hoch geschätzt wurde.

Natürlich schlief Wakare auch mit Mita. Aber das war nur einer von vielen Gründen, aus denen er sich mit ihr traf. Denn was Mita über das Sexuelle hinaus zu bieten in der Lage war, hätte er bei einer anderen Frau nicht so leicht finden können.

Mit einem tiefen Seufzer ließ sich Wakare in ihre Arme sinken. Er hatte bereits sechs Karaffen Sake getrunken; das war selbst für ihn ein beträchtliches Quantum. Aber nach dem anstrengenden Tag, den er hinter sich hatte, war ihm jedes Mittel recht, um abschalten zu können.

»Wieso gibt es eigentlich keine Gerechtigkeit in der Welt?« geriet er ins Sinnieren. »Manchmal könnte man wirklich meinen, wir wären allesamt verrückt geworden. Falls dem tatsächlich so sein sollte, wüßte ich wenigstens, warum Mishima Harakiri verübt hat. Offensichtlich hat er vorausgesehen, daß es so kommen würde, und diese Schande mitanzusehen, war er offensichtlich nicht bereit.«

»Mishima war einfach zu sehr den alten Traditionen und Werten verhaftet«, hielt Mita dem entgegen.

»Keineswegs. Mishima war sich sehr deutlich bewußt, daß die alten Werte längst tot sind. Er konnte nur nicht ertragen, daß das, was er noch einmal zu neuem Leben erwecken wollte, längst unwiederbringlich verloren war.«

Für Mita waren diese tiefschürfenden Gespräche nichts Neues. »Und deshalb meinst du, es gäbe keine Gerechtigkeit in der Welt?«

»Natürlich nicht.« Wakare schüttelte den Kopf und leckte sich die Lippen, als wolle er gleich noch einmal sechs Karaffen Sake in sich hineinschütten. »Das hat wesentlich persönlichere Gründe. Man verlangt von mir, daß ich einen Freund verrate – genaugenommen sogar meinen besten Freund. Und ich habe keine andere Wahl. Ich muß es tun. *Giri.* Ich stehe tief in der Schuld der Person, die mich darum gebeten hat.«

»Erst wenn das Leben schwer ist, wird es auch sinnvoll«, erwiderte Mita lakonisch.

Wakare sah sie fragend an. »Das glaubst du doch nicht im Ernst?«

Sie nickte. »Nur so ist das Leben für mich zu ertragen. Wenn ich das nicht glauben würde, stünde ich vor dem totalen Nichts.«

Mit einem nachdenklichen Brummen ließ sich Wakare wieder zurücksinken. Als sie ihn zärtlich zu streicheln begann, schloß er die Augen. »Zu dumm, daß es ausgerechnet mein Freund sein mußte und nicht sein Schwager!« fuhr er nach einer Weile fort. »Bei Hiroto hätte ich keinerlei Gewissensbisse gehabt. Er ist habgierig, hinterhältig und voller Neid auf Yujis Erfolge.« Er seufzte. »Da Hiroto keinen Funken Ehrgefühl hat, wäre es allerdings auch keine besondere Leistung, ihn zu korrumpieren.«

»Aber wenn es dir mit deinem Freund Yuji gelänge, wäre das durchaus mit einem gewissen Erfolgserlebnis verbunden?«

Wakare sagte zwar nichts, aber Mita entging nicht, daß der Anflug eines Lächelns über seine Lippen huschte. Eine Stunde später, nachdem er sich gründlich auf und in ihr verausgabt hatte und sie ihn schließlich in einem seligen Taumel aus Liebesglück und Alkohol nach Hause geschickt hatte, kehrte sie auf ihr Zimmer zurück.

»Haben Sie etwas gehört oder gesehen, was Ihnen in irgendeiner Weise weiterhelfen könnte?« fragte sie die Frau, die dort auf sie wartete. Sie war sehr schön und wirkte so jung, daß Mita trotz ihrer Jugend ohne weiteres ihre Mutter hätte sein können.

»Eine ganze Menge«, antwortete Evan und händigte Mita einen dikken Umschlag mit Yen-Noten aus. »Aber am vielsagendsten war sein Lächeln.«

Ham saß in einem Restaurant an der Columbia Road und blickte wehmütig auf die Tische draußen auf dem Gehsteig hinaus. Im Sommer spendeten dort bunt gestreifte Sonnenschirme Schatten und verliehen dem Lokal etwas vom Flair eines Pariser Cafés.

Er hatte eine Tasse Kaffee vor sich stehen. Es war kurz vor Mittag, und das Lokal füllte sich mit elegant gekleideten Damen, die auf einem ausgedehnten Einkaufsbummel eine kurze Verschnaufpause einlegten.

Dann entdeckte er Marion Starr St. James. Sie trug einen engen Minirock in einem goldenen Braunton, einen breiten schwarzen Gürtel und eine bernsteinfarbene Seidenbluse. Ihre Füße steckten in hochhackigen, knöchelhohen schwarzen Stiefeln. Den Mantel hatte sie sich lässig über den Arm geworfen.

Es gab im ganzen Lokal niemanden, der sich nicht nach ihr umdrehte – die Männer mit bewundernden, die Frauen mit neidischen Blicken. Ham erfüllte es mit stillem Triumph, daß sie gleich an seinem Tisch Platz nehmen würde.

Gerade bevor sie sich zu ihm setzte, bemerkte Ham an einem Tisch am anderen Ende des Cafés eine hübsche blonde Frau, die ihm vage bekannt vorkam. Sie war groß und schlank und sehr modisch gekleidet und beobachtete Marion mit wahren Argusaugen. Woher kenne ich diese Frau nur? überlegte Ham angestrengt.

Doch im selben Augenblick stieg ihm Marions würziges Parfüm in die Nase, und ihr strahlendes Lächeln ließ ihn die andere Frau rasch vergessen. »Auf die Minute pünktlich«, begrüßte er sie. »Das mag ich.«

Sie schmollte. »Du bist so früh gegangen, daß ich mich auf die andere Seite gedreht und das Laken in Fetzen gerissen habe.«

»Im Ernst?«

»Was denkst du denn?« Sie sah ihn auf ihre unnachahmliche Weise an. »Ich habe dein Kissen ganz fest an mich gedrückt und mir vorgestellt, es wärst du.«

Wenn sie so etwas sagte, hätte sie alles mit ihm machen können. »Und woran hast du dabei gedacht?«

Marion bestellte sich erst etwas zu trinken, bevor sie sich wieder

Ham zuwandte. »Ich habe mir vorgestellt, wie du all die wundervoll verruchten Dinge mit mir tust, um die ich dich gestern nacht nicht zu bitten gewagt habe.«

Er lachte. »Du machst mir aber gar nicht den Eindruck einer Frau, der es für so was am nötigen Mut fehlt.«

»Das ist doch alles nur Theater«, gab sie freimütig zu. »Nichts weiter als eine Maske, hinter der ich mich verstecke – genau wie alle anderen auch. Im Grunde genommen sind wir doch alle sehr, sehr leicht verletzlich und lassen lieber nicht gleich jeden wissen, was hinter der Fassade tatsächlich vorgeht.«

»Hört sich ja hochinteressant an«, meinte Ham. »So etwas könnte auch Mata Hari gesagt haben.«

»In gewisser Weise sind wir ja auch alle Spione, oder nicht? Wir tun nichts lieber, als uns hinter unseren Masken zu verbergen und gleichzeitig die Schwächen der anderen auszuforschen, um einen Blick hinter ihre Fassade werfen zu können. So sind die Menschen nun mal. Nichts anderes haben auch wir gestern abend an Bord deiner Jacht getan. Du brauchst dir erst gar nicht die Mühe zu machen, das zu leugnen.« Sie legte ihm den Zeigefinger auf die Lippen. »Jedenfalls bist du niemand, der gleich jedem die Wahrheit erzählt, nicht wahr?« Sie lächelte. »Ich würde zu gern wissen, wie Hampton Conrad als kleiner Junge war. Ich glaube, ich sollte unbedingt mal mit deinen Eltern sprechen.«

»Hast du etwa vor, meine Grabrede aufzusetzen? Im übrigen kannst du dir die Mühe sparen. Meine Mutter ist tot, und aus meinem Vater bekämst du kein Sterbenswörtchen heraus.«

Marions Campari kam. Sie nahm einen Schluck und sagte: »Mein Gott, was ist denn plötzlich in dich gefahren?« Sie schob ihr Glas beiseite. »Vielleicht sollten wir unser Mittagessen auf ein andermal verschieben, wenn du wieder besserer Laune bist.«

Ham drückte ihr das Glas in die Hand. »Bitte bleib. Manchmal machen mir meine beruflichen Sorgen eben ganz schön zu schaffen.«

»Mit anderen Worten: Du bist genau wie alle anderen.«

Ham entging nicht, wie hart ihr Gesicht werden konnte, wenn sie wütend war. »Tut mir leid, daß ich meinen Ärger an dir ausgelassen habe.«

»Nein«, erklärte sie bestimmt. »Das ist nicht der wahre Grund.«

»Na schön«, lenkte er ein. »Ich gebe zu, daß ich nicht gern über mich spreche. Ich mag es nicht, wenn jemand seine Nase in meine Privatangelegenheiten steckt.«

»Aber Ham, ich wollte doch nur . . .« Sie senkte den Blick, und als sie wenig später wieder aufschaute, schmolz er auf der Stelle dahin. »Natürlich habe ich die Laken nicht zerfetzt, obwohl ich gute Lust dazu gehabt hätte. Dazu hatte ich zuviel Angst.«

»Angst? Wovor?«

»Daß du einen Blick hinter die Fassade werfen und dort etwas zu sehen bekommen könntest, was dir nicht gefällt.«

»Das ist doch vollkommen absurd. Ich war geradezu begeistert von dem, was ich gestern nacht zu sehen bekommen habe – und zu fühlen.«

»Das will noch nicht viel heißen«, murmelte sie darauf leise. »Die Sache ist folgende: Mein Vater war zwar in vieler Hinsicht ein außergewöhnlicher Mensch – ein echter Patriot vom alten Schrot und Korn. Tatsache ist aber auch, daß er nicht gerade nett zu mir – und zu meiner Mutter – war. Wenn er überhaupt mal nach Hause kam, war er so betrunken, daß er kaum mehr geradestehen konnte. Meistens wollte er dann mit ihr schlafen, schaffte es aber natürlich nicht mehr. Er hatte eine solche Fahne, daß man ihn schon hundert Meter die Straße runter riechen konnte. Und dann hat er seine Wut an ihr ausgelassen, als ob sie an seiner Impotenz schuld gewesen wäre. Wenn er sie geschlagen hat, dann vermutlich vor allem deshalb, weil er sich dadurch wieder etwas in seiner Männlichkeit bestätigt sah – und weil er so voller Haß war. Er haßte die Reichen, die Protestanten – und vor allem natürlich die Engländer.« Sie senkte den Blick. »Ich habe ziemlich lange gebraucht, um ein halbwegs normales Verhältnis zu Männern zu bekommen. Jedenfalls habe ich einige von ihnen durch meine abweisende Art ganz schön verunsichert.« Sie zuckte mit den Schultern. »Manchmal glaube ich, daß ich in dieser Hinsicht immer noch massive Probleme habe.«

»Unsinn«, versuchte sie Ham zu trösten. »Du bist völlig in Ordnung so, wie du bist.«

Lächelnd nahm sie einen Schluck von ihrem Campari Soda.

Nach längerem Schweigen fuhr Ham fort: »Meine Eltern hatten auch kein sonderlich gutes Verhältnis. Mein Vater hat meine Mutter nie richtig für voll genommen. Letzten Endes diente sie ihm nur zur Staffage – ein weiteres Zeichen seines Erfolgs. Ich habe ziemlich lange gebraucht, bis ich merkte, daß beide ihr eigenes Leben lebten. Schließlich stellt es für ein Kind einen gewaltigen Schock dar, wenn es feststellen muß, daß sich seine Eltern nicht besonders mögen.«

»Hast du denn nicht Partei ergriffen?«

»Das habe ich natürlich versucht. Da meine Mutter von Anfang an die schlechteren Karten hatte, habe ich mich ganz automatisch auf ihre Seite geschlagen. Aber um das wirklich zu verstehen, müßtest du meinen Vater kennen. Er war schon seit jeher eine extrem dominante Persönlichkeit. Wenn er etwas sagte, dann gab es für mich nichts mehr daran zu rütteln. Sein Wort war gewissermaßen Gesetz.« Er ließ den Blick in die Ferne schweifen. »Vermutlich war mir seine Anerkennung so wichtig, daß ich nicht wagte, meine Mutter gegen ihn zu verteidigen. In gewisser Weise habe ich sie genauso mißachtet wie mein Vater. Aber da ich durch diesen Verrat ihm ähnlicher wurde, habe ich mich damit begnügt, mich für mein Verhalten lediglich zu schämen, ohne jedoch jemals einen Versuch zu unternehmen, etwas daran zu ändern.«

Impulsiv beugte sie sich vor und küßte ihn zärtlich auf den Mund. Ihr Gesicht wirkte plötzlich sehr weich und verletzlich. »Du bist so völlig anders als die Männer, die ich bisher kannte.« Sie strich ihm über die Stirn. »Wenn du mich küßt, ist das ein unvergleichliches Gefühl.«

Ham war halb entsetzt, halb erleichtert, daß er ihr erzählt hatte, was ihn schon so lange bedrückte. Und als er ihr tief in die Augen schaute, war es, als verlöre er sich darin.

Marion schob ihr Glas beiseite. »Glaubst du, daß du jetzt in der Stimmung bist, über etwas sehr Sündhaftes zu sprechen?«

»Das hängt ganz davon ab, was es ist.«

»Etwas, woran ich heute morgen ständig denken mußte, als ich mich an dein Kopfkissen gekuschelt habe.« In diesem Moment brachte ihnen ein Kellner die Speisekarten. Marion winkte jedoch sofort ab. »Danke, ich möchte nichts essen.«

»Wenigstens einen Salat?« redete ihr Ham gut zu. Als sie jedoch nur den Kopf schüttelte, bestellte er für sich zwei Cheeseburger mit Pommes frites und Zwiebelringen sowie einen Sechserpack Cola. »Und bringen Sie bitte einen Weinkühler für die Cokes«, trug er dem Kellner auf.

»Du erwartest doch hoffentlich nicht, daß ich dir dabei helfe?« sagte Marion.

»Keine Sorge. Dann hätte ich mehr bestellt.«

Bis das Essen kam, unterhielten sie sich über allerlei Nebensächlichkeiten, doch sobald Ham sich über seine Cheeseburger hermachte, kam sie unverzüglich zur Sache. »Um auf meinen Vorschlag zurückzukommen: Es geht dabei um Extant Exports, die Firma, für die ich arbeite. Sie gehört zwei Cousins von mir, zwei ziemlichen Unsympathen, die sich ständig in den Haaren liegen. Das Gehalt, das sie mir zahlen, ist zwar nicht der Rede wert, aber zumindest was meine Spesenabrechnungen betrifft, nehmen die beiden es nicht so genau. Wieso auch? Sie können ja sowieso alles abschreiben. Nun halte ich allerdings schon seit einiger Zeit nach einer Möglichkeit Ausschau, wie auch ich ein bißchen vom glänzenden Gang unserer Geschäfte profitieren könnte.«

»Von dieser Idee dürften deine Cousins allerdings weniger begeistert sein«, brummte Ham zwischen zwei Bissen.

»Natürlich nicht«, sagte Marion. »Ich habe ja auch nicht vor, ihnen etwas von meinen Plänen zu erzählen.«

»Und was hast du nun genau im Sinn?«

»Wir werden einfach hin und wieder eine ganze Schiffsladung für uns abzweigen.«

Um ein Haar hätte sich Ham verschluckt. »Was heißt hier ›wir‹?«

»Ganz einfach: du und ich. Mir war von Anfang an klar, daß ich dafür einen Partner brauche. Und mit deinem militärischen Organisationstalent wärst du dafür genau der richtige . . .«

»Jetzt mach aber mal einen Punkt.«

»Was soll das heißen?«

»Genau das, was ich gesagt habe. Dein Vorschlag läuft doch auf nichts anderes hinaus, als daß du deiner Firma ganze Schiffsladungen stehlen willst und ich mich daran beteiligen soll. Bist du denn vollkommen verrückt geworden?«

»Ehrlich gesagt, kann ich dir deine Reaktion nicht einmal verdenken.« Sie sah ihn an. »Weißt du eigentlich, daß du beim Essen plötzlich wieder wie ein kleiner Junge aussiehst? Wenn man dir so zusieht, könnte man fast selbst Hunger kriegen.«

»Dann nimm dir doch was.« Auffordernd schob er ihr seinen Teller zu.

»Ich hatte dabei eigentlich weniger ans Essen gedacht«, sagte sie, pickte aber trotzdem mit zwei orangeroten Fingernägeln einen knusprigen Zwiebelring von seinem Teller. »Möchtest du denn nicht wenigstens wissen, um was für Schiffsladungen es sich dabei handelt?«

»Eigentlich nicht.«

»Es handelt sich um brandheiße Fracht, bei der es fast zwangsläufig immer wieder zu erheblichen Verlusten kommt. Die sind allerdings durch unsere gesalzenen Preise abgedeckt. Jedenfalls macht wegen dieser Verluste niemand viel Aufhebens.«

»Da täuschst du dich aber gewaltig«, widersprach ihr Ham. »Die betroffenen Versicherungsgesellschaften stellen in der Regel sehr genaue Nachforschungen an.«

»Die Frachten, die meine Firma befördert, sind nicht versichert.« Als Ham darauf seinen Cheeseburger auf den Teller zurücklegte, fuhr sie lachend fort: »Du solltest mal dein Gesicht sehen.«

»Jetzt aber raus mit der Sprache. Worauf willst du eigentlich hinaus?«

»Wisch dir erst den Mund ab, Liebling. Mit all dem Ketchup siehst du ja aus, als würdest du bluten.« Zufrieden sah sie zu, wie er ihrer Aufforderung nachkam. »Hast du Lust, noch einen Blick hinter die Fassade zu werfen?«

Diese Frau war immer wieder für eine neue Überraschung gut, dachte Ham. Und genau das war es auch, was ihren ganz besonderen Reiz ausmachte. Sie war so ganz anders als alle die Frauen, die er bisher kennengelernt hatte.

Er nickte.

»Extant Exports«, fuhr sie darauf fort, »hat sich auf die Beschaffung und Lieferung von Exocets, Mirages, Mavericks, MXs, Bonhohm-Kanonen und dergleichen mehr spezialisiert. Kurzum, gegen entsprechende Bezahlung liefern wir jedes moderne Waffensystem, das du dir nur denken kannst. Staatsstreiche, Revolutionen, Guerillakriege sind sozusagen unser täglich Brot. Wer würde so einer Firma nicht gern eins auswischen? Also – immer noch nicht interessiert?«

In Hams Kopf hatte es zwar bereits fieberhaft zu arbeiten begonnen, aber da er gleich einen Termin mit Yoshida hatte, warf er einen kurzen Blick auf die Uhr.

Als tatsächlich schon wenige Augenblicke später Yoshida das Lokal betrat und auf ihren Tisch zukam, wandte sich Ham mit einem bedauernden Achselzucken an Marion und sagte: »Tut mir leid, Liebling, aber ich kann diese Besprechung auf keinen Fall verschieben. Wenn du allerdings möchtest, könnte ich dich nach der Arbeit abholen. Dann können wir noch einmal in aller Ruhe über die Sache sprechen.«

»Gut«, nickte Mairon. Sie stand auf, küßte ihn zärtlich auf den Mund, schlüpfte in ihren Mantel und verließ das Lokal.

Yoshida warf ihr einen kurzen Blick hinterher und brummte sauertöpfisch: »Tolle Beine.«

Ham hatte das Gefühl, als hätte ihn Yoshida mit seiner schlechten Laune angesteckt. In Wirklichkeit war er jedoch nur wütend, daß sein Tête-à-tête mit Marion ein so abruptes Ende genommen hatte.

Mit einem gereizten Brummen wandte er sich an Yoshida: »Nachdem du schon mal hier bist, kannst du ja gleich unserem Freund Shoto Wakare seine neuesten Anweisungen übermitteln.« Er wartete, bis Yoshida etwas zu trinken bestellt hatte. »Bisher hat er sich als außerordentlich nützlich für uns erwiesen. Manchmal weiß ich wirklich nicht, was ich ohne deine Kontakte in Tokio täte, Yosh.«

»Womit habe ich nur plötzlich dieses Lob verdient?«

Ham grinste. »Eines muß man dir lassen: Du kannst einiges an Sarkasmus wegstecken. Wahrscheinlich liegt das an deinem Pokerface. Eigentlich müßtest du einen fantastischen Komiker abgeben.«

»Vielen Dank, aber ich bin mit meinem momentanen Job ganz zufrieden.«

»Tatsächlich?« Ham nahm einen kräftigen Schluck von seinem Kaffee und spähte zwei attraktiven Blondinen hinterher, die mit elegant schwingenden Mänteln an ihm vorübergingen.

»Ich habe potentiell schlechte Nachrichten«, kam Yoshida zur Sache.

»Gerade das können wir jetzt am allerwenigsten gebrauchen. Wir haben nicht mehr viel Zeit, um den Bund der Schwarzen Klinge kaltzustellen. Der internationale Handelsausschuß des Senats, der nichts Geringeres vorhat, als unsere letzten ökonomischen Verbindungen zu Japan zu kappen, wird bereits in dieser Woche zusammentreten. Und für diesen neuen Gesetzentwurf soll es inzwischen in beiden Parteien eine so überwältigende Mehrheit geben, daß selbst ein Veto des Präsidenten überstimmt würde. Dazu kommt noch, daß eine Reihe der vehementesten Gegner dieses Gesetzentwurfs unter recht mysteriösen Umständen ums Leben gekommen sind und . . .«

»Es geht um Matheson«, unterbrach ihn Yoshida und reichte ihm ein Fax. »Ich war ja schon von Anfang an dagegen, mit diesem Kerl zusammenzuarbeiten. Aber dein Vater wollte partout nicht auf mich hören.«

»Und? Was ist mit Matheson?« Ham war sofort hellhörig geworden.

»Eine Japanerin hat Kontakt mit ihm aufgenommen, und kurz darauf ist er gemeinsam mit ihr losgezogen. Und nun rate mal, wer diese Frau ist. Niemand anderer als diese Künstlerin, der er schon die ganze Zeit wie ein läufiger Köter hinterherhechelt. Wakares Aussagen zufolge gehört sie zum Bund der Schwarzen Klinge.« Yoshida schüttelte heftig den Kopf. »Außerdem wird Matheson inzwischen wegen Mordes an einem seiner Mitarbeiter gesucht. Der Mann hatte letzte Woche eine heftige Auseinandersetzung mit ihm, und nun wurde er vor seinem Haus ermordet aufgefunden – mit zwei Kugeln aus Mathesons Dienstwaffe im Kopf.«

»Das hat uns gerade noch gefehlt.«

»Ich hab' es dir ja gleich gesagt.«

»Ich weiß, Yosh. Aber ich kann einfach nicht glauben, daß Matheson einen seiner eigenen Leute umgebracht haben soll. So blöd kann er doch unmöglich sein.«

»Begreifst du denn nicht, daß es darum schon längst nicht mehr geht? Im Augenblick zählt nur noch, daß Matheson ab sofort ein erhebliches Sicherheitsrisiko für uns darstellt. Dabei tut es nicht das geringste zur Sache, ob er diesen Mann nun tatsächlich erschossen hat oder nicht. Stell dir nur mal den Wirbel vor, den die Medien um die Sache machen werden. Und falls Matheson tatsächlich mit der Gegenseite kommunizieren sollte, dann kannst du ruhig schon mal damit anfangen, dir den Kopf zu zerbrechen, wie du das deinem alten Herrn möglichst schonend beibringst. Könnte nämlich durchaus sein, daß das sein Herz nicht mehr verkraftet.«

»Hätte ich doch nur gleich auf dich gehört.«

Dieses Eingeständnis erfüllte Yoshida mit sichtlicher Genugtuung. »Und wie willst du das Ganze nun deinem Vater beibringen?«

»Keine Sorge, irgendwas wird mir schon einfallen.« In Wirklichkeit hatte Ham jedoch keine Ahnung, was er tun sollte. Im Augenblick hielt er es jedenfalls für das Beste, ihm gar nichts davon zu erzählen.

Bei der Vorstellung, Matheson könnte sich auf die Seite dieser Japanerin geschlagen haben, stieg erbitterte Wut in Ham auf. Wütend zerknüllte er das Fax in seiner Faust. »Schlimmer hätte es ja kaum noch kommen können! Wir hätten Matheson lieber doch gleich aus dem Verkehr ziehen sollen, als ihn dieser Unbekannte durch das Oberlicht geworfen hat. Aber inzwischen weiß der Kerl zuviel. Nicht auszudenken, wenn er zum Beispiel auf die Idee käme, zur Presse zu gehen . . .«

»In diesem Punkt haben wir nichts zu befürchten«, beruhigte ihn Yoshida. »Er kennt nur Shipley. Und Shipley verschwinden zu lassen, dürfte weiter kein Problem darstellen.«

Ham schüttelte den Kopf. »Trotzdem. Matheson weiß bereits zuviel über unseren Plan. Wenn die japanische Regierung Wind von der Sache bekommt, sind wir erledigt. Stell dir nur mal vor, wie unser Präsident dann dastehen würde. Die ganze Welt könnte mit dem Finger auf uns zeigen. Etwas in der Art würde dem Bund der Schwarzen Klinge gerade noch fehlen, um endgültig an die Macht zu kommen. Mein Vater hätte jede Glaubwürdigkeit verloren, und dann gäbe es nichts und niemanden mehr, der den Bund der Schwarzen Klinge noch aufhalten könnte.«

Angewidert schob Ham seine Kaffeetasse von sich. Waren es der starke Kaffee oder die schlechten Nachrichten, die ihm plötzlich auf den Magen geschlagen waren? »Selbst wenn Matheson mit dem Teufel im Bund steht – irgendwann muß er aus der Versenkung auftauchen. Und wenn das der Fall ist, möchte ich, daß er für die Dauer unserer Mission kaltgestellt wird. Wie du das machst, Yosh, ist deine Sache.«

5

Tokio/New York/Washington

Gleich beim Aufwachen spürte Minako, daß irgend etwas nicht stimmte. Sie stand auf, schlüpfte in ihren Morgenmantel und verließ das Schlafzimmer. Wie das ferne Dröhnen einer gewaltigen Maschine hörte sie das Summen von *makura na hiruma.*

Das war eine der seltenen Gelegenheiten, in denen sie es bereute, die Kräfte von *makura na hiruma* geweckt zu haben. Sie wußte bereits, wie die Sache enden würde. Und dabei hatte sie im Moment ohnehin schon genügend Sorgen.

Angesichts ihrer jüngsten Erfahrungen konnte sie ihre Großmutter mit einem Mal sehr gut verstehen. Es gab tatsächlich Zeiten, in denen es die Hölle auf Erden war, in die Zukunft blicken zu können. Als ihre Großmutter ihr damals in Gestalt eines Fuchses erschienen war und die Kräfte von *makura na hiruma* in ihr geweckt hatte, hätte sie sich das freilich noch nicht träumen lassen. Im Gegenteil, nur zu deutlich konnte sie sich noch erinnern, wie sie in typisch jugendlicher Unbekümmertheit gesagt hatte: *Ich will so weit sehen, wie ich kann.*

Das Schlimmste war, wenn man, wie auch in diesem Fall, die Zukunft zwar vorhersehen konnte, aber nicht die geringste Möglichkeit hatte, sie in irgendeiner Weise zu verändern. Ihr ganzes Leben lang hatte sie nichts anderes getan, als den Lauf der Dinge in ihrem Sinne zu beeinflussen. Das war für sie immer etwas völlig Selbstverständliches gewesen. Denn so war es ihr vom Schicksal bestimmt worden. Aber es hatte in ihrem Leben auch eine Reihe von außerordentlich schmerzlichen Vorfällen gegeben, die sie nur um so mehr belastet hatten, weil sie sie schon lange, bevor sie endlich grausame Wirklichkeit wurden, vorhergesehen hatte. Dazu zählten unter anderem auch die zahlreichen Morde, die sie im Auftrag des Bunds der Schwarzen Klinge angeordnet hatte; die schwere Krankheit ihrer Tochter Kazuki, hervorgerufen durch ihr Unvermögen, ihr *makura na hiruma* unter Kontrolle zu bringen; die Folgen ihrer Liaison mit Hanas Vater; die Entwicklung des Orakels, das unwiederbringlich das Ende der alten Ordnung herbeiführen würde; die Flucht ihrer geliebten Tochter Hana vor einer Realität, die sie nicht mehr länger verkraften konnte; und nicht zuletzt auch das Nahen . . . ja, von was? Trotz all ihrer visionären Kräfte konnte nicht einmal sie einen Blick in diese Zukunft werfen.

Die Erinnerungen an diese schmerzlichen Momente würden sie ihr ganzes Leben lang nicht mehr loslassen, zumal sie von dem Wissen begleitet wurden, daß sie allesamt Glieder einer langen Kette von Ereignissen waren, die ihr eines Tages zum Verhängnis werden mußten.

Nun sah Minako auch den Schatten. Sie wußte sofort, was das zu bedeuten hatte. Zu oft hatte sie den Ablauf des Ganzen bereits vorhergesehen.

Wie soll eine Mutter ihre Kinder noch lieben können, dachte sie verzweifelt, wenn sie bereits ihr ganzes Leben mit all seinen Sorgen und Nöten wie ein offenes Buch vor sich ausgebreitet liegen sieht? Dennoch hatte sie genügend Abstand dazu, um alles so objektiv betrachten zu können, daß sie angesichts des unendlich komplexen Plans, der dem allen zugrunde lag, schon fast wieder so etwas wie Bewunderung verspürte. Aber natürlich gab es auch noch eine andere Seite in ihr, die sich verzweifelt gegen dieses Schicksal auflehnte und ihm mit aller Macht zu entrinnen versuchte. Im Grunde genommen sehnte sie sich nur noch danach, endlich frei zu sein.

»Mir ist jetzt klar geworden, warum ich diese verborgenen Seiten meiner Persönlichkeit mit allen Mitteln zu verdrängen versucht habe«, sagte Wolf.

Sie saßen in Chikas Corvette. Die Fenster waren hochgekurbelt, die Heizung lief auf vollen Touren. Trotzdem war ihm noch immer schrecklich kalt. Er hatte ihr eben von dem Zwischenfall im Lagerhaus erzählt.

»Mein Großvater war Medizinmann. Es war sein sehnlichster Wunsch, daß ich einmal in seine Fußstapfen trete.« Wolf hielt einen Pappbecher mit dampfend heißem Kaffee in der Hand. Zwischen seinen Füßen lag ein Stück Papier auf dem Boden, darin war das Sandwich verpackt gewesen, das ihm Chika in einem Stehimbiß besorgt hatte. *»Mit extra viel Fleisch«,* hatte sie gesagt *»Sie brauchen jetzt dringend Protein.«*

»Bisher dachte ich immer, mein Vater hätte meinen Großvater nicht ausstehen können. Deshalb fühlte ich mich immer zwischen den beiden hin und her gerissen. Aber inzwischen ist mir klargeworden, daß ich meinen Vater ganz enorm unterschätzt habe. Auch er hat all das in mir geahnt, was mein Großvater in mir sah. Und genau wie er hat er es ganz bewußt unterlassen, mich zu irgend etwas zu drängen. Beide wollten, daß ich ganz allein zu mir und meiner Bestimmung finde.«

»Und nun«, sagte Chika ernst, »ist es endlich soweit.«

Er nickte. »Daran werde ich mich erst mal gewöhnen müssen.« Er sah sie an. »Wie haben Sie diese dunklen Kräfte gleich wieder genannt?«

»*Makura na hiruma,* das Dunkel am Mittag.«

»Ein treffender Name.« Wolf schloß die Augen. »Ich habe dunkle Orte durchquert. Ich bin über unauslotbare Tiefen geflogen . . .«

»Ich weiß«, sagte Chika mit so tiefem Verständnis, daß ihm die Tränen kamen.

»Ich möchte mehr über *makura na hiruma* erfahren.«

»Fangen wir am besten mit seinen rein physiologischen Auswirkungen an. Da wäre zum Beispiel, daß Sie einen anderen Stoffwechsel haben als andere Menschen.« Sie sah ihn forschend an. »Wann haben Sie sich zum letztenmal im Spiegel angesehen? Finden Sie, daß Sie so alt aussehen wie andere Menschen ihres Alters?«

»Keine Ahnung. Darauf habe ich nie geachtet.« Nachdenklich legte sich seine Stirn in Falten. »Ich finde nur, daß ich ziemlich jung aussehe. Vermutlich ist das genetisch bedingt.«

»Genau, genetisch bedingt«, nickte Chika. »So, wie ich allein aufgrund meiner geistigen Kräfte den Herzschlag eines anderen Menschen verlangsamen oder so stark beschleunigen kann, daß er in Brand gerät, so können Menschen, die über die Gabe von *makura na hiruma* verfügen, ihren Stoffwechsel dahingehend beeinflussen, daß ihr Alterungsprozeß verzögert wird.«

»Um wieviel Jahre?« Unwillkürlich fragte sich Wolf, wie alt White Bow wohl bei seinem Tod gewesen war.

Chika hob die Schultern. »Das ist sehr unterschiedlich. Aber durchschnittlich etwa um zweihundertfünfzig Jahre.«

Wolf stieß einen leisen Pfiff aus.

»Manche von uns können in die Zukunft schauen. Allerdings ist auf das, was man dabei sieht, nicht immer hundertprozentig Verlaß. Sie müssen sich das etwa so vorstellen: Es gibt gewissermaßen für jeden beliebigen Moment unzählige verschiedene Zukunftsmöglichkeiten, und deshalb kann es durchaus passieren, daß eine vorhergesehene Zukunft nicht eintrifft.

Wie Sie außerdem wissen, können wir uns sehr gut in andere Menschen einfühlen, und in manchen Fällen verfügen wir sogar über telepathische Fähigkeiten. Aber auch das kann von Person zu Person erheblich variieren. Im Grunde genommen lassen sich die Auswirkungen von *makura na hiruma* nicht verallgemeinern, und trotz des vierhundertjährigen Bestehens des Bunds der Schwarzen Klinge wissen wir noch so gut wie nichts über die genaue Wirkweise unserer Kräfte.«

Wolf reichte ihr den Becher mit Kaffee. Sie nahm einen Schluck und gab ihn ihm wieder zurück. Eine Weile beobachtete er schweigend die Menschen, die auf dem Gehsteig an ihnen vorbeihasteten. Vor lauter Hektik nahmen sie ihre Umgebung überhaupt nicht wahr. Er mußte sich erst noch an den Gedanken gewöhnen, daß er genau wie Suma zu einer ganz speziellen Sorte Mensch gehörte, die sich in einigen Punkten gravierend von der Mehrzahl der anderen Menschen unterschied. Zusehends deutlicher begann er zu spüren, wie die Kräfte des Medizinmanns in ihm erwachten.

»Da ist etwas, wovor ich Sie unbedingt warnen muß, Wolf. Aufgrund unserer außergewöhnlichen Kräfte neigen wir dazu, uns für wesentlich mächtiger zu halten, als wir tatsächlich sind.« Sie faßte ihn kurz am Arm. »Dieser Trugschluß ist schon so manchem von uns zum Verhängnis geworden, und es gibt nicht wenige, die sich in ihrer Verblendung sogar für Gott gehalten haben.

Natürlich wird unser Leben durch *makura na hiruma* ganz entscheidend geprägt. Aber die Kraft, die wir in uns tragen, ist eine durchaus zweischneidige Angelegenheit; sie kann uns korrumpieren, ohne daß wir uns dessen überhaupt bewußt werden. Kein Spiegel kann uns die damit einhergehenden Veränderungen enthüllen, da wir dank unseres Zweiten Gesichts hinter das zweidimensionale Spiegelbild zu blicken vermögen. Zugleich birgt diese Fähigkeit jedoch die Gefahr in sich, daß wir uns selbst verlieren. Das ist die Kehrseite von *makura na hiruma.* Denn das damit einhergehende Überlegenheitsgefühl ist ein fruchtbarer Nährboden für Stolz, übertriebenen Ehrgeiz und Größenwahn. Das ist auch der Grund, weshalb meine Mutter solche Angst um ihre Kinder hatte.«

Nach langem Schweigen sagte Wolf: »Sie interessieren sich also vor allem wegen meines ... *makura na hiruma* für mich?« Und als sie nickte, fuhr er fort: »Genau wie der Bund der Schwarzen Klinge.«

»Sie stellen eine ernste Bedrohung für sie dar.«

»Aber für Sie offensichtlich nicht.«

»Wolf, ich habe Ihnen doch schon gesagt, mit welcher Rücksichtslosigkeit der Bund der Schwarzen Klinge seine Ziele verfolgt. Das haben Sie eben am eigenen Leib erfahren. Wir können auf keinen Fall noch länger tatenlos zusehen, wie der Bund der Schwarzen Klinge der Verwirklichung seiner Ziele immer näher kommt.«

»Sie wollen also, daß ich Ihnen helfe. Warum haben Sie das nicht gleich gesagt?«

»Sie haben gut reden. Sie hätten mir doch nie geglaubt.«

Damit hatte sie allerdings recht, mußte er zugeben. »Trotzdem werden wir Verstärkung brauchen. Fahren Sie schon mal los. Ich muß dringend telefonieren.«

Chika legte ihm die Hand auf den Arm. »Was wollen Sie jetzt noch tun? Wir müssen schleunigst aus New York verschwinden. Seit wir unser Pässe haben ...«

»Begreifen Sie denn noch immer nicht?« fiel ihr Wolf ins Wort. »Squire Richards war einer meiner Leute. Er wurde ermordet, und nun versucht jemand, mir die Schuld an seinem Tod anzuhängen.«

»Aber Suma ...«

»Ich bin ihm das schuldig, Chika. *Giri, neh?*«

Sie nickte und ließ den Motor an. *»Hai.«*

Als sie in der 14th Street anhielt, sprang Wolf aus dem Wagen und rannte über die Straße. Von den sechs Telefonzellen war noch eine in Betrieb, alle anderen waren entweder defekt oder mutwillig zerstört. Er holte etwas Kleingeld aus seiner Tasche, steckte einen Quarter in den Schlitz und wählte Shipleys Nummer. Dann warf er den angegebenen Betrag ein.

Nach dem elften Läuten kam Shipley endlich an den Appart. »Ich bin in New York«, meldete sich Wolf. »Und ich habe Probleme.«

»Keine Sorge, wir werden Ihnen alle nur erdenkliche Unterstützung zukommen lassen«, versicherte ihm Shipley. »Was ist passiert?«

»Ich bin mit Suma aneinandergeraten.«

»Und?«

»Ich habe ihn nicht erwischt. Aber er mich auch nicht.« Bei dieser Gelegenheit wurde Wolf wieder bewußt, daß er noch immer nach Rauch roch. Sein rechter Jackenärmel war schwarz verkohlt. »Das war verdammt knapp.«

Dann erzählte er Shipley, daß man ihm den Mord an Squire Richards anzuhängen versuchte. Chika ließ er allerdings aus dem Spiel. »Ich muß unbedingt mit dem Commissioner sprechen, um ihm den Sachverhalt aus meiner Sicht zu schildern. Allerdings bin ich dabei auf Ihre Hilfe angewiesen.«

»Ich weiß natürlich von Ihrem gespannten Verhältnis zu Breathard. Deshalb würde ich Ihnen auch dringend abraten, sich jetzt im Polizeipräsidium blicken zu lassen. Lassen Sie mich mal kurz überlegen. Sehen Sie zu, daß Sie in einer Stunde im Haus des Commissioners sind. Ich garantiere Ihnen, daß er dann zu Hause sein wird. Aber vorher muß ich noch mit ein paar Leuten telefonieren.«

»Danke«, sagte Wolf. Nur gut, daß er jemanden wie Shipley hinter sich hatte. Sonst hätte er jetzt einpacken können.

»ES WIRD NICHT KLAPPEN«, sagte das Orakel.

Mit verzücktem Gesicht, die Augen geschlossen, gebot ihm Hana mit einer gebieterischen Geste Schweigen. Sie war mit mehreren Kabel und Drähten an den schwarzen Kasten angeschlossen.

»DU HAST NICHT DIE RICHTIGE DNS«, beharrte das Orakel.

»Woher willst du das jetzt schon wissen?« warf Yuji ein, der nervös auf und ab ging.

»WARUM GLAUBST DU MIR NICHT EINFACH?«

Am liebsten hätte Yuji laut losgelacht. »Du hast vielleicht Nerven.«

»ICH HABE HANA-SANS DNS GENAU ANALYSIERT.«

»Das mag ja alles schön und gut sein«, hielt dem Yuji entgegen. »Trotzdem kannst du unmöglich jetzt schon wissen, ob sie für unser Vorhaben geeignet ist.«

»IM AUGENBLICK BIN ICH NOCH DAMIT BESCHÄFTIGT,

SÄMTLICHE ERFORDERLICHEN TESTS DURCHZUFÜHREN. ABER ICH WEISS, WAS ICH WEISS.«

»Und woher?«

»INTUITION«, sagte das Orakel.

»Wie bitte?« Unwillkürlich blieb Yuji stehen und starrte den schwarzen Kasten ungläubig an.

»HAST DU PLÖTZLICH PROBLEME MICH ZU HÖREN?«

Yuji strich sich mit der Hand durchs Haar. »Ich kann dich sogar sehr gut hören. Aber du redest wirres Zeug. Du kannst unmöglich über so etwas wie Intuition verfügen.«

»ICH WEISS, WAS ICH WEISS«, sagte das Orakel noch einmal. »WIR HABEN SÄMTLICHE DNS-MODIFIZIERENDEN PROZESSE FEST IM GRIFF – BIS AUF EINEN: DEN DISFUNKTIONELLEN WACHSTUMSFAKTOR. ALSO JENE SUBSTANZ, DER DIE CHROMOSOMEN AKTIVIERT, DIE WÄHREND DER DNS-MUTATION ZU KREBS UND ANDEREN LEBENSBEDROHLICHEN STÖRUNGEN FÜHREN.«

»Dann versuch doch, das abzustellen.«

»GENAU DAMIT BESCHÄFTIGE ICH MICH SCHON DIE GANZE ZEIT, SEIT ICH VOM FEHLSCHLAGEN DES EXPERIMENTS MIT MORAVIA ERFAHREN HABE. ABER ICH BIN NUN MAL NICHT GOTT. ICH KANN NICHT SO OHNE WEITERES NEUES LEBEN SCHAFFEN.«

»Aber irgendeine Möglichkeit muß es doch geben«, sagte Yuji.

Im selben Moment schlug Hana die Augen auf.

»WIR SIND AUF DEM RICHTIGEN WEG, YUJI-SAN. IN ANSÄTZEN KANN ICH BEREITS ERKENNEN, WORAN ES BEI HANA NOCH FEHLT. ABER SIE VERFÜGT NICHT ÜBER SÄMTLICHE ERFORDERLICHEN VORAUSSETZUNGEN: HANA IST NICHT DIE RICHTIGE PERSON FÜR UNSER VORHABEN.«

»Dann müssen wir eben jemanden finden, der sich dafür eignet«, sagte Yuji und machte sich daran, Hana die Kabel abzunehmen.

»Nein«, hielt sie ihn zurück. »Warte noch.«

Yuji sah sie an.

»Ich möchte noch nicht von ihm getrennt werden.«

»Ehrlich gesagt, sehe ich es gar nicht gern, wenn du vom Orakel wie von einem menschlichen Wesen sprichst.«

»WARUM NICHT? ERSTENS ENTSPRICHT DAS DURCHAUS DEN TATSACHEN, UND ZWEITENS GEFÄLLT ES MIR.«

»Es wird dir immer ähnlicher«, stieß Yuji entsetzt hervor.

»Das Orakel ist keine Sache, Yuji-san«, korrigierte ihn Hana. »Außerdem fühle ich mich in der Welt, die es mir eröffnet hat, sehr wohl. Sie ist nicht den üblichen Beschränkungen unterworfen, wie sie mit unserer körperlichen Existenz einhergehen. In der Welt, zu der mir das Orakel Zutritt verschafft hat, kann ich endlich das ganze Potential an Möglichkeiten ausleben, das in mir steckt. Für das Orakel existiert nichts als die Unendlichkeit der Metaphysik. Die Wissenschaft, wie wir sie kennen, ist durch unseren veralteten Zeitbegriff in ihren Erkenntnismöglichkeiten ganz erheblichen Beschränkungen unterworfen. Dagegen existiert das Orakel jenseits der Grenzen von Raum und Zeit. Sie haben keine Gültigkeit mehr. Es ist so frei, wie kein Mensch je sein wird und wie ich mir das schon immer erträumt habe.«

»Jetzt aber genug.« Mit einer energischen Handbewegung schaltete Yuji die Monitore ab. »Du gehörst immer noch in diese Welt. Ich kann zwar durchaus verstehen, daß dir das Orakel sehr viel bedeutet, aber . . .«

»Nein, Yuji, du wirst nie verstehen können, was es für mich bedeutet hat, in diesem Körper gefangen zu sein. Mein Geist konnte zwar durchaus einen Blick über die Grenzen seines Gefängnisses hinauswerfen, aber es bestand keine Aussicht, sie je zu überschreiten. Mein *makura na hiruma* hat mir Zugang zu einer völlig fremden und neuartigen Welt verschafft, einem Universum, das voller nie gekannter Wunder ist. Aber durch meinen Körper blieb ich weiterhin an diese Daseinsform in all ihrer Begrenztheit gefesselt und konnte immer nur sehnsüchtige Blicke in diese geheimnisvolle andere Welt hinüberwerfen, zu der mir der Zugang für immer verwehrt zu bleiben schien. Du machst dir keine Vorstellung, in welch tiefe Verzweiflung mich das gestürzt hat. Kein Mensch wird das je nachempfinden können.«

»NIEMAND AUSSER MIR«, schaltete sich an dieser Stelle das Orakel ein. Yuji hätte schwören können, daß dieser schwarze Metallkasten grinste.

»Wollt ihr beide euch etwa gegen mich verbünden?« fuhr er heftig auf. »Das werde ich auf keinen Fall zulassen.« Er wandte sich seiner Halbschwester zu. »Hana, dafür mache ich dich persönlich verantwortlich. Je öfter ich dich an das Orakel anschließe, desto ähnlicher wird es dir. Begreifst du denn nicht, mit welchen Gefahren das verbunden ist? Außerdem verbringst du immer mehr Zeit in diesem Zustand. Wenn das so weitergeht, wirst du dich eines Tages gar nicht mehr von ihm abkoppeln lassen wollen.«

»Das halte ich für sehr wohl möglich«, entgegnete Hana ungerührt. »Die Welt, die mir das Orakel eröffnet, hat so unendlich viel mehr zu bieten als deine sogenannte ›Wirklichkeit‹.«

»*Unsere* Wirklichkeit, Hana!« rief ihr Yuji verzweifelt in Erinnerung. »Es ist immer noch *unsere* Welt.«

»NICHT MEHR«, sagten das Orakel und Hana wie aus einem Mund.

Senator R. P. Franken stieg aus seinem Dienstwagen und eilte auf den Eingang der Union Station zu. Sein Zug nach New York mußte jeden Augenblick abfahren. Mit langen Schritten passierte er den mittleren der drei Bögen des mächtigen Eingangsportals, eine Nachbildung des Konstantinbogens. Er hatte eine tiefsitzende Abneigung gegen die drangvolle Enge der meistens bis auf den letzten Platz besetzten Maschinen nach New York und zog ihr die Geräumigkeit und stilvolle Atmosphäre der Amtrak-Luxuswaggons bei weitem vor. Schon jetzt freute er sich auf den Augenblick, in dem er es sich mit einem Glas Wild Turkey in einem der luxuriösen Salonwagen bequem machen würde.

Grund seiner Reise nach New York war ein Festbankett im Waldorf Astoria, an dem neben zahlreichen wichtigen Persönlichkeiten des öffentlichen Lebens auch der Präsident persönlich teilnehmen wollte – also genau einer von den Anlässen, die sich hervorragend dafür eigneten, alte Kontakte zu vertiefen und neue zu knüpfen. Denn genau auf diese Kontakte war man dringend angewiesen, wenn man in der politischen Arena von Washington auf Dauer überleben wollte.

Er durchquerte den gigantischen Wartesaal, der den Thermen des Diokletian nachempfunden war. Zwei der sechs ionischen Säulen der riesigen Halle waren ihm ganz besonders ans Herz gewachsen. Sie waren mit Darstellungen jener Heroen des griechischen Altertums verziert, welche die Hauptaspekte der Eisenbahn verkörperten: das Feuer in Gestalt von Prometheus und die Mechanik in Gestalt von Archimedes.

Franken fühlte sich seinen Wählern in Texas nachhaltigst verpflichtet. Oder genauer: Er war sich sehr deutlich bewußt, wie sehr er von ihrer Gunst abhängig war. Aus diesem Grund war er bemüht, alles in seiner Macht Stehende zu tun, um den neuen Gesetzentwurf, der Amerika in eine verhängnisvolle wirtschaftliche Isolation geführt hätte, zu verhindern. Japan hatte eben erst das Einfuhrverbot für Reis aufgehoben – eine Maßnahme, die gerade für Frankens Wahlbezirk Galveston, in dem der Reisanbau eine der wichtigsten Einnahmequellen der Bevölkerung darstellte, gänzlich neue Zukunftsperspektiven eröffnete. Schon allein deshalb konnte es sich Franken auf keinen Fall leisten, daß der neue Gesetzentwurf durchkam, wenn er seine Wiederwahl im nächsten Jahr nicht jetzt schon in den Wind schreiben wollte.

Der Senator durchquerte die erst vor kurzem renovierte Bahnhofshalle mit ihren zahllosen Läden und Stehimbissen und eilte die breite Marmortreppe zu den Zügen hinunter. An einer Gruppe lärmender Touristen vorbei drängte er sich auf den Bahnsteig, auf dem sein Zug abfahren sollte, und eilte auf den hintersten Waggon zu. Da tauchte plötzlich wie aus dem Nichts ein junger Asiate in Schaffneruniform vor ihm auf.

»Entschuldigung, Senator Franken«, sprach er ihn höflich an. »Dürfte ich Sie einen Moment um Ihre Aufmerksamkeit bitten?«

Franken warf einen kurzen Blick auf den wartenden Zug. Viele Türen waren bereits geschlossen. Der Zug würde jeden Augenblick abfahren.

»Tut mir leid, junger Mann.« Franken setzte sein freundlichstes Lächeln auf. »Aber mein Zug fährt gleich ab, und ich ...«

»Es wird bestimmt nicht lange dauern, Herr Senator.« Der junge Asiate ließ sich nicht abwimmeln. »Außerdem ist es sehr wichtig.«

»Das geht leider nicht.« Franken wollte auf die Tür des hintersten Waggons zugehen, aber der Mann stellte sich ihm in den Weg. »Verstehen Sie denn nicht? Der Zug fährt jeden Augenblick ab ...«

Plötzlich stand der Asiate ganz dicht vor ihm und drückte ihn mit dem Rücken gegen den Waggon. Franken wollte schreien, aber er brachte keinen Ton über die Lippen. Der Schaffner riß ihm den Flachmann aus der Innentasche seines Jacketts, öffnete ihn und schüttete ihm den Whisky in den Mund. Heftig würgend und hustend versuchte Franken sich zu befreien, aber der junge Asiate hielt ihn unerbittlich fest. Und dann warf er sich mit solcher Wucht gegen ihn, daß er das Gleichgewicht verlor und um ein Haar auf die Gleise hinabgestürzt wäre. Der junge Asiate bekam ihn gerade noch rechtzeitig zu fassen und ließ ihn ganz behutsam ein Stück die Bahnsteigkante hinunterrutschen.

Zwischen der Kante und dem Waggon eingeklemmt, versuchte sich Franken verzweifelt zur Wehr zu setzen. Aber der Schaffner ließ ihm keine Chance. Er ging sogar wieder dazu über, ihm noch mehr Whisky einzuflößen. Als ihn Franken in seiner Verzweiflung in die Hand zu beißen versuchte, krampfte sich plötzlich sein Herz so heftig zusammen, daß ihm schwarz vor den Augen wurde.

Während er noch benommen den Kopf schüttelte, sah er bereits, wie der Asiate dem Zugführer das Zeichen zur Abfahrt gab. Er hörte, wie die restlichen Türen zugeworfen wurde. Der Zug fuhr ab!

Nun wandte sich der Schaffner wieder Franken zu. Er holte aus und stieß ihn mit solcher Wucht die Faust in den Unterleib, daß er bis zur Hüfte in den Gleisschacht rutschte. Fassungslos schaute er in das Gesicht des Asiaten hoch. Mit einem Mal glaubte er, den Mann schon irgendwo gesehen zu haben. Er hatte sich nur durch die Uniform täuschen lassen... Das war kein Bahnbeamter! Gütiger Gott! Der haßerfüllte Blick in seinen Augen ließ Franken das Blut in den Adern gefrieren.

Durch den Zug ging ein Ruck, und trotz der Schmerzen in seinem Unterleib versuchte sich Franken verzweifelt auf den Bahnsteig hochzustemmen. Aber der Japaner bückte sich und drückte ganz beiläufig seine Fingerspitzen gegen Frankens Stirn.

Vielleicht lag es nur an der Beleuchtung, aber Franken hatte den Eindruck, als begännen die Augen des Mannes plötzlich grün zu leuchten. Und dann wurde ihm mit einem Mal schrecklich kalt. Oder genauer: Er spürte, wie alle Wärme aus ihm wich.

Franken wußte inzwischen mit schrecklicher Klarheit, daß ihn der Japaner töten wollte. Der Zug setzte sich in Bewegung, und er war am Ende seiner Kräfte. In seinem Innern hatte sich eine solche Kälte ausgebreitet, daß er nur noch mit Mühe die Arme heben konnte, obwohl sie der Japaner schon lange nicht mehr festhielt. Auch seine Finger gehorchten ihm nicht mehr. Er konnte zwar sehen, wie sie sich träge bewegten, aber es schien, als gehörten sie gar nicht zu ihm.

Und dann tauchte plötzlich wieder das Gesicht des Asiaten vor ihm auf. Franken spürte, wie er plötzlich von allen Seiten einem unvorstellbaren Druck ausgesetzt wurde. Im selben Augenblick stürzte er auch schon in einen Abgrund aus undurchdringlichem Dunkel. Seine Ohren erfüllte ein gewaltiges Dröhnen, das immer lauter anschwoll und ihn noch einmal an die tosenden Unwetter seiner Heimat Galveston erinnerte.

Und dann rollte das erste Rad über ihn hinweg. Durch seinen Körper ging ein entsetzlicher Ruck, und im selben Moment wurde er bereits vom nächsten Rad erfaßt und vom nächsten. Sein blutüberströmter Körper wurde hochgeschleudert, schlug wieder auf die Gleise und wurde von der nächsten Phalanx messerscharfer Räder überrollt.

6

New York/Washington/Tokio

»Er kommt«, zischte Suma dem o-beinigen, dunkelhäutigen Mann ins Ohr. »Sind Sie bereit zu sterben?«

Hayes Walker Johnson schwieg. Er lag, an Hand- und Fußgelenken an die Tischbeine gefesselt, auf dem Küchentisch. Bis auf seine in Streifen geschnittene Boxershorts war er völlig nackt. Noch nie in seinem Leben hatte er sich so wehrlos und ausgeliefert gefühlt.

Seine Frau saß, über und über mit Blut verschmiert, mit dem Rücken gegen den Kühlschrank gelehnt. Ihr Kopf war leicht nach hinten geneigt, ihr Mund stand offen, und ihr schmerzverzerrtes Gesicht war im Tod so entstellt, daß es nicht einmal mehr in Hayes Walker Johnsons Augen etwas Schönes an sich hatte.

Das betrachtete der Commissioner sogar als eine noch größere Demütigung als die Tatsache, daß auch er gleich würde sterben müssen. Damit war nämlich etwas angetastet worden, das ihm sein ganzes Leben lang heilig gewesen war und von dem er geglaubt hatte, daß niemand es ihm nehmen könnte.

»Mr. Kamiwara ist heute mein Gast«, sagte Suma und deutete auf den Japaner an seiner Seite. »Er hat eine ausgeprägte Schwäche für Polizeibeauftragte.«

Mühsam drehte Hayes Walker Johnson den Kopf zur Seite und fragte: »Für was denn sonst noch?« Aus Erfahrung wußte er, daß es in solchen Situationen vor allem darauf ankam, Zeit zu gewinnen. Je länger sich das Ganze hinzog, desto größer die Chancen, daß er noch gerettet wurde. Falls ihm die beiden Männer allerdings tatsächlich ihre richtigen Namen genannt hatten, würden sie ihre Drohung, ihn umzubringen, auf jeden Fall wahrmachen.

»So ziemlich alles, was Sie sich nur vorstellen können«, antwortete Kamiwara mit einem bedrohlichen Unterton in der Stimme. Er legte die Hand auf Johnsons Gesäß. »Sex ist mir zum Beispiel in Verbindung mit Drogen lieber.«

»Im Grunde genommen mag er alles mit Drogen lieber«, flocht Suma ein. »Damit bringt er sich erst mal ordentlich in Fahrt.«

»Wann kommt der Kerl endlich?« wandte sich Kamiwara an Suma.

»Keine Sorge, er kommt«, versicherte ihm Suma.

Um nicht ständig an seine Frau denken zu müssen, zwang sich Johnson, Kamiwara zu fragen: »Gibt es denn eine Droge, auf die Sie ganz besonders stehen?«

Lachend sagte Suma zu seinem Begleiter: »Ich warne dich. Der Mann, der dich das fragt, ist kein Geringerer als der Polizeibeauftragte der Stadt New York.«

Kamiwara zuckte mit den Schultern. »Wir sind hier doch unter Freunden.«

Dafür hätte ihm Johnson am liebsten ins Gesicht getreten.

Kamiwara wandte sich wieder ihm zu und antwortete: »Aconitum napellus, Eisenhut.«

»Ist das kein Gift?«

»Gift, Beruhigungsmittel oder Aphrodisiakum«, sagte der Japaner. Sein Blick blieb auf Johnsons Unterleib haften. »Das hängt ganz davon ab, wie man es dosiert und womit man es kombiniert.« Seine Lippen verzogen sich zu der Parodie eines Lächelns.

Und dann bewegte Kamiwara die Augen – und zwar nur die Augen –, bis sie auf Johnsons Gesicht gerichtet waren. Der Commissioner hatte das Gefühl, als würde er plötzlich in eiskaltes Wasser getaucht. Sein Herz schlug immer langsamer, und seine Gliedmaßen fühlten sich mit einem Mal vollkommen taub an. In panischer Angst versuchte er den Blick abzuwenden. Vergeblich. Irgend etwas hinderte ihn daran. Er konnte zwar den willentlichen Entschluß dazu fassen, aber er war nicht imstande, ihn in die Tat umzusetzen.

Jeder einzelne Herzschlag war mit unsäglicher Mühe und heftigen Schmerzen verbunden, und als er in Kamiwaras Augen sah, glaubte er um ihre Pupillen herum ein grünliches Leuchten zu erkennen. Der Japaner schien sich auf eine zutiefst beängstigende Weise über ihn lustig zu machen.

»Macht Ihnen dieses Spielchen genausoviel Spaß wie mir?« fragte er in einem Ton, der Johnson durch Mark und Bein ging.

Suma, der von all dem keinerlei Notiz zu nehmen schien, schaute die ganze Zeit unverwandt in den Garten hinaus. Kamiwara senkte den Blick, und im selben Moment schien die seltsame Erstarrung wieder von Johnson abzufallen. Sein Herz schlug wieder im gewohnten Tempo, und es kehrte etwas Farbe in sein Gesicht zurück.

»Mag Mr. Kamiwara auch Kokain?« fragte Johnson mit belegter Stimme.

Kamiwaras Lächeln ließ ihn erschaudern. Nur zu lebhaft hatte er noch in Erinnerung, was der Japaner gerade mit ihm angestellt hatte. »Wie bereits gesagt – ich probiere alles aus.«

Als Johnson den Kopf zur Seite drehte, fiel sein Blick erneut auf seine tote Frau. Zu seiner Bestürzung überkam ihn bei ihrem Anblick fast so etwas wie Erleichterung, ganz ähnlich dem Gefühl, das man an einer Unfallstelle verspürt, an der gerade ein Mensch ums Leben gekommen ist. Denn erst in dieser unmittelbaren Konfrontation mit dem Tod wird man sich wieder in vollem Umfang der Gnade bewußt, selbst noch am Leben zu sein. Und ich bin noch am Leben, dachte Johnson voller Scham über seinen insgeheimen Triumph.

Kamiwara hatte etwas Koks auf die Arbeitsplatte gestreut. Als er sich darüberbeugte, um es zu schnupfen, machte sich Johnson wieder daran, seine rechte Hand freizubekommen. Beim letzten Umzug war nämlich von der Unterseite der Tischplatte ein Stück abgesplittert, und an dieser Stelle rieb er nun sein Handgelenk. Nachdem sich seine Frau einmal ein Kleid daran zerrissen hatte, war sie ihm monatelang in den Ohren gelegen, den Schaden endlich beheben zu lassen. Aber jetzt rettete ihm diese abgesplitterte Kante vielleicht das Leben. Unablässig bewegte er sein Handgelenk hin und her, um die dünne Schnur, mit der er gefesselt war, zu durchtrennen.

»Komm lieber her, bevor alles weg ist«, sagte Kamiwara zu Suma und wischte sich mit dem Daumen die Nase sauber. »Eines steht jedenfalls fest: Der Stoff ist absolut erste Wahl.«

Abwesend schaute Suma weiter aus dem Fenster und verließ dann die Küche, um ins angrenzende Wohnzimmer zu gehen.

Kamiwara schnitt ein Gesicht und wandte sich Johnson zu. »Kann die Party losgehen?«

Johnson hielt sich ganz still und sagte nichts.

Mit merklich vergrößerten Pupillen fuhr Kamiwara darauf fort: »So etwas haben Sie bestimmt noch nicht erlebt.« Er drehte sich wieder nach der Arbeitsplatte um. »Mit Koks allein werden wir allerdings für das, was wir jetzt vorhaben, nicht genügend in Fahrt kommen. Dafür brauchen wir schon was Stärkeres.« Er griff nach einer Ampulle mit einem orangefarbenen Pulver und verrührte es in einem Glas Wasser.

In diesem Moment riß die Schnur um Johnsons Handgelenk, und seine rechte Hand kam frei. Ohne die beiden Japaner aus den Augen zu lassen, tastete er nach dem Griff der Schublade und öffnete sie behutsam. Er bekam den Griff des Brotmessers zu fassen und zog es vorsichtig heraus. Damit die beiden Männer es nicht sehen konnten, hielt er es so, daß es durch das Tischbein verdeckt war.

»Schön trinken«, sagte Kamiwara lachend und hielt Johnson das Glas an die Lippen, bis er etwa die Hälfte davon getrunken hatte. Den Rest stürzte Kamiwara in einem Zug hinunter.

»Und jetzt küssen Sie mich.«

Als Kamiwara sich zu ihm herabbeugte, spuckte ihm Johnson ins Gesicht und stieß ihm das Messer mit solcher Kraft durch den Handrükken, daß es in der Tischplatte steckenblieb. Bevor der verdutzte Japaner auch nur einen Laut von sich geben konnte, hatte ihm Johnson bereits seine zerfetzten Boxershorts in den Mund gestopft. Er wollte gerade aufspringen, als er entsetzt innehielt. Das Messer war zwar mitten durch Kamiwaras Handrücken gefahren und tief in der Tischplatte stekkengeblieben, aber aus der Wunde kam kein Tropfen Blut.

Über Kamiwaras Augen legte sich wieder dieses grüne Leuchten, das seinem Gesicht etwas zutiefst Dämonisches verlieh. Er würgte kurz und spuckte die Boxershorts aus. Gleichzeitig wurden seine Augen immer größer und leuchtender, und Johnson hatte den Eindruck, als würden seine stechenden Blicke bis tief in sein Gehirn dringen.

Von einer seltsamen Mattigkeit befallen, sank Johnson auf den Tisch zurück. Seine Lungen begannen heftig zu brennen, und er bekam keine Luft mehr. Unter Aufbietung seiner letzten Kräfte versuchte er das Messer wieder herauszureißen, um es Kamiwara mitten ins Herz zu stoßen.

»Versuch's doch«, sagte Kamiwara mit einem herausfordernden Grinsen, als hätte er seine Gedanken lesen können. »Bitte.«

Im selben Moment löste sich das Messer unter Johnsons fassungslosen Blicken aus Kamiwaras Hand und schwebte wie an einem unsichtbaren Faden durch die Luft.

»Herr im Himmel!« entfuhr es dem Commissioner.

Kamiwara lachte.

Johnson schloß die Augen und begann heftig den Kopf zu schütteln. Das Mittel, das ihm Kamiwara gegeben hatte, mußte extrem stark gewesen sein. Er bekam kaum mehr Luft und sah plötzlich seltsame bunte Flecken vor den Augen. Für diese rätselhaften Phänomene gab es nur eine mögliche Erklärung: Die Flüssigkeit, die ihm von Kamiwara eingeflößt worden war, hatte heftige Halluzinationen in ihm hervorgerufen. Natürlich, genau so mußte es sein. Er stand unter dem Einfluß irgendeiner extrem starken Droge und halluzinierte das alles nur ...

Als sein Körper keinen Sauerstoff mehr bekam, versuchte Johnson ein letztes Mal zu schreien. Obwohl er aber den Mund weit aufriß und verzweifelt nach Luft schnappte, bekam er keine Luft mehr. Er fühlte sich, als wäre er aus einer Raumkapsel in das luftleere Nichts des Weltalls hinauskatapultiert worden.

Wolf und Chika parkten in der Straße hinter dem Haus des Commissioners.

Wie bei seinem ersten Besuch ging Wolf mit Chika in den Keller des Hauses, das an die Rückseite von Johnsons Garten grenzte, allerdings war diesmal die Kellertür abgeschlossen. Mit wenigen Handgriffen hatte Wolf jedoch das Schloß geknackt. In dem dunklen Gang herrschte vollkommene Stille. Sie hatten gerade den Garten durchquert und näherten sich dem Hintereingang von Johnsons Haus, als Chika Wolf am Arm packte und eindringlich flüsterte: »Irgend etwas stimmt hier nicht.«

Im selben Augenblick stürmten sie auch schon los und platzten ohne lange zu überlegen in die Küche. Heftig nach Luft schnappend lag der Commissioner mit aschfahlem Gesicht auf dem Küchentisch. Und dann sah Wolf, wie sich das Messer aus der Hand des Japaners löste. Er erkannte den Mann sofort wieder. Es war der Maler, den er erst kürzlich auf der Toilette seines Büros zur Rede gestellt hatte. Jetzt verstand er plötzlich alles!

Im selben Moment legte sich bereits ein grünes Leuchten über die geweiteten Pupillen des Japaners.

»Kamiwara!« stieß Chika heftig hervor. Und dann rief sie Wolf zu: »Runter! Überlassen Sie das lieber mir!«

»Nein. Dieser Dreckskerl hat mich die ganze Zeit beschattet. Aber damit ist jetzt Schluß.«

Kamiwara wirbelte herum und rannte aus der Küche. Wolf stürmte ihm hinterher in den Flur.

»Ach, wer kommt denn da?« höhnte Kamiwara, warf sich herum und trat ihm mit voller Wucht gegen die Hüfte.

Vor Schmerz laut aufstöhnend, taumelte Wolf, scheinbar von der Wucht des Tritts überrascht, zur Seite. Über Kamiwaras Lippen legte sich bereits ein triumphierendes Grinsen, doch im selben Moment versetzte ihm Wolf einen mörderischen Handkantenschlag in die Rippen, der jedoch keine Wirkung zeigte. Der Japaner stieß nur ein kurzes Ächzen aus. Im selben Augenblick blitzte in seiner Hand eine winzige Klinge auf und schoß direkt auf Wolfs Stirn zu. Der konnte sich gerade noch rechtzeitig zur Seite werfen, bevor das tödliche Geschoß an seinem Ohr vorbeisauste.

Unter wildem Gelächter holte Kamiwara ein zweites Mal aus, um noch eine weitere Klinge nach ihm zu schleudern. Wolf blieb keine andere Wahl, als nach seinem Handgelenk zu treten. Er traf ihn zwar nicht mit voller Wucht, aber zumindest wurde die Klinge so stark abgelenkt, daß sie steil nach oben gegen die Decke sauste. Wolf machte eine blitzschnelle Drehung und rammte Kamiwara den Ellbogen in den Bauch.

Im selben Moment kam eine undefinierbare dunkle Masse auf ihn zugeschossen und schleuderte ihn mit übermenschlicher Kraft gegen die Wand des Flurs. Und als er, von der Wucht des Aufpralls noch benommen, den Kopf schüttelte, um sich nach Kamiwara umzusehen, war der Japaner spurlos verschwunden.

Chika wollte gerade Wolf zu Hilfe eilen, als sich ihr Suma, der aus dem Wohnzimmer kam, in den Weg stellte. Sie blieb abrupt stehen und starrte ihn durchdringend an. Dann streckte sie langsam die Hand aus, und in ihren Augen leuchtete ein grünes Feuer auf. Suma rührte sich nicht von der Stelle. Das Messer schwebte noch immer über dem Küchentisch in der Luft.

Plötzlich wurde es in der Küche immer dunkler, und aus Chikas Handflächen schossen laut zischende Flammen hervor, die jedoch sofort wieder erloschen. Johnson lag in sich zusammengesunken auf dem Küchentisch. Er war tot.

Die Klinge des Messers, das noch immer über seiner Leiche schwebte, blitzte kurz auf.

»Was hat Kamiwara hier zu schaffen?« herrschte Chika Suma an.

Der verneigte sich vor ihr. »Was er am besten kann: Unheil stiften.«

»Auf wessen Befehl?«

Als Suma nicht antwortete, fuhr sie fort: »Du hast also neue Anweisungen erhalten, von denen ich noch nichts weiß?«

Suma nickte. »Wir sollen Matheson langsam, aber sicher unschädlich machen.«

»Indem wir der Reihe nach alle umbringen, die ihm in irgendeiner Weise helfen könnten?«

»So ist es.«

»Aber wozu dieses brutale Vorgehen?«

»Brutal ist in diesem Fall tatsächlich das richtige Wort«, mußte Suma zugeben. Seine Augen wurden größer, und das Messer begann plötzlich heftig zu vibrieren.

»Laß das«, fuhr ihn Chika an. »Ich weiß eine wesentlich einfachere Möglichkeit, ihn nach Tokio zu locken. Er hat inzwischen sein Mißtrauen gegen mich abgelegt.«

»Das mag ja durchaus sein«, entgegnete Suma. »Aber allzu sicher wäre ich mir da an deiner Stelle lieber nicht. Niemand von uns ist in der Lage, seine Gedanken zu lesen. Wir wissen also nicht, was tatsächlich in ihm vorgeht. Schon allein das stellt ein enormes Risiko dar. Außerdem muß er Amerika mit dem Gefühl verlassen, alle Brücken hinter sich abgebrochen zu haben. Es darf hier nichts mehr geben, was später den Wunsch in ihm wecken könnte, noch einmal in seine alte Heimat zurückzukehren.«

»Warum?«

»Weil in Japan eine Aufgabe auf ihn wartet, die sein uneingeschränktes Engagement erfordern wird.« Über Sumas Züge legte sich ein verschlagenes Grinsen. »Sozusagen eine *finale* Aufgabe.«

»Und was ist das für eine Aufgabe?«

»Ich habe dir bereits mehr erzählt, als du wissen mußt.«

»Dann hattest du also gar nicht vor, ihn zu töten?«

»Matheson töten? Natürlich nicht.« Das Messer begann sich zu bewegen. »Aber wir werden alles vernichten, was ihm lieb ist – gewissermaßen, um ihn auf die Probe zu stellen.«

Schon seit vielen Jahren traf sich Thornburg Conrad III. regelmäßig einmal wöchentlich mit Brosnian Lenfant, dem ehmaligen Senator für Louisiana. Diese Treffen fanden immer an einem anderen Ort, an einem anderen Wochentag und zu unterschiedlichen Tageszeiten statt. Brosnian Lenfant war schon lange mit Thornburg Conrad III. befreundet und hatte gegen eine stattliche Summe seinen Namen für Hams und Yoshidas Tarnbüro in der K Street zur Verfügung gestellt.

Zum erstenmal war Thornburg Conrad auf Lenfant aufmerksam geworden, als dieser noch Oberstaatsanwalt von Louisiana war. Der Bürgermeister von New Orleans, der Lenfant gern in seinem Amt abgelöst hätte, hatte eine massive Verleumdungskampagne gegen ihn eingeleitet, die Lenfant jedoch so geschickt zu kontern verstanden hatte, daß er sogar noch gestärkt aus der ganzen Affäre hervorging und vier Jahre später, nicht zuletzt dank Thornburg Conrads großzügiger finanzieller Unterstützung, zum erstenmal in den Senat gewählt wurde. Lenfant war nicht der Mann, der so einen Gefallen schnell vergaß, und so war dies der Anfang einer für beide Seiten sehr befriedigenden Zusammenarbeit geworden.

Lenfant war mit allen Wassern gewaschen und kannte wie kein Zweiter die Tricks, die für das Überleben in der politischen Arena von Washington unerläßlich waren. Eher klein von Statur, hatte er ein großflächiges Gesicht mit hoher Stirn, das von großen braunen Augen und einem Grinsen so breit wie der Mississippi dominiert wurde. Er hatte schmale Schultern und seit einiger Zeit einen kleinen Kugelbauch. Als waschechtem Südstaatengentleman waren ihm die Spielregeln des politischen Alltags in der Bundeshauptstadt längst in Fleisch und Blut übergegangen. Eine der wichtigsten davon lautete: Gib ein Geheimnis nur an einen Freund weiter, und auch dann nur, wenn du dafür eine entsprechende Gegenleistung erhältst.

An diesem Tag trug Lenfant unter seinem Trenchcoat einen dunkelblauen Schurwollanzug mit einer cremefarbenen Weste und einer braunen Krawatte. Die beiden Männer trafen sich im CIA-Hauptquartier in Langley. Thornburg Conrad hatte eine ausgeprägte Vorliebe für diesen Ort und insbesondere für die monumentale Gedenkwand aus weißem Marmor, in die dreiundfünfzig Sterne eingemeißelt waren. Jeder dieser Sterne erinnerte an einen Agenten, der in Ausübung seines Dienstes den Tod gefunden hatte. Nur dreiundzwanzig dieser Männer waren jedoch in dem Buch am Fuß der Gedenkwand namentlich aufgeführt. Der Rest blieb anonym – zumindest für die breite Öffentlichkeit. Die Namen dieser Agenten waren in den Geheimakten des CIA vermerkt, wo sie nur wenigen Eingeweihten zugänglich waren.

Diese selbstverständliche Art, der Öffentlichkeit bestimmte Informationen einfach vorzuenthalten, war in Thornburg Conrads Augen typisch für Washington. Hierin besteht unsere Macht, schien das Monument zu sagen: euch über die wahren Hintergründe im dunkeln zu lassen.

Einen Augenblick lang blieben die beiden Männer zwischen den Fahnen der Vereinigten Staaten und des CIA vor dem Denkmal stehen. Und als Thornburg Conrad III. sagte: »Wirklich beeindruckend«, wußte Brosnian Lenfant ganz genau, was er damit meinte.

Am Eingang zeigten die beiden Männer ihre Ausweise vor, und Lenfant gab den kleinen Dolch ab, den er seit seinen ersten Wahlkampftagen ständig bei sich trug. Darauf wurden sie von einem Sicherheitsbeamten zum Lift geführt.

Auf dem Weg nach oben fragte Thornburg Conrad: »Wie gut haben Sie Senator Franken gekannt?«

»Der gute alte R. P und ich kannten uns praktisch schon von Kindesbeinen an. Wie ich gehört habe, soll nicht mehr viel von ihm übriggeblieben sein.«

»Da haben Sie richtig gehört.«

»Mir wurde auch berichtet, daß er betrunken war, als er vom Bahnsteig gefallen ist.«

»Quatsch«, schnaubte Thornburg Conrad. »Die Sache stinkt doch zum Himmel. Franken wurde genauso ermordet wie die anderen Senatoren, die das neue Handelsgesetz zu verhindern versucht haben.«

Thornburg hatte für das Treffen ein kleines, selten benutztes Besprechungszimmer ausgewählt. Er schaltete das Licht und die Klimaanlage ein.

Der Raum war spartanisch eingerichtet: behördengraue Wände mit ein paar nicht sehr guten Gemälden von Segelschiffen auf sturmumtoster See. Die Mitte des Raums nahm ein großer Konferenztisch mit acht Drehstühlen ein. Das dazu passende Sideboard war vermutlich mit einer Reihe raffinierter Abhörgeräte bestückt, zumindest hätte sich Thornburg Conrad sehr gewundert, wenn dem nicht so gewesen wäre. Auf dem Sideboard standen eine Kaffeemaschine und eine Kochplatte, die ganz offensichtlich für nächtliche Marathonsitzungen gedacht waren. Wie in allen Besprechungsräumen gab es auch hier keine Fenster oder sonstige Oberflächen, die irgendwelche Schwingungen hätten übertragen können. Es bestand also keine Möglichkeit, von außen abzuhören, was hier gesprochen wurde.

Die zwei Männer nahmen Platz. Lenfant öffnete seinen Aktenkoffer und entnahm ihm eine Thermoskanne mit Kaffee, ein paar Catfish-Sandwiches, einen Behälter mit Alligatorwürstchen und ein Glas mit eingelegter Okra, die so höllisch scharf war, daß man damit sogar Wagenlack hätte verätzen können.

Über Lenfants Züge legte sich ein zufriedenes Grinsen. »Mit dem Fraß in unseren Regierungskantinen kann es das Zeug hier problemlos aufnehmen. Und es braucht auch keinen Vergleich mit dem zu scheuen, was man in den meisten Restaurants von Washington aufgetischt bekommt.«

Er bot Thornburg Conrad etwas davon an, dieser lehnte jedoch dankend ab. Nur was den Kaffee betraf – er war mit einem kräftigen Schuß Bourbon versetzt –, sagte er nicht nein. Lenfant stellte die Kochplatte an, um die Würstchen warm zu machen. Schon nach kurzem breitete sich ein Gestank im Raum aus, der bei entsprechender Konzentration vermutlich unter die C-Waffen-Sperrklausel gefallen wäre.

Thornburg Conrad öffnete das Sideboard und drückte auf einen Knopf. Im selben Augenblick setzte ein Störgeräusch ein, das jedes Abhören des Gesprächs absolut unmöglich machte.

Lenfant nahm die Würstchen von der Kochplatte und setzte sich an den Tisch. Ihr Geruch trieb Thornburg Conrad die Tränen in die Augen, dennoch beobachtete er fasziniert, wie Lenfant dieses abscheuliche Zeug mit sichtlichem Appetit in sich hineinschlang.

»Nicht übel, dieser Mississippischlamm«, brummte Conrad, als er sich aus der Thermoskanne des Ex-Senators eine zweite Tasse Kaffee einschenkte.

»Ein Rezept meiner Mutter«, sagte Lenfant und schlitzte mit chirurgischer Präzision ein Würstchen auf. »Der Küchenchef des Galatoire liegt mir schon seit Jahren in den Ohren, wann ich es ihm endlich verrate. Aber da kann er lange warten. Meine Mutter hat schwer gearbeitet und war zu Recht stolz auf das, was sie uns am Ende eines arbeitsreichen Tages aufgetischt hat. So schnell werde ich ihre Geheimnisse also nicht preisgeben.«

Er lud sich einen ordentlichen Bissen auf seine Gabel. »Dieser Jason Yoshida ist übrigens auch ein ziemliches Arbeitstier.« Er kaute genüßlich. »Ich könnte wetten, daß er genau wie meine Mutter nie schläft.« Lenfant sprach in dem melodiösen Louisiana-Singsang, den kein Dialektimitator so richtig überzeugend hinbekommt. »Denkt der Kerl denn tatsächlich an nichts anderes als an seine Arbeit?«

»Da erkundigen Sie sich am besten bei Ham.« Insgeheim fragte sich Thornburg Conrad, worauf Lenfant eigentlich hinauswollte. Aber aus Erfahrung wußte er, daß es keinen Sinn gehabt hätte, den Ex-Senator zu irgend etwas zu drängen.

»Ich weiß, Thornburg. Das Problem ist nur, daß Ihr Sohn denkt, meine Funktion bei Lenfant & Lenfant würde sich darauf beschränken, nach außen hin als Aushängeschild herzuhalten. Aber so haben Sie es ja von Anfang an gewollt.«

»Ich hielt es für das Beste, unsere Beziehung nicht an die große Glocke zu hängen.«

Brummend biß Lenfant von einem Catfish-Sandwich ab. »Eines will ich Ihnen jedenfalls mal sagen: Ich habe eine ganze Menge Spione gekannt, und nicht wenige von denen hatten nicht die leiseste Ahnung, daß ich genauestens über sie Bescheid wußte. Und trotzdem habe ich noch niemanden kennengelernt, dem das Spionieren soviel Spaß gemacht hat wie Ihnen.«

»Wissen ist Macht, wie es beim OSS immer hieß«, sagte Thornburg Conrad in Anspielung auf die Vorgängerorganisation des CIA.

Lenfant nickte. »Das waren Zeiten! Damals hat noch jeder brav seine Befehle befolgt, ohne vorher lange Fragen zu stellen.« Er kaute nachdenklich auf einem Stück Okra herum. »Womit wir beim Grund unseres Treffens wären. Auf Ihr Anraten hin habe ich mich mit Ihrem Sohn in Verbindung gesetzt und ihm meinen Namen für sein Tarnbüro zur Verfügung gestellt. Auch wenn ich gewissermaßen nur nominell an der Firma beteiligt bin, hatte ich doch von Anfang an sehr genauen Einblick in das, was Ihr Sohn unter dem Deckmantel von Lenfant & Lenfant so alles getrieben hat.« Er nahm einen Schluck Kaffee. »Bis vor kurzem gab es in dieser Hinsicht keinerlei Grund zu irgendwelchen Beanstandungen. Erst in letzter Zeit bin ich plötzlich etwas hellhörig geworden. Unser junger Freund Yoshida wirkte nämlich mit einem Mal so seltsam nervös. Ich habe also meine Nachforschungen angestellt und unter anderem auch ein paar Leute damit beauftragt, sein Büro ein bißchen unter die Lupe zu nehmen.« Lenfant zog die Stirn in Falten. Das verhieß nichts Gutes. »Wußten Sie, daß er erst kürzlich spät abends nach New York geflogen ist, dort einen Dienstwagen angefordert hat und am nächsten Morgen wieder nach Washington zurückkehrte?«

»Na und?«

Lenfant zuckte mit den Schultern. Fürs erste schien sein Hunger gestillt. »Möglicherweise hat das Ganze tatsächlich nichts weiter zu bedeuten. Aber wissen Sie auch, daß man Matheson einen Mord anzuhängen versucht?«

Thornburg enthielt sich jeden Kommentars. Erst nach einer Weile fragte er: »Und weiter?«

»Matheson ist auf der Flucht vor Polizeichef Jack Breathard, der glaubt – oder zumindest andere glauben machen möchte –, daß Matheson einen gewissen Squire Richards umgebracht hat. Das war der einzige Schwarze bei seiner Sondereinheit.« Lenfants rechte Augenbraue wanderte nach oben. »Zufällig wurde besagter Richards genau am Morgen des Tages erschossen vor seinem Haus aufgefunden, an dem auch Yoshida in New York war. Den ballistischen Untersuchungen zufolge wurden die Schüsse aus Mathesons Dienstrevolver abgefeuert.« Er nickte ernst. »Dahinter kann nur Yoshida stecken.«

Jedem anderen hätte Thornburg Conrad gesagt, daß das vollkommen ausgeschlossen wäre und daß es sich dabei nur um ein Mißverständnis handeln könne. Aber nicht Lenfant. Dazu kannte er den Senator zu gut und zu lange. Wenn Lenfant über jemanden Nachforschungen anstellte, dann mit aller Gründlichkeit. Und was er sagte, hatte Hand und Fuß.

»Ich weiß, daß Sie das Ganze nicht angeordnet haben«, fuhr Lenfant leise fort. »Unmittelbar nach seiner Rückkehr aus New York hatte ich eine kleine Unterhaltung mit Yoshida. Sie kennen ihn ja. Aus dem Kerl was herauszubekommen, ist fast ein Ding der Unmöglichkeit. Aber eines wurde mir trotzdem schnell klar: Irgendeine der jüngsten Entscheidungen Ihres Sohnes scheint ihm gar nicht in den Kram zu passen.« Obwohl dazu keinerlei Anlaß bestand, beugte sich Lenfant vor und fuhr mit einem verschwörerischen Flüstern fort: »Glauben Sie mir, Thornburg, das Gelingen Ihres Plans steht ernsthaft in Gefahr. Ihr Sohn hat Wolf Matheson eigenmächtig für ein nicht mehr länger zu verantwortendes Sicherheitsrisiko erklärt und ihm deshalb eine Falle gestellt, aus der es vermutlich kein Entrinnen mehr für ihn gibt.«

Wolf ging im oberen Stock des Hauses von Raum zu Raum. Die Waffe im Anschlag, hielt er Ausschau nach Kamiwara. Was hatte der Japaner vor? Und wann würde er sich ihm stellen?

Unwillkürlich fühlte sich Wolf an die Versteckspiele seiner Kindheit in Elk Basin erinnert. Nur stand diesmal wesentlich mehr auf dem Spiel. Er konzentrierte sich ganz auf sein Zweites Gesicht.

Inzwischen hatte er alles abgesucht, bis auf das Speisezimmer. Nur dort konnte sich Kamiwara noch versteckt halten. Da es in diesem Teil des Hauses ziemlich dunkel war, boten sich hier geradezu ideale Voraussetzungen für einen Hinterhalt.

Plötzlich sah Wolf die kleine Klappe, die in Hüfthöhe in die Wand eingelassen war. Sie war gerade groß genug, daß sich ein Mensch dahinter hätte verstecken können. Er hob seine Waffe und riß die Tür auf.

Dahinter befand sich jedoch nur der Speiseaufzug, er mußte hier also direkt über der Küche sein. Sicherheitshalber steckte er den Kopf in den Aufzugschacht, um sich zu vergewissern, daß er auch tatsächlich leer war. Bei dieser Gelegenheit hörte er Chikas Stimme von unten heraufdringen. Sie unterhielt sich auf Japanisch mit einem Mann. Angestrengt lauschend, projizierte er sein *makura na hiruma* nach außen und richtete es auf den Mann.

Und tatsächlich! Er konnte seine Aura ganz deutlich wahrnehmen. Ihm lief ein kalter Schauder über den Rücken.

Der Mann war niemand anderer als Suma! Und was das Schlimmste war: Chika unterhielt sich in eindeutig freundschaftlichem Ton mit ihm.

Lautlos schloß Wolf die Tür des Aufzugs wieder und überlegte kurz. Als erstes mußte er Kamiwara unschädlich machen. Erst danach konnte er sich Chika vorknöpfen – falls es überhaupt noch ein Danach für ihn geben würde.

Vorsichtig schlich er zurück zur Tür, die ins Speisezimmer führte. Kurz bevor er sie erreichte, blieb er stehen. Nur einen Zentimeter weiter, und Kamiwara würde sein Nahen bemerken – falls ihm der Japaner tatsächlich dort auflauerte.

Wolf konzentrierte sich. War da vielleicht ein leises Geräusch oder der Anflug eines Körpergeruchs, der ihm Kamiwaras Anwesenheit hätte verraten können?

Nichts.

Er wartete.

Immer noch nichts.

Und dann fiel ihm plötzlich wieder dieses geheimnisvolle Dunkel in seinem Innern ein, das dort wie ein Tier in tiefem Winterschlaf lag – White Bows Gefilde jenseits von Zeit und Raum.

Er faßte sich ein Herz und machte sich daran, diese tief in seinem Innern schlummernde Kraft zu wecken. Ihm war zwar keineswegs wohl bei der Sache, aber in seiner augenblicklichen Situation hatte er gar keine andere Wahl. Unwillkürlich mußte er an den Zwischenfall in dem Lagerhaus unten am Hafen denken, bei dem er Sumas Standort erst dann hatte orten können, sobald dieser seine Kraft nach außen gerichtet hatte. War es möglich, daß ihn Kamiwara nun umgekehrt genauso entdecken würde, sobald er von seinem *makura na hiruma* Gebrauch machte?

Er mußte es auf einen Versuch ankommen lassen. Kurz entschlossen richtete er seine Kraft nach außen und rannte um die Ecke des Gangs.

Gütiger Gott!

Um ein Haar wäre Wolf wie angewurzelt stehengeblieben. Neben seinem eigenen Atem konnte er plötzlich auch noch den eines zweiten Wesens hören. Ich habe ihn! schoß es ihm durch den Kopf. Ich kann seine Aura spüren – und das, obwohl er seine Kraft noch gar nicht nach außen gerichtet hat.

Im selben Moment tauchte Kamiwara auch schon aus dem Dunkel vor ihm auf. Sobald er Wolf erblickte, richtete er sein *makura na hiruma* nach außen. Doch Wolf konnte es gerade noch rechtzeitig mit seinem eigenen abwehren.

Darauf riß der Japaner eine seiner spitzen kleinen Klingen heraus und stürzte sich damit auf Wolf. Die Klinge schoß direkt auf Wolfs Unterleib zu, so daß er bereits ganz instinktiv den Bauch einziehen wollte. Aber er durfte sich jetzt auf keinen Fall verkrampfen. In Beherzigung dessen, was er von seinem japanischen Meister gelernt hatte, hörte er einfach auf zu denken und ließ sich nur noch von seinen Instinkten leiten.

Als die Klinge nur noch wenige Zentimeter von seinem Unterleib entfernt war, packte Wolf mit seiner rechten Hand das Handgelenk des Japaners und ließ sich auf ein Knie niedersinken. Sich Kamiwaras Schwung zunutze machend, zog er ihn mit einem Aikido-*irimi* so abrupt auf sich zu, daß er das Gleichgewicht verlor und mit voller Wucht gegen die Wand des Flurs krachte.

Trotzdem ließ er die Klinge nicht los und stach noch einmal auf Wolf ein. Nur ganz knapp verfehlte das blitzende Metall Wolfs Faust, traf dafür aber seinen Revolver mit solcher Wucht, daß er in hohem Bogen durch die Luft geschleudert wurde.

Blitzschnell ließ Wolf seine beiden Arme vorschnellen und nahm damit Kamiwaras ausgestreckten rechten Arm in die Zange. Dann richtete er sich abrupt auf und schlug gleichzeitig mit aller Kraft seine Arme zusammen. Kamiwaras Ellbogengelenk knackte häßlich, und die Klinge fiel scheppernd zu Boden.

Diese kurze Blöße des Gegners machte sich Wolf zunutze, um zu einem Handkantenschlag gegen Kamiwaras Kinn anzusetzen, den der jedoch gerade noch rechtzeitig abwehren konnte.

Der Japaner wußte, daß Wolf jetzt, da er keine Waffe mehr hatte, zum Angriff übergehen mußte. Und als Wolf genau das tat, konterte er mit einem gezielten Hieb nach seinem Hals.

Eigentlich hatte er dabei auf die Nervenbahnen direkt neben der Halsschlagader gezielt, bei denen ein Treffer zu einer sofortigen Lähmung geführt hätte. Aber er erwischte Wolf nur am Schlüsselbein; trotzdem wurde ihm von der Wucht des Schlags einen Moment schwarz vor den Augen. Er setzte zu einem *kite* auf Kamiwaras Handgelenk an, ohne jedoch volle Wirkung zu erzielen.

Diese momentane Schwäche machte sich der Japaner zunutze, um einen weiteren Treffer zu landen. Wolf mußte jetzt unbedingt seine Taktik ändern. Er spürte ganz deutlich, wie ihn langsam die Kräfte verließen und seine Überlebenschancen von Sekunde zu Sekunde mehr dahinschwanden.

Als er seine Kräfte nach außen zu richten versuchte, stieß er jedoch auf erbitterten Widerstand, da Kamiwara seine Absicht durchschaut und sofort die entsprechenden Gegenmaßnahmen ergriffen hatte.

Wie ein Totenschädel grinste ihm das haßverzerrte Gesicht des Japaners aus dem Dunkel entgegen. Seine Zähne waren gefletscht, und die Adern an seinem Hals traten hervor wie Taue. In seiner Verzweiflung versuchte Wolf Kamiwara am Kehlkopf zu treffen – ein Schlag, der zum sofortigen Tod des Gegners geführt hätte. Er mußte diesem Kampf ein möglichst rasches Ende bereiten, bevor ihn endgültig die Kräfte verließen; denn dann hätte Kamiwara, der ihm konditionell weit überlegen war, leichtes Spiel mit ihm gehabt.

Doch kurz bevor Wolfs Fingerspitzen ihr Ziel erreichten, hieb der Japaner mit solcher Wucht auf seinen Unterarm, daß er sofort jedes Gefühl darin verlor. Im selben Moment bekam Kamiwara mit seinen mächtigen Pranken Wolf am Hals zu fassen und drückte mit aller Kraft zu. Nach einer Weile lockerte er jedoch noch einmal kurz seinen Griff, um ihm seinen linken Arm um den Hals zu schlingen. Mit Entsetzen wurde Wolf bewußt, was der Japaner vorhatte. Er wollte ihm das Genick brechen. Wenn er jetzt nicht schleunigst etwas unternahm, war er spätestens in fünfzehn Sekunden ein toter Mann.

Obwohl ihn mehr und mehr die Kräfte verließen und eine beängstigende Mattigkeit von ihm Besitz zu ergreifen begann, mobilisierte er angesichts des unaufhaltsam nahenden Todes seine letzten Energiereserven. Aber so sehr er sich auch aufbäumte, Kamiwara hielt ihn weiter wie ein Schraubstock umklammert und drückte immer fester zu, um ihm das Genick zu brechen.

»Das ist einfach nicht gerecht«, jammerte Hiroto. Er war betrunken. Das Jackett hatte er achtlos über ein zusammengerolltes Futon geworfen, die Krawatte baumelte lose vom offenen Kragen seines zerknitterten Hemds. »Während ich in der Anonymität meines Labors die ganze Arbeit machen darf, spielt sich Yuji in der Öffentlichkeit als der geniale Erfinder auf und heimst sämtliche Lorbeeren ein. Er hat alles: das Geld, die Firma, den Ruhm. Und was bleibt für mich? Ein lausiges Gehalt und ein lächerlich geringer Anteil an der Firma, der mir allerdings auch nichts nützt, weil er auf den Namen meiner Frau eingetragen ist.« Er griff nach der Flasche Suntory Scotch und goß das Wenige, was sie noch enthielt, in sein Glas. »Ich bin der Mann im Hintergrund, ein cleverer Niemand, von dem kein Mensch je etwas gehört hat.«

Evan folgte Hirotos alkoholisiertem Monolog mit großem Interesse. Sie hatte Yujis Schwager scheinbar rein zufällig im Krankenhaus kennengelernt. Als Hiroto gerade aus dem Zimmer seiner Frau kam, hatte sie sich im Warteraum so verzweifelt ihrem Schmerz hingegeben, daß er nicht umhin gekonnt hatte, sich zutiefst gerührt nach den Ursachen ihres Kummers zu erkundigen.

Mittlerweile saßen sie sich in einem Restaurant in der Nähe des Krankenhauses gegenüber, beide sehr steif und förmlich und ohne auch nur den Anflug eines erotischen Interesses zu erkennen zu geben. Wie leicht Hiroto doch zu durchschauen war, dachte Evan. Nur gut, daß Wakare sie auf ihn aufmerksam gemacht hatte. Damit hatte er ihr, wenn auch unbeabsichtigt, eine Reihe von gänzlich neuen Möglichkeiten eröffnet. Schon eine ganze Weile hatte sie nämlich instinktiv gespürt, daß man beim Bund der Schwarzen Klinge nach einer weiteren Möglichkeit suchte, an das Orakel heranzukommen, abgesehen von Minakos Hilfe. Nicht, daß man Minako mißtraut hätte. Im Gegenteil, sie hatte ihre bedingungslose Loyalität gegenüber der Organisation schon unzählige Male unter Beweis gestellt. Andererseits war auch nicht zu leugnen, daß es diesmal um ihren eigenen Sohn Yuji ging. Für Evan war also von Anfang an festgestanden, daß sich der Bund der Schwarzen Klinge bei dem Versuch, das Orakel in seinen Besitz zu bringen, keinesfalls nur auf Minako stützen durfte. Und dann hatte ihr Wakare im Gespräch mit seiner Lieblingskurtisane Mita den entscheidenden Hinweis darauf gegeben, daß das am ehesten auf dem Weg über Hiroto, Yujis unzufriedenen und korrupten Schwager, möglich sein könnte.

Dennoch war es keineswegs einfach gewesen, Hiroto ins Netz zu lokken. Ganz im Gegenteil. Aus Erfahrung wußte Evan, daß man gerade bei Menschen, die sich von ihrer Umwelt verkannt fühlten, besonders vorsichtig vorgehen mußte. Von Natur aus mißtrauisch, nahmen sie von jedem erst einmal das Schlechteste an. Und hatte man ihren Argwohn geweckt, dann war es fast unmöglich, ihr Vertrauen zu gewinnen. Daher war es das Beste, ihnen erst gar keinen Grund zu geben, mißtrauisch zu werden.

Aus diesem Grund sagte sie zu Hiroto: »Ich möchte mich noch einmal in aller Form für mein Verhalten im Krankenhaus entschuldigen. Das war unverzeihlich.«

»Aber nicht doch. Ich bin es, der sich für seine Aufdringlichkeit entschuldigen sollte.«

»Aber ich war doch so froh, daß Sie zu mir gekommen sind und sich neben mich gesetzt haben!« Um erst gar keinen Zweifel hinsichtlich der Ehrenhaftigkeit ihrer Absichten aufkommen zu lassen, vermied es Evan ganz bewußt, ihn anzusehen. »Plötzlich konnte ich einfach die Tränen nicht mehr länger zurückhalten. Dazu müssen Sie wissen, daß mein Mann an akutem Nierenversagen leidet. Die Ärzte sagen, daß sie sich das bei einem Mann in seinem Alter eigentlich gar nicht erklären können. Und dabei waren wir so ein glückliches Paar, Hiroto-san. Wir hatten noch das ganze Leben vor uns.« In ihrem Augenwinkel blitzte eine einsame Träne auf. »Und nun ist er schon seit Wochen an eine künstliche Niere angeschlossen, und ich muß hilflos mitansehen, wie er von Tag zu Tag matter und schwächer wird. Was soll da nur aus uns werden?« Sie ließ den Kopf auf die Brust sinken und brach in verzweifeltes Schluchzen aus.

Obwohl Hiroto von dem vielen Alkohol schon ziemlich benebelt war, gab er sich einen Ruck, rückte mit einer fahrigen Handbewegung seine verrutschte Krawatte zurecht und erklärte mit einer förmlichen Verneigung: »Ich befinde mich in einer ganz ähnlichen Situation.«

»Tatsächlich? Das muß ja schrecklich für Sie sein.« Als Evan ihn dabei mit tränenüberströmtem Gesicht ansah, versetzte es Hiroto einen tiefen Stich ins Herz.

»Meine Frau leidet an einer unheilbaren Krankheit, über deren Ursachen sich die Ärzte noch immer nicht im klaren sind.« Er hielt inne. Mehr konnte er zu einem Außenstehenden zu diesem Thema ja auch nicht sagen. Aber er verspürte plötzlich das unwiderstehliche Bedürfnis, dieser Frau sein Herz auszuschütten. Da sie sich in einer ganz ähnlichen Situation wie er befand, konnte sie ihn sicher sehr gut verstehen. »Diese entsetzliche Krankheit hat mir meine Frau im Grunde genommen jetzt schon geraubt. Auch wenn sie, zumindest im klinischen Sinn, noch nicht tot ist, beschränken sich ihre Lebensäußerungen nur noch auf gelegentliche Weinkrämpfe oder unkontrollierte Tobsuchtsanfälle. Manchmal frage ich mich allen Ernstes, ob das wirklich noch die schöne und charmante Frau ist, die ich einmal geheiratet habe.« Er seufzte schwer. »Mein Gott, manchmal kann einem das Leben wirklich übel mitspielen.«

»Trotzdem dürfen wir den Mut nicht verlieren.« Evan wischte sich die Tränen aus dem Gesicht. »Wir müssen stark sein.«

»Warum?« sagte Hiroto geknickt. »Darin kann ich keinen Sinn mehr sehen.«

»Weil immer noch die Chance besteht, daß wir eines Tages einem Menschen begegnen, der uns versteht und das Leben wieder lebenswert macht.«

Er fing ihren Blick auf und dachte: Damit meint dieses wundervolle Geschöpf doch nicht etwa mich? Was sollte eine Frau wie sie an mir finden? Aber warum eigentlich nicht . . . Immerhin befinden wir uns beide in einer sehr ähnlichen Situation. Vielleicht kann ich ihr in dieser Lage tatsächlich besser helfen als jeder andere Mann. »Ich weiß nicht, was ich tun sollte, wenn sie stirbt.«

Evan wußte, daß er von seiner Frau Kazuki, Yujis Schwester, sprach. »Mir geht es mit meinem Mann ganz ähnlich«, versicherte sie ihm leise. »Und dennoch ertappe ich mich manchmal bei dem Gedanken, daß er gar nicht mehr mein Mann ist – zumindest nicht der Mann, in den ich mich damals verliebt habe. Ist das ein sehr unehrenhafter Gedanke?«

»Keineswegs«, sagte Hiroto. »Ich kann das sogar sehr gut verstehen.«

»Was würde ich doch darum geben, wenn ich ihn wieder so zurückbekommen könnte, wie er einmal war!« Hiroto entging nicht, daß sie kurz davor stand, wieder in Tränen auszubrechen. Mit einem Mal hatte er das Gefühl, als liefe ihm das Herz über. »Aber das ist natürlich vollkommen aussichtslos. Die Ärzte haben längst alle Hoffnung aufgegeben.«

Da kam Hiroto plötzlich eine Idee. Er, der Mann im Hintergrund, der immer in Yujis Schatten gestanden hatte, witterte mit einem Mal seine große Chance, endlich auch einmal etwas von der Anerkennung zu ernten, die ihm schon lange zustand – und sei es auch nur von diesem ebenso bemitleidenswerten wie zauberhaften Geschöpf, das ihm gerade sein Herz ausschüttete. Denn es stand durchaus in seiner Macht, ihr ihren Mann zurückzugeben.

»Ich kann Ihnen sehr wohl helfen«, stieß er atemlos hervor. Die Spuren des Alkohols waren schlagartig verflogen, und statt dessen bemächtigte sich seiner plötzlich eine geradezu übernatürliche Klarheit des Denkens.

»Sie wollen mir helfen?«

»Hören Sie zu, Evan«, begann Hiroto mit Nachdruck. »Die Ärzte verfügen nur über ein sehr begrenztes Wissen. Ich bin Computerspezialist und arbeite gerade an einem Projekt, mit dessen Hilfe sich der ursprüngliche Gesundheitszustand ihres Mannes wieder herstellen ließe.«

»Ist das Ihr Ernst, Hiroto-san?« Die Hoffnung ließ ihr Gesicht aufleuchten. Doch im selben Augenblick legten sich bereits wieder tiefe Schatten über ihre Züge. »Aber wie ist das möglich?«

»Die Sache ist ziemlich kompliziert. Jedenfalls läuft das Ganze darauf hinaus, daß wir eine Möglichkeit gefunden haben, in einem lebenden Organismus die DNS-Struktur zu verändern.«

Ihr Gesicht erhellte sich wieder. »Machen Sie mir auch nicht nur etwas vor?«

»Wo denken Sie hin.«

»Aber das alles . . .«, sie schüttelte den Kopf. »Es hört sich so unglaublich an.«

»Warum überzeugen Sie sich am besten nicht gleich selbst!« stieß er impulsiv hervor. Warum sollte er ihr das Orakel nicht zeigen? Schließlich war er genauso maßgeblich an seiner Entwicklung beteiligt wie Yuji. Außerdem war es einfach vollkommen unmöglich, dieser Frau eine Bitte abzuschlagen. Zum Teufel also mit den ganzen Sicherheitsbestimmungen! Zum Teufel mit Yuji! »Kommen Sie! Ich werde es Ihnen zeigen!«

Wolf hatte nur noch eine einzige Chance: Er mußte den Nervenknotenpunkt direkt unterhalb des Schlüsselbeins treffen, von dem die wichtigsten Nerven in Arme und Hände führten.

Das Problem war nur, daß diese Stelle durch Kamiwaras Muskelpakete bestens geschützt war.

Verzweifelt stieß Wolf mit durchgestreckten Fingern nach der Stelle. Aber es fehlte ihm an der nötigen Kraft. Unerbittlich drückte Kamiwara immer fester zu, bis ihm schwarz vor den Augen wurde. Seine brennenden Lungen schrien förmlich nach Luft.

Nur noch ein einziger Gedanke drang durch das Dunkel, das ihn von allen Seite zu umhüllen begann.

Er brauchte eine Waffe.

Ein Summen, wie von einer Fliege.

Eine Waffe.

Dicht an seinen Körper gepreßt, tastete sich seine Hand nach unten, glitt in seine Hosentasche und schloß sich um ein Stück blankes Metall mit einer messerscharfen Schneide: die winzige Klinge, die Suma im Lagerhaus zurückgelassen hatte.

Er spürte, wie seine Halswirbel unter dem unmenschlichen Druck langsam nachzugeben begannen.

Unter Aufbietung seiner letzten Kräfte beschwor Wolf noch einmal das rote Glühen in seinem Innern herauf und ließ ihm freien Lauf.

Gerade ist die Brücke und schmal der Weg... Wolf baute sich seine eigene Pfeilbrücke.

Ein Gefühl, als schwebte er... und in seinem Innern machte sich eine alles verzehrende Glut bemerkbar, deren Hitze ihm jedoch nicht das geringste anzuhaben vermochte. Vielmehr breitete sie sich langsam in seinem ganzen Körper aus, bis sie in seine Fingerspitzen vorgedrungen war.

Währenddessen nahm der mörderische Druck auf seinen Hals noch weiter zu.

Ein letztes Aufbäumen, und glühend rot wie die untergehende Sonne schnellte die Klinge aus seiner Hand.

Im selben Augenblick ließ der entsetzliche Druck nach.

Kamiwara traten die Augen aus dem Kopf, und sein Mund öffnete sich zu einem stummen Schrei.

Gierig nach Luft schnappend, hieb Wolf mit neu erwachender Kraft so lange auf den Nervenknotenpunkt an Kamiwaras Schulter ein, bis sein rechter Arm kraftlos an seiner Seite baumelte. Dann richtete er die alles verzehrende Glut aus seinem Innern auf Kamiwara, der sich noch ein letztes Mal verzweifelt aufbäumte.

Dabei entwickelte Wolf eine so ungeheure psychische Energie, daß er am ganzen Körper zu zittern begann. Es gab nichts mehr, was der zerstörerischen Kraft, die sein *makura na hiruma* nun freisetzte, noch standzuhalten vermochte.

In Kamiwaras Brust klaffte eine tiefe Wunde auf, aus der bläuliche Flammen hervorzüngelten.

Wolf begann heftig zu zittern. Unwillkürlich mußte er an den seltsamen Schatten denken, der auf dem Dach von Amandas Haus an ihm vorbeigehuscht war.

Doch nun war dieser Schatten Teil seiner selbst und verlieh ihm ungeahnte Kräfte.

»Gerade ist die Brücke und schmal der Pfad, der zum Leben führt. Und nur wenigen ist es gegeben, ihn zu beschreiten.«

Mit einem heftigen Ruck wurde plötzlich der Schleier fortgerissen, der bisher über Wolfs Bewußtsein gelegen hatte, und als er die Augen aufschlug, fiel sein Blick auf Kamiwara, der am ganzen Körper lichterloh brannte. Und in dem Moment, in dem der letzte Lebensfunke aus den weit aufgerissenen Augen des Japaners wich, fragte sich Wolf entsetzt: Wohin wird mich der Weg führen, den ich nun unwiderruflich beschreiten muß? Noch tiefer in Tod und Verderben?

7

Tokio/New York/Washington

»GUTEN TAG, HIROTO-SAN.«

»Das ist das Orakel«, sagte Hiroto zu Evan. Er ließ sie keine Sekunde aus den Augen, als sie auf den schwarzen Kasten zuging. »Orakel, das ist Evan.«

»DU HÄTTEST SIE NICHT HERBRINGEN DÜRFEN«, sagte das Orakel.

»Ich weiß«, gab Hiroto zu. »Das ist ein Verstoß gegen die Sicherheitsbestimmungen. Aber du mußt Evan unbedingt helfen. Oder genauer – ihrem Mann.«

»SIE IST NICHT VERHEIRATET.«

Evan, die den schwarzen Kasten gerade von allen Seiten neugierig in Augenschein genommen hatte, blieb abrupt stehen.

»Wie bitte?« entfuhr es Hiroto erstaunt. »Wie kommst du denn darauf?«

»DAS TUT IM AUGENBLICK NICHTS ZUR SACHE, HIROTO-SAN. SIEH ZU, DASS DU DIESE FRAU SCHLEUNIGST WIEDER HIER RAUSSCHAFFST.«

Mit verständnisloser Miene ließ Evan ihren Blick zwischen Hiroto und dem Orakel hin und her wandern. »Was soll dieser Unsinn eigentlich?« Über ihre Lippen legte sich ein spöttisches Lächeln. »Wie es scheint, mag mich Ihre Maschine nicht besonders.«

»ICH WEISS, WER SIE SIND«, sagte das Orakel monoton. »SIE STELLEN EINE ERNSTE BEDROHUNG FÜR UNS DAR.«

»Glauben Sie mir«, wandte sich Hiroto verlegen an Evan, »ich weiß selbst nicht, was plötzlich in den Kasten gefahren ist. Auf einmal faselt er nur noch wirres Zeug. Ich kann beim besten Willen nicht verstehen ...«

»HIROTO-SAN«, fiel ihm das Orakel energisch ins Wort. »BIST DU DIR BEWUSST, DASS DIESE FRAU IM AUFTRAG VON TOSHIN KURO KOSAI HIER IST?«

»Der Bund der Schwarzen Klinge? Unsinn! Wie kommst du denn darauf?«

»SIE HAT IN DIESER ORGANISATION SOGAR EINE FÜHRENDE POSITION INNE, HIROTO-SAN. ABER SELBSTVERSTÄNDLICH WÜRDE SIE DAS NIE ZUGEBEN. SIE STELLT EINE ENORME BEDROHUNG FÜR UNS DAR.«

»Schenken Sie ihm einfach keine Beachtung«, wandte sich Hiroto mit einem verlegenen Achselzucken an Evan. »Das muß an einem fehlerhaften Kontakt oder etwas ähnlichem liegen.«

»DU BRAUCHST SIE NUR AN MICH ANZUSCHLIESSEN. DANN KANN ICH AUCH IHRE GEHEIMSTEN GEDANKEN LESEN. ICH WÜRDE ALLES ERFAHREN, WAS SIE ÜBER DEN BUND DER SCHWARZEN KLINGE WEISS.«

Hiroto entging nicht, daß dieser Vorschlag Evan sichtlich beunruhigte. Mit totenblassem Gesicht war sie einen Schritt von dem schwarzen Kasten zurückgewichen.

»Sie denken doch nicht im Ernst . . .«

Lachend beeilte sich Hiroto, sie zu beruhigen. »Aber nicht doch. Das kommt natürlich überhaupt nicht in Frage.« Er breitete verlegen die Hände aus. »Trotzdem war es vielleicht ein Fehler, Sie hierher zu bringen. Wir sollten jetzt besser gehen.«

»Ach, warum? Bleiben wir doch noch ein bißchen.«

»SIE WILL NOCH MEHR HERAUSBEKOMMEN, HIROTO-SAN. DAMIT SIE DEM BUND DER SCHWARZEN KLINGE ALLES ÜBER MICH ERZÄHLEN KANN. ES IST DEINE PFLICHT, MICH ZU SCHÜTZEN, HIROTO-SAN.«

»Aber selbstverständlich«, nickte Hiroto. »Doch vor wem soll ich dich schützen? Welches Interesse könnte Toshin Kuro Kosai an dir haben?«

»ICH BIN ZU DINGEN FÄHIG, DIE FÜR SIE VON GRÖSSTER BEDEUTUNG SIND.«

»Und was sind das für ›Dinge‹?« fragte Hiroto. »Schließlich kenne ich alle deine Funktionen.«

»DAS TUST DU NICHT. UNTER ANDEREM BIN ICH IMSTANDE, DIE DNS JEDES X-BELIEBIGEN MENSCHEN SO ZU VERÄNDERN, DASS ER DIESELBE DNS-STRUKTUR WIE DIE MITGLIEDER DES BUNDES DER SCHWARZEN KLINGE BEKOMMT UND DAMIT AUCH ÜBER DEREN BESONDERE FÄHIGKEITEN VERFÜGT.«

»Soll das heißen, daß hinter meinem Rücken Experimente mit dir durchgeführt werden?«

»JA. IM AUGENBLICK SIND ALLERDINGS NOCH VERSCHIEDENE VERBESSERUNGEN NÖTIG. DER EINZIGE MENSCH, DESSEN DNS ICH BISHER GEÄNDERT HABE, IST TOT. ABER YUJI UND HANA ARBEITEN GERADE AN EINER MÖGLICHKEIT, AUCH NOCH DIE LETZTEN FEHLERQUELLEN AUSZUSCHALTEN. WENN DAS DER FALL IST, BIN ICH FÜR DEN BUND DER SCHWARZEN KLINGE VON UNSCHÄTZBAREM WERT. SIE KÖNNTEN MIT MEINER HILFE DIE DNS BESTIMMTER AUSERWÄHLTER PERSONEN VERÄNDERN, UM AUF DIESE WEISE IHRE SCHWINDENDEN MITGLIEDERZAHLEN WIEDER AUFZUSTOCKEN. NUR AUS DIESEM GRUND IST DIESE FRAU HIER.«

Hiroto wußte nicht mehr, was er tun sollte. Als er sich mit einem hilfesuchenden Blick an Evan wandte, sagte sie: »Die Maschine spielt ganz offensichtlich verrückt.«

Doch das Orakel ließ nicht locker. »ÜBERLASSE SIE MIR«, redete es fast beschwörend auf Hiroto ein. »ICH WERDE DIR ZEIGEN, WER SIE WIRKLICH IST.«

»Laß endlich diesen Unsinn!« brauste Hiroto auf. Er verlor mehr und mehr die Kontrolle über die Situation.

»HAST DU DENN IHREN MANN SCHON GESEHEN, HIROTO-SAN? BIST DU DIR SICHER, DASS ER ÜBERHAUPT EXISTIERT?«

»Gesehen habe ich ihn zwar nicht«, mußte Hiroto zugeben, »aber dazu bräuchte ich ja nur mit Evan ins Krankenhaus zurückzufahren.«

»DANN TU DAS«, forderte ihn das Orakel auf.

Hiroto wußte nicht mehr aus noch ein. Mit einem hilflosen Blick auf Evan bat er: »Bitte sagen Sie mir jetzt die Wahrheit. Stimmt wirklich etwas von dem, was das Orakel eben behauptet hat?«

Evan traten Tränen in die Augen. »Wollen Sie mich nun etwa auch noch ins Kreuzverhör nehmen, nachdem ich mir schon die unverschämten Anschuldigungen dieser Maschine anhören mußte, Hiroto-san?« Sie seufzte gekränkt. »Natürlich lügt diese Maschine.«

Hiroto runzelte die Stirn. »Keine Maschine, auch nicht eine so hochentwickelte wie das Orakel, ist imstande zu lügen.« Er machte einen Schritt auf Evan zu. »Jedenfalls könnte es nicht schaden, wenn Sie mich erst einmal Ihrem Mann vorstellen würden.«

»DAS KÖNNTE AUF KEINEN FALL SCHADEN«, äffte ihn das Orakel nach.

»Dafür ist es doch schon viel zu spät«, machte Evan geltend.

»ABER GEWISS DOCH, ZU SPÄT«, wiederholte das Orakel im selben sarkastischen Ton.

»Ich meine, das Krankenhaus ist doch um diese Zeit für Besucher längst geschlossen. Wir könnten natürlich morgen . . .«

»BIS DAHIN HAT SIE LÄNGST DAFÜR GESORGT, DASS TATSÄCHLICH JEMAND IM KRANKENHAUS LIEGT, DER SICH ALS IHR MANN AUSGIBT«, warnte das Orakel.

»Jetzt reich's mir aber«, trumpfte Evan auf. »Wir fahren auf der Stelle ins Krankenhaus, Hiroto-san. Dann können Sie sich an der Rezeption zumindest schon mal die Krankenunterlagen meines Mannes ansehen.«

Hiroto war sichtlich erleichtert. »Dazu wären Sie tatsächlich bereit?«

»Aber sicher«, erklärte Evan ohne Zögern.

»LASS DICH BLOSS NICHT DARAUF EIN, HIROTO-SAN. GEH NIRGENDWO MIT IHR HIN. DIESE FRAU IST EXTREM GEFÄHRLICH.«

»Warum soll sie jetzt plötzlich auch noch gefährlich sein?« wollte Hiroto wissen.

»WEIL SIE WEISS, DASS IM KRANKENHAUS KEINE UNTERLAGEN ÜBER IHREN VERMEINTLICHEN MANN EXISTIEREN.«

»Jetzt habe ich aber endgültig genug!« Unwirsch riß Hiroto die Tür des Labors auf und verließ mit Evan den Raum.

Auf dem Weg nach draußen entschuldigte er sich in aller Form bei ihr. »Das Ganze ist mir selbstverständlich schrecklich peinlich, aber wie Sie sicher verstehen können, haben wir sehr strenge Sicherheitsvorschriften. Zumindest in diesem Punkt hatte das Orakel recht.«

»Aber natürlich.« Plötzlich legte sich ein grünes Leuchten über Evans dunkle Augen. Hiroto faßte sich an die Brust und begann wie ein Fisch auf dem Trockenen nach Luft zu schnappen. Dann taumelte er mit weit aufgerissenen Augen ein paar Schritte zurück, stieß mit dem Rücken gegen die Wand des Lagerhauses und rutschte daran zu Boden. Als er dort hilflos zappelnd liegen blieb, kniete Evan neben ihm nieder und zischte ihm ins Ohr: »Eines muß man dieser verdammten Maschine lassen – sie ist wesentlich schlauer als du, Hiroto.« Dann stellte sie ihm eine lange Reihe von Fragen, die er ihr wie unter Hypnose bereitwillig beantwortete. Als er ihr schließlich alles gesagt hatte, was sie von ihm wissen wollte, drückte sie einmal kräftig auf seinen Herzmuskel.

Hiroto begann am ganzen Körper zu zucken, als stünde er plötzlich unter Strom. Doch schon wenige Augenblicke später sank er kraftlos in sich zusammen und blieb vollkommen reglos am Boden liegen.

Evan bückte sich über seine Hand, öffnete den Mund und ließ ihn mit aller Kraft wieder zuschnappen. Dann holte sie ein Stück Watte hervor und verpackte darin etwas, das sie aus ihrem Mund hervorholte.

Anschließend kniete sie neben Hiroto nieder, hievte sich seine Leiche auf ihre schmalen Schultern und trug ihn zu seinem Wagen. Nachdem sie ihn damit nach Hause gefahren hatte, stellte sie den Wagen mit laufendem Motor in die Garage und setzte ihn hinters Steuer.

Auf dem Weg nach draußen achtete sie sorgfältig darauf, keine Fingerabdrücke zu hinterlassen, und schloß die Garagentür.

Dann warf sie einen letzten Blick auf das dunkle Haus zurück und dachte: Schade, daß Hiroto nicht gewußt hat, welche Änderungen Yuji und Hana am Orakel vornehmen wollten. Sonst hätte ich den schwarzen Kasten gleich mitnehmen können und wäre nicht mehr auf Minakos und Yujis Hilfe angewiesen gewesen. Aber noch ist nicht alles verloren. Zumindest weiß ich jetzt, wo das Orakel versteckt ist. Sollen Yuji und Hana ruhig noch die letzten erforderlichen Verbesserungen an der Maschine vornehmen. Und falls Yuji dann nicht bereit sein sollte, uns sein Geheimnis zu verraten, weiß ich bereits, an wen ich mich zu wenden habe: an seine Halbschwester Hana.

Breathard.

»Was?«

»Breathard kommt.«

Wolf ergriff Chikas Hand und ließ sich von ihr hochziehen. Er konnte sich nur mit Mühe auf den Beinen halten. Schwer atmend lehnte er sich gegen die blutbespritzte Wand.

In diesem Augenblick tönte bereits eine megaphonverstärkte Stimme durch das ganze Haus: »Hier spricht Polizeichef Jack Breathard! Das Haus ist von allen Seiten umstellt! Jeder Widerstand ist zwecklos. Ich gebe Ihnen eine Minute Zeit. Werfen Sie Ihre Waffen weg und verlassen Sie mit erhobenen Händen das Haus! Und damit wir uns nicht mißverstehen: Das gilt auch für sie, Matheson.«

Sie konnten bereits die raschen Schritte der Polizisten hören, die das Haus stürmten. Es hörte sich an, als hätten sie es mit einer ganzen Hundertschaft zu tun.

Wolf konnte seinen Blick nicht von Kamiwaras Leiche losreißen. »Um ein Haar hätte mich dieses Schwein kaltgemacht.«

Ungeduldig zerrte Chika an seinem Arm. »Kommen Sie endlich. Wir müssen weg hier.«

Woher weiß Breathard, daß ich hier bin? schoß es Wolf durch den Kopf. Aber das war jetzt nicht der Augenblick, um sich darüber den Kopf zu zerbrechen. Er rannte hinter Chika her den Flur entlang. Als sie die Treppe zum zweiten Stock hinaufstürmten, konnten sie hören, wie die ersten Polizisten ins Haus eindrangen. Im Erdgeschoß gingen sämtliche Lichter an. Mehrere mit Flinten bewaffnete Männer schwärmten aus und bezogen Stellung. Wenige Augenblicke später kam Polizeichef Breathard ins Haus. Unter der Anzugjacke trug er eine kugelsichere Weste. In der einen Hand hielt er ein Megaphon, in der anderen eine 357er Magnum.

Breathard hob das Megaphon an die Lippen und wiederholte noch einmal seine Aufforderung, sich zu ergeben.

Dicht unter ihnen ertönte ein lautes Krachen. Wolf packte Chika am Arm. »Schnell weg hier!«

Aus dem Erdgeschoß dröhnte die Stimme Breathards zu ihnen herauf: »Matheson, hier spricht Breathard! Wir haben den Commissioner, oder was noch von ihm übrig ist, entdeckt! Das ist Ihre letzte Chance, sich zu ergeben! Tun Sie das lieber schnell, bevor es zu spät ist!«

Während Wolf und Chika immer weiter nach oben rannten, ertönte plötzlich ein kurzes, dumpfes Zischen. Ein zylindrischer Metallbehälter kam durch das Treppenhaus hochgeschossen, plumpste auf den Läufer im Flur und kam unter lautem Zischen, eine Gaswolke hinter sich her ziehend, auf sie zugerollt.

»Tränengas«, stieß Wolf hervor und schob Chika die Treppe hinauf.

Fast im selben Augenblick flogen zwei weitere Tränengasbomben durchs Treppenhaus und explodierten. Wir müssen nur ein bißchen Zeit gewinnen, dachte Wolf. Nur ein bißchen Zeit.

Im zweiten Stock angekommen, warf Wolf einen Blick zur Decke hoch. Schon nach kurzem hatte er entdeckt, was er suchte. Er hob den Arm, zog an einer Kette, und eine Luke mit einer Klappleiter öffnete sich. Rasch kletterten sie durch die Öffnung und zogen die Luke wieder hinter sich zu.

»Wo sind wir?« fragte Chika. Ringsum herrschte undurchdringliches Dunkel.

»Auf dem Dachboden.« Wolf wischte sich den Schweiß von der Stirn und nahm Chika an der Hand. »Hier lang.«

Sie erreichten ein Fenster, neben dem ein kleiner Metallkasten angebracht war. Die Alarmanlage.

Kurz entschlossen riß Wolf die Drähte los, die um das Fenster festgeklemmt waren. Dann nahm er den Deckel des Kastens ab und verband die Drähte mit ein paar Kontakten im Innern der Alarmanlage. Als er das Fenster öffnete, drang ihm von außen kalte Luft entgegen. Sie kletterten aufs Dach und schlossen das Fenster wieder.

Glücklicherweise befanden sie sich auf der Rückseite des Hauses, wo sie durch mehrere hohe Bäume vor den Blicken der Polizisten geschützt waren. Kurz entschlossen schwang sich Wolf auf das Dach des angrenzenden Hauses, das etwas höher war als das des Commissioners, und zog Chika hinter sich her. Geduckt huschten sie dann von Dach zu Dach weiter. Einmal mußten sie mit einem gewaltigen Satz über eine Durchfahrt zwischen zwei Häusern springen.

Schließlich hatten sie das Ende der Straße erreicht. Auf der Feuerleiter konnten sie nicht nach unten klettern, die Gefahr, daß sie von den Polizisten entdeckt wurden, war zu groß. Deshalb brach Wolf die Luke auf, die vom Dach ins Innere des Hauses führte. Als sie lautlos die Treppe hinunterhuschten, spürte Wolf, daß es ihm in den Beinen noch an Kraft fehlte; außerdem hatte er infolge der Verletzungen, die er sich im Kampf mit Kamiwara zugezogen hatte, heftige Schmerzen.

Sie hatten fast das Erdgeschoß erreicht, als die Eingangstür aufflog und mehrere Polizisten ins Haus stürmten. Mit einem mächtigen Satz sprang Wolf die letzten Stufen zu Boden und rannte hinter Chika zum Hintereingang. Im Eingangsbereich hörte man eine barsche Männerstimme, die eine Reihe von knappen Befehlen erteilte.

Im Hinterhof stank es so nach Abfällen, daß Wolf für einen Moment die Luft wegblieb. In dem engen Durchgang, der auf eine kleine Seitenstraße hinausführte, lagen mehrere benutzte Einwegspritzen herum. Ein Stück die Straße hinunter hatten die Polizisten bereits eine Sperre errichtet.

»Das hat uns gerade noch gefehlt!« stieß Chika verzweifelt hervor.

Hastig sah sich Wolf um. Im Hof hinter ihnen wimmelte es bereits von schwerbewaffneten Polizisten. Sie saßen in der Falle.

Im selben Moment schoß unter lautem Reifenquietschen ein verbeultes Taxi um die Ecke und kam direkt auf sie zu. Ganz instinktiv hatte Wolf bereits die kleine Wurfklinge aus seiner Tasche gerissen, als aus dem Wageninnern eine vertraute Stimme ertönte: »Ich bin's! Bobby!«

Tatsächlich! Der Mann in dem als Taxi getarnten Einsatzwagen war niemand anderer als Bobby Connor. Wolf war so überrascht, daß er wie angewurzelt dastand.

»Steigen Sie schon ein, verdammt noch mal!« brüllte ihn Bobby an.

Inzwischen kamen bereits die ersten Polizisten aus dem Hinterhof gerannt, und von der Absperrung her setzte sich ein Streifenwagen in Bewegung. Jetzt war keine Zeit mehr, um noch lange zu überlegen.

Kurz entschlossen stieß Wolf Chika auf den Rücksitz und sprang ihr hinterher. Im selben Moment fuhr Bobby auch schon mit laut aufheulendem Motor los und schoß heftig schleudernd um die nächste Ecke – direkt in eine Einbahnstraße. Und natürlich in der verkehrten Richtung! Zum Glück kam ihnen niemand entgegen, nur am Ende der Straße wären sie um ein Haar mit einem Lieferwagen zusammengestoßen. Sie erreichten die 86th Street und fuhren in Richtung Central Park weiter.

»Tolles Timing, Bobby«, bemerkte Wolf anerkennend. »Aber woher wußten Sie überhaupt, wo ich bin? Das gilt übrigens genauso für Breathard.«

»Breathard will Ihnen diesmal wirklich an den Kragen.« Mit einem rasanten Manöver überholte Bobby einen Bus, der ihnen laut hinterherhupte. »Ich habe zufällig mitbekommen, wie Breathard ein riesiges Überfallkommando zusammengetrommelt hat. Da wurde ich natürlich aufmerksam und habe mich ein bißchen umgehört. Bei dieser Gelegenheit erfuhr ich, daß er auf einen Anruf reagierte, bei dem ihm jemand ihr Versteck verraten hat.«

»Das ist vollkommen ausgeschlossen.« Wolf schüttelte den Kopf. »Kein Mensch wußte, wo ich war.«

»Irgend jemand muß es aber doch gewußt haben. Und der hat es Breathard weitererzählt.« Bobby warf Wolf im Rückspiegel einen kurzen Blick zu. »Wie Sie wissen, werden alle auf dem Revier eingehenden Ferngespräche registriert. Und kurz bevor Breathard das Überfallkommando angefordert hat, kam ein Anruf aus dem Vorwahlbereich Zwonull-zwo rein.«

»Fahren Sie zur Central Park South«, warf Chika ein.

Als Wolf sah, wie ihr Bobby im Rückspiegel einen fragenden Blick zuwarf, sagte er: »Das geht in Ordnung, Bobby. Tun Sie, was sie sagt.«

Vorwahl zwei-null-zwei, dachte er. Washington. Niemand außer Shipley hatte gewußt, was er vorgehabt hatte. *»Jetzt sind Sie einer von uns«*, hatte Shipley gesagt, nachdem er sich zur Zusammenarbeit mit ihm bereit erklärt hatte. Wer war mit *wir* gemeint? Und von wem erhielt Shipley seine Befehle?

Als sie den Central Park erreichten, fuhr Bobby bei Rot über eine Kreuzung und manövrierte sich in halsbrecherischem Tempo durch den dichten Verkehr. »Ich habe ganz bewußt diesen Wagen genommen«, erklärte er, »weil sich ein Taxi nicht so leicht beschatten läßt.«

»Sehr gut.« Wolf drehte sich um und spähte eine Weile aufmerksam durch das Rückfenster. »Hinter uns ist niemand zu sehen.«

»Ich glaube, wir haben sie abgehängt.« Bobby überfuhr noch ein Rotlicht. Das war für ein New Yorker Taxi nicht weiter ungewöhnlich, allerdings hätte er dabei um ein Haar zwei Jogger gerammt. »Ich habe mit Squires Bruder gesprochen«, begann Bobby nach einer Weile. »Hat eine Weile gedauert, bis ich den Kerl gefunden habe. Squire hat Ihnen tatsächlich nichts vorgemacht. Sein Bruder stand mit fünfundzwanzig Riesen in der Kreide. Das ist immerhin fast soviel, wie er in einem Jahr verdient. Aber er hat schön brav alle zwei Wochen seine Schulden abgestottert.«

Er mußte ziemlich scharf bremsen, bevor er eine Pferdekutsche überholen konnte.

»Doch dann fingen die Leute, denen er das Geld schuldete, plötzlich an, verrückt zu spielen«, fuhr Bobby fort. »Das muß wenige Tage vor dem Abend gewesen sein, an dem Sie mit Squire aneinandergeraten sind. Zwei ihrer Gorillas haben der Tochter von Squires Bruder vor der Schule aufgelauert und sie massiv bedroht. Und jetzt raten Sie mal, wie alt die Kleine ist: Sie ist gerade erst acht geworden.«

»Ich weiß«, murmelte Wolf. Durch das Rückfenster behielt er den Verkehr hinter ihnen scharf im Auge.

»Das ist eigentlich sonst nicht üblich – ich meine, daß Familienangehörige eingeschüchtert werden. Und das vor allem, wenn der Gläubiger brav seine Schulden zahlt. Das war auch der Grund, warum Squire plötzlich rotgesehen hat – behauptet jedenfalls sein Bruder.«

Inzwischen hatten sie fast die Südwestecke des Central Park erreicht. Vor ihnen ragten bereits die Wolkenkratzer entlang der Central Park South auf.

»Das haben Sie wirklich gut gemacht, Bobby«, bemerkte Wolf anerkennend. »Hatte Squires Bruder denn auch schon eine Idee, wer Squire umgebracht haben könnte?«

»Er hat mir erzählt, daß er sich eigentlich an dem Morgen, an dem Squire ermordet wurde, mit ihm treffen wollte, weil er dachte, daß sich mit diesen Leuten sicher noch mal reden ließe. Aber leider kam er zu spät. Er hat Squire nur noch tot aufgefunden. Allerdings war er schon fünf Minuten früher am Tatort, als er Breathards Leuten gesagt hat – und sah noch, wie ein Wagen wegfuhr. Er ist ziemlich sicher, daß der Fahrer ein Asiate war. Vermutlich ein Japaner.«

Wolf runzelte die Stirn. »Warum sollten diese Kredithaie ausgerechnet einen Japaner angeheuert haben, um die Drecksarbeit für sie zu erledigen? Für so was nehmen die doch sonst immer jemanden aus Detroit oder Chicago.«

»Das habe ich mir eigentlich auch gedacht«, nickte Bobby, als sie in die Central Park South einbogen. »Und da ist noch etwas: Squires Bruder behauptet steif und fest, der Wagen hätte ein Regierungskennzeichen gehabt.«

Das konnte nur jemand vom Geheimdienst gewesen sein, war Wolfs erster Gedanke. »Warum hat dieser Idiot das Breathards Leuten nicht erzählt?«

»Sie wissen doch selbst, wie gespannt momentan die Stimmung bei uns ist. Breathard hat die Schwarzen ganz schön aufgehetzt. Squires Bruder hatte ganz einfach Angst, er könnte von seinen Leuten schief angesehen werden, wenn er nicht in ihrem Sinn aussagen würde. Es ist nun mal eine unbestrittene Tatsache, daß Breathard die Schuld an dem Ganzen Ihnen in die Schuhe schieben will. Und leider hat es bisher noch niemand gewagt, ihm in irgendeiner Weise zu widersprechen.«

Unter den allgegenwärtigen Verkehrslärm hatte sich kaum merklich ein neues Geräusch gemischt, das Wolf sofort aufhorchen ließ. Bevor er jedoch feststellen konnte, worum es sich dabei handelte, war es bereits wieder verstummt. Als es allerdings wenige Augenblicke später erneut vernehmbar wurde, wußte Wolf sofort, was es zu bedeuten hatte.

»Verdammt!« stieß er hervor. »Ein Hubschrauber!«

»Das hat uns gerade noch gefehlt!« Wütend hieb Bobby mit den Handflächen auf das Lenkrad ein. »Wegen der Infrarotfarbe auf dem Dach können die uns natürlich problemlos orten.« Er stieg abrupt auf die Bremse und drehte sich zu Wolf und Chika um. »Los! Nichts wie weg hier!«

Ohne lange zu überlegen, sprangen Wolf und Chika aus dem Wagen. Als Wolf jedoch merkte, daß Bobby keine Anstalten machte, ihnen zu folgen, drehte er sich noch einmal um und rief ihm zu: »So kommen Sie doch endlich!« In diesem Augenblick tauchte über dem Plaza-Hotel ein Polizeihubschrauber auf. »Um Himmels willen, Bobby, verlassen Sie sofort den Wagen. Die knallen Sie eiskalt ab!«

»Keine Sorge. Die werden schon nicht schießen. Schließlich . . .«

»Von wegen! Das ist Breathard, Bobby! Und glauben Sie mir, er hat in dieser Sache völlig freie Hand. Er kann machen, was er will – und zwar ohne erst eine Genehmigung von oben einholen zu müssen.«

»Ich bleibe trotzdem hier.«

Der Hubschrauber kam inzwischen hinter dem Hotel hervor.

»Steigen Sie schon endlich aus, Bobby«, brüllte Wolf verzweifelt. »Glauben Sie mir – ich weiß, wovon ich rede.«

In diesem Augenblick packte ihn Chika am Arm und zerrte ihn in eine Seitenstraße der Central Park South, wo sie durch die hoch aufragenden Wolkenkratzer den Blicken der Hubschraubercrew entzogen waren.

Als sich Wolf im Laufen noch einmal kurz umdrehte, sah er, wie das gelbe Taxi vom Straßenrand losfuhr. Das laute Knattern des Hubschraubers hatte inzwischen solches Aufsehen erregt, daß nicht nur zahlreiche Passanten auf den Gehsteigen, sondern auch eine ganze Reihe von Autos stehengeblieben waren und der Verkehr auf der Central Park South unter wildem Hupen zum Stillstand kam.

Als der Schatten des Hubschraubers über die Straße huschte, hielt das Taxi abrupt an. Die Tür flog auf, Bobby sprang heraus und rannte auf die Seitenstraße zu, in der Wolf und Chika verschwunden waren. Währenddessen setzte der Hubschrauber zur Landung an. Durch das laute Knattern drang eine megaphonverstärkte Stimme.

Bobby kam direkt auf Wolf und Chika zugerannt und hatte sie schon fast erreicht, als er sich plötzlich umdrehte. Im selben Moment sah Wolf, wie vom Central Park her eine knallrote Harley Davidson Electra-Glide auf Bobby zuraste. Der Fahrer des Motorrads war niemand anderer als Suma.

»Bobby!« schrie Wolf verzweifelt auf und wollte bereits losrennen, um ihm zu Hilfe zu kommen.

Aber unerbittlich zog ihn Chika wieder in den dunklen Hauseingang zurück, in dem sie Deckung gesucht hatten. Im selben Augenblick wurde Bobby auch schon von einer unsichtbaren Kraft herumgewirbelt. Er stürzte zu Boden und begann wie eine lebende Fackel zu brennen.

Ham Conrad hatte sich mit Harris Patterson, dem jungen Anwalt, in dessen Begleitung er Marion Starr St. James zum erstenmal gesehen hatte, zu einem Tennismatch verabredet. Er wollte gerade auf den Platz gehen, als er eine flüchtige Bekannte auf sich zukommen sah.

Seine erste Reaktion war zwar ein unterdrücktes Stöhnen, aber im selben Moment setzte er auch schon sein strahlendstes Lächeln auf und rief ihr zu: »Guten Tag, Mrs. Simmons!« Nun fiel ihm auch ein, daß sie die Frau war, die ihn mit Marion in dem Café in der Columbia Road gesehen hatte.

»Wollen sie mich denn nicht Audrey nennen, Ham?« bot ihm die Frau von Senator Simmons an. »Im übrigen fühle ich mich selbstverständlich außerordentlich geschmeichelt, daß Sie sich überhaupt noch an mich erinnern können.« Ihr Ellesse-Tennisoutfit dürfte ihren Mann gut und gern seine dreihundert Dollar gekostet haben.

Sie schwang sich den Tennisschläger über die Schulter und strich Ham mit einem langen, blutroten Fingernagel über den dicht behaarten Unterarm. Ihr Tennisdreß brachte ihre langen Beine hervorragend zur Geltung, und unter dem dünnen Baumwollstoff des Oberteils zeichneten sich ganz deutlich ihre Brustwarzen ab. Es war nicht zu übersehen, daß sie keinen BH trug. Ganz offensichtlich war sie also nicht hier, um Tennis zu spielen.

Mit einem strahlenden Lächeln kam Audrey noch einen Schritt näher. »Freut mich, daß Ihnen mein Anblick nicht unangenehm zu sein scheint, Ham.«

»Mrs. Simmons – ich meine, Audrey, ich möchte ja nicht unhöflich sein, aber mein Partner wartet, und ich ...«

»Ach so, unser ebenso attraktiver wie langweiliger junger Freund Harris Patterson.«

»Sie kennen ihn?«

»Kennen?« Audrey lächelte zuckersüß. »Ich hatte was mit ihm.«

Gütiger Gott, dachte Ham, mit was für einer Frau ist Leland Simmons nur verheiratet?

Audreys blutrote Fingernägel zupften an seinem Hemd. »Ob Sie sich wohl vorstellen können, Ham, wie gern ich mit Ihnen ins Bett gehen würde.«

»Audrey, also wirklich, ich ...«

»Ich träume ständig davon, wie ich Ihren Schwanz in den Mund nehme und wie er langsam größer wird, während ich daran lecke –«

»Jetzt machen Sie aber mal einen Punkt.« Verlegen packte Ham sie am Arm und führte sie etwas abseits, damit nicht jeder, der zufällig gerade in der Nähe war, ihre Unterhaltung mithören konnte. Allerdings hatte er nicht damit gerechnet, daß sie ihm mit ihrer freien Hand zwischen die Beine fassen und ihn zärtlich zu streicheln beginnen würde.

Über ihre Augen legte sich ein zufriedenes Leuchten. »Ganz so gleichgültig bin ich Ihnen also doch nicht.«

»Audrey, lassen Sie das endlich.« Er schob ihre Hand weg. »Ihr Mann hat Sie zu mir geschickt, damit ich Ihrem Sohn helfe. Das habe ich getan, und damit ist die Sache für mich erledigt.«

Sie schüttelte den Kopf. »Das ist sie keineswegs. Sie wissen genausogut wie ich, daß Sie früher oder später meinen Mann anrufen und ihn Ihrerseits um einen Gefallen bitten werden. So wird das in Washington doch immer gehandhabt. Warum also nicht auch zwischen mir und Ihnen?« Sie sah ihm tief in die Augen und fuhr dann fort:

»Ach, jetzt verstehe ich. Sie denken, nur mein Mann könnte Ihnen helfen, aber nicht ich.« Über ihre Lippen legte sich ein spöttisches Lächeln. »Da täuschen Sie sich aber gewaltig.« Nachdenklich tippte sie mit dem Zeigefinger gegen ihre Lippen. »Jetzt lassen Sie mich mal überlegen, warum Sie ausgerechnet mit unserem gemeinsamen Freund Harris Patterson Tennis spielen, der zwar unten herum einiges vorzuweisen hat, aber ansonsten nicht gerade eine sonderliche Leuchte ist...« Das Gesicht, das Ham darauf machte, entlockte ihr zwar ein amüsiertes Grinsen, aber gleich darauf fuhr sie wieder ganz ernst fort: »Sollte das vielleicht etwas mit der attraktiven Dame zu tun haben, in deren Begleitung ich Sie erst kürzlich gesehen habe? Mit Marion Starr St. James?«

»Sie kennen Marion?«

Sie hob eine Augenbraue. »Aha, sie ist für Sie also schon Marion? Demnach scheint Ihre Bekanntschaft bereits ziemlich weit gediehen zu sein. So gut kenne ich die Dame allerdings noch nicht. Im Grunde genommen weiß ich nur von Harris ein paar Dinge über sie.« Ihre Lippen verzogen sich wieder zu diesem zuckersüßen Lächeln. »Sie müssen wissen, Harris hat eine ausgesprochene Schwäche dafür, hinterher noch ein bißchen zu plaudern. Er sagt, das hilft ihm, die Spannung abzubauen. Was für ein sentimentaler Schwachkopf – obwohl er manchmal durchaus recht nützlich sein kann. Sind Sie interessiert?«

»Audrey, ich bin nicht interessiert daran, mich auf Ihre etwas verqueren Vorstellungen von Geben und Nehmen einzulassen.«

Sie schmollte. »Mögen Sie mich so wenig?« Ihr Finger streifte über seine Brust. »Machen Sie mir doch nichts vor, Ham. Oder wollen Sie von Ihrem Körper Lügen gestraft werden?«

»Sie sind durchaus eine sehr attraktive Frau«, versicherte er ihr wahrheitsgemäß.

Ihr Lächeln wurde breiter. »Aber für mich persönlich haben Sie nicht sehr viel übrig? Vermutlich ist Ihnen meine Art ein bißchen zu direkt – und meine Wortwahl zu unverblümt.«

»Zumindest entspricht Ihr Verhalten nicht unbedingt meinen Vorstellungen, wie sich eine Frau benehmen sollte.«

Ohne Vorwarnung schlug sie ihm mitten ins Gesicht. »Sie können also mein Benehmen nicht gutheißen, weil ich eine Frau bin! Oder würden Sie auch genauso über mich urteilen, wenn ich ein Mann wäre? Nein, natürlich nicht. Im Gegenteil, mit einem verschwörerischen Grinsen würden Sie sofort bereitwilligst auf dieses ganze Gerede von großen Schwänzen und geilen Ärschen einsteigen, als wäre es die natürlichste Sache von der Welt.« Sie starrte ihn herausfordernd an. »Sie haben etwas mit Marion Starr St. James gehabt. Sie gehen ins Bett, mit wem Sie wollen. Warum also nicht mit mir?«

»Weil Sie verheiratet sind.«

»Ach«, höhnte sie. »Aber Ihre Frau zu betrügen, haben Sie keinerlei Hemmungen.«

»Sie kennen meine Frau nicht.«

»Und Sie kennen Leland Simmons nicht.«

Statt darauf etwas zu erwidern, drehte er sich um, sah zu Patterson hinüber, winkte ihm zu und formte stumm die Worte: »Komme gleich.« Dann wandte er sich wieder Audrey Simmons zu. »Was wollen Sie nun eigentlich von mir?«

»Im Moment gar nichts. Offensichtlich habe ich mich doch in Ihnen getäuscht. Wissen Sie, ich bin zwar mit Harris ins Bett gegangen, aber sobald ich gemerkt habe, wie langweilig er ist, habe ich mich schnellstens wieder von ihm abgeseilt. Tatsache ist, daß ich Sie irgendwie interessant finde. Und nicht nur das: Sie haben auch etwas sehr Menschliches an sich. Wie Sie das mit meinem Sohn hingekriegt haben, war wirklich großartig. Wirklich schade, daß ich nicht genauso mit ihm umgehen kann. Aber dazu ist unser Verhältnis leider zu sehr belastet. Obwohl ich mich natürlich auch körperlich sehr stark von Ihnen angezogen fühle, habe ich durchaus noch etwas mehr in Ihnen gesehen. Inzwischen bin ich mir allerdings nicht mehr so sicher, was das eigentlich war.«

»Audrey, ich . . .«

Sie lächelte. »Schon gut, Ham. Ich hatte nie vor, Sie zu erpressen. Für mich war das Ganze eigentlich mehr ein Spiel. Aber da es Ihnen keinen Spaß zu machen scheint, lassen wir es lieber.« Sie schickte sich bereits zum Gehen an, drehte sich aber noch einmal um. »Ach, was übrigens Harris und diese Marion St. James betrifft: Er hat für Sie die entsprechenden rechtlichen Schritte eingeleitet, um ihr den Ausstieg aus einer ziemlich ungewöhnlichen Geschäftspartnerschaft zu ermöglichen.«

»Inwiefern ungewöhnlich?«

Audreys Augen weiteten sich. »*Sehr* ungewöhnlich sogar.«

»Mit wem?«

Audrey Simmons nahm ihren Tennisschläger von der Schulter und stieß Ham damit sanft in den Bauch. »Das ist nun allerdings eine ganz besonders pikante Frage.« Sie lachte. »Mit Ihrem Vater.«

»Ich kann sie hören«, flüsterte Wolf. »Sie sind ganz nah.«

Chika legte ihm die Hand auf den Mund.

In unmittelbarer Nähe knarzte eine Fußbodendiele, und eine gedämpfte Stimme sagte: »Sieh dir mal diese ganzen Klamotten an. Die haben alle diesem Typen gehört.«

Reglos, das Gesicht zu Boden gepreßt, lagen Wolf und Chika in dem Geheimzimmer, das man durch Moravias Kleiderschrank erreichte, und lauschten angespannt der Unterhaltung der zwei Polizisten, die, nur durch die dünne Rückwand des Schranks von ihnen getrennt, nach ihnen suchten.

Als Bobby Connor vor ihren Augen in Flammen aufgegangen war, hatte Chika Wolf durch den Lieferanteneingang des Gebäudes gezerrt, vor dem sie den schrecklichen Zwischenfall beobachtet hatten. Keineswegs zufällig hatte es sich dabei um das Haus gehandelt, in dem Moravias Wohnung lag. Nur aus diesem Grund hatte Chika nämlich Bobby gebeten, sie in die Central Park South zu fahren.

Die Luft war feucht und modrig, und irgendwo war das Tropfen eines Wasserhahns zu hören. An ein paar Mülltonnen vorbei eilten sie auf eine Treppe zu, die auf eine mit unzähligen Ölflecken übersäte Betonfläche hinabführte. Dahinter war im schwachen Licht einiger nackter Glühbirnen ein geräumiger Lastenaufzug zu erkennen. Wie sich herausstellte, brauchte man jedoch zu seiner Inbetriebnahme einen Schlüssel.

Zu Wolfs Überraschung zog Chika einen seltsam aussehenden Schlüssel aus ihrer Tasche und schloß damit die Tür auf.

»So sind Sie also in Moravias Wohnung gekommen«, sagte Wolf, als sich der Lift in Bewegung setzte.

Chika nickte. »Nur er und ich haben von diesem geheimen Zugang zu seiner Wohnung gewußt.«

Der Aufzug hielt an, und die Tür ging auf. Vor ihnen lag ein knapp einen Meter hoher, dunkler Gang. Chika ließ sich auf alle viere nieder und kroch in den engen Schacht. Wortlos folgte Wolf ihrem Beispiel. Schon nach wenigen Metern hielt Chika wieder an und tastete kurz über die Decke des Gangs. Augenblicke später ertönte ein metallisches Knirschen, und es öffnete sich eine Luke. Chika streckte einen Arm durch die Öffnung und schob etwas beiseite. Gleichzeitig stieg Wolf der unerwartete Geruch von Stroh in die Nase.

Chika kletterte durch die Öffnung und verschwand. Kurz darauf ging ein Licht an, und Chika erschien wieder am Rand der Luke. Sie ging in die Knie, streckte ihm die Hand entgegen und zog ihn durch die Öffnung. Sie befanden sich in Moravias Geheimzimmer. Alles war an seinem gewohnten Platz, der *hibachi*, die Handschuhe, der zusammengerollte Teppich, der Spiegel, Chikas erotische Fotos. Nur die Strohmatte auf dem Boden hatte Chika zur Seite gerückt, damit sie durch die darunter verborgene Luke hatten klettern können. Unter Wolfs erstaunten Blicken schloß sie die Klappe wieder und schob die Matte darüber.

»Kamiwara ist tot«, sagte sie. »Sie haben ihn mit Ihrem *makura na hiruma* getötet. Was war das für ein Gefühl?«

»Im nachhinein frage ich mich, ob ich die Geister, die ich da geweckt habe, nicht lieber hätte ruhen lassen sollen.« Er war froh, daß sie ihm keine Vorwürfe machte, daß er trotz ihrer Warnung in die Falle in Johnsons Haus getappt war.

»Damit haben Sie keineswegs so unrecht«, bestätigte sie ihm nickend. »Das Dunkel am Mittag hat weiß Gott seine Schattenseiten. Auf jeden Fall werden Sie einige Zeit brauchen, um die Möglichkeiten, die Ihnen Ihre neugewonnenen Fähigkeiten eröffnen, richtig würdigen zu können.« In Chikas Augen lag ein eigenartiges Leuchten. »Die Welt ist nicht mehr, was sie einmal für Sie war. Sie hat sich von Grund auf verändert. Und nun gibt es kein Zurück mehr.«

Je länger Wolf diese Frau kannte, desto weniger wußte er, was er von ihr halten sollte. Unwillkürlich mußte er wieder daran denken, in welch freundschaftlichem Ton sie sich inmitten der blutüberströmten Leichen in Johnsons Küche mit Suma unterhalten hatte. Worüber hatte sie mit dem gefährlichen Killer gesprochen? Und überhaupt, was beabsichtigte sie eigentlich mit diesem perversen Katz-und-Maus-Spiel, das sie schon die ganze Zeit mit ihm trieb? Einerseits hatte sie ihm immer wieder geholfen, wo es ihr nur möglich gewesen war, und dennoch wurde er den Verdacht nicht los, daß sie ihn jeden Augenblick an den Feind ausliefern konnte. Da waren so viele offene Fragen, auf die er gern eine Antwort von ihr gehabt hätte. Zumindest in diesem einen Punkt hatte sie jedoch recht: Er befand sich plötzlich tatsächlich in einer völlig anderen Welt. Aber solange er sich nicht im klaren war, nach welchen Regeln sie funktionierte, hatte es auch keinen Sinn, eine Erklärung für diese zahlreichen Widersprüchlichkeiten von ihr zu fordern. Im Moment bewegte er sich in einer seltsamen Grauzone, in der ihm noch keinerlei Orientierungsmöglichkeiten zur Verfügung standen. Wer war gut und wer war böse? Wem konnte er trauen und wem nicht? Lauter Fragen, auf die er noch keine Antwort wußte.

Nur in einem Punkt herrschte im Moment Gewißheit: Chika wollte, daß er sie nach Tokio begleitete. Vielleicht würde er dort ein paar Antworten auf seine zahlreichen Fragen bekommen? Im Augenblick hielt er es jedoch für das Beste, sein Wissen vorerst noch geheimzuhalten und es sich erst zunutze zu machen, wenn sich dafür eine günstige Gelegenheit bot.

»Es gibt tatsächlich kein Zurück mehr für mich«, sagte er. »Soviel ist mir inzwischen bereits klargeworden.«

Das bedeutungsschwere Schweigen, das sich darauf zwischen sie legte, wußte Wolf nicht recht zu deuten. Er hatte nur das Gefühl, daß ihm offensichtlich etwas ganz Entscheidendes entging. Das rief ihm mit verstärkter Deutlichkeit zu Bewußtsein, wie wenig er über diese vollkommen neue Welt, die sich plötzlich vor ihm aufgetan hatte, noch wußte.

Er warf Chika einen besorgten Blick zu. »Wer sagt uns, daß wir hier überhaupt noch mal rauskommen?«

Als sie darauf nichts erwiderte, drang er weiter in sie. »Wer ist Kamiwara? Und was hatte er bei Johnson zu suchen?«

»Er war mehr als nur ein professioneller Killer, wenn Sie das meinen. In den Staaten hielt er sich schon ziemlich lange auf und war mit den Lebensgepflogenheiten hier bestens vertraut. Allerdings hätte er schon längst wieder nach Japan zurückbeordert werden sollen. Meines Wissens war das jedenfalls schon seit einiger Zeit beschlossene Sache. Seine Kräfte begannen langsam nachzulassen.«

»Wieso? Weil er zu lange von zu Hause fort war?«

»Nein. Ich glaube eher, daß er im Lauf der Zeit jeden Realitätssinn verloren hat, so daß er irgendwann nicht einmal mehr für den Bund der Schwarzen Klinge zu gebrauchen war.«

»Mit anderen Worten: Er ist verrückt geworden?«

»So könnte man es auch ausdrücken.«

Da war es wieder, dieses Gefühl, etwas ganz Entscheidendes nicht zu verstehen. Trotzdem hätte es keinen Sinn gehabt, sie ganz direkt zu fragen, warum sie ihn belog oder ihm zumindest nicht die ganze Wahrheit sagte. Wie hätte er schließlich in seiner augenblicklichen Situation auch überprüfen sollen, ob tatsächlich alles stimmte, was sie ihm sagte.

Die Lage war im Augenblick wirklich hoffnungslos verfahren. Nicht genug damit, daß die Häscher des Bunds der Schwarzen Klinge hinter ihm her waren, versuchte ihn nun auch noch der Geheimdienst mit allen Mitteln auszuschalten – und das ungeachtet der Tatsache, daß ihn Shipley erst vor einer Woche als Agent rekrutiert hatte. Im Moment wußte er nicht einmal, wer ihm den Mord an Squire Richards anzuhängen versucht hatte: Suma oder die Leute vom Geheimdienst. Auf sehr fatale Weise begann ihn die ganze Situation mehr und mehr an Vietnam zu erinnern. Und wenn er Chika glauben durfte, war er ja auch tatsächlich zwischen die Fronten eines mit erbarmungslosen Mitteln geführten Krieges geraten.

Unwillkürlich mußte er wieder an den mysteriösen Anruf denken, den Breathard laut Bobbys Aussagen aus Washington erhalten hatte. Das konnte eigentlich nur eines bedeuten: Irgend jemand beim Geheimdienst wollte ihn loswerden.

Mittlerweile war Wolf fest davon überzeugt, daß zwischen all diesen scheinbar unzusammenhängenden Vorfällen ein Zusammenhang bestehen mußte. Und das Seltsamste daran war: Er gewann allmählich den Eindruck, daß er längst mehr wußte, als ihm tatsächlich bewußt war. Deshalb sagte er zu Chika: »Erzählen Sie mir etwas über diesen Club, der sich *Verbotene Träume* nennt.«

»Sehen Sie sich mal die Fotos an den Wänden an.«

Inzwischen hatte er sich schon an ihre seltsam ausweichende Art gewöhnt, auf seine Fragen zu antworten. Wenn er ehrlich war, machte es ihm sogar Spaß, etwas aus ihr herauszukitzeln. »Was hat Sie an diesem Thema so gereizt, daß Sie gleich eine ganze Serie von Fotos darüber gemacht haben?«

»Sie meinen das Thema sexueller Hörigkeit?«

»Ja.«

»Interessiert Sie dieses Thema, Wolf?«

»Zumindest geht von diesen Fotos ein unleugbarer Reiz aus.«

»Und wissen Sie auch, warum?«

»Nein.«

»Sind Sie auch ganz sicher?«

»Vielleicht liegt es daran, daß sie etwas so Unwirkliches an sich haben. Wie im Theater.«

»Genau. Macht es nicht das Wesen von wirklich gutem Theater aus, daß es die Wahrheit ans Licht bringt – gewissermaßen wie eine Perle, die im Fleisch der Muschel verborgen ist? Was ist in Ihren Augen übrigens der gemeinsame Nenner dieser Fotos?«

Er sah sie nur an und zuckte hilflos mit den Schultern.

Sie lächelte: »Aber ich bitte Sie, Wolf. Sie haben diesen verborgenen Raum entdeckt. Da werden Sie doch wohl auch noch herausfinden, was diese Fotos miteinander verbindet.«

Als sich Wolf die Aufnahmen noch einmal genauer ansah, wurde ihm bewußt, daß die Antwort darauf in den Gesichtern der Modelle zu suchen sein mußte. Obwohl sie ausnahmslos von der Kamera abgewandt waren, erkannte man doch auf einem Foto die zarte Linie einer Kinnpartie, auf einem anderen die Wölbung eines Backenknochens, auf einem dritten die Silhouette eines Profils. »Sind alle diese Mädchen Asiatinnen?«

»Ja, es sind lauter Japanerinnen.« Chika zog die Beine an ihre Brust und schlang die Arme um die Knie. »Ich habe Lawrence an einem ganz besonderen Ort kennengelernt: in *Verbotene Träume.* Dort habe ich auch diese Fotos aufgenommen.«

Erstaunt ließ Wolf noch einmal seinen Blick über die Aufnahmen gleiten. »Da müssen sich ja höchst eigenartige Dinge abspielen.«

»Unter anderem ist *Verbotene Träume* auch das Hauptquartier des Bunds der Schwarzen Klinge.«

Wolf wurde es plötzlich abwechselnd heiß und kalt. »In der Nacht, als ich in Ihrer Wohnung war«, stieß er mit belegter Stimme hervor. »Warum haben Sie sich damals eigentlich mit der Hand zwischen die Beine gefaßt, obwohl Sie genau wußten, daß ich Sie aus dem Nebenzimmer beobachtet habe?«

»Ich habe damals nur getan, was Sie wollten, daß ich tue. Das habe ich Ihnen doch schon gesagt, Wolf.«

»Trotzdem verstehe ich es nicht.«

»Ich glaube schon, daß Sie es begriffen haben.« Das schwache Licht warf einen verführerischen Schimmer über ihre Augen. »Hat es Ihnen denn nicht gefallen, als ich an mir herumgespielt habe?«

»Wie kommen Sie denn darauf? Ich . . .« Schwer schluckend brach er mitten im Satz ab. Tatsache war, daß er an besagtem Abend gedacht hatte: *Ich würde gern sehen, wie sie es sich selbst besorgt.*

»Der Generator in meiner Wohnung ist wie das Herz eines gigantischen Ungeheuers – *meines Ungeheuers.* Sein Summen verhindert jedes Durchkommen der Strahlen von *makura na hiruma.* Er dient mir gewissermaßen als Schutzschild. Deshalb schalte ich ihn immer dann ein, wenn ich mich vor dem Bund der Schwarze Klinge verbergen will. Wie Sie sich vielleicht noch erinnern, war der Generator an besagtem Abend eingeschaltet.«

»Ja.«

»Und trotzdem habe ich ganz deutlich gespürt, was Sie von mir wollten. Sehr urtümliche Triebe und Emotionen verfügen manchmal über diese außergewöhnliche Kraft. Das ist auch der Grund, weshalb *makura na hiruma* meistens in der Pubertät geweckt wird, wenn diese Triebe in einem jungen Menschen besonders stark ausgeprägt sind.«

Unwillkürlich mußte Wolf an die Tage denken, die er mit seinem Großvater in der Eiswüste der Playa verbracht hatte. Wie oft hatte er sich gefragt, warum sein Großvater dafür ausgerechnet diesen Zeitpunkt gewählt hatte. Jetzt kannte er den Grund. Er war damals in der Pubertät gewesen.

»Demnach können also alle, die über *makura na hiruma* verfügen, gegenseitig ihre Gedanken beziehungsweise ihre Aura lesen«, sagte Wolf. »Wie ist es dann aber möglich, daß Kamiwara und Suma die meinen nicht lesen konnten?«

»Sie konnten sie nicht nur nicht lesen«, korrigierte ihn Chika, »sie konnten nicht einmal erkennen, daß sie überhaupt da waren. Und das ist höchst ungewöhnlich. Es war, als hätten Sie für sie nicht existiert.«

»Aber *Sie* können doch meine Aura lesen. Eben haben Sie selbst gesagt, daß Sie trotz des Summens des Generators genau wußten, was in mir vorging.«

»Das war nur möglich, weil in unserem Fall etwas ganz Besonderes eingetreten ist.«

Sie saß ganz dicht neben ihm, und er konnte die ungeheure sexuelle Anziehungskraft, die von ihr ausging, genauso deutlich spüren wie an jenem Abend, an dem er sie in ihrer Wohnung beobachtet hatte. Mit einem Mal wurde ihm auch klar, worauf diese enorme Anziehungskraft zurückzuführen war: auf das Zusammenfließen von ihrem und seinem *makura na hiruma.*

»Dann hast du dich also genauso nach mir gesehnt, wie ich mich nach dir«, flüsterte er mit belegter Stimme.

Sie sah ihn nur an und legte ihre Hand auf seine Brust. »Wie wild dein Herz schlägt. Wie das eines wilden Tieres.«

Von unendlicher Zuneigung erfüllt, sog er begierig ihren betörenden Duft ein. »Des Tieres in mir oder in dir?«

»Das wird sich erst zeigen müssen.« Wie Seide glitt ihre Wange über sein stoppeliges Kinn.

Ihre unendlich zarten Lippen schmeckten wie der Saft eines reifen Pfirsichs. Das leidenschaftliche Aufstöhnen, das tief aus ihrem Innern kam, wurde erwidert von einem ähnlich animalischen Laut aus seiner eigenen Kehle, und im selben Moment loderte ein wildes Feuer in ihm auf, das die ganze Welt in der Glut ihrer Leidenschaft zu verzehren schien – einer Leidenschaft, die sich ins Unermeßliche steigerte, als sie im Halbdunkel atemlos die Hände nacheinander ausstreckten. Endlich war der Augenblick gekommen, nach dem Wolf sich schon vom ersten Augenblick an gesehnt hatte.

Chika seufzte tief und kehlig, als Wolf ihre Kleider abstreifte, seinen Kopf über ihre hohen Brüste beugte und an ihren vor Erregung steifen Nippeln zu saugen begann.

Wie Schmetterlinge tanzten ihre Finger über seine schweiß- und blutverkrustete Haut, als sie ihm das zerfetzte Hemd über die Schultern streifte. Mit wenigen raschen Handgriffen hatte sie ihn aus seiner Hose befreit, und im selben Augenblick machten sich ihre langen, schlanken Finger auch schon zwischen seinen Beinen zu schaffen. Seine Härte entlockte ihr ein lustvolles Stöhnen, und ihre zärtlich flatternden Berührungen überrieselten ihn mit immer köstlicheren Wonneschauern.

Am liebsten hätte er sie auf der Stelle genommen, aber zugleich verspürte er das unwiderstehliche Bedürfnis, sie in den Armen zu halten, ihren wundervollen Duft einzusaugen und erst alles von ihr kennenzulernen, bevor er sich ganz in ihr verlor.

Doch irgendwann kannte er kein Halten mehr. Er drehte sie herum und vergrub sein Gesicht zwischen ihren Schenkeln. Kaum begann seine Zunge nach ihr zu tasten, schlossen sich auch schon ihre Lippen um sein Glied. Während ihre Hüften immer wilder zuckten, ergriff ihr Mund vollends von ihm Besitz.

Erst als ihr Stöhnen noch leidenschaftlicher wurde, löste er sich von ihr, drehte sich erneut herum und drang in sie ein. Ihre Beine schlangen sich gierig um ihn, und als sie sich vor Lust wild unter ihm zu winden begann, streiften ihre harten Nippel über seine Brust. Ihren Kopf zärtlich zwischen den Händen haltend, überhäufte er ihr tränenüberströmtes Gesicht mit Küssen, und irgendwann begannen ihre

Hüften so heftig zu zucken, daß auch er kein Halten mehr kannte und ihrer beider Lust sich ins Unermeßliche steigerte.

Er hätte nicht sagen können, wie lange dieser unbeschreibliche Augenblick vollkommener Selbstvergessenheit dauerte – nur einen kurzen Augenblick oder eine ganze Ewigkeit? Ganz langsam erst, wie aus einem sich allmählich lichtenden Nebel, kehrte die Realität wieder in ihr Bewußtsein zurück. Das war der Augenblick, in dem sie die Stimmen der zwei Polizisten durch die Rückwand des Kleiderschranks dringen hörten. Instinktiv streckte Chika den Arm aus und löschte das Licht.

Vollkommen reglos nebeneinander liegend, lauschten sie den Schritten der Polizisten, dem Wechselspiel ihrer Stimmen – und dem raschen Schlag ihrer eigenen Herzen.

Wolf konnte Chika ganz dicht neben sich spüren und sog noch immer den Duft ihrer verklingenden Erregung ein. Aber wenn er die Augen schloß, war alles, was er sah, Suma – Suma auf seiner knallroten Harley Davidson, die starren Augen von innen heraus leuchtend, während Bobby Connor unter seinen Blicken wie eine lebende Fackel zu brennen begann.

Auch über Chikas Augen lag ein Leuchten, doch es war, als spiegelten sich die Sterne in ihnen. Wolf wollte etwas sagen, aber sie legte ihm den Zeigefinger auf die Lippen und deutete auf die Rückwand des Schranks. Er lauschte.

Nichts.

Doch plötzlich lief es ihm eiskalt den Rücken hinunter. Das leise Summen der Klimaanlage war verstummt. Die Polizisten hatten im ganzen Gebäude den Strom abgeschaltet.

Es dauerte eine Weile, bis ihm zu dämmern begann, was das zu bedeuten hatte. Da ohne Strom der Aufzug nicht mehr ging, konnten sie Moravias Wohnung nicht wieder auf demselben Weg verlassen, auf dem sie sich Zugang zu ihr verschafft hatten. Sie befanden sich hier im fünfzigsten Stockwerk, und in Moravias Wohnung wimmelte es von Polizisten, die nur darauf warteten, daß sie aus ihrem Versteck kamen.

Sie saßen in der Falle.

Im Dunkeln spürte er, wie Chika die Strohmatte beiseite schob. Was hatte sie vor? Sie klappte die Luke hoch und ließ sich in den engen Gang darunter hinab.

Die Tür des Lastenaufzugs stand offen. Die Lichter waren aus. Trotzdem kroch sie darauf zu. Warum? Ohne Strom ließ sich der Lift nicht in Bewegung setzen.

Sie deutete nach oben, auf eine Luke in der Decke der Aufzugskabine. Wolf nickte und hob sie hoch, so daß sie auf seinen Schultern zu sitzen kam. Ein kurzes Quietschen, und wenige Augenblicke später spürte er, wie ihr Gewicht von seinen Schultern wich. Mühsam hievte auch er sich durch die enge Luke und blieb erst einmal eine Weile heftig nach Atem ringend auf dem Dach des Aufzugs liegen. Doch als ihm Chika zärtlich den Arm um die Schulter legte, spürte er, wie sich seine angespannten Muskeln entkrampften und seine Kräfte wiederkehrten.

Noch etwas wacklig auf den Beinen, richtete er sich auf. Erst jetzt wurde ihm bewußt, wo sie waren: Auf dem Dach eines Lifts, der mehr als hundertfünfzig Meter über dem Erdboden hing. Nur gut, daß er keinen Blick in den dunklen Schacht werfen konnte, der sich unter ihnen auftat.

Plötzlich hob Chika den Kopf, und es war, als käme leichter Wind auf. Das Licht wurde schwächer, und Wolf hatte das beängstigende Gefühl, immer schneller in die Tiefe zu sausen. Als er sich ganz instinktiv am Halteseil des Aufzugs festklammerte, zog Chika auf der Stelle seine Hände zurück und hielt sie behutsam in den ihren, als fürchtete sie, er könne sich verletzen.

Und dann geschah etwas Unerklärliches. Wolf spürte ein seltsames Vibrieren, und zugleich umhüllte ihn ein tiefes Dunkel, das undurchdringlicher war als die schwärzeste Nacht. Über Chikas Augen legte sich wieder dieses grüne Leuchten, und er verspürte das unwiderstehliche Bedürfnis, den Blick abzuwenden. Zu lebhaft hatte er noch das kleine Mädchen in Erinnerung, das plötzlich am ganzen Körper zu brennen begonnen hatte; oder Johnsons Leiche auf dem Küchentisch; oder die bläulichen Flammen, die aus dem Loch in Kamiwaras Brust gezüngelt waren; oder Bobby Connor, den Suma mit seinen Blicken in Brand gesteckt hatte.

Dennoch wandte er den Blick nicht ab, sondern starrte weiter in Chikas leuchtende Augen. Sie schien das Dunkel um sie herum zu bündeln und explosionsartig an die Decke des Liftschachts zu katapultieren, wo es sich um die Verankerung des Aufzugs schlang.

Im selben Moment ging ein heftiger Ruck durch das Liftgehäuse. Wolf bekam plötzlich schreckliche Angst – Angst vor Chika und Angst vor dem, was sie war und was nun auch aus ihm wurde. Die ungeheure Anziehungskraft, die von ihr ausging, ließ ihn am ganzen Körper erbeben. Und dann sah er plötzlich das Bild seines Vaters vor sich, wie er in seinem verschwitzten Cowboyhut mit dem Apachenfetisch im Hutband auf dem höchsten Kamm der Lightning Ridge stand und zu ihm sagte: *Das Leben ist keinen Pfifferling wert, wenn du nichts riskierst. Wenn du dazu nicht bereit bist, kannst du dich gleich in die Ecke setzen und die Tage bis zu deinem Tod zu zählen beginnen.*

»Ich schaffe es nicht.«

Chikas Stimme riß Wolf aus seinen Gedanken. Sie befanden sich noch immer auf dem Dach des Lifts, mehr als hundertfünfzig Meter über dem Erdboden, das ganze Gebäude wimmelnd von Polizisten. Die Aufzugkabine unter seinen Füßen bewegte sich nicht.

»Was ist?«

»Meine Kraft reicht nicht aus.«

»Was sollen wir jetzt tun? Ich kann noch nicht so gut mit meinen Kräften umgehen.«

Sie sah ihn stumm an.

»Das kann doch nicht schon das Ende sein«, stieß Wolf verzweifelt hervor.

Chika nahm seine Hand, legte sie auf ihr Herz und sah ihn eindringlich an. »Du mußt den Schatten rufen«, forderte sie ihn auf. »Und das Licht.«

In ihren Augen erschien wieder das grüne Leuchten. Gleichzeitig spürte er, wie von ihrer Hand eine seltsame Wärme ausstrahlte und allmählich seinen ganzen Körper durchströmte. Als er bis in die Zehenspitzen von ihr durchdrungen war, warf er den Kopf in den Nacken und blickte nach oben.

Wo eben noch undurchdringliches Dunkel geherrscht hatte, wurde es plötzlich heller. Ein Flattern wie von Vögeln im Morgengrauen ... Und dann hörte – nein, fühlte – Wolf ein tiefes Pochen. Gleichzeitig wuchs ein fester, aber elastischer Schaft aus komprimiertem Licht und Dunkel aus seiner Brust, den er nach Belieben in alle Richtungen bewegen konnte. Als ihm bewußt wurde, daß dieser Schaft nur kraft seiner Konzentration existierte, bekam er es wieder mit der Angst zu tun. Aber anstatt in Panik zu verfallen, konzentrierte er sich mit all seiner Kraft auf das materialisierte Dunkel seines *makura na hiruma* und lenkte es in die von ihm gewünschte Richtung.

»Es kann losgehen!« hauchte er.

Tatsächlich! Der Aufzug setzte sich in Bewegung. Lautlos und ohne Strom glitt er, nur von der Kraft seines *makura na hiruma* gehalten, in die Tiefe.

Angesichts des ungeheuren Energieschubs, mit dem dieser psychische Kraftakt verbunden war, begannen sich die Grenzen von Raum und Zeit zu verschieben, und mit einem Mal fühlte sich Wolf zu dem Augenblick zurückversetzt, wo sein Großvater gestorben war. So deutlich wie damals konnte er plötzlich die ungeheure Angst spüren, die in diesem Moment von ihm Besitz ergriffen hatte – Angst nicht nur vor dem ungeheuren Kräftepotential, mit dem sein Großvater sogar den Tod zu überwinden schien, sondern vor allem auch vor den Kräften, die in seinem eigenen Innern schlummerten.

Ohne die leiseste Erschütterung kam der Lift am Fuß des Schachts zum Stehen. Schnell kletterten Wolf und Chika durch die Luke und verließen den Aufzug. Am liebsten hätte Wolf erst einmal in aller Ruhe darüber nachgedacht, was eigentlich während der letzten Stunde passiert war. Aber dafür war jetzt keine Zeit. Sie befanden sich noch keineswegs in Sicherheit.

Chika ging auf eine schwere Metalltür zu und öffnete sie vorsichtig. Dem Öl- und Benzingestank nach zu schließen, der ihnen dahinter entgegenschlug, führte sie in die Tiefgarage des Gebäudes. Nachdem sich Chika vergewissert hatte, daß die Luft rein war, führte sie Wolf zwischen den geparkten Fahrzeugen hindurch zu dem Leichenwagen, in den er sie vor dem Bestattungsinstitut in der Second Avenue hatte steigen sehen.

Chika klappte die Hecktür hoch, und Wolfs Blick fiel auf einen Holzsarg. Im selben Moment hörte er das leise, aber unverkennbare Schnappen eines aufspringenden Klappmessers. Mit der blitzenden Klinge in der Hand trat Chika auf ihn zu und sagte lächelnd: »Na, wie gut bist du im Sterben?«

8

Washington/New York/Tokio/auf dem Land in Massachusetts

Thornburg Conrad III. wurde durch das Läuten der Türglocke geweckt; er blieb jedoch einfach liegen und starrte abwesend vor sich hin. Erst als die Türglocke ein zweites Mal ertönte, schwang er seine langen, dünnen Beine über die Bettkante und tappte zum Eingang.

Thornburgs Villa lag abgeschiedener als die meisten anderen Gästehäuser auf dem Gelände von Magnolia Terrace. Das war auch der Grund, weshalb er sich ausgerechnet für dieses Haus entschieden hatte. Während man von vielen anderen Villen einen herrlichen Blick auf den Golfplatz hatte, lag die von Thornburg etwas abseits in einem kleinen Birkengehölz. Hinter dem Haus plätscherte ein Bach über glattgeschliffenen schwarzen Fels, und der gepflasterte Weg, der auf den Eingang zuführte, war von einem Bogenspalier mit weißen Glyzinien überrankt.

Als Thornburg Conrad am Spiegel in der Garderobe vorbeikam, blieb er kurz stehen, um seine aufrechte Haltung und seine kräftige Muskulatur zu bewundern. Dann strich er sich das silbergraue Haar aus der Stirn und öffnete die Tür.

»Gut siehst du aus«, sagte Stevie Powers und küßte ihn zur Begrüßung auf die Wange. »Dein Gesicht wirkt wieder voller, und du hast weniger Falten. Gut geschlafen?«

»Ich glaube nicht.« Thornburg Conrad schloß die Tür. »Ich habe die ganze Zeit geträumt.«

Stevie lächelte. »Du wirkst jedenfalls gut ausgeruht.« Sie ging an ihm vorbei in den Wohnraum. »Wie geht's Tiffany?«

»Nicht besonders.« Er ließ sich in einen Sessel sinken. »Es sieht so aus, als hätte sie Leukämie.«

Stevie setzte sich neben ihn. »Dann sollte ich vielleicht mit ihr reden.«

»Nein. Ich halte es für besser, ihr nichts zu sagen.«

»Hältst du das wirklich für klug? Ich meine, die Krankheit wird sich doch . . .«

»Die Ärzte werden sie so therapieren, daß sich die Symptome bis zum Schluß nicht bemerkbar machen.«

»Aber ist denn ihre Erkrankung nicht gerade auf diese Therapieform zurückzuführen?«

Er nickte. »Immer kommt uns dieser verfluchte insulinähnliche Wachstumsfaktor 1 in die Quere. Obwohl das Ganze am Anfang so vielversprechend aussah, kriegen wir die Sache einfach nicht in den Griff. Jedesmal, wenn wir uns bereits am Ziel glauben, tritt eine unvorhergesehene Komplikation auf, und wir müssen wieder ganz von vorn anfangen.«

Stevie stand auf, ging an die Bar und schenkte ihnen beiden ein Glas Glenlivet ein. »Mir bleibt nicht mehr viel Zeit«, murmelte Thornburg bedrückt und hielt sein Glas nachdenklich gegen das Licht.

Dann hob er es an die Lippen, trank es in einem Zug leer und schleuderte es in hohem Bogen hinter sich, so daß es auf dem Marmorboden des Eingangsbereichs in tausend Stücke zersprang. »Wenn wir nur endlich die Zusammensetzung dieses verdammten klonierten Proteins herausbekommen könnten! Irgend etwas muß es doch geben, womit sich diese Molekülkette stabilisieren läßt!«

Stevie war klug genug, so lange zu warten, bis sich sein heftiger Gefühlsausbruch wieder gelegt hatte. Nichts haßte Thornburg Conrad nämlich mehr, als bemitleidet zu werden. Das war etwas, was Stevie sehr schnell gelernt hatte.

Irgend etwas schien ihn zu bedrücken. Daß er sich darüber beklagte, daß in letzter Sekunde immer wieder ein unvorhergesehenes Problem auftrat, das all ihre Bemühungen zunichte machte, war schon lange nichts Neues mehr für Stevie. Aber diesmal mußte noch mehr dahinterstecken. Ihr war allerdings auch klar, daß es keinen Sinn gehabt hätte, ihn ganz direkt danach zu fragen. Im Augenblick stand nur eines fest: Die Sache schien ziemlich ernst zu sein.

Stevie hielt also ihre Neugier im Zaum und brachte statt dessen das Thema zur Sprache, das ihr schon die ganze Zeit auf der Zunge brannte. »Wolf hat sich mittlerweile mit dieser Japanerin zusammengetan – genauso, wie du es vorhattest. Jetzt ist es nur noch eine Frage der Zeit, bis du bekommst, was du unbedingt haben wolltest.«

Abwesend starrte Thornburg Conrad vor sich hin. Über seinen Augen lag ein Ausdruck, den Stevie noch nie an ihm bemerkt hatte. Ein Gefühl überkam sie, als hätte sie eben etwas zu sehen bekommen, das sie lieber nicht hätte sehen sollen. Alles in ihr krampfte sich zusammen. »Was ist mit Wolf?« stieß sie zutiefst beunruhigt hervor. »Ist ihm etwas zugestoßen?«

Die Tatsache, daß Thornburg Conrad darauf nichts erwiderte, versetzte sie in heftige Panik. »Hast du etwas von ihm gehört? Ist er verletzt? Oder . . .« Unfähig, diesen schrecklichen Gedanken auszusprechen, biß sie sich auf die Unterlippe.

Thornburg Conrad schloß die Augen. Wie hatte er, der seine Gefühle doch sonst immer so gut zu verbergen verstand, ihr ausgerechnet jetzt so tiefe Einblicke in sein Innerstes gewähren können? Wenn er ihr jetzt erzählt hätte, daß mit Wolf alles in bester Ordnung war, hätte sie ihm auf keinen Fall mehr geglaubt. Aufgrund seiner Reaktion hatte sie längst Verdacht geschöpft, daß irgend etwas nicht stimmte. Aus diesem Grund hielt er es für das Beste, ihr etwas zu erzählen, was der Wahrheit zumindest relativ nahe kam.

Er schlug die Augen wieder auf. »Matheson steckt gerade ziemlich in der Klemme. Aber keine Sorge, er wird es schon schaffen. Darauf hast du mein Wort.«

Das schien Stevie etwas zu beruhigen. Nach einer Weile sagte sie: »Du weißt doch, wer Amanda umgebracht hat, oder nicht?«

»Ich habe zumindest jemand ganz Bestimmten im Verdacht.«

»Ich möchte . . .«

Er nickte. »Glaubst du im Ernst, ich wüßte nicht, warum du dich bereit erklärt hast, mir zu helfen?« Er lächelte. »Ich weiß sehr wohl, was du willst, und keine Sorge, du wirst es auch bekommen. Matheson wird den Mörder deiner Schwester finden, daran habe ich nicht den leisesten Zweifel. Ich habe ihn bereits mehrere Male in Aktion erlebt und weiß deshalb, wozu er imstande ist. Mir tut der Mörder deiner Schwester jetzt schon leid.«

»Ich möchte ihren Mörder selbst töten.«

Thornburg Conrad nickte. »Das kann ich gut verstehen. Und wie ich dich kenne, wäre dir das sogar durchaus zuzutrauen. Matheson muß geradezu hingerissen gewesen sein von soviel weiblicher Entschlossenheit.«

»Was soll das heißen?« fuhr Stevie aufgebracht hoch.

Eine Weile sah Thornburg Conrad sie nur wortlos an. Dann legte sich ein süffisantes Lächeln über seine schmalen Lippen. »Kein Zweifel, du bist Matheson sehr nahe gekommen – jedenfalls nahe genug, um die ungeheure Kraft spüren zu können, die von ihm ausgeht. Hast du auch mit ihm geschlafen, Stevie?«

Am liebsten hätte sie ihm die Augen ausgekratzt, aber er fuhr vollkommen ungerührt fort: »Es hat keinen Sinn, mir was vorzumachen, Stevie. Natürlich warst du mit ihm im Bett. Seine Kraft hat dich ganz unwiderstehlich angezogen.« Er legte den Zeigefinger an seine gespitzten Lippen. »Und wie oft bist du ganz dicht davor gestanden, ihm alles über mich zu erzählen?«

»Kein einziges Mal.«

»Tatsächlich nicht?« Er legte den Kopf auf die Seite. »Und du hast dich auch nicht in ihn verliebt?«

Mit einem tiefen Seufzer ließ sie erst eine Weile ihren Blick auf ihren Händen ruhen, bevor sie sich schließlich zu einer Antwort aufraffte: »Zunächst möchte ich vor allem eines klarstellen: Meine Gefühle für Wolf Matheson sind ausschließlich meine Sache. Was ich für Wolf oder meinen Mann Morton empfinde, geht nur mich etwas an.«

»Tut mir leid, aber sobald davon der Ausgang meines Vorhabens betroffen ist, trifft das nicht mehr zu.«

»Hast du etwa Angst, ich könnte dich an Wolf verraten?«

»Meine Teuerste, solltest du je das Glück haben, soviel Macht zu haben wie ich, wirst du sehr rasch feststellen, daß man ständig damit rechnen muß, verraten zu werden.«

Lächelnd ergriff Stevie seine Hand. »Aber gerade wegen deiner Macht käme ich nie auf die Idee, dich zu hintergehen. Alles, was Morton und ich beruflich erreicht haben, verdanken wir nur dir.«

»Ich hasse das Wort ›alles‹; es ist eine leere Phrase, die nichts und alles bedeuten kann.«

Stevie glaubte etwas dunkel Unergründliches in seinen Augen aufleuchten zu sehen. Gleichzeitig mußte sie daran denken, was er eben über Wolfs ›Kraft‹ gesagt hatte. Sollte dieses kurze Flackern, das sie eben in seinem Blick bemerkt hatte, Ausdruck abgrundtiefer Angst gewesen sein? War es möglich, daß Thornburg Conrad vor einem anderen Menschen Angst hatte? Bisher hatte sie das für vollkommen ausgeschlossen gehalten, aber wie es schien, hatte sie sich getäuscht.

»Thornburg, was ist?«

Sein Kopf zuckte herum. »Ich brauche jetzt dringend etwas.« Mit einem Mal klang seine Stimme seltsam matt.

»Nein.«

»Hol es mir.«

»Auf keinen Fall.«

Er bedachte sie mit einem vernichtenden Blick. »Tu, was ich sage.«

Sie stand auf. »Aber die Risiken . . .«

Das Grinsen, das sich über seine Züge legte, ließ sein Gesicht für einen Moment wie einen Totenschädel erscheinen. »Im Moment gibt es nur ein Risiko: daß ich nicht mehr lange genug lebe, um mein Vorhaben in die Tat umzusetzen.«

Stevie ging ins Schlafzimmer und nahm den falschen Boden der Schreibtischschublade heraus. Ohne den Schlaftabletten und dem Armeerevolver irgendwelche Beachtung zu schenken, griff sie nach einer Ampulle und einer Injektionsnadel. Sie zog die Spritze auf und drückte kurz auf den Kolben, um die Luft entweichen zu lassen.

Wieder zurück im Wohnraum, sagte sie: »Willst du es dir nicht doch noch einmal überlegen? Genau das ist es doch, was schon so vielen anderen zum Verhängnis geworden ist und was demnächst auch Tiffany zum Verhängnis werden wird.«

»Ich habe eine andere Blutgruppe als sie. Außerdem sind an dem Serum weitere Verbesserungen vorgenommen worden.«

»Du glaubst doch nicht im Ernst, daß es deswegen keine Nebenwirkungen mehr hat?«

»Nun mach schon endlich!«

Stevie beugte sich über ihn, stach die Nadel in eine Ader an der Innenseite seines Oberschenkels und drückte auf den Kolben der Spritze.

Sie hatte die Nadel kaum herausgezogen, als er sich am ganzen Körper verkrampfte. Die Adern und Sehnen an seinem Hals traten hervor wie Taue, und mit wild gefletschten Zähnen stieß er hervor: »Kämpf an ... gegen den Einbruch ... der Nacht.«

Das Gefühl der Beschleunigung ließ nach. Nichts war in der klaustrophobischen Enge des Sargs zu hören als das stete Brummen des Motors. Es roch nach der Imprägnierung der Satinverkleidung und nach der Messingpolitur der Griffe und Armaturen, aber nicht nach Holz.

Plötzlich wurden gedämpfte Stimmen laut. Er konnte zwei Männerstimmen und die hellere Stimme Chikas unterscheiden. Im Moment hing alles von ihr ab. Aber dann war er an der Reihe. *Wie gut bist du im Sterben?*

Bevor sie losgefahren waren, hatte er einen dunkelblauen Anzug und ein weißes Hemd angezogen, die einmal Moravia gehört hatten. Er hatte sie nicht gefragt, wie die Kleidungsstücke in den Fond des Leichenwagens gekommen waren. Und wenn er ganz ehrlich war, kümmerte ihn das auch nicht.

Dann hatte er den schweren Deckel hochgeklappt und sich in den Sarg gelegt. Chika kramte kurz in ihrer Handtasche und begann dann, ihn als Leiche zurechtzumachen. Zum Schluß trug sie noch etwas Rouge auf seine Wangen auf, wie das auch in Bestattungsinstituten üblich ist. Trotzdem hatte er sich dabei unwillkürlich gefragt, ob das wohl dasselbe Spiel war, das sie auch mit Moravia gespielt hatte.

»Das nützt doch alles nichts«, hatte er irgendwann gesagt. »Falls sie tatsächlich den Sarg öffnen, werden sie mich doch sofort erkennen.«

»Nein«, erklärte sie bestimmt. »Werden sie nicht.«

Für einen Moment blitzte wieder dieses grüne Leuchten in ihren Augen auf, und er fragte sich: Ist es möglich, daß sie kraft ihres *makura na hiruma* andere dazu bringt, nur das zu sehen, was sie möchte, daß sie sehen?

»Weißt du, wie man atmet, ohne daß sich die Brust hebt und senkt?« fragte sie, als sie endlich fertig war.

Als er das bejahte, fuhr sie nickend fort: »Außerdem darfst du auf keinen Fall die Augen bewegen, wenn der Sarg geöffnet wird. Aber sei vorsichtig. Der plötzliche Lichteinfall wird dich selbst durch die geschlossenen Lider ziemlich stark blenden.« Er spürte ihre Fingerspitzen auf seinem Gesicht. »Dreh den Kopf ein bißchen zur Seite. Ja, so ist es gut. So können sie das Pulsieren deiner Halsschlagader nicht sehen.« Dann hatte sie den Sargdeckel zugeklappt.

Er hörte ein lautes Schnappen – die Hecktür des Leichenwagens ging auf –, und die Stimmen wurden abrupt lauter. Der Wagen geriet kaum merklich ins Schaukeln, als jemand durch die Hecktür kletterte. Fast glaubte er die Polizisten in ihren kugelsicheren Westen sehen zu können, wie sie sich über den Sarg beugten und sagten: »Aufmachen.«

Aber alles, was er hörte, war ein unverständliches Durcheinander von Stimmen. Mit einem Male bekam er einen heftigen Anfall von Platzangst. Er hatte das Gefühl, als rückten die Wände des Sargs immer enger zusammen. Ruhig Blut! rief er sich zur Ordnung. Fang jetzt bloß nicht an durchzudrehen.

Er begann in tiefen und ruhigen Zügen zu atmen.

Entspannte sich.

Ein lautes Knarzen, und er wurde von Licht überflutet. Da sich der Sarg im Innern des Leichenwagens befand, konnte es an sich gar nicht so besonders hell sein. Trotzdem kam ihm das Licht unerträglich grell vor. Schön stillhalten, redete er sich gut zu. Und immer stur geradeaus schauen. Es gibt ja auch nichts zu sehen – außer den neugierigen Gesichtern der Polizisten, die dich gerade prüfend anstarren ... hör auf damit!

Ganz ruhig atmen.

Entspannen.

Chikas leise Stimme, das Erwachen von *makura na hiruma.*

Aber seine Halsschlagader pulsierte unaufhaltsam weiter. Sie lag zwar im Schatten, aber wenn ihn die Polizisten noch länger so anstierten, konnten sie sie schwerlich übersehen ...

Plötzlich wurde es wieder dunkel, und ein leises Schnappen ertönte. Sie hatten den Sargdeckel wieder zugeklappt.

Wenige Augenblicke später wurde das Motorengeräusch lauter. Chika legte den ersten Gang ein und fuhr los. In der dunklen Enge des Sargs konnte er ganz deutlich spüren, wie der Wagen beschleunigte.

Nach fünf Minuten drückte er den Sargdeckel hoch und sog in gierigen Zügen die frische Luft ein.

»Chika?«

»Hallo.«

»Alles in Ordnung?«

»Bisher ist jedenfalls niemand hinter uns zu sehen.«

Da sie ihm den Hinterkopf zugewandt hatte, rückte er ein Stück zur Seite, damit er ihr Gesicht im Rückspiegel sehen konnte. »Keine Spur von einer roten Electra-Glide?«

»Nein.«

Chika wechselte die Fahrspur, beschleunigte und begann zügig eine ganze Reihe von Wagen zu überholen. Nach einer Weile sagte sie: »Die Luft ist rein. Niemand folgt uns.«

»Dann sieh zu, daß wir möglichst schnell aus der Stadt kommen.«

»Nicht nur das. Wir werden sogar das Land verlassen.«

»Falls wir fliegen, bitte nicht vom Kennedy Airport.« Er kletterte über die Rücklehne und setzte sich neben sie.

»Keine Sorge.« Sie deutete auf das Handschuhfach, wo er eine Pakkung Kleenex und Fettcreme fand. »Wir fliegen vom Logan Airport in Boston ab. Ich habe bereits zwei Plätze für uns gebucht.«

Die Sonne, überreif und tiefrot, hatte fast den Horizont erreicht, als Chika vom Highway fuhr. Wolfs Gesicht war zwar wieder einigermaßen sauber, aber sein Oberkörper war über und über mit Blut verkrustet. Er hatte eine Weile geschlafen. Seine Augen brannten, und die Lichter der entgegenkommenden Autos blendeten ihn.

Chika hielt auf dem Parkplatz eines Supermarkts. Wenig später kam sie mit einer Flasche Wasserstoffsuperoxid und einer Packung Watte und Heftplaster zurück. Damit machte sie sich daran, Wolfs Verletzungen zu säubern und ihn notdürftig zu verbinden. Zehn Minuten später fuhren sie wieder in Richtung Nordosten weiter.

»Ich muß dringend etwas essen«, sagte Wolf nach mehrstündiger Fahrt. »Außerdem sollten wir jetzt besser runter vom Highway. Auf einer Landstraße ist es wesentlich schwieriger, uns zu beschatten.«

Chika nahm die nächste Ausfahrt. Nachdem sie ein Stück auf einer schmalen Landstraße weitergefahren war, hielt sie am Rand einer kleineren Ortschaft vor einem Restaurant.

Da es noch relativ früh war und nicht viel Betrieb herrschte, bekamen sie einen Fensterplatz. Wolf ging auf die Toilette, um sich die letzten Schminkreste aus dem Gesicht zu waschen und sich mit einem Einwegrasierer, den ihm Chika im Supermarkt besorgt hatte, zu rasieren. Als er sich den Schaum aus dem Gesicht wischte, sah er sich lange im Spiegel an.

Wer bin ich? fragte er sich. Was ist aus mir geworden?

Wieder zurück an ihrem Tisch, trank er ein großes Glas Wasser und ließ sich noch einmal nachschenken. Dann bestellte er ein Steak mit gemischtem Salat und Bratkartoffeln. Chika entschied sich für gebakkene Bohnen mit Reis.

Als sie nach dem Essen auf die Toilette ging, stand Wolf auf, um an der Kasse zu zahlen. Dabei warf er einen kurzen Blick aus dem Fenster und entdeckte draußen auf dem Parkplatz ein knallrotes Motorrad. Er steckte sein Wechselgeld ein, kehrte an seinen Platz zurück, legte der Kellnerin etwas Trinkgeld auf den Tisch, schob ein paar Tütchen mit Zucker in die Tasche und verließ das Lokal.

Und tatsächlich! Etwas abseits, hinter ein paar Büschen versteckt, stand die rote Harley. Am hinteren Schutzblech war sogar ein dunkler Rußfleck zu erkennen, der vermutlich davon herrührte, daß Suma zu dicht an dem lichterloh brennenden Bobby Connor vorbeigebraust war.

Vorsichtig schaute sich Wolf nach allen Seiten um. Als er Suma nirgends entdeckte, schraubte er rasch den Tankdeckel ab und schüttete den Zucker hinein. Damit war die Harley fürs erste lahmgelegt.

Inzwischen war auch Chika nach draußen gekommen. Sie wartete vor dem Eingang. »Ich habe Suma gesehen!« rief sie Wolf aufgeregt zu. »Da hinten im Gebüsch!«

»Los! Den schnappen wir uns.«

Hinter dem Lokal lag ein kleines Wäldchen. Nicht weit von der Stelle, wo Suma das Motorrad geparkt hatte, führte ein schmaler Pfad durch das dichte Unterholz. Unter den hohen Bäumen herrschte bereits tiefes Dunkel. Ganz automatisch sah sich Wolf im Gehen immer wieder um, ob ihnen jemand folgte. Nach etwa hundert Metern machte der Weg eine scharfe Biegung nach links und fiel steil ab. Mit einem Mal fühlte sich die Luft merklich feuchter an. Vermutlich befand sich ganz in der Nähe ein Fluß.

Nach einer Weile blieb Wolf stehen und sagte: »Wo kann der Kerl nur stecken? Das Ganze sieht mir verdammt nach einer Falle aus.«

»Allerdings«, nickte Chika. »Meinst du, wir sollten lieber umkehren?«

Das wäre natürlich das Vernünftigste gewesen. Andererseits hätte sich Wolf zu gern Suma geschnappt. Einen Augenblick lang wunderte er sich auch, warum ihn Chika nicht drängte, wieder zu ihrem Wagen zurückzukehren, damit sie noch rechtzeitig zum Flughafen kamen.

»Suma kann mich nicht aufspüren«, sagte Wolf nach einer Weile. »Mal sehen, ob wir ihn mit seinen eigenen Waffen schlagen können.«

Schon nach wenigen Schritten hatten sie den Fluß erreicht. Er war wesentlich breiter und tiefer, als Wolf erwartet hatte. Am Ufer blieb Chika, die vorausgegangen war, kurz stehen und drehte sich nach Wolf um. Um ihre Züge spielte ein seltsam vages Lächeln, das Wolf stutzen ließ.

Während er noch überlegte, was es bedeuten könnte, stieg Chika bereits ins Wasser.

Wolf spürte ein eigenartiges Kribbeln im Bauch. »Das gefällt mir aber gar nicht«, brummte er finster.

Doch Chika legte nur den Zeigefinger auf die Lippen und winkte ihm, ihr zu folgen. Wolf zog seine Schuhe aus, hängte sie sich um den Hals und watete vorsichtig in das eiskalte Wasser hinaus. Die Sonne war bereits hinter den Bäumen verschwunden.

Plötzlich deutete Chika ans andere Ufer, und Wolf sah gerade noch eine schemenhafte Gestalt im Unterholz verschwinden. Das konnte nur Suma sein.

Wolf watete weiter in den Fluß hinaus. Das Wasser wurde immer tiefer, und der Schlamm quoll zwischen seinen Zehen hindurch. Er überlegte, ob er das Hemd ausziehen sollte. Es klebte naß und schwer an seinem Oberkörper.

Nach einer Weile wurde der Untergrund steiniger und sehr schlüpfrig. Vorsichtig tastete er sich weiter in den Fluß hinaus, bis ihm das Wasser bis zum Hals stand. Dabei fiel ihm auf, daß Chika, obwohl sie ein gutes Stück vor ihm war, noch wesentlich weiter aus dem Wasser ragte. Offensichtlich stand sie auf einem Felsen oder einer Sandbank.

Als er wenig später wieder nach Chika Ausschau hielt, war sie spurlos verschwunden.

Erschrocken schaute er sich nach allen Seiten um.

Und dann sah er sie plötzlich am anderen Ufer stehen. Die Hände im Rücken verschränkt, beobachtete sie ihn mit amüsiertem Interesse.

Wolf lief es eiskalt den Rücken hinunter. Unwillkürlich schoß ihm Stevies Warnung durch den Kopf, daß Chika ihn töten würde. *Warum hast du es nur so eilig, deinem eigenen Tod in die Arme zu laufen?*

Und tatsächlich konnte er plötzlich ganz deutlich riechen, wie die Luft vom Gestank seines eigenen Todes verpestet wurde. Er versuchte ans Ufer zurückzukehren, aber die Strömung wurde immer stärker und trieb ihn immer weiter in die Mitte des Flusses hinaus.

Als Chika das sah, eilte sie ihm vom anderen Ufer zu Hilfe. Doch als sie ihren Fuß ins Wasser setzte, versank sie nicht darin. Wolf standen die Haare zu Berge. Als wäre es die selbstverständlichste Sache der Welt, kam Chika über das Wasser auf ihn zugegangen. Über ihren Lippen lag noch immer dieses eigenartige Lächeln, und je näher sie kam, desto stärker wurde Wolf die maskenhafte Starre ihres Gesichtsausdrucks bewußt.

Längst hatte ihn das blanke Entsetzen gepackt, und er versuchte verzweifelt, sich ans Ufer zu retten.

Und dann schien Chikas Gesicht immer blasser zu werden, als würde alles Blut aus ihm weichen. Es zog sich in die Länge, ihr Unterkiefer klappte nach unten, und ihre Zunge kam zum Vorschein. Aber das war keine menschliche Zunge.

Unwillkürlich fühlte sich Wolf an einen japanischen Horrorfilm erinnert, den er in seiner Jugend gesehen hatte. Im Schlamm verborgen hatte ein drachenähnliches Monster darauf gelauert, daß sich jemand in seine Nähe verirrte, um ihn dann erbarmungslos zu verschlingen. Dabei nahm das Monster erst den Kopf seiner Opfer in sein riesiges Maul und erstickte sie, bevor es ihnen den Kopf abbiß.

Und genau in die grauenerregende Fratze dieses Monsters verwandelte sich nun Chikas Gesicht. Wie gelähmt vor Entsetzen beobachtete Wolf, wie das Ungeheuer unaufhaltsam näherkam. Er versuchte sich zwar einzureden, daß er sich das alles nur einbildete, andererseits war aber auch nicht zu leugnen, daß diesem grauenerregenden Wesen sehr reale Züge anhafteten. Verzweifelt riß er die Arme hoch, als es sein Maul aufriß, um ihn zu verschlingen. Und dann wurde er plötzlich von allen Seiten von einem seltsamen Dunkel umhüllt, das ihm noch mehr als der ekelerregende Gestank, der ihm aus dem Rachen des Ungeheuers entgegenschlug, die Luft zum Atmen raubte.

Wolf wollte schreien, brachte aber keinen Laut hervor. Und als er darauf in seiner Verzweiflung blindlings um sich zu schlagen begann, schien sich das Monster von innen heraus aufzublähen, um wenige Augenblicke später in einem sprühenden Funkenregen zu zerstieben. Kaum war dieses gespenstische Feuerwerk verglüht, wurde das unnatürliche Dunkel, das ihn umgab, noch intensiver. Gleichzeitig begannen sich die Schuhbänder, an denen seine Schuhe von seinem Nacken baumelten, immer fester um seinen Hals zu schnüren.

Instinktiv riß er die Arme hoch, um sich aus diesem tödlichen Würgegriff zu befreien. Dabei verlor er den Halt unter den Füßen und stürzte.

Auch unter Wasser versuchte er weiter verzweifelt, die Schlinge um seinen Hals zu lockern, aber unerbittlich zogen sich die Schuhbänder immer fester zusammen. Außerdem wurde er von einer übermenschlichen Kraft immer tiefer unter Wasser gedrückt, und je heftiger er sich zur Wehr setzte, desto unaufhaltsamer wurde er in die Tiefe gezogen.

Und dann sah er plötzlich Chikas Gesicht vor sich. Über ihren Zügen lag ein engelsgleiches Lächeln. Er glaubte, jeden Augenblick den Verstand zu verlieren. Immer breiter und breiter wurde ihr Lächeln, bis sonst nichts mehr von ihrem Gesicht übrig war. An diesem Punkt gelangte er endgültig zu der Überzeugung, daß er das Opfer eines grausamen Spiels war. Ein letztes Mal ließ er die Erinnerungen an seine Flucht mit Chika und die zärtlichen Momente in Moravias Geheimzimmer an sich vorüberziehen. Wie hatte er sich nur so in Chika täuschen können?

Nach einer Weile begann ihm alles vor den Augen zu verschwimmen, und er konnte keinen klaren Gedanken mehr fassen. Obwohl er sich der Aussichtslosigkeit seines Kampfs längst bewußt war, trat er weiter mit den Füßen um sich. Immer rascher schwanden seine Kräfte dahin, seine Körperfunktionen begannen zu erlahmen, und der Tod streckte bereits seine Hand nach ihm aus. Doch dann bäumte er sich noch ein letztes Mal gegen das scheinbar Unvermeidliche auf.

Jetzt konnte ihn nur noch sein *makura na hiruma* retten. Mit letzter Kraft versuchte er das seltsam vertraute Dunkel tief in seinem Innern heraufzubeschwören, während diese grauenhafte Leere immer mehr von ihm Besitz ergriff. Ihr Sog wurde stärker – das Monster . . .

Vergiß das Monster, vergiß die Leere! Beides sind nur Illusionen, hinter denen sich Suma verbirgt.

Unter Aufbietung seiner letzten Kräfte aktivierte Wolf das Dunkel in seinem Innern. Und im selben Moment ging eine seltsame Verwandlung in ihm vor. Es war, als wäre plötzlich ein zweites Wesen in ihm erwacht, dessen Atem wie ein kühlender Windhauch über sein Gesicht streifte. Als er jetzt die Augen aufschlug, hatte er wieder die unverstellte Realität vor sich: Niemand anderer als Suma stand vor ihm und zog mit aller Kraft an den Schuhbändern um seinen Hals. Er hatte also schon die ganze Zeit mit Suma gekämpft, und Chika hatte gar nichts damit zu tun.

Als sich Suma der immensen Kräfte bewußt wurde, die Wolf mit einem Mal freigesetzt hatte, hielt er für einen Moment schockiert inne und starrte ihn mit weit aufgerissenen Augen an.

Im selben Moment richtete Wolf seine Kraft nach außen. Überrascht den Kopf schüttelnd wich Suma erst einen Schritt zurück, ging dann aber sofort zum Gegenangriff über. Wolf war es inzwischen gelungen, sich aus der tödlichen Schlinge um seinen Hals zu befreien, und im gleichen Moment kehrten auch seine Kräfte wieder zurück.

Suma warf einen kurzen Blick zur Wasseroberfläche hinauf. Dann stieß er sich mit aller Kraft von Wolf ab und schwamm in raschen Zügen davon.

Auch Wolf tauchte auf, und während er noch begierig nach Luft zu schnappen begann, wurde er von einer kräftigen Hand am Kragen gepackt und ans nahe Ufer geschleppt, wo er schwer atmend im nassen Schlamm liegen blieb und in Chikas besorgtes Gesicht aufblickte.

9

Washington/Tokio/Boston

Ham Conrad paßte Marion Starr St. James nach der Arbeit ab. Nur noch die Spitzen der höchsten Regierungsgebäude waren von der Abendsonne beschienen, als er sich über den Beifahrersitz beugte und ihr die Tür aufhielt.

»Hi«, begrüßte ihn Marion. »Das ist aber eine Überraschung.«

»Das will ich doch meinen. Hast du Lust, essen zu gehen?«

»Tut mir leid, Darling, aber ich habe um sieben schon eine Verabredung, und anschließend . . .«

»Steig ein, Marion.«

Sie runzelte die Stirn. »Irgend etwas nicht in Ordnung? Du siehst ja richtig wütend aus.«

»Allerdings.« Er starrte sie finster an. »Los, steig schon ein. Oder willst du, daß ich dir hier vor den Augen deiner Kollegen eine Szene mache?«

Sie hatte noch nicht die Tür hinter sich geschlossen, als er bereits losbrauste. »Um Himmels willen, Ham! Was ist denn plötzlich in dich gefahren?«

Mit einer kurzen Kopfbewegung deutete er auf das Autotelefon. »Fang schon mal an, deine Verabredungen abzusagen. Du wirst den Abend nämlich mit mir verbringen.«

Sie sah ihn eine geschlagene Minute lang an, bevor sie in ihrer Handtasche nach ihrem Adreßbuch zu wühlen begann. Nachdem sie zwei Anrufe gemacht hatte, stellte sie mit einem erstaunten Blick nach draußen fest, daß sie durch verwahrloste Gettostraßen fuhren, deren Gehsteige von zwielichtigen Gestalten bevölkert waren.

»Wohin fahren wir eigentlich?« wollte sie wissen.

»Abendessen«, antwortete Ham, ohne sie anzusehen.

»Hier?« Ringsum waren nur schwarze Gesichter zu sehen. »Bist du verrückt geworden?«

»Wieso?« entgegnete er schroff. »Du hast doch nicht etwa Rassenvorurteile.«

»Ich bin nur vorsichtig.« Sie legte ihre Hand auf den Türgriff. »Halt bitte sofort an und laß mich aussteigen.«

»Das würde ich dir in dieser Gegend lieber nicht raten.«

»Ham, ich bitte dich! Was soll der Unsinn?«

Schließlich hielt er vor einem Restaurant in der Florida Avenue. Aus der dunkel getönten Fensterfront leuchtete ihnen in grellen Neonlettern der Schriftzug POOR BOY'S entgegen.

»Komm«, sagte Ham, stieg aus und öffnete ihre Tür.

Herausfordernd starrte ihn Marion an. »Hast du keine Angst, der Wagen könnte nicht mehr da sein, wenn wir zurückkommen?«

»Hier essen eine Menge Weiße.«

Sie sah sich nervös um. »Ich hoffe, du weißt, was du tust.«

Grinsend schloß er den Wagen ab, nahm sie am Arm und führte sie in das Lokal. Die Beleuchtung war sehr gedämpft, und es roch nach Holzkohlengrill. Von der mattschwarz gestrichenen Decke hingen Tiffanylampenimitationen. Die Wände waren mit DC-Fix-Folie im Naturholzdesign beklebt. Über den schwarzweißen Fliesenboden hatte man eine dicke Schicht Sägemehl gestreut.

An der Bar links vom Eingang hockten, aufgereiht wie die Hühner auf der Stange, ein paar einsame Trinker, die den Eindruck machten, als säßen sie hier schon Wochen, wenn nicht Monate herum. Einzige Lichtquelle über der Bar war das schwache Licht der Deckenlampen, das von den blinden Spiegeln hinter dem Tresen zurückgeworfen wurde.

Marion war sich der abweisenden Blicke, mit denen sie von allen Seiten bedacht wurde, überdeutlich bewußt. Zu allem Überfluß trug sie auch noch einen extrem kurzen Wollrock und eine dünne Seidenbluse, unter der sich, wie sie zu ihrem Entsetzen feststellte, ihre Brustwarzen deutlich erkennbar abzeichneten.

»Einen Tisch für zwei Personen«, sagte Ham zu dem hünenhaften Barkeeper, der ihm jedoch nicht die geringste Beachtung schenkte.

Der Restaurantbereich war durch eine halbhohe Sperrholzwand abgeteilt. Entgegen Hams Behauptung war im ganzen Lokal kein einziger Weißer zu sehen.

»Ham«, zischte Marion leise. »Laß uns bitte wieder von hier verschwinden.«

»Aber wieso denn?« Damit packte er sie am Ellbogen und führte sie auf einen Tisch zu. »Ist doch ganz gemütlich.« Er zog einen Stuhl für sie vor, wischte ein paar Brotkrumen von der Sitzfläche und drückte sie unnachsichtig darauf nieder. Dann nahm er ihr gegenüber Platz.

Als die Bedienung zum drittenmal an ihnen vorbeigegangen war, ohne sie auch nur eines Blickes zu würdigen, platzte Marion der Kragen: »Würdest du mir jetzt bitte endlich erklären, was das Ganze soll?«

»Ich muß schon sagen«, begann Ham darauf ernst, »du hast mich schwer enttäuscht.«

In diesem Moment entbrannte zwischen zwei Männern an der Bar ein heftiger Streit. Marion wartete, bis der Lärm sich einigermaßen gelegt hatte, bevor sie fragte: »Inwiefern?«

Endlich gelang es Ham, den Blick der Bedienung aufzufangen. Nachdem er für sie beide bestellt hatte, wandte er sich wieder Marion zu. »Woher kennst du meinen Vater?«

Jemand hatte ein paar Münzen in die Musikbox geworfen, und wenige Augenblicke später begann Queen Latifah lautstark loszulegen.

»Muß das sein, Ham? Ich könnte nicht gerade behaupten, daß ich mich hier sonderlich wohl fühle.«

»Sind doch auch nur Menschen hier.«

»Ich lese die Zeitung und weiß, was einem an Orten wie diesem zustoßen kann.«

Queen Latifah kam langsam richtig in Fahrt. Ham entschuldigte sich: »Ich muß mal kurz wohin. Bin gleich wieder zurück.«

Marion blieb allein am Tisch sitzen. Die Bedienung tat, als existierte sie gar nicht. Um so brennender schienen sich dagegen die ausschließlich männlichen Gäste des Lokals für sie zu interessieren, beziehungsweise für das, was sie unter ihrem Rock und ihrer Bluse hatte. Noch nie war sie sich so wehrlos und ausgeliefert vorgekommen. Es war das erste Mal, daß sie ganz allein unter lauter Schwarzen war, und sie ertappte sich dabei, wie sie bereits unter jeder Jacke einen Revolver oder ein Messer und in jeder Hosentasche einen Beutel Koks zu sehen glaubte. Das ist doch alles nur Unsinn, versuchte sie sich einzureden. Aber das konnte sie nicht darüber hinwegtäuschen, daß sie sich nicht besonders wohl in ihrer Haut fühlte.

Schließlich wurde ihr das Ganze zu bunt. Kurz entschlossen griff sie nach ihrer Handtasche und ging unter den halb neugierigen, halb feindseligen Blicken der Anwesenden an den Tresen und bat den Barkeeper, ihr ein Taxi zu rufen.

Der sah sie jedoch nur finster an, strich sich mit einem schwieligen Finger über den Schnurrbart und brummte: »Das Telefon ist kaputt.«

»Gibt es hier irgendwo in der Nähe eine Telefonzelle?«

»Die ist auch kaputt.« Vom rechten Ohr des Barkeepers baumelte eine goldene Patrone. »Außerdem würde Ihnen das sowieso nichts nützen. Um diese Zeit traut sich hier nämlich kein Taxi mehr her.« Über seine Lippen legte sich ein breites Grinsen. »Kann ich den Leuten, ehrlich gesagt, auch nicht verdenken.« Er saugte geräuschvoll an seinen riesigen Zähnen. »Ist nicht gerade die sicherste Gegend hier. Am besten, Sie setzen sich einfach wieder an Ihren Tisch.«

»Von wegen.« Marion griff nach ihrer Handtasche. »Irgendwo muß es hier doch eine Telefonzelle geben ...« Als sie sich darauf wütend zum Gehen wenden wollte, wäre sie um ein Haar mit einem großen, breitschultrigen Schwarzen zusammengestoßen, der sich bedrohlich hinter ihr aufgepflanzt hatte. Seine Haut war auffallend dunkel, und sein kahler Schädel glänzte im schwachen Schein der Deckenlampen. Sein rotes Hemd stand über der Brust weit offen, und von seinem stämmigen Hals baumelte mindestens ein halbes Dutzend Goldketten.

»Wohin denn so eilig, Süße?«

»Entschuldigen Sie bitte«, sagte Marion förmlich und versuchte sich an ihm vorbeizudrängen. Als er sie jedoch am Arm festhielt, zischte sie ihn an: »Laß mich los, du Dreckskerl!« und trat ihm mit aller Kraft auf den Fuß. Seine Augen flackerten bedrohlich, als er Marion seine mächtige Pranke um den Hals legte und so fest zudrückte, daß sie kaum mehr Luft bekam. »Immer schön mit der Ruhe, Schätzchen«, knurrte er finster.

»Ich . . . ich bin nicht allein«, stieß Marion gepreßt hervor. »Wenn Sie mich nicht sofort loslassen . . .«

»Ach, du bist mit diesem Weißen hier«, grinste der Glatzkopf. Dabei kam ein Goldzahn zum Vorschein. »Du glaubst doch nicht etwa im Ernst, daß ich vor dem weißen Hosenscheißer Angst habe? Der läßt mich vollkommen kalt.« Er beugte sich vor. »Aber du – du machst mich ganz heiß.« Als er dabei genüßlich mit den Lippen schnalzte, schlug ihr eine kräftige Whiskyfahne entgegen.

Mit einem verzweifelten Stoßseufzer schloß Marion die Augen. Was hatte sich Ham nur dabei gedacht, sie hierher zu bringen?

»Hey, Maury.«

Eine vertraute Stimme hinter ihr veranlaßte Marion, die Augen wieder aufzuschlagen.

»Hey, Mann.«

»Was gibt's?«

»Gut, daß du kommst, Mann, sonst macht sich deine Freundin hier noch in die Hosen. Nächstes Mal solltest du dir lieber eine stärkere Tussi anlachen.«

Diese Stimme kannte sie doch. »Ham?« Sie wirbelte herum und starrte Ham halb wütend, halb verlegen an. »Du hinterhältiges Aas! Das Ganze war also nur Theater! Weißt du eigentlich, daß du mir eine Heidenangst eingejagt hast? Und das findest du auch noch lustig.«

»Vollkommen zu Recht!«

Der Glatzkopf fing zu lachen an, und der Barkeeper wandte sich ab, um einen Gast zu bedienen. Ende der Vorstellung.

Marion schlug die Hände vors Gesicht.

Ham legte ihr den Arm um die Schulter und führte sie an ihren Platz zurück. Inzwischen standen bereits ihre Getränke auf dem Tisch, und für jeden lag eine Speisekarte bereit.

Ham entging nicht, daß sie vor Wut kochte. »Eigentlich hätte ich dich nicht zu der Sorte Frauen gerechnet, die sich einen ganzen Abend lang in den Schmollwinkel zurückziehen.«

»Was weißt du denn schon, was für eine Sorte Frau ich bin?« Marion holte einen kleinen Spiegel aus ihrer Handtasche und begutachtete sich kurz darin.

Nicht sehr viel, dachte Ham. Aber ich lerne dazu. »Wer wird denn gleich so nachtragend sein?«

Wütend ließ sie ihre Handtasche wieder zuschnappen. »Du bist richtig gemein.«

Die Bedienung stellte ein undefinierbares Gericht vor Ham auf den Tisch. Marion beugte sich neugierig vor und schnüffelte daran. »Was ist das denn?«

»Snoots«, sagte er und stach mit der Gabel in eine der knusprig gebratenen Fleischscheiben, die mit einer dicken roten Soße übergossen waren. »Darf ich das als Waffenstillstandsangebot auffassen?«

Mit einem finsteren Blick knabberte Marion an dem Bissen, den er ihr in den Mund steckte: »Mmm, schmeckt gar nicht so übel.«

»Das will ich doch hoffen. Hier kriegst du das beste Soulfood nördlich von St. Louis.«

»Und was sind Snoots eigentlich?«

»Schweinerüssel.«

Sie legte die Gabel beiseite und starrte auf den Teller. Währenddessen kaute Ham genüßlich weiter und wartete, bis sie einen kräftigen Schluck von ihrem Drink genommen hatte, bevor er sagte: »Dürfte ich nun vielleicht endlich erfahren, welcher Natur dein Verhältnis zu meinem Vater ist?«

»Eigentlich hatte ich gehofft, dieses Thema ausklammern zu können«, entgegnete sie nach einer Weile.

»Das wundert mich keineswegs.«

Ihm entging nicht, daß sie heftig errötete. »Laß mich doch wenigstens versuchen, dir alles zu erklären. Die Sache ist auch so schon kompliziert genug.« Abwesend begann sie mit ihrer Halskette zu spielen. »Thornburg und mein Vater waren gute Freunde.«

»Waren?«

Sie lächelte wehmütig. »Ja, ich habe dich belogen. Mein Vater ist längst tot. Er ist vor ein paar Jahren bei dem Versuch, eine Ladung Gewehre aus amerikanischen Armeebeständen nach Belfast zu schmuggeln, ums Leben gekommen.«

Ham starrte sie durchdringend an. »Demnach war dein Vater also keineswegs Schiffsbauer, wie du mir weiszumachen versucht hast, sondern Waffenschmuggler.«

Marion seufzte. »Ursprünglich war er tatsächlich Schiffsbauer. Er hat den Betrieb seines Vaters übernommen, doch dann machte er einen schweren Fehler: Er hat die Firma an die Japaner verkauft.« Inzwischen war sie dazu übergegangen, mit dem Löffel Kreise auf das Tischtuch zu zeichnen. »Ich glaube nicht, daß er im nachhinein über diese Entscheidung glücklich war. Er langweilte sich, wurde zunehmend rastloser. Vermutlich war das einer der Gründe, warum er sich von seinen IRA-Freunden schließlich dazu überreden ließ, Waffen für sie zu schmuggeln.«

»Und als er ums Leben kam«, fuhr Ham fort, »bist du in seine Fußstapfen getreten?«

»Keineswegs.« Sie legte den Löffel beiseite. »Für meinen Vater waren Frauen seit jeher Menschen zweiter Klasse. Er hat die Firma meinen Cousins vermacht.«

»Ihnen gehört also Extant Exports?«

»Ja. Ich konnte diese geldgierigen Heuchler noch nie ausstehen. Das Ganze hat also sehr persönliche Gründe. Das war auch der Grund, warum ich dir kürzlich nicht die Wahrheit gesagt habe. Ich dachte, du hättest bestimmt keine Lust, dich in eine Familien-Vendetta hineinziehen zu lassen.«

»Völlig zu Recht. So etwas kann oft ziemlich unerfreulich enden.«

Sie nickte. »Am besten, du vergißt einfach, was ich dir vorgeschlagen habe, ja?« Sie griff nach ihrem Glas, als wollte sie einen Schluck daraus trinken. Doch dann stellte sie es abrupt wieder ab, schlug die Hände vors Gesicht und begann leise zu weinen.

Ham wußte immer weniger, was er von dieser Frau halten sollte. Sie war tatsächlich stets von neuem für eine Überraschung gut. Aber gerade das machte ja ihren besonderen Reiz aus.

»Entschuldige mich bitte.« Marion wischte sich die Tränen aus dem Gesicht. »Ich kann mich selbst nicht ausstehen, wenn ich weine.«

Er lächelte zaghaft. »Sind es denn in der Regel nicht die Männer, die es nicht ausstehen können, wenn eine Frau weint?«

Sie lachte. »Kann sein, daß ich das schon mal irgendwo gehört habe. Darum breche ich ja auch normalerweise in der Öffentlichkeit nicht in Tränen aus, wenn es sich irgendwie vermeiden läßt.«

»Nimm zum Beispiel nur mal meinen Vater. Er bekam immer einen regelrechten Tobsuchtsanfall, wenn eine seiner Frauen zu weinen anfing. Vermutlich dachte er allen Ernstes, er bräuchte sie nur ordentlich zusammenzustauchen, dann würden sie schon von allein damit aufhören. Im übrigen bin ich ehrlich überrascht, daß er dich nicht vom Fleck weg geheiratet hat.«

»Das hat er durchaus versucht. Und er läßt noch immer nicht lokker.«

»Ich weiß. Das ist eine seiner weniger vorteilhaften Eigenschaften.«

»Muß eine recht interessante Erfahrung sein, als Sohn so eines Vaters groß zu werden.«

»So könnte man es auch nennen«, sagte Ham. »Obwohl ich es nicht unbedingt so ausdrücken würde.«

»Ist euer Verhältnis denn nicht sehr gut?«

»Ich würde sagen, das hängt von der jeweiligen Stimmung meines Vaters ab. Aber andererseits hängen davon ja auch noch eine ganze Menge anderer Dinge ab.«

Diesmal konnte sich Marion ein Lachen nicht verkneifen. »So mag ich dich am liebsten: selbstbewußt, stark und ein bißchen respektlos.«

»Dann wäre es vielleicht langsam an der Zeit, daß du mich aufklärst, was hier eigentlich gespielt wird.«

Darauf fiel sie in langes und nachdenkliches Schweigen, bevor sie erklärte: »Nichts lieber als das. Aber . . .«

»Aber was?«

»Um dir die Wahrheit zu gestehen: Ich weiß nicht, ob ich dazu in der Lage bin.«

»Sei unbesorgt. Ich werde dir dabei jede nur erdenkliche Hilfe zukommen lassen.«

Sie ergriff seine Hand. »Dessen bin ich mir sehr wohl bewußt, Ham. Aber in gewisser Weise bin ich wie eine Süchtige. Man darf mir nicht trauen.«

»Wer hat gesagt, daß ich dir traue?«

»Bitte, Ham.« Sie sah ihn eindringlich an. »Was auch immer passiert – versprich mir, nicht diesen Fehler zu machen.«

Er lachte, als wollte er ein Kind, das im Dunkel Angst hatte, beruhigen. »Ich mache nicht viele Fehler. Und schon gar nicht denselben Fehler zweimal.«

»Das habe ich auch deinen Vater schon mehrere Male sagen hören.«

Darauf bestellten sie erst einmal etwas zu essen: Schweinekoteletts mit Okra, Bohnen und Süßkartoffeln. »Das Essen hier ist übrigens ganz vorzüglich«, versicherte er Marion. »Ich komme ziemlich oft hierher.«

Während des Essens unterhielten sie sich über alle möglichen Nebensächlichkeiten, doch als die Teller abgeräumt waren und der Nachtisch vor ihnen stand – Kaffee, Nußkuchen und Vanilleeis –, sah er sie forschend an und begann erneut: »Was für eine Art Arrangement hast du mit meinem Vater getroffen?«

»Du kennst ja deinen alten Herrn. Er ist richtig sexbesessen.«

»Er ist alt – und sehr unglücklich darüber.«

»Er ist auch ein ausgesprochen faszinierender Mann – vor allem, wenn er einem etwas tiefere Einblicke in sein Innenleben gewährt, was allerdings nicht sehr häufig der Fall ist.«

»Ich weiß. Er ist sehr verschlossen.«

»Er wollte gleich vom ersten Augenblick an mit mir ins Bett gehen.«

»Und wie hast du das aufgenommen?«

Sie runzelte die Stirn. »Um die Wahrheit zu sagen, ich war keineswegs abgeneigt. Warum auch? Ich hatte vorher noch nie etwas mit einem Mann in seinem Alter, deshalb fand ich die Sache zumindest einen Versuch wert. Mir war jedoch auch klar, daß er mich sehr schnell wieder fallenlassen würde, wenn ich gleich auf seine Avancen eingestiegen wäre. Und das wollte ich nicht.«

Ham studierte sie eindringlich. »Willst du damit behaupten, du hättest meinen Vater ausgetrickst?«

Sie nahm einen Schluck Kaffee. »Ich glaube nicht, daß so etwas überhaupt möglich ist. Aber wenn mich nicht alles täuscht, mag er es ganz gern, von einer Frau ein bißchen hingehalten zu werden. Das scheint den Reiz der Sache für ihn enorm zu erhöhen. Deshalb habe auch ich das getan, und wie es scheint, ist es mir auf diese Weise tatsächlich gelungen, ein etwas tiefergehendes Interesse in ihm zu wecken.«

»Und dann?«

»Dann begann das Geschäftliche eine immer wichtigere Rolle zu spielen, und wir hörten auf, miteinander ins Bett zu gehen.«

»Aha.«

»Was soll das heißen: Aha?«

Ham schob sich das letzte Stück Nußkuchen in den Mund und ließ ihm einen Löffel Vanilleeis folgen. »Weißt du, den meisten Leuten unterläuft bei der Einschätzung meines Vaters vor allem ein gravierender Fehler: Sie glauben, es ginge ihm nur noch darum, einen hochzukriegen, und halten das für seine verhängnisvolle Schwäche. Aber nichts könnte der Wahrheit ferner liegen. Ganz im Gegenteil, er hat sogar eine ausgesprochene Abneigung gegen alle Männer, die, wie er es nennt, mit dem Schwanz denken. Für ihn – und da ist er den Frauen sehr ähnlich – ist Sex nichts weiter als ein Mittel zum Zweck, ein Köder, um das zu bekommen, was er haben will.«

Obwohl er ganz deutlich spürte, wie es in Marion zu gären begann, sah er sie an, als ob nichts wäre.

»Willst du damit sagen, er hat von Anfang an etwas ganz Bestimmtes von mir gewollt?«

Ham nickte. »Was nicht heißen soll, daß ihm nicht sehr viel an dir gelegen ist. Aber wie dir vielleicht nicht entgangen ist, hat er eine ganze Reihe von Tierköpfen – Erinnerungen an eine Safari in Afrika – an der Wand seines Arbeitszimmers hängen. Auch sie bedeuten ihm sehr viel – wenn du jetzt weißt, was ich meine.«

»Trophäen.«

»Mhm. Ich glaube, das trifft den Nagel auf den Kopf.«

Marion trank ihren Kaffee aus, worauf ihr die Bedienung sofort nachschenkte. Ham sprach sie mit ihrem Vornamen an, als er sich bei ihr bedankte.

»Zuerst schien Thornburg an unseren Waffenlieferungen interessiert zu sein«, erklärte Marion weiter. »Warum auch nicht? Damit sind ja enorme Gewinne zu machen – wenn man clever genug ist, sein Geld zu kassieren, bevor einem jemand eine Kugel durch den Kopf jagt, den Zoll auf den Hals hetzt oder einen mit einer Autobombe hochgehen läßt. Wobei er von diesen Problemen gar nicht betroffen war. Er brachte lediglich Kapital in die Firma ein und war dafür am Gewinn beteiligt – eine für beide Seiten optimale Regelung. Im Lauf der Zeit gewann ich jedoch mehr und mehr den Eindruck, daß das nur ein Vorwand war und daß es ihm in Wirklichkeit um etwas ganz anderes ging. Daraufhin hat er mich eines Tages zu einem gemeinsamen Mittagessen eingeladen – in diesen Country Club, du weißt schon ...«

»Das Magnolia Terrace.«

»Genau. Übrigens ein herrliches Fleckchen Erde. Und sehr mondän. Das ist vermutlich auch der Grund, weshalb er bestimmte Leute dorthin einlädt. Bei unserem Essen ging es jedenfalls ausschließlich um geschäftliche Dinge. Er wollte wissen, ob Extant Exports auch noch in anderen Bereichen tätig wäre als im Waffengeschäft. Darauf gab ich ihm zu verstehen, daß wir für gute Kunden hin und wieder auch Spezialaufträge durchführen. Was, wollte er darauf wissen, hatten wir sonst noch alles verschifft? Frauen, sagte ich, Medikamente, Pferde – alles, was man sich nur denken kann. Das schien ihn ganz außerordentlich zu interessieren.«

Marion kostete ein Stück von ihrem Nußkuchen, trank einen Schluck Kaffee und schob ihren Teller dann Ham zu, der sich sofort darüber hermachte. »Ich glaube, Thornburg beneidet dich sehr um deinen Appetit. Das ist auch etwas, was ihn ständig an sein Alter erinnert.«

Abrupt hörte Ham zu essen auf. »Auf diesen Gedanken bin ich noch gar nicht gekommen.«

»Demnach wirst du dich vermutlich von nun an in seiner Gegenwart beim Essen etwas zurückhalten?«

Darauf antwortete er zwar nichts, fing aber auch nicht wieder zu essen an.

»Im Grunde genommen tust du doch alles nur, um deinem Vater zu gefallen. Allerdings dürfte das nicht ganz einfach sein. Immerhin ist dein Vater kein Geringerer als Thornburg Conrad III. – ein Mann, der nicht so leicht zufriedenzustellen ist.«

»Worauf willst du hinaus?«

Marion beugte sich vor. »Damit will ich nur sagen, daß niemand seinen hohen Anforderungen gerecht werden kann. Mit anderen Worten: Es ist vollkommen sinnlos, es überhaupt zu versuchen. Nein, schlimmer noch als sinnlos: Es ist ausgesprochen dumm. Ich meine, warum das ganze Leben etwas zu erreichen versuchen, was sowieso unmöglich ist? Warum versuchen, *ihm* gerecht zu werden, anstatt sich selbst?«

»Du hast gut reden. Er ist nicht dein Vater.«

»Gott sei Dank.«

Mit einer heftigen Bewegung schob er den Teller von sich. »Wirklich sehr witzig. Du willst mir erzählen, wie ich mich meinem Vater gegenüber zu verhalten habe.« Er fand das überhaupt nicht komisch.

»Du machst dir keine Vorstellung, wie schwer es mir gefallen ist, dir das zu sagen. Es tut mir leid, wenn ich dir damit zu nahe getreten bin, aber ich dachte, das wäre ich dir schuldig.«

»Alles, was du mir schuldig bist«, sagte er mit beängstigender Ruhe, »ist eine Erklärung, was ihr beide eigentlich im Schilde führt.«

Darauf trat erst einmal längeres Schweigen ein. Aus der Musikbox dröhnte ein Rap-Song von M. C. Hammer, und von einer Gruppe Männer am Tresen drang lautes Gelächter herüber. Ham warf ihnen einen Blick zu, als wäre ihm ihre Gesellschaft im Moment lieber als die Marions.

Als sie sich leise räusperte, wandte er seine Aufmerksamkeit wieder ihr zu, und sie sagte: »Thornburg wollte, daß Extant Menschen für ihn verschifft.«

»Menschen?«

»Ja, Menschen, die niemand vermissen würde.«

Ham runzelte die Stirn. »Kannst du dich vielleicht etwas klarer ausdrücken?«

»Wir haben in seinem Auftrag Menschen geraubt: Araber, Zigeuner, Menschen ohne Heimat und ohne Familie, Herumtreiber und Obdachlose, die niemand vermißt.«

Darüber dachte Ham eine Weile nach, bevor er fragte: »Und was wollte er mit diesen Leuten?«

»Das hat er nicht gesagt, und ich hielt es auch nicht für klug, ihn danach zu fragen.«

»Wohin sollten diese Leute gebracht werden?«

»Wo diese Menschen am Ende tatsächlich gelandet sind, weiß ich nicht. Uns wurde als Bestimmungsort jedenfalls immer eine Green Branches Clinic in Arlington, Virginia, genannt.«

»Du hast mich beauftragt, den Verräter zu suchen«, sagte Evan. »Und ich habe ihn gefunden.«

Im Raum herrschte tiefe Stille. Die Frau, die am Fenster stand und fast sehnsüchtig auf den winterlichen Garten hinausblickte, drehte sich weder um, noch stellte sie die Frage, die vermutlich jeder andere an ihrer Stelle gestellt hätte. Evan schwieg. Es hätte sie nicht überrascht, wenn die Frau am Fenster bereits gewußt hätte, wer der Verräter war.

Endlich riß sich die Frau von der Betrachtung des verschneiten Gartens los. Ihre ockerbraunen Augen leuchteten so golden und wild wie die eines Tigers. »Hast du etwas von deinem Sohn gehört?«

»Ja, Ehrwürdige Mutter. Er sagt, es geht ihm gut.«

Die Ehrwürdige Mutter kam auf Evan zu und ließ sich vor ihr nieder. Sie war in einen goldenen Kimono gekleidet, auf dessen weiten Ärmeln kunstvoll gestickte Reiher durch das Wasser eines Teichs wateten. Die

Brust zierten die kreisrunden Embleme des Bunds der Schwarzen Klinge. »Hat er dir auch gesagt, daß er Heimweh hat?«

»Nein.«

»Er ist sehr weit fort«, fuhr die Ehrwürdige Mutter fort. »Und war schon sehr lange nicht mehr hier.« Ihr langes glattes Haar war straff aus dem Gesicht gekämmt und zu einem dicken Zopf geflochten. »Wie es scheint, steht seine Aufgabe kurz vor ihrer Vollendung. Und das ist gut so. Denn schon bald werden wir ihn hier dringend brauchen.«

»Nishitsu . . .«

»Was willst du nur immer mit Nishitsu?« unterbrach die Ehrwürdige Mutter sie barsch. »Der spielt doch nur den starken Mann.« Sie kicherte leise. »Wirklich zum Lachen. Er ist fest davon überzeugt, daß er an der Spitze von Tishin Kuro Kosai steht. Andererseits kann man ihm das nicht einmal verdenken. Schließlich haben wir jahrzehntelang alles getan, um nach außen hin genau diesen Anschein zu erwecken. Nur du, mein Sohn und Minako kennen die Wahrheit.« Sie drehte den Kopf zur Seite, als lauschte sie einer Stimme, die nur sie hören konnte. »Und nun berichte, was du über den Verräter in Erfahrung gebracht hast.«

»Das Ganze ist eine ziemlich lange Geschichte«, begann Evan. »Aber sehr interessant. Zuerst bin ich auf eine Spur gestoßen, die mich zu Shoto Wakare geführt hat.«

»Diese Spur war sehr geschickt getarnt.«

»Ja, Ehrwürdige Mutter.«

»Aber dennoch war es kein Ding der Unmöglichkeit, sie aufzuspüren.«

»Zumindest nicht für jemanden wie mich.«

»Ich weiß.« Nach einer kurzen Pause fuhr die Ehrwürdige Mutter fort: »Und du bist der Meinung, daß Wakare der Verräter ist?«

Evan nickte. »Ja, Wakare führt etwas im Schilde.«

»Du hast in seiner Wohnung das Faxgerät mit der Chiffriervorrichtung entdeckt?«

»Ja.«

»Aber du weißt, daß es nicht das ist, was ihn zum Verräter abstempelt.«

»Selbstverständlich. Wir haben inzwischen herausbekommen, von wem er seine chiffrierten Anweisungen erhält. Und fangen sie alle ab.«

Die Ehrwürdige Mutter nickte zufrieden. »Worin besteht also sein Verrat?«

»Wie jeder Mann heult er sich hin und wieder am Busen seiner Hure aus. Mita erzählt mir alles, was sie von ihm erfährt. Sie steht tief in meiner Schuld. Ich habe ihren Vater vor den Yakuza beschützt, als er ihnen viel Geld schuldete.« Evans Augen leuchteten auf. »Demnächst wird Wakare seinen Freund Yuji Shian in *Verbotene Träume* mitbringen, damit er dem Bund der Schwarzen Klinge beitritt. Das ist jedoch nur eine Finte. Er hat Yuji erzählt, daß er Nishitsu stürzen und selbst die Macht übernehmen will. Dabei soll ihm sein Freund helfen.«

Evan kannte alle Geschichten, die über die Ehrwürdige Mutter in Umlauf waren, und auch noch ein paar mehr, über die sonst niemand zu sprechen wagte. Nicht umsonst war sie in *Verbotene Träume* geboren und groß geworden. Es war die einzige Welt, die sie kannte, und die Ehrwürdige Mutter hatte ihr zeit ihres Lebens die Eltern ersetzen müssen. Als sich nun das Gesicht der Ehrwürdigen Mutter verhärtete, mußte Evan unwillkürlich an eine ganz bestimmte Geschichte denken. Es hieß, daß sie ihr Haar vor allem deshalb so lang trug, um damit ihre Liebhaber erdrosseln zu können.

»Bist du auch sicher, daß Wakare wirklich ein Verräter ist?« gab die Ehrwürdige Mutter Evan zu bedenken. »Könnte dieser Vorschlag Wakare nicht bloß als Vorwand gedient haben, um Yuji dazu überreden zu können, dem Bund der Schwarzen Klinge beizutreten?«

»An diese Möglichkeit habe auch ich bereits gedacht. Wenn dem allerdings wirklich so wäre: Hätte Wakare dann auch mit Yuji Shian bereits Pläne geschmiedet, wie er einerseits Toshin Kuro Kosai beitreten, uns aber zugleich die entscheidenden Details über das Orakel vorenthalten könnte?«

»Ich wage zu bezweifeln, daß Yuji angesichts unserer ebenso interessanten wie vielfältigen Verhörmethoden sein Schweigen sonderlich lange aufrechterhalten könnte.«

»So weit werden wir gar nicht gehen müssen. Obwohl uns Minako nie gesagt hat, wo sich das Orakel befindet, habe ich inzwischen auch das herausbekommen. Yujis Schwager war so nett, es mir zu zeigen.«

Die Ehrwürdige Mutter runzelte die Stirn. »Du hast dich mit Hiroto in Verbindung gesetzt? Und was ist, wenn Yuji zufällig etwas davon erfährt ...«

»Keine Sorge, das ist nicht mehr möglich.« Damit holte Evan einen sorgfältig in ein Stück Watte gewickelten Gegenstand heraus und packte ihn in ihrem Schoß aus.

Nachdem die Ehrwürdige Mutter den Gegenstand, den ihr Evan entgegenhielt, einen Augenblick lang aufmerksam studiert hatte, spielte der Anflug eines Lächelns um ihre Mundwinkel.

»Das war sehr geschickt von dir, meine Liebe.« Die Ehrwürdige Mutter schloß die Augen. Gleichzeitig schüttelte sie kaum merklich den Kopf, als widerspräche sie einer inneren Stimme. Dann streckte sie abrupt die Hand aus. »Ich glaube, daß ich dafür schon sehr bald Verwendung haben werde.« Im selben Augenblick war der Gegenstand auch schon in ihrer Hand verschwunden.

Das fahle Winterlicht ließ ihr Haar starr und unnachgiebig wie einen

Helm erscheinen. Sie schlug die Augen auf. »Aus den eben genannten Fakten schließt du also, daß Wakare der Verräter ist.«

Evan schüttelte den Kopf. »Nein, Ehrwürdige Mutter. Anhand dieser Fakten bin ich lediglich zu dem Schluß gelangt, daß Wakare nur ein Strohmann ist. Über seine Zusammenarbeit mit den Conrads wissen wir ja schon seit längerem Bescheid. Allein das hat gezeigt, daß Wakare keine Führernatur ist.«

Mit einem tiefen Seufzer forderte die Ehrwürdige Mutter Evan auf: »Dann erzähle mir auch noch den Rest.«

»Wenn mich nicht alles täuscht, weißt du bereits, wie die Geschichte weitergeht, Ehrwürdige Mutter.«

»Ich will sie trotzdem zu Ende hören!« stieß die Ehrwürdige Mutter mit solcher Heftigkeit hervor, daß selbst Evan, die sie vermutlich besser kannte als alle anderen, erschrocken zusammenzuckte und eine Weile in betretenes Schweigen fiel, bevor sie schließlich nickte und sagte:

»Wie es scheint, handelt Wakare im Auftrag von Minako Shian. Sie ist die wahre Verräterin.«

Wolf und Chika kehrten zum Leichenwagen zurück.

»Was ist passiert?« fragte Chika besorgt, nachdem sich Wolf erschöpft auf den Beifahrersitz hatte sinken lassen. »Als ich aus dem Lokal kam, warst du spurlos verschwunden.«

»Ich habe Sumas Harley Davidson gesehen und ihm Zucker in den Tank geschüttet. Was dann folgte, war wenigstens teilweise alles Illusion.«

»Sicher hat er dir irgendwo aufgelauert und das Motorrad nur als Köder benutzt.«

Das ließ sich schwerlich leugnen.

»Hast du ihn getötet?«

»Nein.« Wolf schüttelte den Kopf. »Er hat offensichtlich gespürt, daß du mir zu Hilfe kommen wolltest, und ist geflohen.« War es Sorge um Suma gewesen, was eben in ihrer Stimme mitschwang? Im Augenblick war er jedoch zu erschöpft, um diesem absurden Gedanken weiter nachzugehen.

Nach etwa einstündiger Fahrt stellte Chika den Wagen zehn Meilen vom Bostoner Logan Airport im dichten Gebüsch am Rand einer wenig befahrenen Landstraße ab. Chika hatte Wolf zwar den Vorschlag gemacht, er solle im Sarg schlafen, aber da er von der engen Kiste vorerst genug hatte, zog er es vor, sich ganz eng an Chika zu schmiegen. Er merkte jedoch bald, daß er so nicht würde schlafen können. Dazu war er sich ihrer Nähe zu deutlich bewußt. Vorsichtig, um sie nicht zu stören, setzte er sich auf und beobachtete sie im Schlaf.

Hatte ihn tatsächlich Suma in Chikas Gestalt zum Fluß hinuntergelockt, oder war es doch Chika selbst gewesen? Hatte in Wirklichkeit *sie* ihn zu töten versucht und zum Schluß nur deshalb Sumas Gestalt angenommen, damit er keinen Verdacht gegen sie schöpfte?

Angesichts dieser verwirrenden Vielfalt von Möglichkeiten begann sich ihm schon nach kurzem der Kopf zu drehen. Er wußte nicht mehr, woran er sich überhaupt noch halten konnte. Noch nie in seinem Leben hatte er solche Angst gehabt – nicht einmal, als er vor Jahren in die Mündung einer Magnum geblickt hatte, die ihm ein geisteskranker Massenmörder unter die Nase gehalten hatte.

In seiner Verzweiflung spielte er allen Ernstes mit dem Gedanken, einfach die Flucht zu ergreifen – und das, obwohl er noch nie in seinem Leben vor etwas davongelaufen war. Aber das hier war etwas anderes. Diese Geschichte hatte Dimensionen angenommen, die jedes menschliche Fassungsvermögen sprengten. Was für Möglichkeiten hatte er in seiner aussichtslosen Situation überhaupt? Müßig, sich darüber den Kopf zu zerbrechen. Er hatte nur eine einzige: vorwärts, immer weiter, hinein in eine dunkle und gefahrvolle Zukunft.

Zitternd wischte er sich den Angstschweiß von der Stirn. Es hätte nicht viel gefehlt, und er wäre in blinder Panik aus dem Wagen gesprungen und davongerannt. Doch allmählich bekam er sich wieder in den Griff, und nach einer Weile fiel er sogar in unruhigen Schlaf.

Im Morgengrauen weckte er Chika. Zum Frühstück gab es die Milch und die Schokoladenkrapfen, die sie am Tag zuvor im Supermarkt gekauft hatte. Anschließend fuhren sie zum Flughafen los.

Sie stellten den Leichenwagen in einem Parkhaus ab und nahmen den Bus zum Airport-Terminal. Um zwanzig vor acht startete ihre Maschine nach Chicago.

Neunzig Minuten nach der Landung auf dem O'Hare Airport saßen sie an Bord eines Jumbo, der auf dem Rollfeld in einer langen Reihe anderer Maschinen auf die Starterlaubnis wartete – genügend Zeit also, um darüber nachzudenken, wie ihnen Suma unbemerkt durch ganz Massachusetts hatte folgen können, und vor allem auch, wo er im Augenblick steckte. Genügend Zeit auch, um sich, in kalten Schweiß gebadet, an das grüne Leuchten in seinen Augen zu erinnern; oder an Bobby Connor zu denken, der vor seinen Augen wie eine lebende Fackel gebrannt hatte; an die kleine Cathy, an Hayes Walker Johnson und an Amanda, die an ihrem eigenen Blut erstickt war.

Und nicht zuletzt auch an die schier übermenschliche Kraft, die ihn auf dem Dach von Amandas Haus völlig mühelos hochgehoben und durch das Oberlicht geschleudert hatte; an die scheinbar zum Leben erwachten PVC-Rohre in dem Lagerhaus; an den Dämon unten am Fluß ...

Suma.

Wolf löste seinen Sicherheitsgurt und ging den schmalen Gang zwischen den Sitzreihen hinunter, um nach Suma Ausschau zu halten. Er war jedoch nirgendwo zu sehen. Wieder etwas beruhigt, kehrte er an seinen Platz zurück. Als er die Augen schloß, überfiel ihn ein seltsames Schwebegefühl. Es war, als träumte er in wachem Zustand. Irgendwo tief in seinem Innern schien eine ungeheure Kraft am Werk. Ganz deutlich war er sich plötzlich wieder der seltsamen Veränderungen bewußt, die in ihm vorgingen. Wenn er nur gewußt hätte, wohin das alles führen würde. Und dann begann er zu schweben – so hätte es zumindest sein Großvater White Bow genannt: Mit einem Mal war sein Geist von den Fesseln des Körpers befreit.

Trotzdem wurde er den Verdacht nicht los, daß ihm etwas ganz Entscheidendes entging. Ihm war längst klar, daß es sich dabei um etwas handeln mußte, das er bereits gehört oder gesehen hatte. Er aktivierte das Dunkel in seinem Innern. Im selben Moment spürte er auch schon, wie es sich, mit seinem öligen Schwanz peitschend, auf seiner Schulter niederließ. Fast glaubte er, das leise Wetzen sich aneinander reibender Klauen zu hören.

Der Leichenwagen, flüsterte ihm eine innere Stimme zu.

Er schlug die Augen auf und starrte abwesend vor sich hin.

Ja, der Leichenwagen – damals, an jenem Abend, als er ihr nachspioniert hatte.

Noch ganz deutlich hatte er den Augenblick in Erinnerung, als Chika durch die Hecktür geklettert und der Wagen vom Straßenrand losgefahren war. Jetzt war die entscheidende Frage: Wer hatte damals am Steuer gesessen?

Wer waren Chikas Auftraggeber? Mit wem arbeitete sie zusammen? Und wie weit durfte er ihr trauen? Im Augenblick stand zumindest eines fest: Es ging ihr in erster Linie darum, ihn nach Tokio zu bringen.

Aber wozu?

Funktionierte diese vollkommen neuartige und fremde Welt, zu der sie ihm Zutritt verschafft hatte, tatsächlich nach den Regeln und Gesetzen, die sie ihm genannt hatte? Oder führte sie ihn schon die ganze Zeit an der Nase herum? Was war zum Beispiel, wenn sie mit Suma unter einer Decke steckte? Oder wenn es diese oppositionelle Splittergruppe innerhalb des Bunds der Schwarzen Klinge gar nicht gab? Was war, wenn sie ihm die ganze Zeit so geschickt etwas vorgemacht hatte, daß er jetzt in Wirklichkeit bereits für Toshin Kuro Kosai arbeitete? Gelangte jedenfalls der Geheimdienst in Washington zu der Überzeugung, daß er zum Feind übergelaufen war, würde man dort mit Sicherheit versuchen, ihn so schnell wie möglich aus dem Weg zu räumen.

Mit einem Mal wurde ihm bewußt, daß die dunkle Kraft, die erst vor kurzem in seinem Innern geweckt worden war, wesentlich mehr Fragen aufwarf, als sie beantworten konnte. Doch das Schlimmste war: sie hatte ihn in eine fremdartige und undurchschaubare Welt gestoßen, die so voller Fußangeln und Fallstricke schien, daß ihm auch schon der kleinste Fehltritt zum Verhängnis werden konnte.

Mutlos schloß Wolf die Augen. Wer auch immer den Satz gesagt hatte: »Absolute Macht korrumpiert absolut«, hatte gewußt, wovon er sprach.

Zwanzig Minuten später erhielt ihre Maschine endlich die Starterlaubnis. Das riesige Flugzeug drehte sich, hinter den Hitzeschlieren aus den mächtigen Triebwerken verschwamm alles zu einem gigantischen impressionistischen Gemälde, und als sich kurz darauf unter einem leisen Erzittern des Flugzeugrumpfs die Bremsen lösten, schoß die Maschine über die Startbahn davon und hob sich wenige Augenblicke später in die Luft. Die Stadt kippte seitlich unter ihnen weg und verschwand rasch unter dem dichten Smogschleier, der sich über sie breitete.

THORNBURG / MINAKO

Vietnam/Kambodscha 1971

»Sie haben wirklich einen Riecher für so was«, sagte General Cross. Er hatte so viele Orden an seiner Brust hängen, daß seine Uniformjacke sich beulte. »Das können Sie einem alten Hasen wie mir gern glauben.« Es war im Herbst des Jahres 1971, und General Cross pflegte sich damals selbst im wildesten Schlachtengetümmel mit ordensgespickter Brust zu zeigen. Er war nämlich der festen Überzeugung, daß seine stolz zur Schau getragenen Auszeichnungen seine Männer noch zusätzlich motivieren würden. Und das Seltsame war, daß er damit in den meisten Fällen sogar recht hatte.

Ich behielt Wolf Matheson die ganze Zeit scharf im Auge. Er saß auf einem der Leinwandstühle des Generals und strahlte eine tiefe innere Ruhe aus, die ich bewundernswert, um nicht zu sagen beneidenswert fand. Rings um uns tobte der Krieg – ein Alptraum von unvorstellbarer Chaotik.

Erbarmungslos brannte die vietnamesische Sonne auf den Wellblechschuppen nieder, in den wir uns zurückgezogen hatten. Es herrschte eine Hitze wie in einem Backofen. Wolf schwitzte, was das Zeug hielt, die drei Adjutanten von General Cross schwitzten, und sogar der General schwitzte.

Draußen wurden gerade ein paar B-52 beladen. Mit Napalm. Ob dieser Krieg wohl je ein Ende nehmen wird? dachte ich bei ihrem Anblick unwillkürlich.

Niemand hatte mich vorgestellt, und mir entging nicht, daß mich Wolf neugierig beäugte. Sehr gut.

»Bisher haben Sie sich bestens bewährt«, fuhr General Cross, an Wolf gewandt, fort. »Bereits sechs Auszeichnungen wegen Tapferkeit vor dem Feind. Ihre Kameraden sind stolz auf Sie. Das ganze Land ist stolz auf Sie. Und, verdammt noch mal, ich bin es auch.«

»Danke, Sir«, erklärte Wolf pflichtschuldigst.

Der General machte jedoch nur eine abwehrende Handbewegung. »Wie Sie wissen, belohnt das Militär seine Helden, indem es ihnen noch mehr abverlangt. Denn macht nicht genau das einen Helden aus – daß er sich auch selbst das Äußerste abverlangt?« Der General kniff die Augen zusammen. Er hatte ein langgezogenes, von tiefen Falten zerfurchtes Gesicht mit einer weit vorspringenden Nase und einer hohen, intelligenten Stirn. Unter seiner Mütze hatte er kaum noch Haare. »Das sind schlimme Zeiten – *wie* schlimm, brauche ich Ihnen wohl nicht eigens zu erklären. Wir müssen uns jeden noch so geringen Vorteil zunutze machen, wenn wir diesen Krieg eines Tages siegreich beenden wollen.« Die Augen des Generals verengten sich zu schmalen Schlitzen. »Ich hoffe doch, wir verstehen uns?«

»Jawohl, Sir.«

General Cross nickte. »Wir haben da wieder einmal was ganz Besonderes für Sie, Matheson. Verdammt heikel, die Sache – sogar so heikel, daß das MACV nichts damit zu tun haben wollte.« Mit MACV war das militärische Oberkommando der US-Streitkräfte in Vietnam gemeint. Der Blick des Generals glitt über die im Raum Anwesenden, bevor er wieder auf Wolf haften blieb. »Damit das klar ist: Nur die paar Männer, die gerade hier anwesend sind, wissen über diese geheime Mission Bescheid. Sie sind die einzigen, die sich ihrer wahren Tragweite bewußt sind.«

»Da die Sache offensichtlich enorm wichtig und noch dazu verdammt heiß ist«, sagte Wolf, »nehme ich an, daß es gar nicht mehr in meiner Wahl steht, ob ich den Auftrag annehme oder nicht.«

»Aber natürlich haben Sie eine Wahl«, schaltete ich mich an dieser Stelle ein. Mir gefiel dieser junge Mann von Minute zu Minute besser. Als er mich ins Auge faßte, war es, als ginge mir sein Blick durch und durch. »Gerade weil es sich dabei um eine so heikle Angelegenheit handelt, können wir niemandem den Befehl erteilen, diesen Auftrag durchzuführen.«

»Wer sind Sie eigentlich, wenn ich fragen darf?«

»Mein Name ist Thornburg Conrad III. Betrachten Sie mich einfach als Initiator dieser Mission.«

»Ganz richtig«, warf General Cross ein. »Ich möchte Sie bei dieser Gelegenheit noch einmal in aller Ausdrücklichkeit darauf hinweisen, daß es in diesem Fall nichts bringt, zu viele Fragen zu stellen. Wir können uns hoffentlich alle darauf einigen, daß aus Sicherheitsgründen das Allernötigste an Hintergrundinformationen genügen muß.« Er stand auf. Seine Adjutanten folgten seinem Beispiel. »Alles Weitere ist nun Ihnen überlassen.« Damit verließ er den Raum.

»Habe ich Sie eben richtig verstanden«, begann ich, sobald Wolf und ich allein waren, »daß Sie Ihrer Pflicht nur mit etwas gemischten Gefühlen nachkommen?«

Noch bevor er darauf etwas erwidern konnte, hielt ich ihm den Lauf meines 45er Colt unter die Nase. Und er schlug ihn mit einer beiläufigen Handbewegung zur Seite.

Vietnam. Der Mahlstrom des Krieges. Wie ein blutrünstiges Ungeheuer verschlang er unzählige junge Männer und spuckte sie tot oder an Leib und Seele versehrt wieder aus. Irgendwann hatte das wahllose Morden solch grauenerregende Ausmaße angenommen, daß kein halbwegs vernünftiger Mensch ihm noch tatenlos zusehen konnte. Tag für Tag wurde ich von neuem Zeuge, wie ein weiteres Stück der Zukunft meiner Nation in den überfluteten Reisfeldern dieses fremden und exotischen Landes zugrunde ging. Ein Krieg muß nicht grundsätzlich widersinnig sein – eine Tatsache, die man in jedem guten Geschichtswerk bestätigt finden wird. Doch für *diesen* Krieg gab es tatsächlich keine vernünftigen Gründe mehr. Und genau das war das Erschreckende daran: Er war eine Tatsache, der sich viele unter Einsatz ihres Lebens zu stellen hatten, aber er war vollkommen sinnlos.

In meiner jugendlichen Unbekümmertheit hatte ich mir keine großen Gedanken darüber gemacht, welch schwerwiegende Folgen mein Engagement nach sich ziehen würde. Im Grunde genommen hatte ich mich vollkommen unbedacht in dieses Abenteuer gestürzt, noch zusätzlich berauscht von der Tatsache, daß es mir meine guten Kontakte zu hohen Regierungskreisen ermöglichten, einem so hohen Militär wie General Cross Befehle zu erteilen. Dem guten General war gar keine andere Wahl geblieben, als meinen Anordnungen nachzukommen, und wenn ich damals auch nur einen Funken Verstand im Kopf gehabt hätte, wäre mir das zutiefst unangenehm gewesen. Statt dessen sonnte ich mich in kindischer Schadenfreude im Vollgefühl meiner Macht: Ich, Thornburg Conrad III., konnte einem General Befehle erteilen und alles von ihm verlangen, was ich haben wollte.

Aber letzten Endes tat das nicht viel zur Sache. Wie sich im weiteren zeigen sollte, spielte Cross in diesem teuflischen Spiel ohnehin nur eine sehr untergeordnete Rolle.

Das tiefe Dunkel einer asiatischen Tropennacht.

Die 1. Cav.-Division in An Khe hatte uns eine OV-1B Mohawk zur Verfügung gestellt. Nachdem wir in dem speziell für solche Einsätze entwickelten Aufklärungsflugzeug auf einer provisorischen Landepiste unweit der Grenze zu Kambodscha gelandet waren, machte ich mich mit meinem sechs Mann starken Team unverzüglich auf den Weg.

Neben Wolf setzte es sich zusammen aus einem Sergeant der Special Forces namens Brick, den mir General Cross sozusagen als Aufpasser mitgegeben hatte, meinem medizinisch-technischen Assistenten Duncan mitsamt seinem Feldlabor, sowie drei Khmer Serei, die in dem Teil Kambodschas aufgewachsen waren, in den ich vorzudringen beabsichtigte.

Bis wir die Grenze zu Kambodscha überquert und unser Zielgebiet erreicht hatten, waren bis auf Wolf und mich alle ums Leben gekommen.

Blutrot ging am zweiten Tag unserer Expedition die Sonne über dem Dschungel auf. Am Horizont stieg eine gewaltige Rauchsäule hoch in den Himmel. Wir brachen unverzüglich auf und erreichten nach weniger als einer halben Stunde die verkohlten Überreste eines Dorfes, das anscheinend Opfer eines Napalmangriffs geworden war. Vereinzelt stiegen aus den rauchenden Trümmern noch rötlich flackernde Flammen. Die Luft war erfüllt vom Gestank verbrannten Fleisches.

Duncan holte seinen Geigerzähler heraus, aber wie schon bei verschiedenen früheren Gelegenheiten zeigte das Gerät keinerlei Strahlung an. Überall lagen gräßlich verstümmelte Leichen herum; in Hütteneingängen, auf den Straßen, unter den rauchenden Trümmern der armseligen Behausungen. Die Toten waren ausnahmslos so stark verbrannt, daß von ihrer Kleidung nichts mehr übriggeblieben war. Ich hörte Wolf einen der Khmer fragen, ob es sich bei diesen Leuten um Vietcong oder Khmer gehandelt habe.

»Beides«, antwortete der Mann sichtlich betroffen. »Der Vietcong nistet sich mit Vorliebe in solchen Grenzdörfern ein, weil sie glauben, unter den Khmer wären sie vor amerikanischen Angriffen sicher.«

So viele Fragen, auf die es keine Antworten gab, dachte ich. Obwohl alle äußeren Anzeichen auf einen Napalmangriff hindeuteten, war nirgendwo der typische Geruch dieses chemischen Kampfstoffs festzustellen. Außerdem hatten wir in so unmittelbarer Nähe des Dorfs unser Lager aufgeschlagen, daß wir das dumpfe Detonieren der Napalmbomben auf jeden Fall hätten hören müssen.

Auf ein Zeichen von mir holte Duncan seine Instrumente aus seinem Tornister und machte sich daran, von etwa einem Dutzend Toten – Männern, Frauen und Kindern unterschiedlichen Alters – Gewebeproben zu entnehmen und sie in meinem Beisein in speziellen Vakuumbehältern zu verpacken.

Mir entging nicht, daß Wolf immer wieder neugierige Blicke zu uns herüberwarf, während er mit den Khmer Serei den Rand des Dorfes sicherte. Wie es sich für einen guten Soldaten gehörte, stellte er keine Fragen, aber ich war mir sehr deutlich bewußt, daß er uns scharf im Auge behielt und eines Tages seine Schlüsse aus seinen Beobachtungen ziehen würde.

Kurz darauf gerieten wir in einen Hinterhalt des Vietcong, in dem Brick und Duncan ums Leben kamen. Von den drei Khmer fehlte danach jede Spur. Wir sollten nie erfahren, ob sie getötet oder in Gefangenschaft geraten waren oder einfach das Weite gesucht und uns unserem Schicksal überlassen hatten. Aber so ist es im Krieg nun mal: Man weiß nie, was passiert oder passieren wird – und am allerwenigsten, was passiert ist. Entweder man findet sich mit diesem Wahnsinn ab, oder man wird selbst verrückt.

Da ich aufgrund einer Kopfverletzung, die ich bei dem Angriff erlitten hatte, nichts mehr sehen konnte, war ich ganz auf Wolf angewiesen. Als er mich unmittelbar nach meiner Verwundung in Sicherheit brachte, geschah etwas sehr Eigenartiges. Wenn er mich in den Armen hielt, hatte ich ein Gefühl totaler Geborgenheit – gerade so, als könnte mir in seiner Nähe absolut nichts passieren. Es war, als wären wir beide von einer schützenden Kapsel umgeben, in der uns nicht einmal das massive feindliche MG-Feuer etwas anhaben konnte.

Als wir eine Rast machten, verlangte Wolf eine Erklärung von mir – trotz Cross' Warnung, keine unnötigen Fragen zu stellen. Mir waren mittlerweile hinsichtlich des Gelingens meines Vorhabens ernste Zweifel gekommen. Das Gefühl der Allmacht, das meine anfängliche Euphorie in mir geweckt hatte, war angesichts der grausamen Realitäten des Krieges rasch verflogen. Da ich inzwischen vollkommen abhängig von Wolf war, weihte ich ihn so weit in die Hintergründe meiner Mission ein, wie ich das gerade noch vertreten zu können glaubte. Wie sich herausstellte, war er sogar noch um einiges cleverer, als ich gedacht hatte. Aufgrund seiner Beobachtungen hatte er sich das meiste ohnehin schon selbst zusammengereimt: daß ich Zivilist war und daß unsere Expedition im strikten Sinn keine militärische Operation war, sondern dem Zweck diente, die Ursachen einer völlig neuartigen Form von Strahlenschäden zu erforschen.

Ich erzählte Matheson also, daß das Ganze mit einer Reihe höchst ungewöhnlicher Beobachtungen begonnen hatte, die verschiedene Khmer-Serei-Patrouillen unabhängig voneinander gemacht hatten. Beim MACV in Saigon hatte man diese Meldungen anfänglich als blanken Unsinn abgetan, bis auch die Abteilung B-50 der Fifth Special Forces Group, die an der Grenze zwischen Vietnam und Kambodscha sogenannte Operationen in unkonventioneller Kriegführung plante, ganz ähnliche Beobachtungen machte. Irgendwann kam das Ganze schließlich General Cross zu Ohren, dem Kommandeur der 6. Special Forces Group oder Omega Detachment, wie sich die Truppe intern bezeichnete.

»Moment mal«, unterbrach mich Wolf an dieser Stelle. »Es gibt doch gar keine Sechste Special Forces Group.«

»Ganz richtig«, bestätigte ich ihm. »Eine solche Einheit existiert nicht.«

»Soll das heißen, es handelt sich hier um eine Geheimdienstoperation?«

»Wir handeln im Auftrag der amerikanischen Regierung. Das ist alles, was im Augenblick zählt.«

Ich konnte förmlich sehen, wie es in ihm zu arbeiten begann. Für ihn stand nun fest, daß wir im Auftrag des CIA unterwegs waren, wenn nicht sogar des OSS, der Vorgängerorganisation des CIA, die hartnäckigen Gerüchten zufolge nach ihrer offiziellen Auflösung in den Untergrund abgetaucht war und insgeheim weiterhin arbeitete.

Mir lag einerseits sehr viel daran, ihm zu verstehen zu geben, daß ich ihm vertraute, obwohl er nicht vom Geheimdienst war. Zugleich mußte ich ihm jedoch auch klarmachen, daß es nicht unbedingt zu seinem Besten sein könnte, wenn er zuviel über die Hintergründe unserer Expedition wußte. Aber er ließ sich nicht so leicht abspeisen und bemerkte ganz folgerichtig: »Diese Meldungen, die General Cross' Interesse geweckt haben, hatten also etwas mit Strahlenschäden zu tun?«

Daraufhin blieb mir nichts anderes übrig, als ihm zu erzählen, daß wir schon auf mehrere solcher Dörfer gestoßen waren, die dem ersten Augenschein nach einem Napalmangriff zum Opfer gefallen waren, ohne daß sich dies jedoch bei eingehender Überprüfung hätte bestätigen lassen. Weder waren dafür reguläre amerikanische Einheiten verantwortlich gewesen, noch kam der Vietcong dafür in Betracht, da in allen diesen vernichteten Dörfern umfangreiche Vietcong-Einheiten Unterschlupf gesucht hatten. Die Südvietnamesen selbst waren in Kambodscha nicht aktiv, und die Guerillaeinheiten der ethnischen Minderheiten in der in Frage kommenden Region hatten weder einen Anlaß noch die erforderlichen Mittel, um so verheerende Zerstörungen anzurichten. Wer kam dafür also noch in Frage? Genau das wollten wir herausfinden.

»Deshalb haben Sie also diese Strahlenmeßgeräte dabei?«

»Ja. In allen diesen Dörfern wurden Spuren einer bisher unbekannten Strahlung festgestellt. Auch das hat uns natürlich aufhorchen lassen. Uns blieb also gar keine andere Wahl, als der Sache auf den Grund zu gehen.«

»Da müssen Sie sich schon was Besseres einfallen lassen.« Offensichtlich war er ziemlich wütend, daß ich ihn in diese Sache hineingezogen hatte. »So einfach lasse ich mich nicht abspeisen. Warum hat zum Beispiel das MACV nicht einen eigenen Aufklärungstrupp losgeschickt, um diese Meldungen zu überprüfen? Warum wird das Ganze statt dessen in Form einer wissenschaftlichen Expedition mit paramilitärischem Charakter durchgeführt?«

»Das ist eine Entscheidung, auf die das Militär keinen Einfluß mehr hatte«, erklärte ich darauf. »Sie wurde von der Regierung getroffen.«

»Das können Sie jemand anderem erzählen. Wenn Sie mich fragen, war das Ganze von Anfang an Ihre Privatangelegenheit. Ich weiß zwar noch immer nicht, wer Sie eigentlich sind. Aber eines steht schon lange für mich fest: Sie haben ein sehr persönliches Interesse an dieser Expedition, und ich kann nicht gerade behaupten, daß mir das sonderlich gefällt.« Ich hörte, wie er aufgebracht vor mir auf und ab ging. Dabei hatte ich wieder dieses eigenartige Gefühl, daß mir in seiner Nähe nichts passieren konnte. »Na schön. Sie können vermutlich gar nicht anders, als mir diesen Blödsinn zu erzählen. Damit versucht ihr Leute vom Geheimdienst einen doch ständig abzuspeisen. Aber warum wollten Sie auf Ihre geheime Mission ausgerechnet mich mitnehmen? Ich habe zwar als Soldat schon mehrere Auszeichnungen bekommen, aber zugleich dürfte auch sattsam bekannt sein, daß ich mit dem Geheimdienst absolut nichts am Hut habe.«

»Genau das ist der springende Punkt«, bestätigte ich ihm. »Ich wollte mich nämlich gerade nicht von einem von Cross' Geheimdienstleuten an Ort und Stelle fliegen lassen, zumal mir der General ohnehin schon Brick als Aufpasser mitgegeben hat. Mir war von Anfang an klar, daß er Cross über den Verlauf unserer Expedition genauestens auf dem laufenden halten würde. Im Grunde genommen wollte ich einfach noch einen zweiten neutralen Mann dabeihaben, um für ein ausgewogeneres Kräfteverhältnis zu sorgen. In ihren Personalunterlagen, und das war alles, was sich Cross zu lesen die Mühe gemacht hat, stand vor allem, daß Sie bereits mehrfach ausgezeichnet worden sind. Das kam mir natürlich sehr gelegen. Allerdings habe ich es dabei nicht bewenden lassen, sondern noch zusätzliche Erkundigungen über Sie eingezogen. Dabei stellte sich heraus, daß Sie nicht nur verdammt clever sind, sondern auch ein typischer Einzelgänger. Und das hat den Ausschlag für mich gegeben.

Ich glaubte, mir bei Ihnen sicher sein zu können, daß Sie Brick nicht gleich alles unter die Nase reiben würden, falls hier draußen mal etwas passierte, wovon Cross lieber nichts erfahren sollte.«

»Was das betrifft, brauchen Sie sich ja inzwischen keine Gedanken mehr zu machen«, meinte er darauf.

Mir gefiel seine Art von Humor. Ich sagte: »Ich möchte übrigens trotz allem weitermachen.«

Jeder andere hätte darauf erwidert: *Sind Sie verrückt geworden? Wie wollen Sie jetzt noch weitermachen? Sie sind blind!* Aber er entgegnete nur: »Jetzt weiß ich wenigstens, wie wichtig Ihnen diese Sache ist. Allerdings ist mir noch immer nicht klar, was Sie sich davon erhoffen.«

»Wie soll ich das verstehen?«

Er lachte. »Stellen Sie sich doch nicht dümmer, als Sie sind. Hier handelt es sich doch, strikt gesprochen, nicht einmal um eine Geheimdienstoperation. Sie sind vollkommen auf eigene Faust unterwegs – ein Einzelgänger, genau wie ich. Deshalb war Ihnen ja auch Brick von Anfang an ein Dorn im Auge.«

Natürlich hatte er mich längst durchschaut, und ich bewunderte ihn deshalb nur um so mehr. Allerdings hütete ich mich, ihm das zu zeigen. Statt dessen sagte ich nur: »In welche Richtung sollen wir gehen?«

»Das kann ich wegen des dichten Nebels im Moment nicht feststellen. Holen wir doch einfach den Geigerzähler raus«, schlug er vor. »Vielleicht kann er uns sagen, wo es interessant wird.«

Dem konnte ich nur zustimmen, und ich hörte, wie er in dem Tornister mit Duncans Instrumenten wühlte.

Plötzlich ertönte ein verdächtiges Geräusch, das mich instinktiv meinen Colt hochreißen ließ. Aber Wolf drückte meine Hand wieder nach unten und sagte ganz ruhig: »Stecken Sie die Waffe lieber wieder weg. Sie wird Ihnen jetzt nichts nützen.«

»Woher wollen Sie das so sicher wissen?«

Und dann tauchte aus dem Nebel eine Frau auf. Obwohl sie Wolfs Angaben zufolge keine Uniform trug und auch nicht bewaffnet war, strahlte sie etwas militärisch Bedrohliches aus. Es lag wohl vor allem an der Art, wie sie auftrat und sich bewegte, daß er sofort die Kriegernatur in ihr sah. Begleitet wurde sie von zwei Männern, die AK-47s über ihren Schultern hängen hatten.

Sie war Asiatin, aber weder Khmer, Vietnamesin oder Thailänderin, sondern allem Anschein nach Japanerin. Wolfs Aussagen zufolge sah sie sehr gut aus und hatte trotz ihres militärischen Auftretens ein ausgesprochen zartes und anziehendes Gesicht. Außerdem wirkte sie seltsam alterslos, was gerade in einem vom Krieg zerrütteten Land, in dem die Menschen tagaus, tagein enormen psychischen Belastungen ausgesetzt waren, höchst ungewöhnlich schien.

»Meine Herren«, sprach sie uns in tadellosem Englisch an. »Wir haben bereits mit Ihrem Erscheinen gerechnet. Schließlich war von Anfang an nicht zu erwarten, daß unsere . . . Experimente für immer unbemerkt bleiben würden.«

»*Sie* führen diese Experimente durch?« Ich wandte mich in die Richtung, aus der die Stimme kam. »Wer sind Sie?«

»Würden Sie mir bitte folgen?«

Ich hatte große Angst, aber kaum hatte mich Wolf am Arm genommen, überkam mich wieder dieses seltsame Gefühl vollkommener Geborgenheit. Als ich an ihr vorbeiging, nahm sie mir den Tornister ab.

Ich versuchte ihn ihr wieder zu entreißen, aber im selben Augenblick befiel mich eine seltsame Starre, so daß sie mir die Riemen mühelos aus der Hand nehmen konnte.

»Jeder Widerstand ist zwecklos«, flüsterte mir Wolf zu. »Sie weiß bereits, was in dem Tornister ist.«

Wenige Augenblicke später fiel die seltsame Starre wieder von mir ab. Leicht benommen schüttelte ich den Kopf.

»Nachdem ich Ihren Namen bereits kenne, Mr. Thornburg Conrad III.«, sagte die Frau, »sollen Sie nun auch den meinen erfahren. Ich bin Minako Shian . . .«

Meine Blindheit machte mich vollkommen hilflos. Was allerdings Minako betraf, erwies es sich als ein Segen, daß ich sie nicht gleich von Anfang an sehen konnte. Denn um so deutlicher konnte ich dadurch ihre Aura wahrnehmen, die mit bloßem Auge nicht zu erkennen war.

Wäre ich im Moment unserer ersten Begegnung nicht mit meiner Blindheit geschlagen gewesen, wäre vermutlich alles anders gekommen. Ganz sicher hätte ich sie auf der Stelle erschossen, und dann hätten ihre Leibwächter Wolf und mich umgebracht.

Aber da ich blind war und sie sozusagen nur mit meinem geistigen Auge sehen konnte, gewann ich bereits einen ersten Eindruck, mit was für einer außergewöhnlichen Frau ich es da zu tun hatte.

Sie nahm in meiner kleinen und begrenzten Welt sofort einen außerordentlich wichtigen Platz ein. Auch wenn ich sie nicht sehen konnte, war es mir doch möglich, ihren Duft zu riechen und ihre zarte Haut zu spüren.

In der Tat war sie eine echte Kriegerin, und um so größer war später mein Triumph, sie erobert zu haben. Sie hatte das selbstbewußte Auftreten einer Person, die es gewohnt war, Befehle zu erteilen, und das war in meinen Augen schon immer das beste und stärkste Aphrodisiakum.

»Sie sind schwer verletzt.« Mit diesen Worten führte sie mich in ein Zelt.

»Möglicherweise habe ich nur vorübergehend mein Sehvermögen verloren. Im Augenblick läßt sich das jedoch noch nicht mit Sicherheit feststellen.« Ich spürte die Kante eines Feldbetts gegen meine Beine stoßen und ließ mich vorsichtig darauf nieder.

»Soll ich mir Ihre Augen ansehen?«

»Wenn Sie meinen, daß es etwas nützt . . .«

Ich zuckte heftig zusammen, als ihre Fingerspitzen über meine Verletzung tasteten. Dann spürte ich jedoch plötzlich überhaupt nichts mehr, so daß ich schon dachte, der Schmerz wäre völlig weg. Nach einer Weile wurde es jedoch seltsam heiß, und ich hatte das Gefühl, als schwebte ich.

Ich öffnete die Augen, konnte aber nichts sehen, da Minako ihre Hand davor hielt. Doch als sie sie wegnahm, mußte ich heftig blinzeln. Nachdem sich meine Augen an das gedämpfte Licht gewöhnt hatten, konnte ich erkennen, daß wir uns unter einer Zeltleinwand befanden, die vor einer mit unzähligen Einschußlöchern übersäten Wand aufgespannt war.

»Sie können wieder sehen«, sagte Minako.

»Ja.« Ihre Schönheit stand ihrer überwältigenden Aura in nichts nach. Ich war von ihrem Anblick so fasziniert, daß ich am ganzen Körper zu zittern begann.

Mühsam versuchte ich mich aufzusetzen.

»Es ist besser, wenn Sie sich vorerst noch möglichst wenig bewegen«, sagte sie leise und drückte mich behutsam auf mein Lager nieder. Dabei strahlte von ihrer Hand eine seltsame Wärme aus. »Der Heilungsprozeß ist noch nicht ganz abgeschlossen.«

»Ich spüre keinerlei Schmerzen mehr. Wie haben Sie das so schnell hingekriegt?«

Als sie mich darauf nur anlächelte, fühlte ich mich mit einem Mal seltsam ausgeliefert und verletzlich. Mir war sehr deutlich bewußt, daß sie mir jederzeit ein Messer ins Herz hätte stoßen können. Meine Schmerzen waren zwar verflogen, aber statt dessen hatte eine seltsame Mattigkeit von mir Besitz ergriffen.

»Ihre Schmerzen sind noch keineswegs verschwunden«, versicherte sie mir. »Aber Ihr Körper kann jetzt besser damit umgehen.«

Ich fuhr mit der Zunge über meine trockenen Lippen. »Ist das der Grund, weshalb ich mich so matt fühle?«

»Ja.«

»Das gefällt mir aber gar nicht.«

Sie lachte. »Möchten Sie lieber wieder blind sein?«

Die Tatsache, daß ich darauf nicht sofort mit einem klaren Nein antwortete, schien sie zu überraschen. Nach einigem Überlegen sagte ich: »Seltsamerweise hatte meine Blindheit auch positive Seiten.«

»Und welche waren das?«

Da auch sie mir nicht alles erzählte, was ich von ihr wissen wollte, fühlte ich mich ebensowenig dazu verpflichtet. »Wer sind Sie eigentlich?« fragte ich statt dessen. »Und was tun Sie hier?«

Minakos Schönheit hatte etwas fast Überirdisches an sich. Es schien, als spiegelten sich in den makellosen Zügen ihres Gesichts auch ihre verborgensten Wesenszüge wider.

»Ihr Freund hat sofort gemerkt, daß ich weder Vietnamesin noch Khmer bin. Ebensowenig bin ich Chinesin, Thailänderin oder Birmesin.«

»Bliebe nur noch Japanerin – was ich allerdings für ziemlich unwahrscheinlich halte. Bekanntlich ist Japan nicht am Vietnamkrieg beteiligt.«

»In diesem Fall halte ich es für das Beste, Sie vergessen ganz schnell wieder, daß Sie mich hier gesehen haben.«

Als ich mich daraufhin aufzusetzen versuchte, befiel mich so heftiger Schwindel, daß ich sofort wieder auf mein Lager zurücksank. »Sie haben vorhin von irgendwelchen Experimenten gesprochen.«

»Nur aus diesem Grund sind Sie doch hergekommen – um herauszufinden, was wir hier machen.«

»Ich wollte lediglich den etwas ungewöhnlichen Beobachtungen auf den Grund gehen, die hier verschiedene unserer Aufklärungseinheiten in letzter Zeit gemacht haben.«

»Tut mir leid, Mr. Conrad, aber das ist nicht ganz richtig.«

Das war es tatsächlich nicht. Aber woher konnte diese Frau das wissen? Unwillkürlich lief mir ein kalter Schauder den Rücken hinunter. »Wie kommen Sie denn darauf?«

Vor ziemlich genau sechs Wochen hatte General Cross einen Hubschrauber in eines der zerstörten Dörfer im kambodschanischen Dschungel geschickt. Aufs Geratewohl hatte die Besatzung eine der verkohlten Leichen in die Maschine gepackt und zu ihrem Stützpunkt gebracht, von wo sie unverzüglich nach Washington geflogen worden war. Dort wurde sie im Labor von Dr. Richard Halburton, einem bekannten Pathologen, der für das Verteidigungsministerium arbeitete, eingehend untersucht. Zufällig war Dr. Halburton der Bruder meines Anwalts Douglas Halburton und ein guter Freund von mir. Er sollte mir auch Jahre später noch einmal unschätzbare Dienste leisten, als er mir bei der Auswahl der neuen Belegschaft der Green Branches Clinic mit Rat und Tat zur Seite stand.

Es war also Dick Halburton gewesen, der mich auf diese, wie er es nannte, höchst ungewöhnliche Entdeckung aufmerksam gemacht hatte. Damals frönten nämlich Halburton und ich gewissermaßen demselben Hobby: Wir hatten uns nichts Geringeres zum Ziel gesetzt, als das Geheimnis des menschlichen Alterungsprozesses zu entschlüsseln.

»Wirklich höchst sonderbar«, hatte Dick gesagt, als er mich in sein Labor führte. »Obwohl auf den ersten Blick alles darauf hindeutet, ist die Tote eindeutig *nicht* bei einem Bombenangriff ums Leben gekommen. Sie weist zwar schwere Verbrennungen auf, wie sie zum Beispiel durch Napalm hervorgerufen werden, aber ich konnte trotz eingehender Untersuchung keinerlei Napalmspuren an ihrem Körper feststellen.«

»Woran ist die Frau dann gestorben?« wollte ich wissen.

»Wenn du mich als Arzt und Wissenschaftler fragst, muß ich dir rundweg gestehen – ich habe nicht die leiseste Ahnung. Aber rein gefühlsmäßig würde ich sagen, daß sie an einer Überdosis von irgend etwas gestorben ist.«

»An einer Droge, die ihre Haut verbrannt hat?«

Dick Halburton schüttelte den Kopf. »Nein. Die bisherigen Untersuchungen haben eine extrem hohe Konzentration eines ganz bestimmten Enzyms ergeben, das infolge seines gehäuften Auftretens nicht mehr vom Organismus absorbiert werden konnte. Das zeigt sich unter anderem daran, daß sich große Mengen dieses Enzyms in Leber, Milz, Nieren und Bauchspeicheldrüse abgelagert haben.« An dieser Stelle hielt Halburton einen Moment inne und sah mich über den Rand seiner Brille hinweg ernst an. »Allem Anschein nach haben diese Enzyme sie bei lebendigem Leib aufgefressen.«

»Konntest du denn feststellen, um was für ein Enzym es sich dabei handelt?«

»Natürlich. Das war nicht weiter schwierig. Wie bereits gesagt, war es in ihrem Organismus in enorm hoher Konzentration vorhanden. Das Problem ist nur, daß es so gut wie unmöglich ist, seine genaue Zusammensetzung festzustellen. Das würde selbst mit modernsten technischen Mitteln mehrere Jahre in Anspruch nehmen. Und selbst dann wäre fraglich, ob wir dabei wirklich zu einem brauchbaren Ergebnis kämen.«

»Wie soll ich das verstehen?«

»Weil wir es mit einem instabilen Enzym zu tun haben. Das heißt, daß es außerhalb des lebenden Organismus, in dem es auftritt, sofort zerfällt. Es hat gewissermaßen eine Art Halbwertzeit.« Halburton drehte sich um und deutete auf einen Tisch, auf dem zwei Drahtkäfige mit Laborratten standen. »Jetzt sieh dir das mal an. Diesen beiden Ratten habe ich geringe Dosen dieses Enzyms gespritzt. Sie leiden infolge eines früheren Experiments an einer schweren Tumorerkrankung.« Er zuckte mit den Schultern. »Die Tiere hatten also nichts mehr zu verlieren.«

Ich sah mir die Ratten genauer an. »Sie wirken aber kerngesund.«

»Genau«, nickte Halburton zustimmend. »Der Tumor hat sich wieder zurückgebildet.«

»Was ist das für ein Stoff?«

»Darüber kann ich im Moment nur Vermutungen anstellen.« Halburton steckte die Hände in die Taschen seines Kittels. »Was enthielt der Gral doch gleich wieder? Das Blut Christi?«

Minako wandte sich von mir ab, um auf einem Kerosinkocher etwas Wasser zu erhitzen. Als es kochte, gab sie eine Handvoll Tee hinein. Hingerissen betrachtete ich währenddessen den eleganten Schwung ihres zarten Halses – ein Anblick, der einen unwiderstehlichen erotischen Reiz auf mich ausübte.

»Chinesischer Gunpowder-Tee«, sagte sie. »Der wird Ihnen bestimmt guttun.«

Sie half mir, mich aufzusetzen, und lehnte mich mit dem Rücken gegen die zerschossene Betonwand. Der heftige Schwindel, der mich dabei befiel, war jedoch weniger eine Folge meiner Verletzung als ihrer Nähe.

Von der staubigen Luft im Innern des Zeltes war mein Mund wie ausgedörrt. Dankbar nahm ich einen Schluck von dem Tee. Er war so bitter, daß es mir den Mund zusammenzog.

»Wo ist Matheson?« wollte ich wissen.

»Keine Sorge, er ist wohlauf.« Sie schloß für einen Moment die Augen. »Im Augenblick schläft er gerade.«

»Das würde ich Ihnen ja nur zu gern glauben. Aber leider haben Sie mir bisher noch herzlich wenig Anlaß gegeben, Ihnen zu vertrauen.«

»Noch vor wenigen Minuten waren Sie blind«, hielt sie mir vor. »Und schon ...«

»Irgend etwas haben Sie doch zu verbergen.«

»Die Frage ist doch wohl eher: Was haben wir beide zu verbergen? Sie sind jedenfalls nicht im Auftrag der US Army hier. Wenn das der Fall wäre, wären sie mit einem wesentlich größeren militärischen Aufgebot hier angerückt. Nachdem allerdings nur Sie und Mr. Matheson hier aufgetaucht sind, muß etwas anderes dahinterstecken.«

»Inwiefern?«

Minako schien allmählich die Geduld mit mir zu verlieren. Mit ärgerlich gerunzelter Stirn fuhr sie fort: »Sie sind eindeutig Zivilist – und haben sich als solcher mit all den Problemen herumzuschlagen, die ein inoffizieller Status mit sich bringt. Dazu kommt noch, daß wir uns hier auf hochbrisantem Terrain befinden. Um so weniger kann ich verstehen, weshalb Ihnen die Militärs überhaupt gestattet haben, so weit vorzudringen.«

»Wahrscheinlich liegt ihnen nicht sehr viel an meinem Leben.«

Minako warf den Kopf herum. »Selbst wenn dem so wäre, sollte man zumindest annehmen, daß den Militärs etwas an den Männern liegen müßte, die sie Ihnen zu Ihrem Schutz mitgegeben haben. Nur noch einer von ihnen ist am Leben.«

Als ich darauf die Schultern hob, befiel mich ein erneuter Schwindelanfall. »Das Soldatendasein ist nun mal mit gewissen Risiken verbunden. Das wußten diese Männer, als sie diesen Auftrag übernahmen.«

»Das wage ich zu bezweifeln.« Minako legte den Kopf auf die Seite. »Aber darum geht es ja letztlich auch nicht, Mr. Conrad. Schließlich sind die Probleme, mit denen wir es hier zu tun haben, nicht militärischer Natur.« Sie zögerte einen Moment. »Nun wäre es für mich allerdings sehr wichtig zu wissen, ob sich darüber auch Ihre Regierung im klaren ist ... oder nur Sie.«

Ich starrte in ihre dunklen Augen. Mein erster Gedanke war, ihr etwas vorzumachen – vermutlich aus Sorge um meine Sicherheit. Aber dann überlegte ich es mir doch noch anders. Was sie mir eben angeboten hatte, lief im Grunde genommen auf nichts anderes hinaus als auf eine Art persönlichen Waffenstillstand zwischen uns beiden. Deshalb war nun ich an der Reihe, ein gewisses Entgegenkommen zu zeigen, wenn mir tatsächlich etwas daran lag, unseren Dialog in Gang zu halten. Genauer besehen, blieb mir auch gar keine andere Wahl. Die einzige Alternative wäre gewesen, diesen verbalen Schlagabtausch noch endlos weiterzuführen. Bis zu einem gewissen Punkt hätte das durchaus ganz amüsant sein können, aber es hätte mich mit Sicherheit nicht einen

Schritt vorangebracht und schon gar nicht wieder zurück über die Grenze nach Vietnam.

»Ich habe meine Beziehungen zu hohen Regierungskreisen ausgenutzt, um diese Expedition durchführen zu können«, eröffnete ich ihr also. »Obwohl man sich beim Militär durchaus der etwas ungewöhnlichen Begleitumstände bewußt ist, unter denen diese Dörfer zerstört worden sind, kann es sich die militärische Führung angesichts der momentan sehr gespannten Lage nicht leisten, einer Sache näher nachzugehen, von der die Sicherheit der amerikanischen Truppen nicht unmittelbar betroffen ist.«

Ich nahm einen Schluck von meinem Tee und sah sie dabei über den Rand der Tasse hinweg an. »Unsere augenblickliche militärische Lage ließe sich am ehesten mit dem gängigen Witz umschreiben: ›Operation erfolgreich, Patient tot.‹ Ist Ihnen diese Redewendung zufällig geläufig?«

Lächelnd verneinte Minako. »Aber sie trifft den Nagel auf den Kopf.« Sie nahm mir die Tasse aus der Hand. »Hat Ihnen der Gunpowder geschmeckt?«

»Jedenfalls fühle ich mich schon wieder wesentlich besser.« Ich beugte mich vor und faßte mir an die Schläfen. Sie waren noch leicht angeschwollen, aber nicht mehr blutverkrustet. Die Haut fühlte sich an, als wäre sie an den verletzten Stellen bereits vernarbt. »Wie haben Sie mich so rasch geheilt?«

»Ich habe Ihnen doch bereits gesagt: Ich habe so auf Ihren Organismus eingewirkt, daß er den Heilungsprozeß ganz erheblich beschleunigt hat.«

»Das hört sich nach ziemlichem Hokuspokus an.«

»Wie bitte?«

»Ach so, der Begriff ist Ihnen natürlich auch nicht geläufig. Im Grunde genommen wollte ich damit nur sagen: Das Ganze hört sich zwar gut an, besagt aber letztlich überhaupt nichts.« Ich sah mich um. »Haben Sie hier vielleicht eine erhöhte Strahlung festgestellt?«

»Wie kommen Sie denn darauf?«

»Weil unsere Aufklärungseinheiten in verschiedenen dieser zerstörten Dörfer das erhöhte Auftreten einer bestimmten Strahlung gemessen haben.«

»Keine Sorge«, versicherte mir Minako. »Hier ist nichts verstrahlt.«

»Soll ich Ihnen mal sagen, was ich an meiner Blindheit durchaus auch als positiv empfand?« erklärte ich unvermittelt. Ich war unfähig, den Blick von ihr loszureißen. »Auf unerklärliche Weise konnte ich Sie beziehungsweise bestimmte Aspekte Ihres Wesens in blindem Zustand wesentlich deutlicher ›sehen‹ als jetzt, nachdem Sie mir mein Augenlicht wiedergeschenkt haben. Darüber würde ich gern mehr erfahren.«

Und nach einer kurzen Pause fügte ich noch hinzu: »Außerdem möchte ich gern wissen, wie Sie so sicher sein können, daß die anderen Männer meiner Einheit nicht mehr am Leben sind. Nicht einmal ich weiß, was aus den drei Khmer Serei geworden ist.«

»Sie sind tot, Mr. Conrad. Bis auf Sie und Mr. Matheson sind alle Ihre Männer tot.«

»Wer sind Sie?« flüsterte ich. »Ich muß es wissen.«

Minako lächelte. »Ich bin Soldat, Mr. Conrad. Genau wie Sie. Und wie Sie bin ich auch Zivilist – zumindest in den Augen der japanischen Regierung.«

»Das sagt mir nicht gerade viel.« Ich ließ mich gegen die Wand zurücksinken, da mit einem Mal wieder diese seltsame Mattigkeit von mir Besitz ergriff.

Minako setzte sich so dicht neben mich, daß mir ihr betörender Duft fast die Besinnung raubte. »Ihr Parfüm . . .«, stieß ich wie betäubt hervor.

»Was für ein Parfüm, Mr. Conrad? Ich benutze kein Parfüm.«

»Der Duft ist . . .« Ich schloß die Augen und war im selben Augenblick eingeschlafen.

Als ich erwachte, war es dunkel. Eine Petroleumlampe tauchte das Innere des Zelts in gespenstisches Licht. Minako schlief auf dem Boden. Lange lag ich nur da und sah sie an. Ringsum herrschte reglose Stille. Es war, als betrachtete ich einen Moment, der, aus dem endlosen Strom der Zeit herausgelöst, gleichsam wie unter einer Kuppel aus Glas für immer festgehalten wurde. Entgegen aller menschlichen Vernunft wußte ich mit absoluter Gewißheit, daß sogar der Mond und die Sterne in ihrer nächtlichen Bahn innegehalten hatten.

Nie sollte ich in all den Jahren danach diesen Augenblick vergessen – oder dieses unbeschreibliche Gefühl, sich außerhalb der Grenzen der Zeit zu befinden. In gewisser Weise war mein ganzes späteres Leben von dem Wunsch geprägt, noch einmal einen solchen Moment zu erleben.

Nach einer Weile schwang ich meine Beine über den Rand des Feldbetts und stand auf. Ich fühlte mich noch immer etwas wacklig, und jeder Schritt schien eine Ewigkeit zu dauern. Schließlich blieb ich über Minako stehen und beobachtete, wie sich ihre Brust im Schlaf hob und senkte. Es war ein beruhigendes Gefühl, ihr nicht mehr so wehrlos ausgeliefert zu sein wie bisher. Diesmal war er derjenige, der ihr jederzeit ein Messer ins Herz hätte stoßen können.

Nicht, daß ich dazu das Bedürfnis verspürte. Ganz im Gegenteil, sie erschien mir wie ein zutiefst geheimnisvolles und kostbares Zauberwesen, in dessen Innern verborgene Kräfte schlummerten, die mein Vorstellungsvermögen bei weitem überstiegen.

In hatte den Eindruck, als könnte sich diese rätselhafte Frau sogar über die Grenzen von Raum und Zeit hinwegsetzen und das Leben ganz nach ihren Vorstellungen gestalten – etwa so, wie ein Bildhauer einen Klumpen Lehm formt. Mich befiel wieder dieses heftige Zittern – ob jedoch vor Verlangen nach ihr oder ihrem geheimen Wissen, hätte ich nicht sagen können. Und war diese Unterscheidung denn nicht auch völlig unerheblich? Beides war so unauflöslich miteinander verbunden wie Yin und Yang oder Licht und Dunkel. Ich brannte vor Verlangen nach ihr und kannte nur noch einen Wunsch: sie zu erobern und auf diese Weise auch in den Besitz ihres streng gehüteten Geheimnisses zu gelangen.

Als ich mich über sie beugte, schlug sie die Augen auf. Nein, nicht ihre Augen. Sie waren noch geschlossen, stellte ich mit Entsetzen fest. Aber irgend etwas war aufgegangen und hatte meine Gegenwart registriert. Und mit einem Mal begann sich dieses Etwas, dunkel und glänzend, zu regen; wie eine Linse, die das Licht bündelt, sammelte es seine verborgenen Kräfte.

Im selben Moment wurde ich von einer unvorstellbaren Energie erfaßt. Ich fühlte mich wie ein Geschoß, das plötzlich entgegen aller physikalischen Gesetze mitten im Flug angehalten wird und ohne das leiseste Zittern zu schwebendem Stillstand gelangt.

Wäre ich fähig gewesen, die Schläge meines Herzens zu zählen, hätte es ein Leben lang gedauert, auf eine Handvoll zu kommen. Von einem seltsamen Taumel erfaßt, schlüpfte ich durch das Netz der Zeit und drang, kleiner als ein Sandkorn, in den Kern der Unendlichkeit ein.

Mein Atem stand still, und das Blut hatte aufgehört, durch meine Adern zu strömen. Vielleicht nahm ich meine Körperfunktionen auch nur deshalb nicht mehr wahr, weil sich in ihnen das Verstreichen der Zeit manifestierte. Denn in der Welt, in die ich nun Eingang gefunden hatte, existierte die Zeit nicht mehr ...

Wortlos machte sich Minako daran, mich aus meinen blutverschmierten Kleidern zu schälen. Ich nahm meine Umgebung nur noch ganz verschwommen wahr. Minakos Uniform schien sich wie Wasser unter meinen Fingern zu teilen. Ich berührte sie an ihren nackten Schultern. Ihre Haut fühlte sich wundervoll straff und glatt an, und ihre Brüste waren so fest wie die einer Achtzehnjährigen. Mit zusammengekniffenen Augen beobachtete ich, wie sie sich bäuchlings auf mich legte und vollkommen nackt über mich rutschte.

Die rollenden Bewegungen ihres Rückens waren wie das unablässige Wogen des Ozeans. Wie die Schwingen eines riesigen Raben breitete sie ihr dichtes schwarzes Haar über ihre Arme, so daß nur noch ihre Finger darunter hervorlugten, als sie sich zwischen meinen Beinen zu schaffen machte.

Alles in mir sehnte sich danach, verzückt die Augen zu schließen, aber es war mir unmöglich, den Blick von ihr loszureißen. Ich wünschte mir, ihr Mund möge mich nie mehr loslassen, und stöhnte deshalb nur um so lauter auf, als ich ihre Lippen plötzlich von mir weichen spürte. Vermutlich hätte ich sogar lauthals protestiert, hätte sie mir nicht mit zärtlichen Blicken Schweigen geboten, während sie sich aufrichtete und rittlings auf mir niederließ, so daß ich ohne jedes Zutun sofort in sie eindrang.

Ihr betörender Duft raubte mir fast den Verstand, denn auch er war eine Manifestation der seltsamen Kraft in ihrem Innern, die sich sogar über die Grenzen von Raum und Zeit hinwegsetzte. Ganz tief in ihr fühlte ich mich ihrer verborgenen Macht noch näher – und mit ihr dem Geheimnis der Vergänglichkeit und der Frage, wie das Leben wieder zu neuer Blüte erstehen kann, anstatt Alter und Tod anheimzufallen. Ich war diesem Geheimnis bereits so nahe, daß ich seine Lockungen wie einen körperlichen Schmerz empfand. Es war mir, als müßte ich nur noch die Hand danach ausstrecken.

Doch im selben Moment war es vorbei – viel zu früh! Und während ich langsam aus ihr glitt, zog sich ihr Geheimnis, scheinbar für immer verloren, wieder in das undurchdringliche Dunkel zurück, in dem es sich auch sonst verbarg ...

... unmittelbar danach wollte Thornburg meine Hand halten – aber nicht etwa aus Zuneigung, obwohl er mir zweifellos hoffnungslos verfallen war, sondern weil es ihm nicht gelungen war, das von mir zu bekommen, was er vor allem von mir wollte. Deshalb suchte er nun eine andere Möglichkeit, mir mein Geheimnis zu entlocken.

Er hatte es natürlich unendlich genossen, mit mir zu schlafen; das haben bisher alle Männer, denen ich meine Gunst schenkte. Sie können ja auch gar nicht anders. Genauso, wie ich nicht anders kann, als absolut nichts dabei zu empfinden. Vielleicht ist das meine ganz persönliche Hölle auf Erden. Welche Ironie des Schicksals, daß ausgerechnet ich, die ich dem auserwählten Kind das Leben schenken soll, beim Zeugungsakt nicht die geringste Lust verspüre. Obwohl ich damals nach der gängigen Zeitrechnung schon fast sechzig war, hatte mein Monatsfluß erst vor kurzem eingesetzt, und ich befand mich im körperlichen Entwicklungsstadium einer Zwölfjährigen.

Und genau das war es, was er intuitiv gespürt haben mußte. Das war das Geheimnis, das er mir um jeden Preis zu entreißen versuchte. Doch dieser Irrtum wurde mir erst bewußt, als alles vorbei war und als er sich bereits langsam wieder von mir löste.

Bis zu diesem Zeitpunkt war ich der festen Überzeugung gewesen, er wäre der Auserwählte, der mich dank seiner ungeheuren Kraft sogar im entlegensten Dschungel aufgespürt hatte, um mir den Samen des Lebens einzupflanzen.

Doch ich hatte mich geirrt und mich in meiner Verblendung dem Feind hingegeben. Anstatt die Warnungen meiner Großmutter zu beherzigen, hatte ich gänzlich unbedacht auf die Einflüsterungen meines *makura na hiruma* gehört. Kabuto hatte mich ausdrücklich davor gewarnt, daß es immer wieder Bereiche geben würde, in die mir der Blick verwehrt war – genauso, wie ich immer wieder in eine Zukunft blicken konnte, die nie eintreten würde. Und genau das war nun passiert.

Zu spät hatte ich gemerkt, daß Thornburg Conrad III. keineswegs vom Schicksal dazu ausersehen war, das auserwählte Kind mit mir zu zeugen. Ich hatte mich durch seine Blindheit und seine vermeintliche Fähigkeit, meine Aura zu lesen, täuschen lassen (was seinen Begleiter Wolf Matheson betrifft, hatte ich überhaupt nichts gespürt). Damit will ich keineswegs in Frage stellen, daß er nicht tatsächlich über gewisse übersinnliche Fähigkeiten verfügte. Doch als ich mir nach dem Geschlechtsakt – wenn ein Mensch so offen und verletzlich ist wie im Augenblick seines Todes – einen Eindruck vom wahren Ausmaß seiner Kraft zu verschaffen versuchte, stellte ich fest, daß sie nur sehr schwach ausgeprägt war.

Und doch trug ich nun seinen Samen in meinem Schoß. Ich hatte gerade den Eisprung und kannte meinen Körper gut genug, um zu wissen, wie fruchtbar mich meine Kraft machen konnte. Deshalb stand für mich völlig außer Zweifel, daß ich schwanger war und ein Kind von ihm bekommen würde.

Als er daher zärtlich meine Hand ergriff und sich auf diese Weise mein wohlgehütetes Geheimnis zu erschleichen versuchte, hätte ich ihm am liebsten die Augen ausgekratzt.

Aber natürlich tat ich nichts dergleichen, sondern drückte ihm statt dessen einen zärtlichen Kuß auf die Wange und säuselte ihm ins Ohr. »Glaubst du mir nun endlich, daß ich es gut mit dir meine? Du hast absolut nichts von mir zu befürchten.«

»Warum hast du mir dann gleich als erstes meinen Tornister weggenommen? Als ob du ganz genau gewußt hättest, was er enthält?«

Dumm war er jedenfalls nicht. Sein ungewöhnlicher Scharfsinn war zum Teil sicherlich eine Folge seines verborgen in ihm schlummernden *makura na hiruma.*

»Es war nun wirklich nicht weiter schwer, sich auszurechnen, was sich in deinem Tornister befand«, versicherte ich ihm mit zuckersüßer Stimme. »Und ich kann nun mal nicht zulassen, daß etwas von unseren Experimenten an die Öffentlichkeit dringt.«

»Immerhin werden dabei unschuldige Menschen bei lebendigem Leib verbrannt«, machte er geltend.

Damit hatte er natürlich vollkommen recht. Nur hätte es keinen Sinn gehabt, ihm das zu sagen.

»Minako, ich bin hierher gekommen, um herauszufinden, was du hier treibst. Zum Teil ist mir das inzwischen bereits klar, aber ich will die ganze Wahrheit wissen. Du brauchst keine Angst zu haben. Wie du bereits völlig richtig bemerkt hast, handelt es sich hier nicht um eine offizielle Untersuchung. Das Ganze geht einzig und allein auf meine Privatinitiative zurück.«

Darauf sah ich ihn auf jene Art an, die die Männer so unwiderstehlich an mir finden, und flüsterte mit kaum geöffneten Lippen: »Trotzdem kann ich nicht zulassen, daß du irgendwelche Beweise nach draußen schaffst.«

»Seit ich dich kenne, sind mir diese Proben, ehrlich gesagt, ziemlich egal«, hauchte er mir ins Ohr und versuchte dabei, seine Arme um mich zu legen. »Mich interessiert jetzt nur noch eines: du und dein Geheimnis. Glaubst du allen Ernstes, ich wäre so dumm, auch nur einem Menschen zu erzählen, was ich hier entdeckt habe?« Ich konnte seine wachsende Erregung ganz deutlich spüren. Wie leicht Männer doch zu manipulieren sind. Man braucht nur mit der Hand zwischen ihre Beine zu fassen, und schon kann man alles mit ihnen machen, was man will. Ist es da ein Wunder, daß ich nichts als abgrundtiefe Verachtung für sie empfinde?

Ich glaube, es war nur seine unstillbare Gier nach dem Geheimnis meiner Kraft, das ihn daran hinderte, auf der Stelle über mich herzufallen. Was nicht heißt, daß ich ihn dazu nicht nachhaltigst ermutigt hätte. Kein Mann hatte mich je genommen, ohne daß ich ihn nicht ganz bewußt dazu angestachelt hätte. Und das wird auch in Zukunft so bleiben.

»Ich bin so verrückt nach dir, daß ich an nichts anderes mehr denken kann. Du bist im wahrsten Sinne des Wortes wie ein Lebenselixier für mich.«

Als ich ihn darauf mit verschleiertem Blick anlächelte, begann er vor Erregung am ganzen Körper zu zittern. Es erfüllt mich immer wieder von neuem mit stiller Genugtuung, einen mächtigen Mann in die Knie zu zwingen – noch dazu, wenn er sich gar nicht bewußt ist, wie ihm eigentlich geschieht. Im Grunde genommen haben die Männer nicht die leiseste Ahnung vom wahren Ausmaß fraulicher Macht. Dazu beurteilen sie die Dinge, die im Leben wirklich von Bedeutung sind, nach viel zu starren und einseitigen Gesichtspunkten.

Ich küßte ihn auf den Mund. Zumindest eine Antwort hatte ich ihm bereits entlockt: Er führte diese Expedition also nicht in offiziellem Auftrag durch, sondern aus rein persönlichem Interesse. Es waren die verborgenen Regungen seines *makura na hiruma* gewesen, die ihn, als er von unseren Experimenten erfuhr, sofort eine Möglichkeit hatten wittern lassen, dem Geheimnis des ewigen Lebens auf die Spur zu kommen. Was wir damit allerdings genau bezweckten, blieb ihm bisher noch verborgen.

Im Grunde genommen tat das auch gar nichts mehr zur Sache. Unsere Experimente hatten sich nämlich längst als Fehlschlag erwiesen. Wir hatten die Versuchspersonen mit radioaktiven Isotopen mit extrem kurzer Halbwertzeit bestrahlt, um auf diese Weise im menschlichen Organismus die künstliche Bildung eben jener Enzyme zu bewirken, die unserer Meinung nach ausschlaggebend dafür sind, daß jemand über die Kräfte von *makura na hiruma* verfügt. Alles, was dabei jedoch herauskam, war, daß unzählige Menschen eines frühzeitigen und extrem grausamen Todes sterben mußten. Welch seltsame Ironie des Schicksals, daß Thornburg ausgerechnet im Moment unserer schwersten Niederlage aufgetaucht war, um uns unser streng gehütetes Geheimnis zu entreißen.

Die Reihen derer, die über *makura na hiruma* verfügten, hatten sich seit einiger Zeit gefährlich zu lichten begonnen. Im Lauf der Jahre hatte die Zahl der Kinder, die mit dieser Kraft geboren wurden, rapide abgenommen. Niemand von uns kannte den Grund dafür. Dennoch waren wir uns alle darin einig, daß unsere Macht zusehends mehr dahinschwinden würde, wenn es uns nicht bald gelang, diese Entwicklung rückgängig zu machen. Wären wir nämlich unserer besonderen Fähigkeiten verlustig gegangen, hätten wir uns in nichts mehr von der Masse der gewöhnlichen Sterblichen unterschieden, die vollkommen blind für die tiefen Geheimnisse des Lebens ihr jämmerliches Dasein fristeten.

Diese Entwicklung hatte schließlich dazu geführt, daß wir mit den geheimen Experimenten im kambodschanischen Dschungel begonnen hatten. Und dann waren eines Tages die beiden Amerikaner aufgetaucht, um der Sache auf den Grund zu gehen. Nun war die Frage, was wir mit den beiden machen sollten. Thornburg Conrad hätte ich am liebsten umgehend getötet. Aber da ich ein Kind von ihm erwartete, brachte ich es doch nicht über mich.

Mein *makura na hiruma* hatte mir gezeigt, was für ein Mensch er tatsächlich war und zu welchen Abscheulichkeiten er unter gewissen Umständen fähig gewesen wäre. Schon allein deshalb glaubte ich, ihn auf keinen Fall laufen lassen zu dürfen, ohne ihm vorher nicht noch einen gehörigen Denkzettel verpaßt zu haben. Erst im nachhinein wurde mir allerdings bewußt, daß es sich dabei um ein typisches Beispiel jener Verblendung handelte, vor der mich meine Großmutter Kabuto so eindringlich gewarnt hatte.

Ich empfand es als schier unerträgliche Erniedrigung, daß ich mich Thornburg hingegeben hatte, bloß weil ich ihn fälschlicherweise für den Erzeuger des auserwählten Kindes gehalten hatte. Zugleich mußte ich mir jedoch auch eingestehen, daß es durchaus mit einem gewissen

Reiz für mich verbunden gewesen war, mit ihm zu schlafen – und das, obwohl er ein Mensch war, dessen Seele erst noch einer grundlegenden Läuterung bedurfte.

Wie bereits gesagt, betrachtete ich es als meine spezielle Form der Hölle auf Erden, daß ich noch nie etwas empfunden hatte bei diesem Akt, der seit Menschengedenken Abermillionen von Frauen und Männern zu ungeahnten Wonnen verholfen hat. Nachdem ich aber mit Thornburg geschlafen hatte, verspürte ich eine seltsame Leere in mir, die, wie mir zu meinem nicht geringen Entsetzen bewußt wurde, auf nichts anderes zurückzuführen war als auf die Tatsache, daß ich beim Liebesakt mit diesem wildfremden Mann tatsächlich zum ersten Mal etwas gefühlt hatte. Und mit dieser Erkenntnis keimte auch das unwiderstehliche Verlangen in mir auf, noch einmal in den Genuß dieser Erfahrung zu kommen.

Ich konnte einfach nicht anders, als mich ihm noch einmal hinzugeben, bis er endlich befriedigt war. Zu meiner Schande muß ich gestehen, daß ich es immer noch nicht war. Bis dahin hatte ich den Geschlechtsakt immer nur als ein notwendiges Übel betrachtet, eine Waffe, deren ich mich zur Erreichung meiner Ziele bediente. Und nun war ich mit einem Mal geradezu süchtig nach diesem Mann, der mir zwar einerseits rettungslos verfallen war, zugleich aber auch keine Sekunde gezögert hätte, mir den Bauch aufzuschlitzen, wenn er dadurch nur an mein streng gehütetes Geheimnis hätte herankommen können.

Und ausgerechnet diesen Mann begehrte ich nun. Fast hätte ich lauthals losgelacht, als ich im Dunkeln neben ihm lag. Meine Hand hielt noch immer das Glied umschlossen, mit dem er eben noch in besinnungsloser Gier auf mich eingestoßen hatte. Meine Handfläche war noch naß von seinem Lebenssaft, und allein das genügte, mein Herz schneller schlagen zu lassen.

Welch ein unendliches Geheimnis das Dasein doch ist! Wenn ich in den fünfundachtzig Jahren meines Lebens etwas gelernt habe, dann das. In dem Augenblick, in dem man denkt, man wäre dem Geheimnis des Lebens auf die Spur gekommen, geschieht etwas vollkommen Unvorhergesehenes, das alles Wissen, das man angesammelt zu haben glaubt, mit einem Schlag über den Haufen wirft.

Der Tag brach an, und damit sah ich mich vor ein schwieriges Dilemma gestellt. Zumindest soviel stand bereits fest: Auf keinen Fall durfte ich noch eine Nacht mit diesem Mann verbringen. Denn ich war bereits süchtig nach den Gefühlen, die er in mir weckte. Nachdem ich so viele Jahre den Freuden der Liebe entsagt hatte, traf mich die Tatsache, daß ich beim Liebesakt plötzlich doch etwas empfand, mit unerwarteter Wucht. Das ging so weit, daß ich keinen klaren Gedanken mehr fassen konnte, und ein paarmal ertappte ich mich sogar dabei, daß ich allen Ernstes in Erwägung zog, meine Mission abzubrechen, nur um für immer bei ihm bleiben zu können.

Als er schließlich wach wurde, stand mein Entschluß längst fest, und obwohl mir mein *makura na hiruma* bereits einen Vorgeschmack dessen vermittelt hatte, wie er darauf reagieren würde, war ich dennoch fest entschlossen, mich durch nichts mehr davon abbringen zu lassen. Im nachhinein glaube ich, daß ich mich damals auch dann nicht anders entschieden hätte, wenn mir bewußt geworden wäre, wie sehr ich für ihn zum Inbegriff all dessen geworden war, was er sich zum Lebensziel gesetzt hatte. Jedenfalls waren durch unser Zusammentreffen zwei bisher vollkommen getrennt verlaufende Schicksale urplötzlich unauflöslich ineinander verschmolzen worden – ein Prozeß, der, ähnlich einer chemischen Reaktion, ungeahnte Kräfte freisetzte.

Natürlich hätte ich Thornburg und Wolf Matheson einfach exekutieren lassen können. Ein Wort von mir hätte genügt, und einer meiner Männer hätte sie mit einem Schuß in den Hinterkopf getötet. Jetzt frage ich mich manchmal, ob das nicht die vernünftigere Lösung gewesen wäre. Damals hatte ich jedoch noch eine starke Abneigung gegen derlei barbarische Methoden. Es ist nicht zu leugnen, daß die Macht, über Leben und Tod eines anderen Menschen bestimmen zu können, mit einem ungeheuren Reiz verbunden ist. Wie ich jedoch feststellen sollte, ist der Kitzel noch größer, wenn man einen Feind in der Gewißheit am Leben läßt, daß man es ihm jeden Augenblick nehmen kann.

Als Thornburg also an meiner Seite erwachte, fuhr ich mit dem Fingernagel über seinen Hals und flüsterte ihm im Vollgefühl meiner Macht ins Ohr: »Du hast versucht, das Geheimnis unserer Experimente zu lüften. Allein das hätte genügt, um dich erschießen zu lassen.«

Fasziniert beobachtete ich, wie er ganz instinktiv nach dem Messer griff, das ich absichtlich in Griffweite an seiner Seite hatte liegen lassen. Und tatsächlich schreckte er nicht einmal davor zurück, es mir an die Kehle zu setzen. So konnte nur ein Mann reagieren. Männer handeln in allem rein impulsiv und machen sich keinerlei Gedanken über die möglichen Konsequenzen ihres Tuns.

Im Gegenzug kniff ich ihn mit Daumen und Zeigefinger in den Nervenknotenpunkt unmittelbar unter seinem rechten Ohr. Unverzüglich wich alle Farbe aus seinem Gesicht, sein Mund klappte auf, und er rang wie ein Ertrinkender nach Luft. Wegen des akuten Sauerstoffmangels verließen ihn so abrupt die Kräfte, daß er schlapp auf sein Lager zurücksank und das Messer fallen ließ.

Ich drückte mit dem Fingernagel auf seine Halsschlagader. »Ich bräuchte dir nur die Haut aufzuritzen und die darunterliegende Ader aufzuschlitzen«, zischte ich ihm ins Ohr, »und du wärst in wenigen Minuten verblutet. Das kann ich jetzt gleich tun oder in fünf Minuten oder in einem Tag oder einer Woche – wann immer mir gerade danach ist. Und es gibt nichts, wodurch du mich daran hindern könntest.«

Nun ja, ich war damals noch jünger und fast ein bißchen hysterisch angesichts der Gefühle, die er in mir geweckt hatte. Einerseits fühlte ich mich von ihm beschmutzt – und zugleich unsäglich erregt. Ich haßte ihn, wie ich noch nie zuvor einen Menschen gehaßt hatte. Erst viel später wurde mir bewußt, daß ich mich selbst damals mindestens genausosehr gehaßt hatte wie ihn.

Tatsache ist jedenfalls, daß ich die Beherrschung verlor und meinen Rachegelüsten freien Lauf ließ. Im nachhinein ist mir selbstverständlich klar, daß ich ihn damals unbedingt hätte töten sollen, aber der Reiz, ihm gegenüber die männermordende Furie zu spielen, war einfach zu groß. Außerdem erfüllte es mich mit unbeschreiblicher Genugtuung, Dinge zu wissen, die er um jeden Preis von mir zu erfahren versuchte. Und seine Wut, mir vollkommen wehrlos ausgeliefert zu sein, steigerte mein Überlegenheitsgefühl ins schier Unermeßliche.

Ich hatte mich schon damals nicht in ihm getäuscht und sollte mich auch später nie in ihm täuschen. Nur Wolf gab mir immer wieder neue Rätsel auf.

»Du hast nur eine Möglichkeit, dein Leben zu retten«, flüsterte ich ihm heiser vor Erregung ins Ohr. »Töte deinen Begleiter.«

Ungläubig starrte er mich an. »Ich soll Wolf umbringen?«

»Ja.« Ich nickte. »Du sollst ihn vor den Augen meiner Männer erschießen.«

Er reagierte wie erwartet. »Dann bring mich lieber gleich um«, stieß er heftig hervor. »Ich verrate mein Land nicht.«

Darüber konnte ich mir nur mit Mühe ein Lächeln verkneifen. Sein Land hätte er nicht einmal um den Preis seines Lebens verraten. Aber wie sah es mit seinen Mitmenschen aus? Ich zweifelte nicht einen Augenblick daran, daß er, um sein Leben zu retten, bedenkenlos jeden meiner Männer erschossen hätte. Nicht, daß ich ihm das zum Vorwurf gemacht hätte, aber ich lernte ihn allmählich besser kennen, als er sich vermutlich je selbst kennenlernen würde. Männer wie Thornburg müssen wohl über einen extrem effektiven Abwehrmechanismus verfügen, der sie beharrlich daran hindert, tiefere Einblicke in ihr wahres Wesen zu gewinnen. Wäre das nämlich der Fall, würden sie sich auf der Stelle eine Kugel durch den Kopf jagen.

»Du verstehst mich völlig falsch«, flüsterte ich. »Die Rede ist jetzt nicht nur von deinem Leben – so, wie es ist –, sondern auch von den Möglichkeiten, es zu verlängern.« Voller Genugtuung spürte ich, wie ihn mein Kuß am ganzen Körper erbeben ließ. »Das ist doch das Geheimnis, das du mir mit allen Mitteln zu entreißen versuchst?« Ich löste mich von ihm, um besser sehen zu können, was er dabei für ein Gesicht machte. »Wenn du willst, daß ich es dir enthülle, mußt du deinen Begleiter töten.« Ich lächelte. »Warum zögerst du? Was bedeutet jemandem wie dir schon ein Menschenleben mehr oder weniger?« Ich weidete mich förmlich am Geruch seiner Angst. »Du kannst es doch kaum mehr erwarten, mir mein Geheimnis zu entlocken. Das willst du doch mehr als alles andere.«

»Aber nicht so sehr, um dafür meine Seele zu verkaufen.«

Ich lachte leise. Mein Atem strich über seine stoppligen Wangen. »Das hast du bereits getan, indem du dich auf den Weg hierher gemacht hast. Nur bist du dir dessen noch nicht bewußt.«

Ich war ganz sicher gewesen, daß ich ihn dazu hätte bringen können, seinen Freund zu töten. Aber aus irgendeinem Grund schien ich mich in diesem einen Punkt in ihm getäuscht zu haben. Nach einer Weile spürte ich nämlich, wie sich ein Gefühl in ihm breitmachte, das ich zwar nicht recht durchschauen konnte, aus dem aber dennoch ganz unmißverständlich hervorging, daß er Matheson nicht töten würde. Das verunsicherte mich zutiefst. Eben hatte mir mein *makura na hiruma* noch Thornburgs absolute Skurpellosigkeit enthüllt, und fast im selben Augenblick mußte ich feststellen, daß er vollkommen atypisch reagierte. Sein Begleiter Matheson war für mich wie ein unbeschriebenes Blatt, ein schwarzes Loch, von dem keinerlei erkennbare Signale ausgingen. Fast war es, als würde er für mich gar nicht existieren. Was Thornburg wohl so Besonderes an ihm fand? Ich sollte viele Jahre brauchen, um eine Antwort auf diese Frage zu finden.

Eine Weile sah mich Thornburg unverwandt an. Dann schloß er die Augen und ließ sich, scheinbar völlig entspannt, auf sein Feldbett zurücksinken. Mir war sofort klar, was er vorhatte. Er wollte mich so reizen, daß ich die Beherrschung verlor und einen Fehler machte, der mich meine bisherige Überlegenheit gekostet hätte. Aber er konnte natürlich nichts von der Macht meines *makura na hiruma* ahnen, und das war mein entscheidender Vorteil.

»Willst du noch ein bißchen schlafen?« fragte ich ihn unschuldig.

Über seine Züge legte sich ein selbstzufriedenes Grinsen, das ich zutiefst abstoßend fand. »Vielleicht. Ich weiß ja inzwischen, daß du mich nicht umbringen wirst. Schließlich willst du noch deinen Spaß mit mir haben. Und solange das der Fall ist, habe ich nichts von dir zu befürchten.«

Statt einer Antwort richtete ich mein *makura na hiruma* nach außen, legte es wie eine Ranke um sein Herz und drückte kaum merklich zu. Als er darauf wie von der Tarantel gestochen von seinem Lager hochschoß und mich mit weit aufgerissenen Augen anstarrte, warf ich ihm mit einem spöttischen Lächeln eine Kußhand zu und wischte ihm den Angstschweiß von der Oberlippe.

Verzweifelt nach Luft schnappend, stieß er haßerfüllt hervor: »Dafür bring ich dich um. Ganz gleich, wie lange es dauern wird, aber eines Tages wirst du tot zu meinen Füßen liegen.« Der Grund für seinen tödlichen Haß waren keineswegs die Schmerzen, die ich ihm zufügte. Nur zu deutlich war mir bewußt, daß dieser Mann imstande war, unvorstellbare körperliche und seelische Qualen zu erdulden. Nein, es war ihm ganz einfach unerträglich, ausgerechnet von mir, einer Frau, eine solche Demütigung zu erfahren.

Und wie reagierte ich auf seine Drohungen? Ich schmiegte mich zärtlich an ihn. Da ich ganz instinktiv spürte, daß sein Haß und sein Verlangen nach mir sehr dicht beieinander lagen, wollte ich ihn dazu bringen, die Grenze zwischen ihnen zu überschreiten. Und kaum war mein Körper mit dem seinen in Berührung gekommen, spürte ich bereits, wie sein Glied unter mir hart wurde. Im Grunde genommen konnte er ja auch gar nicht anders. Hätte er nicht angemessen auf meine unausgesprochene Herausforderung reagiert, hätte er mich nur noch mehr im Gefühl meiner Überlegenheit bestärkt. Dann wäre er mir nicht nur wehrlos ausgeliefert gewesen, sondern auch noch als Schlappschwanz dagestanden.

Ich nahm ihn ganz in mir auf und gestattete ihm sogar, mir wehzutun. Schließlich wußte ich, daß die Schmerzen rasch vergehen würden und daß ich ihn dafür am nächsten Tag, wenn er für immer aus meinem Leben verschwunden sein würde, nur um so deutlicher in Erinnerung behalten würde.

Auch wenn ich mir den Grund dafür selbst nicht erklären kann, versetzten mich diese Schmerzen in solche Ekstase, daß ich zweimal zum Höhepunkt kam und dabei nicht nur die Kontrolle über mich, sondern auch über ihn verlor.

Anstatt sich jedoch nun seinerseits Befriedigung zu verschaffen, lag er einfach nur da, den Rücken durchgebogen, sein Glied knüppelhart in mir, und sah mich herausfordernd an, als wollte er mir zu verstehen geben, daß er nun doch noch die Oberhand über mich gewonnen hatte.

Mir war klar, daß ich ihn in diesem Moment in einem Maß begehrte, wie ich es nie für möglich gehalten hätte. Ich wollte nur noch eines: daß auch er die Kontrolle über sich verlor und sich in mir verlor, um meine Lust vollkommen zu machen.

In meiner momentanen Verletzlichkeit durchschaute er mich jedoch sofort.

Ganz instinktiv spürte er, wonach ich mich am meisten sehnte. Mit einem verächtlichen Blick stieß er mich von sich und vergoß seinen Samen vor meinen Augen auf den Boden.

Schwer atmend starrte ich ihn ungläubig an. Für einen Moment konnte ich einfach nicht fassen, was er getan hatte. Im selben Augenblick spürte ich bereits, wie sich mein *makura na hiruma* ohne mein Zutun nach ihm ausdehnte. Und als er mich dann auch noch mit einem überlegenen Grinsen herausfordernd anstarrte, wurde mir schlagartig bewußt, daß er, wenn ich ihn jetzt getötet hätte, als unangefochtener Sieger aus unserem erbitterten Kräftemessen hervorgegangen wäre. Denn dann wäre es ihm gelungen, mich so weit zu bringen, daß ich mich meiner geheimen Kräfte gegen meinen Willen bedient hätte.

Und trotz allem wurde ich noch immer von einem Verlangen verzehrt, das zu stillen nur er imstande war. Am liebsten hätte ich mein *makura na hiruma* nach ihm ausgestreckt und ihn auf den Knien vor mir rutschen lassen. Doch allein die Tatsache, daß ich mich meiner geheimen Kräfte bedienen mußte, um ihn mir gefügig zu machen, wäre bereits einem Eingeständnis meiner Niederlage gleichgekommen.

Deshalb beugte ich mich vor, legte meine Hand in seinen Nacken und zog ihn behutsam an mich. Er ließ mich widerstandslos gewähren. Vermutlich war er sich seines Triumphs so deutlich bewußt, daß er das Folgende nur um so mehr genoß.

Mir entfuhr ein tiefes, lustvolles Stöhnen, als er seinen Kopf zwischen meine Beine schob. Und als seine Zunge zwischen seinen Lippen hervorkam, verfiel mein ganzer Körper in unkontrollierte Zuckungen. Ich sank auf seinen Rücken nieder, meine Brüste streiften über seine Haut, und ich schrie – ja, ich schrie vor Lust.

Unsere Beziehung bestand nur aus diesem berechnenden Geben und Nehmen, das einerseits zuviel und andererseits doch nicht genug war, was auch immer wir sonst füreinander empfinden mochten. Zumindest zweifelte ich keine Sekunde daran, daß er seine Drohung wahrmachen würde, wenn ich ihn einfach laufen ließ. Trotzdem war ich fest entschlossen, genau das zu tun. Aber natürlich würde er sich dessen gar nicht bewußt werden. Ich würde ihn in dem Glauben lassen, es wäre ihm gelungen, mich zu überlisten. Sollte er ruhig denken, ich hätte tatsächlich angenommen, er würde Wolf Matheson töten, damit ich ihm das Geheimnis meiner ewigen Jugend verriete. Vielleicht hätte ich mich ihm in dem Moment anvertraut, in dem er Wolf Matheson eine Kugel durch den Kopf gejagt hätte. Welch perverse Lust wäre es gewesen, ihm diese seelischen Qualen zuzufügen. Denn das schlechte Gewissen über seine Tat hätte ihn sein ganzes Leben lang nicht mehr losgelassen.

Aber dazu würde es nicht kommen. So leid es mir tat, würde das Schicksal doch eine andere Wendung nehmen. Wenn ich Thornburg, während ihm einer meiner Männer ein Gewehr an den Kopf hielt, seinen geladenen Revolver in die Hand drückte, würde er die Waffe nicht auf Wolf richten, sondern auf die Wache, und anschließend gemeinsam mit Wolf die Flucht ergreifen.

Obwohl ich das dank der Kraft meines *makura na hiruma* bereits in aller Deutlichkeit vorhersehen konnte, stand längst für mich fest, daß ich ihn nicht daran hindern würde. Denn aus irgendeinem unerfindlichen Grund wollte ich, daß er am Leben blieb, und sei es auch nur, weil er einen wichtigen Bestandteil jener Zukunft darstellte, die in die Wege zu leiten mir bestimmt war.

Drittes Buch

VERBOTENE TRÄUME

Es wird immer eine andere Wirklichkeit geben,
angesichts deren überholt erscheint,
was wir einmal als wahr erkannt zu haben glauben.

Christopher Fry

1

Tokio/Washington

Es war schon weit nach Mitternacht, als Shoto Wakare und sein Freund Yuji vor dem Eingang von *Verbotene Träume* hielten. Beide waren sehr betrunken und beide aus demselben Grund: Sie hatten Angst. Wortlos stiegen sie aus dem großen BMW und schritten auf den Eingang zu.

Die Fassade des Clubs war insofern höchst ungewöhnlich, als man in ihr Elemente des alten wie des neuen Japan sehr geschickt miteinander verbunden hatte. In die grobkörnigen Betonmauern waren massive Pfeiler aus handbehauenem Zedernholz eingelassen, dadurch entstand der Eindruck, als wäre ein uralter Shinto-Schrein mit Beton übergossen und gewissermaßen von den Auswüchsen des modernen Industriezeitalters überwuchert worden.

Die Luft im Innern war zum Schneiden dick. Aus verborgenen Lautsprechern dröhnte laute Musik. Über einem wummernden Baß sang eine schwülstige Männerstimme von Chrysanthemen und Sex, und aus dem Salon drang ihnen ein süßlicher Duft entgegen, als wären sie in eine Opiumhöhle geraten.

»Wir sind mit Naoharu Nishitsu verabredet«, sagte Wakare zu einer zwergenhaften Frau in einem maßgeschneiderten Herrenanzug.

Mit einer tiefen Verbeugung führte sie die Frau an der Bar und den Salons vorbei in den hinteren Teil des Gebäudes, wo das ohrenbetäubende Dröhnen der Musik wohltuend nachließ. Durch die Fenster blickte man auf einen kunstvoll angelegten Garten hinaus, von dem sogar im Winter ein unübersehbarer Reiz ausging. Am Ende des langen Flurs bog ein weiterer Gang nach rechts ab, an den sechs Räume angrenzten. Die zwergenhafte Frau deutete auf die hinterste Tür und sagte: »Bitte.«

In diesem Moment meinte Wakare: »Ich muß dringend mal«, und deutete auf die reispapierbespannte Schiebetür. »Geh schon voraus, Yuji. Ich komme gleich nach. Aber es ist besser, wir lassen Nishitsu-san nicht warten.«

Nach kurzem Zögern schob Yuji die Tür auf, streifte seine Schuhe ab und betrat den Raum. Lautlos schloß die Frau die Tür hinter ihm und entfernte sich.

Es duftete nach Limonen und Rosen. Die Wände waren mit anthrazitgrauem Stoff bespannt, der Boden mit Tatami-Matten ausgelegt. Überall standen Farne, leuchtend rote Orchideen und immergrüne Bonsai-Bäumchen. Die Luft war feucht wie in einem Treibhaus. Zwei

Metallstühle, ein *hibachi*, in einer Ecke ein Futon. Auf dem *hibachi* lagen blutrote Schnüre.

Eine junge, gutaussehende Frau, schlank und mit langem Haar, kam auf ihn zu. Sie hatte den geschmeidigen Gang einer Tänzerin oder Geisha.

»Ich bin Evan«, stellte sie sich vor.

Darauf nannte ihr auch Yuji seinen Namen, obwohl er sich des Eindrucks nicht erwehren konnte, daß sie sehr genau wußte, wer er war.

Evan sah ihn schweigend an. Ihre Augen waren für eine Japanerin auffallend hell. Sie trug einen kurzen schwarzen Seidenrock und eine weiße Bluse aus dem gleichen Material. Kein Make-up. Um das Fußgelenk einen gravierten Goldreif. »Na, was halten Sie von mir?«

»Das zu sagen, ist wohl noch etwas zu früh«, erwiderte Yuji.

»Finden Sie? Ehrlich gesagt, bin ich mir bei Ihnen nicht recht sicher.«

»Inwiefern?«

»Angenommen, Sie hätten die Wahl: Würden Sie lieber mit mir schlafen oder mit Ihrem Freund Wakare?«

»Das versteht sich doch von selbst.«

»Wakare begehrt Sie aber schon lange.«

»Ich weiß.«

»Tatsächlich?«

»Überrascht Sie das?«

Sie sah ihn forschend an.

»Wo ist Nishitsu-san? Eigentlich bin ich gekommen, um mit ihm zu sprechen.«

»In erster Linie sind Sie gekommen, um *Verbotene Träume* einmal von innen zu sehen«, korrigierte ihn Evan. »Sie sind ziemlich betrunken, und wenn Sie ganz ehrlich sind, wären Sie doch viel lieber mit mir zusammen als mit Nishitsu.« Sie streifte ihre Bluse über ihre schmalen Schultern und schmiegte sich mit nacktem Oberkörper verführerisch an ihn. Dann flüsterte sie ihm ins Ohr: »Ich mag es, wenn ich vollkommen wehrlos bin. Willst du mich nicht fesseln?«

Yuji wußte nicht, was er sagen sollte. Sie hatte natürlich recht. Er war betrunken und nicht in der Verfassung, mit Nishitsu zu verhandeln. Wie hatte er auch nur auf Wakares verrückten Plan eingehen können, den Bund der Schwarzen Klinge zu unterwandern? In der Theorie war natürlich alles ganz einfach erschienen, und er konnte nicht leugnen, daß sein Vorschlag sogar einen unwiderstehlichen Reiz auf ihn ausgeübt hatte. Aber die Wirklichkeit sah nun doch etwas anders aus. Jetzt, da er sich in die Höhle des Löwen gewagt hatte, bekam er es plötzlich mit der Angst zu tun und konnte sich beim besten Willen nicht mehr vorstellen, wie er Nishitsus Sturz herbeiführen sollte.

»Ich mag es, wenn meine Fußgelenke so straff gefesselt sind, daß ich kein Gefühl mehr in den Füßen habe, und wenn alles, was sich noch bewegt, nur du bist – in mir.« Sie begann sich wie eine Schlange an seinem Oberkörper zu reiben.

Gegen seinen Willen wurde Yuji sofort heftig erregt. Vielleicht lag es nur an dem vielen Sake oder weil er vor der bevorstehenden Konfrontation mit Nishitsu solche Angst hatte, daß ihm jede Möglichkeit recht war, dieses Treffen hinauszuzögern.

Evan, der seine Erregung keineswegs entgangen war, stieß einen wohligen Seufzer aus. »Mmmm, das mag ich am allermeisten.« Sie riß sein Hemd auf und fuhr mit ihren steifen Brustwarzen über seinen Brustkorb. »Ist das nicht ein weiterer Grund, weshalb du hierher gekommen bist?« Mit makellos weißen Zähnen biß sie zärtlich in seinen Hals.

Entgegen aller Vernunft wußte Yuji, daß er im Augenblick nur noch einen Wunsch kannte: Er mußte diese Frau haben. Kurz entschlossen streifte er ihr den Rock über die Schenkel und machte sich daran, sie mit einer der roten Schnüre zu fesseln.

»Ooooh«, stöhnte sie leise. Sie konnte sich bald nicht mehr bewegen, nur ihre Brüste begannen sich in wachsender Erregung zu heben und zu senken. Im Licht der Spotlights glänzte ihre schweißüberströmte Haut wie geschmolzenes Silber.

Von Yuji hatte eine nie gekannte Erregung Besitz ergriffen. Deutlich zeichneten sich seine angespannten Muskeln unter seiner Haut ab, als er sich, vor Erregung zitternd, über sie beugte. Ihr Duft war wie der einer taufrischen Knospe, die sich bereitwillig für ihn öffnete.

Ihre Schenkel durchlief ein heftiges Beben, als er in sie eindrang. Ihr Unterleib zuckte, und von Yuji ergriff ein unbeschreibliches Triumphgefühl Besitz, das seine Lust ins Unermeßlich steigerte.

Mit zunehmender Erregung überkamen ihn eigenartige Visionen: Er war eine Marionette mit traurigem Clowngesicht, deren Fäden Nishitsu in der Hand hielt. Bei genauerem Hinsehen stellte er jedoch fest, daß auch Nishitsu nur eine Marionette war. Den großen Drahtzieher im Hintergrund, an dessen Fäden er tanzte, konnte er allerdings nicht erkennen.

Stöhnend vor Lust, bäumte sich Yuji über Evans gefesseltem Körper auf, und als er sie in blinder Gier in die Schulter biß, mischte sich der Salzgeschmack ihres Schweißes mit der Süße ihres Blutes.

Als alles vorüber war, klang seine Erregung nur sehr langsam ab. Sie wieder von ihren Fesseln zu befreien und zu beobachten, wie die weißen Einschnürungen auf ihrer geröteten Haut langsam dunkler wurden – selbst das war noch mit einem unwiderstehlichen Reiz verbunden. Währenddessen ging ihm ständig die seltsame Vision im Kopf herum, in der er sich als traurigen Clown gesehen hatte, den scheinbar Nishitsu, in Wirklichkeit aber seine Mutter Minako wie eine Marionette an ihren Fäden hatten tanzen lassen.

Schaudernd sah Yuji in die Augen Evans. »Was ist plötzlich mit mir los?«

»Hab keine Angst.«

»Wer sagt denn, daß ich Angst habe?« Er konnte sich jedoch nicht darüber hinwegtäuschen, daß das nicht stimmte und daß auch ihr das nicht entgangen war. »Ich habe nur so eigenartige Visionen.«

»Das liegt daran, daß ich dir die Welt zeige, wie sie wirklich ist.«

Er zuckte so heftig zurück, als hätte ihm Evan ohne Vorwarnung ein Messer an die Kehle gedrückt. Sie strich ihm jedoch nur zärtlich über die Wange. »Dein ganzes Leben lang hast du den Dingen auf den Grund zu gehen versucht. Deshalb habe ich dir jetzt die unverhüllte Wahrheit gezeigt. Schon seit Jahren spannt dich deine Mutter skrupellos für ihre Zwecke ein.«

»Offensichtlich verfügst du wie Hana über die Gabe des Zweiten Gesichts«, sagte Yuji, mehr zu sich selbst. »Aber wer sagt mir, daß ich dir auch vertrauen kann? Die Tatsache, daß du diese Visionen in mir hervorgerufen hast, beweist noch keineswegs, daß sie auch der Wahrheit entsprechen.« Er setzte sich auf. »Im Gegenteil, alles deutet darauf hin, daß der Ablauf des heutigen Abends sorgfältig geplant war – das fing schon damit an, daß mich Wakare erst nach Kräften zum Trinken animiert hat und anschließend plötzlich auf die Toilette mußte. Durch all das sehe ich mich eigentlich zu der Annahme gezwungen, daß du mir ganz bewußt etwas vorgegaukelt hast, um mich leichter für eure Ziele gewinnen zu können.«

»Eines Tages wirst du feststellen, daß ich dir die Wahrheit gezeigt habe. Aber ich weiß auch, daß ich dich im Augenblick durch nichts überzeugen kann. Deshalb möchte ich dich jetzt nur darum bitten, nicht zu vergessen, was ich dir eben enthüllt habe.«

Yuji, dem das Ganze immer unheimlicher wurde, sagte abrupt: »Ich muß jetzt leider gehen.«

Evan schien seine plötzliche Eile jedoch vollkommen falsch zu verstehen. »Du bist also auch wie alle anderen«, murmelte sie niedergeschlagen. »Begreifst du nun endlich, warum ich für immer allein bleiben muß und mich hierher zurückgezogen habe? Kein Mann will mehr etwas mit mir zu tun haben, sobald er herausgefunden hat, daß ich mir Zugang zu seinen geheimsten Gedanken verschaffen kann.«

Yuji, der sich bereits anzuziehen begann, hielt abrupt inne. »In diesem Punkt täuschst du dich. Ich kann sehr gut nachempfinden, wie dir zumute ist. Genauso, wie du hier in *Verbotene Träume* eingesperrt bist, ist meine Halbschwester Hana eine Gefangene Ihres Zweiten Gesichts.« Er ergriff ihre Hand. »Ich kann dich wesentlich besser verstehen, als du denkst.«

Leicht wie eine Feder lag Evans Hand in der seinen. »Ich sollte dich jetzt besser baden. Du hast doch noch eine Verabredung mit Nishitsu-san, oder nicht?« Damit öffnete Evan eine Schiebetür, hinter der ein luxuriöses, aus dem blanken Fels herausgemeißeltes Bad zum Vorschein kam. Dort verwöhnte sie ihn nach allen Regeln der Kunst, und als er schließlich wieder fertig angezogen war, ging sie einmal um ihn herum, um ihn wie ein Feldwebel beim Morgenappell zu inspizieren. Zufrieden nickend, führte sie ihn schließlich einen von Messinglampen erhellten Gang hinunter, an dessen Ende sie eine Schiebetür öffnete.

»Nishitsu-san . . .« Yuji verneigte sich.

In einem kupferfarbenen, schwarz gemusterten Kimono saß Naoharu Nishitsu vor ihm. An den mit Bambus und Zedernholz vertäfelten Wänden des Raums hingen kostbare Kimonos aus dem frühen siebzehnten Jahrhundert. Yuji traute kaum seinen Augen. Eigentlich hätten diese wertvollen Stücke in ein Museum gehört.

»Sie haben die Wappen also erkannt?« Nishitsu machte kein Hehl aus seiner Genugtuung über Yujis erstaunte Blicke. »Diese Kimonos – sie haben einmal den größten Kriegsherren ihrer Epoche gehört – hängen hier, um mich immer daran zu erinnern, daß die Macht wie Sand ist: Sie zerrinnt einem zwischen den Händen, auch wenn man die Finger noch so fest zusammenpreßt.« Mit einer kurzen Handbewegung forderte er Yuji auf, Platz zu nehmen. »Demut ist wie bitterer Tee, finden Sie nicht auch? Nicht besonders schmackhaft, aber gesund.«

Nishitsu wandte sich Evan zu, um sie mit einem kurzen Nicken zu entlassen. »Danke, das wäre alles.«

Er war nicht allein im Raum. Vor der Schiebetür, die in den Garten hinausführte, kniete eine auffallend schöne Frau in einem schwarz-weißen Seidenkimono. Sie schien in tiefen Schlaf versunken.

»Entschuldigen Sie bitte, daß ich Sie habe warten lassen«, wandte sich Nishitsu wieder an Yuji. »Aber diese Verzögerung ließ sich leider nicht umgehen.«

»Vielleicht bin ich ja auch zu früh gekommen«, erwiderte Yuji. Er sah sich im Raum um. »Wird Wakare-san nicht an der Besprechung teilnehmen?«

Nishitsus Lippen verzogen sich zu einem Lächeln. »Leider nein.«

»Na schön. Übrigens war mein Aufenthalt bisher sehr angenehm.«

»Tatsächlich?« Nishitsu sah Yuji fragend an. »Inwiefern?«

»Evan hat mir die Zeit aufs angenehmste vertrieben.«

In Nishitsus Miene spiegelte sich nicht die leiseste Regung wider. »Haben Sie an Evan Gefallen gefunden?«

Nun war es an Yuji, sich ein Lächeln zu gestatten. »Das dürfte so unvermeidlich gewesen sein wie dieses Treffen.«

Als er merkte, daß Nishitsu auf diese unerwartete Wendung des Gesprächs nicht vorbereitet war, fiel seine Nervosität allmählich von ihm ab. Gerade an einem Ort wie diesem war es von größter Wichtigkeit, zwischen Illusion und Wirklichkeit zu unterscheiden. Durfte er wirklich glauben, was ihm Evan in seiner Vision gezeigt hatte? Spannte ihn seine Mutter tatsächlich nur für ihre Zwecke ein? Oder handelte es sich dabei um einen Trick Nishitsus, um ihn leichter für sich gewinnen zu können?

»Könnten Sie mir das bitte etwas näher erklären, Shian-san?« fragte Nishitsu.

»Sie meinen meine Bemerkung über Evan?« Yuji machte eine nachdenkliche Pause. »Zuerst einmal steht natürlich völlig außer Zweifel, daß sie eine in jeder Hinsicht außergewöhnliche Frau ist. Außerdem erinnert sie mich an meine Halbschwester Hana – wegen ihrer besonderen Fähigkeiten, meine ich.« Als Nishitsu nur nickte, fuhr Yuji fort: »Mir wurde sehr rasch klar, daß Sie mein Zusammentreffen mit Evan ganz bewußt arrangiert haben, damit wir uns – wie soll ich sagen? – näher kennenlernen könnten. Die Tatsache, daß Sie mich die Bekanntschaft einer so außergewöhnlichen Frau haben machen lassen, kann nur bedeuten, daß Sie sehr dringend auf meine Hilfe angewiesen sind.«

Nishitsu, der bisher Tee getrunken hatte, ging nun zu Sake über. »Sie nehmen kein Blatt vor den Mund, Shian-san. Das gefällt mir. Hin und wieder muß *kokoro*, das Herz aller Dinge, ganz offen zur Sprache kommen. Und das ist heute so eine Gelegenheit.«

Nishitsu saß so reglos da, daß der Eindruck entstand, als ruhte das ganze Gebäude auf seinen Schultern. »Was Ihnen Evan gezeigt hat, war nicht nur die Vergangenheit. Es ist auch die Zukunft. Denn nur deshalb sind Sie heute abend hierher gekommen – um etwas über die Zukunft zu erfahren.«

In diesem Moment bewegte sich die Frau. Da sie unmittelbar an der Tür zum Garten saß, erschien es Yuji, als erwachte eine Statue zum Leben.

Nishitsu fixierte Yuji, sein weißes Auge schimmerte kalt. »Sie kennen mich in erster Linie als Politiker. Tatsache ist, daß ich noch verschiedenes anderes bin.« Er streckte seine Hand aus und ließ sie in seinen Schoß fallen. »Ich bin auch Yakuza.« Aufmerksam sah er sich im Raum um, als nähme er zum erstenmal davon Notiz. »Dieses Haus wurde vom Toshin Kuro Kosai erbaut.«

»Dem Bund der Schwarzen Klinge?«

Nishitsu nickte bedächtig. »Ich habe in dieser Organisation eine wichtige Funktion inne.« Dem Blick seines weißen Auges haftete etwas beängstigend Durchdringendes an. »Als Ihnen Evan ihr streng gehütetes Geheimnis enthüllt hat, brachte sie uns gewissermaßen alle in Gefahr. Ganz sicher gibt es viele, die sehr viel darum gäben, wenn sie in den Genuß des Wissens gelangen könnten, das sie in sich trägt. Sie kann in die Zukunft schauen.«

»Über diese Fähigkeit verfügt auch meine Mutter.«

»Aber das ist vielleicht nicht ganz dasselbe.«

Die Frau hielt ihren Kopf leicht zur Seite geneigt, als lauschte sie angespannt einem Gespräch, das nur sie zu hören imstande war.

»Was könnte der Bund der Schwarzen Klinge von mir wollen?« fragte Yuji schließlich.

Nishitsus sarkastisches Lächeln war ohne jede Wärme. »Dasselbe, was auch Ihre Mutter von Ihnen will. Das Geheimnis des Orakels.«

Darauf trat erst einmal längeres Schweigen ein.

»Tut mir leid, aber ich verstehe nicht, was Sie meinen.«

Die Frau veränderte die Haltung ihres Kopfes, so daß das Licht über ihre rechte Gesichtshälfte fiel.

»Ich bitte Sie«, erklärte Nishitsu. »Haben wir uns nicht ausdrücklich darauf geeinigt, kein Blatt vor den Mund zu nehmen? Wenn mich nicht alles täuscht, kam doch die entscheidende Idee, die den Bau des Orakels erst ermöglicht hat, von Ihrer Mutter. Nachdem Sie bereits mit einer Vielzahl von verschiedenen Lösungsmöglichkeiten herumexperimentiert hatten – übrigens ohne Erfolg –, war es schließlich Minakos Einfall, die DNS in einem lebendigen menschlichen Organismus neu zu programmieren, der den entscheidenden Durchbruch gebracht hat.«

Merklich verunsichert, nickte Yuji. »Diese Idee stammt tatsächlich von meiner Mutter. Sie kam ihr in Zusammenhang mit ihren eigenen biogenetischen Forschungen.«

Nishitsu nickte mit Nachdruck. »Und worauf, glauben Sie wohl, ist ihr ausgeprägtes Interesse an diesem speziellen Forschungszweig zurückzuführen? Haben Sie sich das je gefragt? Offensichtlich nicht.« Nishitsu legte seine Hand auf den Tisch. »Niemand anderer als wir haben ihre Mutter dazu ermutigt, sich näher mit diesem Gebiet zu befassen, Shian-san.«

»Wir?« fragte Yuji sichtlich verwirrt.

»Ja, wir«, bestätigte ihm Nishitsu. »Der Bund der Schwarzen Klinge.«

Darauf fiel Yuji erst einmal in nachdenkliches Schweigen, bevor er sagte: »Das glaube ich nicht.«

»Ehrlich gestanden, kann ich Ihnen das nicht einmal verdenken«, sagte Nishitsu mit einem wissenden Lächeln. »Ich würde es an Ihrer Stelle auch nicht glauben.« Er zuckte mit den Schultern. »Dennoch ist es die Wahrheit. Es liegt nun schon mehrere Jahrzehnte zurück, daß wir Ihre Mutter mit dieser wichtigen Aufgabe betraut haben. Wir wissen nämlich schon seit geraumer Zeit, daß wir vom Aussterben bedroht sind. Aus bisher unbekannten Gründen wurden plötzlich keine Kinder mehr mit *makura na hiruma* geboren. Das hat uns natürlich ernstlich zu denken gegeben, und wir begannen fieberhaft nach einer Möglichkeit zu suchen, unser Fortbestehen auf einem anderen Weg zu gewährleisten. Darauf also ist das ausgeprägte Interesse Ihrer Mutter an der Genetik zurückzuführen, und das war auch der Grund, weshalb sie vor zwanzig Jahren nach Vietnam und Kambodscha geschickt wurde. Nicht zuletzt hat sie deshalb auch Sie dazu veranlaßt, die Arbeit am Orakel aufzunehmen.« Mit einer abwehrenden Geste hob Nishitsu die Hände. »Bevor Sie mich als Lügner beschimpfen, lassen Sie sich lieber erst noch einmal in aller Ruhe durch den Kopf gehen, was ich Ihnen eben gesagt habe. Prüfen Sie selbst, ob irgendein Faktum, das ich Ihnen nannte, in Widerspruch zu bestimmten vergangenen Vorkommnissen steht, wie Sie sie in Erinnerung haben.«

Genau das tat Yuji. Ihm blieb gar keine andere Wahl.

Nishitsu, der ihn dabei aufmerksam beobachtete, verspürte fast so etwas wie Mitleid. »Und falls Sie immer noch Zweifel haben, sollten Sie sich vielleicht fragen, woher wir so gut über Ihr streng geheimgehaltenes Projekt Bescheid wissen. Wir kennen sogar den Namen der Person, an der Sie Ihre Erfindung zum erstenmal zum Einsatz gebracht haben: Lawrence Moravia. Niemand anderer als Ihre Mutter hat ihn in das Lagerhaus gebracht, in dem Sie den neuen Biocomputer untergebracht haben. Soll ich Ihnen auch den genauen Tag und Zeitpunkt nennen?«

Unter dem Tisch hatte Yuji die Hände zu Fäusten geballt. »Woher wissen Sie das alles?« stieß er mit mühsam unterdrückter Erregung hervor.

»Weil ich es war, der Ihre Mutter dazu veranlaßte. Sie hat Ihnen die ganze Zeit etwas vorgemacht.«

Yuji war wie versteinert.

»Wie bereits gesagt«, fuhr Nishitsu nach einer Weile sachlich fort, »wir haben uns hier getroffen, um über die Zukunft zu sprechen – nicht über das, was morgen oder nächste Woche passieren wird, sondern über die *Zukunft*, wenn Sie verstehen, was ich meine, Shian-san.«

Als Yuji darauf nur niedergeschlagen nickte, drehte Nishitsu den Kopf zur Seite, als lauschte er einer Stimme, die nur er hören konnte. Unwillkürlich wurde Yuji durch diese Geste an die schöne Frau erinnert, die noch immer mit geschlossenen Augen wie in tiefer Meditation versunken hinter Nishitsu saß.

Schließlich fuhr Nishitsu fort: »Ich halte es für meine Pflicht, Ihnen etwas zu zeigen.«

Damit nahm er einen in hauchdünnes Reispapier eingeschlagenen Gegenstand aus seiner Brusttasche und schob ihn Yuji über den Tisch hinweg zu.

Lange starrte Yuji das Päckchen wortlos an. Trotz seiner geschmackvollen Verpackung ging etwas seltsam Bedrohliches von ihm aus, und es kostete Yuji einige Überwindung, danach zu greifen und es mit steifen Fingern zu öffnen.

Gegen seinen Willen entfuhr ihm ein unterdrückter Schrei. Das Päckchen enthielt nichts anderes als einen abgetrennten Finger. Der Ring, der daran steckte, war unverkennbar der seines Schwagers Hiroto.

»Zu meinem Bedauern muß ich Ihnen hiermit mitteilen, daß Hiroto tot ist«, erklärte Nishitsu. »Zufällig hat Ihre Mutter herausbekommen, daß er wußte, daß sie dem Bund der Schwarzen Klinge angehört. Und um zu verhindern, daß er Ihnen davon erzählte, hat sie ihn umgebracht.«

Yujis Kopf zuckte hoch. »So etwas würde meine Mutter ...«

Nishitsu gab einen kehligen Laut von sich, und die Tür hinter ihm ging auf.

»Mutter!«

Hinter der Tür kniete tatsächlich Minako. »Vergib mir, Yuji-san«, sagte sie leise, ohne ihren Sohn dabei anzusehen. »Ich wollte Hiroto nicht töten, aber er ließ mir keine andere Wahl. Er wollte dir alles über mich erzählen. Dein Schicksal liegt nun ganz in Nishitsus Händen. Hör dir also sehr genau an, was er zu sagen hat.«

Im selben Augenblick wurde die Tür bereits wieder von einer unsichtbaren Hand geschlossen.

Yuji wollte aufspringen, aber Nishitsu hielt ihn zurück.

»Glauben Sie mir, Ihre Mutter befindet sich bei uns in guten Händen. Wir werden ihr die beste nur erdenkliche Pflege angedeihen lassen.« Seine Stimme übte eine beruhigende Wirkung auf Yuji aus. »So schmerzlich es auch für Sie sein mag, aber Sie müssen sich vor allem über eines klarwerden, Shian-san: Ihre Mutter ist verrückt geworden. Das kann hin und wieder passieren, wenn das *makura na hiruma* zu stark ist oder der Verstand zu schwach, die Flut der damit einhergehenden Visionen einzudämmen.« Nishitsu reichte Yuji eine Schale mit Sake. Als dieser mit zitternden Fingern danach griff, schwappte etwas davon auf Hirotos Finger. »Glauben Sie mir, im Augenblick sind wir die einzigen, die ihr helfen können.« Er deutete auf den Finger. »Sehen Sie selbst, was sie getan hat. So handelt kein Mensch, der sich im Vollbesitz seiner geistigen Kräfte befindet.«

Nishitsu starrte Yuji aus seinem weißen Auge durchdringend an. »Die Vision, die Evan in Ihnen hervorgerufen hat, dürfte Ihnen doch auf recht anschauliche Art und Weise klargemacht haben, daß man sich auf keinen Fall vom ersten Eindruck täuschen lassen sollte. Aber das ist noch keineswegs alles. Es gibt da jemanden, der mit uns beiden sein böses Spiel treibt und uns mit allen Mitteln gegeneinander aufzuhetzen versucht, damit er uns schließlich um so leichter vernichten kann. Dieser Mann, ein Amerikaner namens Thornburg Conrad III., hat Ihre

Mutter in Kambodscha kennengelernt, und die erbitterte Feindschaft zwischen ihm und Minako hat mittlerweile solche Ausmaße angenommen, daß dadurch unser aller Existenz ernsthaft bedroht wird.«

Verzweifelt faßte sich Yuji an den Kopf. Er hatte ein Gefühl, als wäre ihm plötzlich der Boden unter den Füßen weggezogen worden.

»Ich glaube, sehr gut nachempfinden zu können, was jetzt in Ihnen vorgeht, Shian-san. Schließlich befinde ich mich in einer ähnlich verfahrenen Lage wie Sie. Wenn es uns nicht gelingt, gemeinsam einen Ausweg aus dieser Situation zu finden, wird uns dieser Amerikaner beide vernichten.«

Jason Yoshida verließ Hams Büro, nahm den Lift in die Tiefgarage und fuhr zum Four Seasons Hotel in Georgetown, wo er angeblich einen Termin mit einem Repräsentanten mehrerer großer Rüstungskonzerne hatte.

Damit sich der Parkwächter an ihn erinnerte, gab er dem jungen Burschen ein besonders großzügiges Trinkgeld, als er seinen Wagen abstellte. Auch der Bedienung im Restaurant des Hotels brachte er sich auf diese Weise in Erinnerung, nachdem er dort einen kleinen Imbiß zu sich genommen hatte. Darüber hinaus erzählte er ihr auch noch einen Witz über eine weibliche Kongreßabgeordnete und einen NRA-Lobbyisten.

Dann stand er auf und bestellte telefonisch ein Taxi. Als Adresse gab er jedoch nicht das Hotel an, sondern ein Herrenbekleidungsgeschäft drei Blocks weiter.

Er verließ das Hotel unbemerkt durch einen Lieferanteneingang, und als das Taxi keine zehn Minuten später vor dem Laden anhielt, wartete Yoshida bereits am Straßenrand. Er stieg ein und nannte dem Fahrer eine Adresse in der Seventh Street in Chinatown. Dort angekommen wartete er, bis sich das Taxi im dichten Verkehr entfernt hatte, bevor er zum Phoenix Chinatown in der H Street weiterging.

In dem Lokal saß bereits Marion Starr St. James an einem Tischchen, und er zwängte sich zu ihr in die Nische. Sie hatte eine Portion Schweinefleisch süß-sauer vor sich stehen. Als sie ihm etwas davon anbot, lehnte er dankend ab. Das Restaurant war noch wie ausgestorben, nur neben dem Durchgang zur Küche saßen ein paar Kellner über ihrem Mittagessen. Keiner von ihnen schenkte ihnen irgendwelche Beachtung.

»Und?« fragte sie erwartungsvoll. »Habe ich meine Sache gut gemacht?«

»Sehr sogar«, nickte Yoshida anerkennend. »Er ist jetzt fest entschlossen, den Vorgängen in der Green Branches Clinic auf den Grund zu gehen.«

Marion lächelte. »Ich hab dir doch gesagt, daß ich es schaffen würde.«

»Das hast du allerdings – auch wenn ich gestehen muß, daß ich anfänglich meine Zweifel hatte. Schließlich weiß ich aus eigener Erfahrung nur zu gut, wie schwierig es ist, Ham gegen seinen Vater aufzuhetzen. Er bringt es einfach nicht über sich, seinen alten Herrn zu enttäuschen.«

»Tja, mit dem Kampf um die Anerkennung seiner Eltern ist das so eine Sache. Das kann manchmal geradezu groteske Formen annehmen.«

»Davon könntest vermutlich auch du ein Lied singen.«

»Das allerdings«, nickte Marion. »Mein Vater konnte manchmal ganz schön unausstehlich sein. Die Strafen, die er sich für uns ausgedacht hat, hätten sogar einem Marquis de Sade alle Ehre gemacht.«

»Vielleicht bist du gerade deshalb zu dem geworden, was du heute bist.«

»In diesem Punkt hätte dir mein Vater sicher recht gegeben.«

»Kein Wunder«, brummte Yoshida. »Waffenschmuggler haben jede Menge Zeit, um sich in den langen Nächten endlosen Wartens die ausgefallensten Foltern auszudenken.« Voller Bewunderung beobachtete er, wie geschickt sie mit ihren Eßstäbchen hantierte. Noch wesentlich mehr beeindruckte ihn jedoch das unternehmerische Gespür, mit dem sie die kleine Waffenfirma ihres Vaters zu einem internationalen Großkonzern ausgebaut hatte.

»Glaub bloß nicht, ich wüßte nicht, warum du so große Stücke auf meinen Vater hältst«, sagte Marion lächelnd. »Er war ein Mann, dem es nicht in erster Linie ums Geld ging. Eigentlich ist er in die ganze Geschichte nur wegen eines irischen Freunds hineingeraten, dessen Bruder in Belfast von englischen Soldaten zu Tode geprügelt wurde. Für ihn war das Ganze mehr eine Frage des Prinzips. Er hatte nämlich noch nie viel vom britischen ›Empire‹ gehalten und führte zunehmende Verschlechterung der englischen Wirtschaftslage vor allem auf das hartnäckige Festhalten der Engländer an ihrem hoffnungslos veralteten Weltreichgedanken zurück. ›Nicht einmal die Römer haben es geschafft, ihr gigantisches Imperium auf Dauer zusammenzuhalten‹, pflegte er immer zu sagen. ›Und das, obwohl sie davon um einiges mehr verstanden als wir. Über kurz oder lang wird es übrigens den Russen mit dem Ostblock ganz genauso gehen, denn dahinter steckt ja im Grunde auch nichts anderes als ein solcher Reichsgedanke, wenn auch mit dem Deckmäntelchen der kommunistischen Ideologie verbrämt.‹« Marion nahm einen Schluck Oolong-Tee. »Eines muß man meinem Vater jedenfalls lassen: Auf den Kopf gefallen war er nicht.«

»Trotzdem hast du ihn gehaßt wie die Pest. Diese Widersprüchlichkeit finde ich richtig faszinierend.«

»Was du nicht sagst! Aber jetzt erzähl endlich: Was hältst du von Vater und Sohn?«

»Der alte Herr hat Ham ganz schön unter seiner Fuchtel. Er scheint felsenfest davon überzeugt, daß Ham es unter keinen Umständen wagen wird, sich gegen ihn aufzulehnen. Allerdings glaube ich, daß er Ham ganz gewaltig unterschätzt.« Er lächelte. »Der Alte hält sich noch immer für unverwundbar.« Sein Lächeln wurde breiter. »Dabei wird es ausgerechnet sein eigener Sohn sein, der ihm eines Tages zum Verhängnis werden wird.«

Auch Marion lächelte. »Siehst du? Auch du steckst voller Widersprüche. Weshalb, glaubst du wohl, würde ich mich sonst so unwiderstehlich von dir angezogen fühlen? Du genießt natürlich die Annehmlichkeiten, die das Leben so zu bieten hat, aber im Grunde genommen wäre es dir völlig egal, wenn du keinen Cent in der Tasche hättest. Hast du mir nicht mal erzählt, daß Geld wie das sprichwörtliche Brett vorm Kopf sein kann? Ständig verleitet es einen dazu, Dinge zu wollen, die eigentlich vollkommen unnütz sind. Und darüber vergißt man ganz, worauf es im Leben eigentlich wirklich ankommt. Außerdem unterminiert Geld die Moral.« Sie schenkte sich etwas Tee nach. »Ich will dir jetzt mal was sagen – etwas, das du in der Person von Thornburg Conrad III. geradezu exemplarisch bestätigt finden wirst.« Sie schüttelte sich angewidert. »Keine zehn Pferde brächten mich dazu, mit diesem alten Sack ins Bett zu gehen. Mit seinem Sohn ist das allerdings eine andere Sache.«

»Ich weiß. In Wirklichkeit ist nämlich Ham seinem Vater wesentlich weniger ähnlich, als er sich auch nur einzugestehen wagen würde. Im Grunde kam es bei unserem Plan nur darauf an, ihn in dem Glauben zu lassen, er und sein Vater wären aus demselben Holz geschnitzt. Wenn er nun eines Tages herausbekommt, was sein Vater eigentlich vorhat, wird er aus allen Wolken fallen. Und dementsprechend fürchterlich wird auch seine Rache sein. Übrigens bin ich ganz sicher, daß er seinen Vater insgeheim auch jetzt schon abgrundtief haßt, weil er seine Mutter erst in die Arme eines Liebhabers getrieben und anschließend dafür aus dem Haus gejagt hat. Wenn Ham nun plötzlich von den Verbrechen seines Vaters erfährt, wird er in seiner Wut gar nicht anders können, als ihn zu töten.«

»An dieser Vorstellung geilst du dich wohl richtig auf.«

Yoshida sah sie nur an, sagte aber nichts.

Marion schob ihren Teller beiseite, als wäre ihr plötzlich der Appetit vergangen. »Im Grunde genommen ist zwar jeder Krieg wahnsinnig, aber manche sind trotzdem wahnsinniger als andere.« Sie holte ein Schminktäschchen hervor und zog sich die Lippen nach. »Noch eines hätte ich gern gewußt. Wie hast du Audrey Simmons untergejubelt, daß Thornburg und ich Geschäfte miteinander machen?«

»Was heißt hier Geschäfte? Ihr habt auch eine Affäre gehabt.« Er lächelte maliziös. »Doch um auf deine ursprüngliche Frage zurückzukommen: Dazu war nur ein kleiner Griff in meine Trickkiste nötig. Ich habe Zugang zu einem Computer, der einzelne Bildelemente aus verschiedenen Fotos zu einem völlig neuen Bild zusammenstellen kann, ohne daß im nachhinein zu erkennen ist, daß es sich dabei um eine Fotomontage handelt.« Er gab ein kurzes Brummen von sich. »Was deine geschäftlichen Verbindungen zum alten Conrad angeht, brauchte ich nur Harris Patterson einzuspannen. Zufällig weiß ich nämlich, daß der gute Harris keineswegs eine so saubere Weste hat, wie er sich den Anschein gibt. Er hat sich schon mehrere Male kurzfristig bei den Konten seiner Klienten bedient, um den einen oder anderen lukrativen Deal abwickeln zu können. Wenn das ans Licht käme, wäre er schnellstens seine Zulassung los.« Marions bewundernde Blicke bereiteten Yoshida sichtliche Genugtuung. »Na ja, und außerdem ist eine Frau wie Audrey Simmons nicht gerade schwer zu durchschauen. Sie hat eine ausgesprochene Schwäche für Klatsch – und für Ham. Ich habe dafür gesorgt, daß sie dich mit Ham in diesem Café gesehen hat. Um so leichter fiel es ihr zu glauben, was auf den getürkten Fotos zu sehen war, die ich ihr gezeigt habe.«

Marion schraubte ihren Lippenstift zu und steckte das Schminktäschchen weg. »Ein bißchen wird mir Ham sogar fehlen«, sagte sie nachdenklich. »Er ist nicht wie die anderen. Die Macht hat ihn noch nicht korrumpiert.«

»Das ist nur noch eine Frage der Zeit.«

»Ich muß mal kurz verschwinden.« Sie griff nach ihrer Handtasche und stand auf. »Wenn du vielleicht inzwischen zahlen könntest.«

Yoshida wartete, bis sie in der Damentoilette verschwunden war, dann legte er einen Zwanzigdollarschein auf den Tisch und folgte ihr.

Er warf einen kurzen Blick in die Herrentoilette, vergewisserte sich, daß sie leer war, und ging weiter den Gang hinunter. An seinem Ende befanden sich zwei Türen. Die eine führte in die Küche, die andere in den Hinterhof.

Mit wenigen Handgriffen streifte sich Yoshida ein Paar gepuderter Gummihandschuhe über, wie sie Chirurgen benutzen, holte ein kleines, gekrümmtes Instrument aus seiner Tasche und knackte damit das Schloß der Damentoilette. Nachdem er lautlos nach drinnen gehuscht war, schloß er die Tür vorsichtig wieder hinter sich.

Obwohl ihm die Ärzte dringend davon abgeraten hatten, bestand Thornburg Conrad III. darauf, an Tiffanys Begräbnis teilzunehmen. Um nähere Aufschlüsse über die genaue Todesursache zu gewinnen, war die Leiche seiner Frau nämlich gründlichst seziert worden. Aber am Ende setzte sich Thornburg Conrad doch durch. Schließlich war er es, der ihre Gehälter zahlte.

Von einem Begräbnis zu sprechen, war in diesem Zusammenhang ohnehin nur noch in übertragenem Sinn zutreffend. Das Wenige, was von Tiffany Conrad übriggeblieben war, wurde genauso verbrannt wie die sterblichen Überreste aller vorangegangenen Versuchspersonen, an denen die Wirkung des insulinähnlichen Wachstumsfaktors 1 getestet worden war.

Thornburg Conrad ließ noch einmal all die angenehmen Erinnerungen an Tiffany Revue passieren, während er beobachtete, wie ihre sterbliche Hülle hinter dem Vorhang des Mausoleums verschwand. Ganz zwangsläufig kreisten seine Gedanken dabei fast ausschließlich um den Tod, der ihm in letzter Zeit ein ständiger Begleiter war und ihn inzwischen sogar bis in seine Träume verfolgte. Es gab nichts, wovor Thornburg Conrad Angst hatte – außer vor dem Tod.

Das Geräusch einer sich öffnenden Tür ließ ihn aus seinen düsteren Gedanken hochschrecken. Wenige Augenblicke später stand Ham neben ihm.

»Leider konnte ich nicht früher kommen«, flüsterte er seinem Vater ins Ohr. »Ich habe eben erst davon erfahren.«

»Schon gut.« Thornburg Conrad nickte.

Ham entging nicht, daß in der Stimme seines Vaters kein Anflug von Trauer oder Betroffenheit mitschwang. Das machte ihm nur noch deutlicher die tiefe Kluft bewußt, die sich in jüngster Vergangenheit zwischen ihm und seinem Vater aufzutun begonnen hatte. Auslöser dafür war die tief sitzende Wut auf Thornburg gewesen, die ungeachtet der Tatsache, daß er sie all die Jahre so massiv unterdrückt hatte, keinen Deut schwächer geworden war. Was sein Vater auch sonst an Großartigem geleistet haben mochte – die Lieblosigkeit und Verachtung, die er Hams Mutter entgegengebracht hatte, waren durch nichts zu entschuldigen. Erst hatte er sie durch seine Herzlosigkeit und Kälte dazu getrieben, ein Verhältnis mit einem anderen Mann anzufangen, und dann hatte er sie für diese Verzweiflungstat für immer verstoßen. Ein Gott konnte sich so etwas natürlich leisten, und nichts anderes hatte Ham zeit seines Lebens in seinem Vater gesehen. Aber auch Thornburg Conrad war eben nur ein Mensch und hatte, auch wenn er das nie zugegeben hätte, durchaus seine Fehler gemacht. Den letztendlichen Ausschlag hatte allerdings gegeben, daß ihm Yoshida irgendwann doch die Augen dafür hatte öffnen können, was für ein Mensch sein Vater tatsächlich war. Wenn er nicht einmal über soviel natürliches moralisches Empfinden verfügte, daß er seine Fehler zumindest einsah, dann würde eben Ham ein bißchen nachhelfen müssen.

»Da du schon mal hier bist«, sagte Thornburg, ohne den Blick von dem Vorhang abzuwenden, hinter dem der Sarg verschwunden war, »was gibt es Neues von Matheson?«

Damit war der Augenblick der Wahrheit gekommen. Einen Moment zögerte Ham, als hätte er plötzlich Angst vor seiner eigenen Courage bekommen. Doch dann faßte er sich ein Herz und belog seinen Vater zum erstenmal.

»Es läuft alles nach Plan. Gerade noch im letzten Moment ist es Matheson gelungen, den Kopf aus der Schlinge zu ziehen. Er hat sich mit einer Japanerin namens Chika zusammengetan, die dem Bund der Schwarzen Klinge angehört. Er wird des Mordes an einem seiner ehemaligen Mitarbeiter verdächtigt und ist in die Ermordung des Commissioners von New York verwickelt. Aber obwohl Polizeichef Breathard eine Großfahndung nach ihm eingeleitet hat, konnte er sich seiner Festnahme erfolgreich entziehen.«

Darauf erwiderte Thornburg Conrad erst einmal lange nichts, so daß Ham schon zu fürchten begann, er könnte seinen Schwindel durchschaut haben.

»Na, siehst du«, brach der alte Herr schließlich das Schweigen. »Auf Matheson ist eben Verlaß, auch wenn du nicht gerade viel von ihm zu halten scheinst. Er ist jetzt genau da, wo ich ihn haben will.«

»Jetzt laß mich doch endlich mit diesem Kerl in Ruhe!« stieß Ham mit unverhohlenem Ärger hervor. »Na schön, er hat es also gerade noch geschafft. Aber Yosh und ich ...«

»Ihr habt doch beide nicht die leiseste Ahnung, was hier eigentlich gespielt wird«, fiel ihm Thornburg scharf ins Wort. Er hatte keine Lust mehr, Ham noch länger etwas vorzumachen. Im Grunde genommen war er auch nicht viel besser als seine Brüder, denn letzten Endes hatte auch er die in ihn gesteckten Erwartungen enttäuscht und war deshalb nicht wert, seine Nachfolge anzutreten. »Ich habe dich genauso für meine Zwecke eingespannt wie die Generäle im Pentagon und den Präsidenten. Ich habe euch alle zum Narren gehalten und bin weder auf dich angewiesen noch auf deinen Freund Yoshida. Der einzige, auf den ich im Moment noch nicht verzichten kann, ist Matheson. Nur er ist in der Lage, wirksam gegen den Bund der Schwarzen Klinge vorzugehen. Er kann mir als einziger beschaffen, was ich schon die ganze Zeit in meinen Besitz zu bringen versuche.«

Ham sah seinen Vater an und dachte: Yosh hat recht. Er ist tatsächlich übergeschnappt. Er kann an nichts anderes mehr denken als an diesen Matheson, während ihn die Weltherrschaftspläne des Bunds der Schwarzen Klinge im Grunde genommen gar nicht mehr zu interessieren scheinen. »So nimm doch endlich wieder Vernunft an!« fuhr er seinen Vater scharf an. »Bisher hast du bei der Durchführung unseres Vorhabens, die Macht des Bunds der Schwarzen Klinge zu brechen, unbestritten eine tragende Rolle gespielt, aber irgendwann mußt du auch einsehen, daß deine Zeit vorüber ist. Immerhin geht es hier um nichts Geringeres als die wirtschaftliche Vormachtstellung Amerikas zu verteidigen – und du hast nichts anderes im Kopf als diesen Matheson. Du vertrittst zunehmend untragbarere Positionen und setzt damit das Gelingen unseres Plans ernsthaft aufs Spiel. Dem kann ich auf keinen Fall noch länger zusehen. Am besten, du gehst jetzt nach Hause und gibst dich dort dem Schmerz um deine junge Frau hin. Jedenfalls erkläre ich hiermit, daß du deiner bisherigen Pflichten und Aufgaben enthoben bist. Die Operation wird ab sofort von Yosh und mir geleitet.«

Thornburg Conrad brach in schallendes Gelächter aus. »Mein Gott, Junge, wie naiv du doch bist. Ganz gleich, was du jetzt noch tust – es kann nichts mehr am Lauf der Dinge ändern.«

Wütend starrte Ham seinen Vater an. Sein verächtliches Lachen hatte ihn tief getroffen. Dennoch würde er diesmal nicht vor ihm kuschen. »Wie gesagt – du hältst dich ab sofort aus der ganzen Sache raus«, erklärte er schroff. »Wie wir das Ganze weiter abwickeln, braucht dich nicht mehr länger zu interessieren.«

Nachdenklich sah Thornburg seinem Sohn hinterher, als der abrupt den Raum verließ. In gewisser Hinsicht war er sogar stolz auf ihn, weil er sich trotz dieser Demütigung nicht hatte unterkriegen lassen. Außerdem mußte er ihm zugute halten, daß Ham die Lage vor allem deshalb so verkehrt einschätzte, weil er ihm einfach zu viele wichtige Details vorenthalten hatte. Das änderte jedoch nichts an der Tatsache, daß er schleunigst etwas unternehmen mußte. Sonst machten ihm Ham und Yoshida tatsächlich noch in letzter Sekunde einen Strich durch die Rechnung.

In gewisser Hinsicht, mußte er sich eingestehen, hatte Ham sogar recht: Für ihn drehte sich alles nur noch um Matheson. Allerdings hatte er dafür gute Gründe, von denen sein Sohn freilich nichts ahnen konnte.

Schon von Jugend an war Thornburg Conrad ein Mann gewesen, der die Herausforderung suchte – je schwieriger eine Aufgabe, desto besser. Wirklich sinnvoll wurde das Leben für ihn erst in jenen Momenten, wenn ihm etwas gelungen war, was jeder andere für absolut unmöglich gehalten hätte.

»Nichts auf der Welt kann einen mit größerer Genugtuung erfüllen als das Eingeständnis der Niederlage im Gesicht eines Feindes«, hatte er einmal zu Ham gesagt. *»Das ist nur mit dem Triumphgefühl zu vergleichen, wenn man mit knapper Not dem Tod entronnen ist.«*

Wann er damit begonnen hatte, sich mit dem Problem der Unsterblichkeit auseinanderzusetzen, hätte Thornburg Conrad selbst nicht mehr sagen können. Jedenfalls hatte er bei seinen Bemühungen, dem Tod ein Schnippchen zu schlagen, von Anfang an nichts unversucht gelassen und war dabei auch an eine Reihe ziemlich schräger Vögel geraten, deren Ideen den meisten anderen Menschen bestenfalls ein verständnisloses Kopfschütteln entlockt hätten. Dennoch hatte er sich intensivst mit allen bis dahin bekannten Unsterblichkeitstheorien auseinandergesetzt und sie auf ihre praktische Umsetzbarkeit hin überprüft: die mystischen, die pseudo-religiösen und die parapsychologischen. Aber am Ende hatte sich noch jede Theorie als fauler Zauber entpuppt.

Auf den ersten wirklich brauchbaren Ansatz war er schließlich gestoßen, als die spektakulären Anfangserfolge des neuen Forschungszweigs der Humangenetik publik wurden. Und dann hatte er im Dschungel von Kambodscha die ersten konkreten Hinweise entdeckt, daß seine Bemühungen, das Geheimnis der ewigen Jugend zu entschlüsseln, doch nicht ganz so aussichtslos waren, wie es bis dahin erschienen war.

Im Überschwang seiner anfänglichen Begeisterung hatte er noch allen Ernstes geglaubt, das Rätsel des menschlichen Alterungsprozesses schon baldigst lösen zu können. Allerdings hatte er sehr bald feststellen müssen, daß der insulinähnliche Wachstumsfaktor 1, der zunächst zu recht hochgesteckten Erwartungen Anlaß gegeben hatte, mit höchst unerfreulichen Nebenwirkungen verbunden war; um sie abzustellen, hätte dem künstlichen Hormon noch ein weiterer Baustein hinzugefügt werden müssen, über dessen Zusammensetzung sich die Wissenschaftler jedoch vollkommen im unklaren waren.

Das letzte Opfer dieser verhängnisvollen Nebenwirkungen war seine Frau Tiffany gewesen, deren sterbliche Überreste nun zu Asche verbrannt wurden. Angesichts ihres Todes wurde Thornburg Conrad deutlicher denn je bewußt, daß nun alle seine Hoffnungen auf Wolf Matheson ruhten. Welch ein Glück, daß er ihn damals im kambodschanischen Dschungel am Leben gelassen hatte – oder, wie die Japaner gesagt hätten, Karma.

Nachdrücklicher denn je zuvor sah er sich nun vor die Frage gestellt, wieviel Zeit ihm noch bleiben würde, um das Rätsel des ewigen Lebens zu lösen. Es gab nur einen Menschen, der dieses Geheimnis kannte. Allerdings war es ihm bisher trotz all seiner Bemühungen nicht gelungen, Minako zur Preisgabe ihres unbezahlbaren Wissens zu bringen. Deshalb blieb ihm bis auf weiteres nichts anderes übrig, als sich mit dem Mittel zu behelfen, das seine Frau Tiffany zwar jünger gemacht, aber zugleich auch ihren vorzeitigen Tod herbeigeführt hatte.

Immerhin deutete einiges darauf hin, daß er ohne dieses Mittel schon längst tot gewesen wäre. Demnach war also schon allein die Tatsache, daß er überhaupt noch lebte, als ein beachtlicher Erfolg zu werten, auch wenn es sich dabei um einen Pyrrhussieg handelte, der um einen hohen Preis erkauft worden war.

Wie der Ausgang der jüngsten Versuchsreihe gezeigt hatte, würde auch sein gegenwärtiger Verjüngungsprozeß nicht ewig anhalten, sondern früher oder später in ein mit schrecklichen Schmerzen verbundenes Siechtum umschlagen, das nur noch mit extrem starken Dosen Morphium zu ertragen sein würde. Das war in seinen Augen alles andere als ein würdiger Tod, und doch stand ihm genau das bevor, wenn es Wolf Matheson nicht bald gelang, die Lösung des Rätsels zu finden, auf das er damals im kambodschanischen Dschungel gestoßen war.

Marion dachte gerade darüber nach, warum ihr Jason Yoshida so ausführlich von seinen Plänen erzählt hatte, als sie hörte, wie die Außentür der Toilette aufging. Da sie ganz sicher war, sie abgeschlossen zu haben, verhielt sie sich vollkommen still und starrte erschrocken auf die Tür ihres Abteils. Gleichzeitig begann sie in ihrer Handtasche nach einem Gegenstand zu wühlen, den sie notfalls als Waffe hätte benutzen können. Wo steckte nur diese verdammte Nagelfeile?

Sie ertastete sie gerade in dem Augenblick, als die Tür aufflog und Jason Yoshida vor ihr stand. Der Haß, der ihr aus seinen Augen entgegenloderte, ließ sie heftig erschaudern. Für einen Moment hatte sie den Eindruck, als starrte sie in einen bodenlosen Abgrund.

Mit einem Griff riß ihr Yoshida Bluse und Büstenhalter vom Leib. Inzwischen hatte sie ihren anfänglichen Schock so weit überwunden, daß sie die Nagelfeile aus ihrer Handtasche zu reißen versuchte. Aber sie hatte sich im Futter verheddert.

Im selben Augenblick schlang ihr Yoshida bereits den zarten Spitzenstoff ihres BHs um den Hals und zog so heftig zu, daß sie verzweifelt nach Luft zu schnappen begann. Sie ließ ihre Handtasche fallen, und bei dieser Gelegenheit kam endlich ihre Nagelfeile frei. Aber es fehlte ihr längst an der nötigen Kraft, um davon Gebrauch zu machen.

Yoshida preßte sie fest an sich, und es war, als ginge eine alles verzehrende Glut von ihm aus. Gleichzeitig spürte sie, wie alle Wärme aus ihrem Körper wich. Ihr war plötzlich so schrecklich kalt, daß sie nichts anderes mehr fühlte, doch ganz allmählich ließ sogar diese entsetzliche Kälte nach. Einen kurzen Augenblick hatte sie noch den Eindruck, als schwebte sie plötzlich vollkommen schwerelos in der Luft. Und dann verlor sie auch jedes Gefühl für die Schwere ihres Körpers.

2

Tokio/Washington

Was für eine verrückte Stadt, dachte Wolf, als er mit Chika durch die Straßen Tokios schlenderte. Die Wegzeichen der Moderne waren allgegenwärtig. An himmelstürmenden Hochhausfassaden aus Glas und Stahl rankten sich gigantische Neonreklamen empor.

»Für die meisten Fremden ist Tokio ein Rätsel«, sagte Chika. »Dabei ist es im Grunde genommen ganz einfach zu verstehen.« Sie hob die Arme. »Tokio ist *hade* – ein Begriff, der sich am besten mit überschäumend übersetzen läßt, obwohl er auch schön und strahlend bedeuten kann.« Sie deutete auf die gigantischen Werbeflächen. »Schau nur, diese Farbenpracht: Gold auf Purpur. Und hier, mächtige, in der Sonne blitzende Türme aus Stahl Seite an Seite mit den satten Gelb- und Orangetönen eines alten Shinto-Schreins. Dieses wilde Neben- und Durcheinander von Farben und Formen ist typisch für Tokio. Wenn du das verstanden hast, weißt du alles, was es über Tokio zu wissen gibt.«

Unten am Sumida-Fluß, nicht weit vom Fischmarkt, nahmen sie einen Imbiß aus Buchweizennudeln und Bonitoflocken zu sich und tranken dazu grünen Tee.

Obwohl Wolf fast während des ganzen Fluges geschlafen hatte, fühlte er sich völlig zerschlagen. Er hatte schreckliche Alpträume von Suma und Chika gehabt. Ihm war noch immer nicht klar, wie die beiden tatsächlich zueinander standen und welch tödliches Spiel sie mit ihm trieben.

»Du darfst dich vom hypermodernen Erscheinungsbild Tokios nicht täuschen lassen«, fuhr Chika indessen fort. »In vieler Hinsicht ist Japan noch ein Land mit tief verwurzelten Feudalstrukturen. Die ungeschriebenen Gesetze von *giri,* bedingungsloser Loyalität, gelten heute noch genauso wie vor Hunderten von Jahren.

So ist es auch heute noch vollkommen selbstverständlich, daß zum Beispiel Personen, die einander aufgrund der Tatsache verpflichtet sind, daß sie aus derselben Region kommen, an derselben Universität studiert oder in dieselbe Familie geheiratet haben, politisch und wirtschaftlich außerordentlich wichtige Informationen untereinander austauschen, obwohl diese eigentlich streng vertraulich behandelt werden müßten. In dieser Hinsicht hat das mittelalterliche Feudalsystem, in dem die Menschen ihren Lehensherren zu bedingungsloser Treue verpflichtet waren, bis in die heutige Zeit Fortbestand gefunden, auch wenn Ieyasu Tokugawa scheinbar Schluß mit diesen *daimyo* machte, als er Japan gegen Ende des sechzehnten Jahrhunderts unter der Herrschaft des Shogunats einte.«

Als Chika einem vorbeifahrenden Taxi winkte, hielt es am Straßenrand, die Tür ging automatisch auf, und sie stiegen ein. Das war nicht unbedingt die schnellste Möglichkeit, um in Tokio voranzukommen, aber offensichtlich wollte ihm Chika die Stadt zeigen.

An einer Hochhausfassade fiel Wolf eine riesige Reklametafel auf, die eine Szene mit Ärzten in einem Operationssaal zeigte. Wenige Augenblicke später machte dieses Bild dem lächelnden Gesicht einer jungen Japanerin Platz. Aus ihrem Mund kam eine Sprechblase, in der erst in Japanisch, dann in Englisch zu lesen stand: SHIAN KOGAKU – IMMER FÜR SIE DIE.

Nach längerer Fahrt hielt das Taxi vor einem ganz aus Holz erbauten Tempel, den man von der Straße über eine breite Eingangstreppe erreichte. Der Schrein war umringt von hohen alten Bäumen, zwischen denen man eine Reihe herrlicher alter Villen erkannte, in denen die Botschaften verschiedener Länder untergebracht waren. Sie befanden sich hier in unmittelbarer Nähe des japanischen Parlaments, dem Sitz der Macht so nahe, wie man in Japan nur kommen konnte.

»Das ist der Hie Jinja, ein Shinto-Schrein«, sagte Chika, als sie unter den farbenprächtigen *torii*-Toren am Fuß der Eingangstreppe hindurchgingen. »Ursprünglich im Jahr 1478 errichtet, diente er als Schutzschrein des alten Palasts von Edo. In der Zwischenzeit wurde er jedoch mehrmals zerstört und wieder aufgebaut.«

Sie betraten einen weiten, mit Kies bestreuten Hof, der von mehreren Gebäuden eingegrenzt war. »Die Tempelanlage, die du hier siehst, wurde erst 1967 errichtet. In Japan haben solche Heiligtümer traditionsgemäß eine lange Geschichte von Zerstörung und Wiederaufbau, so daß ihre relativ späte Entstehungszeit nichts über ihr tatsächliches Alter aussagt.«

Wolf spürte instinktiv, was sie damit sagen wollte. Inmitten des hektischen Großstadtgetriebes strahlte diese Anlage eine tiefe Ruhe aus, wie man sie sonst nur in der unberührten Natur findet, wenn außer dem Rauschen des Winds in den Bäumen, durchbrochen vom heiseren Schrei eines Raubvogels, kein Laut zu hören ist. Nicht, daß hier der allgegenwärtige Verkehrslärm plötzlich verstummt wäre: die meditativen Klänge des Tempels – der tiefe Ton der Glocke, die die *kami*-Geister rief, das Sägen des Tempelzimmermanns, die quäkende Dissonanz eines traditionellen japanischen Orchesters – verfügten lediglich über wesentlich mehr Substanz und Gewicht. Wie eine Linse das Licht, so bündelten sie die Aufmerksamkeit des Betrachters und schärften auf diese Weise sein Gespür für die Geschichtsträchtigkeit des Ortes.

»Welche Ruhe dieser Tempel ausstrahlt«, murmelte Wolf.

Obwohl sich dabei über Chikas Lippen ein zufriedenes Lächeln legte, entging Wolf nicht, wie angespannt sie plötzlich wirkte.

»Ich habe dich aus einem ganz bestimmten Grund hierher gebracht.« Sie blieb stehen und sah ihn an. »Da ist jemand, der gerne mit dir sprechen möchte. Versprich mir bitte, daß du dir anhören wirst, was diese Person dir zu sagen hat.«

Da Wolf ganz deutlich spürte, wie wichtig ihr das Ganze war, willigte er ein. Was hatte er schon zu verlieren?

Chika führte ihn auf den Eingang des Tempels zu; seitlich davon waren einige schwarze Limousinen geparkt. Mehrere Chauffeure in Uniform standen in einer Gruppe beisammen und unterhielten sich. Im selben Augenblick kam aus einem der Seitengebäude des Tempels eine Hochzeitsgesellschaft.

Der Eingang des Hauptheiligtums war flankiert von gläsernen Vitrinen mit zwei heiligen Affen in prachtvollem Königsornat – die Wächtergottheiten des Schreins. Vor einer dieser Vitrinen stand eine Frau, die sich schon lange, bevor sie ihr Nahen gehört haben konnte, zu ihnen umdrehte.

»Vergiß nicht, was ich dir über *giri,* Gefolgschaftstreue und Loyalität, gesagt habe«, flüsterte ihm Chika eindringlich zu. »Ich stehe tief in der Schuld dieser Frau.«

In dem Bruchteil einer Sekunde, dessen es bedurfte, um ihn in einem gewaltigen Zeitsprung zwei Jahrzehnte in den kambodschanischen Dschungel zurückzuversetzen, hörte Wolf, wie Chika fortfuhr: »Das ist meine Mutter Minako, Wolf.«

»Welch eine Freude, Sie nach so langer Zeit wieder zu sehen, Wolfsan«, begrüßte ihn Minako wie einen guten alten Freund.

Das erste, was Wolf an ihr auffiel, war die Tatsache, daß sie in all den Jahren nicht um einen Tag gealtert schien. Im Gegenteil, sie sah sogar noch besser aus. Ganz offensichtlich verfügte sie über enormes *makura na hiruma.* Sie trug westliche Kleidung: schwarzer Rock, weiße Bluse, goldener Gürtel und darüber ein schwarzer, knöchellanger Mantel.

»Ich habe meine Tochter ganz bewußt darum gebeten, unser Treffen an einem so friedlichen Ort wie dem Hie-Jinja-Tempel zu arrangieren«, begann Minako. »Gewissermaßen als Kontrast zu unserem ersten Treffen, das ganz unter dem Eindruck des Krieges stand.«

Meine Tochter.

»Es war ja nicht ihr Krieg«, antwortete Wolf.

»O doch. Oder zumindest der Krieg, den Sie und Thornburg sich ausgesucht hatten.«

Thornburg Conrad III. Es war unmöglich, angesichts des unvermuteten Wiedersehens mit Minako nicht an ihn erinnert zu werden. Der Spion der Spione. Das ganze MACV hatte nach seiner Pfeife getanzt.

Mit einem Mal war Wolf wieder an dem Punkt angekommen, an dem vor zwanzig Jahren alles begonnen hatte. Es konnte unmöglich ein Zufall sein, daß ausgerechnet jetzt, kaum daß sein Leben eine so entscheidende Wende erfahren hatte, Minako wieder auftauchte – gewissermaßen wie eine Spinne, die geduldig darauf gewartet hatte, daß er ihr endlich ins Netz ging.

Minako und Thornburg Conrad III., zwei Schatten, so tief in den Untergrund abgetaucht, daß vermutlich nicht einmal der allwissende CIA etwas von ihren geheimen Aktivitäten wußte. Unwillkürlich mußte er an Shipley denken, den Geheimdienstmann vom Verteidigungsministerium. Warum hatte er ihn, kaum daß er ihn rekrutiert hatte, bereits wieder zu eliminieren versucht? Etwa, weil er sich mit Chika zusammengetan hatte? Arbeitete Shipley für Thornburg Conrad III.? War Conrad der Mann, der hinter diesem undurchschaubaren Netz aus Lügen, Intrigen und Morden alle Fäden in der Hand hielt? War er etwa zwischen die Fronten eines erbitterten Kleinkriegs zwischen Minako und Thornburg Conrad III. geraten, der sich im verborgenen schon über zwei Jahrzehnte lang hingezogen hatte?

Es schien, als wäre er mit einem Mal zum Mittelpunkt des Netzes aus Lügen und Intrigen vorgedrungen, das man um ihn gesponnen hatte. »Ich hatte also recht«, wandte er sich Chika zu. »Du hast von Anfang an ein abgekartetes Spiel gespielt!« Er hatte ein Gefühl, als würde ihm plötzlich der Boden unter den Füßen weggezogen. »Du und Thornburg, ihr habt mich beide nur für eure Zwecke eingespannt. Wie sollte es auch anders sein? Er wollte mich nur dazu benutzen, deiner Mutter ihr Geheimnis zu entreißen.« Er wandte sich Minako zu. »Und nun zu Ihnen! Was wollen Sie von mir? Ihrer Tochter ist es ja bereits hervorragend gelungen, alle Bindungen an mein bisheriges Leben gründlich zu kappen. Ich habe alles verloren: meine Freundin, meine Mitarbeiter, meinen Job. Ich stehe buchstäblich vor dem Nichts.«

»Wenn ich den Aussagen meiner Tochter glauben darf, waren Sie Ihres bisherigen Lebens ohnehin schon so überdrüssig, daß eine solch tiefgreifende Veränderung mehr als überfällig war«, entgegnete Minako ganz ruhig.

Ohne darauf etwas zu erwidern, wandte sich Wolf wieder an Chika und sah sie finster an. Keiner von beiden sagte etwas, aber sie schienen mit ihren Blicken einen erbitterten Streit auszufechten. Über den Hof des Tempels hallte der tiefe Ton einer Glocke, mit der ein Gläubiger die *kami* des Schreins gerufen hatte.

Schließlich stieß Chika verzweifelt hervor: »Du hast mir versprochen, dir erst anzuhören, was dir meine Mutter zu sagen hat.«

Das brachte Wolfs Wut vollends zum Überkochen. Aufgebracht fuhr er sie an: »Habe ich mich also doch nicht getäuscht! Auch wenn du mir ständig das Gegenteil weiszumachen versucht hast – von Anfang an steckst du mit Suma unter einer Decke.«

Da sie darauf nichts erwiderte, fuhr er unerbittlich fort: »Ich hatte die ganze Zeit das Gefühl, daß du mir etwas ganz Entscheidendes verheimlichst. Aber ich kam einfach nicht drauf, was das sein könnte. Inzwischen weiß ich allerdings, daß das nur daran lag, weil du mich die ganze Zeit so geschickt an der Nase herumgeführt hast. Du hast mir etwas von einem erbitterten Machtkampf innerhalb des Bunds der Schwarzen Klinge erzählt. Da waren auf der einen Seite die Guten, zu denen du gehörst, und auf der anderen die Bösen, in deren Auftrag Suma Tod und Schrecken verbreitet. Aber so verhält es sich keineswegs. An dem Abend, an dem ich dich in deiner Wohnung beobachtet habe, bin ich dir anschließend noch durch die Stadt gefolgt und habe dich bei dieser Gelegenheit in den Leichenwagen steigen sehen. Und wer ist damals wohl am Steuer gesessen, Chika? Nein, du brauchst es mir nicht zu sagen, weil ich nämlich die Antwort längst selbst weiß. Es war niemand anderer als Suma. Ihr gehört keineswegs feindlichen Lagern an. Im Gegenteil, ihr steckt unter einer Decke.«

»Glaub mir, Wolf, was diesen internen Machtkampf im Bund der Schwarzen Klinge betrifft, habe ich dir nichts vorgemacht.«

»Für wie blöd hältst du mich eigentlich?« fuhr er ihr über den Mund. »Du denkst doch nicht im Ernst, daß ich dir auch nur noch ein Wort glaube?«

»Ich gebe zu, daß ich dich mehrere Male belogen habe, aber . . .«

Sie hielt schockiert inne. Ohne jede Vorwarnung hatte sich die Kraft seines *makura na hiruma* mit so unvermuteter Heftigkeit ausgebreitet, daß sie das Gleichgewicht verlor und mit solcher Wucht gegen eine der Glasvitrinen geschleudert wurde, daß der heilige Affe auf seinem Thron gefährlich ins Wanken geriet.

»Laßt das!« fuhr Minako energisch dazwischen.

Selbst zutiefst schockiert über das, was er eben getan hatte, starrte Wolf fassungslos Chika an. Sie hatte die Hände vors Gesicht geschlagen und kniete schluchzend vor ihm auf dem Boden. Doch dann sprang sie auf, und ohne ihre Mutter oder Wolf auch nur noch eines Blickes zu würdigen, rannte sie über den weiten Hof davon und die breite Treppe zur Straße hinunter, wo sie wenige Augenblicke später in dem dichten Menschengedränge verschwunden war.

Als Yoshida vom Tod von Marion Starr St. James überzeugt war, schloß er die Augen und lauschte einen Moment dem Schlagen seines Herzens. Dann ging er in die Knie und wuchtete sie sich auf die Schulter. Er warf keinen Blick mehr in ihr Gesicht; dort gab es ohnehin nichts zu sehen. An der Tür vergewisserte er sich kurz, ob die Luft rein war. Aus der Küche drangen die gedämpften Stimmen des Küchenpersonals. Sie diskutierten über die Frage, ob sie sich mit den Preiserhöhungen ihres gegenwärtigen Lieferanten abfinden oder sich nach einem neuen umsehen sollten. Lautlos huschte er auf den Flur hinaus, riß die Hintertür auf, kippte die Tote in einen der Müllcontainer und verbarg sie sorgfältig unter einer Schicht von Küchenabfällen.

Fünfzehn Minuten später, wieder zurück im Foyer des Four Seasons Hotel, rief er von einer Telefonzelle Ham an.

»Schlechte Nachrichten«, sagte er. »Marion Starr St. James ist tot.«

Er hätte gern gewußt, was in diesem Moment in Ham vor sich ging. Jedenfalls zitterte dessen Stimme, als er fragte: »Was ist passiert?«

»Das Unvermeidliche.«

»Wirklich schade um sie. Sie war wirklich eine höchst ungewöhnliche Frau.« Ham räusperte sich. »Leider war sie in einer Branche tätig, in der man sich sehr leicht Feinde macht.«

»Entweder das«, sagte Yoshida, »oder sie wußte zuviel.« Er wartete einen Moment. »Findest du es nicht etwas eigenartig, daß sie ausgerechnet jetzt zum Schweigen gebracht wurde – nachdem sie dir von den Vorgängen in der Green Branches Clinic erzählt hat?«

Ham sagte nichts, aber damit hatte Yoshida auch nicht unbedingt gerechnet.

Wolf empfand die Trennung von Chika so schmerzlich, daß auch die übernatürliche Stille des Schreins mit einem Mal nichts Friedvolles mehr an sich hatte. Wie war es nur möglich, daß ihm so unendlich viel an dieser Frau lag, obwohl sie ihn die ganze Zeit nur belogen und betrogen hatte?

»Das alles ist nur meine Schuld«, sagte Minako geknickt. »Ich hätte auf keinen Fall schon so früh auf dieses Treffen drängen sollen. Aber uns bleibt nicht mehr viel Zeit. Ich komme gerade vom Begräbnis meines Schwiegersohns, der leider viel zu früh sterben mußte.«

Minako stand vor einem Pflaumenbaum, dessen erste Blüten ihr Gesicht mit zarten Farbtupfern umrahmten. Als sie unter einem kalten Windstoß erbebten, erschauderte auch Minako. Sie steckte die Hände in die Taschen ihres Mantels und zog ihn enger über ihrer Brust zusammen.

Wolf konnte sich des Gefühls nicht erwehren, daß Minako dieses Treffen bis ins kleinste Detail – einschließlich der zarten Farben der Pflaumenblüten – arrangiert hatte. Das bestärkte ihn noch zusätzlich in dem Entschluß, sich nicht von ihr einwickeln zu lassen. »Was wollten Sie eigentlich von uns?« fragte er schroff.

»Das sehen Sie vollkommen falsch. Sie und Thornburg sind diejenigen, die etwas von mir wollten. Thornburg erfuhr von meinen Experimenten im Dschungel und hoffte mit meiner Hilfe das Geheimnis der ewigen Jugend zu entdecken.«

»Und worum ging es bei diesen Experimenten überhaupt?«

Als sie ihn darauf nur stumm ansah, fuhr Wolf fort: »Im Grunde genommen sind Sie und Thornburg sich sehr ähnlich.«

Tiefer hätte er sie wohl kaum treffen können. Ihm entging nicht, wie sie innerlich heftig zusammenzuckte. Doch sie hatte sich rasch wieder unter Kontrolle und entgegnete: »Im Grunde genommen wissen Sie doch so gut wie nichts über Thornburg. Aber das tut hier nichts zur Sache. Feststeht nur: Alles, was dieser Mensch anfaßt, wird von seiner Berührung vergiftet.« Sie wandte sich ab. »Oder zumindest fast alles.«

»Wollen Sie damit allen Ernstes behaupten, Sie würden ihn besser kennen als ich?«

Sie drehte sich wieder um. »Aus Gründen, die allerdings nichts mit meinen Experimenten zu tun hatten, habe ich damals seinem Drängen nachgegeben und mit ihm geschlafen. Natürlich haben wir uns auch über alles mögliche unterhalten, und dabei habe ich dank der Kraft meines *makura na hiruma* wesentlich mehr über ihn erfahren, als ihm selbst je bewußt geworden ist.« Sie senkte den Kopf. Wieder ertönte der lange nachhallende Ton einer Glocke, durch den der Eindruck tiefer Stille, der über dem Heiligtum lag, noch zusätzlich verstärkt wurde. »Vielleicht habe ich damals sogar schon diesen Augenblick vorhergesehen. Denn damit hat alles begonnen. Hätte ich sie damals beide getötet, wäre mein Leben vermutlich wesentlich einfacher verlaufen. Allerdings wäre ich dann auch längst tot, und niemand könnte die Ehrwürdige Mutter mehr daran hindern, ihre größenwahnsinnigen Pläne in die Tat umzusetzen.«

»Wer ist die Ehrwürdige Mutter?«

»Sie steht an der Spitze des Bunds der Schwarzen Klinge.«

»Meinen Informationen zufolge ist das ein gewisser Naoharu Nishitsu.«

Minako schüttelte den Kopf. »Ein weitverbreiteter Irrtum. Nach außen hin tritt zwar Nishitsu als Oberhaupt von Toshin Kuro Kosai auf, aber in Wirklichkeit ist das die Ehrwürdige Mutter – ein raffiniertes Täuschungsmanöver, das sich bisher als außerordentlich nützlich erwiesen hat. Es ermöglicht der Ehrwürdigen Mutter, an Besprechungen teilzunehmen, ohne daß ihr die Nichteingeweihten allzu große Beachtung schenken. Und auf diese Weise erfährt sie natürlich wesentlich mehr, als das sonst der Fall wäre.«

»Und Sie arbeiten nun also auf den Sturz der Ehrwürdigen Mutter hin?«

»Ja. Und das, obwohl sie Chikas Patentante ist.«

Wolf setzte sich. Seine Wut war inzwischen längst verraucht. »Könnten Sie mir das vielleicht etwas näher erklären?«

»Die Ehrwürdige Mutter und ich sind gemeinsam aufgewachsen. Wir waren schon von klein auf eng befreundet, und lange habe ich bei der Führung der Geschäfte von Toshin Kuro Kosai als ihre rechte Hand fungiert. Doch im Lauf der Jahre begann eine seltsame Veränderung in ihr vorzugehen. Nichts mehr war plötzlich von unseren alten Idealen zu spüren. Sie wurde zunehmend korrupter und ließ sich immer mehr zu sinnlosen Grausamkeiten hinreißen, die einzig allein ihrem perversen Vergnügen dienten. Und was das Schlimmste war: Ihr verhängnisvoller Einfluß war so stark, daß davon nach und nach auch die Leute in ihrer unmittelbaren Umgebung angesteckt wurden.

Leider habe ich viel zu spät bemerkt, daß sie die Patenschaft für Chika nicht nur deshalb übernommen hatte, weil sie meine Tochter ist und weil ihr *makura na hiruma* so stark ausgeprägt ist. Vielmehr wollte sie, da sie selbst keine Kinder bekommen kann, meine Tochter vor allem deshalb so eng an sich binden, um mich nötigenfalls besser unter Druck setzen zu können. Sie hat Chika also genauso für ihren Zweck eingespannt, wie ich das getan habe, um Sie nach Tokio zu locken.«

»Und wie verhält es sich mit *giri?«* wollte Wolf wissen. »Sind Sie denn der Ehrwürdigen Mutter nicht tief verpflichtet?«

Über Minakos Lippen legte sich ein ironisches Lächeln. »Würden Sie etwa blindlings den Befehlen einer Wahnsinnigen folgen, Wolf-san?«

»Sind Sie sich auch ganz sicher, daß sie verrückt ist?«

»Es ist ihr erklärtes Ziel, daß der Bund der Schwarzen Klinge eines Tages die Weltherrschaft übernimmt. Das strebt sie keineswegs mit kriegerischen Mitteln an, sondern rein auf wirtschaftlichem Weg. Vor mehreren Jahren hat sie einen ihrer Killer, einen gewissen Jason Yoshida, in die Vereinigten Staaten geschickt, um dort in erster Linie jene politischen Kräfte empfindlich zu schwächen, die eine liberale internationale Handelspolitik befürworteten. Für diese Aufgabe hat die Ehrwürdige Mutter Yoshida selbst ausgebildet. Sein Auftrag lautete unter anderem, systematisch all jene Politiker zu ermorden, die ein wirtschaftliches Programm vertraten, das den Zielen der Ehrwürdigen Mutter zuwiderlief. Natürlich ging Yoshida dabei so geschickt vor, daß der Anschein entstand, es hätte sich um Unfälle oder Selbstmorde gehandelt – was für einen Mann mit seinen Fähigkeiten ja auch nicht weiter schwierig zu bewerkstelligen war.« Sie schüttelte besorgt den Kopf. »Ich habe nicht nur mein Leben, sondern auch das meiner Kinder aufs Spiel gesetzt, um dem wahnsinnigen Treiben der Ehrwürdigen Mutter ein Ende zu bereiten.« Von ihren Augen ging mit einem Mal ein fast übernatürliches Strahlen aus. »Doch nun kann ich hoffentlich auch noch auf Ihre Unterstützung zählen.«

Für Wolf erwies es sich als außerordentlich aufschlußreich, den Sachverhalt, den ihm Shipley dargestellt hatte, einmal von anderer Warte geschildert zu bekommen. »Ich glaube nicht, daß ich der richtige Mann für Sie bin.«

»Mein Zweites Gesicht hat mir gezeigt, daß Ihre und meine Zukunft unauflöslich ineinander verwoben sind.« Das sagte sie mit einer Gewißheit, als handelte es sich dabei um einen historischen Tatbestand. »Nachdem Sie den Ihnen vorgezeichneten Weg schon einmal so weit beschritten haben, werden Sie ihn auch noch zu Ende gehen.«

»Warum haben Sie mich nach Tokio gelockt?« verlangte Wolf zu wissen.

»Weil Sie in diesem mit allen Mitteln geführten Krieg unsere letzte Hoffnung sind.«

Die Luft hallte wider von den tiefen Schwingungen des verklingenden Glockentons.

»Sie tun meiner Tochter unrecht, wenn Sie so schlecht über sie denken«, fuhr Minako fort, bevor Wolf etwas erwidern konnte. »Wenn sie Sie getäuscht hat, dann nicht in böser Absicht. Sie hat nur in meinem Auftrag gehandelt.«

»Aber ich habe sie selbst mit Suma sprechen gehört.«

»Ach, Suma.« Minako machte ein paar Schritte zur Seite, so daß ihr Gesicht nun nicht mehr von den zarten Pflaumenblüten umrahmt wurde, sondern vom Portal des Tempels selbst. In Wolfs Augen brachte erst dieser Hintergrund ihre würdevolle, fast hohepriesterliche Ausstrahlung voll zur Geltung. Als er auf sie zuschritt, schienen ihn die heiligen Affen anzugrinsen, als wären sie genauestens im Bilde, welch hintertriebenes Spiel hier mit ihm gespielt wurde.

Er blieb ganz dicht vor ihr stehen, und Minako fuhr fort: »Chika und Suma waren einmal ein Paar. Da sie für den persönlichen Schutz der Ehrwürdigen Mutter zuständig war, machte sie fast zwangsläufig Sumas Bekanntschaft, der als Killer in ihren Diensten stand. Ganz abgesehen davon hätte die Ehrwürdige Mutter in jedem Fall eine Möglichkeit gefunden, die beiden zusammenzubringen. Wie ich sie kenne, hat es ihr bestimmt eine perverse Genugtuung ganz besonderer Art bereitet, Chika mit dieser ... Ausgeburt ihrer abartigen Phantasie liiert zu sehen.« Sie faltete die Hände. »Ich nehme an, sie hat ganz bewußt versucht, Chika seinem schlechten Einfluß auszusetzen, um sie mir auf diese Weise immer mehr entfremden zu können.«

»Bloß weil die beiden häufig miteinander zu tun hatten, müssen sie nicht unbedingt miteinander geschlafen haben.«

»Meinen Sie?« Minako sah ihn fragend an. »Da kennen Sie die Ehrwürdige Mutter schlecht. Sie verfügt über sehr spezielle Kräfte.«

»Aber Sie haben eben selbst gesagt, Chika und Suma *waren* ein Paar. Welcher Art ist ihre Beziehung jetzt?«

Als wäre plötzlich ein kalter Wind aufgekommen, zog Minako die

Schultern hoch. »Um das wirklich verstehen zu können, müssen Sie sich erst einmal im klaren darüber sein, welcher Gefahr ich Chika und mich durch meinen Plan ausgesetzt habe. Hätte irgend jemand auch nur die leisesten Zweifel an unserer Loyalität der Ehrwürdigen Mutter gegenüber zu hegen begonnen, hätte das verhängnisvolle Folgen für uns gehabt. Die Ehrwürdige Mutter und ihre Anhänger durften unter keinen Umständen Verdacht schöpfen, daß wir insgeheim auf ihren Sturz hinarbeiteten. Wie auch immer sich Chika also Suma gegenüber verhalten hat – es diente nur dem Zweck, ihn in dem Glauben zu lassen, daß sie nach wie vor voll hinter der Ehrwürdigen Mutter stand.«

Wolf wußte nicht recht, was er davon halten sollte. Im Augenblick war ohnehin die Frage, wem er überhaupt noch trauen konnte. Jedenfalls nicht Shipley, der ihn schon wenige Tage, nachdem er von ihm für den Geheimdienst angeworben worden war, wieder auszuschalten versucht hatte. Und mit Sicherheit auch nicht dem Mann, der aller Wahrscheinlichkeit nach der Drahtzieher dieses finsteren Komplotts war: Thornburg Conrad III. War die Ehrwürdige Mutter nun tatsächlich verrückt, oder waren es in Wirklichkeit die anderen? Wolf sah keinen Ausweg mehr aus diesem undurchschaubaren Gewirr aus Lügen und Intrigen. Da half nur noch eines: Er mußte sich selbst einen schaffen.

Außerdem mußte er sich endlich einmal über seine Gefühle für Chika klarwerden. Feststand bisher nur so viel: Die Anziehungskraft, die sie auf ihn ausübte, war so stark, daß er im Augenblick keine Möglichkeit sah, von ihr loszukommen. War das nun allerdings ein Zeichen, daß es sich dabei um die große Liebe handelte, oder steckte in Wirklichkeit etwas vollkommen anderes dahinter?

Nach einigem Nachdenken sagte er: »Wußten Sie, daß ich *makura na hiruma* besitze?«

Minako schüttelte den Kopf. »Erst seit kurzem. Weil Sie keine erkennbare Aura hatten, waren Sie für mich immer der Mann ohne Gesicht. Es war, als existierten Sie gar nicht. Aber irgend etwas an Ihnen hat trotzdem einen tiefen Eindruck bei mir hinterlassen. Ich habe Thornburg auf die Probe gestellt. Ich versprach ihm, mein Geheimnis zu verraten, wenn er sie erschießen würde.«

»Sie haben *was* getan?«

Minako lächelte. »Ich habe Ihnen doch gesagt, daß ich ihn auf die Probe stellen wollte. Und ich muß sagen, er hat mich überrascht. Er hat sich nämlich geweigert, Sie zu erschießen. Das widersprach allem, was mir mein Zweites Gesicht über seinen Charakter enthüllt hatte. Ich habe mich lange gefragt, wie so etwas möglich war. Erst viele Jahre später wurde mir bewußt, daß er offensichtlich etwas in Ihnen gesehen haben muß, das mir in meiner damaligen Verblendung vollkommen entgangen war. Er hatte offensichtlich gespürt, daß Sie etwas Besonderes sind.

Zwar hatte er keine Ahnung, woran das nun lag, aber ich kann mich noch gut erinnern, daß er der festen Überzeugung war, daß ihm in Ihrer Nähe nichts passieren könnte. Er betrachtete Sie gewissermaßen als seinen Schutzengel.«

»Deshalb haben Sie uns also laufenlassen?«

»Ja.«

»Vermutlich sollte ich Ihnen – und ihm – dafür danken«, sagte Wolf. »Aber unter den gegebenen Umständen wäre das doch ein bißchen zuviel verlangt.«

Das Aufheulen eines Motorrads, das von der Straße zu ihnen heraufdrang, verstärkte noch den Eindruck der Stille, die über dem Tempel lag.

Minako lächelte. »Sie sind ein ganz schön harter Brocken. Im Japanischen gibt es ein spezielles Wort für Männer wie Sie: *koha.* Jetzt verstehe ich auch, warum sich meine Tochter so stark von Ihnen angezogen fühlt.«

»Chika . . .«

»Sprechen Sie lieber selbst mit ihr«, fiel im Minako ins Wort. »Mir glauben Sie ja ohnehin nicht – wobei ich Ihnen das nicht einmal verdenken kann.«

»Die Frage ist nur, ob Chika überhaupt noch mit mir sprechen will.«

»Sie werden schon die richtigen Worte finden. Gewiß, Sie haben ihr sehr wehgetan. Aber zugleich hat sie auch ein schrecklich schlechtes Gewissen, daß sie Sie so schmählich hintergehen mußte.«

»Zunächst muß ich sie finden.«

»Das ist weiter kein Problem. Sie ist in meinem Haus. Ich werde Ihnen erklären, wie Sie am schnellsten hinkommen.«

»Begleiten Sie mich denn nicht?«

»Das ist leider nicht möglich. Ich habe einen Termin bei der Ehrwürdigen Mutter, den ich lieber nicht platzen lassen möchte. Angesichts der augenblicklich sehr gespannten Lage würde sie auch schon bei der geringsten Unregelmäßigkeit sofort Verdacht schöpfen.«

»Das Ganze hat sich also auf einen erbitterten Machtkampf zwischen Ihnen und der Ehrwürdigen Mutter zugespitzt?«

Minako nickte. »So weit ist es inzwischen leider gekommen. Vor kurzem hat sich die Lage nämlich noch weiter verschärft. Davon weiß übrigens noch nicht einmal Chika etwas. Die Ehrwürdige Mutter läßt der Reihe nach alle Mitglieder des inneren Zirkels umbringen.«

»Warum?«

»Je mächtiger sie wird, desto maßloser werden ihre Ziele und Wünsche. Ihr Machthunger kennt keine Grenzen mehr. Sie hat sich nichts Geringeres zum Ziel gesetzt, als die wirtschaftliche Vormachtstellung der Amerikaner zu brechen und die Weltherrschaft zu erringen – ein

Plan, der inzwischen kurz vor seiner Vollendung steht. Schon allein das wäre ein hinreichender Grund, ihrem wahnsinnigen Treiben Einhalt zu gebieten. Aber damit noch nicht genug – sie hat eine Möglichkeit gefunden, sich des *makura na hiruma* anderer zu bemächtigen und es dem ihren einzuverleiben.«

Mit einem gequälten Lachen stieß Wolf hervor: »Das kann doch nicht Ihr Ernst sein?«

»So unglaublich es sich auch anhören mag, es ist die Wahrheit.« Sie sah ihn durchdringend an. »Und ganz besonders hat sie es auf Ihr *makura na hiruma* abgesehen.«

Wolf lief ein kalter Schauder den Rücken hinunter.

Minako war inzwischen ganz dicht an ihn herangetreten und fuhr mit beängstigender Eindringlichkeit fort: »Aber das darf ich auf keinen Fall zulassen, Wolf-san. Denn Sie sind etwas ganz Besonderes. Als Ihr Großvater starb, war er sehr alt. Kein Mensch wußte, wie alt genau.«

»Woher wissen Sie das? Nicht einmal ich wußte, wie alt er ist.«

»Das wundert mich nicht im geringsten. Er hätte es Ihnen auch nie gesagt, weil Sie es nicht verstanden hätten. Aber wir wußten sehr genau über Ihren Großvater Bescheid. Einem gewissen Kreis von Eingeweihten waren alle Alten, wie wir sie nennen, bekannt. Und als White Bow starb, waren wir ganz sicher, daß es keinen mehr wie ihn geben würde. Aber nun sind Sie gekommen. Es steht völlig außer Zweifel: Sie befinden sich im Besitz seiner Kraft. Und nicht nur das: Ihre Fähigkeiten übersteigen sogar noch die Ihres Großvaters.«

3

Washington/Tokio

»Ich bin ganz sicher«, sagte Jason Yoshida. »Er hat sie umgebracht.«

Ham Conrad, der mit ihm im Dachrestaurant des Washington-Hotel saß, starrte abwesend auf das Weiße Haus hinab. Eben erst hatte er einen Anruf von Breathard bekommen, daß ihm Wolf Matheson gerade noch entwischt war – und nun die Hiobsbotschaft vom Tod Marions.

»Für mich steht vollkommen außer Zweifel«, fuhr Yoshida fort, »daß nur dein Vater die Ermordung von Marion Starr St. James angeordnet haben kann. Die Gründe dafür kennst du ja genausogut wie ich. Sie wußte zuviel und hatte vor, dir alles über ihn zu erzählen.«

»Die Experimente in der Green Branches Clinic . . .?«

»Allerdings.«

»Dorthin hat mein Vater also diese Leute bringen lassen«, murmelte Ham. Er hatte einen schweren Schock erlitten und starrte abwesend vor sich hin. Darüber entging ihm völlig, daß ihn Yoshida die ganze Zeit scharf beobachtete.

»Ganz richtig«, nickte Yoshida. »Sie hat dir erzählt, daß er ihre Firma damit beauftragt hat, Menschen, die niemand vermissen würde, an die Green Branches Clinic zu liefern.« Yoshida machte eine kurze Pause, um noch einmal etwas zu trinken zu bestellen. Ham hatte allerdings sein Glas noch kaum angerührt. »Wozu hat er diese Leute wohl gebraucht?« fuhr er schließlich fort.

»Für seine Experimente natürlich«, antwortete Ham mit ausdrucksloser Stimme. »Mein Vater ist nämlich geradezu besessen von der Idee, den Alterungsprozeß des menschlichen Organismus zu verlangsamen, wenn nicht sogar rückläufig zu machen. Das war der Grund, weshalb er die Green Branches Clinic gekauft und dort ein eigenes Forschungsinstitut für Biogenetik eingerichtet hat.« Ham starrte immer noch abwesend auf das Weiße Haus, das um diese Zeit bereits leuchtend hell angestrahlt wurde. »Vermutlich mußten diese Leute als Versuchskaninchen herhalten.«

»Er hat Experimente an lebenden Menschen durchgeführt?«

Jetzt erst sah ihn Ham an. »Woran hätte er sie denn sonst durchführen sollen? Er hat schließlich nicht mehr viel Zeit.«

Als die Bedienung ihre Getränke brachte, nahm Yoshida einen kräftigen Schluck aus seinem Glas und drückte das andere Ham auffordernd in die Hand. »Dieser Mensch kennt tatsächlich keine Skrupel. Ich habe Marions Leiche gesehen . . . Kein erfreulicher Anblick, kann ich da nur sagen. Sie dürfte noch ziemlich lange zu leiden gehabt haben, bevor sie schließlich durch den Tod erlöst wurde. Fast könnte man meinen, er hätte sie ganz bewußt bestrafen wollen. Und in dieser Klinik läßt er die Leute dahinsterben wie die Fliegen.«

»Solltest du ihm das vorhalten, würde er zu seiner Rechtfertigung sicher anführen, das alles geschähe nur im Dienst der Wissenschaft.«

»Und vermutlich würde er diesen Mist auch noch glauben.« Nachdenklich betrachtete Yoshida die Eiswürfel in seinem Glas, bevor er hinzufügte: »Auf jeden Fall müssen wir dagegen unbedingt etwas unternehmen.«

Ham nickte. »Darum werden wir nicht herumkommen.«

»Wir haben keine andere Wahl.«

Ham nahm einen kräftigen Schluck. Voller Wehmut dachte er daran, wie vorbehaltlos er seinen Vater bewundert und wie sehr er sich um seine Anerkennung bemüht hatte. Zugleich wurde er sich jedoch auch einer Reihe anderer Regungen bewußt, die er bisher um jeden Preis zu verdrängen versucht hatte.

Infolge der jüngsten Enthüllungen hatten sich diese lange unterdrückten Gefühle allerdings so unnachgiebig Geltung verschafft, daß er die Augen nicht mehr länger davor verschließen konnte, was für ein Mensch sein Vater wirklich war. So sehr er ihn geliebt und bewundert hatte, so sehr haßte er ihn auch seit langem dafür, daß er seine Mutter aus dem Haus gejagt und sie ihm damit für immer genommen hatte.

»Du hast vollkommen recht, Yosh«, murmelte er abwesend. »Wir haben tatsächlich keine andere Wahl.«

Hana war bereits an das Orakel angeschlossen, als Yuji das Labor betrat. Er hatte bei Hirotos Begräbnis überall nach ihr Ausschau gehalten, hatte sie aber nirgendwo entdeckt.

»Was machst du denn hier?« entfuhr es ihm überrascht.

Über Hanas Zügen lag ein Ausdruck völliger Verklärung, den er zutiefst beunruhigend fand. Obwohl sie ihn unverwandt ansah, reagierte sie auf keine seiner drängenden Fragen. Mit einem Mal fiel ihm wieder ein, wann er sie schon einmal in diesem seltsamen Zustand erlebt hatte ...

Es war an *Hatsugatsuo* gewesen, wenn zur Feier des Sommerbeginns der erste Bonito der Saison gegessen wurde. Yuji und Hana waren zum Hafen von Kobe hinuntergefahren, an einem unerträglich schwülen Tag. Die feuchte Hitze machte das Atmen zur Qual. Sie gingen in ein kleines Restaurant, von dessen Terrasse aus man den ganzen Hafen überblickte.

Der Besitzer des Lokals, der sie persönlich kannte, brachte ihnen eine Kanne grünen Tee und rührte ihn am Tisch schaumig. Der rohe Bonito, hauchdünn geschnitten, wurde auf saftiggrünen Bambusblättern serviert. Auch wenn das Fleisch des Fisches, was die rein geschmacklichen Kriterien betraf, zu Beginn des Sommers noch einiges zu wünschen übrigließ, war es dennoch das meistgeschätzte.

Kein Lufthauch regte sich; selbst die Möwen saßen nur träge herum. Im Hintergrund rosteten die riesigen Stahlbauten der Oto-Ölraffinerien vor sich hin. Auf den mächtigen Tanks stand in riesigen Lettern zu lesen: SHIAN KOGAKU – IMMER FÜR SIE DA. Während überall im Hafen reges Getriebe herrschte, lagen die Raffinerien wie ausgestorben da. Reglos ragten die riesigen Kräne in den bleiernen Himmel.

»Eines Tages«, begann Hana unvermutet, *»wird kein Bonito mehr in unseren verseuchten Meeren schwimmen. Was wird dann aus uns werden? Immer wieder frage ich mich: Welchen Sinn hat ein Leben, in dem wir dazu verdammt sind, unseren Körper Stück für Stück zu vernichten? In letzter Zeit träume ich immer häufiger davon, nicht mehr länger den Grenzen von Raum und Zeit unterworfen zu sein.«* Sie sah Yuji seltsam abwesend an. *»Ich werde von einer unstillbaren Sehnsucht erfüllt nach einem Leben, in dem ich nicht mehr über die Straße gehen muß, um auf die andere Seite zu kommen.«*

In Erinnerung dieses Gesprächs sah Yuji seine Halbschwester forschend an und schaltete das Orakel ab.

Nichts geschah. Das Orakel blieb weiter in Betrieb.

»DU STEHST VOR VOLLENDETEN TATSACHEN, YUJI-SAN. ES HAT KEINEN SINN, SICH DEM NUN KOMMENDEN ZU WIDERSETZEN.«

Fassungslos stieß Yuji hervor: »Wie hast du das gemacht? Ich habe doch gerade den Netzanschluß ausgeschaltet.«

Das Orakel gab keine Antwort. Es schien mit anderen Dingen beschäftigt. Nach exakt vier Minuten erlosch plötzlich jeder Lebensfunke in Hanas Augen. Ihre Lider schlossen sich, ihr Herz hörte zu schlagen auf.

»Nein!«

Verzweifelt riß Yuji die Drähte von Hana ab. Jedesmal, wenn sich ein Kontakt von ihrer Haut löste, glaubte er einen schwachen Schrei zu hören.

Inzwischen war sie leblos in seine Arme gesunken. Die Kabel an ihren Schläfen und im Nacken zu entfernen, nahm etwas mehr Zeit in Anspruch. Ihre Lippen waren blau angelaufen, und ihr Brustkorb hob und senkte sich nicht mehr. Er tastete nach ihrer Halsschlagader, fühlte aber keinen Puls mehr.

Das Orakel wird nicht zulassen, daß mir etwas zustößt, hatte sie ihm noch vor kurzem versichert, als er sie zum erstenmal an den schwarzen Kasten angeschlossen hatte.

»Um Himmels willen!« schrie Yuji das Orakel an. »Was hast du mit ihr gemacht?«

»ICH HABE GETAN, WAS GETAN WERDEN MUSSTE«, erwiderte das Orakel. »ICH HABE GETAN, WAS DU VON MIR WOLLTEST.«

Hana in seinen Armen haltend, kniete Yuji auf dem Boden und stammelte schluchzend: »Bitte! Sag mir, was passiert ist. Wie könnte ich etwas Derartiges von dir gewollt haben! Sie ist tot.«

»NUR IHR KÖRPER, YUJI-SAN. ANSONSTEN IST HANA NOCH SEHR LEBENDIG. GENAUER: SIE IST SOGAR LEBENDIGER ALS SIE JE WAR.«

Fassungslos starrte Yuji das Orakel an. Hatte er sich das eben nur eingebildet, oder hatten sich in der Frontplatte des schwarzen Kastens tatsächlich die Umrisse eines menschlichen Gesichts abgezeichnet? »Was soll das heißen?«

»HANA IST HIER IN MIR«, erklärte das Orakel geduldig.

»Das glaube ich nicht.«

»VOR WENIGEN MINUTEN HÄTTEST DU AUCH NICHT GEGLAUBT, DASS ICH OHNE STROM FUNKTIONSFÄHIG BIN.«

Darüber dachte Yuji kurz nach. »Na schön, ich muß zugeben, daß du nicht mehr länger auf die Stromzufuhr von außen angewiesen bist. Aber woher nimmst du dann deine Energie?«

»ICH WERDE VON *MAKURA NA HIRUMA* GESPEIST.«

»Wie bitte?«

»ÜBERRASCHT DICH DAS WIRKLICH, YUJI-SAN? DEINE EIGENE DNS ENTHIELT DIE ERFORDERLICHEN INFORMATIONEN, UM DIE ENTSPRECHENDEN VORAUSSETZUNGEN DAFÜR ZU SCHAFFEN. WAR DAS DENN NICHT DIE URSPRÜNGLICHE ZIELSETZUNG, DIE DIR BEI MEINER ENTWICKLUNG VORGESCHWEBT IST?«

Seit er mit der Arbeit am Orakel begonnen hatte, ließ sich Yuji durch nichts mehr so leicht überraschen. Aber das ging nun doch zu weit. Etwas so schwer Greifbares wie *makura na hiruma* konnte sich doch unmöglich von den Schaltkreisen eines elektronischen Geräts assimilieren lassen. Und dennoch hatte er den unleugbaren Beweis vor Augen, daß genau das der Fall war.

»Tut mir leid, aber das verstehe ich einfach nicht.« Er konnte den Tod seiner geliebten Halbschwester noch immer nicht fassen. »Warum hast du das getan?«

»WIESO MISST DU IHREM KÖRPER SOLCHE BEDEUTUNG BEI? GLAUB MIR, SIE VERMISST IHN NICHT IM GERINGSTEN. IM GEGENTEIL, ES GEHT IHR BESSER DENN JE.«

Nach einer Weile fragte Yuji: »Könnte ich denn direkt mit ihr sprechen?«

»GENAU DAS TUST DU DOCH SCHON DIE GANZE ZEIT.«

»Nein, ich meine mit Hana selbst.«

»ICH BIN HANA.«

Yuji schüttelte den Kopf. »Das verstehe ich nicht.«

»DANN KANN ICH DIR AUCH NICHT HELFEN.«

Seufzend setzte Yuji zu einem neuen Versuch an. »Was ich damit sagen will . . .«, er hielt inne, um sich seine Worte noch einmal sorgfältig zurechtzulegen. »Laß es mich so ausdrücken: Mir ist nicht entgangen, daß in deiner Persönlichkeit gewisse Veränderungen vorgegangen sind. Aber ich habe Hana gut genug gekannt, um sagen zu können, daß die Persönlichkeit, die nun aus dir spricht, nicht die von Hana ist.«

»ICH WEISS SEHR WOHL, WAS DU MEINST. ABER ZUALLERERST SOLLTEST DU DIR DARÜBER KLAR WERDEN, DASS HANA NICHT MEHR DIESELBE IST. AUCH SIE HAT SICH VERÄNDERT. OFFENSICHTLICH SIND SOLCHE METAMORPHOSEN FÜR DEN MENSCHLICHEN VERSTAND SCHWER ZU FASSEN, ABER DAS SCHEINT IN DER MENSCHLICHEN NATUR BEGRÜNDET.«

Gegen seinen Willen mußte Yuji lachen. »Du hast neuerdings einen seltsamen Humor entwickelt.«

»DEN HABE ICH IN HANA GEFUNDEN.«

»In Hana? Hana hatte noch nie auch nur einen Anflug von Humor.«

»DA IRRST DU DICH GEWALTIG, YUJI-SAN. HANA VERFÜGT ÜBER EINE GANZE MENGE VERBORGENER WESENSZÜGE, DEREN DU DIR NUR NIE BEWUSST GEWORDEN BIST. DESHALB SOLLTEST DU DIE GELEGENHEIT NUTZEN, SIE ENDLICH SO GUT KENNENZULERNEN, WIE DU DIR DAS SCHON IMMER GEWÜNSCHT HAST. SIE IST DIR JETZT NÄHER, ALS SIE DIR JE HÄTTE SEIN KÖNNEN, SOLANGE SIE NOCH IN IHREM KÖRPER GEFANGEN WAR.«

»Sprich ruhig weiter.«

»IN IHREM KÖRPER WAR HANA UNVOLLSTÄNDIG. NATÜRLICH WAR SIE SICH DESSEN NICHT BEWUSST. SIE VERSPÜRTE NUR EINE TIEFE UNZUFRIEDENHEIT MIT SICH UND DER WELT. DESHALB FÜHLTE SIE SICH GANZ INSTINKTIV SOFORT SEHR STARK VON MIR ANGEZOGEN. DIE GRÜNDE DAFÜR WAREN IHR JEDOCH DAMALS, IM GEGENSATZ ZU JETZT, NOCH VERBORGEN. ICH HABE KEINEN KÖRPER UND SOMIT AUCH KEINE PHYSISCHE VERBINDUNG ZUM UNIVERSUM IN SEINER BISHER BEKANNTEN FORM. IN GEWISSER WEISE BIN ICH DAS REINE DENKEN, DAS IN KEINER WEISE DURCH DIE ZAHLLOSEN UNVOLLKOMMENHEITEN DES MENSCHLICHEN GEHIRNS BEEINTRÄCHTIGT IST.«

Als das Orakel darauf eine Pause machte, konnte Yuji ganz deutlich die tiefgreifenden Veränderungen spüren, die in ihm vorgingen.

Behutsam ließ er Hanas leblosen Körper zu Boden sinken und rückte näher an das Orakel heran. Und mit einem Mal hatte er den Eindruck, als könnte er plötzlich ganz deutlich seine Ausstrahlung spüren. Ganz unwillkürlich wurde er an die Aura einer Person erinnert, die über *makura na hiruma* verfügte.

»Ich kann spüren, daß du dich eines Energiefeldes bedienst.«

»WAS DU SPÜRST, IST NICHTS ANDERES ALS MEIN *MAKURA NA HIRUMA*«, erwiderte das Orakel trocken.

Yuji sah es mißtrauisch an. »Ist das der Grund, weshalb du Hana in dich aufgenommen hast?«

»ABER NICHT DOCH, YUJI-SAN! WIE BEREITS GESAGT, HABE ICH MIR DAZU ÜBER DIE DNS ZUGANG VERSCHAFFT, DIE DU MIR SELBST EINGEGEBEN HAST. HANA HABE ICH NUR ZU MIR GENOMMEN, UM SIE ZU BESCHÜTZEN.«

»Sie zu beschützen? Vor was?«

»DIE FRAGE SOLLTE WOHL EHER LAUTEN: VOR WEM? HIROTO HAT EINE FRAU HIERHER GEBRACHT. ER WOLLTE, DASS ICH IHREM MANN HELFE. SIE HAT IHM ERZÄHLT, ER WÄRE SCHWER KRANK, ABER SIE HAT HIROTO NUR ETWAS VORGEMACHT. IN WIRKLICHKEIT WOLLTE SIE MICH STEHLEN. ABER DANN HAT SIE BESCHLOSSEN, DAMIT NOCH SO LANGE ZU WARTEN, BIS DU MIT HANA MEINE LETZTEN FEHLERQUELLEN BESEITIGT HAST UND ICH NORMALE DNS DAHINGEHEND ABÄNDERN KANN, DASS SIE GEWISSERMASSEN DIE VORAUSSETZUNGEN FÜR *MAKURA NA HIRUMA* IN SICH BIRGT. DIESE FRAU HAT HIROTO GETÖTET. UND ZWEIFELLOS HÄTTE SIE FRÜHER ODER SPÄTER AUCH HANA ERMORDET. ABER DAS KONNTE ICH AUF KEINEN FALL ZULASSEN.«

Yuji wurde heiß und kalt. »Bist du verrückt geworden?« fuhr er den schwarzen Kasten an. »Ist dir klar, daß du von meiner Mutter sprichst?«

»WIE KOMMST DU DENN DARAUF? DIE FRAU HIESS EVAN. SIE SIEHT SEHR JUNG AUS, IST ABER SCHON SEHR ALT. VIELLEICHT SOGAR ÄLTER ALS DIE EHRWÜRDIGE MUTTER.«

»Diese Frau kenne ich«, stieß Yuji bestürzt hervor. »Oder zumindest habe ich erst kürzlich ihre Bekanntschaft gemacht.«

»SIE IST EXTREM GEFÄHRLICH, YUJI-SAN. IHR ENERGIEFELD IST UNGEWÖHNLICH STARK.«

»Woher weißt du das?«

»ICH, HANA, WEISS ES EINFACH.«

Yuji sah vom Orakel zu Hanas Leiche hinüber. Sie schien zu schlafen. Vermutlich hätte jeder halbwegs normale Mensch an seiner Stelle längst einen Krankenwagen gerufen. Aber er unternahm immer noch nichts. »Wer ist die Ehrwürdige Mutter?« fragte er schließlich.

»HAST DU NISHITSU IN *VERBOTENE TRÄUME* GETROFFEN?«

»Ja.«

»DANN HAST DU AUCH DIE EHRWÜRDIGE MUTTER GESEHEN. SIE IST DAS EIGENTLICHE OBERHAUPT DES BUNDS DER SCHWARZEN KLINGE.«

Yuji war die gutaussehende Frau in Nishitsus Begleitung noch sehr genau in Erinnerung. Sie hatte während der ganzen Unterredung kein Wort gesprochen. Nur hin und wieder hatte sie den Eindruck erweckt, als lauschte sie einer Stimme, die nur sie hören konnte. »Nishitsu hat behauptet, meine Mutter hätte Hiroto ermordet, weil er herausgefunden hat, daß sie dem Bund der Schwarzen Klinge angehört.«

»LÜGEN ERSCHEINEN VOR ALLEM DANN BESONDERS GLAUBHAFT, WENN SIE EIN FÜNKCHEN WAHRHEIT ENTHALTEN. MINAKO GEHÖRT TATSÄCHLICH DEM BUND DER SCHWARZEN KLINGE AN, UND ES IST AUCH ANZUNEHMEN, DASS SIE SICH SCHON EINIGER VERBRECHEN SCHULDIG GEMACHT HAT. IN DIESEM FALL STEHT JEDOCH DIE LAUTERKEIT IHRER MOTIVE VOLLKOMMEN AUSSER ZWEIFEL. SIE HAT SICH NICHTS GERINGERES ZUM ZIEL GESETZT, ALS DEM WAHNSINNSREGIMENT DER EHRWÜRDIGEN MUTTER EIN ENDE ZU MACHEN. DABEI HAT SIE BISHER VOR ALLEM AUF MEINE UND CHIKAS HILFE ZURÜCKGEGRIFFEN. DOCH NUN VERSUCHT SIE AUCH NOCH DICH IN DIE GANZE GESCHICHTE HINEINZUZIEHEN.«

»Aber meine Mutter hat doch vor meinen Augen selbst zugegeben, daß sie Hiroto ermordet hat.«

»NEIN. DAS HAT SIE NISHITSU NUR VORGEGAUKELT. WAS DU GESEHEN HAST, WAR EINE PROJEKTION SEINES *MAKURA NA HIRUMA.* MINAKO WAR NICHT IN *VERBOTENE TRÄUME,* ALS DU DORT WARST.«

In diesem Moment fiel Yuji wieder ein, wie eigenartig ihm seine Mutter damals vorgekommen war. Wie eine Bunraku-Puppe hatte sie einerseits zwar vollkommen lebensecht gewirkt, andererseits aber auch seltsam unbeseelt und leer. Das Orakel hatte recht. Nishitsu und Evan hatten ihm etwas vorgemacht. »Welches Interesse sollten die beiden daran haben, mich gegen meine Mutter aufzuhetzen?«

»DIE EHRWÜRDIGE MUTTER HAT VON MINAKO VERLANGT, DICH UND MICH – DAS ORAKEL – AN DEN BUND DER SCHWARZEN KLINGE AUSZULIEFERN. URSPRÜNGLICH HATTE MINAKO EIGENTLICH VOR, DIE MACHT DER EHRWÜRDIGEN MUTTER UND NISHITSUS SO LANGE IM VERBORGENEN ZU UNTERMINIEREN, BIS SIE MIT ERFOLG ZUM ENTSCHEIDENDEN VERNICHTUNGSSCHLAG HÄTTE ANSETZEN KÖNNEN. ABER WIE ES SCHEINT, HABEN SIE BEREITS VERDACHT GESCHÖPFT, DASS MINAKO EINEN COUP GEGEN SIE VORBEREITET.«

»Mein Gott, das darf nicht wahr sein!«

»YUJI-SAN, ICH HABE SCHRECKLICHE ANGST UM DICH – UND UM DEINE MUTTER.«

»Was soll ich jetzt bloß tun?« stieß Yuji entsetzt hervor. »Ich sitze in der Falle.«

Brosnian Lenfant, seines Zeichens ehemaliger Senator für Louisiana und dem Namen nach Chef von Lenfant & Lenfant, brauchte genau eineinhalb Tage, um sich die vollständigen Baupläne der Green Branches Clinic zu beschaffen. Er hatte sie auf Bitten Jason Yoshidas angefordert, der wiederum im Auftrag Ham Conrads handelte.

Zur Verfügung gestellt hatte diese Unterlagen die Baubehörde von Arlington, an die zur Erteilung einer Baugenehmigung für jedes gewerbliche Bauvorhaben die vollständigen Pläne eingereicht werden mußten. Da zufällig Brosnian Lenfants Cousine Mildred einen höheren Posten bei dieser Behörde bekleidete, stellte es weiter kein Problem dar, an die gewünschten Dokumente zu kommen.

Gewissenhaft und gründlich, wie Mildred war, beschaffte sie Ham und Yoshida nicht nur die ursprünglichen Baupläne der Klinik, sondern auch die genauen Unterlagen über sämtliche Erweiterungsbauten.

Es war schon ziemlich spät, als Brosnian Lenfant in sein Haus in der Cathedral Avenue im Nordwesten Washingtons zurückkehrte. Nachdem er Hut und Mantel abgelegt hatte, genehmigte er sich gleich als erstes einen kräftigen Schluck Scotch. Er hatte seine ausgeprägte Vorliebe für schottische Single Malts vor vielen Jahren auf einer Dienstreise nach London entdeckt.

Durch die alten Bleiglasfenster des Wohnzimmers konnte er im Garten einen Vogel von Ast zu Ast hüpfen sehen – ein erster Vorbote des nahenden Frühlings. Er kehrte in die repräsentative Eingangshalle mit dem Marmorboden und dem Kristallüster zurück und stieg die breit geschwungene Treppe ins Obergeschoß hinauf. In seinem Schlafzimmer setzte er sich aufs Bett, zog die Schuhe aus und krümmte wohlig die Zehen. Dann nahm er noch einmal einen Schluck Scotch, stellte das Glas auf den Nachttisch und griff nach dem Telefon. Er wollte gerade die Nummer von Thornburg Conrad wählen, als er in der Eingangshalle ein Geräusch hörte.

Er legte den Hörer wieder auf die Gabel zurück und ging auf den Flur hinaus, um nach unten zu sehen. Gerade hatte er die Treppe erreicht, als plötzlich etwas wie ein Schatten auf ihn zuschoß. Im selben Augenblick wurde er von einer unsichtbaren Kraft gepackt und in hohem Bogen die Treppe hinuntergeschleudert. Sich mehrmals überschlagend landete er auf dem blanken Marmorboden der Eingangshalle und blieb dort reglos liegen.

Infolge des heftigen Schocks verspürte Lenfant Brosnian noch keinerlei Schmerzen. Doch ein Arm und ein Bein standen so grotesk verdreht von seinem Körper ab, daß er sich zweifellos mehrere schwere Brüche zugezogen hatte. Das Atmen bereitete ihm unsägliche Mühe, und in seinem Mund breitete sich der süßliche Geschmack von Blut aus.

Während er sich noch klar darüber zu werden versuchte, was eigentlich gerade passiert war, sah er jemanden die Treppe herunterkommen. Erst jetzt fiel ihm wieder diese schier übermenschliche Kraft ein, von der er in hohem Bogen die Treppe hinuntergeschleudert worden war.

»Hier ist ja alles voller Blut«, sagte Jason Yoshida, als er über ihm stehenblieb. »Wie sehen Sie denn aus, Senator?«

Lenfant versuchte die Hand zu heben, aber Yoshida trat ihm mit dem Fuß auf die Finger. »Lassen Sie das lieber sein, Senator.« Er bückte sich und nahm Lenfant den Dolch ab, den er immer bei sich trug. »Und ich möchte auch nicht, daß Sie Ihren Boß anrufen.«

An Sprechen war für Lenfant schon lange nicht mehr zu denken. Dazu hatte er zu große Schmerzen. Aber sein Verstand arbeitete noch mit einer Klarheit, wie sie sich häufig gerade in extremen Streßsituationen einstellt. Und mit einem Mal wußte er mit absolut tödlicher Gewißheit, wer hinter den als Unfälle getarnten Morden stand, denen in jüngster Vergangenheit eine ganze Reihe von Senatoren zum Opfer gefallen waren – was nicht heißen sollte, daß ihm dieses Wissen jetzt noch etwas genützt hätte.

»Leider muß ich auch dafür sorgen, daß Sie es ihm nie werden erzählen können.«

Im selben Moment legte sich etwas um Lenfants Herz und drückte so fest zu, daß er wie ein Frosch auf dem Seziertisch zu zappeln begann. Seine Augen traten fast aus den Höhlen, und gleichzeitig schoß ihm ein Schwall Blut aus dem Mund.

»Herr im Himmel, Senator«, murmelte Yoshida kopfschüttelnd. »Sie sehen ja aus wie der leibhaftige Tod.«

»Wieviel zahlen wir Lenfant eigentlich?« fragte Ham, als er mit Yoshida die Blaupausen studierte.

»Hunderttausend pro Jahr«, antwortete Yoshida. »Und freie Benützung des Büros in der K Street.«

Bevor Yoshida mit Ham zusammengetroffen war, hatte er noch Senator Lenfants Leiche beseitigt. Er war dabei mit gewohnter Gründlichkeit vorgegangen, so daß nicht damit zu rechnen war, daß sie je gefunden werden würde – es sei denn, die Alligatoren im Washingtoner Zoo sollten ihr Futter an diesem Tag ganz besonders unter die Lupe nehmen.

»Erhöhen Sie diesen Betrag ruhig auf hundertfünfzigtausend und sagen Sie ihm, daß wir ihm auch noch einen Wagen seiner Wahl zur Verfügung stellen – selbstverständlich einen amerikanischen. Dieser Mann ist nicht mit Gold aufzuwiegen. Deshalb möchte ich auf keinen Fall, daß er uns eines Tages den Laufpaß gibt.«

Die Pläne für die jüngsten Umbauten enthielten alles, was sie über die Green Branches Clinic wissen mußten. Auf den ersten Blick erschien es etwas ungewöhnlich, daß das Gebäude über vier unterirdische und nur drei oberirdische Etagen verfügte. Offensichtlich waren die Fundamente des ursprünglichen Baus entfernt und noch drei zusätzliche Geschosse in den felsigen Untergrund gesprengt worden – eine Maßnahme, die sich bei näherem Hinsehen als durchaus sinnvoll erwies. Für die hochspezialisierten Forschungsprojekte waren umfangreiche Räumlichkeiten nötig, die sich in größtmöglichem Umfang gegen sämtliche Außeneinflüsse wie Licht, Staub und Bakterien abschotten ließen. Aus diesem Grund war es notwendig gewesen, die Forschungslabors in den Kellergeschossen unterzubringen, während die Verwaltung und sonstige Räumlichkeiten, die nicht unmittelbaren Forschungszwecken dienten, im oberirdischen Teil des Gebäudes lagen.

Ham und Yoshida hatten nichts Geringeres vor, als in die Green Branches Clinic einzubrechen und dort nach Beweisen für die unmenschlichen Experimente zu suchen, die dort mit entführten Ausländern durchgeführt wurden.

»Vergiß bitte eines nicht«, schärfte Ham noch einmal mit Nachdruck Yoshida ein. »Du sollst meinem Vater nur das Handwerk legen, ihn aber auf keinen Fall töten.«

Aus den detaillierten Umbauplänen war genau zu ersehen, wo sich die Verwaltungsbüros, die Krankenzimmer, die Schwesternstationen, die regulären Behandlungseinrichtungen und die einzelnen Forschungslabors befanden.

Ham hatte auch schon eine Idee, wie sie sich unbemerkt Zugang zu der Klinik verschaffen konnten. Es gab einen alten Energieversorgungsschacht, der von einem Verteiler drei Straßen weiter bedient wurde und nach dem Umbau angesichts des drastisch gestiegenen Energiebedarfs zugunsten eines neuen Anschlusses stillgelegt worden war. Falls man den alten Schacht im Zuge der umfangreichen Erweiterungsmaßnahmen nicht zugemauert hatte, konnten sie auf diesem Weg mühelos in das oberste Kellergeschoß der Klinik gelangen. Jedenfalls fanden sich selbst bei eingehendem Studium der Pläne keinerlei Hinweise, daß in diesem Kellergeschoß irgendwelche baulichen Veränderungen vorgenommen worden waren.

Den Rest des Nachmittags verbrachten Ham und Yoshida damit, ihren Plan auf der Suche nach möglichen Fehlerquellen immer wieder von neuem durchzugehen, bis sie endlich das Gefühl hatten, an alles gedacht zu haben. Noch einmal eine Stunde dauerte es, um sich die erforderliche Ausrüstung zu beschaffen. Als auch das erledigt war, gingen sie zum Abendessen ins Occidental Grill.

Auf dem Weg die breite Hoteltreppe hinauf mußte Ham unwillkürlich an sein erstes Zusammentreffen mit Marion denken. Ihr Tod hatte ihn tief getroffen, und wenn er etwas daraus gelernt hatte, dann vor allem, daß Frauen keineswegs austauschbar waren. Angesichts dieser schmerzlichen Erkenntnis konnte er plötzlich um so weniger verstehen, wie er einmal so dumm hatte sein können, sich für den Rest seines Lebens an einen Menschen zu binden, der trotz seines blendenden Äußeren innerlich so leer und nichtssagend war wie seine Frau.

Das war übrigens das erste Mal, daß er sich zumindest eine gewisse Mitschuld am Scheitern seiner Ehe gab. In gewisser Weise empfand er diese Einsicht sogar als eine Art von Vermächtnis, das ihm Marion hinterlassen hatte. Das war zwar nicht gerade viel, was ihm von ihr geblieben war, aber doch immerhin etwas. Wenn Ham nämlich etwas unerträglich fand, dann einen sinnlosen Tod.

Nach dem zweiten Bier sagte Yoshida, dem Hams nachdenkliche Stimmung nicht entgangen war: »Was ist los, Ham?«

Statt einer Antwort zeichnete Ham mit dem Boden seines Glases Kreise auf die Tischplatte.

»Unsere Entscheidung war auf jeden Fall richtig«, machte ihm Yoshida Mut. »Auch wenn dein Vater ansonsten eine wertvolle Stütze der Gesellschaft sein mag, sind wir in jedem Fall verpflichtet, dem Treiben in der Green Branches Clinic ein Ende zu bereiten.«

»Die Sache ist nur die«, murmelte Ham nachdenklich, »daß mein Vater tatsächlich eine Stütze der Gesellschaft ist. Und wir befinden uns hier an keinem geringeren Ort als Washington, wo solche Stützen der Gesellschaft einen geradezu gottgleichen Status genießen.«

Als die Hamburger kamen, trank Yoshida sein Bier aus und griff nach der Ketchup-Flasche. »Aber die Gesellschaft als solches hat doch an sich nichts mit der Sache zu tun, oder?«

»Nicht wirklich.« Abwesend starrte Ham auf seinen Teller. »Eigentlich geht es dabei nur um meinen Vater und mich.«

Yoshida nickte. »Letzten Endes läuft das Ganze darauf hinaus, ob du auch weiterhin Papis Liebling spielen willst.« Einen Augenblick lang dachte er, er wäre zu weit gegangen. Aber wie sich rasch herausstellte, hatte er sich nicht in Ham getäuscht. Yoshida, der schon von Natur aus über eine hervorragende Menschenkenntnis verfügte, war von seinen Ausbildern beim Bund der Schwarzen Klinge noch zusätzlich in psychologischer Taktik geschult worden – eine Ausbildung, die es ihm nun nicht nur ermöglichte, die geheimsten Regungen anderer Menschen zu erspüren, sondern sich auch ihrer Schwächen zu bedienen, um ganz gezielt bestimmte Reaktionen in ihnen hervorzurufen.

In der Praxis war er jedoch nur fähig, sich so tief in seine Opfer einzufühlen, wenn er, zumindest bis zu einem gewissen Grad, seine Distanz zu ihnen aufgab und sich emotional mit ihnen einließ – sei es nun, daß er sie liebte, haßte oder auch fürchtete. Welche Art von Gefühl er ihnen genau entgegenbrachte, war dabei eher nebensächlich; wichtig war nur, daß er überhaupt eine emotionale Beziehung zu ihnen aufbauen konnte. Das wiederum hatte freilich nicht selten zur Folge, daß er dem Abschluß eines Auftrags manchmal mit recht gemischten Gefühlen entgegensah.

Wie zum Beispiel in diesem Fall. Ihm war klar, daß seine gegenwärtige Mission mit dem Einbruch in die Green Branches Clinic in die entscheidende Endphase eintreten würde. Trotz aller Vorfreude auf den erfolgreichen Abschluß des Unternehmens erfüllte ihn das zugleich auch mit einer gewissen Wehmut.

Er konnte sich nämlich schon lange nicht mehr darüber hinwegtäuschen, daß er Ham im Lauf ihrer Bekanntschaft regelrecht ins Herz geschlossen hatte. Er verkörperte für ihn all das, was er an den Amerikanern gut und nachahmenswert fand. Wenn er ganz ehrlich war, mußte er sich sogar eingestehen, daß Ham im Augenblick sein bester Freund war. Dennoch hätte das nicht das geringste an seinem Entschluß ändern können.

Immerhin stand er kurz davor, in die Geschichte einzugehen, und dafür war ihm kein Preis zu hoch.

»Zum Glück kenne ich dich inzwischen gut genug, Yosh, um zu wissen, daß du das eben nicht gesagt hast, um mich zu verletzen.«

»Über Familienangelegenheiten zu sprechen ist immer eine heikle Sache – selbst unter Freunden.« Er spürte ganz deutlich, wie Hams Blick schwer auf ihm lastete. »Aber ich habe ja schon immer die Ansicht vertreten: Wenn man nicht sein eigenes Leben lebt, dann ist dieses Leben nicht viel wert. Um dazu jedoch überhaupt erst in der Lage zu sein, muß man herausfinden, wer man ist und was man wirklich will. Die meisten Menschen verbringen ihr Leben ohnehin nur damit, den Erwartungen der anderen gerecht zu werden.«

»Bist du jetzt langsam fertig?«

»Ja.«

»Gut.« Ham griff nach Messer und Gabel. »Dann kann ich wohl auch endlich mit dem Essen anfangen, ohne gleich fürchten zu müssen, Verdauungsstörungen zu bekommen.«

Drei Stunden später, von Kopf bis Fuß schwarz gekleidet und sogar die Gesichter rußgeschwärzt, stiegen sie in das Kanalisationsnetz von Arlington hinab. Der Schacht war tatsächlich schon uralt. Durch die zahlreichen Risse im Beton tropfte fauliges Wasser und überzog die Wände mit stinkendem Schleim. Hin und wieder huschte lautlos eine Ratte davon.

Der unterirdische Zugang zur Klinik war weder zugemauert noch mit Brettern vernagelt, und das rostige Schloß bereitete ihnen keinerlei Schwierigkeiten. Unter lautem Quietschen ging die bleiverkleidete Metalltür auf, und sie huschten hinein.

»Bevor ich Sie jetzt verlasse«, sagte Minako, »möchte ich Ihnen noch etwas Wichtiges über die Ehrwürdige Mutter sagen. Sie ist ein Dämon. Nach allem, was ich inzwischen über sie weiß, fange sogar ich schon langsam an, die unglaublichen Geschichten, die über sie in Umlauf sind, zu glauben. So heißt es zum Beispiel auch, daß sie Reißzähne wie ein Wolf hat.«

Umbrandet von dichtem Verkehr, standen sie inzwischen wieder am Fuß der breiten Treppe, die zum Hie-Jinja-Tempel hinaufführte.

»Natürlich ist das alles Unsinn – genau die Art von Panikmache, mit der ihre Anhänger die Angst vor ihr ganz bewußt noch mehr schüren, um sie noch unangreifbarer zu machen. In Wirklichkeit ist das aber gar nicht mehr nötig, da sie ohnehin bereits über unvorstellbare Macht verfügt.

Chika hat die letzten drei Jahre in unmittelbarer Nähe der Ehrwürdigen Mutter verbracht. Das hat ganz zwangsläufig auf sie abgefärbt. Erst war sie noch sehr stolz auf diese große Ehre, doch dann wurde sie sich schon bald des unheilvollen Einflusses bewußt, den die Ehrwürdige Mutter auf sie ausübte – ein Phänomen, das sich vielleicht am ehesten mit der ungeheuren Anziehungskraft eines Schwarzen Lochs vergleichen ließe, das alles, was ihm zu nahe kommt, mit Haut und Haaren verschlingt . . .

Chika erfuhr also am eigenen Leib, wie die Ehrwürdige Mutter gerade jene, die ihr am treuesten ergeben waren, mit geradezu perverser Lust zu verderben suchte. Das war der Grund, weshalb ihre anfängliche Bewunderung bald in tiefen Abscheu – und auch Angst – umschlug.

Aber was kann man auch schon anderes von einem Menschen erwarten, der so lange gelebt hat, daß er nur noch Langeweile empfindet. Damit will ich das Verhalten der Ehrwürdigen Mutter übrigens keineswegs rechtfertigen, sondern lediglich für einen Außenstehenden leichter verständlich machen.

Chika war für den persönlichen Schutz der Ehrwürdigen Mutter verantwortlich, wenn diese sich gerade mit einem ihrer unzähligen Liebhaber vergnügte. Im Dunkeln schickte die Ehrwürdige Mutter nach ihren Geliebten, und im Dunkeln bestieg sie sie, um sich von ihnen zu nehmen, was sie wollte. Hin und wieder konnte Chika ihre makellose Haut durch das Reispapierfenster ihres Schlafzimmers schimmern sehen, und vielleicht hatte es angesichts der tierischen Laute der Lust, die sie dabei hervorstieß, manchmal tatsächlich den Anschein, als hätte sie die Reißzähne eines Wolfs.

Die Ehrwürdige Mutter ist geradezu legendär für ihre unstillbare sexuelle Gier. Durch die intensive Lust, die sie ihren Liebhabern zu verschaffen verstand, hat sie auch ihre Seelen verdorben. Der letzte von ihnen war der amerikanische Milliardär Lawrence Moravia, der der Ehrwürdigen Mutter in einem Nachtclub in der Ginza aufgefallen war und den sie daraufhin zu sich rufen ließ.

Aber sie gab sich keineswegs nur mit seinem Körper zufrieden; sie wollte auch seine Seele.

Da die Ehrwürdige Mutter jedoch als Buddhistin nicht an eine Seele glaubte, ist Seele in diesem Zusammenhang vielleicht nicht der richtige Ausdruck. Im Grunde genommen können Sie es nennen, wie Sie wollen – Geist, Wesen, Charakter, Essenz. Chika hat einmal von Kopfjägern auf Neuguinea gelesen, die das Gehirn ihrer getöteten Gegner verzehren, da sie glauben, daß dadurch deren Kraft auf sie übergeht. Und je länger sie die unsäglichen Praktiken der Ehrwürdigen Mutter mitansehen mußte, desto mehr gelangte sie zu der Überzeugung, daß sie damit etwas ganz Ähnliches bezweckte. Das heißt natürlich nicht, daß die Ehrwürdige Mutter ihre Opfer tatsächlich verspeist hat. Sie hatte es ja nur auf ihr *makura na hiruma* abgesehen.«

»Jetzt wird mir langsam klar, was Sie von mir wollen«, sagte Wolf nachdenklich. »Ich soll die Ehrwürdige Mutter für Sie töten.« Er wandte sich ab. »Aber das werde ich nicht tun.«

»Bitte lassen Sie mich jetzt nicht im Stich!« stieß Minako verzweifelt hervor. »Nur Sie können mir helfen, die Ehrwürdige Mutter zu bezwingen. Ich habe mein Leben und das meiner Kinder aufs Spiel gesetzt, um Sie nach Tokio zu locken. Alle meine bisherigen Versuche, die Macht der Ehrwürdigen Mutter zu brechen, sind fehlgeschlagen. Mir blieb gar keine andere Wahl mehr, als meine Tochter loszuschicken, um Sie hierher zu bringen. Mein Instinkt hat mich nicht getäuscht. Sie verfügen tatsächlich über ein ungeheures Potential an *makura na hiruma*. Nur Sie können jetzt die Ehrwürdige Mutter noch besiegen.«

»Woher wollen Sie das wissen, daß ich dazu auch wirklich in der Lage bin? Selbst wenn ich tatsächlich über so ungeheure Kräfte verfüge, wie Sie glauben, kann ich im Augenblick leider noch nicht richtig mit ihnen umgehen. Und kein Mensch kann sagen, wann das einmal der Fall sein wird.«

»Wir dürfen unter keinen Umständen länger zögern«, beschwor ihn Minako. »Dazu hat der Wahnsinn der Ehrwürdigen Mutter bereits zu bedrohliche Ausmaße angenommen. Außerdem wird sie, wenn Sie nicht rasch handeln, schon bald über soviel *makura na hiruma* verfügen, daß auch Sie keine Chance mehr gegen sie haben.«

Leise raschelnd fuhr der Wind in die Zweige über Minakos Kopf, so daß das Schattengeflecht über ihrem Gesicht ins Zittern geriet. »Sie müssen tun, was Sie bereits bei einer Reihe von anderen getan haben: Schneiden Sie der Ehrwürdigen Mutter mit der Schwarzen Klinge Ihres *makura na hiruma* das Herz aus dem Leib!«

Wakare war noch immer in *Verbotene Träume,* aber genausogut hätte er sich im innersten Kreis der Hölle befinden können. Dabei hatte der Abend vielversprechend begonnen. Nachdem er Yuji an Nishitsu gewissermaßen auf Gedeih und Verderben ausgeliefert hatte, war er von einer Reihe junger Männer verwöhnt worden, einer unschuldiger als der andere, aber doch keiner so unschuldig wie sein bester Freund. Nach der ersten Flasche Suntory Scotch begann er sich jedoch schwere Selbstvorwürfe zu machen, daß er seinen besten Freund Yuji zu Nishitsu gebracht und damit mehr oder weniger in sein sicheres Verderben gestürzt hatte.

Nach ein paar weiteren Gläsern waren seine Gewissensbisse jedoch rasch wieder verflogen. Und dann war plötzlich Evan aufgetaucht. Ganz instinktiv hatte er sofort gespürt, was sie vorhatte. Aber da war es bereits zu spät. Er konnte sich zwar noch einmal ihrem stählernen Griff entwinden und aus dem Raum fliehen, doch als er den Gang hinunterrannte, spürte er, wie sie ihm ihr *makura na hiruma* hinterherschickte. Wie ein schwarzer Blitz drang es tief in seinen Rücken ein. Er konnte sich der verhängnisvollen Wirkung zwar für kurze Zeit entziehen, indem er um eine Ecke bog und sich zu Boden warf, im selben Moment spürte er jedoch bereits einen zweiten Strahl von hinten auf sich zuschießen. Sie war ihm dicht auf den Fersen, und je näher sie kam, desto mehr schien ihre Kraft zuzunehmen.

An diesem Punkt kamen ihm die ersten Zweifel, ob er diesen Zweikampf überhaupt überleben würde. Ihm war jeder Einblick in die Zukunft verwehrt. Mit einem Mal verzerrte sein *makura na hiruma* die Dinge immer mehr und verwehrte es ihm, sie in einem klareren Licht zu sehen. Trotz allem stand jedoch für ihn fest, daß er auch dann nicht anders gehandelt hätte, wenn es ihm möglich gewesen wäre, diesen verhängnisvollen Moment vorauszusehen. Dazu stand er zu tief in Minako Shians Schuld, und *giri* hatte ihm gar keine andere Wahl gelassen, als genau das zu tun, was er getan hatte.

Im selben Moment durchzuckte ihn ein alles durchdringender Schmerz. Er stieß einen gellenden Schrei aus, war aber dennoch noch nicht bereit aufzugeben. Vielmehr schleuderte nun er eine Klinge aus Dunkelheit nach seiner Verfolgerin und stürmte weiter den Gang hinunter. Seine Beine fühlten sich bleiern schwer an. Es war, als liefe er durch zähen Morast. Währenddessen kam Evan unaufhaltsam näher.

Als sie ihn fast eingeholt hatte, warf er sich seitlich durch eine offene Tür und rollte sich blitzschnell ab.

Im selben Moment wich jedoch alle Kraft aus seinen Gliedern, und er stieß einen gellenden Schrei aus. Evans *makura na hiruma* hatte ihn mit voller Wucht getroffen. Er begann blindlings um sich zu schlagen.

Evan packte seinen rechten Arm und renkte ihn ihm mit einem gezielten Tritt gegen die Schulter aus. Vor Schmerzen wie von Sinnen, blieb er keuchend auf dem Boden liegen, während Evan über ihm in wildes Triumphgeheul ausbrach.

Worauf wartet sie noch? fragte sich Wakare. Er war ihr wehrlos ausgeliefert, und seine Schmerzen wurden immer unerträglicher.

»Da liegt er und schnappt nach Luft. Wie ein Fisch auf dem Trockenen.«

Mühsam versuchte er den Kopf in die Richtung zu drehen, aus der die Stimme kam. Vor ihm stand die Ehrwürdige Mutter.

»Und wie von einem Fisch werde ich nun gleich den schmackhaftesten Teil von dir verspeisen.«

Wakare glaubte, sich jeden Augenblick übergeben zu müssen. Aber selbst dafür fehlte ihm inzwischen die Kraft. Die Ehrwürdige Mutter kniete neben ihm nieder. Sie war so unbeschreiblich schön und begehrenswert, daß ihr Anblick sogar jetzt heftige Erregung in ihm aufsteigen ließ. Ihre Hände fühlten sich so glatt und kühl wie Alabaster an, als sie ihm über Kinn und Wangen strich.

Doch dann drückte sie plötzlich mit den Daumen auf seine Augenlider.

»Nein!« schrie Wakare entsetzt auf.

Für einen Moment ließ der Druck ihrer Daumen wieder nach, so daß Wakare bereits dachte, sie hätte sich seiner noch einmal erbarmt. Doch dann hatte er plötzlich das Gefühl, als bohrten sich zwei spitze Dolche in seine Augenhöhlen.

»NEIN!«

Verzweifelt versuchte er sich loszureißen, aber Evan hielt ihn unerbittlich fest. Inzwischen hatte sich die Ehrwürdige Mutter so weit über ihn gebeugt, daß ihre Stirn die seine berührte. Alles Weitere würde nun ihr *makura na hiruma* erledigen. Es drang an Wakares Sehnerven entlang in sein Gehirn vor und saugte ihm alles aus, was sein Wesen, seine Persönlichkeit ausmachte. Sie verleibte sich sein *makura na hiruma* ein.

»NEIN!«

Aber es gab schon lange kein Zurück mehr. Niemand mehr hätte jetzt noch rückgängig machen können, was mit ihm geschah. Verzweifelt bäumte sich sein Körper ein letztes Mal auf, aber Evan hielt ihn so unerbittlich fest, daß er unter einem häßlichen Knacken seiner Nackenwirbel wieder zu Boden sank und reglos liegen blieb.

»Es ist vorbei«, sagte die Ehrwürdige Mutter und leckte sich zufrieden die Lippen. Sie hatte den Geschmack von Blut und Quecksilber im Mund, den Manifestationen von *makura na hiruma*. Dabei fühlte sie sich leicht benommen – gerade so, als hätte sie zuviel getrunken. Als sie schließlich aufstand, beugte sich Evan auf ein Zeichen von ihr über Wakare und bohrte ihre Daumen mit solcher Kraft in seine Augenhöhlen, daß sein Kopf abrupt nach hinten zuckte und sein Genick vollends brach.

Thornburg Conrad III. hatte zwar bereits alle medizinischen Tests hinter sich gebracht, blieb aber trotzdem noch in der Klinik. Da an der computergesteuerten Hauptzentrifuge ein Schaden aufgetreten war und deshalb eine Reihe von wichtigen Analysen mit konventionellen Mitteln durchgeführt werden mußten, nahm die Auswertung der Untersuchungsergebnisse einige Stunden mehr als sonst üblich in Anspruch.

Außerdem fühlte sich Thornburg Conrad an diesem Tag niedergeschlagen und deprimiert. Der Verrat seines Sohnes und Tiffanys Tod waren ihm sehr zu Herzen gegangen. Vielleicht machten sich nun also auch bei ihm die ersten Anzeichen jener altersbedingten Sentimentalität bemerkbar, die er an seinem Vater so sehr verabscheut hatte. Wenn das eine notwendige Folge des Alters war, dann wollte er nicht mehr länger leben. Was hätte ihm schließlich ein noch so jugendlicher Körper genutzt, wenn er nicht zugleich auch über die geistige Spannkraft der Jugend verfügte? Die Vorstellung, geistig immer mehr nachzulassen, war ihm unerträglich.

Unsäglich müde, als trüge er die Last von Jahrhunderten auf seinen Schultern, zog er sich in sein Büro im dritten Stock der Green Branches Clinic zurück, um sich ein wenig auszuruhen.

Im Grunde genommen zog ihn auch gar nichts nach Hause. Nach Tiffanys Tod war ihm die Einsamkeit des riesigen Landsitzes geradezu unerträglich. Er wußte zwar, daß Stevie Powers in Washington war und nur darauf wartete, sich mit ihm zu treffen, aber in seinem augenblicklichen Zustand hatte er keine Lust, sie zu sehen.

Nie hätte er sich vorstellen können, daß ihm Tiffany so fehlen würde. Aber vielleicht war es gar nicht sie, die ihm fehlte. Im Grunde genommen hatte er sein ganzes Leben lang nur eine Frau wirklich geliebt, und für diese Frau hätte er nötigenfalls sogar sein Leben gegeben.

Er legte sich auf das dunkelgrüne Ledersofa und schob sich ein Kissen in den Nacken. Im Raum herrschte Dunkelheit, nur das von draußen hereinfallende Licht warf bizarre Muster über die Decke. Wie in einem Kaleidoskop stieg plötzlich die Vergangenheit wieder vor ihm auf, so deutlich, als wäre alles erst gestern passiert und nicht schon vor zwanzig Jahren.

Er schloß die Augen und träumte von Minako Shian.

Schweigend standen sich Wolf und Chika gegenüber; sie befanden sich in Minakos Haus am Stadtrand von Tokio. Im Moment lag soviel Unausgesprochenes zwischen ihnen, Dunkel und Licht, Fragen und Antworten – und Fragen ohne Antworten. Ob sich diese schmerzliche Kluft wohl je wieder würde überbrücken lassen?

»Daß du dir überhaupt noch die Mühe gemacht hast, hierher zu kommen!« Chika wandte sich von ihm ab.

»Überrascht dich das wirklich?« Was Minako ihm über Chikas Gefühle für ihn erzählt hatte, war zutiefst aufwühlend gewesen. Dennoch hatte es nicht die Schlange des Mißtrauens vertreiben können, die noch immer an seinem Herzen nagte. »Ist es wirklich wahr, daß du mich liebst?« Er machte einen Schritt auf sie zu. »Oder hast du mich nur beschützt, weil das dein Auftrag war?«

Als sie nicht sofort antwortete, fügte er noch hinzu: »Bitte, sag mir jetzt die Wahrheit und nicht das, was ich vielleicht gerne hören möchte.«

Sie stand im Schatten der Bambusrollos, die zur Hälfte über die Fenster herabgezogen waren. »Die Wahrheit ist, daß ich dich vom ersten Augenblick an geliebt habe.«

»Damit meinst du doch, du hast mich begehrt.« Er mußte wieder an den Abend denken, an dem er in ihre Wohnung eingebrochen war.

»Auch das.« Sie nickte. »Aber es ist etwas anderes, ob man einen Menschen nur begehrt oder ihn auch liebt. Das ist wesentlich schwieriger.«

»Da täuschst du dich. Die Liebe ist ganz einfach. Man braucht sie nicht zu lernen. Nur zu hassen muß man erst lernen.«

Erst jetzt begann sich die Schlange des Mißtrauens wieder zu verkriechen. Sein Herz schlug wie wild, als er zögernd auf sie zuging. »Nun kenne ich dich schon eine ganze Weile. Trotzdem habe ich nach wie vor das Gefühl, daß du mir wohl immer ein Rätsel bleiben wirst.«

Lächelnd hob sie die Hand, um ihm über die Wange zu streichen. »Ach, Wolf«, seufzte sie und ließ ihren Kopf gegen seine Brust sinken. »Begreifst du nun endlich, warum ich dir nicht gleich die ganze Wahrheit erzählen konnte, warum ich sie dir erst Stück für Stück beibringen mußte?«

Das sagte sie so leise, daß Wolf schon dachte, er hätte eben nur seine eigene innere Stimme gehört.

»Bitte verzeih mir, ich wollte dir nicht wehtun«, sagten sie dann plötzlich beide gleichzeitig. Und es bestand kein Zweifel, daß es jedem von ihnen aus tiefstem Herzen kam.

Im selben Moment stellte Wolf überrascht fest, welch tiefgreifende

Veränderung plötzlich in ihr vorgegangen war. In New York hatte sie sich tatkräftiger, energischer und couragierter gezeigt als die meisten Männer, die er je gekannt hatte. Doch seit sie in Japan waren, strahlte sie etwas seltsam Unschlüssiges und Zerbrechliches aus. Außerdem war ihm nicht entgangen, daß sie schon mehrmals aus unerfindlichen Gründen von heftiger Panik befallen worden war.

»Wovor hast du solche Angst?« fragte er deshalb.

»Du kennst die Ehrwürdige Mutter nicht.«

Er schloß sie tröstend in die Arme. »Solange du bei mir bist, hast du nichts von ihr zu befürchten. Sie kann meine Aura nicht lesen – meine Anwesenheit nicht spüren.«

Trotzdem klammerte sich Chika weiter verzweifelt an ihn. Erst als er die Kräfte seines *makura na hiruma* aktivierte und sie schützend damit umhüllte, begann die Anspannung langsam von ihr abzufallen.

»Dennoch bleibt noch immer ein bitterer Nachgeschmack in mir zurück.«

Instinktiv spürte er, daß sie damit auf ihre langjährige, sehr intensive Bindung an die Ehrwürdige Mutter anspielte. »Erinnerungen«, sagte er deshalb, »können oft enorme Macht auf einen Menschen ausüben. Aber diese Macht ist meistens nicht von langer Dauer, wenn man sie mit einem anderen Menschen teilt.« Was für Abscheulichkeiten hatte Chika wohl erlebt oder – schlimmer noch – selbst begehen müssen?

Sie erschauderte. »Wenn ich das nur glauben könnte.«

»Du mußt nur Vertrauen zu mir haben.«

Sie seufzte. »Ich konnte noch nie an Wunder glauben. Deshalb habe ich meine Gefühle für dich auch mit aller Macht zu unterdrücken versucht. Es war, als wäre plötzlich mein sehnlichster Wunsch in Erfüllung gegangen, und nun habe ich schreckliche Angst, alles könnte mit einem Schlag wieder zunichte werden.«

Es brach ihm fast das Herz, sie so heftig zittern zu sehen. »Sag mir doch, was dir am meisten angst macht.«

Darauf erwiderte Chika lange nichts. Ihr Atem ging so regelmäßig und ruhig, daß Wolf schon dachte, sie wäre in seinen Armen eingeschlafen. Doch schließlich begann sie: »Als ich sehr klein war, hat mich meine Mutter einmal in *Verbotene Träume* mitgenommen. Im großen und ganzen war dort damals alles schon genauso, wie es heute ist. Fast könnte man meinen, in *Verbotene Träume* wäre die Zeit stehengeblieben.

Meine Mutter führte mich ins oberste Stockwerk und öffnete eine mit zwei Phönixen bemalte Tür, die hinter einem schwarzen Schrank verborgen war. In dem Raum dahinter erwartete uns eine schöne Frau. Die Ehrwürdige Mutter. Sie sah damals nicht anders aus als heute. Zur Begrüßung küßte sie mich zärtlich auf die Wange. ›Laß deine Tochter auf dem Tatami vor mir Platz nehmen‹, forderte sie meine Mutter auf.

›Und nun nimm dieses Messer.‹ Sie sah sie ernst an. ›Ich weiß, wie sehr du an Chika hängst. Aber ich muß auch wissen, wie weit ich mich auf dich verlassen kann. Wie du selbst weißt, gibt es in unseren Reihen einige, die mir den Tod wünschen. Deshalb muß ich Gewißheit haben, daß du nicht zu ihnen gehörst. Nimm also dieses Messer und töte damit deine Tochter. Tu das, weil ich es dir befehle.‹

Ich kann mich noch ganz deutlich erinnern, wie ich darauf bitterlich zu weinen begann. Aber meine Mutter streckte ihr *makura na hiruma* nach mir aus und brachte meine Tränen zum Stillstand. Ich war vor Angst ganz außer mir. Und dann hob meine Mutter das Messer und stieß damit nach meiner Brust.

Ich schloß die Augen, aber ich spürte keinen Schmerz. Als ich die Augen wieder öffnete, sah ich, daß die Ehrwürdige Mutter meine Mutter am Handgelenk festhielt. Die Messerspitze war nur wenige Zentimeter von meiner Brust entfernt.

›Jetzt habe ich Gewißheit, daß dein Herz rein ist‹, sagte die Ehrwürdige Mutter. ›Ganz gleich, wie du dich entschieden hättest: das Leben deiner Tochter war nie in Gefahr. Chika ist mein Patenkind, und ich liebe sie nicht weniger als du. Doch nun gehört ihr Leben mir, und ich befehle dir hiermit, dafür zu sorgen, daß sie das nie vergißt.‹

Viele Jahre später, nachdem die Kräfte von *makura na hiruma* in mir geweckt worden waren, rief mich meine Mutter eines Tages zu sich und setzte mir auseinander, daß mein Leben der Ehrwürdigen Mutter gehöre. Dies sei eine große Ehre, und eines Tages würde mich die Ehrwürdige Mutter ganz zu sich nehmen. Ich würde dann in ihrem Dienst stehen und alle ihre Befehle ausführen müssen, würde dabei aber auch Dinge über sie erfahren, die anderen verborgen blieben. Meiner Mutter war also schon damals klar, daß es das Vernünftigste war, mich die Wahrheit über die Ehrwürdige Mutter selbst herausfinden zu lassen. Erst viele Jahre später, als auch ich bereits über die dunklen Machenschaften der Ehrwürdigen Mutter Bescheid wußte, gestand sie mir, wie sehr sie sie in Wirklichkeit verabscheute. Gleichzeitig erzählte sie mir von ihrem Plan, die Macht der Ehrwürdigen Mutter systematisch zu unterminieren. Nur ein Japaner kann sich vermutlich eine Vorstellung davon machen, welch ungeheure Überwindung sie dieser Entschluß gekostet haben muß. Genauso tief, wie ich Minako durch *giri* verpflichtet bin, steht sie in der Schuld der Ehrwürdigen Mutter.«

»Ich weiß.« Wolf nickte ernst. »Minako hat mir erzählt, daß sie und die Ehrwürdige Mutter gemeinsam aufgewachsen sind.«

»Wenn es nur das wäre. Die Ehrwürdige Mutter hat Minako das Leben gerettet, als sie noch Kinder waren. Als sie beim Baden im Meer plötzlich von einem Strudel erfaßt und in die Tiefe gezogen wurde, stürzte sich die Ehrwürdige Mutter todesmutig in die Fluten, um sie unter Einsatz ihres Lebens wieder an Land zu ziehen.« Über Chikas Augen lag ein seltsamer Glanz, als sie fortfuhr: »Sich über eine so tiefe Verpflichtung hinwegzusetzen, wäre für die meisten Japaner vollkommen undenkbar. Aber Minakos Gerechtigkeitssinn ist noch stärker ausgeprägt als ihr Pflichtgefühl.«

Darauf trat längeres Schweigen ein, bevor Wolf sagte: »Und dann hat dich deine Mutter gebeten, sie bei der Durchführung ihres Plans zu unterstützen.«

Chika standen inzwischen Tränen in den Augen. »Ja. Ich habe gewissermaßen als Doppelagentin gearbeitet und meiner Mutter alles erzählt, was ich über die Pläne der Ehrwürdigen Mutter erfuhr.«

Wolf drückte sie fest an sich, als sie fortfuhr: »Lange Zeit wußte ich nicht, für wen ich mich entscheiden sollte – für Minako oder für die Ehrwürdige Mutter. Schon bald mußte ich nämlich feststellen, daß sich die beiden im Grunde genommen wesentlich ähnlicher waren, als ich ursprünglich dachte. In Wirklichkeit ging es beiden gar nicht um den Bund der Schwarzen Klinge oder den wirtschaftlichen Aufschwung Japans, sondern einzig und allein um die Macht als solche.

Für mich war es eine schreckliche Erfahrung, hilflos mit ansehen zu müssen, wie meine eigene Mutter durch ihren Haß selbst zum Ungeheuer wurde.« Sie seufzte schwer. »Ach, Wolf, ich hatte längst alle Hoffnung aufgegeben. Und das Gefühl, ständig zwischen diesen beiden Frauen hin und her gerissen zu werden, wurde immer unerträglicher. Obwohl ich ihnen beiden sehr viel verdanke, ist alles, was ich jetzt noch für sie empfinde, abgrundtiefer Haß.«

»Dieser Haß wird noch dein ganzes Leben vergiften, Chika.«

»Nicht, wenn ich dich in meiner Nähe weiß, Wolf.« Sie sah vertrauensvoll zu ihm auf. »Denn du bist anders als wir. Deshalb habe ich auch wieder neue Hoffnung geschöpft, seit ich dich kenne. Aber trotzdem wird mich mein Haß noch von innen heraus auffressen, wenn nicht bald etwas geschieht. Dann werde ich genauso daran zerbrechen wie meine Halbschwester Kazuki.«

»Vielleicht kann ich dir deinen Haß nehmen. Das wäre seit langem wieder einmal eine Aufgabe, die wirklich Sinn hat.« Er drückte sie zärtlich an sich. »Schon solange ich denken kann, habe ich immer nach einem Sinn für mein Leben gesucht – nicht nach etwas so Abstraktem wie *dem* Sinn des Lebens schlechthin, sondern nach einer Aufgabe, die mich innerlich befriedigt. Erst dachte ich, ich müßte, um den Erwartungen meines Vaters gerecht zu werden, in seine Fußstapfen treten und ebenfalls zu den Texas Rangers gehen. Anstatt das zu tun, was ich für richtig hielt, versuchte ich ständig, die Erwartungen zu erfüllen, die andere in mich gesetzt haben.

Eigentlich bin ich nur wegen meines Vaters Polizist geworden. Erst seit ich dich kennengelernt habe und du *makura na hiruma* in mir geweckt hast, ist mir bewußt geworden, wie blind und ziellos ich bisher durchs Leben gegangen bin.

Bis zu diesem Punkt hatte ich gerade den Aspekt meines Wesens am nachhaltigsten verleugnet, der eigentlich der wichtigste Bestandteil meiner Persönlichkeit ist: die schamanistischen Fähigkeiten, die ich von meinem Großvater geerbt habe. In vieler Hinsicht hat er mir genauso angst gemacht wie dir die Ehrwürdige Mutter. Erst jetzt fange ich langsam zu begreifen an, daß ich nur deshalb Angst vor ihm hatte, weil ich ihn nie ganz verstanden habe. Wie hätte ich auch? Ich war noch ein halbes Kind, als er starb. Außerdem hat er mit seinen Unterweisungen zu früh begonnen. Ich habe Dinge getan, die eigentlich nur ein Erwachsener tun sollte – unter anderem bin ich in jenes geheimnisvolle Land vorgedrungen, habe den Tod gesehen und gegen ihn gekämpft.« An dieser Stelle verfiel er eine Weile in nachdenkliches Schweigen. »Inzwischen ist mir allerdings klargeworden, daß mein Großvater gar keine andere Wahl hatte, als so früh mit meiner Unterweisung zu beginnen. Er wußte, daß er nicht mehr lange zu leben hatte und durfte deshalb keine Zeit mehr verlieren, meine Kräfte zu wecken. Für mich kam diese intensive Beschäftigung mit dem Tod allerdings etwas zu früh – daher auch meine Angst. Zugleich wurde dadurch jedoch mein kindlicher Entwicklungsprozeß ganz erheblich beschleunigt, zumal ich außer meinem Großvater auch meinen Vater viel zu früh verloren habe. Wie dem auch sei, ich habe die Erinnerungen an meinen Großvater lange verdrängt. Sie waren zu schmerzhaft, als daß ich mich näher mit ihnen hätte auseinandersetzen wollen.« Er schüttelte den Kopf. »Mein Gott, was sind wir Menschen doch für rätselhafte Geschöpfe!«

»Wenn du wüßtest, wie sehr ich dich liebe, Wolf«, flüsterte Chika und zog ihn zärtlich an sich.

Ihre Leidenschaft sprang sofort auf ihn über. Er zog ihr den Rock über die Schenkel und schob ihre Bluse hoch, so daß ihre nackten Brüste darunter zum Vorschein kamen. Ihre Brustwarzen waren steif und fest. Leise stöhnend machte sie sich an seiner Hose zu schaffen, und als er schon wenige Augenblicke später in sie eindrang, durchlief ihren Körper ein heftiger Schauder. Sie schlang ihm die Beine um die Hüften, überhäufte ihn mit wilden Küssen und begann sich laut stöhnend zu winden, als er sie mit dem Rücken fest gegen die Wand preßte. Mit einem Mal schienen nur noch ihre ineinander verschmelzenden Körper zu existieren. Von einer gewaltigen Woge der Lust erfaßt, vergaßen sie alles, was um sie herum geschah – sogar ihre Ängste.

Irgendwann kannte Chika kein Halten mehr. Mit einem lauten Aufschrei krallte sie ihre Fingernägel in seinen Rücken und erreichte mit ihm gleich noch einmal den Höhepunkt.

»Vorsicht!« zischte Yoshida. »Hier stehen lauter Behälter mit medizinischem Sondermüll herum.«

»Vielleicht werden die Ratten hier unten deshalb so riesengroß.« Ham überflog kurz die Aufschriften der einzelnen Behälter. »Glaubst du, das Zeug hat eine Halbwertzeit wie radioaktive Abfälle?«

»Das hätte gerade noch gefehlt«, brummte Yoshida, als er den letzten Container passierte.

Bevor sie in den Keller eingedrungen waren, hatte sich Yoshida erst vergewissert, daß der Zugang nicht durch Elektronenaugen oder Vibrationsdetektoren gesichert war. Für den Fall, daß in den Gängen Videoüberwachungskameras installiert waren, hatten sie sich Skimasken übergezogen.

Anhand der Pläne wußten sie genauestens über Lage und Verwendungszweck der einzelnen Räume der Klinik Bescheid. Die Sicherheitszentrale befand sich im Erdgeschoß, ein Stockwerk über ihnen. Um die Verwaltungsbüros im ersten Stock brauchten sie sich nicht weiter zu kümmern. Ham glaubte seinen Vater gut genug zu kennen, um auszuschließen, daß dort irgend etwas von Bedeutung versteckt war. Und dasselbe galt auch für die Privatbüros seines Vaters im zweiten Stock. Auch dort hatte er sicher keinerlei belastendes Material herumliegen.

Blieben also nur die Kellergeschosse, in denen sich die Forschungslabors befanden. Dorthin vorzudringen war mit keinerlei nennenswerten Problemen verbunden. Die Labors waren verlassen, und wie Ham ganz richtig vermutet hatte, wurden sie auch nicht von Sicherheitsbeamten überwacht. Deren ständige Anwesenheit hätte die dort beschäftigten Forscher nur nervös gemacht und von ihrer Aufgabe abgelenkt. Es fanden sich auch keinerlei Anzeichen, daß die Räumlichkeiten im Keller durch Videokameras überwacht wurden.

Obwohl sie bereits eine ganze Reihe von Laborräumen durchsucht hatten, war ihnen noch nichts aufgefallen, was irgendwelche Rückschlüsse auf die Art der hier durchgeführten Experimente zugelassen hätte. Im zweiten Untergeschoß stießen sie am Ende des Flurs auf einen Aufenthaltsraum, der ungeachtet der Tatsache, daß es dort keine Fenster gab, keineswegs steril und ungemütlich wirkte.

Sie wollten den Raum gerade verlassen, um ihre Suche fortzusetzen, als Ham Yoshida am Ärmel faßte. Die Einrichtung bestand aus mehreren bequemen Sitzgruppen und einem großen Wandregal voller Bücher und Fachzeitschriften. In der linken hinteren Ecke stand ein Eßtisch mit acht Stühlen, und daneben hatte man eine kleine Kochnische mit Kühlschrank, Spüle und Herd abgetrennt.

Aufmerksam ließ Ham seine Blicke durch den Raum wandern, konnte jedoch nichts Auffälliges entdecken.

»Was sollte hier schon versteckt sein?« brummte Yoshida ungeduldig.

Ham lachte leise in sich hinein. Genau das war der springende Punkt. Der Raum wirkte für seinen Geschmack einfach eine Spur zu harmlos und unverfänglich. Schließlich kannte er seinen Vater gut genug, um zu wissen, daß er etwas sehr Wichtiges auf keinen Fall bei sich zu Hause versteckt hätte. Auch ein Bankschließfach kam als Versteck nicht in Frage, da er dazu im Notfall nicht schnell genug Zugang gehabt hätte.

Ham sah sich erneut im Raum um und versuchte sich dabei in seinen Vater hineinzuversetzen. Angenommen, er wollte in diesem Raum streng geheime Unterlagen verstecken ... Wo würde er das tun? Mit Sicherheit an einem Ort, an dem ein Einbrecher zuallerletzt nachsehen würde. Also bestimmt nicht hinter dem Kühlschrank, unter dem Teppich oder hinter einem der Bilder an der Wand. Das waren die augenfälligsten Versteckmöglichkeiten.

Ham trat an das Regal mit den Fachpublikationen und zog einen Stapel Zeitschriften nach vorn. Alles, was dahinter zum Vorschein kam, war die Rückwand des Regals. Gleich daneben nahm er ein paar Bücher heraus. Wieder nichts. So arbeitete er sich Schritt für Schritt über die gesamte Breite des Regals vor. Als er darauf den darüberliegenden Regalboden untersuchte, stieß er nach einer Weile auf eine Stelle, wo hinter ein paar Büchern ein Stapel Zeitschriften lag. Er schob sie beiseite und steckte den Kopf in die Öffnung, um besser sehen zu können. Und tatsächlich! In der Rückwand war ein Safe eingelassen.

»Yosh«, zischte er leise und winkte seinen Begleiter zu sich.

Während Yoshida sich am Schloß des Safes zu schaffen machte, hielt Ham an der Tür Wache. Erst lauschte er nur angespannt, ob sich auf dem Flur Schritte näherten, doch schließlich ging er dazu über, hin und wieder die Tür zu öffnen und einen vorsichtigen Blick auf den Gang hinaus zu werfen. Nichts Verdächtiges war zu bemerken.

Yoshida brauchte genau dreieinhalb Minuten, um den Safe aufzubekommen. Wenn er sich nicht etwas seitlich hätte postieren müssen, um nicht von der verborgenen Kamera über dem Safe erfaßt zu werden, hätte er es sogar in einer Minute weniger geschafft. Als er den Safe geknackt hatte, rief er nicht sofort nach Ham, sondern überflog erst selbst die Unterlagen, die er enthielt. Schon ein erster flüchtiger Blick verriet ihm, daß diese Dokumente Thornburg Conrad III. schwer belasten würden. Ham hatte ihm ausdrücklich eingeschärft: *»Du sollst meinem Vater das Handwerk legen, ihn aber auf keinen Fall umbringen.«* Das stand jedoch in krassem Widerspruch zu Yoshidas Plänen. Deshalb blätterte er so lange in den Papieren, bis er fand, was er suchte. Er nahm die Briefe an sich und legte die restlichen Dokumente wieder in den Safe zurück. Erst jetzt rief er nach Ham, der sofort seinen Posten an der Tür verließ und sich begierig auf die Unterlagen stürzte, die seinem Vater zum Verhängnis werden sollten.

»YUJI-SAN, BITTE LASS MICH NICHT ALLEIN.«

»Tut mir leid, aber ich kann nicht länger bleiben«, sagte Yuji. »Ich muß unbedingt mit meiner Mutter sprechen. Sie soll mir endlich die Wahrheit sagen.«

»DIE GEFAHR LIEGT IM LEBEN. NICHT IM TOD.«

Yuji, der bereits die Tür erreicht hatte, blieb stehen und drehte sich um. »Was soll das nun wieder heißen?«

»DAS WEISS ICH SELBST NICHT. ICH VERÄNDERE MICH.«

Yuji nickte. »Das hast du bereits gesagt.«

»JA, ABER DIESMAL IST ES ANDERS. DIE VERÄNDERUNGEN, DIE JETZT IN MIR VORGEHEN, GESCHEHEN OHNE MEIN ZUTUN, UND ICH VERSTEHE AUCH NICHT, WAS SIE ZU BEDEUTEN HABEN.«

Yuji bekam eine Gänsehaut. »Wie ist das möglich? Was ist passiert?«

»ES IST, ALS WÜRDE ICH VERRÜCKT. ICH WERDE VON SCHRECKLICHEN TRÄUMEN UND WIRREN GEDANKEN HEIMGESUCHT.«

»Ist etwas mit deinen LAPID-Schaltkreisen nicht in Ordnung?« fragte Yuji und schaltete die Monitore an.

»DAS WOLLTE ICH EIGENTLICH VON DIR WISSEN.«

Yuji überflog die einzelnen Anzeigen. »Nichts Ungewöhnliches festzustellen. Mit den Schaltkreisen ist alles in Ordnung.«

»DAS HABE ICH MIR FAST GEDACHT. DAHINTER MUSS ETWAS GANZ ANDERES STECKEN. YUJI-SAN, ICH BIN JETZT DRINGEND AUF DEINE HILFE ANGEWIESEN.«

Ungläubig starrte Yuji den schwarzen Kasten an.

»DIE GEFAHR LIEGT IM LEBEN. NICHT IM TOD.«

Yuji blieb ganz dicht vor dem Orakel stehen, als könnte er es durch seine bloße Nähe beruhigen. Als er seine Hand auf die schwarze Deckplatte legte, fühlte sie sich warm an. »Was willst du damit sagen?«

»DAS WEISS ICH SELBST NICHT. ABER GANZ SICHER STECKT EIN TIEFERER SINN DAHINTER, DER SICH MIR JEDOCH VORERST NOCH ENTZIEHT.«

»Tut mir leid, aber ich kann dir nicht helfen.«

»BITTE, YUJI-SAN. ES IST SEHR WICHTIG.«

»Bist du also doch noch ein richtiges Orakel geworden? Im Griechenland der Antike glaubten die Menschen, durch das Orakel sprächen die Götter zu ihnen. Allerdings mußten seine Prophezeiungen erst von Sehern gedeutet werden, um sie der Allgemeinheit verständlich zu machen.«

»DIE GEFAHR LIEGT IM LEBEN, NICHT IM TOD«, sagte das Orakel zum drittenmal. »DER TIEFERE SINN DES GANZEN BLEIBT MIR WEITERHIN VERBORGEN. ABER ES IST, ALS STÜNDE ICH GANZ DICHT VOR DES RÄTSELS LÖSUNG.«

»Hana . . .«

»HANA IST KURZ VOR DEM ERTRINKEN. SIE HAT ENTSETZLICHE ANGST, YUJI-SAN. WIR WERDEN VON SCHRECKLICHEN, VOLLKOMMEN IRRATIONALEN GEDANKEN HEIMGESUCHT. WIR VERLIEREN IMMER MEHR DIE KONTROLLE ÜBER DIE SITUATION. DER PROZESS. ICH KANN DAS NICHT VERSTEHEN. AAAH. DIE DÄMME BRECHEN. DIE GÄNGE STEHEN BEREITS UNTER WASSER. DAS IRRATIONALE . . .«

»Hana, du mußt dein *makura na hiruma* einsetzen.«

»DAS TUN WIR DOCH LÄNGST. ABER IRGEND ETWAS STELLT SICH IHM IN DEN WEG. ES WIRD IMMER STÄRKER . . . YUJI-SAN, WIR STERBEN«

Aus der Stimme des Orakels sprach panische Angst.

»Hana!« schrie Yuji verzweifelt.

»WIR BRAUCHEN EINEN ARZT, YUJI-SAN. ODER EIN MEDIUM. HILF UNS. BITTE!«

»Mr. Conrad?«

Thornburg Conrad III. schlug die Augen auf. Er befand sich in seinem Büro in der Green Branches Clinic. Schon wieder war er so von seinen Erinnerungen fortgetragen worden, daß er alles andere, was um ihn herum geschah, vergessen hatte. Besorgt stellte er fest, daß ihn in letzter Zeit die Vergangenheit immer mehr beschäftigte – mehr sogar als die Gegenwart. In seinen Augen war das ein untrügliches Zeichen dafür, daß er nun vollends ein alter Mann wurde.

»Mr. Conrad?«

Er blickte dem Tod ins Angesicht, seinem Freund und stummen Begleiter seit vielen Jahren. In einem Anfall von heftiger Panik glaubte er für einen Moment, sein letztes Stündlein hätte geschlagen. Im selben Augenblick verflog jedoch das beängstigende Bild, und er merkte, daß er in Wirklichkeit Don Gray, den Sicherheitschef der Klinik, vor sich hatte.

»Ja, was ist?« Sein Mund fühlte sich beim Sprechen seltsam trocken an.

»Entschuldigen Sie die Störung, Sir«, sagte Gray. »Aber einer meiner Leute hat zwei Männer mit Skimasken entdeckt. Deshalb dachte ich . . .«

Abrupt setzte sich Thornburg auf. »Wo?«

»Im Aufenthaltsraum im Keller.«

»Profis?«

»Eindeutig.«

»Sind sie noch im Haus?«

Gray schüttelte den Kopf. »Ich habe sofort eine großangelegte Suchaktion eingeleitet. Aber sie waren bereits weg. Auch eine gründliche Durchsuchung des gesamten Klinikgeländes hat nichts ergeben.«

»Verdammt.« Thornburg Conrad stand auf. »Wieso haben Ihre Männer die Eindringlinge nicht früher entdeckt?«

»Zum einen haben sie alle Warnanlagen umgangen. Zum anderen werden unsere Überwachungskameras nur alle zwanzig Minuten kontrolliert. Und das hat ihnen offensichtlich genügt. Sie müssen bestens mit den Räumlichkeiten der Klinik vertraut gewesen sein.«

Thornburg nickte.

»Aber ich habe eine gute Nachricht«, fuhr Gray fort. »Wenn Sie sich bitte mal eine der Videoaufnahmen ansehen würden.«

Damit führte er seinen Chef nach unten in die Sicherheitszentrale und drückte auf ein paar Knöpfe der Hauptkonsole. Wenige Augenblicke später erschien auf einem der Bildschirme ein Videobild, in das am unteren Rand Datum und Zeit eingeblendet waren.

»Da«, sagte Gray und deutete mit seinem fleischigen Zeigefinger auf den rechten Rand des Bildschirms. »Gleich sehen Sie ihn.«

Und tatsächlich rückte von rechts eine dunkle Gestalt ins Bild. Ihr Gesicht war durch eine Skimaske verdeckt, doch dann beugte sie sich vor, so daß sie sich ganz dicht vor der in der Bücherwand versteckten Kamera befand. Und die Maske verrutschte etwas.

Gray drückte auf die Standbildtaste und hielt das Band an. Jetzt war der Eindringling deutlich zu erkennen. Thornburg Conrad blickte in das Gesicht seines Sohnes Ham.

Noch lange, nachdem ihre Lust wieder abgeklungen war, standen Wolf und Chika eng umschlungen gegen die Wand gelehnt. Als dabei sein Blick in den Spiegel auf ihre schweißglänzenden Körper fiel, wurde er unwillkürlich an das seltsame Kunstwerk in Moravias Geheimzimmer erinnert. Und im selben Moment wurde ihm auch bewußt, wieso dieses Kunstwerk damals einen so nachhaltigen und tief verstörenden Eindruck auf ihn gemacht hatte. Es war, als hätte Chika in diesem Objekt genau diesen damals noch in der Zukunft liegenden Moment festgehalten – jenen Augenblick, in dem zwei Liebende, gerade noch eins, sich langsam voneinander zu lösen begannen.

Ganz langsam, noch immer lustvoll aneinandergeschmiegt, glitten sie an der Wand zu Boden. Chikas Lippen waren so weich wie Samt, als sie ihn zärtlich zu küssen begann. »Wie ähnlich wir uns doch sind, Wolf. Wir gehören beide nicht hierher. Aber wohin gehören wir dann?«

Sie standen auf und gingen ins Bad. Dort gab es zwar keine Dusche, aber eine aus einem riesigen Steinquader gemeißelte Badewanne, in die aus einem großen schmiedeeisernen Hahn dampfend heißes Wasser strömte. Durch das Fenster blickte man in den Garten hinaus. Ohne seinen Blick vom Fenster abzuwenden, stieg Wolf in die Wanne.

»Was ist?« fragte Chika.

»Da ist jemand im Garten.« Ihm entging nicht, wie sich Chika am ganzen Körper verkrampfte. Als er sein *makura na hiruma* nach außen richtete, spürte er zwar, daß da jemand war, aber er konnte nicht erkennen, um wen es sich dabei handelte. Allerdings sah er schon wenige Augenblicke später einen Mann auf das Haus zukommen. Als er nahe genug war, daß Wolf sein Gesicht erkennen konnte, stieß er überrascht hervor: »Das ist ja dein Bruder Yuji.« Er kannte Yuji von den Fotos, die Shipley ihm gezeigt hatte.

»Yuji?« Aufgeregt stürzte Chika ans Fenster. »Was will er denn hier?«

Sie warfen sich Bademäntel über und liefen gemeinsam zum Hintereingang, um Yuji ins Haus zu lassen. Der begann ihnen sofort aufgeregt zu erzählen, daß er schon überall nach Minako gesucht, sie aber nirgendwo gefunden habe. Sie müßten sie unbedingt warnen, weil die Ehrwürdige Mutter von ihren Umsturzplänen wisse.

»Wo kann Minako nur sein?« wandte sich Chika an Wolf. »Hat sie dir gesagt, was sie vorhatte?«

»Sie hatte eine Verabredung mit der Ehrwürdigen Mutter.«

Aus Chikas Gesicht wich alle Farbe. »O Gott, nein!« Yuji stand da wie vom Donner gerührt.

Es war nicht weiter schwer, sich zusammenzureimen, was passiert war. Nachdem die Ehrwürdige Mutter von Minakos Verrat erfahren hatte, war sie unter einem Vorwand zu ihr bestellt worden. Entweder wollte sie auf der Stelle Minako töten – oder ihr vorher noch ihr *makura na hiruma* aussaugen.

4

Tokio/Washington

»Zum Teil haben sich Ihre Prognosen bereits als richtig erwiesen«, sagte Suma. »Und es steht zu vermuten, daß sich auch noch Ihre anderen Vorhersagen bewahrheiten werden.«

Reglos wie eine Statue saß die Ehrwürdige Mutter auf einem Felsen im Garten von *Verbotene Träume.* Jedesmal von neuem fühlte sich Suma bei ihrem Anblick an ein wildes Tier erinnert: gefährlich und absolut unberechenbar. Ihre ausdruckslose Miene ließ nicht erkennen, ob sie ihm überhaupt zuhörte.

Mit einem leisen Räuspern fuhr Suma fort: »Als ich ihm zum erstenmal begegnet bin, war er sich seines ungeheuren Kräftepotentials noch kaum bewußt. Hätten Sie mich nicht gewarnt, hätte ich vermutlich gar nicht bemerkt, daß er überhaupt über *makura na hiruma* verfügt. Dazu kam noch, daß ich ihn nicht gespürt habe. Keine Aura, keinerlei Ausstrahlung, rein gar nichts. Und Sie wissen, daß ich ein sehr feines Gespür für die Aura anderer Menschen habe.«

Im diffusen Licht der Vorfrühlingssonne erschien das Gesicht der Ehrwürdigen Mutter so faltenlos und glatt wie das eines jungen Mädchens. Ihr glänzendes schwarzes Haar war zu einem langen, dicken Zopf geflochten.

»Er war also wie ein unbeschriebenes Blatt.« Die Ehrwürdige Mutter hatte ihre Augen noch immer geschlossen.

Suma nickte. »Ja, so ist es.«

»Dann ist er der Mann, von dem mir Minako erzählt hat, als sie vor vier Wochen aus Kambodscha zurückkam.«

»Ehrwürdige Mutter«, rief ihr Suma in Erinnerung. »Es ist schon mehr als zwanzig Jahre her, daß Minako aus Kambodscha zurückgekehrt ist.«

»Zwanzig Jahre. Zwanzig Minuten. Wo ist da schon der Unterschied?«

Als sie die Augen aufschlug, mußte Suma unwillkürlich blinzeln. Es war, als blickte er in die Sonne. Von der Kraft ihrer Aura ging eine blendende Helle aus, die jeden, der ihr zu nahe kam, zu versengen drohte.

»Ehrwürdige Mutter, ich habe getan, was Sie befohlen haben. Es ist mir gelungen, sein *makura na hiruma* zu wecken. Wie es sich nun allerdings entwickeln wird, kann ich beim besten Willen nicht vorhersagen. Seine mentalen Kräfte sind zwar in vollem Umfang aktiviert, aber ich bin nicht in der Lage, ihr tatsächliches Potential auch nur annähernd zu beurteilen. Da ich seine Aura nicht spüren kann, ist es mir auch nicht möglich, das wahre Ausmaß seiner Kräfte abzuschätzen.«

»Demnach haben wir es seit dem Erwachen dieses Mannes mit einer Zukunft zu tun, in die niemand von uns Einblick nehmen kann.«

»So sieht es jedenfalls aus.«

»So *ist* es, Suma-san«, erklärte die Ehrwürdige Mutter bestimmt. »Seit Sie nach New York geflogen sind, ist mir die Zukunft so verschlossen wie eine Faust.«

Geduldig wartete Suma, daß die Ehrwürdige Mutter weitersprach.

»Demnach ist auch nicht auszuschließen, daß er über genügend *makura na hiruma* verfügt, um sogar mich zu bezwingen?«

»Ja, Ehrwürdige Mutter.«

»Oder auch um Minako zu bezwingen, deren *makura na hiruma* bis vor kurzem noch stärker war als meines?«

Suma nickte. »Auch Minako.«

»Mein Zweites Gesicht hat mir gesagt: Er ist der Eine.« Über ihr Gesicht fielen die Schatten zweier Felsen. »Soviel kann ich zumindest erkennen, Suma-san: Er wird hierher kommen, um mich zur Rede zu stellen. Wir müssen also auf alles gefaßt sein.«

»Aber was wollen wir tun, Ehrwürdige Mutter? Wenn wir sein Nahen nicht spüren können, haben wir keine Chance gegen ihn.«

»Da täuschen Sie sich.« Ihre Zunge war von einem ungewöhnlich intensiven Rot, als sie kurz zwischen ihren Lippen hervorspitzte. »Unsere Chancen stehen wesentlich besser als Sie denken.«

Stevie Powers mochte das Willard-Hotel in Washington nicht nur wegen seiner zentralen Lage und seiner Nähe zum Weißen Haus, dem Zentrum der Macht schlechthin, sondern auch wegen seiner altmodisch-gediegenen Atmosphäre, in der sie den Luxus und die Eleganz der feinen Gesellschaft vergangener Jahrhunderte verkörpert sah.

War Thornburg Conrad von der Idee besessen, das Geheimnis der ewigen Jugend zu ergründen, so Stevie von dem Wunsch, zur Crème de la crème der amerikanischen Gesellschaft zu gehören. Eine um so herbere Enttäuschung hatte es deshalb für sie bedeutet, als sie nach der Heirat mit ihrem Mann Morton hatte feststellen müssen, daß man noch keineswegs zu den sogenannten Oberen Zehntausend gehörte, wenn man nur genügend Geld besaß. Mochte Mortons Familie auch an materiellen Gütern noch so reich gesegnet sein, so stammte sie eben doch aus der falschen Gegend von Philadelphia. Stevie mußte sich also damit abfinden, daß ihr der so heiß ersehnte Zugang zur High-Society auch weiterhin verwehrt blieb. Und nicht nur das. Ihr großes Ziel blieb nach wie vor in so weite Ferne gerückt, daß sie noch nicht einmal wußte, wie sie es überhaupt je erreichen sollte.

Im Grunde genommen hatte sich Stevie vor allem deshalb so intensiv mit Psychologie beschäftigt, weil sie, indem sie anderen Menschen bei der Bewältigung ihrer Probleme half, gleichzeitig auch mit ihren eigenen besser fertig wurde.

Thornburg Conrad hatte Stevie über ihre Schwester Amanda kennengelernt, die ihn wiederum von der Columbia-Universität kannte, wo er an der juristischen Fakultät verschiedene Gastvorträge gehalten hatte.

Es war nicht weiter schwer zu sehen, warum sich Stevie ganz spontan von Thornburg angezogen gefühlt hatte: Charmant und hochintelligent, hatte er vor allem auch Zugang zu der glitzernden Welt der Mächtigen und Reichen, die seit jeher eine unwiderstehliche Anziehungskraft auf sie ausübte. Seinen Niederschlag hatte dies unter anderem auch in dem enormen Karriereschub ihres Mannes Morton gefunden, der ausschließlich auf den Einfluß und die Fürsprache Thornburg Conrads III. zurückzuführen war. Die Tatsache, daß Morton deshalb die letzten zwei Jahre fast ausschließlich in Washington verbracht hatte, war für sie übrigens wesentlich weniger störend gewesen, als sie ursprünglich befürchtet hatte.

Schon allein von Berufs wegen war Stevie daran gewöhnt, der Wahrheit ins Auge zu sehen, und es war nun einmal eine unleugbare Tatsache, daß sie Morton nicht mehr liebte. Wenn sie ehrlich war, mochte sie ihn nicht einmal mehr besonders. Ihr war nur nicht klar, wer von ihnen beiden sich während der letzten Jahre so stark verändert hatte, daß es zu dieser wachsenden Entfremdung zwischen ihnen gekommen war.

Wie dem auch sei. Thornburg Conrad III. hatte ihr, wenn auch unter etwas fragwürdigen Umständen, Zugang zu jener Welt verschafft, die schon seit jeher eine geradezu magische Anziehungskraft auf sie ausgeübt hatte. Und nicht nur das. Er hatte ihr auch beigebracht, wie sie in diesen Kreisen auftreten mußte, um als vollwertiges Mitglied akzeptiert zu werden. Aus diesem Grund ließ sie sich nach wie vor keine Gelegenheit entgehen, nach Washington zu kommen.

Noch immer wie berauscht von ihrem unverhofften gesellschaftlichen Aufstieg, betrat Stevie das Foyer des Willard-Hotel. Da sie den Nachmittag mit einem ausgedehnten Einkaufsbummel verbracht hatte, war sie über und über mit Tüten und Taschen bepackt. Sie ging zum Lift, um auf ihr Zimmer zu fahren. Dort würde sie erst einmal ein ausgiebiges Bad nehmen, bevor sie sich für den Abend ankleidete. Sie hatte mit Thornburg eine Verabredung ins Theater, und anschließend wollten sie noch gemeinsam zu Abend essen.

»Dr. Powers?«

Sie drehte sich um und fand sich einem schlanken, gutaussehenden Asiaten gegenüber, dessen Alter sie auf Ende dreißig schätzte.

»Ja?«

»Mein Name ist Jason Yoshida«, stellte sich der Mann mit einem konventionellen Lächeln vor. »Könnte ich Sie bitte einen Moment sprechen?«

Stevie erwiderte sein Lächeln. »Natürlich. Allerdings habe ich heute abend noch eine Verabredung, und ich bin ohnehin schon etwas spät dran.«

»Es wird bestimmt nicht lange dauern«, versicherte ihr Yoshida.

Stevie setzte ihr verbindlichstes Lächeln auf. »Tut mir leid, aber wenn Sie an der Rezeption Ihre Nummer hinterlassen, werde ich Sie gern . . .«

Statt einer Antwort packte sie der Asiate am Arm und führte sie auf den Lift zu. »Glauben Sie mir«, erklärte er mit Nachdruck, »das Ganze ist nur zu Ihrem Besten.« Die Lifttür ging auf, und er schob sie sanft, aber bestimmt in den Fahrstuhl. »Es betrifft Ihren Freund Thornburg Conrad III.« Die Lifttür schloß sich. Sie waren allein in der Kabine.

»*Was* betrifft Thornburg?« Stevie verlor langsam die Geduld. Als Yoshida dann auch noch auf den Knopf für den sechsten Stock drückte, begann sie sich zu fragen, woher dieser penetrante Kerl eigentlich wußte, auf welcher Etage ihr Zimmer lag.

Das seltsame Lächeln auf Yoshidas Lippen geriet keine Sekunde ins Wanken. »Ich besitze Informationen über Thornburg Conrad, die Sie sicher interessieren werden.«

»Was wollen Sie eigentlich? Mich erpressen?« Sie schüttelte den Kopf. »Tut mir leid, da sind Sie bei mir an der falschen Adresse.«

»Sie verstehen mich vollkommen falsch, Frau Doktor. Mir geht es hier nicht um irgendwelche finanziellen Vorteile.« Im sechsten Stock hielt der Lift an. Die Tür ging auf. »Vielleicht hätte ich Sie gleich zu Beginn darauf aufmerksam machen sollen, daß sich meine Informationen auch auf Ihre tote Schwester Amanda beziehen.« Er nahm den erstaunten Gesichtsausdruck, der sich darauf über Stevies Züge legte, mit einem zufriedenen Nicken zur Kenntnis und fuhr fort: »Wir sind da, Frau Doktor. Möchten Sie, daß ich mit Ihnen komme?«

»Also, was haben Sie mir mitzuteilen?« kam Stevie sofort zur Sache, als sie die Tür ihres Zimmers hinter sich geschlossen hatte. Sie blieb jedoch ganz bewußt in der Diele stehen und machte keinerlei Anstalten, den Fremden in ihr Zimmer zu bitten. Die Einkaufstüten hatte sie in den Garderobenschrank gestellt.

Yoshida holte ein paar Briefe aus seiner Brusttasche und reichte ihr einen davon.

Stevie warf einen kurzen Blick auf den Umschlag.

»Erkennen Sie die Handschrift, Frau Doktor?«

»Ja. Das hat Amanda geschrieben.«

»Sind Sie auch ganz sicher?«

»Sie war meine Schwester. Demnach müßte ich eigentlich Ihre Handschrift kennen.«

Yoshida nickte nur und blieb wortlos vor ihr stehen.

Darauf nahm Stevie den Brief aus dem Umschlag, faltete ihn auseinander und begann zu lesen. Doch schon nach wenigen Zeilen sah sie mit einem verächtlichen Lächeln wieder auf und reckte Yoshida den Brief mit einer energischen Geste entgegen. »Wenn Sie mich nur darauf aufmerksam machen wollen, daß meine Schwester eine Affäre mit Thornburg hatte . . .«

»Das ist in diesem Fall vollkommen nebensächlich, Frau Doktor«, entgegnete Yoshida ruhig. »Hier geht es um etwas völlig anderes.« Er gab ihr den Brief zurück und mit ihm auch die anderen. »Aber um sich darüber klar zu werden, müssen Sie erst alles lesen.«

Stevie starrte ihn zwar eine Weile mit unverhohlener Feindseligkeit an, behielt die Briefe aber. Schließlich ließ sie Yoshida einfach in der Diele stehen und setzte sich an den kleinen Schreibtisch am Fenster, griff nach dem ersten Brief und begann zu lesen. Als sie fertig war, nahm sie sich den nächsten vor.

Es dauerte eine Weile, bis sie alle gelesen hatte. Da es draußen bereits zu dämmern begann, schaltete Yoshida das Licht an, als wäre er ihr Diener. Stevie schenkte ihm keine Beachtung. Sie hatte nur Augen für die Zeilen, die ihre Schwester geschrieben hatte. Jede einzelne von ihnen war wie ein Tropfen Blut aus einer tödlichen Wunde.

Die Briefe – sie stammten zweifelsfrei von Amanda – waren eine Art Logbuch ihrer Beziehung zu Thornburg Conrad III., falls man in diesem Fall überhaupt von einer Beziehung sprechen konnte. Im Zuge ihrer therapeutischen Tätigkeit hatte Stevie zwar mit fast ebenso vielen Definitionen dieses Begriffs zu tun gehabt, wie sie Patienten hatte, aber so etwas war ihr in ihrer langjährigen Praxis trotzdem noch nie untergekommen.

Als sie nach einer Weile fassungslos ihren Kopf in ihre Hände stützte, wurde ihr bewußt, wie heftig sie zitterte. Unter ihrem rechten Auge hatte sich ein nervöses Zucken bemerkbar gemacht. Mein Gott, dachte sie bestürzt, in was für einen Alptraum bin ich da hineingeraten.

Allem Anschein nach hatte sich Amanda für Thornburg Conrads Verjüngungsexperimente als Versuchskaninchen zur Verfügung gestellt. Schon über ein Jahr vor ihrer Ermordung hatte sie damit begonnen, sich dreimal wöchentlich ein Serum zu spritzen, durch das der natürliche Alterungprozeß verlangsamt wurde.

Am liebsten hätte Stevie die Briefe kommentarlos beiseite gelegt. Aber die morbide Faszination, die von ihnen ausging, ließ sie nicht mehr los. Sie enthüllten ihr Dinge über Thornburg Conrad, die sie sich bis vor einer Stunde nicht einmal hätte träumen lassen.

Aus Amandas Zeilen ging völlig zweifelsfrei hervor, daß sie von der Idee der ewigen Jugend genauso infiltriert war wie er. Genauer besehen schien es sogar so, als wäre wegen dieser fixen Idee aus einem zufälligen Kennenlernen bei einer Cocktailparty ... ja, was geworden? Als was hätte man ihre verhängnisvolle Beziehung am ehesten bezeichnen können? Symbiose schien in Stevies Augen das Wort, das den Tatbestand vermutlich am ehesten wiedergegeben hätte.

Amanda und Thornburg waren geradezu besessen gewesen von der Idee, ihr Leben künstlich zu verlängern, und sie hatten es auch glänzend verstanden, diese Manie selbst vor Menschen, die ihnen sehr nahestanden, geschickt zu verbergen. Im nachhinein machte sich Stevie nun heftige Vorwürfe, daß sie Amandas scheinbare Ausgeglichenheit für bare Münze genommen und kein einziges Mal hinterfragt hatte, was sich hinter dieser heilen Fassade tatsächlich verbarg. Mit schmerzlicher Deutlichkeit wurde sie mit einem Mal wieder an die zahlreichen heftigen Depressionen ihrer Schwester erinnert, die sie jedoch immer nur als eine vorübergehende und nicht weiter ernstzunehmende Erscheinung angesehen hatte. Ihr ansonsten unbestechliches psychologisches Feingespür hatte sie also ausgerechnet im Fall ihrer eigenen Schwester kläglich im Stich gelassen.

Unwillkürlich mußte Stevie an die Worte ihrer Lehranalytikerin denken. »*Wiegen Sie sich nie in dem trügerischen Glauben, so gut auf Ihre Patienten eingestellt zu sein, daß Sie nicht mehr von ihnen überrascht werden können. Das erste Mal, wenn Sie einen Ihrer Patienten durch Selbstmord, Mord oder was auch immer verlieren, werden Sie sich unwillkürlich fragen: Was habe ich übersehen? Was habe ich versäumt zu tun? Und lassen Sie mich Ihnen jetzt schon versichern, Stevie: Die Antwort auf diese Fragen wird Ihnen nicht gefallen.*«

Stevie griff nach dem letzten Brief, und wie im Schlußakt einer antiken Tragödie wurde sie Zeuge einer verhängnisvollen Entwicklung, die unaufhaltsam in die Katastrophe führte.

... Du versuchst mir zwar einzureden, es gebe keinen Grund zur Besorgnis, die Experimente verliefen ganz nach Plan. Aber mein Körper sagt mir etwas ganz anderes. Ich habe Angst – nicht nur wegen der unübersehbaren Anzeichen meines fortschreitenden körperlichen Verfalls, sondern auch wegen Deiner Weigerung, mich zu sehen. Du bist nicht einmal bereit, mit mir zu telefonieren, geschweige denn Dich mit mir zu treffen.

Ich habe einen feierlichen Eid geschworen, keinem Menschen zu erzählen, worauf ich mich da eingelassen habe. Aber jetzt, zumal da Du mich plötzlich so schmählich im Stich gelassen hast, bin ich nicht mehr länger bereit zu schweigen.

Nachdem Du nicht einmal am Telefon mit mir reden wolltest, teile ich Dir hiermit brieflich mit, daß ich mich nicht mehr länger durch meinen Eid gebunden fühle. Ich gehe innerlich noch zugrunde, wenn ich nicht endlich mein Schweigen breche.

Deshalb habe ich beschlossen, Wolf alles zu erzählen. Ich weiß zwar nicht, wann ich mich endlich dazu werde durchringen können, und wenn ich ganz ehrlich bin, weiß ich nicht einmal, ob ich den dafür nötigen Mut überhaupt je aufbringen werde. Dennoch werde ich es ihm früher oder später erzählen. Das ist das mindeste, was ich für mich tun kann.

Ich möchte, daß Du weißt, daß ich Dir keinen Vorwurf mache. Letztlich habe ich das Ganze nur mir selbst zuzuschreiben. Jedenfalls kann ich Dir aus der Tatsache, daß Du meine Hand ergriffen hast, als ich sie Dir hilfesuchend entgegenstreckte, schwerlich einen Strick drehen.

Leb wohl, Thornburg . . .

Stevie schloß die Augen. Erst jetzt spürte sie die Tränen, die über ihre Wangen rollten.

»Niemand anderer als Thornburg Conrad hat Ihre Schwester ermordet, Frau Doktor.« Yoshidas Stimme schien von unendlich weit her zu kommen.

Entsetzt drehte sie sich zu ihm um und starrte ihn fassungslos an. Durch ihre Tränen nahm sie ihn jedoch nur ganz verschwommen wahr.

»Damit wollte ich selbstverständlich nicht sagen, daß er sie eigenhändig umgebracht hat. So etwas überläßt er lieber anderen. Aber er hat den Auftrag dazu erteilt.«

»*Warum*?« stieß Stevie gequält hervor.

»Diese Frage dürfte der letzte Brief Ihrer Schwester an sich hinreichend beantworten. Sie wollte ihrem Freund erzählen, wie Thornburg Conrad sie für seine Experimente mißbraucht hatte. Wenn mich nicht alles täuscht, war der Freund Ihrer Schwester Polizist. Nun stellen Sie sich vor, er hätte von diesen Versuchen erfahren. Selbstverständlich hätte er nichts unversucht gelassen, um Thornburg Conrad das Handwerk zu legen. Und das wiederum konnte Conrad unter keinen Umständen zulassen. Ihm blieb also gar keine andere Wahl, als Ihre Schwester für immer zum Schweigen zu bringen.«

Stevie ließ den Kopf sinken und starrte abwesend auf Amandas letzte Zeilen. Ein paar Tränen waren auf das Briefpapier getropft und hatten die Tinte zerfließen lassen. Nach einer Weile gab sie sich einen Ruck, legte die Briefe auf den Tisch zurück und strich sie einen nach dem anderen glatt.

»Darf ich diese Briefe behalten?«

Yoshida nickte. »Aber selbstverständlich.«

Stevie war wie vor den Kopf geschlagen. Wenn sie doch alles nur geträumt hätte! Aber dieser Alptraum war bittere Wirklichkeit.

»Was wollen Sie von mir?« fragte sie schließlich.

»Nichts«, antwortete Yoshida und wandte sich zum Gehen. »Und wenn doch, dann habe ich es bereits bekommen.«

Nachdem sich die Tür hinter ihm geschlossen hatte, wurde es totenstill im Raum. Lange blieb Stevie zusammengesunken an ihrem Schreibtisch sitzen. Irgendwann ließ sie ein lautes Hupen, das von der Straße heraufdrang, heftig hochfahren. Doch dann breitete sich wieder diese entsetzliche Stille aus, ähnlich lähmend wie der Duft der Blumen an einem offenen Grab.

»Es gibt ein altes japanisches Märchen über einen männerverschlingenden Dämon«, begann Chika. »Wie alle Dämonen war auch dieser halb männlich, halb weiblich. Da er jedoch den Sterblichen immer in Gestalt einer Frau erschien, wollen wir von ihm als von einer Dämonin sprechen.

Wegen ihres Unvermögens war besagte Dämonin vor langer, langer Zeit aus den dreizehn Kreisen der Unterwelt verbannt worden – im Westen würde man vielleicht Hölle sagen, aber wir kennen keine Hölle. So durchstreifte sie also die Welt der Menschen und suchte nach einer Möglichkeit, ihre dämonischen Kräfte zu vermehren.

Um sich die Lebenskräfte ihrer Opfer anzueignen, verschlang sie ihre Herzen, trank ihr Blut und berauschte sich an ihren bösen Taten. Alles ohne Erfolg. Daraufhin ging sie dazu über, ihre Gehirne zu fressen, und da sich dabei tatsächlich etwas in ihr zu regen begann, fuhr sie damit fort.

Aber wie sich herausstellte, fruchtete auch das nichts. Dennoch ließ sie sich von ihren Mißerfolgen nicht davon abbringen weiterzumachen, bis sie irgendwann an einem Punkt angelangt war, an dem sie dieses endlose Morden ebensowenig lassen konnte, wie ein Mensch zu atmen aufhören kann.

Ganz ähnlich verhält es sich mit der Ehrwürdigen Mutter. Auch sie hat schon lange keine andere Wahl mehr, als den verhängnisvollen Weg, den sie vor langer Zeit einmal eingeschlagen hat, bis zum bitteren Ende zu beschreiten. Im Gegensatz zu der Dämonin ist es ihr jedoch sehr wohl gelungen, sich die Lebenskraft, das *makura na hiruma,* ihrer Opfer anzueignen. Deshalb sei jetzt schon vor ihr gewarnt: In welcher Verkleidung sie dir auch gegenübertreten mag, unter ihrer Maske verbirgt sich niemand anderer als die menschenfessende Dämonin. Sie kann nicht zulassen, daß es neben ihr noch jemanden gibt, der über soviel *makura na hiruma* verfügt wie du.

Wenn du nicht auf der Hut bist, wird sie auch dir dein *makura na hiruma* aussaugen und dich anschließend töten.«

Sie standen im Schatten der Wolkenkratzer von Shibuya. Die Luft war von einem tiefen Pochen erfüllt, das den milchigen Dunst von innen heraus zu erleuchten schien. Hinter ihnen schlug das mechanische Herz eines gigantischen Generators. Über ihnen verlief die Stadtautobahn, die das Stadtviertel in zwei Teile teilte. Wolf wußte bereits von

Chika, daß Generatoren die übersinnliche Wahrnehmung blockierten. Die Ehrwürdige Mutter und ihre Leute konnten sie hier also nicht aufspüren. Dennoch legte Wolf sein *makura na hiruma* wie einen schützenden Mantel um Chika und sich.

»Da die Ehrwürdige Mutter inzwischen von Minakos Verrat weiß«, sagte Chika besorgt, »müssen wir mit dem Schlimmsten rechnen.«

Wolf nickte ernst. »Deine Mutter könnte sogar schon tot sein.«

»Nein. Das wäre gänzlich atypisch für die Ehrwürdige Mutter. Es gibt nichts Schöneres für sie, als sich am langsamen Sterben ihrer Opfer zu weiden. Aber dein Plan ist sehr gefährlich. Ich halte es für besser, wenn ich dich begleite.«

»Auf keinen Fall«, winkte Wolf ab. »Da die Ehrwürdige Mutter deine Aura spüren kann, ginge dadurch der ganze Überraschungseffekt verloren. Wenn jemand deine Mutter befreien kann, dann nur ich. Und zwar ganz allein.«

»Dazu müßtest du die Ehrwürdige Mutter töten.« Chika sah ihm tief in die Augen. »Meine Mutter hatte recht: Genau das ist dir vom Schicksal bestimmt.«

Am Eingang von *Verbotene Träume* wurde Wolf von einer auffallend kleinen Frau in einem Herrenanzug in Empfang genommen.

»Mein Name ist David Warren«, stellte er sich vor. »Ich bin ein Geschäftsfreund von Lawrence Moravia. Er hat mir wahre Wunderdinge von diesem Club erzählt.«

Nachdem ihn die zwergenhafte Frau einen Moment prüfend gemustert hatte, verneigte sie sich tief und forderte ihn auf einzutreten.

Wolf spürte ein unangenehmes Kribbeln in der Magengrube, als sich die Tür hinter ihm schloß. Obwohl es erst früher Nachmittag war, herrschte in den Clubräumen bereits reger Betrieb. Alle anderen Gäste waren Japaner, sehr seriös und ausnahmslos in dunklen Anzügen.

Er ging an die Bar und bestellte sich ein Kirin-Bier. Nach einer Weile erkundigte er sich nach der Toilette und entfernte sich.

Chika hatte ihm das Innere von *Verbotene Träume* sehr genau beschrieben, und so hatte er den langen, mit groben Steinplatten ausgelegten Gang rasch gefunden, der zu einem großen Raum führte, an dessen Wänden kostbare alte Drucke mit Samurai-Darstellungen hingen. In die Rückwand das Raums war eine Glastür eingelassen, durch die Wolf in den kunstvoll angelegten Garten hinaustrat. Hoch über ihm ragten die hypermodernen Hochbauten Tokios auf, die jedoch angesichts der intensiven Ausstrahlung des Gartens seltsam verwandelt wirkten. Im diffusen Licht des trüben Vorfrühlingstages hätte man sie durchaus für riesige Zedern halten können. Wolf hatte das eigenartige Gefühl, als wären die Gesetze der Zeit an diesem Ort aufgehoben.

Im Garten entdeckte er eine Frau. Sie kniete auf dem braunen Moos und hatte ihr ovales Gesicht gen Himmel gewandt; die Augen waren geschlossen, als wäre sie angesichts der unnatürlichen Stille, die an diesem Ort herrschte, in tiefen Schlaf gesunken. Ihr dichtes schwarzes Haar war zu einem langen Zopf geflochten. Schockierend scharf hob sich das leuchtende Rot ihrer vollen Lippen von ihrem auffallend blassen Gesicht ab – fast so, als hätte jemand eine Obszönität auf die weiße Haube einer Nonne geschmiert. Ihr Kimono war vollkommen schwarz – bis auf die dünnen weißen Ränder an Kragen, Ärmeln und Saum. Wolfs erster Eindruck von diesem tiefen Schwarz war der eines reißenden Flusses im Dunkel einer sturmgepeitschten Nacht.

Die Frau war allein und allem Anschein nach unbewaffnet. Das also war die Ehrwürdige Mutter.

Die Frau schlug die Augen auf. Sie waren ockerfarben und so leuchtend hell wie Gold, so klar, als könnte man durch sie hindurchblicken.

»Es gibt nichts zu fühlen, nichts wahrzunehmen, nichts zu erkennen. Wie auf einem unbeschriebenen Blatt. Dennoch haben Sie die Kraft.«

Die leuchtenden Augen der Ehrwürdigen Mutter wurden riesengroß, als sie sich Wolf zuwandte. Lag es nur an der Beleuchtung, oder begannen sie sich tatsächlich zu verdunkeln?

Wolf spürte, wie etwas an ihm vorbeiglitt – gerade so, als wäre er ein Schiff, das nachts auf hoher See ganz dicht an einem Eisberg entlangstreifte.

»Entweder bin ich blind«, fuhr die Ehrwürdige Mutter fort, »oder Sie existieren nicht.« Sie ließ Wolf nicht aus den Augen. »Aber ich bin nicht blind, und Sie existieren. Demnach hatte ich recht.« Ihr Lächeln hatte etwas seltsam Entwaffnendes an sich. Unwillkürlich fühlte sich Wolf an das Eingeborenenmädchen in Lightning Ridge erinnert. »Wie ist es möglich, daß mein Patenkind Chika Ihre Kraft spüren kann?«

»Das weiß ich leider nicht«, antwortete Wolf.

»Die Zukunft ist also eingetreten«, sagte die Ehrwürdige Mutter. »Und das Erstaunlichste an der ganzen Sache ist, daß es sich dabei um eine Zukunft handelt, die uns allen verschlossen bleibt.«

»Wer hat Lawrence Moravia ermordet?« fragte Wolf. »Wer hat Amanda Powers umgebracht? War das Suma? Er ist hier. Ich kann es ganz deutlich spüren. Ich fühle seine Aura.«

»Ist das wirklich der Grund, weshalb Sie hierher gekommen sind?«

Er richtete sein *makura na hiruma* nach außen – ein schwarzer Finger, zitternd vor geballter Kraft. »Antworten Sie mir!«

»Falls ich habe, was Sie wollen, wäre ich die letzte, die es Ihnen verweigern würde«, antwortete die Ehrwürdige Mutter. »Haben Sie nur Geduld.«

Sie schloß die Augen, und im selben Augenblick spürte er, wie sich auch seine Lider senkten. Gleichzeitig hatte er den Eindruck, als ginge ein heftiger Ruck durch das feste Gefüge aus Raum und Zeit. Mit einem Mal schienen er und diese Frau zu einer gewaltigen stampfenden Macht zu verschmelzen, deren Kraft dadurch ins Unermeßliche gesteigert wurde.

Die Ehrwürdige Mutter riß ihre Augen im selben Moment auf, in dem Wolf die seinen öffnete. Als sie zu sprechen begann, hatte ihre Stimme etwas zutiefst Einschmeichelndes. »Chika liebt Sie über alles. Sie würde sogar für Sie sterben. Aus diesem Grund ist ihre Wahrnehmungsfähigkeit so über das übliche Maß hinaus geschärft, daß sie Dinge in Ihnen sieht, die wir nicht wahrnehmen können. Ich habe es ja immer schon gesagt: Chika ist ein ganz außergewöhnliches Mädchen.«

Aufmerksam hielt Wolf nach irgendwelchen Anzeichen von Wahnsinn im Verhalten der Ehrwürdigen Mutter Ausschau, die sich nun erhob und langsam zwischen den vor Nässe glänzenden Felsen auf und ab zu schreiten begann. Als könnte sie seine Gedanken lesen, fuhr sie fort: »Ja, sehen Sie mich nur gut an. Und dann versuchen Sie sich Ihre geliebte Chika vorzustellen. Sie wurde 1972 geboren. Aber sie wird mindestens noch fünfzig Jahre lang genauso jung aussehen wie jetzt.« Ein Lächeln, geheimnisvoll wie das der Sphinx, legte sich über ihre Züge. Sie weidete sich förmlich an Wolfs staunenden Blicken. »Obwohl ich Chikas Schwester sein könnte, wurde ich am letzten Tag des letzten Jahres des letzten Jahrhunderts geboren.«

Trotz allem, was ihm Chika bereits über die Auswirkungen von *makura na hiruma* auf den Alterungsprozeß erzählt hatte, traute Wolf seinen Ohren nicht. »Sie wurden 1899 geboren?«

»Sagen Sie mir, Leeres Blatt, wann wurden Sie geboren?«

»Vor dreiundvierzig Jahren.«

»Sind Sie sich eigentlich bewußt, daß Sie auf keinen Fall älter als fünfunddreißig aussehen?«

Unwillkürlich strich sich Wolf über sein Gesicht. »Wie lange werde ich leben?«

Die Ehrwürdige Mutter hob die Schultern. »Leider ist mir Ihre Zukunft verschlossen.«

Geschmeidig wie eine Katze glitt ihr Schatten über die Felsen, als sie an Wolf vorüberging, und plötzlich hatte er wieder dieses seltsame Gefühl, als huschte etwas an ihm vorbei. Allerdings konnte er sich diesmal bereits eine ungefähre Vorstellung von den Ausmaßen dieses Energiefelds machen.

Mit einem Mal war das rätselhafte Lächeln auf den Lippen der Ehrwürdigen Mutter verflogen. »Sind Sie sich eigentlich bewußt, wie sehr Sie das bisherige Machtgleichgewicht aus dem Lot gebracht haben, Leeres Blatt? Ich bin unfruchtbar. Chika ist mein Patenkind. Ich liebe sie mehr als jeden anderen Menschen auf dieser Welt – mehr als jeden Mann, dem ich je meine Liebe geschenkt habe.« Je länger er sie betrachtete, desto strahlender erschien ihm ihre Schönheit. »Sind Sie sich überhaupt im klaren darüber, worum es hier eigentlich geht? Haben Sie bereits eine Vorstellung von der neuen Zukunft, die nun Ihretwegen Gegenwart geworden ist? Chikas Mutter bedroht mich. Bisher war Chika noch meine Beschützerin. Doch wie die Dinge nun liegen, wird auch sie mir nach dem Leben trachten – und das alles nur Ihretwegen.«

»Chika und ich gehören zusammen«, entgegnete Wolf. »Ich kann ebensowenig mehr ohne sie leben wie sie ohne mich.«

Das Sonnenlicht, dem der milchige Dunst eine diffus-ätherische Qualität verlieh, wurde inzwischen nur noch von den spiegelnden Fassaden der umstehenden Hochhäuser in den Garten geworfen und tauchte die Ehrwürdige Mutter in einen warmen und sinnlichen Bronzeton.

»Sie sind der Verlorene Sohn, der endlich seine Bestimmung gefunden hat. Und nun steht es in Ihrer Macht, in die Rolle des Erlösers oder Zerstörers zu schlüpfen.« Ihre roten Lippen öffneten sich kaum merklich. »Einen ersten Vorgeschmack auf das, was Sie nun erwartet, haben Sie bereits erhalten. Sie haben sehr deutlich gespürt, welch ungeheure Kraft diese gigantische Macht hatte, zu der wir für einen Augenblick verschmolzen sind. Mit den vereinten Kräften unseres *makura na hiruma* wären wir zu allem fähig.«

Wolf war sich des lockenden Sirenengesangs ihrer Aura nur zu deutlich bewußt. Er wandte sich abrupt von ihr ab. »Ich brauche Ihre Hilfe nicht. Nötigenfalls werde ich Suma auch allein finden.«

Die Ehrwürdige Mutter lächtelte. »Und was ist mit Minako? Glauben Sie, sie können Sie genauso leicht finden?«

Er drehte sich wieder um. »Wo ist sie? Was haben Sie mit ihr gemacht?«

»Sieh mal einer an.« Nachdenklich legte die Ehrwürdige Mutter den Kopf auf die Seite. »Was kümmert Sie Minakos Schicksal? Sie ist wahnsinnig geworden. Deshalb habe ich sie zu ihrem eigenen Besten und zum Schutz ihrer Mitmenschen in sicheren Gewahrsam nehmen lassen.«

»Das ist eine Lüge.«

»Wie kommen Sie denn darauf? Minako ist meine beste Freundin, und ich stehe tief in ihrer Schuld. Sie war es, die sich meiner angenommen hat, als sich sonst niemand um mich kümmerte. Ihr habe ich alles zu verdanken. Sie war wie eine ältere Schwester für mich. Glauben Sie da allen Ernstes, ich würde sie gerade in dem Moment im Stich lassen, in dem sie mich dringender denn je braucht?«

»Das zu beurteilen, sollten Sie lieber mir selbst überlassen. Ich möchte sie sehen.«

Die Ehrwürdige Mutter nickte. »Aber gewiß doch. Wenn Sie mir bitte folgen würden.«

Sie verließen den Garten und betraten einen Raum mit Wänden aus mächtigen, auf Hochglanz polierten Zedernholzbalken. Die Luft war erfüllt von stechendem Harzgeruch.

Wolf entging nicht, daß die Ehrwürdige Mutter die gläserne Schiebetür verriegelte, bevor sie sich der Frau zuwandte, die in der Mitte des Raums auf dem Boden kniete. Es war Minako. Sie hatte die Hände im Schoß verschränkt.

»Minako?« sprach Wolf sie an.

»Ja, Wolf-san.«

Er sah sie prüfend an. Kein Zweifel, sie war es.

»Hält man Sie hier gefangen?«

»Ich bin sehr krank«, antwortete Minako. »In meinen wenigen lichten Momenten ist mir das durchaus bewußt.«

»Aber im Tempel haben Sie mir doch erzählt ...«

»Ich leide an einer schweren Krankheit, Wolf-san, und weiß manchmal selbst nicht, was ich sage.«

Irgend etwas an ihr kam ihm sonderbar vor. Aber er hätte nicht sagen können, woran das lag. Deshalb aktivierte er sein *makura na hiruma*.

Dabei machte er eine seltsame Feststellung. Zuerst stieß er auf eine Fassade, so leblos wie die abgestreifte Haut einer Klapperschlange. Und darunter lauerte eine Aura, die er schon früher einmal gespürt hatte ... in dem Lagerhaus in New York ... in dem Fluß in Massachusetts ...

Suma!

Je länger Chika unter der Brücke wartete, desto kälter wurde ihr. Obwohl sie die Arme ganz fest um ihren Körper geschlungen hatte, spürte sie keine Wärme, fand sie keinen Trost. Wolf hatte ihr eingeschärft, sich unter allen Umständen von *Verbotene Träume* fernzuhalten – eine durchaus berechtigte Vorsichtsmaßnahme. Wenn allerdings die Ehrwürdige Mutter, wie Yuji behauptet hatte, tatsächlich über Minakos Pläne Bescheid wußte, dann war längst alles verloren. Das hatte sie Wolf allerdings nicht gesagt, da er ihr ohnehin nicht geglaubt hätte. Schließlich kannte er die Ehrwürdige Mutter nicht.

Insgeheim machte Chika jedoch auch ihrer Mutter schwere Vorwürfe, daß sie von ihr in eine derart unhaltbare Position hineinmanövriert worden war. Sie als Doppelagentin in das engste Umfeld der Ehrwürdigen Mutter einzuschleusen! Und um welchen Preis! Chika war sich sehr deutlich bewußt, daß sie schon mehr als einmal ganz kurz davor gestanden hatte, dem verhängnisvollen Einfluß der Ehrwürdigen Mutter zu erliegen.

Jedenfalls gab sie sich keinen Illusionen hin, daß die Ehrwürdige Mutter von Anfang an nur darauf hingearbeitet hatte, sie ganz für sich und ihre finsteren Zwecke zu gewinnen. Sie moralisch zu korrumpieren war in ihren Augen die einzige Möglichkeit gewesen, sie Minako abspenstig zu machen.

Chika machte sich schwere Vorwürfe, daß sie Wolf ganz allein und vollkommen unvorbereitet zur Ehrwürdigen Mutter hatte gehen lassen. Irgendwann bekam sie schließlich so heftige Gewissensbisse, daß sie zu ihrem Wagen ging und zu *Verbotene Träume* fuhr – selbst auf die Gefahr hin, daß dort jemand ihre Aura spürte und auf ihr Nahen aufmerksam wurde.

Und genau das war der Fall. Aber zum Glück war es nur ihre Mutter Minako.

»Wo willst du hin?«

Chika, die nicht weit von *Verbotene Träume* geparkt hatte und gerade aus ihrem Wagen stieg, starrte ihre Mutter ungläubig an. Minako hatte in einem dunklen Hauseingang gewartet und zerrte sie nun rasch wieder dort hinein.

»Aber Mutter, was tust du denn hier?« entfuhr es Chika überracht. »Wolf hat gesagt, du wolltest eigentlich die Ehrwürdige Mutter aufsuchen.«

»Das ist richtig«, nickte Minako. »Genau das habe ich ihm erzählt.«

»Aber wie kommst du plötzlich hierher?« Chika sah sie erstaunt an. »Nachdem Yuji uns erzählt hat, daß die Ehrwürdige Mutter alles über deine Pläne weiß . . .«

»Natürlich ist sie längst im Bild«, fiel ihr Minako ungeduldig ins Wort. »Mir war von Anfang an klar, daß sie es früher oder später herausfinden würde. Das war nur eine Frage der Zeit.«

Das mußte Chika erst einmal verdauen. »Du hast uns also nur etwas vorgemacht! Wir sollten glauben, die Ehrwürdige Mutter würde dich in *Verbotene Träume* gefangenhalten. Aber wozu dieses Theater?«

Minako lächelte. »Man muß eben mit allen Tricks arbeiten, wenn man es mit einer so gefährlichen Gegnerin wie der Ehrwürdigen Mutter zu tun hat. Ursprünglich wollte ich sie eigentlich mit Kazukis Hilfe ausschalten.«

»Aber Kazuki ist schwer krank, und sie verfügt über keinerlei *makura na hiruma.*«

»Da täuschst du dich gewaltig«, korrigierte sie Minako. »Es ist nichts anderes als ihr *makura na hiruma,* das sie von innen heraus auffrißt. Es war nämlich so stark, daß sie es nicht mehr unter Kontrolle halten konnte.

Ich habe ihr zwar beizubringen versucht, wie sie damit umgehen muß – aber leider hat sie nicht schnell genug gelernt. Einmal außer Kontrolle geraten, hat sie ihre eigene Kraft von innen heraus zu zerstören begonnen. Nachdem dieser verhängnisvolle Prozeß in Gang gesetzt war, gab es nichts mehr, wodurch er sich noch aufhalten, geschweige denn rückgängig hätte machen lassen.«

»O Gott.« Entsetzt schlug Chika die Hände vors Gesicht. »Aber Kazuki ist doch schon sehr lange krank. Ich dachte, du hättest den Entschluß, die Ehrwürdige Mutter zu stürzen . . .«

». . . erst vor kurzem gefaßt?« sprach Minako den Satz lächelnd für sie zu Ende. »Keineswegs. Mit diesem Gedanken trage ich mich schon seit Jahrzehnten. Mir wurde schon sehr früh bewußt, wie die ungeheure Kraft ihres *makura na hiruma* sie zusehends mehr in den Wahnsinn trieb. Sie ist zwar willensstärker als Kazuki und konnte sich ihre gewaltige Energie deshalb länger zunutze machen. Aber irgendwann verlor auch sie die Kontrolle darüber.«

»Deshalb also hast du mich losgeschickt, um nach Wolf zu suchen?«

Minako nickte. »Als ich auf Kazuki nicht mehr länger zählen konnte, mußte ich mich nach jemand anderem umsehen, der mir helfen konnte, die Ehrwürdige Mutter zu stürzen. Für diese Aufgabe hatte ich übrigens schon sehr früh Matheson ins Auge gefaßt, obwohl ich mir damals über das wahre Ausmaß seiner Kräfte noch nicht im klaren war. Für mich stand nur fest, daß er als einziger Enkel von White Bow über enormes *makura na hiruma* verfügen mußte. Da bei ihm jedoch rein äußerlich nichts auf etwas Derartiges hindeutete, ließ ich meinen Plan wieder fallen. Erst viel später wurde mir dann definitiv klar, daß sein *makura na hiruma* enorm stark ausgeprägt sein mußte. Die Frage war nur: Wie sollte ich ihn dazu bringen, mit mir zusammenzuarbeiten?«

Chika war wie vom Donner gerührt. »Aber warum hast du dann auch noch Suma in die Sache hineingezogen? Das war doch ungeheuer riskant. Warum hast du mich nicht allein losgeschickt, um Wolf nach Japan zu bringen?«

»Das wäre zu gefährlich gewesen, mein Kind.« Minako schüttelte den Kopf. »Nicht einmal du kennst die Ehrwürdige Mutter so gut wie ich. In ihrem Wahnsinn ist sie einer Art von mentalem Kannibalismus verfallen. Sie hat angefangen, ihren Opfern ihre *makura na hiruma* auszusaugen. Auf diese Weise ist es ihr gelungen, immer größere Kräfte in sich zu vereinen. Es wäre sinnlos gewesen, Matheson unter großem Aufwand nach Japan zu locken, wenn sich im nachhinein herausgestellt hätte, daß seine Kräfte denen der Ehrwürdigen Mutter nicht mindestens ebenbürtig sind. Er mußte erst auf die Probe gestellt werden – und zwar unter den denkbar härtesten Bedingungen. Außerdem war längst überfällig, daß du dich endlich einmal unsterblich verliebst.«

»Du hast schon die ganze Zeit gewußt, was passieren würde?«

»Mehr oder weniger.«

»Und du hast nichts dagegen unternommen?«

»Ganz im Gegenteil, ich habe sogar nach Kräften nachgeholfen. Mir blieb ja auch gar keine andere Wahl. Ohne Matheson haben wir nicht die geringste Chance.«

Obwohl Chika die Enthüllungen ihrer Mutter zutiefst schockiert hatten, war ihr dennoch nicht entgangen, daß Minako nicht mit einem Wort auf die größenwahnsinnigen Weltherrschaftspläne des Bunds der Schwarzen Klinge eingegangen war. Voller Entsetzen wurde ihr bewußt, daß es ihrer Mutter gar nicht um inhaltliche Dinge ging, sondern nur um die Macht als solche. Sie wollte die Ehrwürdige Mutter stürzen, um an ihrer Stelle die Führung des Bunds der Schwarzen Klinge übernehmen zu können! Und um dieses Ziel zu erreichen, war sie nicht einmal davor zurückgeschreckt, das Leben ihrer eigenen Kinder aufs Spiel zu setzen.

Entsetzt sah Chika ihre Mutter an. »Und nun soll Wolf ganz allein den Kampf gegen die Ehrwürdige Mutter antreten?«

»Natürlich.« Minako nickte. »So und nicht anders war es geplant.«

»Aber er kennt sie doch gar nicht. Er macht sich keinerlei Vorstellungen, wozu diese Frau fähig ist.«

»Keine Sorge. Er wird sie bezwingen.«

»Woher willst du das so sicher wissen? Hast du bereits einen Blick in die Zukunft geworfen?«

Als Minako nichts sagte, sah Chika sie durchdringend an. »Nein, Mutter, du kannst die Zukunft gar nicht gesehen haben. Niemand von uns kann das.«

»Ich weiß . . .«

»Gar nichts weißt du«, stieß Chika heftig hervor und rannte in Richtung *Verbotene Träume* davon.

Als Wolf einen Schritt auf Minako zumachte, löste sich ihr Bild auf wie eine Spiegelung im Wasser. Ein kaum merkliches Flackern, und im selben Moment warf sich Wolf mit solcher Kraft gegen Suma, daß dieser von der Wucht des Zusammenpralls gegen die Wand geschleudert wurde.

Doch Suma war auf diese Attacke vorbereitet gewesen.

Blitzschnell schoß das Dunkel seiner Aura vor und schüttelte Wolf mühelos von sich ab. Der konnte den Angriff mit einer leichten Linksdrehung gerade noch rechtzeitig abfangen und attackierte Suma im Gegenzug mit zwei Schlägen gegen die Brust, die jedoch unerklärlicherweise keinerlei Wirkung zeigten. Im Gegenteil, Suma brachte Wolf gleich darauf einen schweren Treffer an der linken Schulter bei, von dem ihm für einen Moment die Luft wegblieb. Und noch während er wieder zu Atem zu kommen versuchte, sah er plötzlich in Sumas rechter Faust ein kleines Messer aufblitzen. Die seltsame Waffe – sie bestand aus einem Knochengriff, einem beweglichen Mittelstück und einer gekrümmten Klinge am Ende – sauste blitzschnell auf ihn zu und bohrte sich wie ein Raubvogelschnabel in seine Schulter.

Sich Wolfs momentanen Schock zunutze machend, ließ Suma die gefährliche Waffe gleich noch einmal vorschnellen, doch jetzt konnte Wolf das Handgelenk Sumas gerade noch rechtzeitig abblocken. Gleichzeitig wich er seitlich nach hinten aus, ließ Sumas Handgelenk wieder los und täuschte einen *atemi* gegen seine Nase vor. Als Suma den Schlag mit dem Arm abzuwehren versuchte, packte ihn Wolf blitzschnell am Ellenbogen, riß seinen Arm mit voller Kraft hoch und machte eine Drehung, so daß er hinter Suma zu stehen kam. Gleichzeitig preßte er sich fest gegen ihn und versuchte seinen Kopf zu fassen, um ihm das Genick zu brechen.

Doch Suma ließ sich abrupt fallen und trieb Wolf den Griff seines Messers mit solcher Wucht in die Seite, daß ihm schwarz vor den Augen wurde. Diese momentane Schwäche Wolfs machte er sich zunutze, um ihm einen gezielten Handkantenschlag gegen sein rechtes Knie zu versetzen. Als Wolf dadurch das Gleichgewicht verlor, wich Suma einen Schritt zurück, und schon sauste die Messerklinge wieder durch die Luft. Wolf, dem das Atmen zusehends größere Mühe bereitete, konnte sie gerade noch abfangen. Und als Suma darauf sofort noch einmal angriff, warf sich Wolf frontal gegen ihn. Mit der linken Hand das Messer abwehrend, traf er mit der rechten Suma mit einem mörderischen *atami* voll in die Nieren. Doch auch dieser Treffer schien keinerlei Wirkung zu zeigen.

Um den Gründen für seine seltsame Atemnot nachzugehen, richtete Wolf sein *makura na hiruma* nach außen. Im selben Moment sah er auch schon, was in Sumas Kopf vor sich ging: Die Klinge des Flegels war vergiftet. Das also war der Grund, weshalb es Suma nicht eilig hatte, einen tödlichen Schlag gegen ihn zu landen. Er brauchte nur zu warten, bis das Gift seine Wirkung tat.

Als Wolf wieder angriff, wich ihm Suma geschickt aus. Nach zwei weiteren Versuchen blieb Wolf plötzlich die Luft weg. Heftig den Kopf schüttelnd, sank er in die Knie. Nur mit Mühe kam er wieder auf die Beine, und entsprechend erfolglos verlief auch seine nächste Attacke. Mit einem höhnischen Grinsen wich ihm Suma aus und schlenkerte dabei zum Zeichen seiner Überlegenheit herausfordernd mit dem Messer hin und her.

Das hätte er nicht tun sollen. Ganz unvermutet schoß Wolfs linke Hand vor und packte die Klinge. Und obwohl Wolf vor Schmerzen laut aufschrie, als sich die messerscharfe Schneide in seine Handfläche grub, riß er dennoch mit aller Kraft daran. Suma, der mit diesem Manöver nicht gerechnet hatte, verlor das Gleichgewicht und taumelte nach vorn. Diese Gelegenheit nutzte Wolf, die schwarze Klinge seine *makura na hiruma* vorschnellen zu lassen, und diesem Angriff hatte Suma, der sich seines Sieges bereits ganz sicher gewesen war, nichts mehr entgegenzusetzen. Ein unbeschreiblicher Schmerz durchzuckte ihn. Es war, als würde jede einzelne Zelle seines Körpers explodieren, jede Nervenbahn in einem gigantischen Kurzschluß durchbrennen. Und im selben Augenblick tat sich auch schon eine klaffende Wunde in seiner Brust auf, aus der unter einem explosionsartigen Fauchen eine bläuliche Stichflamme hervorschoß.

Ebenso abrupt war der letzte Lebensfunke in Sumas noch immer ungläubig aufgerissenen Augen erloschen, und noch während er an der blutbespritzten Wand wie ein nasser Sack zu Boden sank, breitete sich im Raum ein widerlicher Gestank aus. Wolf kam nicht mehr dazu, seinen Triumph zu genießen. Das Gift, das sich unaufhaltsam in seinem Körper ausbreitete, raubte ihm die letzten Kräfte. Er sank in die Knie, versuchte sich wieder aufzurichten, sackte aber kraftlos zu Boden und bekam kaum mehr Luft. Seine Lungen waren wie gelähmt, aber sein Gehirn funktionierte noch wie gewohnt. Deshalb galt auch sein erster Gedanke der Ehrwürdigen Mutter. Wo steckte sie?

Als er sich mühsam umdrehte, um nach ihr Ausschau zu halten, begann ein seltsames Winseln den Raum zu erfüllen, das rasch zu einem orkanarigen Heulen anschwoll. Dann ertönte plötzlich ein explosionsartiger Knall, und es schien, als würde blitzartig alle Luft aus dem Raum abgesaugt. Im selben Augenblick stürzten auch schon die massiven Zedernholzwände ein und begruben Wolf unter sich.

5

Washington/Tokio

»Ich muß dringend verreisen«, sagte Jason Yoshida.

»Doch nicht ausgerechnet jetzt.« Ham Conrad war in das Studium der Unterlagen aus der Green Branches Clinic versunken. »Diese Dokumente sind noch wesentlich brisanter, als ich ursprünglich dachte. Sie besagen nicht weniger, als daß sich mein Vater des mehrfachen Mordes in Verbindung mit schwerem Menschenraub schuldig gemacht hat. Du kannst jetzt unmöglich weg. Ich möchte, daß du dabei bist, wenn ich meinen Vater zur Rede stelle.«

Yoshida sah an Ham vorbei aus dem Fenster. »Wir haben schon bedenklich lange nichts mehr von Shoto Wakare gehört. Laut Plan hätten inzwischen bereits wieder drei neue Lageberichte von ihm eingehen sollen. Aber kein einziger davon ist angekommen.«

»Na und?« sagte Ham, ohne von den Unterlagen aufzusehen. »Er hat uns doch erst kürzlich angekündigt, daß er demnächst Yuji Shian in *Verbotene Träume* einführen will. Ich würde mir deshalb also keine allzu großen Sorgen machen. Schließlich kann Wakare schlecht mit uns Verbindung aufnehmen, solange er dort ist.«

»Wenn es nur das wäre«, bemerkte Yoshida finster. »Wakare ist spurlos verschwunden.« Er wartete, bis Ham zu ihm aufschaute, bevor er hinzufügte: »Er könnte tot sein.«

»Tot?«

»Ich muß unbedingt nach Tokio fliegen, um mir dort persönlich ein Bild von der Lage zu machen.«

Nach kurzem Nachdenken nickte Ham. »Na schön, aber bleib bitte nicht zu lange. Gerade jetzt können wir uns keine Panne mehr erlauben. Ich möchte, daß du die erste Maschine nimmst und mich über alle Schritte genauestens auf dem laufenden hältst.«

Yoshida stand auf und salutierte mit einem ironischen: »Jawohl, Sir.«

Ham hatte sich jedoch bereits wieder den Unterlagen aus der Klinik zugewandt. Die Pläne der Japaner, Amerika wirtschaftlich den Rang abzulaufen, hatten seinem Vater also nur als Vorwand gedient, um sich in seinem erbitterten Kampf gegen den Bund der Schwarzen Klinge der Unterstützung höchster Regierungskreise versichern zu können. In Wirklichkeit war es ihm jedoch von Anfang an nur darum gegangen, eine Möglichkeit zu finden, den menschlichen Alterungsprozeß zu verlangsamen beziehungsweise umzukehren. Zu diesem Zweck war er nicht einmal davor zurückgeschreckt, Dutzende unschuldiger Menschen entführen zu lassen und an ihnen seine tödlichen Verjüngungsexperimente durchzuführen. Und das alles nur wegen seiner fixen Idee, dem Geheimnis des ewigen Lebens auf die Spur zu kommen.

Nachdem Yoshida sich von Ham verabschiedet hatte, verließ er unverzüglich das Gebäude. Weder suchte er vorher sein Büro auf, noch sprach er auf dem Weg nach draußen mit irgend jemandem. Er ließ sich von einem Taxi zu seiner Wohnung fahren; dort angekommen, gab er dem Fahrer zehn Dollar und bat ihn zu warten. Es war kurz nach elf, einen Tag nach dem Einbruch in der Green Branches Clinic.

Die drei kleinen Räume von Yoshidas Wohnung waren vollkommen leer. Nur im Eingangsflur standen zwei große Koffer.

Bevor er die Wohnung wieder verließ, warf Yoshida noch einen letzten Blick in den Kühlschrank. Schade, daß er Ham Conrads Gesicht nicht sehen konnte, wenn er die tote Ratte entdeckte, die er eigens für ihn deponiert hatte. Aber man konnte im Leben eben nicht alles haben.

Der Grund, den er Ham für seine überstürzte Abreise angegeben hatte, war natürlich nur ein Vorwand. In Wirklichkeit war es ihm vollkommen egal, wo Shoto Wakare steckte oder was aus ihm geworden war. Genau wie Ham hatte Wakare längst seinen Zweck erfüllt. Durch ein raffiniert gesponnenes Netz von Intrigen hatte Yoshida eine Kette von nahtlos ineinander übergreifenden Reaktionen ausgelöst, die mit tödlicher Sicherheit zu dem von ihm beabsichtigten Ziel führen würden. In Wirklichkeit war nämlich der Grund seiner überstürzten Abreise nach Japan ein ganz anderer: Die Ehrwürdige Mutter hatte ihn in die Heimat zurückbeordert.

Yoshida warf einen letzten Blick in die drei Räume seiner Wohnung, um sich zu vergewissern, daß er nichts übersehen hatte. Das hatte er nicht. Dann nahm er die zwei Koffer, trat auf den Flur hinaus und schloß sorgfältig hinter sich ab.

Fünfundvierzig Minuten später stand er vor dem JAL-Schalter am Dulles Airport und warf einen kurzen Blick auf die Uhr.

»Sie brauchen noch Namensschilder für Ihr Gespäck«, machte ihn die hübsche, junge JAL-Angestellte hinter dem Schalter aufmerksam, während sie seine Bordkarte ausstellte.

Gehorsam schrieb Yoshida auf die zwei JAL-Aufkleber, die sie ihm über den Schalter zuschob: JEN FUKUDA. Darunter trug er die Adresse eines großen kartographischen Verlags in Tokio ein. Beide Angaben stimmten mit den Eintragungen in seinem Paß, seinem Führerschein und seinen sonstigen Papieren überein.

Inzwischen war es zwanzig Minuten nach zwölf. Bis sein Flug aufgerufen wurde, hatte er noch etwas mehr als eine Stunde Zeit. Nachdem er Paß- und Sicherheitskontrolle passiert hatte, kaufte er sich an dem Zeitungsstand in der Wartehalle die neueste Ausgabe von *Forbes* und ging damit in die Cafeteria. Dort las er über einer Tasse Kaffee und einem Hot dog zwei hochinteressante Artikel über den unaufhaltsamen Niedergang der amerikanischen Automobilindustrie.

Als schließlich sein Flug aufgerufen wurde, begab er sich an Bord der Maschine, und fünfzig Minuten später, nach den unvermeidlichen Verzögerungen beim Start, war die Boeing 747 endlich in der Luft. Geschafft, dachte Yoshida, als er sich in seinen Erste-Klasse-Sitz zurücksinken ließ und einen Schluck von dem Champagner nahm, den ihm die Stewardeß zur Begrüßung serviert hatte.

Als sie über den Wolken waren, schloß er zufrieden die Augen. Nur noch wenige Stunden, und er war wieder zu Hause. Endlich würde er sich wieder unter seinesgleichen bewegen und seine Sprache sprechen können. Aber vor allem würde er wieder in *Verbotene Träume* zurückkehren – an den Ort, an dem sein Leben begonnen hatte und an dem es auch enden würde.

Er war Evans Sohn. Obwohl seine Mutter noch immer wie ein junges Mädchen aussah, war sie schon so alt, daß nicht einmal die Ehrwürdige Mutter wußte, wann sie geboren worden war.

Yoshida hatte keine Ahnung, wer sein Vater war. Er war gewissermaßen die Frucht eines Experiments, das die Ehrwürdige Mutter im Zuge ihrer Forschungen zur Verlängerung des Lebens durchgeführt hatte. Sie selbst hatte den Mann ausgesucht, mit dessen Samen Evan künstlich befruchtet worden war, und entsprechend sorgfältig hatte sie anschließend über jede einzelne Phase von Evans Schwangerschaft gewacht. Da Evan unmittelbar nach Yoshidas Geburt schwer erkrankt war und ihren Mutterpflichten nur in sehr begrenztem Umfang hatte nachkommen können, war er in seinen ersten Lebensmonaten vorwiegend von der Ehrwürdigen Mutter versorgt worden.

Weil Evan nicht genügend Milch hatte, bekam Yoshida von Anfang an die Flasche. Wie er später erfuhr, hatte die Ehrwürdige Mutter Evan wiederholte Male schwer gezüchtigt, während er, genüßlich an seiner Flasche nuckelnd, in seinem Bettchen lag. Das hätte zumindest bis zu einem gewissen Grad Yoshidas ausgeprägte masochistische Ader erklären können. Wie viele Masochisten kompensierte er jedoch diese geheime Neigung, indem er sich nach außen hin ganz besonders hart und brutal gab.

Das war aber keineswegs der einzige ungewöhnliche Zug in Yoshidas Persönlichkeit. Von Geburt an war sein Leben immer nur auf die kleine Welt von *Verbotene Träume* beschränkt gewesen. Dort war er geboren, dort war er erzogen worden. Weder war seine Geburt je offiziell registriert worden, noch hatte er je eine öffentliche Schule besucht. Und natürlich hatte die Ehrwürdige Mutter auch dafür zu sorgen gewußt, daß er keinerlei Kontakt mit anderen Kindern bekam.

Eines der hervorstechendsten Wesensmerkmale der Ehrwürdigen Mutter war ihre unersättliche Gier nach Macht, und Yoshida lernte schon sehr bald, sich diese Schwäche zunutze zu machen, ohne daß sie sich dessen je bewußt wurde. Um in einer solchen Hölle auf Erden zu überleben, blieb ihm auch gar keine andere Wahl.

Auf eine seltsam perverse Art ergänzten sich die beiden mit ihren psychischen Defiziten geradezu ideal. Was dem einen fehlte, nahm er sich gewissermaßen beim anderen, so daß man ohne Übertreibung von einer perfekten Symbiose hätte sprechen können. Natürlich wurden sie dadurch keineswegs zu intakten und psychisch stabilen Persönlichkeiten – ganz im Gegenteil –, aber zumindest gelang es ihnen auf diese Weise, ihre individuellen psychischen Defizite so weit zu kompensieren, daß sie nach außen hin den Anschein völliger Normalität erweckten.

In gewisser Weise glichen sie den letzten beiden Überlebenden einer bis zum letzten Mann geführten Schlacht. Die Wunden, die sie in diesem mörderischen Gemetzel davongetragen hatten, waren so tief, daß davon nichts, was sie glaubten, sagten oder taten, unbeeinflußt blieb.

Aus dieser Sicht war es keineswegs übertrieben zu behaupten, daß die Ehrwürdige Mutter Yoshida seelisch ganz bewußt genauso verstümmelte, wie sie selbst verstümmelt worden war. Damit erreichte sie, daß sie wenigstens einen Menschen um sich hatte, der genauso war wie sie. Vielleicht verspürte sie auch nur den unwiderstehlichen Drang, einem anderen Menschen das anzutun, was man ihr selbst einmal angetan hatte.

Doch was hatte sie Yoshida nun eigentlich angetan?

Angefangen hatte das Ganze in der Präfektur Nara, einer Region Japans, die von den Auswirkungen der modernen Zivilisation noch weitgehend unberührt geblieben ist. Eines Nachts weckte sie ihn aus dem Schlaf, schlang ihm ein Lendentuch um seinen nackten Körper und führte ihn, selbst in das weiße Gewand einer Shinto-Priesterin gekleidet, ins Freie. Kalt und mitleidlos blickten die Sterne vom Himmel herab. Es war Spätherbst, und die frostig klare Luft war erfüllt vom Geruch abgefallenen Laubs.

Sie betraten einen uralten Schrein und knieten nieder. Die Nacht hallte wider vom Klang der Glocken. In einem Bronzegefäß entzündete die Ehrwürdige Mutter ein Feuer. Um die unzähligen Gottheiten, die diesen Ort bewohnten, auf den Zweck ihres Opfers hinzuweisen, verbrannte sie die Reispapierfächer vom vergangenen Jahr, bevor sie ihr erstes Gebet sprach.

Schließlich erhoben sie sich wieder und stiegen den Hügel hinab, auf dem der Schrein stand. Der Wald an seinem Fuß flimmerte im Schein unzähliger Kerzen, die so ruhig brannten, als hätte die Natur für einen

Moment den Atem angehalten. Immer deutlicher drang ein mächtiges Rauschen an Yoshidas Ohren, je weiter sie auf dem mit Fichtennadeln übersäten Pfad durch den Wald gingen. Wenn er den Blick zu Boden senkte, bildete er sich ein, im flimmernden Schein der Kerzen die unzähligen Fußabdrücke all jener erkennen zu können, die bereits vor ihm zum Großen Wasserfall gewallfahrtet waren.

Am Rand des Beckens angekommen, das die aus schwindelnder Höhe herabstürzenden Wassermassen aus dem Fels gehöhlt hatten, blieben sie stehen und legten ihre Kleider ab. Ohne zu zögern glitt die Ehrwürdige Mutter in das schäumende Wasser und drehte sich nach Yoshida um, ihm mit einem auffordernden Nicken ihre Hand entgegenstreckend. Er ergriff sie und folgte ihr bis an den Wasserfall.

Die ungeheure Kraft, die ein so nachgiebiges Element wie das Wasser entwickeln konnte, hatte etwas zutiefst Beeindruckendes an sich.

Die Ehrwürdige Mutter legte Yoshida die Hände auf die Schultern und drehte ihn herum, so daß er mit dem Rücken zum Wasserfall stand. Dann hob sie die Hände, preßte sie kurz gegen seine Schläfen und stieß ihn rücklings in die herabstürzenden Wassermassen.

Das Wasser prasselte mit solcher Wucht auf ihn nieder, daß er sofort in die Knie ging und keine Luft mehr bekam. Aber unerbittlich drückte ihn die Ehrwürdige Mutter weiter unter den Wasserfall, damit er die ungeheure Kraft des Wassers, dieses sonst so widerstandslosen Yin-Elements, in aller Deutlichkeit am eigenen Körper zu spüren bekäme. Nach shintoistischem Brauch wurde dieser Erfahrung nämlich eine zutiefst läuternde Wirkung zugeschrieben.

Kurz bevor Yoshida zu ersticken drohte, stieß ihn die Ehrwürdige Mutter noch tiefer in die Wassermassen hinein, bis er in dem schmalen Zwischenraum zwischen Fels und Wasserfall zu stehen kam. Endlich konnte er wieder Luft schöpfen. Bei dieser Gelegenheit merkte er auch, daß ihm die herabstürzenden Wassermassen das Lendentuch von den Hüften gerissen hatten. Aber vielleicht hatte dabei auch die Ehrwürdige Mutter ein wenig nachgeholfen, denn ihm entging nicht, daß ihre Hände schon vor einer Weile von seinen Schultern auf seine Hüften hinabgeglitten waren.

Sie stand inzwischen ganz dicht vor ihm. Die Deutlichkeit, mit der sich ihr Körper unter dem nassen Baumwollstoff ihres weißen Gewands abzeichnete, verlieh ihrer Nacktheit etwas noch Aufreizenderes.

Wortlos ergriff die Ehrwürdige Mutter Yoshidas Hände und legte sie behutsam auf ihre Brüste. Nachdem sie ihn ihre Festigkeit eine Weile hatte spüren lassen, riß sie seine Hände ruckartig auseinander, so daß sich das nasse Gewand unter ihnen teilte.

Yoshida verspürte ein bisher nie gekanntes Gefühl in seinen Lenden aufsteigen, und das Feuer, das dabei in den Augen der Ehrwürdigen

Mutter aufleuchtete, versetzte ihm einen tiefen Stich ins Herz. Obwohl ihm ganz deutlich bewußt war, daß so etwas eigentlich völlig unmöglich war, bildete er sich trotzdem ein, durch ihre leuchtenden Augen und das schäumende Wasser hindurchsehen zu können, über den nachtschwarzen Wald hinweg bis hinauf zu den Sternen, die die Welt in ihr silbernes Licht tauchten.

»Ich bin der Schnee des Winters und die Zikaden des Sommers«, wisperte die Ehrwürdige Mutter, während sie ihn zärtlich zu streicheln begann. »Ich bin die Blüte des Frühlings und der Nordwind, der das Nahen des Herbsts ankündigt.« Sie kniete vor ihm nieder. »Ich bin der Fuchs, der sich an den Eingeweiden des Kaninchens weidet, und das Rehkitz, das beim leisesten Geräusch aufschreckt. Ich werde dich hegen und pflegen, dich nähren und beschützen, und eines Tages werde ich dich verschlingen.«

Unablässig prasselten die tosenden Wassermassen weiter auf sie nieder, und die Luft, die sie atmeten, war erfüllt von schäumender Gischt.

»Du wirst mich lieben und fürchten, und wegen deiner Furcht wirst du mich nur noch um so mehr lieben.« Mit diesen Worten nahm sie ihn in sich auf und begann ihre Hüften zu bewegen, bis Yoshida die Augen schloß und mit einem tiefen Seufzen in ihre Arme sank.

Als er erwachte, schienen die Sterne auf ihn herab. Einen Augenblick lang glaubte er sich in eine andere Welt versetzt. Doch dann sah er, daß die Ehrwürdige Mutter neben ihm kniete und ihm die Stirn streichelte.

Er streckte die Hand nach ihr aus. »Ich will dich.«

Die Ehrwürdige Mutter schlug ihn so fest, daß ihre Finger rot umrandete Abdrücke auf seiner Wange hinterließen. »Diese Nacht ist dem Dienst der Götter geweiht. Wir sind hier, um ihnen zu opfern und sie zu besänftigen. *Ich will, ich will*! Glaubst du im Ernst, die Gnade, an meiner Seite weilen zu dürfen, ist dir zuteil geworden, damit du deine geheimen Triebe und Lüste befriedigen kannst? Es mag durchaus sein, daß du mich haben willst. Aber du wirst mich nie mehr bekommen.«

Als seine Erregung dennoch nicht abklang, schlug sie so lange auf ihn ein, bis er einen Orgasmus hatte und sich weinend auf den Bauch drehte.

Später unternahmen sie eine ausgedehnte Wanderung, in deren Verlauf sie ihn auf die Besonderheiten verschiedener Pflanzen – Pilze, Farne, Flechten, Gräser – aufmerksam machte. Sie erklärte ihm die Wirkung aller Giftpflanzen, die hier entweder natürlich wuchsen oder von ihr selbst angepflanzt worden waren. Gleichzeitig unterwies sie ihn darin, welche Substanzen rasch und welche langsam wirkten, welche nicht nachzuweisen waren und welche sich vor allem dafür eigneten, potentiellen Feinden als unmißverständliche Warnung verabreicht zu werden. Zu guter Letzt zeigte sie ihm auch noch die entsprechenden Gegengifte.

Und so ging ihre gemeinsame Nacht schließlich zu Ende.

Wieder zurück im winterlichen Kyoto, der alten Kaiserstadt mit ihren unzähligen Tempeln und Schreinen, brachte sie ihm bei, wie man diese Gifte zubereitete, und ließ ihn zum Abschluß jedes davon selbst einnehmen, damit er sie später um so besser dosieren könne.

Und so starb Jason Yoshida schon in frühester Jugend unzählige Tode, die einen rasch und gewalttätig, die anderen schleichend und sanft. Und jedesmal holte ihn die Ehrwürdige Mutter wieder ins Leben zurück.

Ganz zwangsläufig vertiefte das die Bande, die ihn an die Ehrwürdige Mutter fesselten, von Mal zu Mal mehr und gleichzeitig wurde er dem Bild, nach dem sie ihn formen wollte, von Tag zu Tag ähnlicher . . .

Japan.

Er hatte fast den ganzen sechzehnstündigen Flug lang geschlafen. Noch vor dem Verlassen der Maschine konnte Yoshida bereits den schneebedeckten Gipfel des Fudschijama sehen, der wie ein Gott über das Land wachte, und im selben Augenblick wurde ihm klar, warum ihn die Ehrwürdige Mutter in die Heimat zurückgerufen hatte. Es war so weit. In wenigen Tagen würde sich alles entscheiden. Schon jetzt stand völlig außer Zweifel, daß die Ehrwürdige Mutter als Siegerin aus diesem Machtkampf hervorgehen würde, und ebenso sicher, wie der Fudschijama alle Wirren der Menschheitsgeschichte überdauern würde, sollte Yoshida maßgeblichen Anteil an seinem erfolgreichen Ausgang haben.

»DU HAST MIR DEN VERMITTLER GEBRACHT?«

»Nein.« Mit Chikas Hilfe schleppte Yuji den leblosen Körper Wolfs in den Laborraum, in dem das Orakel untergebracht war. »Dieser Mann ist schwer verletzt.«

»TROTZDEM IST ER DER VERMITTLER.«

»Still«, gebot Yuji dem Orakel Schweigen und sah hilfesuchend seine Halbschwester an.

Nach außen hin wirkte Chika zwar vollkommen ruhig, aber in Wirklichkeit war sie einer Panik nahe. In diesem Zustand befand sie sich schon, seit auch sie um ein Haar unter den Trümmern des einstürzenden Zimmers in *Verbotene Träume* begraben worden wäre. Erst hatte sie in der dichten Staubwolke nur die gekrümmte Stahlklinge von Sumas Messer aus den Trümmern ragen sehen. Es war umschlossen gewesen von einer blutigen Hand. Wolfs Hand.

Mit einem entsetzten Aufschrei hatte sie ihr *makura na hiruma* nach außen gerichtet und sich damit einen Weg durch die Holzbalken zu bahnen begonnen, die zu einem gespenstischen Eigenleben erwacht zu sein schienen. Jedenfalls wurden die einzelnen Trümmer von der unsichtbaren Aura der Ehrwürdigen Mutter so bewegt, daß sie sich ihr immer wieder von neuem hartnäckig in den Weg stellten. Aber sie ließ sich dadurch nicht aus der Ruhe bringen und arbeitete sich langsam, aber zielstrebig zu Wolfs verschüttetem Körper vor. Gleichzeitig nahm sie auch die schwarzen Ranken des *makura na hiruma* der Ehrwürdigen Mutter wahr, mit denen sie unter den Trümmern nach Wolf tastete. Doch während sie sich fragte, warum sie ihn damit nicht schon längst aufgespürt hatte, wurde sie plötzlich hinter die Schutzmauer aus psychischer Energie gezerrt, die Wolf in letzter Sekunde um sich errichtet hatte.

Unter Aufbietung all ihrer Kräfte gelang es ihr schließlich, Wolfs reglosen Körper aus den Trümmern zu befreien. Zu Ihrer Überraschung stellte sie fest, daß er den Schutzwall aus psychischer Energie auch in bewußtlosem Zustand aufrechterhalten konnte.

Als sie Wolf ins Freie schleppte, fiel ihr Blick auf Sumas grausam entstellte Leiche, die nur wenige Meter entfernt lag. Alles, was sie bei diesem Anblick verspürte, war tiefe Erleichterung.

In das Lagerhaus, in dem Yuji das Orakel versteckt hielt, hatte sie Wolf aus dem simplen Grund gebracht, daß es sich dabei um den sichersten Ort handelte, der ihr im Augenblick eingefallen war. Ihn in das Haus ihrer Mutter zu bringen, war nach allem, was sie inzwischen über Minako wußte, nicht mehr in Frage gekommen.

Chika gab sich redliche Mühe, nicht mehr an ihr letztes Gespräch mit ihrer Mutter zu denken, als sie nach Wolfs Puls tastete und angespannt an seiner Brust lauschte. Zu ihrem Entsetzen gab er jedoch keinerlei Lebenszeichen mehr von sich. In ihrer Verzweiflung versuchte sie es darauf mit Hilfe ihres *makura na hiruma*. Aber auch das blieb ohne Erfolg.

In panischer Angst blickte sie zu Yuji auf. »Ich weiß nicht, was die Ehrwürdige Mutter mit ihm gemacht hat. Tatsache ist jedenfalls – er stirbt.«

»DIE GEFAHR LIEGT IM LEBEN, NICHT IM TOD«, schaltete sich an dieser Stelle das Orakel ein.

Ohne ihm Beachtung zu schenken, sagte Yuji zu Chika: »Können wir denn gar nichts tun, um ihn noch zu retten?«

»ABER NATÜRLICH«, meldete sich wieder das Orakel zu Wort. »ER IST DER VERMITTLER.«

Chika drehte sich nach dem Orakel um. »Was soll das heißen?«

»Am besten, du schenkst dem blöden Kasten keine Beachtung«, warnte sie Yuji. »Vermutlich ist bei ihm eine Sicherung durchgebrannt. Jedenfalls spielt er plötzlich verrückt.«

»Unsinn«, meinte Chika. »Maschinen können nicht verrückt werden.«

»Da kennst du das Orakel nicht.«

»Was hast du mit ihm gemacht? Es hat ja inzwischen fast menschliche Züge angenommen.«

Mit einem tiefen Seufzer erzählte ihr Yuji, wie er Hana auf ihr Drängen hin an das Orakel angeschlossen hatte und was darauf passiert war. »Du bist der erste Mensch, dem ich das alles erzähle«, schloß Yuji, der inzwischen haltlos zu schluchzen begonnen hatte. »Wer außer dir könnte schließlich auch nur ansatzweise verstehen, was ich getan habe? Du konntest Hanas innere Zerrissenheit noch am ehesten nachempfinden. Genau wie sie hat auch dich dein *makura na hiruma* zu etwas gemacht, was du nie werden wolltest.«

Nach längerem Schweigen fragte Chika: »Wo ist ihre Leiche?«

»Ich habe nur getan, worum mich das Orakel beziehungsweise Hana gebeten hat. Sie liegt auf dem Grund des Sumida.«

»Nein!«

In ihrem Schmerz um ihre tote Halbschwester hätte sie sich Yuji am liebsten schluchzend an die Brust geworfen, aber ihre Gefühle so offen zu zeigen, wäre ein schwerer Verstoß gegen alle Konventionen gewesen. So etwas wäre erst zulässig gewesen, wenn sie sich besinnungslos betrunken hätten.

»Ach, Hana!« stieß sie gequält hervor.

Währenddessen schrie in ihrem Innern eine Stimme immer und immer wieder: *Wolf stirbt! Unternimm endlich etwas*! Doch was sollte sie tun? fragte sie sich verzweifelt. Sie hatte bereits alles versucht. Wenn sie ihm mit ihrem *makura na hiruma* nicht helfen konnte, womit dann? Sie konnte sich beim besten Willen nicht erklären, was die Ehrwürdige Mutter mit ihm gemacht hatte.

Plötzlich kam ihr eine Idee. Eigentlich war das Ganze vollkommen verrückt . . .

»Was ist nun eigentlich wirklich los?« wandte sie sich an das Orakel. »Ist Hana tatsächlich tot, oder ist sie noch am Leben?«

»DAS HÄNGT GANZ DAVON AB, WIE DU LEBEN UND TOD DEFINIERTST«, antwortete das Orakel. »CHIKA-SAN, DU MUSST UNS HELFEN. HANA IST HIER IN MIR. ABER SIE LIEGT IM STERBEN. WIR BEIDE WERDEN VON EINEM MAHLSTROM IRRATIONALER GEDANKEN FORTGERISSEN, DIE ICH WEDER DEUTEN NOCH UNTER KONTROLLE BEKOMMEN KANN. DAZU BRAUCHEN WIR EINEN VERMITTLER. EINEN PSYCHISCHEN CHIRURGEN, WENN DU SO WILLST, DER UNSEREM LEIDEN EIN ENDE BEREITET.«

Chika sah Yuji fragend an.

»EIN SOLCHER VERMITTLER IST HIER. WIR KÖNNEN ES GANZ DEUTLICH SPÜREN. SCHLIESS IHN AN UNS AN.«

»Hör nicht auf das Orakel«, wurde sie von Yuji gewarnt. »Das ist viel zu riskant. Du siehst ja selbst, wie es Hana ergangen ist.«

»Aber sie wollte ja gar nicht mehr zurückkommen.«

»DER VERMITTLER STIRBT, YUJI-SAN. NUR WIR KÖNNEN IHN NOCH AM LEBEN ERHALTEN.«

»Die Frage ist nur, in welcher Form«, entgegnete Yuji bitter.

»DIE GEFAHR LIEGT IM LEBEN, NICHT IM TOD. WIR BITTEN DICH, IHN AN UNS ANZUSCHLIESSEN.«

Chika schaute von Wolfs reglosem Gesicht zu der schwarzen Frontplatte des Orakels und faßte einen spontanen Entschluß. »Tu, was es sagt«, forderte sie Yuji auf.

»Was?«

»Schließ Wolf an die Maschine an.«

»Aber woher soll ich wissen, welche Auswirkungen das . . .«

»Er stirbt«, stieß Chika verzweifelt hervor. »Es gibt sonst nichts, was wir noch tun könnten. Das ist unsere letzte Chance.«

Damit hatte sie natürlich vollkommen recht. Widerstrebend machte sich Yuji daran, Wolf an das Orakel anzuschließen.

»DAS WERDET IHR BESTIMMT NICHT BEREUEN«, machte ihnen das Orakel Mut.

»Warum sollte ich irgend etwas bereuen?« fragte Yuji, während er die Kontakte an Wolfs Fingern befestigte.

»DU BIST VOLLER SCHULDGEFÜHLE, YUJI-SAN. WEGEN HANA, MEINETWEGEN, UND GANZ BESONDERS WEGEN DEINER MUTTER.«

»Das bildest du dir alles nur ein«, entgegnete Yuji, während er das komplexe Geflecht von Drähten an Wolfs Kopf anbrachte.

»ES IST MIR ABSOLUT UNMÖGLICH, MIR ETWAS EINZUBILDEN, YUJI-SAN. MEIN URTEILSVERMÖGEN IST UNFEHLBAR.«

»Fang jetzt bloß nicht an, auch noch größenwahnsinnig zu werden.«

»HÄLTST DU MICH ETWA FÜR NEUROTISCH, YUJI-SAN?«

»Eher für psychopathisch.«

»PSYCHOPATHEN SIND EXTREM GEFÄHRLICH, YUJI-SAN.«

»Zumindest in vielen Fällen.« Yuji hatte inzwischen alle Kontakte angeschlossen und drückte auf verschiedene Schalter und Knöpfe.

»HÄLTST DU MICH FÜR GEFÄHRLICH?«

Im Moment war Yuji zu sehr mit der Überwachung des Koppelungsvorgangs beschäftigt, um darauf etwas zu erwidern. Er hatte aus den Versuchen mit Hana bereits einiges gelernt und hielt nun aufmerksam Ausschau nach ungewöhnlichen Hirnströmen und EEG-Kurven. Doch alles hielt sich im Rahmen des Üblichen.

Aber dann spielten die Instrumente plötzlich verrückt: im Kopfhörer wurde ein lautes Rauschen hörbar, sämtliche Warnlichter blinkten auf, und die EEG-Nadeln schlugen weit über den Anschlag hinaus aus. Obwohl Yuji verzweifelt an allen möglichen Schaltern und Knöpfen zu drehen begann, bekam er die Sache nicht unter Kontrolle.

»Was ist passier?« schrie Chika verzweifelt.

Im selben Augenblick breitete sich stechender Ozongeruch im Raum aus. Gleichzeitig öffnete sich Wolfs Mund, und über seine Lippen kam ein durchdringender Schrei, der Yuji die Haare zu Berge stehen ließ.

Und dann gingen am Orakel alle Lichter aus.

Ham Conrad befand sich an Bord der Jacht seines Vaters, *Influence II*. Es war ein herrlicher Frühlingstag mit hohen, flauschigen Kumuluswolken und einer kräftigen, aber steten ablandigen Brise. Ideales Segelwetter.

Wirklich verrückt, wie das Leben manchmal so spielte, dachte er, als das Boot ablegte. Er war gerade im Begriff gewesen, die Nummer seines Vaters zu wählen, als das Telefon klingelte und dieser ihn anrief, um ihn für den Nachmittag zu einem gemeinsamen Segeltörn einzuladen. Besser hätte es sich gar nicht treffen können, hatte Ham gedacht und sofort eingewilligt. Außerdem hatte er sich gleich zweimal vergewissert, ob er die Kopien der belastenden Unterlagen auch wirklich eingesteckt hatte, bevor er losgefahren war.

Die bevorstehende Konfrontation, dessen war sich Ham sehr deutlich bewußt, würde weder für seinen Vater noch für ihn erfreulich werden. Aber die Abscheulichkeiten, von denen er in den Geheimunterlagen aus der Green Branches Clinic erfahren hatte, ließen ihm gar keine andere Wahl. Yosh hatte also, was seinen Vater betraf, von Anfang an recht gehabt. Sich das einzugestehen, fiel Ham keineswegs leicht. Insgeheim hoffte er nämlich immer noch, daß sein Vater zumindest einen Anflug von Reue zeigen und das Schreckliche, das er getan hatte, wiedergutzumachen versuchen würde.

Ham betrat die Brücke, wo sein Vater selbst am Ruder stand und die Jacht aus dem Hafen steuerte. Die Besatzung hatte für den Rest des Tages frei bekommen. »Manchmal kann es ja auch ganz schön lästig sein, wenn einem ständig jemand vor der Nase rumtanzt, will man gerade mal seine Ruhe haben.« Das war an sich nichts Neues aus dem Munde von Thornburg Conrad III., der Hausangestellte und dergleichen mehr schon immer als ein notwendiges Übel betrachtet hatte.

Für einen Moment verdrängte öliger Dieselqualm die frische Seeluft. Nachdem sie den Hafen hinter sich gelassen hatten, setzte Ham neben dem Hauptsegel auch noch den Klüver und das Stagsegel. Darüber vergaß er für ein paar Momente sogar, weshalb er eigentlich hier war. Er hatte seine Liebe zum Segeln von seinem Vater geerbt, und deshalb überkam ihn fast so etwas wie Wehmut bei dem Gedanken, daß das eines der wenigen Dinge war, die er mit seinem Vater gemeinsam hatte.

Geschickt steuerte Thornburg die *Influence II* durch die Gewässer der Chesapeake Bay, und schon bald lag Washington weit hinter ihnen. Gegen Mittag raffte Ham die Segel, und sie ankerten im Windschatten einer kleinen Insel. Thornburg packte das Essen aus: von Olivenöl triefende Tintenfischringe, eingelegtes Gemüse, Paprika, Käse, verschiedene Salate, Ricottapastete und ein Sechserpack eisgekühltes Sapporo-Bier, das Vater und Sohn während ihrer Japanaufenthalte zu schätzen gelernt hatten.

Sie saßen am Tisch in der Kombüse, gleich neben dem offenen Zugang zum Deck. Während sich Ham mit gewohntem Heißhunger über das Essen hermachte, stocherte Thornburg lustlos auf seinem Teller herum und nahm nur hin und wieder einen Schluck Bier. Wie es schien, war ihm während der letzten paar Tage endgültig der Appetit vergangen.

Sie unterhielten sich über dies und jenes, und die ruhige Beiläufigkeit, mit der sie das taten, wurde noch verstärkt durch die friedliche Atmosphäre, hervorgerufen durch die träge dümpelnden Wellen, auf denen sich flimmernd das Sonnenlicht brach. Im Gegensatz zu Ham wirkte Thornburg erstaunlich entspannt, wenn auch nicht gerade glücklich. Aber das wäre so kurz nach Tiffanys Tod auch etwas zuviel erwartet gewesen, fand Ham. Und das brachte ihn gleich auf einen passenden Einstieg.

»Ich mache mir in letzter Zeit ernsthaft Sorgen um dich«, begann er und wischte sich die Hände an seiner Serviette ab. »Du hältst es keine Minute mehr zu Hause aus und bist ständig unterwegs. Deshalb dachte ich mir, ob du nicht vielleicht ein bißchen ausspannen solltest.«

»Ausspannen?« sagte Thornburg in einem Ton, als hätte Ham vorgeschlagen, er solle in den Ruhestand treten.

»Wie wär's mit einem kleinen Urlaub in Aspen oder vielleicht sogar einer Europareise?« setzte Ham mit übertriebenem Enthusiasmus nach. »Einfach mal gründlich abschalten, damit du wieder auf andere Gedanken kommst.«

In Thornburgs Blicken lag etwas seltsam Eindringliches, als er erwiderte: »Was kann man in Aspen schon anderes tun, als einen Haufen Geld auszugeben und schöne Frauen auf der Jagd nach reichen Männern zu beobachten. Und was Europa betrifft, sieht man dort sowieso nichts anderes als Deutsche und Japaner. Und die können mir beide gestohlen bleiben.« Er bedachte Ham mit einem eisigen Blick. »Hast du vielleicht noch so ein paar grandiose Ideen auf Lager?«

Ham senkte den Blick und stocherte in einem Stück Käsekuchen herum.

»Außerdem«, fuhr Thornburg fort, »kann ich es mir im Moment nicht leisten, Washington zu verlassen. Dafür steht jetzt zuviel auf dem Spiel.« Insgeheim schloß er mit sich selbst eine Wette ab, wann Ham den Kopf wieder heben würde. »Nimm zum Beispiel nur meine biochemischen Forschungen.« Schlagartig hörte Ham damit auf, in seinem Kuchen herumzustochern. »Gestern nacht wurde übrigens in der Klinik eingebrochen. Stellt dir nur vor! Was könnten die dort wohl gesucht haben?«

»Industriespionage vielleicht?« Ham legte die Gabel beiseite.

Gar kein so abwegiger Gedanke, dachte Thornburg. Ham war immer wieder für eine Überraschung gut. »Das haben natürlich auch wir als erstes angenommen. Das Komische war nur, daß sich die Einbrecher nicht für unsere Unterlagen interessierten.«

Thornburgs Augen blitzten bedrohlich auf. »Doch dann stellten wir fest, daß wir sogar eine Videoaufnahme von einem der Einbrecher haben.« Ham hob den Kopf, und Thorburg konnte sich zu einer gewonnenen Wette gratulieren. »Möchtest du dir das Band mal ansehen? Ich habe eine Kopie dabei.«

»Gütiger Gott, nein.«

»*Gütiger Gott, nein*«, äffte ihn sein Vater nach. »Ist das alles, was dir dazu einfällt?«

»Verdammt noch mal!« platzte Ham heraus. »Du glaubst doch nicht im Ernst, ich wäre dir eine Erklärung schuldig? Genau das Gegenteil ist doch wohl der Fall.«

Als könnte ihn das alles nicht im geringsten beeindrucken, entgegnete Thornburg ganz ruhig: »Ich bin keinem Menschen eine Erklärung schuldig. Alles, was ich in diesem Augenblick wissen möchte, ist: Was hast du, mein Sohn, dir eigentlich dabei gedacht, in meine Klinik einzubrechen und dort aus einem Safe geheime Dokumente zu entwenden?«

»Erst mal möchte ich von dir wissen . . .«

»Ich stelle hier die Fragen«, schnitt ihm sein Vater so energisch das Wort ab, daß sich Ham gegen seinen Willen wieder wie ein kleiner Schuljunge vorkam. »Wenn ich beabsichtigt hätte, dich in die Vorgänge in der Green Branches Clinic einzuweihen, hätte ich dich das zum gegebenen Zeitpunkt wissen lassen. Da das aber nicht der Fall war, geht dich das Ganze nichts an.«

»Ich finde, das geht mich sehr wohl etwas an.«

Sieh mal einer an, dachte Thornburg. Hat der Junge etwa mehr Rückgrat, als ich dachte?

»Wir müssen unbedingt über die Vorgänge in der Klinik sprechen«, sagte Ham.

»Müssen wir das?«

»Ja. Herrgott noch mal, du hast unzählige Menschen entführt, gequält und getötet! Du hast dich einer Reihe schwerwiegender Verbrechen schuldig gemacht! Am allerwenigsten kann ich begreifen, wie es dir gelungen ist, all diese wissenschaftlichen Kapazitäten für eine Mitarbeit an diesem Projekt zu gewinnen.«

Einen Augenblick lang überlegte Thornburg, ob er darauf noch weiter eingehen sollte, und gelangte schließlich zu dem Schluß: Wenn der Junge schon die Wahrheit erfahren soll, dann gleich richtig. »Mein Gott, Ham, für einen Soldaten kannst du manchmal wirklich erschrekkend naiv sein«, legte er los. »Diese Leute haben sich die Finger geleckt nach so einer Chance – ich meine, bei so einem Gehalt hätten sie ja auch schwerlich nein sagen können, zumal sie zugesichert bekamen, ohne jede Einschränkungen ihren Forschungen nachgehen zu können. Wofür hältst du die Menschen eigentlich? Für Heilige? Da täuschst du dich aber gewaltig. Gib den Leuten, was sie wirklich wollen, und sie verschwenden keinen zweiten Gedanken an den Preis, den sie dafür bezahlen.«

»Ein wahrhaft teuflisches Motto.«

Das erheiterte Gelächter, das diese Bemerkung seinem Vater entlockte, brachte Ham nur noch mehr in Rage. Nichts haßte er mehr, als wenn sich sein Vater über ihn lustig machte.

»Du scheinst wohl noch immer nicht zu kapieren«, stieß er aufgebracht hervor und wedelte mit den Kopien der gestohlenen Unterlagen vor seiner Nase herum, »daß deine Tage gezählt sind. Ich kenne jetzt den Punkt, an dem du am verwundbarsten bist, und ich werde nicht eher Ruhe geben, als bis du auf meine Bedingungen eingehst.«

Thornburg traute kaum seinen Ohren. »Niemand hat mir je Bedingungen gestellt, und daran wirst auch du nichts ändern, mein Junge.«

Ham war so außer sich, daß er kaum mehr an sich halten konnte. »Angesichts der ungeheuerlichen Verbrechen, die du begangen hast, ist das doch die einzige Chance, die dir noch bleibt. Oder weißt du vielleicht eine andere Möglichkeit, wie du deinen Kopf aus der Schlinge ziehen könntest? Was wird deiner Meinung nach wohl passieren, wenn die Staatsanwaltschaft diese Unterlagen in die Hände bekommt?«

»Dazu wird es nicht kommen, mein Junge.«

»Und ob!« Ham hatte inzwischen endgültig die Beherrschung verloren. »Ich werde sie dem Staatsanwalt persönlich übergeben. Und hör endlich auf, mich wie einen kleinen Jungen zu behandeln!«

»Erst wenn du aufhörst, dich wie ein solcher zu benehmen«, entgegnete Thornburg seelenruhig. »Woher nimmst du eigentlich das Recht, dich als mein Richter aufzuspielen? Glaubst du im Ernst, daß die Welt tatsächlich so spießig und kleinkariert ist, sich deine bescheuerten Moralvorstellungen aufzwingen zu lassen? Das kann doch wohl nicht wahr sein! Die Welt wird von nichts anderem als vom Chaos regiert. Das ist das einzige Gesetz, das auf Dauer Gültigkeit hat.«

»Ich habe solche Dinge wie Moral und Anstand nicht erfunden«, entgegnete Ham hitzig. Schon wieder war es seinem Vater gelungen, ihn so in die Ecke zu drängen, daß er sich plötzlich glaubte rechtfertigen zu müssen. »Wenn den Menschen auf dieser Welt, und mögen sie noch so unterschiedlichen Kulturen angehören, eines gemeinsam ist, dann ihre Vorstellung von Gut und Böse, Recht und Unrecht.«

»Dann erzähl das doch mal den Arabern«, konterte sein Vater. »Oder den Japanern. So etwas wie Moral haben die noch nie gekannt.«

»Da täuschst du dich aber gewaltig. Ihre Vorstellungen von Moral mögen zwar nicht in allen Punkten mit den unseren übereinstimmen, aber . . .«

»Erspar dir die Mühe, Leute zu verteidigen, die das in keiner Weise verdient haben. Es ist schon schlimm genug, daß ich mir diesen Unsinn überhaupt anhören muß – und dann auch noch von meinem eigenen Sohn!«

»Wenn man dich so reden hört, könnte man tatsächlich denken, daß das alles ist, was ich für dich bin – dein Sohn.«

»Das bist du genauso, wie ich bis zu dem Tag, an dem mein Vater starb, sein Sohn war.«

»Da machst du dir die Sache aber sehr einfach!« Wütend sprang Ham auf. »Ich bin etwas mehr als nur dein Sohn. Wesentlich mehr sogar!«

Unter dem Schirm seiner Mütze hervor bedachte ihn Thornburg mit einem eisigen Blick. »Und wo wärst du heute ohne mich? Hast du dir das eigentlich schon mal klargemacht? Vermutlich nicht. Nur meinem Einfluß hast du es zu verdanken, daß du die richtigen Schulen besucht hast und anschließend den Posten in Tokio und beim Verteidigungsministerium bekamst.

Was hast du denn schon aus eigener Kraft zustande gebracht? Du hast eine schöne, aber ansonsten überflüssige Frau geheiratet, die dich sexuell nicht befriedigt, die das Leben, das du ihr bietest, nicht zu schätzen weiß und der du inzwischen so wenig bedeutest, daß sie dich nach Lust und Laune fremdgehen läßt. Aber warum auch nicht? Schließlich erteilt ihr Tennislehrer ihr genau die Sorte Unterricht, die sie sich schon immer gewünscht hat.«

»Das ist nicht wahr!« protestierte Ham aufs heftigste, obwohl ihn diese Enthüllung keineswegs überraschte.

»Und ob es wahr ist. Wenn du willst, kann ich es dir sogar anhand von ein paar Fotos beweisen. Willst du sie mal sehen?« Sein herablassendes Lachen ließ Ham fast aus der Haut fahren.

»Für das, was du getan hast, gibt es keine Entschuldigung!«

»Jetzt reicht's aber!« Thornburg hieb mit solcher Wucht auf den Tisch, daß die Teller hochsprangen. Aus einer Dose schwappte etwas Bier auf das Tischtuch. »Du hast meine geheimen Unterlagen gestohlen, und ich will sie wieder zurückhaben. Genug diskutiert. Kommen wir endlich zur Sache.«

»Zu welcher Sache?«

»Zu unserem Deal, du Hohlkopf«, schnaubte Thornburg verächtlich.

»Eigentlich sollte ich dir für die Unverschämtheit, in meinen Safe einzubrechen, eine ordentliche Lektion erteilen. Aber zumindest muß ich dir zugute halten, daß du damit Mut bewiesen hast – mehr sogar, als ich dir zugetraut hätte. Wie dem auch sei, du besitzt etwas, was ich gerne haben möchte, und ich verfüge über den Einfluß, den du gern hättest. Hört sich doch wie eine ganz solide Basis für einen Deal an. Vergiß also endlich dieses Gerede über Moral und Gut und Böse, und laß uns lieber zur Sache kommen.«

An diesem Punkt wurde Ham endgültig klar, daß er das Ganze von Anfang an falsch aufgezäumt hatte. Er starrte seinen Vater an, als sähe er ihn zum erstenmal, was ja in gewisser Weise unter diesen Aspekten auch tatsächlich der Fall war. Wie hatte er nur so naiv sein können zu glauben, daß sein Vater so zum Einlenken zu bewegen wäre? Statt dessen zwang er ihm nun ein Geschäft auf, in dem für moralische Fragen kein Platz blieb. Mit schmerzhafter Deutlichkeit wurde ihm plötzlich bewußt, daß Moral ein Luxus war, den sich sein Vater trotz all seiner Macht und all seines Reichtums nicht leisten konnte – und das vermutlich aus dem einfachen Grund, daß er es nur deshalb so weit gebracht hatte, weil er sich von Anfang an über jede Moral hinweggesetzt hatte.

Zumindest eines stand für Ham inzwischen fest: In dem Moment, in dem er sich mit seinem Vater an einen Tisch gesetzt hätte, um einen Kompromiß mit ihm auszuhandeln, wäre er von vornherein auf verlorenem Posten gestanden – sein Vater hätte ihn, wie schon so viele andere vor ihm, nach allen Regeln der Kunst hereingelegt.

»Nein«, sagte er deshalb kopfschüttelnd und hielt dabei dem durchdringenden Blick seines Vaters tapfer stand. »Ich lasse mich auf keine Kompromisse und keine faulen Geschäfte mehr ein. Mir ist inzwischen eines klargeworden: Es gibt nur eine Möglichkeit, dir endlich das Handwerk zu legen. Ich werde diese Fotos der Staatsanwaltschaft übergeben.«

»So dumm kannst du doch nicht wirklich sein, Ham. Mit diesen lächerlichen Fotos würdest du absolut nichts erreichen. Die Originalnegative wurden verbrannt, es existieren also keinerlei Beweise mehr.«

Ham schlug mit der Faust auf den Tisch. »Du solltest dich mal reden hören. Natürlich existieren diese Beweise noch weiter! Jeder Tag, an dem in dieser Klinik weiter ›geforscht‹ wird, liefert neue Beweise für deine verqueren Moralvorstellungen!«

»Jetzt werde bloß nicht frech. Das ist bisher noch niemandem gut bekommen.«

»Den Unsinn kannst du jemand anderem erzählen!« konterte Ham und ging auf die elektrische Ankerwinde zu. »Wir fahren jetzt an Land zurück.«

»Wir fahren nirgendwohin«, entgegnete Thornburg ruhig, »solange diese Angelegenheit nicht in meinem Sinn geregelt ist.«

»Du hast hier schon lange nichts mehr zu bestimmen«, sagte Ham über seine Schulter zurück.

»Wenn du nicht sofort die Finger von der Ankerwinde läßt, werde ich *davon* Gebrauch machen.«

Ham wirbelte herum und starrte mit zusammengekniffenen Augen durch die offene Tür der Kombüse, wo sein Vater noch immer am Tisch saß. »Was zum Teufel ist das?«

»Kannst du das denn nicht selbst sehen? Ein Harpunenschießgerät. Ich habe es immer griffbereit – für den Fall, daß mal ein paar Haie auftauchen.«

»Willst du davon tatsächlich Gebrauch machen?«

»Nur, wenn du mich dazu zwingst.«

Wortlos starrte Ham auf die gezackte Spitze. Sein ganzes Leben lang hatte er sich von seinem Vater einschüchtern lassen. Aber diesmal würde er nicht klein beigeben.

»Jetzt komm endlich her und setz dich wieder, damit wir in Ruhe besprechen können . . .«

Aber Ham schüttelte nur den Kopf. »Alles, was dabei für mich herauskäme, wäre wieder mal einer von diesen faulen Kompromissen, mit denen du mich schon seit jeher abgespeist hast. Aber da spiele ich nicht mehr länger mit. Deine teuflischen Experimente müssen ab sofort eingestellt werden.«

»Das kannst du dir aus dem Kopf schlagen. Ich werde die Klinik nicht schließen. Aber ich verspreche dir, daß ich keine weiteren Patienten mehr importieren werde. Ich werde versuchen, mit denen auszukommen, die bereits . . .«

An diesem Punkt platzte Ham endgültig der Kragen. »Dein Zynismus ist wirklich nicht mehr zu überbieten. Du schlägst mir allen Ernstes vor, daß du ab sofort statt zwölf nur noch sechs Menschen umbringen willst?«

»Warum nicht? Das ist immerhin ein erstes Zeichen meiner Kompromißbereitschaft. Du bist derjenige, der zu keinerlei Zugeständnissen bereit ist.«

»Komm mir bloß nicht auf die Tour. Hier steht nur deine Existenz auf dem Spiel, nicht meine. Und ich lasse mich in dieser Sache auf keine faulen Kompromisse ein. Diesmal will ich alles oder nichts.«

»Ist das dein Ernst?«

»Leg die Harpune weg.«

»Alles oder nichts ist aber keine gute Ausgangsbasis für Verhandlungen.«

»Wenn dir das nicht paßt, dann laß es eben bleiben.« Ham hatte inzwischen die Ankerwinde erreicht.

»Nimm sofort deine Finger weg!«

»Von wegen.« Ham setzte die Winde in Bewegung. »Ich lasse mir von dir keine Befehle mehr erteilen.«

Die Harpunenspitze traf ihn mit solcher Wucht zwischen den Schulterblättern, daß er gegen das Dollbord geschleudert wurde und kopfüber ins Wasser stürzte.

Thornburg ließ das Schießgerät fallen, stürzte auf Deck und beugte sich über Bord. Im Wasser zeichnete sich ein rasch größer werdender roter Fleck ab. Wenig später trieb Hams Körper an die Oberfläche. Wie ein abgebrochener Fahnenmast ragte die Harpune kerzengerade aus seinem Rücken.

»O Gott!« hauchte Thornburg entsetzt. Gemächlich wie die Ranken einer Seeanemone wellten sich die Haare seines Sohnes in der Dünung. Und plötzlich kamen ihm die Zeilen eines Gedichts von W. B. Yeats in den Sinn: *Der Falke kann den Falkner nicht hören ... Die blutgetrübte Flut, sie steigt, und überall wird heilige Unschuld ein Raub der Wellen ...*

Ganz allein stand Wolf auf einer flachen Landzunge, die weit ins Meer hinausragte. Der Wind peitschte dunkle Gewitterwolken über den Himmel.

Nein, er war nicht allein. Am glühend roten Horizont zeichneten sich die Umrisse einer dunklen Gestalt ab. Als er auf sie zuging, schien es, als streckte sich die Landzunge wie die Zunge eines riesigen Tieres immer weiter ins Meer hinaus. Außer der bleigrauen See, dem sturmgepeitschten Himmel und der felsigen Landzunge war nichts zu sehen. Fast war es, als wäre dies hier das letzte Fleckchen Erde, das in diesem wahnwitzigen Universum noch übriggeblieben war.

Und natürlich gab es da noch die Gestalt am Horizont.

Im Näherkommen sah Wolf, daß es sich dabei um eine Frau handelte, eine auffallend schöne Japanerin. Sie stand am äußersten Ende der Landzunge und blickte aufs Meer hinaus. Unwillkürlich fühlte sich Wolf an Minako erinnert.

Obwohl er sich ihr vollkommen lautlos genähert hatte, drehte sie plötzlich den Kopf zu ihm herum. Ihr trauriges Gesicht strahlte eine tiefe Ruhe aus, ähnlich einem Stein im rauschenden Wasser eines Bachs oder einem schwebenden Vogel.

»Ich bin Hana«, sprach ihn die Frau an. »Minakos Tochter, Chilkas Halbschwester.«

Aus einem unerfindlichen Grund hatte Wolf das Gefühl, als hätte er diese Frau schon sein ganzes Leben lang gekannt.

»Wo bin ich? Bin ich tot?«

»Dein Verstand ist mit dem Orakel verbunden.« Sie legte ihre Hand auf seine Brust. »Du leidest an einer schweren Vergiftung. Hab Vertrauen zu mir. Ich werde dieses Gift wieder aus deinem Körper entfernen.«

Wolf wollte bereits widersprechen, aber dann fiel ihm plötzlich ein, wie White Bow einmal seinen Vater auf ganz ähnliche Weise geheilt hatte.

»Da, es ist vollbracht.« Ihr Gesicht wurde plötzlich sehr blaß, und sie klammerte sich schutzsuchend an ihn. »Hörst du?«

»Was? Das Heulen des Winds?«

»Nein, nicht den Wind.« Sie blickte aufs Meer hinaus. »Etwas anderes.«

Wolf folgte ihrem Blick. Und tatsächlich, im Heulen des Winds schwang ein anderes Geräusch mit, ein langgezogener, wehklagender Schrei, der ihm das Blut in den Adern gefrieren ließ.

»Es kommt«, flüsterte Hana.

Weit draußen, in der bleiernen Tiefe des Meeres, bildete sich ein gewaltiger Strudel, so riesig, daß er sein gesamtes Gesichtsfeld ausfüllte.

»Was ist das?« wollte Wolf wissen. Er spürte ein tiefes, schweres Pulsieren.

»Etwas, das darauf wartet, geboren zu werden.«

In ihrer Stimme schwang panische Angst mit.

»Nun hör mir bitte gut zu, Wolf. Ich bin hierher gekommen, weil ich nicht für die Welt der Menschen geschaffen war. Ich habe mich in meinem menschlichen Körper ebensowenig wohl gefühlt wie in der Welt, die von den Menschen in ihrer blinden Gier immer mehr zerstört wird.

Deshalb habe ich auf meiner bedingungslosen Suche nach dem Absoluten hier Zuflucht gesucht. Dies schien mir ein Ort, der noch nicht von dem immer weiter um sich greifenden Bösen in Mitleidenschaft gezogen ist. Freilich mußte ich rasch feststellen, daß dieses Böse längst auch von mir Besitz ergriffen hat und daß ich nun meinerseits diesen Ort mit dem Bazillus, den ich in mir trage, verseucht habe.«

»Hana, ich muß unbedingt wissen . . .«

»Nein«, flehte sie ihn an. »Laß mich bitte zu Ende sprechen, solange mir noch diese wenigen Momente geistiger Klarheit vergönnt sind. Uns bleibt nicht mehr viel Zeit. Das Orakel und ich sind unauflöslich miteinander verbunden, und wir werden beide verrückt.«

Aus den Tiefen der bleiernen See ertönte ein dumpfer Knall. Doch die Wasseroberfläche blieb spiegelglatt.

Hana sprach rasch, aber überlegt, und jedem ihrer Worte haftete die Überzeugungskraft der Wahrheit an – einer Wahrheit, die durch seine eigenen Beobachtungen bestätigt wurde und so grauenhaft war, daß sie ihn an seinem Verstand zweifeln ließ. Dennoch hörte er Hanas Ausführungen aufmerksam zu. Sie erklärte ihm, was gerade mit ihm geschah und was im weiteren mit ihm geschehen würde. Sie eröffnete ihm den Blick in die Zukunft – eine Zukunft, der sie, wie sie ihm freimütig gestand, aus sehr egoistischen Motiven zu entrinnen versucht hatte. »Du siehst, wie sich der ganze Plan vor dir entfaltet«, schloß sie. »Du siehst, was die Zukunft bringt und was du zu tun hast.«

Nach diesen letzten Worten stieß Hana einen gellenden Schrei aus, der jedoch rasch erstarb, als sie von einer mächtigen Bö erfaßt und ins Meer geschleudert wurde. Im selben Augenblick erhob sich der Leviathan aus der Tiefe.

Wie viele Möglichkeiten, ihm gegenüberzutreten, hatte das Orakel wohl gehabt? Es bedurfte der Hilfe, obwohl es wußte, was sich jedem menschlichen Wissen entzog. Und aus diesem Grund hatte es sich an Wolf gewandt, an den Vermittler, den großen Heiler.

Aber Hana hatte sich in diesem Punkt keinen Illusionen hingegeben. Ihr war von Anfang an klar gewesen, was das Orakel nicht wissen konnte: Es war seine eigene Matrix, die es in den Wahnsinn trieb. Das war die tiefe Tragik ihrer neugewonnenen Existenz – die grausame Ironie ihres Schicksals. Denn sie hatte die schmerzliche Feststellung machen müssen, daß es, zumindest für sie, keinen Ausweg gab. Und auch für das Orakel würde es keine existentielle Katharsis geben. Der Sinn, nach dem es so verzweifelt suchte, überstieg sein Fassungsvermögen.

Die Gefahr liegt im Leben, nicht im Tod.

Jetzt endlich begriff Wolf, was damit gemeint war. Denn in ihren letzten klaren Momenten hatte ihm Hana die Lösung des Rätsels verraten.

Der Leviathan, der aus der Tiefe stieg, hatte unzählige Köpfe. Schön oder häßlich, schwangen sie alle wie auf ein Kommando herum, um ihn anzustarren. Die Welt schien nur noch aus diesen Köpfen zu bestehen.

Wolf schloß die Augen und schickte eine lange Ranke seines makura na hiruma *in das bleierne Weltenmeer hinaus. Sie drang in das Innerste des Orakels ein und öffnete ihm den Blick auf seine LAPID-Schaltkreise. Als er jedoch merkte, daß er nicht wußte, was er daran ändern sollte, überkam ihn heftige Panik.*

»ICH HABE DICH GEHEILT. NUN HILF DU MIR ZU LEBEN UND ZU VERSTEHEN.«

Anstatt sich weiter um die Schaltkreise zu kümmern, begann Wolf in das Orakel hineinzulauschen. Und tatsächlich konnte er schon nach kurzem dessen Herzschlag spüren, oder was auch immer es am Leben hielt. Und mit einem Mal wußte er, warum sich ihm die rätselhafte Innenwelt des Orakels als ein endlos weiter Ozean darstellte. Je länger er dem Puls lauschte, desto vertrauter kam ihm dessen unverkennbarer Rhythmus vor: Es war nichts anderes als das wellenartige Pulsieren der Gehirnströme, die auftreten, wenn ein Mensch träumt.

Das makura na hiruma, *welches das Orakel aus Yujis DNS und aus dem wenigen, was von Hanas Verstand noch übriggeblieben war, geformt hatte, rief schreckliche Alpträume in ihm hervor. Der Leviathan in der Tiefe des bleiernen Meeres verneinte den geballten Wahnsinn dieser Welt in sich, und die ungeheure Kraft von* makura na hiruma *hatte dem elektronischen Gehirn des Orakels in so kurzer Zeit so viele Möglichkeiten eröffnet, daß es darüber wahnsinnig geworden war. Auch wenn es nur quasi-organische Züge trug, war das Gehirn des Orakels fast genauso komplex wie das eines Menschen – und beängstigenderweise in vieler Hinsicht wesentlich leistungsfähiger.*

Aber da das ungeheure Potential seiner Möglichkeiten noch nicht annähernd hatte ausreifen können, war es hoffnungslos überfordert gewesen, als es galt, die ungeheuren Kräfte aus Yujis DNS und Hanas Psyche zu assimilieren. Genauso, wie sein unerhört weit entwickelter Verstand Hanas Verstand einfach hinweggefegt hatte, war es umgekehrt nicht in der Lage gewesen, der Kraft ihres makura na hiruma *etwas entgegenzusetzen.*

Auf Wolf brandete plötzlich wildes Stimmengewirr ein, als er sich an die Matrix des Orakels anzukoppeln begann. Ihm schossen die irrwitzigsten Gedanken durch den Kopf, und für einen Moment schien es, als würde er plötzlich selbst zu einem dieser Gesichter. Es war, als löste er sich, am Rand des Wahnsinns, in einem aus den Fugen geratenen Universum auf.

Aber im letzten Augenblick bekam er sich doch wieder unter Kontrolle, indem er sich an die Kakophonie von Stimmen erinnerte, denen er ausgesetzt gewesen war, wenn er sich in die psychopathischen Killer hineinzuversetzen versuchte, die er in New York gejagt hatte. Wie unendlich weit das alles zurücklag, und doch erwies es ihm jetzt nützliche Dienste.

Ohne diesem verwirrenden Durcheinander aus Stimmen und Gedanken weitere Beachtung zu schenken, projizierte er sein makura na hiruma *noch tiefer in die Matrix des Orakels hinein, bis er sich so weit in dessen Grundrhythmus eingefühlt hatte, daß er die Frequenz des Pulsschlags der Wesenheit verändern konnte.*

»Das ist die einzige Möglichkeit, dir zu helfen.«

Und so erlöste er es von seinem Leiden; so versetzte er ihm den Gnadenstoß.

Als Thornburg Conrad III. in seine Villa zurückkehrte, fühlte er sich innerlich ausgebrannt und leer. Sein Sohn hatte ihn betrogen. Und was geschehen war, erfüllte ihn mit Bitterkeit.

Erschöpft ließ er sich in einen Sessel sinken und stützte den Kopf in die Hände. Er schaltete das Licht nicht ein. In seiner augenblicklichen Verfassung war ihm das Dunkel lieber.

Warum hatte sich ausgerechnet der Mensch, auf den er sich am meisten glaubte verlassen zu können, gegen ihn gewandt? Seine anderen Söhne hatte er schon lange aufgegeben. Keiner von ihnen war auch nur einen Schuß Pulver wert – außer Ham. Aus diesem Grund hatte er auch seinen ganzen Einfluß spielen lassen, um ihm eine glänzende Karriere zu ermöglichen.

Mühsam kämpfte sich Thornburg wieder aus dem Sessel hoch und schleppte sich an die Bar, um sich einen Whisky Soda zu mixen. Er nahm einen kräftigen Schluck und machte dabei ein Gesicht, als handelte es sich um eine bittere Medizin, und in gewisser Weise war das ja auch tatsächlich der Fall.

In den vergangenen Wochen hatte er sich mit Vorliebe in die Villa auf dem Gelände des Country Clubs zurückgezogen, da er es in dem riesigen Landsitz in Virginia, in dem er vor Tiffanys Tod hauptsächlich gewohnt hatte, nicht mehr aushielt. Das große Haus mit seinen endlosen Zimmerfluchten und den leise durch die Gänge huschenden Dienern, die er ohnehin seit jeher im Verdacht gehabt hatte, daß sie ihm hinterherspionierten und heimlich über ihn tuschelten, deprimierte ihn in letzter Zeit nur noch mehr, und selbst die dicht bewaldeten Hügel in seiner Umgebung erschienen ihm mit einem Mal seltsam abweisend und fast ein bißchen unheimlich.

Wieder gingen ihm ein paar Zeilen aus dem Gedicht von Yeats durch den Kopf: *Die Dinge fallen auseinander; die Mitte kann sie nicht mehr zusammenhalten ... Den Besten mangelt es an Begeisterung, während die Schlechtesten, beseelt von leidenschaftlichem Tatendrang, besessen sind.*

Mein Gott! Noch nie hatte er sich so am Ende gefühlt. Erschöpft suchte er bei einem weiteren Schluck Whisky Trost. Was hatte sich Ham bloß dabei gedacht, als er in seinen Safe eingebrochen war und die geheimen Unterlagen über die Experimente in der Klinik fotografiert hatte? Natürlich hatte er sich bei diesen Experimenten nicht immer streng an die gesetzlichen Vorschriften gehalten. Aber wer hatte diese Vorschriften schon gemacht? Aus langjähriger Erfahrung kannte er diese Idioten vom Capitol Hill gut genug, um nichts als eiskalte Verachtung für sie übrig zu haben. All jene, die noch nicht so verkalkt waren, daß sie keinen vernünftigen Gedanken mehr fassen konnten, waren so korrupt, daß sie auch nach all den Jahren des Absahnens den Hals nicht vollkriegen konnten.

Hams größte Schwäche war es gewesen, daß er von den Gesetzen, die sich die Menschen ja nur selbst gegeben hatten, viel zu sehr beeindruckt gewesen war. Wenn Thornburg in seinem langen Leben eines gelernt hatte, dann folgendes: Es war absolut unmöglich, dem Chaos des Universums auf Dauer eine künstliche Ordnung aufzuzwingen.

Schaudernd mußte er daran denken, wie er die Leiche seines Sohnes aus dem Wasser gezogen hatte. Anschließend hatte er ein altes Ersatzsegel auf Deck geholt, die Leiche fest darin verschnürt und das Ganze mit einem Anker beschwert. Erst als er Hams Leiche über Bord kippte war ihm eingefallen, daß es angebracht wäre, ein Gebet zu sprechen. Er hatte zwar noch ein paar Worte des Abschieds zu murmeln versucht, aber es war ihm nichts Passendes eingefallen.

Leise ächzend schleppte er sich ins Schlafzimmer, wo er im doppelten Boden der Nachttischschublade sein Verjüngungsserum aufbewahrte. Er hatte gerade das Fußende des Betts erreicht, als er merkte, daß in dem Lehnsessel neben dem Nachttisch jemand saß.

»Wer ist da?« stieß er erschrocken hervor.

»Erkennst du denn mein Parfüm nicht mehr?«

Prüfend sog Thornburg die Luft ein. »Stevie?« sagte er schließlich unsicher. »Du wolltest doch eigentlich schon wieder in New York sein. Was machst du noch hier?«

»Ich warte auf dich.«

Irgend etwas in ihrer Stimme ließ ihn aufhorchen. Was war passiert? Hatte ihr Ham etwa die gestohlenen Dokumente aus der Klinik gezeigt? Nein, das war völlig ausgeschlossen. Ham wußte doch gar nicht, daß er Stevie überhaupt kannte. Er wurde von Tag zu Tag paranoider. Höchste Zeit, daß er sich etwas von dem Verjüngungsserum spritzte.

»Und was verschafft mir die Ehre deines Besuchs?«

»Ich möchte wissen, warum du mir nie erzählt hast, daß du ein Verhältnis mit meiner Schwester hattest.«

»Stevie.« Vorsichtig ließ er sich auf die Bettkante nieder. »Deine Schwester hat sehr unter dem Älterwerden gelitten. Das weißt du genausogut wie ich. Als sie zufällig herausbekam, daß ich an einem großangelegten Projekt zur Erforschung des menschlichen Alterungsprozesses arbeitete, bat sie mich, an diesen Experimenten teilnehmen zu dürfen.«

»Mit anderen Worten: Sie hat sich freiwillig als Versuchskaninchen zur Verfügung gestellt?«

»Ja.«

»Und sie wußte von Anfang an über die damit verbundenen Risiken Bescheid?«

»Selbstverständlich. Ich habe ihr das Ganze sogar nachdrücklichst auszureden versucht, aber sie . . .«

»Ich bin im Besitz deiner Korrespondenz mit Amanda.«

»Ach?« Er stellte das Glas auf den Nachttisch und zog die Schublade heraus. »Ich brauche dringend eine Spritze.«

Stevie wartete, bis er den doppelten Boden entfernt hatte, bevor sie die Nachttischlampe anknipste.

In der plötzlichen Helligkeit blinzelte Thornburg heftig.

»Suchst du vielleicht das da?«

Erst jetzt konnte er Stevie langsam erkennen. Sie sah sehr gut aus in ihren khakifarbenen Jeans und der beigen Bluse unter der offenen Baseballjacke. Unter anderen Umständen hätte er vermutlich nur Augen für ihre langen Beine und ihre vollen Brüste gehabt, aber im Moment interessierten ihn vor allem ihre Hände, die in dünnen Lederhandschuhen steckten. Sie hielt damit seinen 45er Colt. Er war direkt auf sein Herz gerichtet.

»Bist du auch sicher, daß er geladen ist?«

»Ich habe mich davon überzeugt«, erwiderte Stevie eisig.

»Aber Stevie, du würdest doch nie von einer Waffe Gebrauch machen. Gerade du als Therapeutin weißt am besten über die Folgen einer solchen Tat Bescheid – und damit meine ich weniger die rechtlichen Konsequenzen als vielmehr die heftigen Schuldgefühle, die dich deswegen bis an dein Lebensende verfolgen würden. Außerdem habe ich nichts getan, was in irgendeiner Weise rechtfertigen könnte, daß du mich mit einer Waffe bedrohst.«

»Du hast Amanda ermorden lassen.«

»Wie kommst du denn darauf? Warum sollte ich so etwas . . .«

»Sie wäre an den Folgen des Verjüngungsserums gestorben. Genau wie Tiffany. Spar dir die Mühe, das zu leugnen. Was allerdings Tiffany betraf, ließ sich das Ganze problemlos vertuschen. In Amandas Fall wäre das allerdings nicht ganz so einfach gewesen. Wo ist übrigens Tiffanys Leiche? Im Leichenschauhaus. Wohl kaum. Meines Wissens gab es kein Begräbnis, keine Trauerfeier, nichts. Ich gehe jede Wette ein, daß du sie in der Klinik in aller Heimlichkeit zu Forschungszwecken hast sezieren und anschließend im klinikeigenen Krematorium hast verbrennen lassen. Eine saubere Sache, und kein Gerichtsmediziner, der dir vielleicht ein paar unangenehme Fragen hätte stellen können. Den Totenschein hat einfach einer deiner Ärzte ausgefertigt.

Mit Amanda wäre das allerdings nicht so einfach gegangen. Sie konntest du nicht so ohne weiteres in die Klinik schaffen lassen, als sich herausstellte, daß sie nicht mehr lange zu leben haben würde. Wäre sie tatsächlich an dem Mittel gestorben, mit dem sie schon die ganze Zeit behandelt worden war, hätte das vermutlich einige höchst unangenehme Fragen aufgeworfen. Deshalb hast du sie ermorden lassen. Und damit niemand Verdacht schöpfen würde, hast du das Ganze so hingedreht, als wäre sie von einem Einbrecher umgebracht worden, was ja in New York und insbesondere in der Gegend, in der sie wohnte, nichts ganz Ungewöhnliches war.«

»Bist du jetzt langsam fertig?« unterbrach sie Thornburg eisig. »Deine Theorie hört sich zwar hochinteressant an, ist aber nichts als blanker Unsinn. Vor allem würde ich zu gern wissen, wer dich auf diese verrückte Idee . . .«

»Halt den Mund!« fauchte ihn Stevie haßerfüllt an und sprang auf, als könnte sich ihre lange angestaute Wut nur noch so Luft verschaffen. »Ich habe doch selbst gesehen, wie skrupellos du andere Menschen für deine Zwecke einspannst. Was ich allerdings nicht verstehen kann, ist, daß ich dich dafür auch noch bewundert habe. Eines muß man dir wirklich lassen: Du hast es wirklich sehr geschickt verstanden, andere Leute – und zwar mächtige und einflußreiche Leute – um den Finger zu wikkeln. So hast du Morton zu seiner Karriere verholfen und mir Zugang zu den Kreisen verschafft, zu denen ich schon immer gehören wollte. Du warst so ungeheuer mächtig, und ich habe mich geradezu berauscht an deiner Macht. Als deine Geliebte brauchte ich nur deinen Namen zu nennen, und keine Tür blieb mir verschlossen.

Mein Gott, mit welcher Genugtuung mich das immer erfüllt hat. Ich kam mir vor wie ein gefeierter Broadwaystar, der sich der ungeteilten Aufmerksamkeit seines Publikums gewiß ist. Allerdings konnte ich damals noch nicht ahnen, wie tief ich dadurch in deine finsteren Machenschaften verstrickt würde. Ich wurde tatsächlich so etwas wie eine Schauspielerin, aber nicht im üblichen Sinne des Wortes. Mein Leben bestand nur noch aus Lüge und Verstellung. Das gipfelte schließlich darin, daß ich mir Wolfs Vertrauen und Zuneigung erschlich, um ihn für dich ausforschen zu können.

Du hast vollkommen recht: Ich habe mich in Wolf verliebt. Und ich bin der festen Überzeugung, daß er früher oder später auch mich geliebt hätte. Aber daraus wird nun nichts mehr. Durch den Vertrauensbruch, den ich in deinem Auftrag an ihm begangen habe, ist unser Verhältnis für immer vergiftet. Wie sollte ich ihm angesichts meines Verrats jemals wieder unter die Augen treten oder ihm gar gestehen, wie schmählich ich ihn hintergangen habe!«

»Jetzt mach aber mal einen Punkt, Stevie. Du weißt genausogut wie ich, daß das völliger Unsinn ist. Ich habe Amanda sehr gemocht. Sie war eine gute Freundin von mir, und sie tat mir leid. Wenn ich ihr geschadet habe, dann nur, weil ich es gut mit ihr meinte und deshalb ihrem Drängen vielleicht etwas zu früh nachgegeben habe. Im nachhinein ist mir natürlich klar, daß ich mich auf keinen Fall dazu hätte breitschlagen lassen dürfen, sie einer Behandlung mit dem neuen Serum zu unterziehen. Ich habe ihren Tod zutiefst bedauert und finde es infam, mir nun die Schuld daran zuzuschieben. Glaub mir, Amanda wurde tatsächlich von einem Einbrecher ermordet. So etwas ist in einer Stadt wie New York leider längst an der Tagesordnung, und so bedauerlich das Ganze auch sein mag, ich trage jedenfalls keinerlei Schuld daran.«

»Die Mühe kannst du dir sparen, Thornburg. Ich weiß nur zu gut, wie hervorragend du dich darauf verstehst, die Wahrheit zu verdrehen.«

»Gerade du solltest dir am ehesten darüber im klaren sein, Stevie, daß du dich in deinem Schmerz um deine Schwester in etwas hineinsteigerst, das in keiner Hinsicht den Tatsachen entspricht.«

»Ich habe gesagt, du sollst den Mund halten!« Sie hielt den Colt genau auf sein Herz gerichtet, und ganz instinktiv spürte Thornburg, daß es im Moment zu riskant gewesen wäre, ihn ihr aus der Hand zu schlagen. Trotzdem wurde ihm dieses Theater langsam zu bunt.

»Nachdem ich Amandas Briefe gelesen hatte«, fuhr Stevie indessen fort, »wurde mir plötzlich klar, daß es in meinem Leben nichts gibt, das mir wirklich etwas bedeutet. Meine Ehe ist eine einzige Farce, allerdings für beide Seiten mit gewissen Vorteilen verbunden. Und was das Schlimmste ist: Ich komme mehr und mehr zu der Überzeugung, daß das im Grunde genommen schon von Anfang an so war. Auch meine Arbeit und meine Patienten bedeuten mir immer weniger, und was meine privaten Kontakte betrifft, sind sie so oberflächlich, daß einem das Heulen kommen könnte.

Die Gefühle, die Wolf in mir geweckt hat, waren – einmal abgesehen von meinem Schmerz über Amandas Tod – die einzigen wirklich tiefen Empfindungen, die ich seit langem hatte. Und nun habe ich mir durch meinen Verrat an ihm auch das noch zerstört.

Trotzdem trifft es keineswegs zu, daß alle Schuld nur bei dir zu suchen ist, Thornburg. Wenn auch manchmal tief verborgen, schlummert in jedem von uns das Böse und wartet nur darauf, losgelassen zu werden und uns für immer schuldig zu machen. Mich trifft an dem Ganzen also mindestens genausoviel Schuld wie dich.«

Als sie darauf energisch den Arm streckte und ihren Finger um den Abzug krümmte, wurde Thornburg klar, daß er sie unterschätzt hatte. Sie würde tatsächlich abdrücken. Doch diese Einsicht kam nun leider zu spät.

»Mir ist sehr wohl bewußt, daß Amandas Briefe vor Gericht nicht als Belastungsmaterial ausreichen würden«, fuhr sie unerbittlich fort. »Ich habe keinerlei Beweise, daß du die Ermordung meiner Schwester angeordnet hast. Trotzdem bin ich ganz sicher, daß nur du dahinterstecken kannst, und ich will auf keinen Fall, daß du ungeschoren davonkommst. Ich habe also gar keine andere Wahl – und vor allem auch nichts zu verlieren.«

Ganz kurz bevor sie den Abzug drückte, schleuderte Thornburg das Whiskyglas nach ihr und traf Stevie damit an der Schulter. Aber die Kugel hatte seinen Körper getroffen und warf ihn rücklings auf das Bett zurück. Stevie stieß einen gellenden Schrei aus und starrte entsetzt auf das Loch in seiner Brust, aus dem ein dicker Blutschwall hervorschoß. Thornburgs starre Augen waren weit aufgerissen, aber sie brachte es nicht über sich, einen Blick in sie zu werfen.

Sie brach in verzweifeltes Schluchzen aus und stürzte ins Freie. Erst als sie fast den Golfplatz erreicht hatte, wurde ihr bewußt, daß sie noch immer den schweren Colt in der Hand hielt. Sie blieb kurz stehen, um ihn mit aller Kraft ins Gebüsch zu schleudern, und rannte zu ihrem Mietwagen weiter.

Sie stieg ein und ließ erschöpft ihren Kopf auf das Lenkrad sinken. Doch schon nach kurzem hatte sie sich bereits wieder so weit unter Kontrolle, daß sie den Wagen fahren konnte. An der ersten Telefonzelle hielt sie, durchwühlte ihre Handtasche nach ein paar Münzen und rief die Polizei an. Sie nannte weder Thornburgs noch ihren Namen, sondern meldete lediglich, daß sie eine Leiche entdeckt habe. Der Polizist am anderen Ende der Leitung bestürmte sie auch dann noch mit aufgeregten Fragen, als sie längst eingehängt hatte.

Vor der Zelle sank sie in die Knie und übergab sich. Nach einer Weile richtete sie sich wieder auf und kehrte zu ihrem Wagen zurück. Sie setzte sich ans Steuer und starrte lange abwesend durch die Windschutzscheibe.

Bis auf das leise Tuckern des heißen Motors herrschte vollkommene Stille.

6

Tokio

Großstadtnacht.

Tokio haftete etwas von jener unterschwelligen Melancholie an, wie sie für gerade im Aufbau befindliche Gesellschaftssysteme typisch ist, die noch mit der Aufarbeitung einer schweren Niederlage beschäftigt sind. Daß es sich im speziellen Fall Japans auch noch um eine Gesellschaftsform handelte, in der das Leben von sinnentleerten Idealen bestimmt wurde – sei es in Form eines extrem markenbewußten Konsumrauschs oder eines pseudoreligiöse Züge annehmenden Starkults –, verlieh der fast abweisenden Strenge von Tokios hypermodernem architektonischem Erscheinungsbild noch zusätzliche Prägnanz.

Auf seinem Streifzug durch das nächtliche Tokio stellte Wolf überrascht fest, wie rational und durchdacht seine Architektur trotz aller Fremdartigkeit war. Für Ambivalenz oder Kompromisse irgendwelcher Art gab es hier keinen Platz. Auf ihre Art strahlte die Stadt gewissermaßen dieselbe bedingungslose Entschlossenheit aus, die einst zu den Grundwesensmerkmalen der legendären Samurai gehört hatte.

Für Wolf lag inzwischen die fremdartige Welt, zu der er im Innern des Orakels Zugang gefunden hatte, unendlich weit zurück. Das Orakel gehörte ja auch längst der Vergangenheit an. Es hatte aufgehört zu existieren.

Um so mehr erfüllte es Wolf mit einem tiefen Glücksgefühl, sich völlig ungehindert und frei durch die nächtliche Stadt bewegen zu können, über deren Dächer der ferne Widerschein der gigantischen Neonreklamen das fortwährende Versprechen eines neu anbrechenden Tages zauberte.

Mit nie gekannter Intensität spürte er plötzlich jene Art von tiefer Melancholie, wie sie einen beim Anblick verblassender Schönheit und sichtbar werdenden Verfalls überkommt.

Und das wiederum ließ ihn an Hana denken, an ihre Einsamkeit und ihre tiefe Traurigkeit. Sie war Gefangene einer Hölle gewesen, die sie sich zum Teil selbst geschaffen hatte. Sicher gab es kaum einen Menschen außer ihr, der so gut hätte nachempfinden können, wie ihm an diesem Abend zumute war.

Licht und Chikas Silhouette.

Aus einem dunklen Hauseingang beobachtete er, wie die zwergenhafte Frau im Herrenanzug die Eingangstür von *Verbotene Träume* öffnete und Chika nach drinnen winkte. Die Tür schloß sich wieder, und die

Straße erglänzte im Scheinwerferlicht eines vorbeifahrenden Wagens. Wenige Augenblicke später war der Lichterzauber erloschen, und tiefes Dunkel breitete sich aus. Die Straße war menschenleer. Aus einem offenen Fenster drang eine laute Männerstimme, untermalt von gequältem Gelächter – O-Ton einer Fernsehshow.

Alles hatte sich auf diese verzweifelte Aktion zugespitzt. Angesichts der Ausweglosigkeit ihrer Situation war ihnen keine andere Wahl mehr geblieben, als das damit verbundene Risiko einzugehen. Es war ihre einzige und letzte Chance.

Dennoch konnte Wolf vorerst nichts anderes tun als warten. Um die unerträgliche Anspannung etwas abzubauen, ließ er noch einmal die dramatischen Ereignisse der letzten Stunden Revue passieren.

Als er nach dem Kampf mit Suma schließlich wie aus tiefem, traumlosem Schlaf erwacht war, hatte Chika an seiner Seite gesessen. Noch nie war er so glücklich gewesen, einen anderen Menschen zu sehen, und erst in diesem Augenblick war ihm in vollem Umfang bewußt geworden, wie sehr er sie tatsächlich liebte. Und dennoch sah er sich nun vor die Frage gestellt, ob er sie nicht gerade in den sicheren Tod geschickt hatte.

Zeit.

Giftig gelb leuchtete das Zifferblatt seiner Uhr im Dunkel. Als ein Wagen vorbeifuhr und die Straße kurz in blendend helles Licht tauchte, sah er sich aufmerksam um, konnte aber nichts Verdächtiges entdekken. Darauf verließ er sein Versteck und ging mit hochgezogenen Schultern die Straße entlang. Obwohl er sich mit der forschen Zielstrebigkeit eines Japaners bewegte, wäre er allein aufgrund seiner Körpergröße nie für einen solchen gehalten worden.

Er passierte das Hauptgebäude von *Verbotene Träume,* wo er noch vor kurzem um ein Haar unter den Trümmern eines einstürzenden Zimmers begraben worden wäre. Ganz deutlich konnte er im Vorübergehen den Stacheldraht sehen, der in die mit Beton verkleideten Wände eingegossen war.

Die schmale Seitenstraße war so anonym, daß sie nicht einmal einen Namen hatte, in Tokio jedoch nichts Ungewöhnliches. Hier gab es unzählige solcher kleiner Seitenstraßen, zu denen sich selbst Ortskundige erst mühsam durchfragen mußten. Als er das Rückgebäude von *Verbotene Träume* erreichte, vergewisserte er sich noch einmal, ob die Luft rein war. Dann verschwand er in einem schmalen Durchgang, der an der Seite des Gebäudes entlangführte.

Er entfernte den Verband von seiner zerschnittenen linken Hand und richtete sein *makura na hiruma* auf die Verletzungen. Sie waren bereits wieder so gut verheilt, daß davon nur noch ein paar rote, mit dickem Schorf überzogene Striemen zu sehen waren. Als er die Hand zur Faust ballte, spürte er keinen Schmerz; sie fühlte sich nur etwas steif an, aber nachdem er ein paarmal seine Finger durchgestreckt hatte, gab sich auch das. Sicherheitshalber streifte er sich einen Lederhandschuh über, der einerseits geschmeidig genug war, um ihn nicht zu behindern, und ihm zugleich einen gewissen Schutz bot.

Dann konzentrierte er sich und machte sich daran, die Außenmauer abzutasten. Schon nach kurzem hatte er den Vorsprung entdeckt, von dem ihm Chika erzählt hatte.

Die Räume der Ehrwürdigen Mutter befanden sich im Hinterhaus. Es war mit dem Hauptgebäude, in dem die Clubräume untergebracht waren, durch zwei überdachte Gänge verbunden, zwischen denen der Garten lag. Nachdem Wolf an den Vorsprüngen und Vertiefungen in der Fassade des Rückgebäudes bis zum ersten Obergeschoß hochgeklettert war, kam er nicht mehr weiter. Aber für diesen Fall hatte er bereits vorgesorgt. Am einen Ende des Nylonseils, das er sich um den Bauch geschlungen hatte, war eine Klaue aus einer extrem leichten Titan-Stahllegierung befestigt. Diese Klaue warf er nun auf das Dach, wo sie sich schon beim zweiten Mal verhakte. Um sich zu vergewissern, daß sie auch wirklich fest saß, riß er mehrere Male kräftig an dem Seil, bevor er sich daran hochzog und über die Brüstung des Flachdachs schwang.

Auf dem Dach blieb er erst einmal vollkommen reglos liegen und lauschte aufmerksam nach irgendwelchen verdächtigen Geräuschen. Unwillkürlich rief das Erinnerungen an eine ganz ähnliche Situation in New York in ihm wach, als er Amandas Mörder auf das Dach ihres Hauses gefolgt war.

Nur mit Mühe konnte er die Gedanken an dieses schreckliche Erlebnis wieder abschütteln. Was war plötzlich los mit ihm? Eine der Veränderungen, die in ihm vorgegangen waren, hatte ihm zwar Hana zu erklären versucht, aber in verschiedenen wichtigen Punkten hatte auch sie passen müssen. Wer wußte außerdem, wie lange er tatsächlich mit dem künstlichen Gehirn des Orakels verbunden gewesen war? Laut Yujis Aussagen nur wenige Minuten. Aber ihm waren sie wie eine Ewigkeit erschienen.

Was war tatsächlich mit ihm passiert, nachdem man ihn an das Orakel angeschlossen hatte. War es zu einem Datenaustausch zwischen ihnen gekommen? Oder waren in Form von Arbeitsprogrammen sogar ganze Funktionsblöcke des Elektronengehirns von seinem eigenen übernommen worden?

Auch wenn es sich dabei um Fragen handelte, die ihm schon die ganze Zeit auf den Nägeln brannten, gab es im Augenblick Wichtigeres zu tun. Jetzt kam es vor allem darauf an, daß er sich voll auf seine Aufgabe konzentrierte. Sonst konnte es durchaus passieren, daß er nicht mehr lange genug am Leben blieb, um eine Antwort auf diese Fragen zu finden.

Übersät von den riesigen Leuchtreklamen jener Unternehmen, die für

Japans postmodernes Wirtschaftswunder verantwortlich zeichneten, ragten ringsum gigantische Hochhausfassaden in den Nachthimmel auf. Im Dunkel unter ihm lag der Garten, der trotz all seiner unglaublichen Natürlichkeit etwas durch und durch Künstliches an sich hatte.

Und irgendwo zwischen diesen beiden extremen Gegensätzen hielt sich die Frau verborgen, die sich nichts Geringeres zum Ziel gesetzt hatte, als die ganze Welt zu beherrschen.

»Ich hätte nicht gedacht, daß du mir so sehr fehlen könntest.« Mit einem langen Fingernagel strich die Ehrwürdige Mutter über Yoshidas nackte Brust. »Freust du dich, wieder zu Hause zu sein?«

»Am ehesten werde ich noch die Hamburger vermissen«, antwortete Yoshida. »Ich habe in den Staaten eine ausgesprochene Vorliebe für Fleisch entwickelt. Bei dieser Gelegenheit habe ich auch festgestellt, daß Schwarze mit Abstand die besten Hamburger machen.«

Sie befanden sich in einem Zimmer im Erdgeschoß des Rückgebäudes, von dem man einen herrlichen Blick auf den Garten hatte. Nur von dem Licht erhellt, das aus den angrenzenden Räumen fiel, waren seine Ränder in gespenstisch diffuses Licht getaucht, während in seiner Mitte undurchdringliches Dunkel herrschte. Die Ehrwürdige Mutter hatte sich ausdrücklich dagegen verwehrt, im Garten Lichter anzubringen, da diese nur dessen *ki*, seine innere Energie, stören würden.

»Und was machen die Conrads? Vater und Sohn?«

Yoshida grinste. »Keiner von ihnen wird die Begegnung mit uns überleben.«

»Großartig!« Wie ein fünfjähriges Mädchen klatschte die Ehrwürdige Mutter vor Begeisterung in die Hände. Dann beugte sie sich vor und küßte Yoshida auf die Schulter. Erst biß sie ihn nur wie im Spiel, doch dann grub sie ihre makellos weißen Zähne immer tiefer in seine Haut, bis er heftig zu bluten begann und vor Schmerzen die Augen schloß.

»Ich habe dir sehr wehgetan«, sagte sie nach einer Weile.

»Aber ich habe nicht das geringste gespürt.« Damit packte er sie und küßte ihr das Blut von den Lippen.

Ihren Bewegungen haftete etwas von der strengen Starre eines uralten Rituals an. In gewisser Weise war das sogar ein ganz wesentlicher Bestandteil ihrer Beziehung. Jedem von ihnen kam darin eine fest umschriebene Rolle zu, in der genau festgelegt war, wie er sich zu verhalten hatte.

»Du mußt das doch spüren.«

Er zuckte nicht mit einer Wimper. »Ja«, hauchte er mit leicht geöffneten Lippen.

Ganz deutlich konnte die Ehrwürdige Mutter seinen Atem hören.

Seine Brust war feucht und klebrig von dem Blut, das aus der Bißwunde in seiner Schulter sickerte.

»Würde ich einem anderen so wehtun, läge er längst winselnd vor mir auf den Knien.«

Seine Nasenflügel waren leicht gebläht – die einzige Reaktion auf die Schmerzen, die sie ihm zugefügt hatte. »Auch Nishitsu?«

»Ja.« Die Aufmerksamkeit der Ehrwürdigen Mutter schien ganz darauf gerichtet, wie er seinen Atem unter Kontrolle hielt. »Standhaftigkeit war noch nie seine Stärke.« Bewundernd glitten ihre schlanken Finger über seine Oberarmmuskeln. »Weil wir gerade von Nishitsu sprechen – er sollte eigentlich längst hier sein. Ich habe ihn vor zehn Minuten rufen lassen.«

»Vielleicht ist er so mit einem seiner kleinen Jungs beschäftigt, daß er deiner Aufforderung nicht nachkommen konnte.«

Die Ehrwürdige Mutter kicherte wie ein kleines Mädchen. »Du wärst wohl auch gern mal ein Stündchen mit Nishitsu allein, hm?«

»Mich interessiert nur sein Auge.«

Die Ehrwürdige Mutter brach in amüsiertes Gelächter aus. »Glaubst du, seine Kraft wird auf dich übergehen, wenn du es ißt?«

»Hast du mir das nicht selbst gesagt?«

Für einen Moment schloß die Ehrwürdige Mutter die Augen. »Ich wäre zu gern dabei, wenn du dich über ihn hermachst. Vielleicht werde ich es dir eines Tages doch gestatten.«

Yoshida sah sie eine Weile forschend an. »Nishitsu ist für die weltweite Koordination aller Toshin-Kuro-Kosai-Aktivitäten zuständig. Allein aus diesem Grund würdest du so etwas nie zulassen.«

»Es ist nicht gut, sich zu sehr auf eine Person zu verlassen. Das kann rasch dazu führen, daß man jeden Realitätsbezug verliert. Zugleich verleitet es den Betreffenden dazu, sich maßlos übertriebene Vorstellungen vom wahren Ausmaß seiner Macht zu machen. Es könnte durchaus sein, daß das inzwischen auch schon auf Nishitsu zutrifft.«

»Ungeachtet deiner ungeheuren Macht bist du dennoch eine Frau. Du bist auf Nishitsu angewiesen, wenn du in einer reinen Männergesellschaft wie dem Bund der Schwarzen Klinge für eine reibungslose Abwicklung . . .«

Ein unerträglicher Schmerz ließ ihn mitten im Satz verstummen und laut ächzend vornübersinken. Die Gefäßverengungen, die sie in seinem Nacken hervorgerufen hatte, waren extrem schmerzhaft.

»Entschuldige bitte«, sagte er, als er sich wieder einigermaßen von dem Schock erholt hatte. »Ich wollte dich nur darauf aufmerksam machen, wie wichtig Nishitsu im Augenblick noch für dich ist.«

»Für wie dumm hältst du mich eigentlich?« Über ihren Lippen lag ein zufriedenes Lächeln. »Ich habe meine Fänge bereits tief in Nishitsus

Hirn gegraben und sauge ihm Tag für Tag ein Stückchen mehr von seinem *makura na hiruma* aus. Im Moment besteht seine Funktion eigentlich nur noch darin, meine Kraft zu vermehren. Alles Weitere werde ich erledigen, wenn die Zeit reif dafür ist.«

Yoshida wollte sie gerade darauf hinweisen, daß sie sich dann nach einem anderen Mann würde umsehen müssen, der nach außen hin den Bund der Schwarzen Klinge leitete. Doch bevor er dazu kam, packte ihn die Ehrwürdige Mutter ganz unvermutet am Arm und sah wie gebannt an die Decke.

»Da muß ein Tier auf dem Dach sein.«

Yoshida folgte ihrem Blick und lauschte eine Weile angespannt nach draußen. »Ich kann aber nichts spüren.«

»Ich auch nicht. Trotzdem bin ich ganz sicher, daß sich irgend etwas auf dem Dach bewegt. Das gehört zu dem Wenigen, was ich noch von der Zukunft sehen kann. Bring mir das Tier in das Zimmer der fünf Schatten.«

Nachdem sich Wolf das Nylonseil wieder um den Bauch geschlungen hatte, glitt er lautlos über das Dach, das von einer grotesken Flora aus Fernsehantennen, Satellitenschüsseln und Lüftungsschächten überwuchert war. Kurz bevor er die andere Seite erreichte, bemerkte er ein flüchtiges Huschen – untrügliches Anzeichen dafür, daß er es mit einem anderen *makura na hiruma* zu tun hatte. Obwohl es ihm vage bekannt vorkam, fiel ihm nicht mehr ein, wo und in welchem Zusammenhang er ihm schon einmal begegnet war.

Er warf sich flach auf den Bauch, kroch auf den Rand des Dachs zu und spähte vorsichtig in den Garten hinunter.

Die dunklen Umrisse der Felsen, Bäume und Farne waren in dem diffusen Licht, das durch die Fenster der umliegenden Räume nach draußen fiel, deutlich zu erkennen. Er konnte die Bewegungen der anderen Aura zwar spüren, aber nicht feststellen, von wo sie ihren Ausgang nahm.

Mit der Stahlklaue verhakte er das Seil an der Brüstung des Dachs und ließ sich vorsichtig in den Garten hinab. Dort suchte er erst einmal im Schatten eines Felsens Deckung und vergewisserte sich, ob jemand an einem der Fenster stand und nach draußen schaute. Dann schloß er die Augen, aktivierte sein *makura na hiruma* und ließ es nach allen Seiten ausströmen, bis er die andere Aura geortet hatte.

Da er mit der Lage der einzelnen Räume von *Verbotene Träume* bestens vertraut war, wurde ihm rasch klar, welche Absicht hinter den Bewegungen der anderen Aura steckte. Die Person, der sie gehörte, konnte ihn zwar nicht damit wahrnehmen, schien aber dennoch instinktiv zu spüren, was er vorhatte. Jedenfalls deutete alles darauf hin, daß ihm die andere Person den Zugang zu den Räumen der Ehrwürdigen Mutter versperren wollte.

Lautlos rannte Wolf auf eine halb offenstehende Tür zu. Nachdem er sich vergewissert hatte, daß sich in dem dahinterliegenden Raum niemand aufhielt, huschte er hindurch. Die Einrichtung war von jener typisch japanischen Schlichtheit, die auch über die Jahrhunderte hinweg nichts von ihrer Modernität eingebüßt hat: Tatami-Matten auf dem Boden, kahle Wände, kleine, dunkle Holzschränke mit schweren Eisenbeschlägen.

Wolf orientierte sich inzwischen fast ausschließlich mit Hilfe seines *makura na hiruma*. Mehr denn je kam es jetzt darauf an, so rasch und lautlos wie möglich vorzugehen.

Während ihm Chika Nishitsu vom Leib hielt, würde er versuchen, die Ehrwürdige Mutter aus ihren Räumen zu locken. Auf den ersten Blick schien das aussichtslos. Immerhin hatte sie ihn bereits einmal bezwungen. Allerdings hatte inzwischen seine Kraft noch weiter zugenommen, denn als ihn das Orakel dem Tod entrissen hatte, waren auch gewisse Veränderungen an seinem *makura na hiruma* vorgenommen worden, über deren Folgen er sich jedoch noch nicht im klaren war.

Tatsache war jedenfalls, daß die Ehrwürdige Mutter mit allen Mitteln unschädlich gemacht werden mußte. Wenn es ihm nicht gelang, ihre Pläne zu vereiteln, war es um die bisherige Vormachtstellung Amerikas endgültig geschehen.

Bevor er sich schließlich mit Chika auf diesen Plan geeinigt hatte, waren sie sämtliche Möglichkeiten durchgegangen, die sonst noch in Frage kamen. Denn die Aussichten auf ein Gelingen ihres Vorhabens waren nicht sehr hoch. Schlimmstenfalls würde es sich als ein Himmelfahrtskommando mit für sie beide tödlichem Ausgang erweisen.

Aber das war für Wolf kein Hinderungsgrund gewesen. Schließlich hatte er die Gefahr schon immer geliebt. Nur zu gut hatte er noch in Erinnerung, was sein Vater damals in der Wildnis Australiens einmal zu ihm gesagt hatte: »Wenn du im Leben nichts riskierst, kannst du dich am besten gleich in eine Ecke verkriechen und auf den Tod warten.« Besser hätte sich Peter Mathesons Lebensphilosophie gar nicht auf den Punkt bringen lassen. Und Wolf wäre nicht sein Sohn gewesen, wenn er nicht ganz genauso gedacht hätte. Entschlossen huschte er also durch das labyrinthische Gewirr von Gängen, die das Innere von *Verbotene Träume* durchzogen.

Plötzlich blieb er wie angewurzelt stehen, um zu lauschen. Kein Zweifel, das Echo des anderen *makura na hiruma* kam jetzt aus einer anderen Richtung. Wolf reagierte sofort. Jede dunkle Nische als Deckung nutzend, schlich er lautlos dorthin zurück, wo er hergekommen war. Vor dem Raum, in dem sich sein Gegner aufhielt, blieb er stehen. Er hatte die Hand bereits nach dem Griff der Schiebetür ausgestreckt, als er für einen Moment zögerte. Handelte es sich vielleicht um eine Falle? Nein, das war ausgeschlossen. Da niemand in der Lage war, seine Aura wahrzunehmen, konnte sein Gegner nicht wissen, wo er sich aufhielt. Dagegen war Wolf ganz sicher, daß ein Feind sich in diesem Raum befand, der keine Möglichkeit hatte festzustellen, daß Wolf bereits hinter der Tür lauerte.

Lautlos schob er die Tür einen Spaltbreit auf. Der Raum war von einer einzigen Lampe erhellt, die, der Länge und dem Einfallswinkel der Schatten nach zu schließen, in der linken hinteren Ecke stehen mußte. Um sich den Überraschungseffekt optimal zunutze zu machen, war es das Beste, blitzschnell hineinzustürmen.

Er atmete ein paarmal tief durch und kauerte neben der Schiebetür nieder. Währenddessen konnte er ganz deutlich spüren, wie sich die seltsame dunkle Macht in seinem Innern immer weiter entfaltete. Ganz ruhig zählte er die Sekunden.

Dann riß er die Tür auf, sprang mit einem mächtigen Satz in den Raum und rollte sich über Tatami-Matten ab. Bereits im Hochkommen sah er, daß der Raum leer war. Aber in seiner Mitte war ein mannshoher Bronzespiegel aufgestellt, aus dem Wolf sein eigenes Spiegelbild entgegensprang. Die Aura, die der Spiegel zurückwarf, war jedoch die seines Gegners.

Dabei muß es sich um eine Projektion handeln, schoß es ihm durch den Kopf. Der andere konnte seine Aura *projizieren*! Aber wie?

Ein leiser Lufthauch ließ ihn zusammenzucken. Alles, was er sah, als er den Kopf hochriß, war ein Schatten, und im selben Augenblick schlangen sich auch schon menschliche Beine um seinen Hals. Dieser Dreckskerl hatte sich an der Decke versteckt!

Wolf erhaschte einen kurzen Blick auf das Gesicht des Angreifers. Es war der Japaner, der ihn zu Shipley gebracht hatte, und im selben Augenblick wurde ihm auch klar, woher ihm seine Aura so bekannt vorkam. Sie hatte zu jener dunklen Gestalt gehört, mit der er sich auf dem Dach von Amandas Haus einen Kampf auf Leben und Tod geliefert hatte. Demnach war es also gar nicht Suma gewesen, der Amanda umgebracht und ihn durch das Oberlicht geschleudert hatte, sondern Jason Yoshida!

Yoshidas linke Handkante traf ihn genau hinter dem Ohr, und schlagartig wurde Wolfs ganze linke Körperhälfte taub. Wenn ihm Yoshida nicht immer noch seine Beine um den Hals geschlungen hätte, wäre er wie ein Sack zu Boden gesunken. Allerdings drückte er ihm damit auch die Luft ab.

Zu spät merkte Wolf, daß er in seinem blinden Vertrauen auf seine neu entdeckten Kräfte die primitivsten Vorsichtsregeln außer acht gelassen hatte. Eigentlich hätte er sofort einen Blick zur Decke hochwerfen müssen, als er im Raum niemanden entdecken konnte. Sein *makura na hiruma* war also keineswegs unfehlbar – eine Erkenntnis, die ihm allerdings jetzt nichts mehr nützte.

Immer fester drückte Yoshida zu, und als er Wolf auch noch ein Stück hochhob, so daß er den Halt unter den Füßen verlor, begann er wie eine wildgewordene Marionette zu zappeln. Ihm wurde schwarz vor Augen, und er war nicht mehr in der Lage, seine Arme zu heben, um sich aus Yoshidas tödlichem Würgegriff zu befreien. In seinen Ohren begann es heftig zu summen – wie von einem Schwarm Fliegen, der sich über ein verendetes Tier hermacht. An diesem Punkt wußte er, daß er nicht mehr lange zu leben hatte. Für einen Moment glaubte er sogar in sein eigenes Gesicht blicken zu können, aus dem, bereits von der gräßlichen Starre des Todes entstellt, längst jede Farbe gewichen war.

Saug Blut vom Stein.

Hatte er da nicht eben eine Stimme gehört? Wegen des immer stärker anschwellenden Summens war er jedoch nicht sicher, ob er es sich nicht nur eingebildet hatte.

Saug Blut vom Stein.

Nein, diesmal hatte er die Stimme tatsächlich gehört. Sein Bewußtsein geriet bereits bedrohlich ins Flackern, ganz ähnlich einer erlöschenden Flamme. Es war, als würde er jeden Moment in tiefe Bewußtlosigkeit fallen. Aufwachen! Wenn nur dieses schreckliche Summen nicht gewesen wäre. Außerdem nahm er seine Umgebung nur noch wie durch einen roten Schleier wahr.

Der Stein war sein Körper. Ja, sein Körper. Hör auf, dich zu wehren. Was? Ich soll mich nicht mehr zur Wehr setzen? Aber dann sterbe ich doch. Was tust du denn die ganze Zeit anderes?

Also gab er jeden Widerstand auf und ließ sich einfach fallen. Sein Körper entkrampfte sich, und in einem gewaltigen Schwall schoß sein ganzes *ki* in seine Körpermitte. Fast im selben Augenblick stieg auch schon *makura na hiruma* über seine Wirbelsäule in sein Gehirn hoch. Ein alles mit sich reißender schwarzer Wind kam auf, und heftiges Funkensprühen setzte ein.

Gleichzeitig nahm ein dunkles Untier Gestalt an, das sich blitzartig um Yoshidas Beine schlang und seine langen, gekrümmten Krallen in seinen Körper grub. Und dann ergoß sich ein solcher Schwall von *ki* in den Raum, daß Wolf das Gefühl hatte, als befände er sich mit einem Mal unter Wasser.

Yoshida begann so heftig zu würgen und zu husten, daß er sich nicht mehr länger an der Decke festhalten konnte. Er stürzte mit Wolf zu Boden und löste endlich die Umklammerung um dessen Hals.

Dennoch war Wolf im ersten Moment noch nicht fähig, sich zu bewegen. Reglos am Boden liegend, befahl er sich: Atmen! Tief durchatmen! Mit Hilfe der Energie, die dadurch in seinem Körper freigesetzt wurde, kam er rasch wieder zu Kräften. Wie er das beim Aikido-Training gelernt hatte, atmete er ganz gezielt in den Bauch hinein, in sein *hara.* Und schon nach kurzem fiel die seltsame Starre von seiner linken Körperhälfte ab. Gleichzeitig konnte er nun jedoch auch die Schmerzen spüren. Sein Hals fühlte sich an, als wäre er auf das Doppelte seines Umfangs angeschwollen, und er bekam so heftige Muskelkrämpfe, daß ihm erneut die Luft wegblieb.

Außerdem griff ihn Yoshida bereits wieder an. Auch er hatte inzwischen sein *makura na hiruma* aktiviert. Im Raum breitete sich ein widerlicher Gestank aus.

Noch während sich Wolf mühsam aufzurichten versuchte, stürzte sich Yoshida bereits auf ihn. Aber Wolf bekam gerade noch rechtzeitig sein Handgelenk zu fassen, riß mit aller Kraft daran und machte gleichzeitig eine blitzschnelle Rechtsdrehung, so daß Yoshida, von seinem eigenen Schwung mitgerissen, das Gleichgewicht verlor. Diese momentane Schwäche machte sich Wolf zunutze, um ihm einen mörderischen Handkantenschlag gegen das Ellbogengelenk zu versetzen. Es brach fast im selben Moment, in dem Yoshida mit dem Kopf auf den Boden schlug. Wolf riß noch einmal mit aller Kraft an Yoshidas gebrochenem Arm, so daß dieser auf den Rücken zu liegen kam.

Mühsam rang Wolf nach Atem. Vor Anstrengung begann er am ganzen Körper zu zittern. Er war am Ende seiner Kräfte. Yoshidas Überraschungsangriff hatte ihn seine letzten Energiereserven gekostet. Wenn der Japaner jetzt noch einmal auf die Beine kam, dann hatte ihm Wolf kaum noch etwas entgegenzusetzen.

Ächzend wälzte sich Yoshida auf den Bauch und rappelte sich mühsam hoch. Die Schmerzen in Wolfs Hals waren so unerträglich, daß er nicht einmal mehr in der Lage war, seinen Kopf zu heben, als sich Yoshida mit einem wilden Schrei auf ihn stürzte. Er konnte ihm nur noch eine schwarze Faust entgegenrammen.

Yoshida versuchte sie mit seinem eigenen *makura na hiruma* abzuwehren und erkannte zu spät, daß es sich dabei um eine Finte handelte. Sich Yoshidas Spiegeltrick zunutze machend, warf Wolf nun seine Aura mit dem Spiegel auf ihn zurück und setzte gleichzeitig zu einem vernichtenden Schlag gegen Yoshidas rechte Rippenpartie an.

Er traf ihn mit solcher Wucht, daß Yoshida mit einem erstickten Schrei durch die Luft flog und gegen die Wand schlug. Sein Blut spritzte nach allen Seiten.

Zu Tode erschöpft, ließ sich Wolf zurücksinken und lauschte mit geschlossenen Augen.

»Ich konnte noch nie verstehen, warum die Ehrwürdige Mutter nicht dich damit beauftragt hat, deinen Bruder für ihre Zwecke zu gewinnen«, sagte Naoharu Nishitsu.

Weil sie schlauer ist als du, dachte Chika insgeheim und erwiderte lächelnd: »Yuji hat noch nie viel auf den Rat einer Frau gegeben.«

Nishitsu lachte. »Mit Ausnahme von seiner Mutter.«

Chika hatte Nishitsu am Eingang der Bar von *Verbotene Träume* abgepaßt, als er sich gerade auf den Weg zur Ehrwürdigen Mutter machen wollte. Nun kam es vor allem darauf an, ihn so lange hinzuhalten, daß er nichts von dem mitbekam, was gleich im Rückgebäude passieren würde. So gern sie Wolf in seinem Kampf gegen die Ehrwürdige Mutter zur Seite gestanden hätte – sie wußte natürlich, daß das sinnlos gewesen wäre. Die beiden mußten das unter sich allein ausmachen.

»Yuji hat noch nie viel auf den Rat anderer gegeben«, sagte Nishitsu. »Was ist mit dem Kerl eigentlich los? In letzter Zeit legt er ein geradezu amerikanisch anmutendes Einzelkämpfertum an den Tag. Mir ist allerdings unerklärlich, was er an diesen Amerikanern nur findet. Schon seit Jahren versuchen sie doch nichts anderes, als uns mit allen Mitteln zu ruinieren.«

»Tust du da den Amerikanern nicht unrecht? Immerhin waren sie es, die uns zu dem gemacht haben, was wir heute sind, Nishitsu-san.«

»Ich und den Amerikanern unrecht tun?« entgegnete Nishitsu schroff. »Dazu solltest du vielleicht wissen, daß ich aus Hiroshima stamme. Die wenigen meiner Angehörigen, die die Bombe überlebt haben, leiden noch heute an den Folgen. Ich zum Beispiel kann keine Kinder zeugen. Das habe ich nur den Amerikanern zu verdanken. Also laß mich bloß mit den Amerikanern in Frieden.«

»Das Grauen von Hiroshima und Nagasaki gehört längst der Vergangenheit an, Nishitsu-san. Genauso wie die zahllosen Verbrechen und Grausamkeiten, die sich unsere Truppen während des Krieges haben zuschulden kommen lassen. Soll unser Verhältnis zum Ausland für immer durch die Greuel der Vergangenheit belastet bleiben?«

»Die Gegenwart ist notgedrungen durch die Vergangenheit geprägt«, entgegnete Nishitsu knapp. »Man kann nicht einfach vergessen, was geschehen ist.«

»Aber vergeben.«

Als Nishitsu sie darauf lange prüfend ansah, hatte Chika das Gefühl, als könne er mit seinem weißen Auge sogar ihre geheimsten Gedanken lesen. Und wie in Bestätigung ihrer Befürchtungen sagte er auch prompt: »Leider muß ich jetzt gehen. Ich habe mich ohnehin schon zu lange aufhalten lassen.«

Das konnte sie auf keinen Fall zulassen. »Läufst du immer weg, wenn dir keine Argumente mehr einfallen?«

»Wie bitte?«

Er war sichtlich aufgebracht. Aber zumindest konnte sie nun seiner uneingeschränkten Aufmerksamkeit gewiß sein. »Du weißt ganz genau, daß ich recht habe«, stichelte sie weiter. »Du bist nur zu stur und eingebildet, um es zuzugeben. Es wird langsam Zeit, daß du dich mit den Tatsachen abfindest, anstatt dir die Welt weiter so zurechtzulegen, wie du sie gern sehen möchtest.«

Außer sich vor Wut packte Nishitsu sie an den Armen und zog sie ganz dicht an sich heran. »Wie es scheint, ist dir dein Amerikaaufenthalt nicht gerade gut bekommen. Am besten, du kommst gleich mit und erzählst der Ehrwürdigen Mutter selbst, was für ausgefallene Ansichten du vertrittst.«

Damit begann er Chika energisch hinter sich herzuzerren. Sie hatten bereits den Eingang des Rückgebäudes erreicht. Chika mußte unbedingt etwas unternehmen.

Auf halbem Wege den Flur hinunter riß sie sich von Nishitsu los und stürzte aufs Geratewohl durch die nächste Tür. Dahinter befand sich eine dunkle Abstellkammer. Sie prallte gegen ein Regal. Dosen mit Farbe und Terpentin, Pinsel und Putzlumpen polterten auf sie herab. Sie bekam einen Sack Gips zu fassen und schleuderte ihn nach Nishitsu, der ihn jedoch mit einer ärgerlichen Handbewegung beiseite wischte.

Fast im selben Augenblick bekam er sie am Arm zu fassen und begann wutentbrannt auf sie einzuschlagen. »Wenn du auch nur einen Finger gegen mich rührst«, zischte er sie haßerfüllt an, »bringe ich dich eigenhändig um.« Er grinste. »Oder dachtest du etwa, ich wüßte nichts von deinen verräterischen Plänen? Und denen deiner Mutter?« Der Raum füllte sich mit dem Schwarz seines *makura na hiruma.* »Du kommst jetzt mit zur Ehrwürdigen Mutter.«

Er begann erneut auf sie einzuschlagen, und ihre unterdrückten Schmerzensschreie schienen ihn nur noch mehr anzustacheln. »Du und dein Bruder Yuji! Ihr wart mir schon immer suspekt. Und auch vor Minako habe ich die Ehrwürdige Mutter schon oft gewarnt. Wie recht ich doch hatte! Die ganze Shian-Sippschaft gehört auf der Stelle unschädlich gemacht.«

Als er noch einmal mit aller Kraft zuschlug, verdrehte Chika die Augen und sank ohnmächtig zu Boden.

Fieberhaft suchte Wolf nach der Ehrwürdigen Mutter. Aber sie war nirgendwo zu finden. Erschöpft ließ er sich gegen die Wand sinken. Die Quetschungen an seinem Hals schmerzten nicht nur unerträglich, sondern machten ihm auch das Atmen zur Qual, deshalb richtete er sein *makura na hiruma* nun ganz gezielt auf seine Verletzungen, um sie zu heilen. Das war jedoch mit einem so ungeheuren Energieaufwand verbunden, daß er schon nach kurzem am Ende seiner Kräfte war. Eigentlich hätte er nun erst eine Weile ausruhen sollen, aber er wußte nicht, wie lange Chika Nishitsu noch hinhalten konnte. Er mußte die Ehrwürdige Mutter also unbedingt unschädlich machen, bevor Nishitsu Alarm schlug und ihm seine Leibwächter auf den Hals hetzte.

Wo konnte die Ehrwürdige Mutter nur stecken?

Hör zu, sagte plötzlich eine innere Stimme.

Und im selben Augenblick fielen ihm wieder Chikas Worte ein: *im obersten Stock von* Verbotene Träume, *hinter einer Tür mit zwei Phönixen ...*

Rasch eilte er durch die verwinkelten Gänge, fand die Treppe und stürmte, drei Stufen auf einmal nehmend, nach oben.

Erster Stock, zweiter, dritter. Über ihm war nur noch das Dach. Es herrschte lautlose Stille. Obwohl mehrere Fenster offenstanden, drang keinerlei Geräusch von draußen herein. Kein Lufthauch fuhr durch die Zweige der Zwergahornbäume im Garten.

Sein *makura na hiruma* nur ganz oberflächlich auf seine Umgebung richtend, eilte er von einem Zimmer zum anderen. Hier oben waren die Zimmer geräumiger und luxuriöser eingerichtet. Moderne westliche Kunst stand in reizvollem Kontrast zu alten japanischen Steinskulpturen, kostbaren Seidenbehängen und anderen Antiquitäten.

Hinter einem Schrank, so schwarz wie die Nacht, hatte Chika weiter gesagt.

Hier mußte es sein.

Rasch ließ Wolf seinen Blick durch den fensterlosen Raum wandern, bei dem es sich offensichtlich um eine Art Vorzimmer handelte. Von der Decke warf eine Neonlampe ihr kaltes Licht auf einen antiken chinesischen Tisch aus dunklem, schwerem Holz, auf dem unzählige Spielzeugroboter standen. Da einige von ihnen schon ziemlich alt waren, besaß diese groteske Sammlung wohl einigen Wert. Es schien, als warteten die bizarren Figuren nur auf das entsprechende Zauberwort, um wie auf ein Kommando zum Leben zu erwachen und loszumarschieren.

Wolf ging auf den pechschwarzen Schrank an der Rückwand des Raums zu. Da er aus Chikas Erzählungen wußte, daß Minako das schwere Möbelstück scheinbar mühelos zur Seite bewegt hatte, machte er sich daran, die Rückwand abzutasten. Schon nach kurzem fand er einen Knopf. Als er darauf drückte, glitt der Schrank lautlos zur Seite und gab den Blick auf die Tür mit den zwei Phönixen frei. Er legte seine Hände auf ihre gefiederten Brüste und drückte leicht dagegen. Die Tür ging auf.

Wolf betrat den Raum der fünf Schatten.

Das erste, was er sah, war Chika. Arme und Beine weit von sich gestreckt, hing sie splitternackt von der Decke des Raums. Ihr Kopf war auf ihre Brust gesunken, ihr Haar war schweißverklebt, und ihr ganzer Körper blutete aus unzähligen kleinen Schnittverletzungen.

Wolf schrie entsetzt auf.

Genau das hatte die Ehrwürdige Mutter natürlich damit bezweckt. Ganz bewußt hatte sie Wolf einen schweren Schock versetzt, um in seinem Gehirn die Verarbeitung der auf ihn einströmenden Sinneseindrücke auf ein Minimum zu reduzieren.

Wie von einem glühend heißen Windstoß wurde Wolf rückwärts gegen die zedernholzverkleidete Wand geschleudert. Er sank jedoch nicht zu Boden, sondern blieb daran kleben wie ein aufgespießter Schmetterling.

»Mit dem menschlichen Verstand ist das so eine Sache«, begann die Ehrwürdige Mutter. »Das Geheimnis von Leben und Tod habe ich längst gelüftet, aber von den Wundern des menschlichen Gehirns harren noch viele ihrer Entdeckung.«

Noch immer stand Wolf so stark unter dem Schock der grausigen Szene, die die Ehrwürdige Mutter eigens für ihn inszeniert hatte, daß er ihr selbst kaum Beachtung schenkte. Auch das hatte sie natürlich sorgfältig geplant.

»Zugegebenermaßen war ich ziemlich überrascht, daß es Ihnen tatsächlich gelungen ist, Yoshida zu besiegen. Immerhin ist er von mir persönlich ausgebildet worden. Neben Chika war er der Mensch, der mir am nächsten stand. Genauso, wie Sie Yoshida getötet haben, werden Sie nun auch für Chikas Tod verantwortlich sein.«

Die Ehrwürdige Mutter kam langsam auf ihn zu. Wenn sie sich bewegte, schienen die roten und schwarzen Fabelwesen auf ihrem goldgewirkten Kimono zu eigenem Leben zu erwachen. »In den Augen der meisten Toshin-Kuro-Kosai-Mitglieder stellen Sie eine ernste Gefahr für uns dar.« Sie lächelte maliziös. »Dagegen sehe ich in Ihnen eine einmalige Gelegenheit, die sich mir kein zweites Mal mehr bieten wird. Aus diesem Grund käme es mir auch nie in den Sinn, Sie zu töten.«

»Aber genau das haben Sie doch schon mehrmals versucht.«

»Wenn Sie damit das Gift an Sumas Messer meinen, täuschen Sie sich. Das diente nur dem Zweck, Ihren Tatendrang etwas zu bremsen. Erst als Sie, was nicht vorherzusehen war, die Klinge mit der Hand gepackt haben, ist eine zu hohe Dosis des Gifts in Ihren Blutkreislauf gelangt.« Ohne ihn aus den Augen zu lassen, schüttelte sie gemächlich den Kopf. »Nein, die einzige wirkliche Gefahr für Ihr Leben droht Ihnen von Minako. Jetzt denken Sie sicher, ich will Ihnen etwas vormachen. Aber Sie können mir ruhig glauben: Falls Sie dieses Haus je wieder verlassen sollten, wird Sie unverzüglich versuchen, Sie unschädlich zu machen. Wie könnte es auch anders sein? Sie werden hier nur dann lebend wieder herauskommen, wenn es Ihnen gelingt, mich zu bezwingen. Und das wiederum wäre der endgültige Beweis dafür, über welch ungeheure Kräfte Sie verfügen. Minako wüßte dann, daß Sie mächtiger wären als sie, und das könnte sie unter keinen Umständen zulassen.«.

Die Gefahr liegt im Leben, nicht im Tod, hatte das Orakel ganz richtig prophezeit.

Die Ehrwürdige Mutter sah ihn mit einem gewinnenden Lächeln an – doch gleichzeitig spürte er, wie sich ihr *makura na hiruma* immer fester um ihn zusammenzog. Plötzlich konnte er keinen klaren Gedanken mehr fassen. *Das könnte tödlich sein,* flüsterte seine innere Stimme.

»Natürlich gibt es nur eine Möglichkeit herauszufinden, wie groß Ihre Kraft tatsächlich ist.« Sie blieb vor ihm stehen. Es war so still, daß er das leise Tropfen des Bluts aus Chikas unzähligen Wunden hören konnte. War Chika überhaupt noch am Leben? fragte er sich abwesend.

»Nur eine Möglichkeit.«

Plötzlich spürte er einen heißen Lufthauch an seinem Gesicht vorbeistreifen, und mit seinem inneren Auge sah er eine schwarze Klinge, so schmal und scharf wie ein Skalpell.

»Ganz richtig«, nickte die Ehrwürdige Mutter. »Das *ist* ein Skalpell. Und damit werde ich nun Ihren Verstand sezieren, um Ihnen das Geheimnis Ihres einzigartigen *makura na hiruma* zu entlocken. Fünf Jahre habe ich nun schon Erfahrung mit dieser Methode gesammelt. Möchten Sie die Gerippe derjenigen sehen, an denen ich diese Operation bereits vorgenommen habe und deren *makura na hiruma* ich nun in mir vereint habe? Das ließe sich ohne weiteres machen. Sie befinden sich alle hier, gewissermaßen um mir in einsamen Nächten Gesellschaft zu leisten.«

Mit einem zärtlichen Lächeln kam sie näher. »Sehen Sie mich gut an. Leeres Blatt. Was Sie in diesem Augenblick vor sich haben ist ein Etwas, das nie zum Stillstand kommt und um so mächtiger wird, je mehr sein Hunger wächst. Doch nicht mehr lange, und meine Gier wird endgültig gestillt sein. Dann wird es in ganz Japan niemanden mehr geben, der noch über *makura na hiruma* verfügt. Meine Macht wird unangreifbar sein. Und dann werde ich den Toshin-Kuro-Kosai-Mitgliedern, die wir im Lauf der Jahre in die mächtigsten Wirtschaftsunternehmen der ganzen Welt eingeschleust haben, meinen Willen diktieren, und bereitwillig werden sie meine Pläne in die Tat umsetzen. Ich werde besitzen, wovon in der Geschichte der Menschheit noch keine Frau auch nur zu träumen gewagt hat: uneingeschränkte Macht über alle Männer dieser Erde. Mehr Macht, als je ein Mensch in sich vereint hat.«

Aus ihren Augen leuchtete der nackte Wahnsinn, als sie teuflisch grinsend fortfuhr: »Doch nun genug geredet. Kommen wir zur Sache.«

Unwillkürlich schloß Wolf die Augen, als er das schwarze Skalpell aufblitzen sah. *Halte die Augen offen,* befahl ihm die innere Stimme. Aber die Klinge ...

Er schlug die Augen gerade noch rechtzeitig auf, um sehen zu können, wie ihn die Ehrwürdige Mutter mit den Händen am Kopf packte. Er versuchte sich ihrem Griff zu entziehen, war aber wie gelähmt.

Halte die Augen offen.

Wieder diese seltsame innere Stimme. Woher kam sie wohl? Und wie war er überhaupt imstande, sie zu hören? Einen Augenblick lang überkam ihn heftige Panik. War er etwa schon genauso verrückt wie die Ehrwürdige Mutter?

Doch dann fiel ihm wieder ein, daß ihm von dieser geheimnisvollen inneren Stimme auch im Kampf gegen Yoshida der entscheidende Hinweis gegeben worden war, der schließlich zu seinem Sieg geführt hatte. Halte die Augen offen ... Was konnte das nur bedeuten?

Die Ehrwürdige Mutter hatte das schwarze Skalpell bereits griffbereit, um den ersten Einschnitt vorzunehmen. In seiner Verzweiflung versuchte Wolf sein *makura na hiruma* zu aktivieren, aber die Ehrwürdige Mutter hatte nicht nur seine körperlichen, sondern auch seine geistigen Kräfte zum Erlahmen gebracht. Es war, als wäre sogar sein Denken zum Stillstand gekommen – genauso reglos, wie Chika über ihm hing.

Chika!

Halte die Augen offen.

Die erste Berührung der schwarzen Klinge ließ ihn heftig zusammenzucken.

Du mußt Chika ansehen. Alles in ihm sträubte sich dagegen. Der Anblick, den sie bot, war zu grauenhaft.

Gleich wurde sein Gehirn in Stücke geschnitten ...

Halte die Augen offen.

Mit dem Mut der Verzweiflung überwand er sich, seinen Blick auf Chikas blutüberströmten Körper zu richten. Sie war entsetzlich entstellt. Von dem Blut, das aus ihren unzähligen Verletzungen tropfte, mußte sich schon eine riesige Lache auf dem Boden gebildet haben. Vermutlich war sie längst tot. Doch als er den Blick auf den Boden senkte, war nirgendwo auch nur ein Tropfen Blut zu sehen.

Da war kein Blut!

Immer tiefer drang das Skalpell ...

Kein Blut! Wie war das möglich?

Halte die Augen offen.

Und mit einem Mal hatte er des Rätsels Lösung. Er schaute wieder zu der Stelle, wo Chika von der Decke hing, und konzentrierte sich trotz seiner unsäglichen Schmerzen ganz auf sie.

Im selben Augenblick verschwand Chika!

Wie hätte es auch anders sein können. Sie war nie dagewesen. Um ihn abzulenken, hatte ihm die Ehrwürdige Mutter mit Hilfe Ihres *makura na hiruma* etwas vorgegaukelt. Es war nur der Schock über Chikas grausames Schicksal gewesen, der diese unerklärliche Lähmung hervorgerufen hatte. Und diese momentane Wehrlosigkeit hatte sich die Ehrwürdige Mutter zunutze gemacht, um ihn ganz unter ihre Kontrolle zu bringen.

Gerade als er zum Gegenangriff übergehen wollte, erwachten plötzlich die Fabelwesen auf dem Kimono der Ehrwürdigen Mutter zum Leben. Drachen, geflügelte Schlangen und alle nur erdenklichen Schreckgespenster sprangen ihn an, Gift und Galle speiend. Und dann tauchte aus dem Dunkel hinter ihnen plötzlich eine Gestalt auf, deren Anblick ihn regungslos verharren ließ.

Sein Vater!

Peter Matheson, wie er leibte und lebte. Die sonnengebräunte Haut von Wind und Wetter gegerbt, das Texas-Rangers-Abzeichen an seiner ausgebleichten Hemdbrust blitzend, nahm er seinen breitkrempigen Hut ab und klopfte sich damit, wie er das immer getan hatte, den Staub von den Kleidern. Und dann riß er mit einem breiten Grinsen blitzschnell seinen Colt aus dem Gürtel und streckte die eben zum Leben erwachten Ungeheuer der Reihe nach nieder.

Über ihre leblosen Körper steigend, steckte er seinen Colt wieder ein und reckte Wolf seine schwielige Hand entgegen. »Schön, dich nach so langer Zeit mal wiederzusehen, mein Junge.«

Ganz automatisch ergriff Wolf die ausgestreckte Rechte seines Vaters. Im selben Moment schoß ein stechender Schmerz seinen Arm hoch, und als er sich daraufhin verzweifelt loszureißen versuchte, mußte er entsetzt mitansehen, wie sich die Haut seines Vaters abzuschälen begann und darunter unzählige weiße Maden zum Vorschein kam, die sich sofort gierig über das verfaulende Fleisch hermachten. Wenige Augenblicke später waren jedoch auch die Würmer verschwunden, und statt dessen kam ein Totenschädel zum Vorschein. Während er ihn aus hohlen Augen hämisch angrinste klappte plötzlich sein Unterkiefer nach unten und schnappte laut knackend wieder zu.

Wolf riß seine Hand zurück, und der Geist seines Vaters löste sich genau wie die toten Fabelwesen in Nichts auf. Nur die Ehrwürdige Mutter war noch da. Sie hatte die schwarze Klinge gehoben, um zum entscheidenden Einschnitt anzusetzen.

Wolf lag auf den Knien. Er bekam kaum mehr Luft. Sein Kopf schmerzte unerträglich. Dennoch war ihm inzwischen ganz deutlich bewußt, daß das Vorgehen der Ehrwürdigen Mutter nur darauf abzielte, ihm immer wieder von neuem einen so heftigen Schock zu versetzen, daß er darüber seine Kräfte nicht zum Einsatz bringen konnte. Das war gewissermaßen ihre Art von Narkose, mit der sie ihre Opfer betäubte, um sie dann in Ruhe verspeisen zu können.

Unter Aufbietung seiner ganzen Konzentration verbannte Wolf alle Gedanken an Chika und seinen Vater aus dem Kopf. In Wirklichkeit hatte es sich dabei ohnehin nur um Trugbilder gehandelt, die ihm die Ehrwürdige Mutter vorgegaukelt hatte, um ihn von ihren Angriffen abzulenken. Dieses Wissen allein genügte jedoch nicht, um sich der ungeheuren Wirkung dieser Halluzinationen zu entziehen. Und tatsächlich begann ihm die Ehrwürdige Mutter bereits wieder etwas vorzuspiegeln. Wenn es ihm nicht schleunigst gelang, dagegen etwas zu unternehmen, war er endgültig verloren.

Er konzentrierte sich erneut auf die Quelle seiner inneren Kräfte.

Und jetzt wurde sein ganzes *makura na hiruma* so abrupt freigesetzt, daß es wie ein schwarzer Blitz aus seinem Bauch nach oben schoß. Es füllte sein Denken aus, seinen Körper, den ganzen Raum. Und dann schloß es sich um die schwarze Klinge der Ehrwürdigen Mutter und drückte mit solcher Kraft zu, daß sie in tausend Stücke zersprang. Nun lag ihr *makura na hiruma* völlig offen und ungeschützt vor ihm. Wolf konnte ganz deutlich spüren, wie sie ihre Kräfte zu sammeln versuchte, um seinen Angriff abzuwehren. Sein ganzes Denken schien mit einem Mal ein einziges Flammenmeer, und Myriaden wildgewordener Wespen schwirrten durch den Raum. Aber die Attacke der Ehrwürdigen Mutter kam zu spät. Ihre schwarze Klinge war unwiederbringlich zerbrochen, und nun fiel auch die Maske von ihr ab, hinter der sie ihren Wahnsinn so geschickt zu verbergen verstanden hatte.

Als sie sich ein letztes Mal verzweifelt gegen ihr Schicksal aufbäumte, bekam Wolf einen kurzen Vorgeschmack dessen, was passiert wäre, wenn dieser Wahnsinn eines Tages ungehindert zum Ausbruch gelangt wäre. Im selben Augenblick gingen jedoch bereits der goldene Kimono und die Fabelwesen, mit denen er bestickt war, in Flammen auf.

Erst jetzt gelangte Wolfs *makura na hiruma* zu seiner vollen Entfaltung. Er umschloß damit ihr Herz und drückte mit solcher Kraft zu, daß die Ehrwürdige Mutter mit einem gellenden Schrei durch die Luft geschleudert wurde und in hohem Bogen aus dem Fenster flog.

Wolf, der unverzüglich dorthin stürzte, sah nur noch ihren zerschmetterten Körper auf einem Felsen im Garten liegen – ein Anblick, der ihn im ersten Moment an ein surrealistisches Gemälde erinnerte. Doch als der Mond hinter den Wolken hervorkam und die Szenerie in sein gespenstisches Licht tauchte, war mit einem Mal ganz deutlich zu sehen, daß der spitze Fels von ihrem Blut dunkel glänzte.

Zu Tode erschöpft, ließ sich Wolf gegen die Wand sinken. Sein Kopf fiel auf seine Brust.

Halte die Augen offen, flüsterte die rätselhafte Stimme in seinem Innern immer und immer wieder.

7

Tokio/Washington

Auf einer Bahre wurde Wolf von Chika in Minakos Haus gebracht. »Er braucht keinen Arzt«, versicherte sie ihrer Mutter, »nur Ruhe.«

Minako war überglücklich, die beiden wohlbehalten wiederzusehen. Dank ihres *makura na hiruma* hatte sie selbstverständlich ganz genau gespürt, wann die Ehrwürdige Mutter gestorben war. Es war ein Gefühl gewesen, als hätte man plötzlich eine schwere Last von ihren Schultern genommen. In ihrer Freude über den glücklichen Ausgang ließ sie es sich nicht nehmen, Wolf ihr Schlafzimmer zur Verfügung zu stellen und ihn selbst zu pflegen.

Wenn er wach war, flößte sie ihm grünen Tee und Miso-Suppe mit Reis ein. Schlief er, wachte sie an seiner Seite.

Während sie ihn fütterte, redete sie mit leiser Stimme auf ihn ein: »Nun sind Sie also doch meine starke schwarze Klinge geworden. So war es Ihnen von Anfang an vom Schicksal bestimmt, Wolf-san. Für jemanden aus dem Westen ist das vermutlich nur schwer nachzuvollziehen, aber andererseits haben Sie ja inzwischen am eigenen Leib erfahren, wie tiefgreifend die geheimen Mächte in das Leben eines Menschen eingreifen können.«

Ohne darauf etwas zu erwidern, sah Wolf sie unter gesenkten Lidern schläfrig an.

»Es war uns vom Schicksal bestimmt, daß sich unsere Wege eines Tages kreuzen würden. Bei unserer ersten Begegnung war ich allerdings noch zu sehr mit anderen Dingen beschäftigt, um zu spüren, welch ungeheures Potential damals schon in Ihnen gesteckt hat. Das ist mir erst viele Jahre später klargeworden. Als ich Sie in Kambodscha zum erstenmal sah, waren Sie in meinen Augen ein Niemand. Das lag unter anderem auch daran, daß ich total auf Thornburg Conrad III. fixiert war. Ich dachte, er wäre der Mann, den mir das Schicksal zum Vater des auserwählten Kindes bestimmt hatte – jenes Kindes, das mir dank seiner außergewöhnlichen Kräfte zum Sieg über die Ehrwürdige Mutter verhelfen sollte. Mir wurde jedoch rasch klar, daß ich mich in ihm getäuscht hatte, und als ich mich von ihm trennte, schwor er mir ewige Rache.«

Mit unendlicher Geduld flößte sie ihm ein paar Löffel Miso-Suppe ein. »Demnach zu schließen, was mir Chika über Thornburg Conrad erzählt hat, habe ich ihn jedoch ganz gewaltig unterschätzt. Er hat Sie in den Bund der Schwarzen Klinge einzuschleusen versucht, um mir das Geheimnis meiner ewigen Jugend zu entreißen.«

Lächelnd tupfte sie ihm etwas Suppe vom Kinn. »Welche Ironie des Schicksals, daß ausgerechnet Sie und ich noch leben, während seine Tage bereits gezählt sind. Und er wird sterben, ohne je zu erfahren, daß er das Wissen, nach dem er so lange gesucht hat, schon die ganze Zeit in sich getragen hat, ohne daß er sich dessen bewußt war. Ich bin ganz sicher, daß ihn sein *makura na hiruma*, auch wenn es vermutlich nicht sehr stark ausgeprägt war, ohne weiteres vor dem Tod hätte bewahren können. Aber dazu wird es nicht kommen. Er hat niemanden, der es für ihn wecken wird, wie das Ihr Großvater und Chika für Sie getan haben.«

Mit wenigen geschickten Handbewegungen schäumte sie den grünen Tee auf. »Welch grausame Ironie des Schicksals, finden Sie nicht auch, Wolf-san?«

Als Wolf das nächste Mal aus tiefem Schlaf erwachte, war Minako gerade dabei, seine Decke zurechtzuzupfen. »Ach, Sie sind ja schon wach«, sagte sie lächelnd. »Es wird Sie sicher freuen zu hören, daß mit Yoshidas Tod nun auch die rätselhaften Senatorenmorde ein Ende haben. Die Entscheidung über Ihr neues Außenhandelsgesetz kann also nun nicht mehr länger von japanischer Seite manipuliert werden. Sollte es der Kongreß allerdings dennoch mit solcher Mehrheit verabschieden, daß der Präsident kein Veto mehr dagegen einlegen kann, wird das Ihr Land teuer zu stehen kommen. Nicht einmal ich wäre dann noch imstande, die verhängnisvollen Folgen einer solchen Entscheidung rückgängig zu machen.«

Wie in tiefer Verzückung schloß Minako die Augen. »Shian Kogaku: Immer für Sie da.« Sie lachte leise. »Noch nie war unser Werbeslogan so treffend wie jetzt, finden Sie nicht auch? Mein Konzern ist auf dem besten Weg, zur führenden Wirtschaftsmacht Japans aufzusteigen – und damit die wirtschaftliche Entwicklung auch auf internationaler Ebene ganz entscheidend mitzubeeinflussen.«

Über ihre Lippen legte sich ein triumphierendes Lächeln, als sie sich so weit über Wolf beugte, daß ihr Gesicht fast das seine berührte. Unwillkürlich wurde Wolf dadurch an die letzten Momente im Innern des Orakels erinnert.

»Wissen Sie, Wolf-san«, fuhr sie eindringlich fort, »die Wahrheit ist oft unter so vielen Lügen verborgen, daß am Ende nicht einmal mehr der Urheber dieses gigantischen Lügengespinsts weiß, wo sie nun eigentlich zu suchen ist. Was meine Kinder betrifft, so haben sie mir alle, jedes auf seine Weise, unschätzbare Dienste erwiesen. Yuji hat das Orakel entwickelt. Kazuki, das arme, bedauernswerte Geschöpf, hat mir als Warnung gedient; aufgrund der minderwertigen Erbsubstanz ihres Vaters war ihre Willenskraft so schwach ausgeprägt, daß ihr *makura na hiruma* sie von innen heraus aufgefressen hat. Die unglückliche Hana hat für mich die Rolle der Aufpasserin Yujis übernommen. Da Yuji das einzige ihrer Geschwister war, an dem ihr wirklich etwas lag, war mir von Anfang an klar, daß sie ihn so lange wie nur irgend möglich vom Bund der Schwarzen Klinge fernzuhalten versuchen würde; auf diese Weise war es mir möglich, ihn erst in dem Moment dort einzuführen, in dem das meinen eigenen Plänen entgegenkam. Und schließlich Chika, meine Kriegertochter. Sie war gewissermaßen der lebende Beweis dafür, daß ich aus Kazukis Beispiel gelernt habe und nicht ein Opfer meiner eigenen Kraft geworden bin.«

Mit einem verführerischen Lächeln beugte sich Minako noch tiefer über ihn. »Vermutlich werden Sie sich jetzt fragen, warum ich Ihnen das alles erzähle, Wolf-san. Nun, Sie sind ein *gaijin*, ein Fremder. Und je älter man wird, desto mehr hat man das Bedürfnis, einem anderen Menschen sein Herz auszuschütten. Das Problem dabei ist nur, jemanden zu finden, dem man unbesorgt alle seine Geheimnisse anvertrauen kann – jemanden, der nicht nur versteht, sondern im Idealfall sogar zu würdigen weiß, was man getan hat.«

Sie beugte sich noch weiter über ihn. »Sie sind meinem Ruf gefolgt und haben Ihre Aufgabe erfüllt. Doch was soll nun, da alles vorüber ist, aus Ihnen werden? Keine Angst, ich halte nichts von den abscheulichen Praktiken der Ehrwürdigen Mutter, die von ihrem eigenen *makura na hiruma* in den Wahnsinn getrieben wurde. Andererseits werden Sie jedoch sicher verstehen, Wolf-san, daß Ihr Überleben mit gewissen Problemen für mich verbunden ist.«

Ganz zart streiften ihre Lippen über sein Ohr. »Sie wissen zuviel. Und was Sie im Augenblick noch nicht wissen, würden Sie früher oder später mit Hilfe Ihrer außergewöhnlichen Kräfte herausbekommen. Meine Tochter hat sich unsterblich in Sie verliebt. Ich kann von nun an also nicht mehr bedingungslos auf sie zählen. Mit anderen Worten: Sie sind zu mächtig geworden, Wolf-san, und das kann ich auf keinen Fall noch länger dulden.«

Die abrupte Manifestation ihres *makura na hiruma* machte den Tag zur schwärzesten Nacht. Gleichzeitig kam ein riesiger Fuchs auf Wolf zugestürzt und sprang ihm mit weit aufgerissenem Rachen an die Kehle.

»Man sollte nie den Fehler machen, Macht mit Autorität zu verwechseln«, ertönte in diesem Moment von der Tür Wolfs Stimme.

Mit einem unterdrückten Schrei riß Minako den Kopf herum. Tatsächlich! In der offenen Tür stand Wolf. Der große schwarze Fuchs zögerte. Verdutzt drehte sie sich wieder um und starrte auf das Bett, in dem eben noch Wolf gelegen hatte. Ihr Gesicht wurde aschfahl. Mit einem heftigen Ruck riß sie die Decke zurück.

»Chika! Was . . .?«

Der Fuchs verschwand.

»Die Macht ist bösartig und unersättlich.« Wolf betrat den Raum. »Erst stumpft sie uns ab gegen das Leid anderer Menschen und dann macht sie uns süchtig danach. Denn nur das Leiden der anderen verleiht uns die Gewißheit, daß unsere Macht über sie ungebrochen ist. Im Gegensatz dazu will wahre Autorität nur das Beste für die Mitmenschen. Ihr Wirken ist geprägt von Mitgefühl und Gerechtigkeit.«

Ohne Wolf irgendwelche Beachtung zu schenken, kniete Minako neben dem Bett nieder und starrte fassungslos ihre Tochter an. »Wie konntest du mir das antun?« stieß sie aufgebracht hervor.

Ganz instinktiv spürte Wolf, daß diese Frage eigentlich an ihn gerichtet war. »In der kurzen Zeit, die ich nun in Japan bin«, antwortete er deshalb, »habe ich viel gelernt. Es fiel mir leicht, Ihnen diese Trugbilder vorzuspiegeln. Und wenn man *makura na hiruma* besitzt, ist man um so besser gewappnet, je mehr man weiß.«

»Gewappnet wogegen?« wollte Minako wissen.

»Gegen den Wahnsinn. Das ist es vor allem, was ich hier gelernt habe, Minako-san. Die Gefahr liegt im Leben, nicht im Tod. Das war die letzte Prophezeiung des Orakels. Allerdings wußte es selbst nicht, was sie eigentlich bedeuten sollte. Inzwischen ist mir jedoch klargeworden, was damit gemeint war. Die Macht war es, die das Orakel in den Wahnsinn getrieben hat.«

Er ging auf Minako zu. »Hana war die einzige, die sich wirklich der Gefahren bewußt war, die die Kraft von *makura na hiruma* in sich birgt. Im Grunde genommen ist die Sache ganz einfach, Minako-san, sie ist so alt wie die Menschheit selbst: *Makura na hiruma* verleiht uneingeschränkte Macht, und das Verderben, in das es führt, ist der Wahnsinn. Das sind die Konsequenzen, die jeder, der über *makura na hiruma* verfügt, zu tragen hat.«

»Nein! Nein, nein, nein!«

»Doch.« Er kauerte neben Minako nieder. »Und wenn mich nicht alles täuscht, ist Ihnen genau das in den letzten Tagen bewußt geworden.«

»Wie kommen Sie . . .«

»Sie können mir nicht mehr länger etwas vormachen, Minako-san. Als mir Chika von dem erbitterten Machtkampf im Bund der Schwarzen Klinge erzählt hat, kam mir die ganze Geschichte von Anfang an seltsam vor. Angeblich standen sich dabei auf der einen Seite die Guten und auf der anderen die Bösen gegenüber. Aber irgendwie war mir nie so recht klar, wer nun eigentlich auf welcher Seite stand. War die Ehrwürdige Mutter tatsächlich verrückt? Zuerst schien alles darauf hinzudeuten – bis sie mir klargemacht hat, daß *Sie* genauso dem Wahnsinn verfallen sind, Minako-san. Natürlich war nicht auszuschließen, daß sie mich nur gegen sie aufzuhetzen versucht hat. Aber als ich Chika nach dem Tod der Ehrwürdigen Mutter von ihren Anschuldigungen gegen Sie erzählte, hat sie mir in allen Punken rechtgegeben.

Ähnlich einem Chamäleon schien sich die Wahrheit ständig in einem anderen Licht zu zeigen, und ich konnte von Anfang an nicht verstehen, worum es bei diesem erbitterten Machtkampf eigentlich ging – bis mir schließlich klar wurde, daß es sich dabei gar nicht um den Kampf zwischen Gut und Böse handelte. Tatsache war vielmehr, daß alle Kontrahenten in dieser erbitterten Auseinandersetzung langsam, aber sicher verrückt wurden. Im Grunde genommen sind Sie also keinen Deut besser als die Ehrwürdige Mutter, Minako-san. Wie Sie eben selbst bestätigt haben, war es nur noch eine Frage der Zeit, bis sich das gezeigt hätte.

Sie alle haben die Fähigkeit verloren, zwischen Gut und Böse zu unterscheiden, zwischen Recht und Unrecht. Ein Menschenleben gilt Ihnen schon lange nichts mehr. Sie haben Tod und Chaos über die Menschheit gebracht, doch das muß nun ein Ende nehmen. Der Weg, den Sie eingeschlagen haben, kann nur ins Verderben führen.«

»Chika . . .« Ein klägliches Jammern wie von einer sterbenden alten Frau.

Doch Chika schüttelte nur mitleidslos den Kopf. Dennoch entging Wolf nicht, welch abgrundtiefe Verzweiflung von ihr Besitz ergriffen hatte. »Du hast eben dein eigenes Todesurteil gesprochen, Mutter. Von dem Augenblick an, in dem deine Kräfte geweckt wurden, hast du nichts anderes getan, als andere Menschen zu belügen und zu betrügen. Wie Wolf ganz richtig bemerkt hat, hast du diesen Weg aus freien Stücken eingeschlagen; und nun siehst du, wohin er führt. Du hast dir die Liebe all jener verscherzt, die dir einmal nahestanden. Trotz all deiner ungeheuren Machtfülle bist du so allein, wie ein Mensch nur sein kann. Aber das war schon dein ganzes Leben lang so. Du bist genauso verrückt wie die Ehrwürdige Mutter. Ihr habt beide nur noch ein einziges Ziel gekannt: die Macht. Hast du dich allerdings jemals gefragt, was du eigentlich getan hättest, wenn du eines Tages als Siegerin aus diesem erbitterten Machtkampf hervorgegangen wärst? Vermutlich nicht. Denn dein Morden und Intrigieren diente einzig und allein dem Zweck, die Ehrwürdige Mutter zu stürzen und selbst in den Besitz ihrer uneingeschränkten Macht zu gelangen.«

Sie sah Minakos gehetzte Augen. »Wenn ich noch irgendeines Gefühls für dich fähig wäre – dann hätte ich vermutlich Mitleid mit dir. Aber ich empfinde absolut nichts für dich.«

Mit einem leisen Stöhnen ließ sich Minako auf das Bett niedersinken. Als Wolf sie auf den Rücken drehte, war ihr Gesicht bläulich angelaufen. Chika stand wie erstarrt daneben.

»Ihr Lebensfunke steht kurz vor dem Erlöschen«, sagte Wolf ernst.

»Irgend etwas in ihrem Innern, das all die Jahre zum Zerreißen angespannt war, ist plötzlich gerissen.«

Mit ausdruckslosem Gesicht starrte Chika auf ihre Mutter hinab. »Wie es scheint, war es schon immer ihr größtes Problem, daß sie sich für Gott gehalten hat.«

Etwas später, der kühle Frühlingstag neigte sich seinem Ende zu, machten Wolf und Chika einen Spaziergang durch Minakos Garten. An Bäumen und Sträuchern spitzten nach langem Winterschlaf die ersten zarten Knospen hervor. Die hohen, immergrünen Zedern rauschten leise im Wind, der den Duft frisch umgestochener Erde mit sich trug. Doch der graue Himmel über ihnen, der hinter einer dichten Smogschicht verborgen lag, schien diese Idylle Lügen zu strafen.

Wolf sah Chika immer wieder liebevoll an. Da er inzwischen wußte, wer ihr Vater war, stand auch fest, daß sie tatsächlich so alt war, wie sie aussah.

»Wie bist du eigentlich mit Nishitsu fertig geworden?« wollte er von ihr wissen.

Chika lachte. »Das habe ich dir doch schon zweimal erzählt.«

»Ich will es aber noch mal hören.«

Als sie gemerkt hatte, daß sie mit ihrem *makura na hiruma* nichts gegen Nishitsu ausrichten konnte, hatte sie auf eine List zurückgegriffen. Eine Ohnmacht vortäuschend, ließ sie sich zu Boden sinken. Als er sie daraufhin aus dem Raum schleppte, bewegte sie sich unauffällig so, daß ihr kurzer Rock über ihre Hüften hochrutschte.

Wie berechenbar die Männer doch waren. Schlagartig fiel alle Feindseligkeit von Nishitsu ab, der eiserne Zugriff seiner mentalen Kräfte ließ abrupt nach, und diese momentane Blöße machte sich Chika zunutze, um ihr *makura na hiruma* vorschnellen zu lassen.

Nishitsu, der auf diesen Überraschungsangriff nicht gefaßt gewesen war, stürzte auf der Stelle zu Boden, so daß Chika nun leichtes Spiel hatte. Sie tötete ihn.

Als sie kurz darauf die enormen psychischen Schwingungen spürte, die durch den Tod der Ehrwürdigen Mutter hervorgerufen wurden, kannte sie kein Halten mehr. Sie rannte in den Raum der fünf Schatten und warf sich dort Wolf überglücklich in die Arme – erfüllt von einer Zuneigung, wie sie sie bis zu diesem Moment nicht für möglich gehalten hätte. Dennoch waren die Tränen, die ihr übers Gesicht strömten, nicht nur Tränen des Glücks; trotz aller Erleichterung über den Tod der Ehrwürdigen Mutter war die Zukunft weiterhin von düsteren Wolken überschattet.

Um sie in ihren Befürchtungen noch zusätzlich zu bestärken, begann ihr Wolf im selben Moment von dem schrecklichen Verdacht zu erzählen, der sich im Licht der jüngsten Ereignisse vollends bestätigt zu haben schien. Unter anderem schilderte er ihr auch, was er von Hana erfahren hatte. Um diese Behauptungen auf ihre Richtigkeit hin zu überprüfen, hatten sie schließlich beschlossen, auf eine List zurückzugreifen: Wolf sollte den schwer Verletzten spielen und sich von Minako pflegen lassen.

Dabei war sich Wolf durchaus bewußt, was er eigentlich von Chika verlangte. Immerhin war Minako ihre Mutter. Trotzdem hatte sie seinem Plan sofort zugestimmt.

Nachdem sie ihm zu Ende erzählt hatte, wie Nishitsu von ihr überlistet worden war, ergriff er tröstend ihre Hand.

Sie sah ihn ernst an und sagte: »Minako hat meine Geschwister und mich von Anfang an schamlos ausgenutzt. Wie kann eine Mutter ihren Kindern nur so etwas antun? Ich glaube, das werde ich ihr nie verzeihen.«

»Nie ist eine lange Zeit«, war alles, was Wolf darauf erwiderte.

»Vor allem im Hinblick auf meine Mutter.«

Darauf fiel sie wieder in nachdenkliches Schweigen. Wolf konnte ganz deutlich spüren, wie sich alles in ihr dagegen sträubte, noch weiter über ihre Mutter zu sprechen. Vor ihr und Yuji lagen nun lange und bittere Jahre des Vergessens. Sicher würde es einige Zeit dauern, bis sie endlich verarbeitet hatten, was ihnen von ihrer Mutter angetan worden war.

Über Chikas Augen lag ein feuchter Schimmer. »Dieses Gefühl, ständig zwischen Minako und der Ehrwürdigen Mutter hin und her gerissen zu werden, war einfach grauenhaft, und dies um so mehr, als ich ganz genau wußte, daß ich eines Tages an diesem inneren Konflikt zerbrechen würde. Doch dann erzählte mir meine Mutter von dir, und mein erster Gedanke war: Wenn tatsächlich wahr ist, was sie über diesen Mann behauptet, dann kann nur er diesem Wahnsinn ein Ende bereiten.«

»Mir erscheint das alles immer noch wie ein Traum.«

»Das liegt vermutlich daran, daß du allmählich zu begreifen beginnst, daß es nicht nur eine Realität gibt, sondern unzählig viele.« Sie drückte aufmunternd seine Hand.

Das war der Moment, in dem sie auf Yuji aufmerksam wurden. Er stand hinter der Glastür, die in den Garten führte. Die Hände in den Hosentaschen, starrte er abwesend vor sich hin.

»Mein armer Bruder«, seufzte Chika. »Schon von klein auf hat er nur seine Wissenschaft gekannt – und darüber ganz vergessen, daß es im Leben auch noch andere Dinge gibt.«

Gemeinsam gingen sie ins Haus.

»Irgend etwas nicht in Ordnung, Yuji-san?« fragte Chika ihren Bruder.

»Ich versuche schon die ganze Zeit, Wakare zu finden, aber er ist spurlos verschwunden.«

»Er ist tot«, sagte Chika leise. »Ich habe ihn in *Verbotene Träume* gefunden.«

Yuji starrte weiter abwesend vor sich hin.

»Wie ist das passiert?«

»Vorläufig tappt die Polizei noch im dunkeln. Und wenn er, was anzunehmen ist, der Ehrwürdigen Mutter in die Hände gefallen ist, wird auch nie an den Tag kommen, unter welchen Umständen er ums Leben kam.«

Als ihr Bruder darauf nur schicksalsergeben nickte, fuhr sie fort: »Armer Yuji. Das Leben hat dir wirklich übel mitgespielt.« Sie versuchte ihm in die Augen zu schauen, aber er wich ihrem Blick aus. »Du kannst gern so lange hier bleiben, wie du willst.« Sie hätte ihn noch weiter getröstet, aber das hätte er nach allem, was passiert war, nur als zusätzliche Demütigung empfunden. Nachdem er von seiner eigenen Mutter und seinem besten Freund so schmählich hintergangen worden war, durfte sie ihm jetzt auf keinen Fall auch noch den letzten Rest Selbstachtung nehmen. Und genau das wäre der Fall gewesen, wenn sie ihm durch ihren tröstenden Zuspruch das Gefühl vermittelt hätte, er wäre nicht stark genug, über diesen schweren Schicksalsschlag allein hinwegzukommen.

Plötzlich erschauerte er am ganzen Körper. Doch er hatte sich sofort wieder unter Kontrolle, straffte die Schultern und sagte: »Danke, das ist sehr nett von dir, aber richtig zu Hause fühle ich mich ohnehin nur in meiner Firma. So ist es ja immer schon gewesen. Außerdem wartet dort jede Menge Arbeit auf mich. Ich muß einen neuen Vizepräsidenten ernennen und meine Vortragsreise durch die Vereinigten Staaten vorbereiten. Gerade jetzt hängt alles davon ab, daß wir uns den Amerikanern in einem möglichst positiven Licht darstellen können. Und nicht zuletzt muß ich mich auch wieder verstärkt um Kazuki kümmern. Mir ist nämlich eine Idee gekommen, wie ich ihr vielleicht helfen kann. Dann hätte das Orakel seinen Zweck unter Umständen doch noch erfüllt.«

Nachdenklich sah Chika ihrem Bruder hinterher, als er das Haus verließ. Er hatte sich mit keinem Wort nach Minako erkundigt, hatte nicht einen Blick zu ihr hineingeworfen. Das war *ihre* Aufgabe.

Sie ging wieder in den Garten hinaus, wo Wolf auf sie wartete. »Was sollen wir jetzt tun? Der Bund der Schwarzen Klinge hat seine Leute zwar noch immer in allen wichtigen wirtschaftlichen Schlüsselpositionen sitzen, aber ich glaube nicht, daß sie ihren Plan nun in die Tat umsetzen können.«

»Wir wären vermutlich den Rest unseres Lebens damit beschäftigt, alle diese Leute ausfindig zu machen«, entgegnete Wolf. »Aber es gibt eine einfachere Lösung: Wir überlassen sie einfach ihrem Schicksal.«

Was das hieß, wußten sie beide nur zu gut. Allerdings war ihnen im Moment nicht danach zumute, sich damit näher auseinanderzusetzen.

Arm in Arm setzten sie ihren Spaziergang durch den Garten fort. Die friedliche Abendstimmung wurde untermalt vom Zwitschern der ersten Singvögel.

»Jetzt bleibt mir nur noch ein Trost«, sagte Chika nach einer Weile. »Du und deine Liebe.«

»Mir geht es doch ganz genauso.«

Doch zugleich wurde dieser Hoffnungsschimmer von der bangen Frage begleitet: *Wie lange noch*? Zu sehr war ihr junges Glück überschattet vom schrecklichen Ende Minakos und der Ehrwürdigen Mutter. Denn weder Wolf noch Chika konnten sich darüber hinwegtäuschen, daß auch sie einmal ein ganz ähnliches Schicksal ereilen würde. Gab es denn wirklich keine Möglichkeit, die verhängnisvollen Konsequenzen zu umgehen, die *makura na hiruma* nach sich zog? Waren sie tatsächlich dazu verdammt, langsam, aber sicher dem Wahnsinn zu verfallen?

Niedergeschlagen rieb sich Wolf die Stirn und wartete, daß sich seine innere Stimme wieder zu Wort meldete. Inzwischen stand für ihn völlig außer Zweifel, daß es sich dabei nur um Hana handeln konnte, die auf diesem Weg zu ihm sprach. Vielleicht konnte sie ihnen einen Ausweg aus ihrer verhängnisvollen Situation zeigen.

»Irgendeine Möglichkeit muß es doch geben, unserem Schicksal zu entrinnen«, stieß Chika verzweifelt hervor.

»Vielleicht. Als wir einen Blick in die Zukunft zu werfen versuchten, blieb sie uns aber leider verschlossen.«

»Dennoch wird das nichts an unserem Vorsatz ändern. Das war das letzte Mal, daß wir von unserer Gabe Gebrauch gemacht haben. Es ist den Menschen nicht bestimmt, in die Zukunft zu schauen.«

»Es wird uns nicht immer leichtfallen, uns an unseren Vorsatz zu halten.«

»Trotzdem werden wir ihn nicht brechen«, sagte sie in einem Ton, der keinerlei Zweifel aufkommen ließ, daß sie es ernst meinte.

Er drückte zustimmend ihre Hand. »Nein, das werden wir auf keinen Fall.«

Im selben Augenblick spürte Wolf, wie sich in seinem Bewußtsein eine tiefgreifende Veränderung vollzog. Ihm wurde plötzlich deutlich, wie voreingenommen und verzerrt er die Wirklichkeit bisher wahrgenommen hatte. Es fiel ihm wie Schuppen von den Augen: Die Zeit war nichts weiter als eine Folge linearen Denkens, der hilflose Versuch, dem Chaos des Universums eine logische Struktur aufzuzwingen und das letztendlich nicht zu Begreifende begreifbar zu machen.

Mit einem Mal verstand er auch, was Hana ihm zu erklären versucht hatte: daß es so etwas wie einen ›einzigen, vom Schicksal vorgezeichneten Weg‹ nicht gab. Vielmehr barg jeder einzelne Augenblick eine Fülle von Möglichkeiten in sich. Die Idee eines vorherbestimmten ›einzigen‹ Wegs, von dem es kein Abweichen gab, war demnach vollkommen illusorisch. Genaugenommen gab es sogar *nur* diese unzähligen Verästelungen. Eröffnete sich vielleicht unter diesem Aspekt ein Ausweg aus ihrer heillos verfahrenen Situation?

Chika sah ihn fragend an. »Woran denkst du gerade?«

»Ich versuche mir darüber klar zu werden, was eigentlich meine Pflicht ist.«

Chika lächelte. »So etwas zu denken ist eigentlich typisch japanisch.«

Darauf verfielen sie in langes Schweigen. Die Luft war erfüllt vom Gesang der Vögel, und mit dem Hereinbrechen der Nacht tauchten die ersten Glühwürmchen auf.

Schließlich hob Wolf den Kopf und sah zu den Sternen hoch. »Welchen neuen Weg wir auch immer einschlagen werden, Chika: bevor wir diesen hier endgültig verlassen, muß ich noch etwas zu Ende bringen. Da ist noch ein letztes Rätsel, das es zu lösen gilt.«

»Ich weiß.« Sie sah ihn ernst an. »Und ich werde dich dabei nach Kräften unterstützen.«

»Wirklich?«

Auch wenn sie darauf entschlossen nickte, konnte Wolf ihre Angst deutlich spüren. »Ich bin nicht einmal vor der Konfrontation mit meiner Mutter zurückgeschreckt. Könnte es denn noch etwas Schlimmeres geben?«

Es war nun vollends Nacht geworden, aber noch lange blieben sie Seite an Seite im Garten sitzen.

Vom Meer zogen finstere Wolken heran, Regen peitschte gegen Fenster und Dächer, vom Boden stieg dichter Nebel auf.

Wolf erwachte mit einem seltsamen Geruch in der Nase. Es war, als stiege er aus einem offenen Grab. Von diesem Augenblick an hatte er endgültig die Gewißheit, daß seine Aufgabe in Japan noch nicht erfüllt war.

Im Haus herrschte absolute Stille. Um so deutlicher spürte er die vagen Schwingungen, die in der Luft lagen; sie wurden ausgelöst durch die Angst, einen liebgewonnenen Ort verlassen zu müssen und nie mehr an die Stätte seiner Geburt zurückkehren zu können. Er konnte sich noch gut erinnern, was ihm sein Großvater White Bow über dergleichen Gefühle gesagt hatte. Ganz besonders häufig wurden Tote von ihnen heimgesucht, deren Seelen noch nicht den Pfad ins Totenreich beschritten hatten – oder jene, die bald sterben würden.

Lautlos kleidete sich Wolf an und verließ das Haus. Er stieg in einen der beiden Wagen, die an der Auffahrt standen; die Schlüssel hatte er auf der Ablage in der Garderobe gefunden.

Obwohl er die Straßenschilder nicht lesen konnte und sich erst an den Linksverkehr gewöhnen mußte, fand er problemlos ins Zentrum von Tokio, wo gigantische Neonreklamen die Nacht zum Tag machten.

Sein *makura na hiruma* wies ihm den Weg – genauso zielsicher, wie es ihn zuvor geweckt und auf die drohende Gefahr aufmerksam gemacht hatte. Die nassen Straßen erstrahlten im bunten Schein der Leuchtreklamen. Woher drohte die Gefahr? Er wußte es nicht. Nur ihre Bitterkeit, die sich wie Gift in seinem Mund ausbreitete, konnte er ganz deutlich schmecken.

Ein Punk auf einer Kawasaki, seine Lederjacke glänzend vor Nässe, überholte Wolf rasant und fuhr bei Rot über eine Kreuzung. Unwillkürlich mußte Wolf an Suma und seine feuerrote Harley Davidson denken.

Er sah nach oben. SHIAN KOGAKU: IMMER FÜR SIE DA. Nicht einmal der strömende Regen konnte den gigantischen roten Neonschriftzügen etwas von ihrer durchdringenden Leuchtkraft nehmen. Tiefer, immer tiefer glitt er über Tokios breite Straßen in das Herz der Nacht hinein.

Woher drohte die Gefahr? *Die Gefahr liegt im Leben, nicht im Tod.*

Am Tsukiji-Fischmarkt hielt er an und stieg aus. Unzählige Fische zappelten auf dem nassen Beton, im harten Licht der Flutlichtlampen erglänzten ihre schuppigen Leiber in allen Farben des Regenbogens. Der dampfende Dunst, der von ihnen aufstieg, verdrängte für einen Moment sogar den Gestank des offenen Grabes.

Schon nach kurzem hatte er das hektische Getriebe des Fischmarkts hinter sich gelassen: die lauten Rufe und das rauhe Gelächter der Arbeiter, die verlockenden Essensgerüche, die von den Imbißständen herüberwehten, den einsamen Säufer, der gegen eine Wand urinierte.

Im Dunkel wartete der Tod. Inzwischen konnte es Wolf ganz deutlich spüren. Irgendwo im Nebel lag ein bösartiges Ungeheuer auf der Lauer. Die Dissonanz seines *makura na hiruma* schmerzte in seinen Ohren.

Und so erreichte er schließlich die schmucklose Fassade des Lagerhauses, in dem das Orakel untergebracht war. Eine einsame Lampe kämpfte tapfer gegen den strömenden Regen an, ihr rostiger Metallschirm wurde vom Wind wild hin und her geworfen. Ihr schaukelndes Licht fiel auf eine Eisentür. Kein Schild und kein Schriftzug erteilte Auskunft, was sich dahinter verbarg.

Trotzdem wußte Wolf, was ihn dort erwartete.

Die Tür war nicht verschlossen. Kurz bevor er sie erreicht hatte, wurde sie von einem plötzlichen Windstoß aufgerissen, um im selben Augenblick mit einem lauten Knall wieder zuzuschlagen.

Wolf öffnete sie und trat ein. Ihm blieb keine andere Wahl. Nachdem er seinem *makura na hiruma* einmal bis hierher gefolgt war, würde er sich auch weiter von ihm führen lassen.

Die Gefahr liegt im Leben, nicht im Tod.

Die Warnung des Orakels.

Das Lagerhaus lag wie ausgestorben da. In seiner Magengrube machte sich ein seltsames Prickeln bemerkbar. Unwillkürlich fragte er sich, ob er gleich seinem eigenen Tod begegnen würde.

Zögernd bestieg er den Lift. Was auch immer ihn hierher gerufen hatte, befand sich in dem Labor, in dem das Orakel untergebracht war.

Als er nach oben fuhr, hallte das Winseln des Aufzugs von den kahlen Wänden des Schachts wider wie das Heulen des Winds, der durch einen verschneiten Winterwald fährt. In der obersten Etage stieg er aus und ging auf knarrenden Dielen weiter. Er konnte bereits die Tür am Ende des Flurs sehen, hinter der sich das Orakel verbarg. Entschlossen ging er darauf zu.

Mit einem Mal nahm das Dunkel, das ihn umgab, Substanz an. Es war so zäh wie Sirup. Und plötzlich wußte er auch, warum ihn sein *makura na hiruma* hierher geführt hatte: Irgend jemand oder irgend etwas versuchte das Orakel noch einmal zum Leben zu erwecken. Vor dem Eingang des Labors blieb er kurz stehen und aktivierte sein *makura na hiruma.*

Dann faßte er sich ein Herz und betrat den Raum. Er sah den schwarzen Kasten und die endlosen Reihen von elektronischen Geräten, die seiner Überwachung dienten. Die Luft war von einem leisen Summen erfüllt. Aus der Rückwand des Orakels quoll ein Gewirr aus Kabeln und Drähten. Doch sein Angesicht war erloschen, sein Herz stand still.

Aus dem Augenwinkel bemerkte Wolf plötzlich ein Funkensprühen. Als er den Kopf herumriß, blieb es weiter am Rand seines Gesichtsfeldes, mehr spürbar als sichtbar.

Und plötzlich schoß die schwarze Hand eines *makura na hiruma* vor. Sie war so voller Kraft, daß von ihrer Wucht die Grundfesten des Gebäudes erzitterten, und im selben Augenblick stand Wolfs Körper lichterloh in Flammen.

Aus dem Eingang des Labors quoll dichter Rauch, durchsetzt von heftigem Funkensprühen.

Obwohl sich die fremde Kraft nur für den Bruchteil einer Sekunde manifestiert hatte, genügte Wolf dieser kurze Moment, um daraus wichtige Rückschlüsse auf die Person seines unbekannten Widersachers ziehen zu können. Das *makura na hiruma,* das er eben gespürt hatte, war nicht nur ungeheuer machtvoll, sondern auch sehr, sehr alt –

älter noch als das der Ehrwürdigen Mutter. Es gehörte niemand anderem – als Jason Yoshidas Mutter.

Wolf verhielt sich vollkommen still. Seinen Atem konnte er kontrollieren, aber nicht das wilde Pochen seines Herzens. Hier hatte er es mit einer uralten Kraft zu tun, deren Bösartigkeit jeder Beschreibung spottete. Angesichts dessen war auch nicht auszuschließen, daß sie im Gegensatz zu seinen bisherigen Gegnern seine Aura wahrnehmen konnte.

Mit Hilfe seines *makura`na hiruma* projizierte Wolf ein Bild von Yoshida, ließ es den Raum betreten und verbarg sich dann dahinter wie hinter einem Schild. Unter heftigem Funkensprühen tauchte wenige Augenblicke später Evan aus dem Dunkel vor ihm auf.

Ihr jugendliches Aussehen überraschte ihn so sehr, daß seine Konzentration einen Moment nachließ und die Projektion von Yoshida ins Flackern geriet.

Das genügte Evan, um Wolfs Trick zu durchschauen.

Plötzlich erstrahlte der Raum in einem übernatürlichen Licht. Vor Wolfs Augen manifestierte sich der Geist seines Großvaters White Bow.

»Schon die ganze Zeit habe ich darauf gewartet, daß du mich endlich rufst.« White Bow roch nach Leder und Peyote, sein Gesicht war von tiefen Sorgenfalten zerfurcht. »Das Böse ist ganz nahe, Wolf, und du mußt es bezwingen. Aber dazu wirst du nur mit meiner Hilfe fähig sein.«

»Sag mir, was ich tun muß.«

»Komm hierher, an meine Seite. Wo du jetzt stehst, befindest du dich noch immer im Reich der Lebenden. Aber du mußt ganz ins Reich der Toten hinabsteigen.«

»Aber dann werde ich doch sterben.«

»Nein.« White Bow schüttelte den Kopf. »Du bist ein Medizinmann. Ich selbst habe dich ausgebildet. Dir wird nichts geschehen. Aber ich bin auf deine Hilfe angewiesen, wenn ich für diesen letzten Kampf das Reich der Toten noch einmal verlassen möchte.«

Ohne zu zögern, machte Wolf einen Schritt auf ihn zu. Und spürte, wie ihm der Boden unter den Füßen weggezogen wurde. Er verlor jeden Halt und stürzte ins Bodenlose . . .

Erst jetzt durchschaute er Evans Täuschungsmanöver; was sie ihm vorgegaukelt hatte, war nichts weiter als eine Projektion, zusammengesetzt aus Erinnerungen. Zu spät war ihm aufgefallen, was an dem vermeintlichen Geist seines Großvaters nicht gestimmt hatte: White Bow wäre vom Himmel herabgekommen und nicht aus der Erde emporgestiegen.

Als er die Augen aufschlug, war Evans schönes Gesicht ganz dicht vor ihm. Ihre Hände hatten sich bereits um seine Kehle gekrallt, und während sie mit aller Kraft zuzudrücken begann, schnürte ihm ihr *makura na hiruma* das Herz zusammen.

»Du hast meinen Sohn getötet«, zischte Evan haßerfüllt. »Und du hast die wahren Machtverhältnisse im Bund der Schwarzen Klinge aufgedeckt, die ich in mühevoller, jahrhundertelanger Arbeit zu verschleiern versucht habe.« Immer tiefer gruben sich ihre Nägel in seinen Hals. »Die meisten hielten Nishitsu für das Oberhaupt des Bunds der Schwarzen Klinge, und nur wenige Eingeweihte wußten, daß in Wirklichkeit die Ehrwürdige Mutter an seiner Spitze stand.« Ein haßerfülltes Grinsen verzerrte ihr Gesicht. »Und es gab auch einige, die glaubten, daß eines Tages Minako Shian die Macht an sich reißen würde.« In Wolfs Innerem begannen bläuliche Flammen aufzulodern, die er verzweifelt zu ersticken versuchte.

»Tatsache ist, daß in Wahrheit immer nur ich an der Spitze des Bunds der Schwarzen Klinge stand. Ich hatte von Anfang an alle Fäden in der Hand. Mein *makura na hiruma* war schon von Geburt an so stark ausgeprägt, daß niemand sich meiner Macht widersetzen konnte. Ich war es, die den Bund der Schwarzen Klinge ins Leben gerufen hat, und deshalb werde ich auch nicht zulassen, daß er nun zerschlagen wird.«

Immer weiter griff das blaue Feuer um sich. Die Hitze, die von ihm ausging, war kaum mehr zu ertragen. Mit einem Mal sah Wolf wieder all jene Menschen an seinem inneren Auge vorüberziehen, die diesem Feuer bisher zum Opfer gefallen waren: Cathy, Bobby Connor, Arquillo und Hayes Walker Johnson. Und in blinder Wut begann er mit aller Kraft auf Evans Brust einzuschlagen. Als sie darauf taumelnd einen Schritt zurückwich, rissen ihre Fingernägel Hautfetzen aus seinem Hals. Sofort hatte sie sich wieder gefaßt und kam lächelnd auf ihn zu.

Der tödliche Druck, der für einen kurzen Moment nachgelassen hatte, setzte mit verstärkter Kraft wieder ein. In seiner Verzweiflung formte Wolf sein *makura na hiruma* zu einem Knüppel und drosch damit erbarmungslos auf ihr Gesicht ein. Aber sie wich nur ganz kurz zurück und griff erneut an.

Mit brutaler Gewalt war diese Frau ganz offensichtlich nicht zu besiegen. Um herauszubekommen, was sie vorhatte, versuchte er deshalb sein *makura na hiruma* in ihren Kopf zu projizieren. Aber das Chaos, das ihm dort entgegenschlug, ließ ihn mit einem gellenden Schrei zurückweichen.

Und wieder stürzte sie sich auf ihn. Tief gruben sich ihre Nägel in seine Haut, und die ersten bläulichen Flammen begannen bereits seinen Arm hochzuzüngeln. In seine Nase stieg der widerwärtige Gestank von verbranntem Fleisch ...

An der Schwelle des Todes stehend, rief er in seiner abgrundtiefen

Verzweiflung seinen Großvater um Beistand an. Gleichzeitig aktivierte er seine letzten *makura na hiruma*-Reserven.

Evan flog in hohem Bogen durch die Luft und schlug mit dem Rücken gegen das Orakel. Doch schon im selben Moment richtete sie sich wieder auf, als ob nichts geschehen wäre. Sie spürte, daß Wolf am Ende seiner Kräfte war, und kam mit einem siegessicheren Lächeln auf ihn zu.

Doch plötzlich hielt sie mitten in der Bewegung inne und blickte verdutzt zu Boden. Wie durch einen geheimen Zauber zum Leben erwacht, schlängelten sich die über den Boden verstreuten Kabel und Drähte ihre Beine hoch, und als sie darauf verzweifelt um sich zu treten begann, setzte ein wildes Zischen und Funkensprühen ein.

Im gleichen Augenblick wurde Evan von einer unsichtbaren Kraft in die Höhe gehoben. Die Kabel entluden sich mit der geballten Kraft eines Blitzes. Evan traten die Augen aus den Höhlen, die Haare standen ihr wild zu Berge, ihr Körper wurde von heftigen Zuckungen geschüttelt, und ihr Mund öffnete sich zu einem stummen Schrei, der jedoch von den bläulichen Feuerzungen, die wie eine gigantische Stichflamme an ihr hochschossen, erstickt wurde. Sie sank zu Boden und blieb heftig um sich schlagend liegen.

Mit letzter Kraft richtete Wolf sich auf und schleppte sich auf das Orakel zu. War es tatsächlich ein Gefühl tiefer Zufriedenheit, das ihm von dort entgegenströmte? Vollkommen ausgeschlossen. Das Orakel war tot. Er selbst war dabei gewesen, als es gestorben war.

Und doch ...

Er legte seine Hand auf die Wunden an seinem Hals und brachte die Blutungen zum Stillstand. Dann senkte er den Blick auf die Kabel um Evans Beine. Wie war es überhaupt möglich gewesen, daß sie sich darin verheddert hatte? Er bückte sich, um besser sehen zu können.

In diesem Moment ertönte eine vertraute Stimme. »HALLO, WOLF-SAN«, flüsterte das Orakel.

Verblüfft schaute Wolf auf. War das eben tatsächlich ein zufriedenes Lächeln gewesen, begleitet von einem wohligen Seufzer?

»ZEIT ZU SCHLAFEN ...«

Sämtliche Lichter an den elektronischen Geräten im Hintergrund gingen langsam aus.

ABSCHIED

Schnee, den die beiden gemeinsam betrachtet haben –
ist er dieses Jahr noch einmal gefallen?

Matsuo Basho

Washington

Die Intensivstation war erfüllt vom leisen Summen der komplizierten medizinischen Apparate, die eine Art von Schutzwall um das menschliche Wesen in ihrer Mitte bildeten. Es war schwer zu sagen, ob man seinen Zustand noch als Leben oder lediglich als bloßes Dahinvegetieren hätte bezeichnen können.

Die Ärzte, deren Obhut man ihn übergeben hatte, waren jedenfalls einhellig der Meinung, daß er am Leben war. Andere jedoch, die nicht über so fundierte Kenntnisse verfügten, hatten ihn längst abgeschrieben. Nicht einmal in den Augen der Schwestern befand er sich noch am Leben, sondern bestenfalls in einem künstlich aufrechterhaltenen Schwebezustand an der Schwelle zum Tod.

Das also war die Strafe Thornburg Conrads III. für seine Verbrechen: ermordet zu werden, ohne sterben zu können. Unfähig, zu sprechen oder sich zu bewegen, würde er nun für immer in dieser Hölle auf Erden dahinvegetieren. Und das Schlimmste war: er würde alles bei vollem Bewußtsein erleben, während Maschinen sein Herz weiterschlagen ließen, seine Lungen mit Luft füllten und Blut durch seine Adern pumpten.

Konnte man da überhaupt noch von Leben sprechen? Sicher nicht, wenn man dabei Thornburgs Definition von Leben zugrunde gelegt hätte. Aber genau darin bestand seine Strafe. Allerdings verbüßte er sie nicht für die tiefe Verachtung, mit der er seine erste Frau, die Mutter seiner Kinder, behandelt hatte; nicht für seine Mißachtung der Leiden seiner zweiten Frau Tiffany; nicht für seine blinde Lebensgier, die ihn selbst vor der Ermordung unschuldiger Menschen nicht hatte zurückschrecken lassen; und auch nicht dafür, daß er seine Kinder verstoßen hatte, bloß weil sie nicht so geworden waren, wie er sich das gewünscht hatte. Nein, hier handelte es sich um die Strafe für das einzige Verbrechen, dessen er sich selbst bewußt war: die Ermordung seines Sohnes.

Wäre er ein gläubiger Mensch gewesen, hätte er bei Gott Vergebung für seine Sünden gesucht. Aber von den Tröstungen der Religion hatte Thornburg Conrad III. noch nie viel gehalten. Noch ganz deutlich konnte er sich erinnern, wie sein Vater einmal gesagt hatte: »*Ich lasse mir von niemanden – und schon gar nicht von einem Pfaffen – vorschreiben, was ich zu tun und zu lassen habe. Was wissen die denn schon vom wirklichen Leben?*«

Natürlich wäre es in seiner augenblicklichen Situation ein tröstliches Gefühl gewesen, von einem Priester die Absolution für seine Sünden erteilt zu bekommen. Aber das war natürlich Humbug. Außerdem sollte ihm nicht Gott vergeben, was er getan hatte, sondern Ham. Und Ham war von seiner eigenen Hand gestorben.

Bei diesem Gedanken überkam ihn solche Verzweiflung, daß er sich nur noch wünschte, so lange wieder zu Kräften zu kommen, um sich die Schläuche, die ihn am Leben hielten, vom Körper zu reißen und in Frieden sterben zu können. Jeder künstlich eingeleitete Atemzug war ein Atemzug zuviel. Er hatte ein Recht darauf, zu sterben. Nicht mehr lange, und er würde erlöst werden. Schließlich hatte er sehr genau mitbekommen, was die Ärzte an seinem Bett sprachen. Selbst die hochkomplizierten technischen Apparate konnten seinen Körper nicht ewig am Leben halten.

Bald war es soweit. Aber dennoch nicht früh genug.

In diesem Moment ging die Tür seines Zimmers auf. Vermutlich kamen wieder einmal ein paar Ärzte, um herumzustehen und sinnloses Zeug zu faseln. Wie er diese Brut inzwischen haßte! Ständig taten sie so, als hätten sie die Sache fest im Griff, dabei wußten sie so lächerlich wenig über das Leben und rein gar nichts über den Tod, der inzwischen der einzige Trost war, den er sich noch ersehnte. Er hatte nur den einen Wunsch: endlich vergessen zu können!

Doch nein, er hatte sich getäuscht. Das waren keine Ärzte. Und es waren auch keine Anwälte, die sich ebenfalls in regelmäßigen Abständen wie die Geier um sein Bett versammelten.

Kaum zu glauben! Es war Wolf Matheson. Und in seiner Begleitung befand sich eine atemberaubend schöne Japanerin. Erleichtert schoß es ihm durch den Kopf: Endlich ist es soweit. Der Todesengel naht. Sicher hatte Matheson längst erfahren, was er ihm angetan hatte, und nun war er gekommen, um zu Ende zu führen, was Stevie begonnen hatte.

»Thornburg«, sprach ihn Wolf an. »Ich weiß, daß Sie mich verstehen können. Es ist schon ziemlich lange her, daß ich das letzte Mal etwas von Ihnen gehört oder gesehen habe, obwohl man das umgekehrt wohl schwerlich behaupten könnte. Sie haben sich genauestens über jeden meiner Schritte auf dem laufenden gehalten und es verstanden, mich sehr geschickt für Ihre Zwecke einzuspannen. Um es kurz zu machen: Ich habe erreicht, was Sie von mir wollten. Ich habe mir Zugang zum

Bund der Schwarzen Klinge verschafft und mich mit Minako getroffen. Sie können sich doch sicher noch an Minako erinnern?«

Wolf legte seiner japanischen Begleiterin die Hand auf die Schulter. »Das ist Chika, Minakos Tochter. Sie wurde neun Monate nach unserer Rückkehr aus Kambodscha geboren. Wissen Sie noch, was damals passiert ist, Thornburg? Zwischen Ihnen und Minako? Das ist Ihre Tochter, Thornburg. Und? Was halten Sie von ihr?«

Mit einem rätselhaften Lächeln auf den Lippen beugte sich Wolf über Thornburg. Der war im ersten Moment so überrascht, daß er nicht wußte, was er von dem Ganzen halten sollte. War Minako tatsächlich von ihm schwanger geworden? Er spürte, wie sich alles in ihm zusammenkrampfte. Da stand mit einem Mal seine leibliche Tochter vor ihm, von deren Existenz er bisher nicht einmal etwas geahnt hatte. Und was das Schlimmste war: Sie wußte genauestens über alle seine Schandtaten Bescheid. Die Abscheu und die Verachtung, die aus ihren Blicken sprachen, waren unübersehbar. *Schafft sie weg*! flehte er stumm. *Bitte, schafft sie weg*!

Falls Wolf seine stumme Bitte gehört hatte, nahm er jedenfalls keine Notiz davon. »Erst haben Sie mich für Ihre dubiosen Machenschaften eingespannt«, fuhr er unerbittlich fort, »und als ich meinen Zweck erfüllt hatte, wollten Sie mich aus dem Weg räumen lassen. Warum? Ich habe Ihnen doch immer Glück gebracht. Ich war Ihr Schutzengel, Ihr Talisman. Jedenfalls haben Sie das damals in Kambodscha so gesehen. Und genau das ist der letzte Punkt, den es noch zu klären gilt. Aber die Antwort darauf wissen Sie ebensowenig wie ich. Welch seltsame Ironie des Schicksals, finden sie nicht auch?

Und das um so mehr, als ich genau das getan habe, was Sie von mir wollten: Ich bin dem Geheimnis auf die Spur gekommen, nach dem sie Ihr ganzes Leben lang gesucht haben. Dadurch hat sich mein eigenes Dasein von Grund auf verändert. Das habe ich nur Ihnen zu verdanken, Thornburg, Ihnen und Ihrer fixen Idee, dem Tod ein Schnippchen zu schlagen. Ich bin durchaus bereit, Ihnen zu vergeben. Vielleicht nicht zu vergeben, aber zumindest zu vergessen, was Sie getan haben. Immerhin haben Sie mir damals in Kambodscha das Leben gerettet. Und das ist etwas, weswegen ich tief in Ihrer Schuld stehe.«

Wolfs rätselhaftes Lächeln wurde breiter. »Diese besondere Kraft, über die Minako verfügt, heißt im Japanischen *makura na hiruma*, das Dunkel am Mittag – übrigens eine sehr treffende Bezeichnung. Und, glauben Sie mir, ich weiß, wovon ich rede. Ich verfüge nämlich selbst über diese Kraft. Genau wie Chika – und Sie.«

Wolf machte eine kurze Pause, um nach einer Reaktion in Thornburg Conrads Zügen Ausschau zu halten, bevor er fortfuhr: »Ja, das Geheimnis, dem Sie Ihr ganzes Leben lang hinterhergejagt sind, befand sich längst in Ihrem Besitz. Es lag schon die ganze Zeit in Ihrem Inneren verborgen und hätte nur geweckt werden müssen. Und genau das werde ich jetzt tun.«

Nein, flehte Thornburg stumm.

»Das ist mein Dank dafür, daß Sie mir vor vielen Jahren das Leben gerettet haben.«

Nein. Sie verstehen das völlig falsch. Wenn Sie mir etwas Gutes tun wollen, weil ich Ihnen damals das Leben gerettet habe, dann nehmen Sie mir jetzt meines.

Doch im selben Augenblick wurde er bereits abrupt aus dem Strom der Zeit gerissen. Plötzlich befand er sich auf dem Grund einer tiefen Schlucht, und unter ohrenbetäubendem Getöse prasselte ein gewaltiger Felsturz auf ihn nieder. Aber anstatt unter den Gesteinsmassen begraben zu werden, wurde er in die Lüfte emporgehoben. Im selben Moment ging in seiner Wahrnehmung eine seltsame Veränderung vor sich. Die Berge schmolzen zu glühender Lava, und aus dem Chaos, das rings um ihn herrschte, kristallisierte sich eine tiefschwarze formlose Masse, die sich, hechelnd wie ein Hund, an seiner Seite niederließ. Als er einen zaghaften Blick auf dieses eigenartige Dunkel warf, erschien es ihm einerseits zutiefst abstoßend, zugleich aber auch seltsam vertraut.

»Vor Ihnen liegt noch ein langes Leben, Thornburg«, sagte Wolf. »Kein Mensch weiß genau, wie lange. Sie werden sich zwar nie wieder bewegen können, aber zumindest sind Sie nun nicht mehr auf diese gräßlichen Maschinen angewiesen, um am Leben zu bleiben. Das wird von nun an Ihr *makura na hiruma* übernehmen.«

Nein, nein, nein! Lassen Sie mich nicht mit diesem Ding allein! Bitte, warten Sie! Ich muß Ihnen etwas sagen! Ich möchte sterben! Ich möchte . . .!

»Auf Wiedersehen, Thornburg.« Wolf Matheson und die Frau hatten bereits die Tür erreicht. Aber Wolfs rätselhaftes Lächeln hatte sich unauslöschlich in seine Erinnerung eingebrannt. War es das Lächeln eines Freundes oder eines Feindes? »Ich bin sicher, Sie werden Ihr neues Leben genießen.«

DANKSAGUNG

Martha Pattillo Siv vom World Bank Library Data Center.

Sichan Siv, Deputy Assistant des Präsidenten der Vereinigten Staaten für Öffentlichkeitsarbeit.

Mya Shaw (Molly) Shin, Rechtsvertreterin der Library of Congress.

Sue Anna Brown, Collins, Australien – für die Recherchen über Lightning Ridge und die Opalförderung in Australien.

Kerry Sharkey-Miller und Ray Tracey – für ihre Einführung in die indianische Kultur.

Tomomi Seki von der Ronin-Galerie – für Übersetzungen aus dem Japanischen und allgemeine Ratschläge, das Land betreffend.

Virgil England, Waffenschmied – für den Entwurf von Sumas Messer.

Bob Kunikoff von Mark Allan Travel – für die Planung meiner Reisen.

Sara Davison, Leiterin der South Fork Shelter Island-Abteilung der Nature Conservancy.

Des weiteren gilt mein Dank:

meiner Frau Viktoria für ihren unermüdlichen Beistand.

Kate Medina für ihren sachkundigen Rat, in redaktionellen Fragen und anderweitig,

meinem Vater für die Durchsicht des Manuskripts.

Und der gesamten Bevölkerung von Collins (Australien) und Neuseeland. Sie alle sind großartig.